COLLECTION FOLIO

D1616987

Hérodote

L'Enquête

LIVRES V À IX

Texte présenté,
traduit et annoté par Andrée Barguet

Gallimard

PRÉFACE

« *Hérodote d'Halicarnasse présente ici les résultats de son enquête, afin que le temps n'abolisse pas les travaux des hommes et que les grands exploits accomplis soit par les Grecs, soit par les Barbares, ne tombent pas dans l'oubli ; et il donne en particulier la raison du conflit qui mit ces deux peuples aux prises.* »

Ainsi commence la première grande œuvre de prose que le monde grec nous ait donnée. Avec son nom et sa ville natale l'auteur indique son dessein : dire pourquoi et comment les deux mondes de son temps, l'Est et l'Ouest, deux civilisations opposées, se sont rencontrés et heurtés dès les temps héroïques, puis, deux générations avant lui, se sont engagés dans un conflit, la plus grande guerre de leur histoire, qu'on appelle les guerres Médiques [1].

Au Ve siècle avant notre ère, le monde connu des Grecs avait pour centre le bassin oriental de la Méditerranée. A l'Ouest les populations de la Grèce continentale, de la Grande Grèce (Italie du Sud et Sicile) et des îles de la mer Égée, réparties en

---

1. Sur Hérodote lui-même, le peu que nous sachions de sa vie et de ses voyages, et sur l'ensemble de son œuvre, le lecteur pourra se reporter au tome I de *L'Enquête*, livres I à IV, coll. Folio, 1985.

états et cités plus ou moins importants, indépendants les uns des autres et de régimes politiques divers — tyrannie [1], oligarchie ou démocratie — se reconnaissaient cependant comme des Hellènes, unis par le seul lien de leur langue commune, le grec. Partout ailleurs pour eux vivaient les Barbares, tous les peuples qui ne parlaient pas le grec. A l'Est, de l'Asie Mineure à l'Indus, de l'Ukraine à l'océan Indien, s'étendait l'immense empire perse dont les peuples étaient les sujets d'un maître absolu, le roi de Perse, que les Grecs appelaient le Grand Roi ou simplement le Roi. Au Nord et au Sud comme au-delà de l'Indus, ce n'était pour eux que déserts de glace ou de feu, terres inconnues et inconnaissables. A l'extrême Ouest, on supposait le grand fleuve Océan qui encerclait toute la terre. Mais entre les deux mondes qu'ils connaissaient, l'Est et l'Ouest, sur la côte de l'Asie Mineure, existait une frange de cités qui, fondées par des colons venus de Grèce, de langue et de civilisation grecques, avaient passé au pouvoir de la Perse : par elles ces deux mondes allaient se heurter et entrer en guerre.

Dans la première partie de L'Enquête *(livres I à IV [2]), Hérodote a relaté la naissance et le développement de la puissance perse ; mais bien avant les temps historiques les légendes héroïques, qui sont pour les Grecs leur histoire ancienne, rapportaient des heurts entre eux et les habitants de l'Asie Mineure ; des femmes sont enlevées en Grèce : Io, Hélène, d'autres sont enlevées en Asie : Europe, Médée, et les Grecs, les premiers, attaquent l'Asie — c'est la guerre de Troie — pour reprendre Hélène : pure sottise aux yeux des Perses, et Hérodote est de leur avis, car ne sont enlevées que les femmes qui le veulent bien. Voilà pourquoi l'Asie (pour Hérodote les*

---

1. Pouvoir illégal obtenu par un coup de force.
2. La division de *L'Enquête* en neuf livres vient des éditeurs de l'ouvrage à l'époque alexandrine, et les noms des neuf Muses qui leur ont été donnés servent simplement de numérotation.

*terres de l'empire perse au temps de Darius) considère
désormais le monde grec comme son ennemi (I, I-5). Ensuite,
aux temps historiques pour lui — pour nous le VIᵉ siècle avant
notre ère — Crésus roi de Lydie, le premier, attaque
injustement les Grecs d'Asie Mineure ; puis, craignant la force
grandissante de son voisin de l'Est, Cyrus, il cherche des alliés
à l'Ouest, en Grèce où deux cités s'imposent déjà, Sparte et
Athènes. Cyrus, le fondateur de la puissance perse, vainqueur
de la Lydie, trouve alors devant lui des cités grecques, soumises
ou à soumettre. (Livre I). Ses successeurs, Cambyse, puis
Darius, étendent encore leur empire (livres II et III), et
Darius, amené par des Grecs réfugiés à sa cour à s'intéresser à
la Grèce, envoie reconnaître, pour la première fois, les pays de
l'Ouest, au-delà de la mer. Pour la première fois aussi, par un
pont jeté sur le Bosphore, il passe en Europe pour attaquer les
Scythes, sans succès (IV, 1-144).*

*Au livre V de L'Enquête, commence le conflit qui de 511 à
479 avant notre ère oppose les Perses à la Grèce : soulevée par
un homme, un Grec retenu par Darius à sa cour, l'Ionie se
révolte, Athènes appelée à son aide envoie vingt navires : « avec
ces navires », déclare Hérodote, « commencèrent les malheurs
et des Grecs et des Barbares » (IV, 97). Par la faute des
Athéniens un temple de Sardes est brûlé dans l'incendie de la
ville : les Perses se serviront plus tard de ce prétexte pour brûler
à leur tour les temples de la Grèce. Quand Darius apprend
l'attaque des Athéniens, un peuple qu'il ignorait jusqu'alors, il
décide de se venger et chaque jour, à chaque repas, un serviteur
lui répétera par trois fois : « Maître, souviens-toi des
Athéniens » (V, 105). Deux expéditions qu'il lance contre
Athènes et la Grèce échouent, l'une par une tempête au mont
Athos, l'autre à Marathon (VI, 43-120). Pendant trois ans il
prépare sa revanche, mais il meurt et son fils, Xerxès, n'aurait
pas songé à attaquer la Grèce si, encore une fois, l'ambition*

*d'un homme, un Perse, ne l'y poussait (VII, 5-6). L'expédition
est levée, immense, passe en Europe par des ponts jetés sur
l'Hellespont — et là Xerxès, dans « son orgueil insensé de
Barbare », fait fouetter la mer qui les avait balayés (VII, 34-
36). Les Perses avancent en Grèce, forcent le passage des
Thermopyles (VII, 193-235). Au livre VIII c'est l'éclatante
victoire des Grecs à Salamine, Xerxès regagne l'Asie en
laissant en Grèce une armée commandée par Mardonios. Au
livre IX c'est sur terre la victoire des Grecs à Platées et, le
même jour, sur la côte de l'Ionie, la flotte perse tirée sur le rivage
est brûlée et ses hommes massacrés. Les Perses ont quitté l'Europe, les Athéniens ont repris Sestos et consacrent dans leurs temples les câbles des ponts par lesquels les Perses avaient envahi la
Grèce ; et « cette année-là, il n'arriva rien d'autre » (IX, 121).*

*Ainsi s'achèvent les événements dont Hérodote a déclaré
vouloir préserver le souvenir, avec « les travaux » et « les
exploits » des hommes qui ont combattu, Grecs et Barbares :
travaux prodigieux des Barbares, par lesquels Xerxès a
« marché sur l'eau et navigué sur la terre », exploits des Grecs
qui ont sauvé leur patrie de l'esclavage. L'Ouest a vaincu l'Est
en cette campagne, mais l'hostilité fondamentale et les conflits
entre les deux mondes n'en cesseront pas pour autant. Au siècle
suivant, Alexandre le Grand attaquant l'Asie proclamera que
la Macédoine et la Grèce entendent venger les sacrilèges commis
par Xerxès. Les temps modernes connaissent aussi ces mots, Est
et Ouest, présentés comme des blocs toujours hostiles qui
s'affrontent en Méditerranée comme ailleurs dans le monde.*

La ligne du récit est simple : depuis le début de L'Enquête, *Hérodote prend pour point de départ l'Asie Mineure et
suit l'un après l'autre ses maîtres successifs, Crésus, puis les
rois de Perse. L'Asie mène le jeu, et le monde grec en face
d'elle, divisé devant ses sollicitations ou ses menaces, est sans
forces pour lui résister jusqu'au moment où le danger, imminent*

*et immense, contraint trente et une de ses cités à s'unir ; grâce à
cette union le bloc de l'Ouest, si faible en apparence devant les
masses lancées contre lui par Xerxès, assurera la liberté de la
Grèce.*

*Lorsque de l'Asie quelqu'un s'adresse ou se heurte au monde
grec, Hérodote alors traite des états, des cités, des îles
concernés. Crésus cherche des alliés à l'Ouest : Athènes et
Sparte sont présentées avec leur histoire, leurs régimes politiques, leurs chefs et leurs luttes (I, 56-59) ; quand Cyrus
conquiert la côte de l'Asie Mineure, ce sont les Ioniens et les
Éoliens (I, 141-152, 163-170). Cambyse attaque l'Égypte
(II) et, par simple concordance de dates, Hérodote expose
l'affaire de Samos et de Polycrate (III, 39-60) ; puis Darius,
pour satisfaire des Grecs de sa cour, prend Samos (III, 129-
149). A partir du livre V, l'Europe est plus directement
concernée : les Thraces (V, 1-16), la Macédoine (V, 17-22).
Comme les auteurs de la révolte de l'Ionie demandent le secours
de Sparte, puis d'Athènes, Hérodote rappelle l'histoire et les
rapports de l'une (V, 39-54) et de l'autre (V, 55-97). Darius
lance ses deux expéditions contre la Grèce, et là réapparaissent
l'histoire de Sparte et de ses rois (VI, 51-86) et celle d'Athènes
et de Miltiade (VI, 103-140). Au livre VII commence
l'invasion de la Grèce, la seconde guerre Médique. Après avoir
exposé les préparatifs des Perses et leur passage en Europe
(VII, 7-131), Hérodote passe au monde grec alerté : Sparte,
Athènes où apparaît l'homme qui va s'imposer, Thémistocle, et,
en face des cités confédérées décidées à combattre, celles qui
refusent leur aide, les Argiens en Grèce, Gélon tyran de
Syracuse en Sicile (VII, 132-178). Viennent ensuite les opérations militaires, des Thermopyles (VII, 193-238) aux victoires
des confédérés, Salamine (VIII, 40-125), Platées (IX,
1-89), Mycale (IX, 90-107), avec des deux côtés, indiquées à
chaque moment de la lutte, les délibérations et les manœuvres*

des chefs. Mais ce sont maintenant les Grecs qui mènent le jeu, jusqu'au triomphe du monde libre sur les Barbares.

Le récit de ces événements, Hérodote le conduit à sa manière, celle des premiers prosateurs traitant de faits contemporains, à l'époque où, quelque 2 500 ans avant nous, l'histoire se dégage de l'épopée et des légendes héroïques toujours aimées de ses publics. En lui le conteur n'hésite jamais à interrompre sa narration par des digressions plus ou moins longues, accrochées à un nom de peuple ou de personnage ; par elles l'historien insère dans sa narration ce qu'il sait à ce propos, le conteur rapporte ce qu'il a entendu de curieux en tout domaine, courte anecdote ou récit détaillé (IX, 92-94). Il reconnaît lui-même sans embarras (V, 62) qu'il lui faut reprendre le cours des événements, interrompu par le rappel du passé. De là vient l'allure aisée, lente — et parfois pour nous traînante — de L'Enquête, *faite par un homme et pour un public qui en temps de civilisation essentiellement orale, aiment également parler et entendre parler.*

Sur les événements du passé lointain, Hérodote n'avait comme source d'information que les légendes et les traditions propres à chaque pays, impossibles à vérifier, coordonner et dater en chronologie exacte. Des deux guerres Médiques, moment capital du conflit, Hérodote, né, pense-t-on, en 484 avant notre ère dans Halicarnasse, a dû entendre longuement célébrer les victoires grecques, mais aussi la gloire acquise dans la flotte de Xerxès par la reine de sa ville, Artémise, une femme qu'il déclare admirer grandement (VII, 99). A côté de ses souvenirs personnels il n'a rien de ce qui sert à l'historien moderne pour relater une guerre, la masse des documents écrits, les archives officielles qui donnent des faits, des dates et des chiffres précis, les Mémoires aussi, rédigés par les chefs politiques ou militaires pour expliquer leurs actes. Rien de tout cela n'existe encore, mais il ne manque pas d'informateurs grecs ou Barbares, témoins directs des événements ou acteurs dans ces guerres : des hommes présents à Marathon ou Salamine sont encore là, sexagénaires, pour lui dire leurs souvenirs d'anciens combattants lorsque, vers 450 avant notre ère peut-être, passant dans Corinthe, Sparte ou Athènes, il peut les questionner. Chaque ville grecque où il séjourne a d'ailleurs une idée personnelle de son rôle en face des Perses et s'accorde plus de gloire, ou plus d'excuses. Mais les témoignages qu'il recueille sont d'exactitude et d'impartialité douteuses, car la sympathie ou l'antipathie pour telle cité ou tel personnage, la gloriole, l'imagination, l'oubli viennent les fausser. Obligé de s'en tenir aux opinions admises dans les cités grecques, il est cependant loin de les prendre à son compte, il les présente en précisant : « On dit que... », « s'il faut en croire... », « je ne saurais dire... » ; lorsque des relations s'opposent, il les donne côte à côte, tantôt sans choisir entre elles — « libre à chacun d'adopter la version qu'il préfère » (V, 44-45), tantôt il en refuse une en indiquant ses raisons (par exemple VI, 123-124 ; VII, 214), en accepte une autre mieux fondée (par exemple VI, 53, 75, 84 ; VIII, 94, 117-120). Il donne parfois le nom d'un informateur (VII, 65 ; IX, 16), de ses sources (VI, 137).

D'autres prosateurs, prédécesseurs ou contemporains, avaient écrit sur les mêmes sujets. Denys d'Halicarnasse, au Iᵉʳ siècle de notre ère, a donné des noms, s'il ne reste que des fragments de leurs ouvrages, le plus célèbre d'entre eux étant Hécatée de Milet (vers 500 avant notre ère), historien-géographe et grand voyageur lui aussi, auteur d'une Description de la terre, traitant de l'Europe et de l'Asie (à laquelle on rattachait la Libye). Hérodote leur a fait des emprunts certains — qu'il ne signale pas puisque, pour le monde grec, si l'on cite les poètes, créateurs de leurs œuvres, les prosateurs, eux, consignent des faits — qui appartiennent à tout le monde.

Mais devant les récits contradictoires inspirés par les

rancunes qui, depuis les guerres, empoisonnent les relations entre les cités qui ont résisté aux Perses et celles qui leur ont cédé, Hérodote, exilé d'Halicarnasse, passant en Grèce d'un hôte à un autre, n'appartient à aucune ville et juge de plus haut ces querelles entre gens d'une même langue : si les hommes étalaient tous leurs fautes sur la place, déclare-t-il, chacun ne serait que trop content de s'en aller en gardant son paquet. Et surtout il réaffirme ici le principe même de son enquête, agacé sans doute par des auditeurs trop prompts à l'accuser, malgré ses précautions, de naïve crédulité (ce dont on l'accuse parfois encore par habitude, et faute de prendre bonne note de son insistance sur ce point) : « Si j'ai le devoir de rapporter ce que l'on dit, je ne suis certainement pas obligé d'y croire — que l'on tienne compte de cette réserve d'un bout à l'autre de mon ouvrage » (VII, 152). En revanche, ce qu'il juge être la vérité, il l'affirme nettement : « Les Athéniens furent les sauveurs de la Grèce », dit-il (VII, 139), car en choisissant, eux, la liberté, ils ont été les artisans de l'échec de Xerxès — affirmation courageuse puisque au moment où il a dû rédiger cette partie de L'Enquête, Athènes, à la tête d'un empire, s'est fait haïr d'une partie du monde grec : la lutte n'est plus désormais celle des Grecs libres contre la Perse et ses esclaves, elle oppose des Grecs à des Grecs, une démocratie, Athènes, à une oligarchie, Sparte ; trente ans plus tard, la grandeur d'Athènes s'écroulera.

Quelles que soient les sources et les informations qui ont servi à L'Enquête, une chose est maintenant admise : la véracité et l'impartialité d'Hérodote. Que Plutarque, un Béotien, lui reproche, cinq siècles après les événements, de calomnier les Thébains et d'être un « philobarbaros », l'accusation n'est pas sérieuse. Plus de vingt siècles après lui, l'archéologie et l'épigraphie, la géographie et l'ethnographie sont venues confirmer ses dires, même lorsque ses auditeurs, puis ses lecteurs restaient incrédules. Dans son histoire des guerres, contrôler son récit n'est pas possible, puisque, pour le faire, il faudrait disposer d'ouvrages précédents ou contemporains, venus de Grèce et de Perse, qui traiteraient, autrement peut-être, des mêmes événements. L'Enquête, seul témoin que nous ayons, semble néanmoins crédible, et l'impartialité de son auteur, connaissant l'empire perse et les cités grecques, jugeant les gouvernements et les hommes par leurs actes, sans parti pris, nous engage à lui faire confiance.

L'histoire est pour Hérodote avant tout « humaine ». Les causes profondes des événements — économiques, sociales, politiques —, son époque ne les discerne pas encore. Ce sont des hommes qui, par leurs passions, pour leur intérêt personnel, provoquent les désordres et les malheurs de peuples entiers. Sur les quelque deux mille personnes qui figurent dans L'Enquête, une vingtaine suffit à faire l'histoire ; la peur ou la cupidité, la jalousie, l'ambition, le désir de vengeance très souvent, les poussent ou dictent leurs conseils ; par là des Grecs même en viennent à conduire les Barbares contre la Grèce.

Cette présence personnelle d'hommes dont les actions engagent la vie de tous, Hérodote la retrouve dans la guerre et ses affrontements. Il lui faut décrire des batailles livrées, les unes avant sa naissance, les autres au temps de sa première enfance ; lui-même, exilé de la ville où il aurait eu les droits et le rôle du citoyen, n'a pas eu à combattre avec ses concitoyens ni à les diriger, en paix ou en guerre : l'expérience personnelle en ce domaine lui manque, et les combattants qui lui disent leurs souvenirs de Marathon ou de Platées, de Salamine ou de Mycale, n'ont vu, comme Fabrice à Waterloo, qu'un épisode de la bataille, à l'endroit où ils se trouvaient. Sur la stratégie et la

*tactique adoptées par les chefs, la tradition donne des indica-
tions générales, exactes sans doute à quelque trente ans d'intervalle, mais insuffisantes pour nous si son époque s'en contentait.
Hérodote signale les moments successifs d'un combat : discussions préalables des chefs, mouvements des masses ou des
navires ordonnés de chaque côté (mais chaque contingent grec
garde son indépendance), incidents qui provoquent le choc,
effondrement de l'une des lignes et massacre final ; ce qu'il relève
ensuite, ce sont les faits et les paroles héroïques des hommes
dont la gloire reste vivante dans leurs cités, — Cynégire à
Marathon (VI, 114), Pythéas à l'Artémision (VII, 181),
Diénécès — « nous combattrons à l'ombre » — aux Thermopyles (VII, 226), Sophanès à Platées (IX, 74-75), Hermolycos
à Mycale (IX, 105) : pour ses auditeurs du Ve siècle, comme
pour ceux de l'Iliade, les héros d'une bataille ne sont pas
seulement à admirer, ils sont des modèles à imiter (puisque la
façon de se battre ne changera vraiment qu'avec les armes à
feu), ils sont une leçon de vertu civique et de patriotisme ;
l'histoire ne raconte pas seulement le passé, elle doit instruire et
forger les citoyens futurs.*

*Les événements naissent des actions des hommes, mais
aussi de leurs paroles. Dans* L'Enquête, *comme chez tous les
historiens grecs, romains et autres avant que l'histoire-science
n'impose ses règles, les personnages parlent, discours et
entretiens sont un élément essentiel de la narration : Grecs et
Perses, hommes et femmes, humbles ou puissants, tous
s'expriment. Cette convention plaisait aux auditeurs grecs,
citoyens libres pour qui, Fénelon l'a écrit justement, « tout
dépendait du peuple et le peuple dépendait de la parole... La
fortune, la réputation, l'autorité étaient attachées à la persuasion de la multitude... La parole était le grand ressort en paix
et en guerre » (Lettre à l'Académie, IV, Projet de
rhétorique). Dans toute cité grecque, un homme doit parler à*

l'assemblée, au tribunal, à l'armée comme dans la flotte où la discipline n'existe pas (un certain Dionysios (VI, 11-12), qui tente d'exercer des marins grecs sans les en avoir d'abord persuadés, voit vite ses hommes débarquer et s'installer à l'ombre sur le rivage). Les discussions, les exhortations, les discours des chefs sont à un moment donné nécessaires, attendus ; ils ont eu lieu mais, personne n'en consignant le texte, la mémoire en a gardé le souvenir approximatif et l'auteur d'un ouvrage les recrée à sa manière, selon la logique de l'homme et des circonstances ; c'est un moyen commode de résumer une situation, de confronter deux caractères, deux opinions ; moyen commode aussi de mettre face à face, en entretiens publics ou privés, deux personnages que leur nationalité, leurs desseins, leurs espoirs ou leurs craintes opposent. Hérodote étend au monde perse ces conversations-débats où Xerxès balance entre un mauvais et un bon conseiller, Mardonios et Artabane ou Artémise (VII 5, 8-11 ; VIII, 97, 103), où Démarate oppose aux sujets du roi la liberté des Spartiates (VII, 101-104). Ces discours, ces entretiens, refusés maintenant parce que factices, font l'histoire romancée d'aujourd'hui, roman historique, spectacles et films.

Les volontés humaines font l'histoire, certes, mais au-dessus d'elles une autre volonté toute-puissante ordonne et contrôle la vie des hommes. Hérodote dit, comme le monde grec tout entier pour des siècles encore : les dieux, *les diverses formes dont la religion officielle revêt la divinité ; il dit aussi :* le dieu, *celui dont il parle à ce moment ou le dieu prophétique, Apollon ; mais il emploie souvent un terme plus général :* théïon, *qui est la puissance divine unique, hors de toute forme matérielle. En son temps, le Vᵉ siècle avant notre ère, où apparaissent des*

*penseurs nouveaux : Anaxagore, Empédocle, Zénon, Démo-
crite, les croyances traditionnelles commencent à être mises en
question ; mais, comme ses contemporains, Hérodote reconnaît
l'intervention divine, évidente et constante, dans les affaires
humaines. Une grande loi morale, pour lui, commande le
monde, celle de la démesure,* hybris, *et du châtiment qui la
suit. Si l'homme, dans sa présomption, se croit maître de son
bonheur, s'il ose des actes insensés (ainsi Xerxès fait-il fouetter
la mer, VII, 35), des sacrilèges comme Cléomène (VI, 75), les
soldats perses (VIII, 129), Artayctès (IX, 116), ou, tel
Glaucos, une demande impie (VII, 86), la vengeance divine, la
Némésis le frappe bientôt. Dès le début de* L'Enquête, *un
sage Athénien, Solon, avertit le roi de Lydie, Crésus : ne
jugeons pas un homme heureux avant d'avoir vu son dernier jour
(I, 30-32) — les tragédies d'Eschyle et de Sophocle donnent la
même leçon. En écho, un autre sage, le Perse Artabane,
avertit Xerxès au moment où se décide l'invasion de la Grèce :
« le dieu ne permet l'orgueil à personne d'autre qu'à lui »
(VII, 10) ; et le tyran d'Athènes, Hipparque, est averti par un
songe : « nul homme ne commettra le mal sans en porter la
peine » (V, 56). L'intervention constante des dieux, Hérodote
la voit, évidente, punissant des coupables (VII, 137 ; VIII,
129, 135), sauvant un temple (IX, 65) ; il la consigne dans les
événements que lui rapportent les Delphiens (VIII, 37), les
Athéniens (VIII, 94), un témoin qu'il nomme (VIII, 65). Il
l'affirme pour les Athéniens qui ont sauvé la Grèce : « après
les dieux toutefois » (VII, 139), et il fait dire à Thémistocle :
« cette victoire n'est pas la nôtre : les Dieux et les Héros nous
l'ont donnée » sur « un sacrilège ivre d'orgueil » (VIII, 109).*

*Des signes qui révèlent la volonté divine, les uns, songes et
présages, sont envoyés par les dieux, il faut leur demander les
autres, les oracles. Songes vrais ou songes menteurs qui veulent
perdre des coupables (VII, 12-19), aux hommes de les*

interpréter. Les présages sont plus clairs, donnés par les victimes des sacrifices, par des êtres, des choses, des événements singuliers, du serpent sacré d'Athènes (VIII, 41) aux poissons salés qui s'agitent (IX, 120), de la barbe d'une prêtresse (VIII, 104) à la pousse neuve jaillie de l'olivier brûlé sur l'Acropole (VIII, 59). Là encore, Hérodote précise par ses habituels « on dit », « on raconte », qu'il se borne à donner ce que lui disent ses informateurs. Même précaution de sa part devant le merveilleux ajouté aux victoires des Grecs : apparition de Pan (VI, 105), d'Arès sans doute à Marathon (VI, 117), de deux Héros à Delphes (VIII, 38-39), du cortège des dieux quittant Éleusis pour secourir Athènes (VIII, 65), d'une femme — Athéna ? — exhortant les combattants à Salamine (VIII, 84). L'accuser de crédulité à ce propos est certes injuste, puisque, il le répète, ce sont des on-dit, trois ou quatre décennies après les faits, qu'il recueille. Qu'il ne les relate pas avec plus ou moins d'ironie comme fables populaires n'a rien d'étonnant, car pour lui comme pour ses contemporains le surnaturel est un élément normal dans leur vie : autour d'eux, à côté des choses visibles, l'invisible existe et ses manifestations sont signes divins à déchiffrer : tel était leur monde.

Pour tenter de connaître la volonté des dieux, ils avaient un moyen, consulter les oracles, et celui de Delphes d'abord qui, du VIIe siècle avant notre ère à l'édit de Théodose qui le ferme au IVe siècle de notre ère, n'a cessé de diriger les hommes et les cités non seulement des Hellènes, mais du monde méditerranéen tout entier. Un proverbe affirme qu'on ne peut tromper tout le monde, tout le temps : la si longue existence des sanctuaires oraculaires empêche de croire trop simplement à des prêtres habiles à exploiter de naïfs consultants, comme à des oracles toujours fabriqués ou arrangés après coup. Historien, Hérodote relève au cours des événements les oracles qui les ont provoqués : oracles obscurs qu'il faut comprendre — ce que fait Thémisto-

cle (VII, 143) —, oracles achetés parfois (VI, 66), oracles réalisés tout autrement que ne l'espérait le consultant (VI, 80), oracle implacable, puis modifié par l'insistance des Athéniens (VII, 140-142). Est-ce Hérodote qui proclame (VIII, 77), à propos d'un oracle annonçant clairement Salamine : « Je n'ai pas moi-même l'audace de contester la vérité des oracles et je ne l'admets pas non plus chez autrui » ? Ce n'est pas certain, un lecteur a pu noter une réflexion personnelle, mais l'esprit religieux d'Hérodote accepte, comme son temps et bien des siècles après lui, ce qui dépasse l'insuffisante intelligence humaine et répond aux angoisses et aux hésitations des hommes. Et Socrate lui-même conseillait à ses amis de demander aux dieux les réponses que seuls ils peuvent donner. Des cités grecques partent des ambassades officielles qui vont à Delphes interroger l'oracle ou le remercier. Avant de lutter contre Xerxès, les nations confédérées décrètent que les cités qui auront cédé sans résistance au Perse devront au dieu de Delphes la dîme de tous leurs biens (VIII, 132) ; après leur victoire, c'est à Delphes qu'elles envoient les prémices du butin (VIII, 121-122) et le serpent de bronze sur lequel leurs noms sont gravés (IX, 81).

Les jugements qu'Hérodote exprime et les paroles qu'il prête à ses personnages font clairement apparaître ses propres opinions, sur la vie des hommes et leurs gouvernements, sur la Grèce face à la Perse et la conduite qui assurerait son indépendance. Le thème principal en est la haine de la servitude et l'amour de la liberté. Un roi de Perse, un tyran de cité grecque peuvent agir sagement, il l'admet puisqu'il juge les régimes sur leurs résultats, et non sur leur forme. Mais lui qui a personnellement lutté contre Lygdamis, le tyran de sa ville natale, souligne les caprices et la cruauté des despotes dont les sujets faibles et dociles (V, 91) sont des esclaves, contraints même à se prosterner devant lui (VII, 136), tel Périandre à Corinthe (V, 92) et Xerxès lui-même aux colères brutales (VII, 38-39, 238), qui pour un amour coupable fait périr son frère avec les siens (IX, 108-113). À cet épisode sanglant qu'Hérodote insère à la fin de L'Enquête, entre la victoire des Grecs à Mycale et la prise de Sestos par les Athéniens, dernier fait de cette guerre, il oppose sans commentaires inutiles la sagesse de Cyrus, fondateur de l'empire que la folie de son troisième successeur mène à la défaite ; et L'Enquête s'achève sur ce que les Perses ont, par Cyrus, refusé : « subir le joug d'autrui » (IX, 122).

En face de la tyrannie, « la plus injuste, la plus sanglante invention de l'humanité » (V, 92), Hérodote dit et répète l'éloge de la liberté : il constate que les Athéniens, qui dans la servitude peinaient pour un maître, ont vu, libres, grandir leur puissance (V, 78) ; un Spartiate devant un Perse l'affirme : qui a goûté de la liberté la défendra par la lance, par la hache même (VII, 135) ; les Athéniens repoussent les offres de Xerxès : « la liberté nous est si chère », disent-ils, « que nous nous défendrons comme nous le pourrons » (VIII, 143), et les Spartiates leur rappellent qu'ils ne peuvent s'allier aux Barbares pour réduire les Grecs en esclavage, eux en qui l'on voit « les libérateurs de tous les peuples » (VIII, 142) ; à Mycale enfin, le mot d'ordre donné à la flotte grecque est d'abord : « liberté ».

Un deuxième thème suit logiquement celui de la liberté : un seul régime politique peut garder aux citoyens leur dignité d'hommes libres : la démocratie. Elle leur accorde d'abord « un avantage précieux, l'égalité », quand tous ont droit à la parole et que le pouvoir appartient à des égaux (V, 92). Les Barbares obéissent à la peur du maître et au fouet, les hommes *libres n'ont qu'un seul maître, la loi (VII, 103-104). Hérodote a sous les yeux, dans Athènes au faîte de sa gloire et de sa puissance, le modèle idéal de la démocratie : le peuple y est souverain, certes, en théorie, mais il est alors dirigé par « le premier des citoyens » qui tient son autorité de l'estime qu'il inspire, de son intelligence, de son évidente intégrité, et contient le peuple en respectant sa liberté : c'est le beau portrait de Périclès que fait Thucydide [1]. Cet homme disparu, les ambitieux se disputent le pouvoir en flattant le peuple. À côté de l'éloge d'une démocratie idéale, ce sont les dangers de ce régime qu'Hérodote, plus discrètement, souligne : une multitude — 30 000 Athéniens — est, pour son malheur, plus facile à leurrer qu'un seul homme (V, 97) ; dans une cité la classe populaire en est l'élement « le plus incommode » (VII, 156).*

Au livre III de L'Enquête, *dans un curieux débat sur le choix d'un gouvernement pour la Perse — Hérodote affirme qu'il a vraiment eu lieu —, trois discours opposent démocratie, oligarchie, tyrannie (III, 80-82). L'oligarchie est vite éliminée, car elle aboutit, toujours, au pouvoir d'un seul homme. Pour le partisan de la démocratie, le régime populaire « porte le plus beau nom qui soit, égalité », le magistrat y rend compte de ses actes et toute décision y est portée devant le peuple. La critique en est faite par le partisan de l'oligarchie d'abord, pour qui la foule qui n'a pas reçu d'instruction « se jette étourdiment dans les affaires » comme « un torrent en pleine crue », puis par Darius, qui sera le deuxième successeur de Cyrus : à supposer que la démocratie, ou l'oligarchie ou la monarchie soit parfaite, l'oligarchie engendrera des meurtres et un maître unique, la démocratie ne pourra échapper à la corruption jusqu'au moment où un défenseur du peuple deviendra son chef unique ; et si l'homme seul au pouvoir a toutes les vertus*

---

1. *Guerre du Péloponnèse*, II, 65.

*requises, celui-là « saura veiller parfaitement aux intérêts de
tous ». Ce débat situé en Perse aboutit donc à Darius maître
d'un immense empire. Hérodote cite aussitôt l'opinion des
Perses sur leurs maîtres successifs : Darius, « qui tire de
l'argent de tout », est appelé un marchand ; Cambyse, « dur et
insensible », un despote ; mais Cyrus, « humain et désireux
avant tout du bien de ses sujets », est appelé un père (III, 89).
La démocratie est bien, aux yeux d'Hérodote, le régime idéal,
mais si elle ne peut se maintenir dans sa pureté originelle —
Hérodote a vu dans Athènes les démagogues succéder à Périclès
—, il semble accepter, au second rang, ce qui sera pour les
philosophes du XVIIIe siècle, Voltaire en particulier, le « despote éclairé » — non pas un despotisme, puisque ce serait un
pouvoir soumis aux lois, qui chercherait le bien de tous,
respecterait la liberté des personnes et des opinions, traiterait
également tous ses sujets —, un régime idéal lui aussi. L'état
démocratique est naturel et sage, disent les philosophes, mais
est-il inaltérable ?*

*Du thème de la liberté naît encore un troisième thème, cher à
Hérodote : une Grèce libre, unissant tous les peuples de langue
grecque en un bloc panhellénique dont la force écarterait à
jamais les menaces venues de l'Est. Par l'union de ce qui, dans
le monde grec, refusait de céder aux Perses, les Athéniens
avaient sauvé la liberté de tous (VII, 139), mais les jalousies
entre cités la détruisent vite... Par la voix de Mardonios,
Hérodote blâme cette jalousie des Grecs pour tout succès, cette
haine pour toute supériorité (VII, 236) ; il la relève encore
lorsqu'il s'agit de donner le premier prix de la vaillance aux
vainqueurs de Salamine (VIII, 124). Les Grecs, qui se font la
guerre au lieu de s'entendre entre gens de même langue (VII,
9), se sentent pourtant unis « par la langue et le sang, les
sanctuaires et les sacrifices qui nous sont communs, nos mœurs
qui sont les mêmes » : ainsi parlent les Athéniens lorsqu'ils*

s'affirment alliés des Spartiates, à la fin de leur lutte contre Xerxès (VIII, 144). Mais les désaccords ressuscitent dès la guerre gagnée (IX, 106), Hérodote les verra s'aggraver jusqu'au moment où Athènes et Sparte, devenues deux mondes différents, se trouveront engagées dans une guerre sans merci. Le bloc panhellénique qu'il espérait était un espoir vite déçu ; il quittera Athènes (vers 443 avant notre ère) pour retrouver une patrie dans une colonie « panhellénique », Thourioi en Sicile, à l'Ouest du monde grec, loin de l'Est et d'Halicarnasse, d'Athènes et de Sparte.

L'histoire pour Hérodote est humaine, entièrement : des hommes, aidés ou contrariés par la volonté divine, la font. Mais sur la vie qui leur est accordée, Hérodote partage le pessimisme fondamental qu'expriment avant lui Homère et les poètes. « Les hommes passent comme les feuilles des arbres », dit Homère ; l'homme est « le rêve d'une ombre », dit Pindare. Les puissances terrestres s'écroulent, l'homme heureux ne peut être sûr de son bonheur. Xerxès, devant son immense armée, pleure sur la brièveté de la vie : tant d'hommes dont pas un ne sera encore en vie dans cent ans ! Et, si brève soit-elle, cette vie est si pleine de souffrances qu'il n'est pas un homme qui ne souhaite, plus d'une fois, être mort plutôt que vivant (VII, 45-46). Les Trauses ont raison de pleurer aux naissances, de se réjouir aux funérailles (V, 4). Et la nature humaine est telle que stupidités, folies, cruautés, lâchetés, impiétés, crimes s'y trouvent en plus grand nombre que la vertu, la justice, la piété, l'héroïsme, chez les Grecs comme chez les Barbares. Hérodote regarde ce spectacle sans étonnement, avec une tolérance ironique : à tout homme convient, pour ses fautes, l'humilité, pour celles d'autrui l'indulgence (VII, 152).

L'Enquête *est écrite en dialecte ionien, le grec parlé dans les cités et les îles de la côte de l'Asie Mineure, devenu la première langue de la prose, comme l'ionien ancien, celui d'Homère et de l'épopée, avait été la première langue de la poésie. Des souvenirs de l'ionien épique s'y mêlent, aussi naturels pour l'auteur que pour son public, tous nourris des mêmes textes. La phrase est souvent courte ; plus longue, elle lie sans rigueur — la rhétorique n'ayant pas encore imposé ses règles — des éléments successifs et se déroule sans hâte. Les formules d'annonce, de reprise, de conclusion, celles de la littérature orale, permettent aux auditeurs de suivre plus facilement un récit. De cette prose, la première à valoir un beau vers, selon Denys d'Halicarnasse, Hérodote était pour les Anciens le plus parfait représentant.*

Avant Hérodote, déjà, l'histoire s'était dégagée de la forme littéraire dont elle est issue, épopée d'Homère et poèmes cycliques. Les récits des logographes, les premiers prosateurs, traitaient, au lieu de légendes héroïques, de faits réels, mais pour Denys d'Halicarnasse [1], qui cite douze noms entre autres de ces historiens d'une ville ou d'un peuple, c'est Hérodote qui, le premier, a embrassé dans son œuvre plus de deux cents ans d'histoire, celle de l'Europe et celle de l'Asie. Le premier aussi pour nous il a choisi de retracer le passé récent, à peine achevé, du monde qu'il connaissait, et il a construit son ouvrage sur un thème dramatique : le heurt de deux civilisations, Est contre Ouest, appuyé sur un thème moral : la Némésis divine vient

1. *Sur Thucydide*, 5.

*toujours châtier l'*hybris*, la démesure des hommes. Et les événements qu'il relate, il entend les expliquer en en montrant les causes et le déroulement. Par là, Hérodote, historien des guerres Médiques, a toujours droit, pour nous comme pour les Anciens, au nom que Cicéron[1] lui a donné, celui de Père de l'Histoire.*

Andrée Barguet

NOTE SUR LE TEXTE

Cette édition intégrale des cinq derniers livres de *L'Enquête* a été établie à partir de celle de la « Bibliothèque de la Pléiade » parue en 1964.

---

1. *De legibus*, I, 1, 5.

L'Enquête

LIVRES V À IX

TERPSICHORE

LIVRE V

campagnes des généraux perses en Asie Mineure, 117-123.
— Fin d'Aristagoras, 124-126.]

DARIUS CONTRE L'EUROPE

Soumission des   (1). Les Perses que
Périnthiens.   Darius avait laissés en
                                     Europe avec Mégabaze [1]
soumirent d'abord dans l'Hellespont les Périnthiens,
qui refusaient de subir le joug du roi et s'étaient déjà
fait battre par les Péoniens [2], et sévèrement. — Un
oracle de leur dieu avait engagé les Péoniens du
Strymon à marcher contre les Périnthiens et à les
attaquer, si les Périnthiens campés devant eux les
interpellaient en criant leur nom, mais à ne pas
bouger dans le cas contraire, et les Péoniens lui
obéirent. Les Périnthiens étaient campés devant leur
ville et, à la suite d'un défi, un triple duel s'engagea,
qui mit aux prises deux hommes, deux chevaux et
deux chiens. Les Périnthiens l'emportèrent dans deux
combats et, dans leur joie, se mirent à chanter le
Péan : en entendant ce mot, les Péoniens jugèrent la
prédiction réalisée [3] ; ils se dirent, je pense : « Voilà
sans doute ce que nous annonçait l'oracle ; c'est donc
à nous de passer à l'action. » Ils se jetèrent alors sur
les Périnthiens qui chantaient leur Péan, les déconfi-
rent et ne laissèrent que peu de survivants.

(2). Voilà comment les Péoniens leur avaient
infligé une première défaite. Mais les Périnthiens
combattirent alors en hommes de cœur pour leur
liberté, et les Perses de Mégabaze ne durent leur
victoire qu'à leur supériorité numérique. Après avoir
réduit Périnthe, Mégabaze parcourut la Thrace en

pliant au joug du Grand Roi toutes les cités et tous les peuples de ce pays. Conquérir la Thrace, c'était l'ordre de Darius.

La Thrace : peuples et coutumes. (3). Le peuple thrace est, après les Indiens, le plus nombreux qui soit au monde. Si les Thraces avaient un seul chef et s'entendaient entre eux, ils formeraient un peuple invincible, et certes le plus puissant de tous, à mon avis ; mais c'est là pour eux chose impossible et parfaitement irréalisable, d'où leur faiblesse. Ils portent des noms différents suivant les régions, mais ils ont tous à peu près les mêmes coutumes, sauf les Gètes, les Trauses et les tribus qui habitent au-dessus des Crestoniens [4].

(4). J'ai décrit déjà les mœurs des Gètes, qui se disent immortels. Les Trauses ont en général les coutumes du reste de la Thrace, mais voici comment ils se comportent devant la naissance et la mort : la famille du nouveau-né se rassemble autour de lui et se lamente sur les maux qu'il devra subir puisqu'il est né, en rappelant toutes les calamités qui frappent les malheureux mortels ; mais le mort est mis en terre au milieu des plaisanteries et de l'allégresse générale, puisque, disent-ils, il jouit désormais de la félicité la plus complète, à l'abri de tant de maux.

(5). Voici les usages des Thraces qui habitent au-dessus des Crestoniens : ils pratiquent la polygamie ; à la mort d'un homme une violente contestation s'engage entre ses femmes, sous le contrôle attentif de ses amis, pour décider de son épouse préférée. La femme qui sort victorieuse de cette compétition reçoit tous les éloges des hommes et des femmes, puis son

plus proche parent l'égorge sur la tombe de son mari,
et on l'ensevelit à ses côtés. Les autres épouses du
mort sont vivement affligées de survivre : c'est pour
elles le plus grand des opprobres.

(6). Voici maintenant les coutumes des autres
peuples thraces : ils vendent leurs enfants à l'étranger ; ils ne surveillent pas leurs filles et leur permettent
de se mêler aux hommes à leur gré, mais ils veillent
étroitement sur leurs épouses ; ils achètent leurs
femmes à leurs parents, fort cher. Chez eux, les
tatouages [5] sont signes de noblesse et le vulgaire seul
n'en porte pas ; vivre oisif est l'existence la plus
honorable, cultiver la terre est la plus vile ; guerre et
pillage sont les occupations les plus nobles. Voilà
leurs usages les plus remarquables.

(7). Les seules divinités qu'ils adorent sont Arès,
Dionysos et Artémis. Seuls leurs rois vénèrent tout
spécialement Hermès [6] ; ils ne jurent que par lui, et
déclarent descendre de ce dieu.

(8). Voici comment on célèbre chez eux les funérailles des riches : pendant trois jours on expose le
corps, on immole de nombreuses victimes et l'on
festoie, après les lamentations d'usage. Puis on dépose
en terre soit les cendres du mort, soit son cadavre, on
élève un tertre sur la tombe et l'on célèbre des jeux
variés avec des prix dont les plus importants, à
proportion, sont réservés au combat singulier. Voilà
pour leurs funérailles.

(9). Plus loin du côté du vent du nord, personne ne
peut rien dire de précis sur les peuples qui habitent
ces régions ; mais, sitôt franchi l'Istros, le pays n'est
certainement plus qu'un désert illimité. Un seul
peuple, selon les renseignements que j'ai pu recueillir,

habite au-delà de l'Istros : ce sont les Sigynnes, qui
s'habillent à la manière des Mèdes. Leurs chevaux
ont, dit-on, le corps entièrement recouvert de poils
longs de cinq doigts ; ils sont petits, camus, incapables
de supporter un cavalier, mais, attelés, leur allure est
très rapide ; aussi les gens du pays se déplacent-ils
toujours en voiture[7]. Ce peuple s'étend, dit-on, jusqu'aux Énètes, sur l'Adriatique. Ils se disent des
colons venus de la Médie, mais je ne saurais, pour
mon compte, expliquer l'origine de cette colonie :
cependant au cours des siècles tout peut arriver. En
tout cas, les Ligures qui habitent l'intérieur du pays
au-dessus de Massalia appellent « sigynnes » les
marchands-revendeurs, et les Cypriotes donnent ce
nom à leurs javelots.

(10). S'il faut en croire les Thraces, les abeilles[8]
sont maîtresses de toutes les régions qui s'étendent
au-delà de l'Istros, et en rendent l'accès impossible.
Chose, à mon avis, parfaitement invraisemblable : ces
animaux sont incapables, semble-t-il, de supporter un
climat rigoureux ; or les régions septentrionales sont
inhabitables, selon moi, en raison du froid qui y règne.
Voilà ce que l'on dit de ce pays, dont Mégabaze
s'occupait alors de soumettre le littoral aux Perses.

(11). De son côté, Darius avait franchi l'Hellespont
et, dès son retour à Sardes, il se souvint du service que
lui avait rendu Histiée de Milet et du conseil que lui
avait donné Coès de Mytilène[9] : il les fit venir à
Sardes et leur demanda de choisir leur récompense.
Histiée, qui était le tyran de Milet, ne souhaita pas
étendre son pouvoir et demanda seulement Myrcinos,
sur le territoire des Édones[10], pour y fonder une ville.
Tel fut son choix ; et Coès qui, lui, n'était pas un

tyran, mais un simple citoyen, pria Darius de le faire
tyran de Mytilène.

*Soumission
des Péoniens.*

(12). Ils reçurent tous
deux satisfaction et s'en
allèrent, chacun avec la
récompense qu'il avait choisie. Pour Darius, un
spectacle dont il fut témoin lui inspira l'idée d'envoyer
à Mégabaze l'ordre de s'emparer des Péoniens et de
les transférer d'Europe en Asie. Deux Péoniens, Pigrès
et Mastyès, qui souhaitaient devenir tyrans de la
Péonie, vinrent à Sardes après le retour de Darius en
Asie, avec une de leurs sœurs qui était grande et belle.
Le jour où Darius vint siéger dans le faubourg de la
cité lydienne, ils arrangèrent la scène suivante : ils
parèrent leur sœur de leur mieux et l'envoyèrent
puiser de l'eau ; elle portait une cruche sur la tête,
menait un cheval dont elle avait passé la bride à son
bras, et, en même temps, filait du lin. Son passage
éveilla la curiosité du roi, car sa conduite ne corres-
pondait aux usages ni des Perses, ni des Lydiens, ni
d'aucun peuple de l'Asie. Intrigué, le roi chargea
quelques-uns de ses gardes d'aller voir ce qu'elle ferait
de son cheval. Donc, les gardes la suivirent et la
femme, arrivée au bord du fleuve, fit boire le cheval,
après quoi elle remplit d'eau sa cruche et passa de
nouveau devant Darius, la cruche sur la tête et le bras
toujours passé dans la bride du cheval, tandis que ses
doigts faisaient tourner le fuseau.

(13). Darius, étonné par le rapport de ses espions
et le spectacle qu'il avait devant lui, se fit amener cette
femme. Elle vint, accompagnée de ses frères qui
avaient suivi de près toute la scène ; quand Darius lui

demanda d'où elle venait, les jeunes gens répondirent qu'ils étaient Péoniens et qu'elle était leur sœur. Le roi voulut alors savoir ce qu'étaient les Péoniens, où se trouvait leur pays, et ce qui les avait eux-mêmes amenés à Sardes. Ils déclarèrent qu'ils étaient venus se mettre à son service, que la Péonie et ses villes se trouvaient situées sur le Strymon, un fleuve proche de l'Hellespont, et que les Péoniens descendaient de colons teucriens, originaires de Troie [11]. Ainsi répondirent-ils à chacune de ses questions ; puis le roi leur demanda si les femmes de leur pays étaient toutes aussi laborieuses que leur sœur, ce qu'ils lui affirmèrent promptement, car ils avaient combiné toute l'affaire pour amener cette réponse.

(14). Là-dessus Darius écrivit à Mégabaze, demeuré en Thrace à la tête de l'armée, d'enlever les Péoniens à leur pays et de les lui envoyer, y compris les enfants et les femmes. Aussitôt un cavalier chargé du message galopa jusqu'à l'Hellespont, franchit la mer et remit la lettre à Mégabaze ; dès qu'il en eut pris connaissance, Mégabaze se procura des guides en Thrace et marcha contre la Péonie.

(15). À la nouvelle de l'agression des Perses, les Péoniens réunirent leurs forces et allèrent prendre position sur le littoral, par où, pensaient-ils, viendrait l'invasion perse. Les Péoniens étaient donc prêts à repousser l'envahisseur, mais les Perses apprirent qu'ils avaient groupé leurs forces et tenaient la route du littoral : comme ils avaient des guides, ils passèrent par l'intérieur du pays et se jetèrent à l'improviste sur les cités privées de leurs défenseurs ; et ces villes sans défense tombèrent aisément entre leurs mains. Lorsque les Péoniens surent leurs villes au pouvoir de l'ennemi, ils se dispersèrent aussitôt, chacun de son côté, et se livrèrent aux Perses. Ainsi, parmi eux, les Siriopéoniens, les Péoples et les habitants de la région jusqu'au lac Prasias furent arrachés à leur pays et déportés en Asie [12].

(16). Les Péoniens qui habitent aux environs du mont Pangée, [des Dobères, des Agrianes, des Odomantes] et du lac Prasias lui-même [13] ne furent jamais inquiétés par Mégabaze ; mais il essaya de prendre aussi les populations qui bâtissent leurs demeures sur le lac même de la façon que voici : au milieu du lac émerge une plate-forme qui repose sur des pieux élevés et qu'une étroite passerelle relie seule à la terre ferme. Les pieux qui la supportent ont dû jadis être plantés par les soins de la communauté entière, mais un autre usage a prévalu depuis : à chaque femme qu'il épouse, l'homme doit aller chercher sur la montagne qu'on appelle Orbélos [14] du bois pour trois pilotis ; or, ils ont tous plusieurs épouses. Voici comment ils sont installés : chacun possède sur la plate-forme une cabane dans laquelle il vit et qui, par une trappe creusée dans le plancher, communique avec le lac [15]. On attache les enfants en bas âge par le pied avec un lien d'écorce, de peur qu'ils ne tombent dans l'eau. Aux chevaux et aux bêtes de somme, ils donnent du poisson au lieu de fourrage ; car il est si abondant qu'il leur suffit d'ouvrir la trappe et de plonger dans l'eau une corbeille vide, suspendue à une corde de jonc, pour, au bout d'un instant, remonter une pleine pannerée de poissons. Ils ont deux espèces de poissons, qu'ils appellent *papraces* et *tilons*.

*Mission perse
en Macédoine.*

(17). Les Péoniens tombés aux mains des Perses partirent pour l'Asie et Mégabaze, maître des Péoniens, envoya en Macédoine une députation de sept Perses, les plus hauts personnages de l'armée après lui : ils devaient aller trouver Amyntas [16] et lui réclamer « la terre et l'eau » au nom de Darius, le Grand Roi. Du lac Prasias à la Macédoine le chemin est très court : après le lac, on trouve la mine d'où Alexandre tira par la suite un talent d'argent par jour, et, après la mine, sitôt franchie la montagne appelée Dysoros, on est en Macédoine [17].

(18). Donc arrivés chez Amyntas les envoyés perses admis en sa présence lui réclamèrent au nom de Darius « la terre et l'eau » ; Amyntas leur accorda ce qu'ils demandaient et les pria même d'accepter son hospitalité : il fit préparer en leur honneur un festin somptueux et leur réserva l'accueil le plus courtois. Le repas achevé, les Perses qui buvaient à qui mieux mieux lui dirent : « Macédonien, notre hôte, nous avons l'habitude en Perse, quand nous donnons un banquet, de faire venir nos concubines et nos épouses légitimes, pour nous tenir compagnie. Allons ! tu nous as bien reçus, tu nous traites magnifiquement et tu cèdes au roi Darius la terre et l'eau de ton pays : suis donc maintenant notre coutume ! — Perses, leur répondit Amyntas, votre coutume n'est pas la nôtre, et chez nous les hommes et les femmes sont séparés. Mais vous êtes les maîtres et, puisque vous réclamez cette faveur, vous serez satisfaits. » Sur ce, il envoya chercher les femmes qui, docilement, vinrent s'asseoir les unes à côté des autres, en face des Perses. Mais

quand les Perses virent tant de beautés, ils s'adressèrent à leur hôte encore : voilà qui était bien peu
logique, lui dirent-ils ; il aurait mieux valu ne pas
appeler les femmes, plutôt que de les faire venir sans
leur permettre de s'asseoir à leurs côtés et de les
installer en face d'eux pour mettre leurs yeux au
supplice. Amyntas, bien malgré lui, fit asseoir les
femmes à côté d'eux ; elles obéirent et les Perses, en
hommes pris de vin, se mirent aussitôt à leur caresser
les seins, et certains même à tenter de les embrasser.

(19). Amyntas les voyait faire, la rage au cœur,
mais impassible, tant il craignait les Perses. Son fils
Alexandre était là et devant ce spectacle, en homme
jeune et qui n'avait jamais souffert encore, il ne put se
contenir plus longtemps ; indigné, il dit à son père :
« Mon père, cède à ton âge, va te reposer, et ne
t'entête pas à boire plus longtemps. Je resterai, moi, et
je veillerai au confort de nos hôtes. » Amyntas
comprit qu'Alexandre avait quelque projet dangereux
en tête, et il lui dit : « Mon enfant, la colère t'échauffe,
et je crois comprendre tes paroles : tu veux m'écarter
pour commettre quelque violence. Mais, je t'en
conjure, n'entreprends rien contre ces gens si tu ne
veux pas nous perdre, laisse-les faire. Pour moi, je vais
me retirer, suivant ton conseil. »

(20). Sur ces recommandations Amyntas partit et
Alexandre s'adressa aux Perses : « Ces femmes, leur
dit-il, sont à votre disposition, mes hôtes, toutes ou
bien celles que vous voudrez : vous n'aurez qu'à nous
le faire savoir. Mais l'heure du coucher approche, et je
vous vois suffisamment ivres ; donc, si vous le voulez
bien, laissez partir ces femmes, elles iront au bain et
vous les retrouverez ensuite. » Son offre plut aux

Perses; les femmes se retirèrent et Alexandre les
renvoya dans leur appartement, puis il réunit un
nombre pareil de jeunes gens imberbes, leur fit
prendre des vêtements de femmes, leur remit des
poignards et les introduisit auprès des Perses, avec ces
mots : « Perses, rien n'a manqué, je crois, au festin
que nous vous avons offert; ce que nous avions, ce que
nous avons pu nous procurer, vous l'avez. Mais nous
faisons plus encore : notre générosité vous abandonne
nos mères et nos sœurs, pour bien vous montrer que
vous recevez de nous tous les honneurs dont vous êtes
dignes; et vous pourrez dire au roi qui vous a envoyés
qu'un Grec, son gouverneur macédonien, vous a bien
reçus, à table comme au lit. » Sur ce il fit asseoir à
côté de chacun des Perses l'un des jeunes gens
déguisés en femmes, et lorsque les Perses voulurent les
caresser, ceux-ci les égorgèrent.

(21). Ainsi périrent les Perses et toute leur suite
avec eux. Ils étaient venus avec chariots, serviteurs et
quantité de bagages, mais les Macédoniens firent tout
disparaître. Quelque temps après, les Perses procédè-
rent à une vaste enquête sur le sort de l'ambassade,
mais Alexandre s'arrangea pour arrêter les recherches, par une grosse somme d'argent et sa sœur, qui
s'appelait Gygée : le tout remis, pour étouffer l'affaire,
à un Perse, Boubarès, qui dirigeait la commission
chargée d'enquêter sur les disparus. On enterra donc
l'histoire, et personne n'en parla plus [18].

(22). Les descendants de Perdiccas sont-ils des
Grecs, comme ils le disent ? Je suis personnellement
en mesure de l'affirmer, et je montrerai d'ailleurs plus
loin qu'ils sont bien de race grecque. De plus, les
Hellanodices chargés d'organiser les Jeux Olympi-

ques ont été de cet avis : en effet, lorsque Alexandre voulut participer aux Jeux et se présenta dans l'arène, ses concurrents grecs, à l'épreuve de la course, alléguèrent pour l'écarter que seuls les Grecs pouvaient prendre part au concours ; mais Alexandre, en prouvant qu'il était Argien, se fit reconnaître pour un Grec, prit part à la course du stade et toucha le but en même temps que son rival [19]. Voilà, paraît-il, comment les choses se passèrent.

Rappel d'Histiée.

(23). Mégabaze, lui, arriva sur l'Hellespont avec le convoi des Péoniens, franchit le détroit et parvint à Sardes. Or, Histiée de Milet fortifiait déjà le territoire que Darius lui avait accordé, sur sa demande, pour le récompenser d'avoir gardé le pont sur l'Istros ; c'était, au bord du Strymon, la place qu'on appelle Myrcinos [20]. Mégabaze fut informé de ses activités et, dès qu'il fut à Sardes avec les Péoniens, il avertit Darius : « Seigneur, qu'as-tu fait en permettant à un Grec habile et prudent de fonder une ville en Thrace, en un lieu qui possède du bois en abondance pour les navires et les rames, des mines d'argent, et une nombreuse population tant grecque que barbare installée aux alentours, qui, si elle trouve un chef, le suivra docilement jour et nuit ! Ne laisse donc pas cet homme achever ses travaux, si tu veux éviter toute guerre intestine ; pour cela, use de la douceur pour le faire venir à toi ; puis, quand tu le tiendras, arrange-toi pour qu'il ne retourne plus jamais chez les Grecs. »

(24). Darius se rangea sans peine à l'avis de Mégabaze dont les prévisions lui parurent fort justes.

Il fit aussitôt partir un courrier pour Myrcinos, avec ce message : « Histiée, voici le message du roi Darius : " Plus je réfléchis, plus je constate qu'il n'est pas d'homme plus dévoué que toi à ma personne et à mes affaires ; des actes, et non des paroles, me l'ont prouvé. Je forme à présent de grands projets : viens sans retard, je veux te les communiquer. " » Histiée ne se défia point de ces paroles, et d'ailleurs il était très fier de devenir le conseiller du Grand Roi. Il se rendit à Sardes et, sitôt arrivé, Darius lui dit : « Histiée, voici pourquoi je t'ai fait venir. Depuis que je suis rentré de Scythie et que je ne t'ai plus eu devant mes yeux, mon premier et mon plus vif désir a été de te voir et de m'entretenir avec toi, car le bien le plus précieux, je l'ai compris, est un ami prudent et dévoué. Or, tu possèdes ces deux qualités, je l'ai constaté dans mes propres affaires et puis en témoigner. Ainsi, je te sais gré d'être venu et j'ai une proposition à te faire : laisse Milet et ta nouvelle cité de Thrace, viens à Suse avec moi ; mes biens seront les tiens, tu partageras ma table et tu seras mon conseiller. »

(25). Voilà ce qu'il lui dit ; puis, après avoir nommé son frère consanguin Artaphrénès gouverneur de Sardes[21], il partit pour Suse en compagnie d'Histiée. Il avait d'autre part remis à Otanès le commandement des régions côtières. — Le père d'Otanès, Sisamnès, avait été l'un des Juges Royaux sous Cambyse et, parce qu'il avait rendu pour de l'argent une sentence injuste, le roi l'avait fait exécuter, puis écorcher entièrement et, de sa peau découpée en lanières, il avait fait tendre le siège sur lequel Sisamnès de son vivant prenait place pour rendre la

justice ; après quoi, Cambyse avait nommé, pour
remplacer le coupable occis et écorché sur son ordre,
le propre fils de Sisamnès, en lui conseillant d'avoir
toujours en mémoire le siège sur lequel il rendait la
justice [22].

Conquêtes d'Otanès. (26). Otanès, l'homme
qui avait à prendre place
sur un tel siège, devint alors le successeur de Mégabaze à la tête de l'armée ; il triompha des Byzantins et
des Chalcédoniens, il prit Antandros en Troade, il prit
Lamponion [23], et, avec les vaisseaux que les Lesbiens
lui avaient fournis, il prit Lemnos et Imbros, toutes
deux habitées encore par des Pélasges à cette époque.

(27). Les Lemniens luttèrent courageusement
mais, en dépit de leur résistance, ils finirent par
succomber ; aux survivants les Perses donnèrent pour
gouverneur Lycarétos, le frère de Méandrios qui avait
régné sur Samos [24]. Ce Lycarétos mourut à Lemnos,
pendant son gouvernement. [Pour Otanès [25]] la raison
de sa conduite fut qu'il voulait asservir et soumettre
tous ces peuples, parce qu'il les accusait, soit de s'être
dérobés au moment de l'expédition contre les Scythes,
soit d'avoir nui aux troupes de Darius à leur retour de
Scythie.

RÉVOLTE DE L'IONIE

Affaires de Naxos (28). Donc, voilà tout
et de Milet. ce que fit Otanès pendant
son commandement. Pen-
dant quelque temps ensuite les troubles s'atténuèrent ;

mais ils reprirent bientôt en Ionie, avec les affaires de
Naxos et de Milet. Naxos était la plus prospère des
îles, et, à la même époque, Milet, au faîte de sa
fortune, était vraiment le joyau de l'Ionie ; précédemment elle avait connu, pendant deux générations, les
pires discordes intestines, jusqu'à l'intervention des
gens de Paros, choisis par les Milésiens entre tous les
Grecs pour ramener la paix dans leur pays.

(29). Voici comment les Pariens opérèrent cette
réconciliation : les plus éminents de leurs concitoyens
s'en vinrent à Milet et, quand ils virent la terrible
détresse de la population, ils manifestèrent le désir de
parcourir d'abord le pays ; au cours de leur inspection
ils parcoururent tout le territoire de Milet et, chaque
fois qu'ils voyaient dans les campagnes désolées un
champ en bon état, ils notaient le nom de son
propriétaire. Leur tournée s'acheva sans qu'ils en
eussent trouvé beaucoup ; de retour en ville, leur
premier soin fut de convoquer l'assemblée du peuple
et de mettre à la tête de la cité les hommes dont ils
avaient trouvé les champs en bon état : car ils
estimaient, dirent-ils, que ceux-là s'occuperaient des
affaires publiques comme des leurs ; et ils imposèrent
au reste des Milésiens, en proie jusqu'alors à la guerre
civile, de les reconnaître pour leurs chefs.

(30). Les Pariens avaient donc ainsi ramené la paix
à Milet. Voici comment à cette date les deux cités en
question devinrent la cause des malheurs de l'Ionie.
Certains citoyens parmi les plus riches furent bannis
de Naxos par le peuple et s'en allèrent en exil à Milet.
La ville avait alors pour gouverneur Aristagoras, fils
de Molpagoras, le gendre et le cousin de cet Histiée,
fils de Lysagoras, que Darius gardait près de lui à

Suse : Histiée était le tyran de Milet, mais il se
trouvait à Suse au moment où les Naxiens exilés, ses
hôtes et amis de longue date, se présentèrent à Milet.
Dès leur arrivée, les Naxiens sollicitèrent d'Aristagoras des forces qui leur permettraient de se rétablir
dans leur pays. Aristagoras réfléchit que, s'ils lui
devaient leur retour chez eux, il deviendrait le maître
de Naxos, et les liens d'hospitalité qu'ils avaient avec
Histiée lui fournirent un prétexte pour intervenir ; il
leur fit donc cette réponse : « Je ne puis, à moi seul,
vous procurer des forces suffisantes pour vous rétablir
à Naxos contre le gré de ses maîtres actuels, car ils
disposent, selon mes informations, d'une infanterie
lourde de huit mille hommes et d'une flotte de guerre
importante ; mais je vous aiderai de mon mieux. Voici
le plan que je vous propose : Artaphrénès est mon
ami ; or, c'est le fils d'Hystaspe et le frère du roi
Darius, il gouverne les provinces maritimes de l'Asie
et dispose d'une flotte et d'une armée considérables.
Voilà, je crois, l'homme à qui nous adresser. » Là-
dessus les Naxiens le chargèrent de négocier l'affaire
de son mieux et l'invitèrent à promettre présents et
argent pour financer l'expédition : ils paieraient tout
ce qu'il faudrait, car ils espéraient bien obtenir, dès
qu'ils se montreraient devant Naxos, la soumission
totale des Naxiens et des autres îles aussi. Car aucune
des Cyclades n'obéissait encore à Darius.

(31). Arrivé à Sardes, Aristagoras décrivit Naxos à
Artaphrénès comme une île de médiocre étendue[26],
mais belle, fertile, proche de l'Ionie, riche en biens et
en esclaves : « Envoie donc une expédition contre ce
pays, en y ramenant les citoyens qui en ont été
chassés. Si tu y consens, j'ai d'abord une somme

d'argent considérable à te remettre, outre les fonds
nécessaires à l'expédition (car c'est à nous, ses
promoteurs, de la financer) ; ensuite, tu donneras au
Grand Roi des îles nouvelles : Naxos elle-même, et les
îles qui en dépendent, Paros, Andros et d'autres que
l'on appelle les Cyclades. Elles te serviront de base
pour attaquer aisément l'Eubée, une île grande et
riche autant que Chypre [27], et bien facile à prendre.
Cent vaisseaux te suffiront pour les conquérir
toutes. — Ton projet, répondit Artaphrénès, est profitable au pouvoir du roi, et tes conseils sont tous
bons, sauf pour le chiffre des vaisseaux : au lieu de
cent, tu en auras deux cents à ta disposition, dès que
le printemps sera venu. Mais il faut d'abord obtenir
l'approbation du roi. »

(32). Muni de cette réponse, Aristagoras s'en
revint joyeux à Milet. Artaphrénès, par un message
envoyé à Suse, informa Darius du projet d'Aristagoras
et, dès qu'il eut obtenu l'assentiment du roi, fit
préparer deux cents trières et recruter des forces
considérables en Perse et dans les pays alliés ; il leur
donna pour chef Mégabatès, un Perse Achéménide,
son propre cousin et le cousin du roi Darius, l'homme
dont le Lacédémonien Pausanias fils de Cléombrotos
demanda plus tard une fille en mariage, s'il faut croire
ce que l'on raconte, quand il s'éprit du rôle de tyran
de la Grèce [28]. Puis Artaphrénès envoya les troupes
mises sous le commandement de Mégabatès auprès
d'Aristagoras.

(33). Mégabatès prit à Milet Aristagoras, les
troupes ioniennes et les bannis naxiens et prétendit
faire voile vers l'Hellespont, mais, arrivé à Chios, il fit
escale à Caucasa [29] et y attendit le vent du nord pour

se jeter sur Naxos. Mais sans doute Naxos ne devait-
elle pas succomber sous les coups de cette expédition,
car un incident survint : au cours d'une ronde Mégabatès constata qu'il n'y avait pas d'homme de garde à
bord d'un vaisseau de Myndos [30]; il s'en indigna,
envoya son escorte à la recherche du capitaine du
navire, un certain Scylax, et le fit saisir et attacher, le
corps à demi passé par un sabord de son navire, la tête
pendant à l'extérieur. L'homme suspendu là, quelqu'un annonce à Aristagoras le traitement que Mégabatès infligeait au Myndien, son hôte. Aristagoras alla
solliciter du Perse la grâce de son ami et, comme il
n'obtenait rien par ses prières, il se chargea lui-même
de le délivrer. Quand il l'apprit, Mégabatès, au
comble de l'indignation, s'emporta contre Aristagoras, « De quoi te mêles-tu ? riposta l'autre, Artaphrénès ne t'a-t-il pas envoyé pour m'obéir et aller où
je veux ? Pourquoi t'occuper de ce qui ne te regarde
pas ? » Telle fut la réplique d'Aristagoras; Mégabatès, furieux, fit partir pour Naxos, la nuit venue,
quelques hommes dans une barque pour avertir les
Naxiens du danger qui les menaçait.

(34). Les gens de Naxos ne s'imaginaient guère
visés par l'expédition. Instruits de cette menace, ils
mirent à l'abri des remparts ce qu'ils avaient dans la
campagne, se munirent de vivres et de boissons en
prévision d'un siège et renforcèrent leurs murs. Tandis qu'ils se préparaient à soutenir une guerre imminente, les autres quittèrent Chios et se présentèrent
devant Naxos, mais ils trouvèrent devant eux une ville
bien défendue et l'assiégèrent pendant quatre mois.
Quand les Perses eurent dépensé tout l'argent dont ils
s'étaient munis et qu'Aristagoras en eut ajouté beau-

coup de sa poche, le siège en réclamait toujours davantage. Alors les assiégeants bâtirent une forteresse pour les bannis de Naxos, puis ils regagnèrent le continent, sur cet échec.

**Révolte
d'Aristagoras.** (35). Aristagoras se trouvait dans l'incapacité de tenir la promesse qu'il avait faite à Artaphrénès; il était en même temps écrasé par le remboursement des frais de l'expédition, il redoutait les conséquences pour lui de ce revers et les calomnies de Mégabatès, et il s'attendait à perdre sa souveraineté sur Milet. Ses craintes l'amenèrent à prendre la décision de se révolter, car au même moment survint l'homme qu'Histiée lui envoyait de Suse, porteur d'un message tatoué sur son crâne par lequel Histiée lui demandait de se révolter contre le roi. Histiée, qui voulait le pousser à la révolte, n'avait trouvé qu'un seul moyen sûr de le prévenir, puisque les routes étaient surveillées : il fit raser la tête de son esclave le plus fidèle, lui tatoua son message sur le crâne et attendit que les cheveux eussent repoussé; quand la chevelure fut redevenue normale, il fit partir l'esclave pour Milet et lui donna pour toute instruction d'inviter Aristagoras, dès son arrivée là-bas, à lui faire raser le crâne et à l'examiner de près. Les signes qu'il portait invitaient Aristagoras, comme je viens de le dire, à se révolter. Histiée agissait ainsi parce qu'il n'appréciait nullement son séjour forcé à Suse; en cas de révolte, il espérait bien être envoyé sur la côte, mais si Milet ne bougeait pas, il ne voyait aucun moyen d'y rentrer jamais.

(36). Voilà ce qui décida Histiée à faire partir son

message; et ces divers motifs se trouvèrent agir à la
fois sur Aristagoras. Il réunit ses partisans et leur
exposa ses propres intentions et le contenu du message d'Histiée. Tous furent d'accord pour lui conseiller la révolte; seul l'historien Hécatée[31] s'opposa
d'abord à l'idée d'une guerre contre le roi de Perse, en
rappelant tous les peuples auxquels il commandait et
l'étendue de sa puissance; on ne l'écouta pas, aussi
conseilla-t-il en second lieu de s'assurer la maîtrise de
la mer : le seul moyen d'y parvenir, leur dit-il, —
puisqu'il savait que les forces de Milet étaient insuffisantes, — c'était de mettre la main sur le trésor du
temple des Branchides, don du Lydien Crésus : cet
argent, pensait-il, leur permettrait certainement de
triompher sur mer, ils en profiteraient eux-mêmes et
empêcheraient l'ennemi de le piller. (Ce trésor était
considérable, ainsi que je l'ai dit dans la première
partie de mon ouvrage[32].) Le conseil d'Hécatée ne fut
pas suivi; on décida cependant de se révolter et
d'envoyer l'un des conjurés à Myonte[33], où se trouvait
l'armée revenue de Naxos, pour tenter de s'emparer
des chefs militaires présents à bord de la flotte.

(37). Quand Iatragoras, chargé de cette mission,
eut capturé par ruse Oliatos de Mylasa fils d'Ibanollis, Histiée de Terméra fils de Tymnès, Coès fils
d'Erxandros, à qui Darius avait donné Mytilène,
Aristagoras de Cymé fils d'Héracléidès, et beaucoup
d'autres encore, Aristagoras se trouva par là en
rébellion ouverte, cherchant tous les moyens possibles
de lutter contre Darius. Tout d'abord il se démit, en
apparence, de la tyrannie et proclama tous les
citoyens de Milet égaux en droit, pour se ménager leur
soutien; puis il étendit cette mesure au reste de

l'Ionie, chassa quelques tyrans, et ceux qu'il avait fait
capturer à bord des navires qui avaient été groupés
pour attaquer Naxos avec lui, afin de gagner l'amitié
des cités auxquelles ils commandaient, il les remit
chacun à sa propre ville.

(38). Coès, remis aux Mytiléniens, fut aussitôt
traîné hors de la ville et lapidé ; mais les gens de Cymé
relâchèrent leur tyran, et la plupart des autres villes
aussi. La tyrannie disparut ainsi dans toutes les villes ;
après l'avoir supprimée, Aristagoras de Milet invita
les cités à élire des stratèges [34], puis il s'embarqua sur
une trière et partit en ambassade à Lacédémone, car il
lui fallait trouver quelque part un allié puissant [35].

*Aristagoras
à Sparte.*

(39). À Sparte, Anaxan-
dride fils de Léon [36] n'était
plus là pour occuper le
trône ; il était mort et son fils Cléomène lui avait suc-
cédé, par droit de naissance et non pour sa valeur.
Anaxandride avait épousé une fille de sa sœur, et il
lui était très attaché bien qu'il n'en eût pas d'enfants. En conséquence les éphores le convoquèrent
et lui dirent : « Si tu ne songes pas à l'avenir de ta
maison, nous ne pouvons, nous, tolérer de voir
disparaître la race d'Eurysthénès [37]. La femme que tu
as épousée ne te donne pas d'enfants ; renvoie-la et
prends-en une autre : tu répondras au vœu de tous les
Spartiates. » Anaxandride protesta qu'il n'en ferait
rien : l'inviter à répudier une épouse irréprochable
pour en prendre une autre était un fort mauvais
conseil, qu'il ne suivrait certainement pas.

(40). Les éphores et les Anciens délibérèrent alors
et lui proposèrent une autre solution : « Puisque tu

tiens tellement à la femme que tu as, voici ce que tu
dois faire — et ne t'y oppose pas, de peur que les
Spartiates ne prennent quelque autre mesure à ton
égard. Nous ne te demandons plus de renvoyer ton
épouse actuelle : garde-lui son rang auprès de toi,
mais prends une seconde femme, qui puisse te donner
des enfants. » Anaxandride céda, et dès lors il eut
deux épouses et deux foyers, ce qui ne s'était jamais
vu à Sparte [38].

(41). En temps voulu la seconde femme eut un
enfant, le Cléomène en question ; le trône avait donc
un héritier, mais par un hasard curieux la première
femme, qui était demeurée stérile jusque-là, se trouva
enceinte elle aussi vers le même temps. C'était la
vérité, mais à cette nouvelle les parents de la seconde
femme l'attaquèrent et prétendirent qu'elle simulait
une grossesse, pour supposer un enfant. Ils manifestèrent tant d'indignation qu'au dernier moment les
éphores, pris de soupçon, montèrent la garde autour
de la première femme pendant son accouchement. La
femme mit au monde un fils, Dorieus ; elle en eut
ensuite un second, Léonidas, et aussitôt après un
troisième, Cléombrotos (selon certains, Cléombrotos
et Léonidas auraient même été jumeaux). Mais la
mère de Cléomène, la seconde épouse, qui était fille de
Prinétadès fils de Démarménos, n'eut pas d'autre
enfant.

(42). Cléomène, dit-on, n'était pas normal mais
plutôt déséquilibré ; Dorieus au contraire brillait en
tête des jeunes gens de sa génération et pensait bien
que le trône lui reviendrait, en raison de sa valeur. Il
s'y attendait si bien que, lorsque Anaxandride mourut et que les Lacédémoniens, respectueux des lois,

donnèrent le trône au fils aîné, il s'en indigna et refusa
de vivre en sujet de Cléomène : il demanda au peuple
de lui donner des compagnons et s'en alla fonder une
colonie, sans consulter l'oracle de Delphes pour savoir
en quel pays la fonder, et sans respecter les règles
habituelles en pareil cas ; dans sa colère, il emmena
ses vaisseaux en Libye — il avait pris pour guides des
gens de Théra. Arrivé près du Cinyps, il s'établit là,
dans la plus belle région de la Libye, au bord du
fleuve, mais il en fut chassé deux ans plus tard par les
Maces, les Libyens et les Carthaginois, et regagna le
Péloponnèse [39].

(43). Là, un homme originaire d'Éléon, Anticharès, lui conseilla, d'après les oracles de Laios [40],
d'aller fonder l'Héraclée de Sicile [41] : la région d'Éryx,
disait-il, appartenait tout entière aux descendants
d'Héraclès, puisque Héraclès en personne l'avait
conquise [42]. Là-dessus Dorieus se rendit à Delphes
pour demander à l'oracle s'il s'emparerait du pays où
il comptait se rendre. La Pythie lui répondit qu'il
réussirait dans son entreprise. Alors, avec l'expédition
qu'il avait emmenée en Libye, Dorieus se rendit sur la
côte de l'Italie.

(44). À cette époque, disent les Sybarites, avec leur
roi Télys ils s'apprêtaient à marcher contre Crotone,
et les Crotoniates affolés demandèrent à Dorieus un
secours qu'ils obtinrent : avec eux, Dorieus marcha
contre Sybaris et prit la ville [43]. Mais si les Sybarites
attribuent ce rôle à Dorieus et à ses compagnons, les
Crotoniates affirment de leur côté que nul étranger ne
prit part à leur lutte contre Sybaris, sauf le devin
Callias, un Éléen de la famille des Iamides [44], qui se
joignit à eux pour la raison que voici : il quitta le

tyran de Sybaris et s'enfuit à Crotone parce que les
présages n'avaient pas été favorables, lors d'un sacrifice qu'il offrait pour demander aux dieux la victoire
sur Crotone. Voilà l'opinion des Crotoniates.

(45). Les deux peuples ont l'un et l'autre des
preuves de ce qu'ils avancent : les Sybarites montrent
un enclos et un temple proches du lit asséché du
Crathis ; la ville prise, Dorieus, selon eux, les aurait
consacrés à Athéna invoquée sous le nom de Crathia.
La mort de Dorieus leur fournit, d'autre part, leur
principal argument : il périt, disent-ils, pour avoir
outrepassé les ordres de l'oracle, car s'il avait rempli
sa mission sans y rien ajouter, il aurait pris la région
d'Éryx et joui de sa conquête au lieu de périr, lui et
son armée. De leur côté, les Crotoniates montrent
dans leur pays des terres qui furent spécialement
accordées à Callias et étaient de mon temps encore
l'apanage de ses descendants, quand Dorieus et les
siens n'ont rien reçu ; or, si Dorieus les avait aidés
dans leur guerre contre Sybaris, il aurait reçu bien
plus que Callias. Voilà les preuves qu'ils invoquent de
part et d'autre : libre à chacun d'adopter la version
qu'il préfère.

(46). D'autres Spartiates avaient été associés à
Dorieus pour fonder la colonie : c'était Thessalos,
Paraibatès, Célès et Euryléon ; arrivés en Sicile avec
l'expédition, tous les chefs périrent, vaincus par les
Phéniciens et les Ségestins [45] ; de tous les dirigeants de
la colonie seul Euryléon survécut. Il rallia les survivants, prit avec eux Minoa [46], colonie de Sélinonte, et
aida les Sélinontins à secouer le joug de Peithagoras.
Après l'avoir éliminé, il voulut à son tour être le
maître de Sélinonte, mais son pouvoir ne dura guère,

car les Sélinontins se révoltèrent et le tuèrent, réfugié sur l'autel de Zeus Agoraios[47].

(47). Au nombre des compagnons de Dorieus qui moururent avec lui se trouvait un Crotoniate, Philippe fils de Boutacidès, qui, fiancé à la fille du tyran de Sybaris, Télys, avait été exilé de Crotone ; mais le mariage n'eut pas lieu et Philippe gagna d'abord Cyrène, puis, sur une trière qui lui appartenait et dont il payait lui-même l'équipage, il se joignit aux colons de Dorieus ; il avait remporté la victoire aux Jeux Olympiques, et c'était le plus bel homme de son temps. Les Ségestins lui rendirent, pour sa beauté, des honneurs exceptionnels : ils élevèrent sur sa tombe une chapelle héroïque et lui offrent des sacrifices propitiatoires.

(48). Ainsi mourut Dorieus. S'il avait accepté d'être le sujet de Cléomène, s'il était resté à Sparte, il serait devenu roi de Lacédémone, car Cléomène ne régna pas longtemps et mourut sans laisser de fils — il n'avait qu'une fille, du nom de Gorgo[48].

(49). Donc Aristagoras, le tyran de Milet, vint à Sparte au temps où Cléomène était au pouvoir. À l'audience qui lui fut accordée il se présenta, disent les Spartiates, muni d'une tablette de bronze qui portait gravée la carte de la terre tout entière avec toutes les mers et tous les fleuves[49]. Voici le discours qu'il tint à Cléomène au cours de cette entrevue : « Cléomène, ne sois pas étonné de ma hâte à me rendre ici. Voici la situation : les fils des Ioniens sont esclaves au lieu d'être libres, opprobre et deuil immense pour nous, et pour vous surtout entre tous les Grecs, pour autant que vous êtes les premiers d'entre eux. Aujourd'hui donc, au nom des dieux de la Grèce, arrachez les

Ioniens, vos frères, à leur esclavage. La chose vous est
facile : les Barbares sont mauvais soldats, et vous avez
vous-mêmes porté à son comble la valeur guerrière.
Pour combattre, ils ont des arcs et de courtes piques ;
ils vont à la bataille en larges braies, un bonnet pointu
sur la tête[50] : ainsi équipés, ils sont faciles à vaincre.
De plus, il y a chez les peuples de ce continent plus de
richesses que dans tout le reste du monde : de l'or
d'abord, mais aussi de l'argent, du cuivre, des vêtements brodés, des bêtes de somme et des esclaves.
Tout cela vous appartiendra, si vous le voulez. Ces
peuples sont voisins les uns des autres, ainsi que je
vais te le montrer : voici les Ioniens ; ici, ce sont les
Lydiens, qui occupent un pays fertile et ont beaucoup
d'argent » — à mesure qu'il les nommait, il lui
montrait ces régions sur la carte du monde qu'il avait
apportée, gravée dans le métal de la tablette. « À côté
des Lydiens, poursuivait-il, voici à l'est les Phrygiens,
le peuple le plus riche à ma connaissance en troupeaux et en récoltes. Après les Phrygiens viennent les
Cappadociens, que nous appelons, nous, Syriens. Ils
ont pour voisins les Ciliciens, qui vont jusqu'à la mer
que voici, avec, ici, l'île de Chypre ; ils versent au
Grand Roi un tribut annuel de cinq cents talents[51].
Après les Ciliciens, voici les Arméniens, qui ont eux
aussi beaucoup de bétail. Ensuite viennent les
Matiènes, qui habitent cette région-ci. Le pays suivant est la Cissie où tu vois près de ce fleuve, le
Choaspès, la grande cité de Suse, résidence du roi de
Perse, dépôt de ses trésors aussi[52]. Emparez-vous de
cette ville, et vous pouvez sans crainte alors mesurer
vos richesses à celles de Zeus lui-même ! Quoi ! Pour
un morceau de terre qui n'est ni grand ni riche comme

ceux-là, pour si peu d'espace, il vous faut affronter
une série de batailles contre les Messéniens dont les
forces sont égales aux vôtres, contre les Arcadiens et
les Argiens [53] qui n'ont rien chez eux qui approche de
l'or et de l'argent, les seuls biens qui puissent pousser
un homme à combattre, à mourir pour eux ? Et quand
vous pouvez sans peine devenir les maîtres de l'Asie,
vous choisirez autre chose ? » Tel fut le discours
d'Aristagoras, et Cléomène lui répliqua : « Étranger
de Milet, je te donnerai ma réponse dans deux
jours. »

(50). Ils en restèrent là pour le moment. Au jour
fixé pour la réponse, ils se rencontrèrent à l'endroit
convenu, et Cléomène demanda au Milésien à
combien de journées de marche de la mer se trouvait
le Grand Roi. Aristagoras s'était montré habile jusqu'alors et avait adroitement abusé son hôte, mais il
commit ici une erreur : il aurait dû taire la vérité,
puisqu'il voulait attirer les Spartiates en Asie ; or il
répondit franchement qu'il fallait compter trois mois
de route. Cléomène l'interrompit tout net, sans vouloir entendre le reste des explications qu'il s'apprêtait
à lui donner : « Étranger de Milet, lui dit-il, sors de
Sparte avant le coucher du soleil. Tes paroles n'ont
rien qui puisse plaire aux Lacédémoniens, puisque tu
veux les entraîner à trois mois de distance de la
mer. »

(51). Sur ces mots, Cléomène se retira dans sa
demeure. Aristagoras, le rameau d'olivier des suppliants à la main, se rendit chez lui et, entré dans la
maison, le pria de l'écouter à titre de suppliant, hors
de la présence de son enfant (car Cléomène avait
auprès de lui sa fille, nommée Gorgo, son unique

enfant, âgée de huit ou neuf ans alors). Cléomène lui
dit de parler tout à son aise, sans tenir compte de la
présence de l'enfant. Alors Aristagoras lui promit,
pour commencer, dix talents s'il faisait ce qui lui était
demandé. Cléomène refusa ; l'autre augmenta la
somme, et vint le moment où il offrit cinquante talents
et où la fillette s'écria : « Père, l'étranger va te
corrompre, si tu ne t'éloignes pas de lui ! » Cléomène,
enchanté du conseil que lui donnait son enfant, se
retira dans une autre pièce et Aristagoras dut bel et
bien quitter Sparte, sans avoir eu l'occasion d'en dire
plus sur le chemin qui mène au Grand Roi.

(52). Voici, d'ailleurs, ce que l'on peut dire de cette
route[54] : on y trouve partout des relais royaux et
d'excellentes hôtelleries ; elle ne passe que par des
régions habitées et sûres. On franchit la Lydie et la
Phrygie en vingt relais, soit quatre-vingt-quatorze
parasanges et demi. Après la Phrygie, vient le fleuve
Halys ; des portes gardent le seul endroit où l'on
puisse le franchir, ainsi qu'une puissante forteresse.
De l'autre côté du fleuve, c'est la Cappadoce ; jusqu'aux frontières de la Cilicie, on compte vingt-huit
relais, soit cent quatre parasanges ; pour entrer en
Cilicie, il faut franchir deux portes et passer devant
deux forteresses. Après quoi, la route traverse la
Cilicie pendant trois relais, soit quinze parasanges et
demi. Un fleuve qu'on passe en barque forme la
frontière de la Cilicie et de l'Arménie : c'est l'Euphrate. En Arménie, il y a quinze relais et hôtelleries,
soit cinquante-six parasanges et demi, et une forteresse. Quatre fleuves qu'il faut passer en barque
coulent dans le pays, et l'on est forcé de les franchir :
le premier est le Tigre ; le deuxième et le troisième ont

le même nom, Zabatos, sans être le même fleuve et
sans avoir la même source, car l'un vient de l'Arménie
et l'autre du pays des Matiènes ; le quatrième, le
Gyndès, est le fleuve que Cyrus éparpilla jadis en trois
cent soixante canaux [55]. Après l'Arménie, on franchit
le territoire des Matiènes, en quatre relais. Vient
ensuite la Cissie, qui compte onze relais, soit qua-
rante-deux parasanges et demi, jusqu'au Choaspès, un fleuve qu'on passe également en bateau et
sur lequel se trouve la ville de Suse. Cela fait au
total cent onze relais, avec autant d'hôtelleries à la
disposition du voyageur qui monte de Sardes à
Suse [56].

(53). Si le nombre de parasanges indiqué ci-dessus
pour la route royale est exact, et si l'on compte trente
stades pour un parasange, ce qui est normal, il y a, de
Sardes au palais royal, qu'on appelle *la Maison de
Memnon* [57], treize mille cinq cents stades, la distance
étant de quatre cent cinquante parasanges. Avec des
étapes journalières de cent cinquante stades, le voyage
dure exactement quatre-vingt-dix jours [58].

(54). Ainsi, Aristagoras de Milet avait raison lorsqu'il disait au Lacédémonien Cléomène qu'il fallait
trois mois de marche pour se rendre auprès du Grand
Roi. Pour qui voudrait encore plus de précision, voici
une indication supplémentaire : il faut ajouter à ce
trajet la distance qu'il y a d'Éphèse à Sardes. Donc, de
la mer Hellénique [59] à Suse (c'est la ville qu'on appelle
la Cité de Memnon), je compte quatorze mille quarante
stades, car il y a cinq cent quarante stades d'Éphèse à
Sardes, ce qui allonge de trois jours les trois mois
indiqués pour le voyage.

Aristagoras
à Athènes.

(55). Repoussé de
Sparte, Aristagoras partit
pour Athènes, qui s'était
délivrée de ses tyrans dans les circonstances que
voici : Hipparque, fils de Pisistrate et frère du tyran
Hippias, après avoir eu en songe un avertissement fort
clair du sort qui l'attendait, fut tué par Aristogiton et
Harmodios, tous les deux d'une famille originaire de
Géphyra ; après quoi les Athéniens subirent pendant
quatre ans un régime despotique encore bien plus
sévère qu'auparavant[60].

(56). Voici le songe qu'Hipparque avait eu : la nuit
qui précédait les Panathénées, il crut voir près de lui
un homme grand et beau, qui lui disait ces paroles
obscures :

Supporte, lion, un sort insupportable, d'un cœur prêt à tout
    supporter :
Nul homme ne commettra le mal sans en porter la peine.

Le jour venu, il consulta ouvertement les interprètes
des songes sur sa vision, puis il n'en tint plus compte
et il alla diriger la procession[61], celle dans laquelle
justement il trouva la mort.

(57). Les Géphyréens, la famille à laquelle appartenaient les meurtriers d'Hipparque, étaient venus
d'Érétrie, à ce qu'ils disent ; mais mes recherches
personnelles m'ont permis de constater qu'ils étaient
des Phéniciens, des compagnons de Cadmos, venus
avec lui dans le pays qu'on appelle aujourd'hui la
Béotie, où le sort leur avait attribué en partage le
territoire de Tanagra. Les Cadméens furent d'abord
chassés du pays par les Argiens, puis les Géphyréens

en question le furent à leur tour par les Béotiens et se
réfugièrent à Athènes [62]. Les Athéniens les acceptèrent
pour concitoyens, mais à certaines conditions, en leur
refusant divers privilèges sans grand intérêt [63].

(58). En s'installant dans le pays, les Phéniciens
venus avec Cadmos, — et parmi eux les Géphyréens
—, apportèrent aux Grecs bien des connaissances
nouvelles, entre autres l'alphabet, inconnu jusqu'alors
en Grèce à mon avis : ce fut d'abord l'alphabet dont
usent encore tous les Phéniciens, puis, avec le temps,
les sons évoluèrent ainsi que les formes des lettres.
Leurs voisins étaient pour la plupart, à cette époque,
des Grecs Ioniens ; ils apprirent des Phéniciens les
lettres de l'alphabet et les employèrent, avec quelques
changements ; en les adoptant, ils leur donnèrent, —
et c'était justice puisque la Grèce les tenait des
Phéniciens —, le nom de *caractères phéniciens* [64]. Les
livres sur papyrus gardent eux aussi chez les Ioniens
leur ancien nom de *peaux,* parce qu'autrefois, le
papyrus étant rare, on se servait de peaux de chèvres
et de brebis [65]. De nos jours encore, beaucoup de
Barbares écrivent sur des peaux de ce genre.

(59). J'ai vu moi-même dans le temple d'Apollon
Isménios, à Thèbes en Béotie, des caractères *cadméens*
gravés sur trois trépieds : ils sont dans l'ensemble
identiques aux caractères ioniens. L'un des trépieds
porte cette inscription :

Amphitryon m'a consacré au dieu, sur les dépouilles des
Téléboens.

La chose remonte sans doute au temps de Laios fils
de Labdacos, lui-même fils de Polydoros et petit-fils
de Cadmos [66].

(60). Le second proclame en hexamètres :

Scaios le pugiliste m'a consacré au puissant Archer
Après sa victoire : il te présente, Apollon, cette offrande
    splendide.

Il s'agit sans doute de Scaios fils d'Hippocoon (à
moins que l'auteur de l'offrande ne soit une autre
personne du même nom), qui était un contemporain
d'Œdipe fils de Laios[67].

(61). Le troisième trépied porte, en hexamètres
aussi :

Laodamas a lui-même consacré ce trépied, pendant son règne,
À l'Archer toujours vainqueur ; il te présente, Apollon, cette
    offrande splendide.

C'est à l'époque où régnait ce Laodamas, fils
d'Étéocle, que les Cadméens furent délogés par les
Argiens et se retirèrent chez les Enchélées[68]. — Les
Géphyréens restèrent sur place, mais plus tard,
devant les Béotiens, ils durent se replier sur Athènes ;
ils y ont des sanctuaires qu'ils ne partagent pas avec
les autres Athéniens : entre autres cultes privés, ils ont
un sanctuaire et des mystères consacrés à Déméter
Achaia[69].

(62). J'ai rapporté le songe d'Hipparque et l'origine des Géphyréens, la famille à laquelle appartenaient ses meurtriers ; il me faut à présent revenir aux
événements dont j'avais commencé le récit, c'est-à-
dire comment les Athéniens se débarrassèrent de leurs
tyrans. Hippias les gouvernait, et la mort de son frère
l'avait exaspéré contre les Athéniens. Or les Alcméonides, des Athéniens d'origine qui avaient quitté la

ville pour fuir les Pisistratides [70], n'avaient pas réussi dans la tentative qu'ils avaient faite, avec les autres bannis athéniens, pour se rétablir dans leur patrie par la force, et ils avaient subi un grave échec en essayant de rentrer dans Athènes et de la délivrer du tyran ; ils s'étaient retranchés dans Leipsydrion, au-dessus de Péonie. Alors, à la recherche de tous les moyens possibles de lutter contre les Pisistratides, ils obtinrent des Amphictyons, pour un prix convenu, la charge de construire le temple de Delphes [71], le temple actuel, qui n'existait pas encore en ce temps-là. En gens fort riches et d'une famille depuis longtemps illustre, ils firent le temple plus beau dans l'ensemble que le plan ne l'avait prévu et, en particulier, au lieu de le faire en tuf comme convenu, ils lui donnèrent une façade en marbre de Paros.

(63). Or, selon les Athéniens, ces personnages, pendant leur séjour à Delphes, gagnèrent à prix d'or la Pythie pour lui faire donner aux Spartiates, chaque fois qu'il en viendrait pour la consulter à titre officiel ou privé, l'ordre de libérer Athènes. Les Lacédémoniens, qui recevaient toujours la même réponse, envoyèrent l'un de leurs concitoyens les plus distingués, Anchimolios fils d'Aster, à la tête d'une expédition pour chasser d'Athènes les Pisistratides, alors qu'ils avaient avec eux les relations d'hospitalité les plus cordiales ; car ils s'estimaient plus liés envers les dieux qu'envers les hommes. Ils firent partir leurs troupes par voie de mer. Parvenu à Phalère, Anchimolios fit débarquer ses hommes ; de leur côté les Pisistratides avaient appris leurs intentions et fait appel aux Thessaliens, car ils avaient une alliance avec eux. Pour répondre à leur demande, les Thessa-

liens leur envoyèrent, d'un accord général, mille
cavaliers avec leur propre roi Cinéas, de Conion[72].
Avec ce renfort, les Pisistratides prirent les dispositions suivantes : en la déboisant complètement, ils
rendirent la plaine de Phalère accessible aux cavaliers, puis ils lancèrent les Thessaliens sur le camp des
ennemis. L'assaut de la cavalerie infligea de lourdes
pertes aux Lacédémoniens, qui perdirent entre autres
leur chef Anchimolios, et obligea les survivants à se
réfugier sur leurs navires. Ainsi finit la première
expédition qu'envoya Lacédémone ; le tombeau d'Anchimolios se trouve en territoire attique, à Alopécé,
près du temple d'Héraclès dans le Cynosarge[73].

(64). Après cet échec, les Lacédémoniens firent
partir contre Athènes une expédition plus importante,
en lui donnant pour chef leur roi Cléomène fils
d'Anaxandride, et ils la firent partir par voie de terre,
et non plus par mer. Entrés en Attique, les Spartiates
se heurtèrent d'abord à la cavalerie thessalienne, qui
fut bientôt mise en déroute et perdit plus de quarante
hommes ; les survivants reprirent sans plus attendre le
chemin de la Thessalie. Cléomène parvint dans la
ville et, avec les Athéniens partisans de la liberté,
assiégea les tyrans bloqués dans l'enceinte Pélasgique[74].

(65). Les Lacédémoniens n'auraient jamais pu
abattre les Pisistratides, car il n'entrait pas dans leurs
intentions de faire un siège en règle et leurs adversaires avaient en suffisance vivres et boisson ; ils les
auraient assiégés quelques jours et seraient rentrés à
Sparte. Mais un événement imprévu perdit les uns et
vint au secours des autres : on captura les enfants des
Pisistratides, qu'ils tentaient de faire sortir en secret

du pays. Ce fait modifia totalement la situation des tyrans et, pour retrouver leurs enfants, ils passèrent par toutes les conditions que les Athéniens leur imposèrent et consentirent à quitter l'Attique avant cinq jours. Ils se rendirent alors à Sigéion, sur le Scamandre[75]; ils avaient gouverné Athènes pendant trente-six ans, et ils étaient eux aussi originaires de Pylos et descendants de Nélée; ils avaient les mêmes ancêtres que les familles de Codros et de Mélanthos qui, avant eux, étaient devenus les rois d'Athènes malgré leur origine étrangère. C'est d'ailleurs pour rappeler cette origine qu'Hippocrate choisit pour son fils le nom de Pisistrate, qu'avait porté le fils de Nestor[76]. Ainsi, les Athéniens se trouvèrent débarrassés de leurs tyrans.

Avant d'aller plus loin, voici les événements les plus notables dont ils furent cause ou victimes, depuis leur libération jusqu'au jour où l'Ionie se révolta contre Darius et où Aristagoras vint à Athènes leur demander leur secours[77].

(66). Déjà puissante, Athènes le devint plus encore lorsqu'elle fut délivrée de ses tyrans. Deux hommes s'y trouvaient au premier rang : Clisthène, un Alcméonide, l'homme, dit-on, qui avait acheté la Pythie[78], et Isagoras fils de Tisandre, d'une maison illustre, mais dont je ne saurais indiquer l'origine; cependant on sacrifie dans sa famille à Zeus Carien. Les deux hommes se disputèrent le pouvoir, et Clisthène vaincu se tourna du côté du peuple. Ensuite, à la place des quatre tribus primitives d'Athènes, il en créa dix nouvelles et supprima les noms qui leur venaient des quatre fils d'Ion : Géléon, Aigicorès, Argadès et Hoplès, pour leur en donner

d'autres, d'après d'autres héros tous indigènes, sauf
Ajax, un héros étranger qu'il leur ajouta comme
voisin d'Athènes et son allié [79].

(67). Par là Clisthène suivait, il me semble, l'exemple de son aïeul maternel Clisthène, le tyran de
Sicyone. Ce Clisthène, en guerre contre les Argiens,
interdit aux rhapsodes de réciter dans leurs concours
les poèmes d'Homère, parce que cet auteur célébrait
trop souvent dans ses vers les Argiens et leur cité [80].
De plus, comme il y avait sur la grand-place de
Sicyone une chapelle héroïque consacrée au héros
Adraste fils de Talaos [81] (elle y est toujours), Clisthène
souhaita chasser du pays ce héros qui était Argien. Il
alla consulter l'oracle de Delphes pour savoir s'il
devait chasser cet Adraste ; la Pythie lui répondit
qu'Adraste était le roi de Sicyone, et lui un misérable
à lapider. Puisque le dieu ne lui permettait pas d'agir
à sa guise, de retour à Sicyone Clisthène chercha le
moyen d'amener Adraste à quitter le pays de lui-
même. Quand il crut l'avoir trouvé, il fit dire à Thèbes
en Béotie qu'il voulait introduire chez lui le culte du
héros Mélanippos fils d'Astacos ; les Thébains y
consentirent. Clisthène introduisit alors Mélanippos à
Sicyone, lui consacra un sanctuaire dans l'enceinte
même du prytanée et lui dressa une statue à l'endroit
le plus sûr de la ville. Il avait choisi ce héros, — car ce
point demande aussi quelque éclaircissement, — pour
ce qu'Adraste n'avait pas de plus grand ennemi que
lui, le meurtrier de son frère Mécistée et de son gendre
Tydée [82]. Après avoir installé Mélanippos en ce lieu,
Clisthène lui transféra les sacrifices et les fêtes qu'on
célébrait en l'honneur d'Adraste. Or le culte
d'Adraste avait traditionnellement à Sicyone une très

grande importance, car le pays avait appartenu à Polybe[83], et Adraste était le fils de la fille de Polybe : mort sans héritier mâle, Polybe avait fait d'Adraste son successeur. Entre autres honneurs que les Sicyoniens lui rendaient, ils rappelaient ses malheurs avec des chœurs tragiques, forme de culte qui n'appartenait pas chez eux à Dionysos, mais au héros Adraste. Clisthène donna les chœurs tragiques à Dionysos et transféra les autres cérémonies à Mélanippos[84].

(68). Voilà comment il avait réglé la question d'Adraste. Aux tribus des Doriens, qu'il ne voulait pas laisser identiques chez les Sicyoniens et chez les Argiens, il donna des noms nouveaux. Ce faisant, il se moqua férocement des Sicyoniens, car il choisit les noms du porc et de l'âne pour en former, en leur donnant les désinences des noms anciens, les nouvelles dénominations des tribus, — sauf la sienne, pour laquelle il prit un nom qui rappelait sa propre souveraineté. Il appela les siens Archélaens, *Chefs du peuple*, et les autres : Hyates, *Porcinets*, Onéates, *Asinets*, et Choiréates, *Cochonets*. Les tribus de Sicyone gardèrent ces noms sous le règne de Clisthène et pendant soixante ans encore après sa mort ; ensuite, les gens en discutèrent entre eux et prirent les noms d'Hylléens, Pamphyliens et Dymanates ; ils ajoutèrent une quatrième tribu qu'ils nommèrent les Aigialéens, du nom du fils d'Adraste, Aigialée.

(69). Voilà les mesures qu'avait prises le Clisthène de Sicyone. Le Clisthène d'Athènes, petit-fils par sa mère du tyran de Sicyone dont il portait le nom, devait, il me semble, mépriser, lui, les Ioniens : il ne voulut pas laisser les tribus d'Athènes identiques à celles des Ioniens et suivit l'exemple de l'autre

Clisthène. Quand il eut gagné l'appui du populaire qui jusqu'alors n'avait pas de rôle dans l'État, il changea les noms des tribus et accrut leur nombre : il institua dix phylarques — chefs de tribus — au lieu de quatre, et distribua les dèmes entre les tribus, en dix groupes [85]. Comme le peuple était pour lui, il l'emportait aisément sur ses rivaux.

(70). Vaincu à son tour, Isagoras prépara sa riposte : il fit appel au Lacédémonien Cléomène, son hôte depuis qu'ils avaient ensemble assiégé les Pisistratides (on accusait d'ailleurs Cléomène d'avoir une liaison avec la femme d'Isagoras). Pour commencer, Cléomène envoya un héraut à Athènes pour réclamer le bannissement de Clisthène et d'un bon nombre d'Athéniens avec lui, ceux qu'il nommait les *Maudits*. Cette démarche lui avait été inspirée par Isagoras, car il s'agissait d'un meurtre dont les Alcméonides et leurs partisans se trouvèrent accusés, mais dans lequel Isagoras n'était pas impliqué, non plus que ses amis.

(71). Voici l'origine de ce nom, les *Maudits* : un citoyen d'Athènes, un certain Cylon, avait remporté la victoire aux Jeux Olympiques. Il en conçut tant d'orgueil qu'il convoita la tyrannie ; il recruta une bande de gens de son âge et tenta de prendre l'Acropole, mais il échoua dans son entreprise et se réfugia en suppliant auprès de la statue d'Athéna. Les prytanes des Naucrares [86], qui administraient la ville à cette époque, l'en écartèrent ainsi que ses complices en leur promettant qu'ils n'encourraient pas la peine de mort. Mais on les massacra, et les Alcméonides furent tenus pour responsables de ce meurtre. La chose s'était passée avant l'époque de Pisistrate [87].

(72). Lorsque Cléomène fit demander par un

héraut le bannissement de Clisthène et des *Maudits,*
Clisthène quitta la ville en secret, ce qui n'empêcha
point Cléomène de se présenter plus tard devant
Athènes avec un petit nombre d'hommes; il entra
dans la ville et en chassa sept cents familles athéniennes, celles qu'Isagoras lui désignait. Il voulut
ensuite dissoudre le Sénat[88] et remettre tous les
pouvoirs aux mains de trois cents partisans d'Isagoras, mais le Sénat s'y opposa et refusa de lui obéir.
Cléomène, avec Isagoras et ses amis, s'empara de
l'Acropole; les autres Athéniens, tous d'accord, les
assiégèrent pendant deux jours; le troisième jour, les
assiégés capitulèrent et ceux d'entre eux qui étaient
Lacédémoniens durent quitter aussitôt le pays. Cléomène voyait s'accomplir la prophétie qui lui avait été
faite : lorsqu'il était monté sur l'Acropole, dans
l'intention de s'en emparer, il s'était dirigé vers le
sanctuaire de la déesse, pour la consulter; mais à son
approche, la prêtresse avait quitté son siège et, sans
attendre qu'il eût passé le seuil, lui avait dit :
« *Étranger de Lacédémone, recule et n'entre pas dans ce temple.
Le ciel n'accorde pas aux Doriens l'accès de ce lieu.* —
Femme, répondit-il, je ne suis pas un Dorien, mais un
Achéen[89]. » Sans tenir compte du présage que ces
mots contenaient, il tenta son coup et fut chassé du
pays ainsi que ses compatriotes. Les Athéniens
envoyèrent ses complices mourir en prison, et parmi
eux Timésithéos, un Delphien dont je pourrais citer
des exploits remarquables dus à son bras et à son
courage. Tous ceux-là périrent donc dans leur prison.

(73). Ensuite les Athéniens rappelèrent Clisthène
et les sept cents familles qu'avait bannies Cléomène,
puis ils firent partir pour Sardes une délégation

chargée de solliciter l'alliance des Perses, car ils se
rendaient bien compte qu'ils étaient désormais en
guerre avec Sparte et Cléomène. Arrivés à Sardes, les
députés présentèrent leur demande. Le gouverneur de
Sarde, Artaphrénès fils d'Hystaspe, leur demanda qui
ils étaient et en quelle région ils habitaient, eux qui
voulaient s'allier aux Perses. Les députés le lui dirent ;
il répondit alors que si les Athéniens donnaient au roi
Darius la terre et l'eau de leur pays, il leur accordait
son alliance ; sinon, il leur enjoignait de se retirer.
Désireux d'obtenir l'alliance perse, les députés prirent
sur eux d'accepter ces conditions ; mais à leur retour
ils en furent sévèrement blâmés [90].

(74). Cléomène, qui n'oubliait pas l'outrage que lui
avaient infligé les Athéniens en paroles et en actes,
leva des troupes dans tout le Péloponnèse sans dire ses
intentions, mais il entendait se venger du peuple
d'Athènes et donner la tyrannie à Isagoras, qu'il avait
fait sortir avec lui de l'Acropole. Il envahit le territoire
d'Éleusis avec des forces importantes et, au même
moment, les Béotiens, d'accord avec lui, prirent les
dèmes d'Hysies et d'Oinoé, aux confins de l'Attique [91], tandis que les Chalcidiens de l'autre côté
venaient ravager les campagnes. Menacés de toutes
parts, les Athéniens renoncèrent pour le moment à
s'occuper des Béotiens et des Chalcidiens et tournèrent leurs armes contre les Péloponnésiens qui occupaient Éleusis.

(75). Le combat allait commencer lorsque les
Corinthiens, les premiers, se rendirent compte de
l'injustice de leur conduite et, changeant d'avis, s'en
allèrent. Puis Démarate fils d'Ariston les imita : il
était lui aussi roi de Sparte, et il avait partagé la

conduite des opérations avec Cléomène, en parfait accord avec lui jusque-là. Leur dissentiment conduisit Sparte à faire une loi qui interdisait aux deux rois de participer ensemble à une expédition, — ce qu'ils faisaient jusqu'alors ; en excluant d'une campagne l'un des deux rois, la loi portait encore que l'un des deux Tyndarides[92] resterait à Sparte : jusqu'alors l'armée les invoquait et les emmenait tous les deux. Ce jour-là, lorsqu'à Éleusis leurs autres alliés virent les rois de Sparte divisés et les Corinthiens quitter les rangs, ils s'en allèrent à leur tour.

(76). C'était la quatrième fois que les Doriens entraient en Attique : ils l'avaient attaquée deux fois, et ils étaient venus deux fois aider le peuple d'Athènes. La première fois, c'était à l'époque où ils fondèrent une colonie à Mégare (c'est probablement l'expédition qui eut lieu lorsque Codros régnait sur Athènes) ; la deuxième et la troisième fois, lorsqu'ils vinrent de Sparte pour chasser les Pisistratides ; et la quatrième fois lorsque les Péloponnésiens, sous la conduite de Cléomène, occupèrent Éleusis[93]. Ainsi, les Doriens envahirent l'Attique en cette occasion pour la quatrième fois.

(77). Donc, l'expédition de Cléomène se disloqua sans gloire et les Athéniens, qui tenaient à se venger, marchèrent d'abord contre les Chalcidiens. Les Béotiens se portèrent sur l'Euripe au secours des Chalcidiens. À la vue de ce renfort, les Athéniens résolurent d'attaquer les Béotiens avant les Chalcidiens ; ils engagèrent la bataille et leur victoire fut totale : ils tuèrent beaucoup de monde et firent sept cents prisonniers. Le même jour ils passèrent en Eubée, rencontrèrent les Chalcidiens à leur tour et, vain-

queurs encore une fois, installèrent quatre mille
clérouques [94] sur les terres des *Éleveurs de chevaux* (ainsi
appelait-on les gens riches de Chalcis). Les prisonniers qu'ils firent, Chalcidiens et Béotiens, ils les
retinrent en captivité et dans les fers ; par la suite ils
les remirent en liberté moyennant une rançon de deux
mines par tête. Ils suspendirent sur l'Acropole les
chaînes qu'avaient portées les captifs : on les voyait
encore de mon temps, accrochées aux murs noircis
par les flammes de l'incendie que les Mèdes allumèrent, en face du temple qui regarde le couchant. Avec
la dîme qu'ils prélevèrent sur l'argent des rançons ils
consacrèrent à la déesse un quadrige de bronze : il se
trouve à gauche en entrant dans les propylées de
l'Acropole [95] ; il porte cette inscription :

Les nations de Chalcis et de Béotie sont domptées,
Les fils d'Athènes en ont triomphé aux travaux de la guerre,
Ils ont éteint leur fol orgueil par les fers et la nuit d'un cachot.
À Pallas ils ont consacré ces chevaux, dîme de leurs rançons.

(78). Athènes vit alors grandir sa puissance. D'ailleurs on constate toujours et partout que l'égalité
entre les citoyens est un avantage précieux : soumis à
des tyrans, les Athéniens ne valaient pas mieux à la
guerre que leurs voisins, mais, libérés de la tyrannie,
leur supériorité fut éclatante. On voit bien par là que
dans la servitude ils refusaient de manifester leur
valeur puisqu'ils peinaient pour un maître, tandis
que, libres, chacun dans son propre intérêt collaborait
de toutes ses forces au triomphe d'une entreprise.

(79). Voilà donc ce qui se passait à Athènes. Mais
les Thébains, qui tenaient à se venger des Athéniens,
envoyèrent consulter l'oracle. La Pythie leur déclara

qu'ils n'avaient pas de vengeance à espérer par eux-mêmes et leur enjoignit de soumettre la question *aux voix nombreuses*[96], puis de solliciter le concours de *qui les touchait de plus près*. Les consultants regagnèrent Thèbes et la réponse de l'oracle fut communiquée au peuple réuni. Quand les Thébains s'entendirent conseiller de solliciter « qui les touchait de plus près », ils se récrièrent alors : « Mais ce sont les Tanagréens, les Coronéens, les Thespiens, qui habitent le plus près de nous ! Et ces gens marchent toujours avec nous, ils nous secondent sans défaillance dans toutes nos guerres. Quel besoin de les solliciter, eux ? Attention, il est probable plutôt que ce n'est pas là le vrai sens de l'oracle. »

(80). Tandis qu'ils en discutaient, quelqu'un eut une inspiration soudaine : « Il me semble, dit-il, que je comprends ce que l'oracle veut dire : Asopos eut, dit-on, deux filles, Thébé et Égina[97]; puisqu'elles étaient sœurs, je pense que le dieu nous invite à demander aux Éginètes de nous venger. » Comme personne n'avait de meilleure interprétation à proposer, les Thébains envoyèrent sur-le-champ une ambassade aux Éginètes et leur réclamèrent du secours, en invoquant l'oracle, comme à leur « plus proche parenté ». Les Éginètes répliquèrent à leur demande qu'ils leur envoyaient en renfort les Éacides[98].

(81). Confiants dans le secours des Éacides leurs alliés, les Thébains s'attaquèrent aux Athéniens et se firent sévèrement malmener. Ils envoyèrent aux Éginètes une seconde ambassade qui leur rendit leurs statues et leur demanda leurs hommes. Les Éginètes, qui s'enorgueillissaient alors de leur grande prospé-

rité, ressuscitèrent une haine d'autrefois contre les
Athéniens et, sur la demande des Thébains, ils les
attaquèrent brusquement sans leur avoir déclaré la
guerre. Tandis que les Athéniens s'occupaient des
Béotiens, les navires de guerre des Éginètes vinrent
sur les côtes de l'Attique ravager Phalère et bon
nombre de dèmes sur le reste du littoral ; et par là les
Éginètes infligèrent de graves dommages aux Athéniens.

(82). La haine que les Éginètes nourrissaient
depuis longtemps contre les Athéniens avait ainsi
commencé : le pays d'Épidaure ne portait plus de
fruits ; dans ce malheur les Épidauriens consultèrent
l'oracle de Delphes, et la Pythie leur enjoignit d'élever
des statues à Damia et Auxésia [99] : leur sort s'amélio-
rerait. Les Épidauriens lui demandèrent s'ils devaient
faire ces statues en bronze ou en marbre ; la Pythie
leur défendit l'un et l'autre : il fallait le bois d'un
olivier cultivé. Les Épidauriens sollicitèrent alors des
Athéniens l'autorisation de couper un de leurs oli-
viers, qui étaient, pensaient-ils, particulièrement
sacrés (on dit aussi qu'à cette époque Athènes était le
seul endroit de la terre où il y en eût [100]). Les
Athéniens y consentirent, à une condition : les Épidauriens apporteraient tous les ans des offrandes à
Athéna Polias et à Érechthée [101]. Les Épidauriens s'y
engagèrent ; ils obtinrent ce qu'ils demandaient, firent
tailler les statues dans ce bois et les érigèrent chez
eux ; et leur terre porta des fruits, et ils s'acquittèrent
du tribut convenu.

(83). En ce temps-là Égine obéissait encore à
Épidaure, et en particulier les Éginètes passaient la
mer et se rendaient là-bas pour soutenir les procès

qu'ils avaient entre eux ; mais plus tard ils se donnèrent une flotte et rompirent témérairement tous leurs
liens avec Épidaure. En raison de leur différend ils
ravageaient le pays, grâce à leur supériorité sur mer ;
en particulier, ils s'emparèrent des statues en question
de Damia et d'Auxésia, les emportèrent chez eux et les
installèrent au milieu de leur pays — l'endroit, qui
s'appelle Oié, se trouve à quelque vingt stades de leur
capitale. Les statues installées en cet endroit, pour se
les concilier ils instituèrent en leur honneur des
sacrifices et des chœurs de femmes chargées de
prononcer des railleries et des invectives, en confiant
l'organisation de ces chœurs à dix citoyens pour
chaque déesse. Les railleries et les invectives des
chœurs ne s'adressaient jamais à des hommes, mais
seulement aux femmes du pays [102]. Les Épidauriens
avaient les mêmes rites ; ils en ont aussi d'autres qui
sont secrets.

(84). Quand ils n'eurent plus leurs statues, les
Épidauriens cessèrent d'envoyer aux Athéniens le
tribut convenu. Les Athéniens leur en manifestèrent
leur courroux dans un message, mais les Épidauriens
leur représentèrent qu'ils n'étaient nullement coupables : aussi longtemps qu'ils avaient eu les statues sur
leur territoire, ils avaient respecté la convention ; on
les leur avait prises, donc ils n'avaient plus à payer :
aux Éginètes, leurs possesseurs actuels, de verser le
tribut. Sur quoi les Athéniens firent réclamer les
statues aux Éginètes ; ceux-ci répondirent que les
Athéniens n'avaient pas à se mêler de leurs affaires.

(85). Les Athéniens, donc, disent qu'après leur
avoir présenté cette réclamation ils firent partir une
trière avec certains de leurs concitoyens qui, au nom

de la ville, se rendirent à Égine et tentèrent d'enlever de leurs socles les deux statues pour les ramener chez eux — puisque, disaient-ils, le bois dont elles étaient faites leur appartenait. Ils ne purent en venir à bout de cette façon et voulurent les abattre à l'aide de cordes passées autour d'elles, mais, au moment où ils les ébranlaient, le tonnerre retentit et la terre trembla ; les membres de l'expédition qui tiraient sur les cordes en perdirent la raison et, dans leur fureur, s'entretuèrent en croyant frapper des ennemis, si bien qu'un seul d'entre eux survécut pour regagner Phalère[103].

(86). C'est la version athénienne de l'affaire. Selon les Éginètes, les Athéniens ne se présentèrent pas avec un seul vaisseau, car s'il n'y en avait eu qu'un seul et même quelques-uns de plus, ils n'auraient pas eu de mal à se défendre, même sans avoir de navires à leur disposition. Leur pays fut attaqué par une flotte nombreuse, disent-ils, et ils cédèrent sans livrer de combat naval. Ils ne peuvent d'ailleurs expliquer clairement leur attitude et dire s'ils ont cédé parce qu'ils se sentaient inférieurs à leurs ennemis en un combat naval, ou s'ils avaient formé le projet qu'ils mirent à exécution. Les Athéniens, qui ne trouvèrent devant eux personne pour les arrêter, débarquèrent et s'attaquèrent aux statues ; incapables de les enlever de leurs socles, ils les entourèrent de cordes et tirèrent, jusqu'au moment où les statues s'animèrent toutes les deux du même mouvement (la chose est à mes yeux parfaitement incroyable ; y ajoute foi qui voudra) ; elles tombèrent à genoux, dit-on, et sont restées dans la même position depuis ce jour[104]. Voilà, selon les Éginètes, ce que firent les Athéniens ; eux-mêmes, disent-ils, prévenus de l'attaque athénienne, se ména-

gèrent le concours des Argiens : en débarquant à
Égine les Athéniens y trouvèrent les Argiens venus au
secours des Éginètes et passés, à leur insu, d'Épidaure dans l'île ; surpris, les Athéniens furent coupés
de leurs vaisseaux, et au même instant tonnerre et
tremblement de terre survinrent pour les épouvanter.

(87). C'est la version des Argiens et des Éginètes ;
et les Athéniens sont d'accord avec eux sur ce point :
un seul homme survécut et regagna l'Attique. Toutefois les Argiens se disent les auteurs du massacre
auquel il échappa seul, tandis que les Athéniens
l'attribuent au courroux du ciel. Cependant l'unique
rescapé ne survécut pas, lui non plus, dit-on, et trouva
la mort dans les circonstances que voici : il rejoignit
Athènes où il annonça le désastre et, à cette nouvelle,
les femmes des combattants envoyés contre Égine,
indignées qu'il se fût sauvé seul, l'encerclèrent et le
déchirèrent avec les agrafes de leurs manteaux, en lui
demandant où se trouvaient leurs maris. Tel fut le sort
du malheureux ; et l'acte de ces femmes parut aux
Athéniens plus terrible encore que leur revers —
mais le seul châtiment qu'ils trouvèrent à leur infliger
fut de leur faire adopter le costume ionien. Auparavant, les femmes d'Athènes portaient un costume
dorien, semblable à celui des Corinthiennes ; on leur
fit prendre la tunique de lin, pour leur ôter l'usage des
agrafes [105].

(88). D'ailleurs, à dire vrai, ce costume ne vient
pas d'Ionie, mais de Carie [106] : car anciennement les
femmes grecques portaient toutes le même costume,
que nous appelons dorien à présent. Par contre les
Argiens et les Éginètes prirent alors, dit-on, une autre
décision : dans les deux pays on décréta que les

agrafes auraient une fois et demie leur longueur
d'alors, et qu'elles seraient l'offrande spéciale des
femmes dans le sanctuaire de ces déesses ; de plus,
aucun objet venu de l'Attique, poterie ou autre, ne
pourrait être introduit dans le sanctuaire : il serait
désormais de règle d'y boire dans des coupes fabri-
quées sur place. Les femmes d'Argos et d'Égine
portent depuis ce temps et de nos jours encore, en
mémoire de leur hostilité contre Athènes, des agrafes
plus longues qu'elles ne l'étaient autrefois [107].

(89). La haine qui règne entre les Éginètes et les
Athéniens naquit donc dans les circonstances sus-
dites. Aussi, lorsque Thèbes appela les Éginètes à son
secours, ceux-ci, qui n'oubliaient pas l'histoire de
leurs statues, s'empressèrent d'aider les Béotiens. Ils
ravagèrent le littoral de l'Attique et les Athéniens
s'apprêtaient à marcher contre eux lorsqu'un oracle
venu de Delphes les avertit d'attendre trente ans : la
trente et unième année qui suivrait les insultes
d'Égine, ils pourraient, après avoir consacré un
sanctuaire à Éaque, commencer à lutter contre eux, et
leur entreprise connaîtrait le succès ; s'ils entamaient
la lutte sans attendre, leurs ennemis leur feraient
beaucoup de mal entre-temps, et ils leur en feraient
également beaucoup, pour triompher d'eux à la fin [108].
Quand les Athéniens eurent connaissance de cet
oracle, ils consacrèrent à Éaque le sanctuaire que l'on
voit aujourd'hui sur leur grand-place, mais ils n'acceptèrent pas l'obligation qui leur était faite de
supporter pendant trente ans les intolérables insultes
des Éginètes.

(90). Alors qu'ils préparaient leur vengeance, les
Lacédémoniens leur suscitèrent un obstacle imprévu.

Ils avaient appris les manœuvres des Alcméonides auprès de la Pythie et celles de la Pythie contre eux et contre les Pisistratides, et ils en jugeaient le résultat doublement malheureux : d'abord, ils avaient chassé des hommes qui étaient leurs hôtes de leur propre patrie ; ensuite, les Athéniens ne leur avaient aucune reconnaissance de leur intervention. De plus ils étaient influencés par les oracles selon lesquels les Athéniens leur infligeraient de nombreux outrages, oracles qu'ils ignoraient auparavant et qu'ils avaient appris de Cléomène, qui les leur avait rapportés d'Athènes. — Il les avait trouvés sur l'Acropole d'Athènes : les Pisistratides les avaient eus jusqu'alors en leur possession et, chassés d'Athènes, ils les avaient laissés dans le temple où Cléomène les recueillit après leur départ.

(91). Quand les Lacédémoniens eurent ces oracles en leur possession et qu'ils virent les Athéniens toujours plus forts et peu disposés à leur obéir, ils comprirent que, libre, ce peuple serait bientôt leur égal, mais que, soumis à un tyran, il serait faible et docile. Tout bien considéré, ils mandèrent le fils de Pisistrate, Hippias, de Sigéion sur l'Hellespont où les Pisistratides s'étaient réfugiés [109]. Hippias se rendit à leur appel, et les Spartiates, qui avaient aussi convoqué les représentants de leurs autres alliés, leur dirent ceci : « Peuples alliés, nous voyons bien que nous avons commis une faute : sur la foi d'oracles menteurs nous avons marché contre des gens qui étaient nos hôtes et nos amis les plus chers, qui nous garantissaient la docilité d'Athènes, et nous les avons chassés de leur patrie ; après quoi nous avons remis la ville aux mains du peuple, un peuple ingrat qui, libre grâce

à nous, a redressé la tête pour nous outrager aussitôt
et nous chasser, notre roi et nous, un peuple dont
maintenant les espérances et les forces grandissent, —
leurs voisins de Béotie et de Chalcis ne l'ont que trop
appris à leurs dépens, et qui s'y trompera l'apprendra
bientôt à son tour. Puisque nous avons commis cette
erreur, nous allons essayer maintenant de la réparer
avec vous. Voilà pourquoi nous vous avons fait venir
de vos cités, ainsi qu'Hippias ici présent; nous
voulons, d'un commun accord et par une expédition
commune, le rétablir dans Athènes et lui rendre ce
que nous lui avons ôté. »

(92). Voilà ce qu'ils leur dirent, mais leur discours
fut mal accueilli de la plupart de leurs alliés. Ils
restaient tous muets; enfin, le Corinthien Soclès prit
la parole : « Vraiment, s'écria-t-il, nous allons voir le
ciel passer sous la terre et la terre le couvrir de sa
voûte, les hommes iront peupler la mer et les poissons
s'installeront à leur place, puisque c'est vous, Lacédémoniens, qui vous préparez à détruire un régime où le
pouvoir appartient à des égaux, pour rétablir dans les
cités la tyrannie, la plus injuste, la plus sanglante
invention de l'humanité! S'il vous semble que ce
régime a du bon, adoptez-le, vous les premiers, et
vous chercherez ensuite à l'imposer aux autres. Mais
vous n'en avez jamais fait l'expérience, et vous veillez
par-dessus tout à l'éviter pour Sparte, vous qui voulez
maintenant faire ce mal à vos alliés. Si vous en aviez
goûté comme nous, vous nous en parleriez aujour-
d'hui plus sagement. Rappelez-vous, en effet, le
régime que nous avions à Corinthe : c'était une
oligarchie dont les membres, les Bacchiades[110], dirigeaient la ville et prenaient leurs épouses dans leur

propre clan. L'un d'entre eux, Amphion, eut une fille
boiteuse du nom de Labda [111]. Aucun des Bacchiades
n'en voulut, aussi la donna-t-on en mariage à Éétion
fils d'Échécratès, du dème de Pétra, qui était Lapithe
d'origine et descendait de Caïneus [112]. Éétion n'avait
pas d'enfants de cette femme ni d'aucune autre ; il alla
donc demander à Delphes s'il aurait une postérité. À
son entrée dans le sanctuaire la Pythie s'écria tout
aussitôt :

Éétion, on ne t'honore pas [113], mais ton honneur est grand.
Labda a conçu, elle enfantera un rocher et le bloc, en sa course,
Écrasera les despotes, il châtiera Corinthe.

La prophétie parvint aux oreilles des Bacchiades.
Ceux-ci cherchaient en vain le sens d'un oracle
adressé précédemment à Corinthe, et de sens analo-
gue à celui qu'Éétion avait reçu ; il disait :

La femelle de l'aigle a conçu dans les rochers [114] ; elle enfantera un
   lion
Puissant, féroce ; il brisera bien des genoux.
Prenez-y garde, Corinthiens qui demeurez aux bords des belles
   eaux
De Pirène et dans la sourcilleuse Corinthe [115].

Les Bacchiades qui avaient reçu précédemment cet
oracle n'avaient pas pu l'interpréter ; lorsqu'ils apprirent celui qu'Éétion avait obtenu, ils comprirent
immédiatement que l'un éclairait l'autre. Sûrs désormais de son interprétation, ils gardèrent le silence,
décidés à supprimer l'enfant qui naîtrait chez Éétion.
Dès que Labda eut accouché, ils envoyèrent dans le
dème où habitait Éétion dix hommes de leur clan
chargés de faire périr le nouveau-né. Arrivés à Pétra,

les hommes entrèrent dans la cour de la maison
d'Éétion et demandèrent à voir l'enfant. Sans soup-
çonner la raison de leur venue, Labda les crut poussés
par leur sympathie pour son époux : elle alla chercher
son enfant et le remit aux mains de l'un d'entre eux.
Or, en cours de route, les hommes avaient décidé que
le premier qui tiendrait l'enfant le tuerait en le jetant
violemment sur le sol. Donc Labda leur apporta son
fils, mais le ciel voulut qu'il sourît à l'homme qui le
tenait ; touché, l'homme eut pitié de l'enfant et ne put
se résoudre à le tuer ; il le remit à l'un de ses
compagnons, celui-ci s'en débarrassa de même, et
l'enfant passa successivement aux mains des dix
complices, dont aucun ne voulut se charger de le
supprimer. Alors ils le rendirent à sa mère et quittèrent la demeure ; mais, de l'autre côté de la porte, ils
se reprochèrent mutuellement leur faiblesse et s'en
prirent surtout à celui qui avait le premier reçu
l'enfant et qui ne s'était pas conformé aux décisions
prises. Au bout d'un moment, ils décidèrent de
revenir sur leurs pas et de prendre tous part égale au
meurtre. Mais il était dit que la progéniture d'Éétion
grandirait, pour le malheur de Corinthe. Labda,
derrière la porte, avait tout entendu. Elle eut peur de
les voir changer d'avis et lui réclamer de nouveau son
fils pour le tuer, et elle alla le déposer dans la cachette
qui lui parut la plus sûre, un coffre[116] ; car, s'ils
revenaient le chercher, elle savait bien qu'ils visite-
raient toute la maison. C'est justement ce qui arriva :
les dix hommes entrèrent et cherchèrent l'enfant, sans
pouvoir le découvrir ; ils décidèrent alors de s'en
retourner et de rapporter à ceux qui les avaient
envoyés qu'ils avaient exécuté leurs ordres en tout

point. Ils s'en allèrent et firent ce rapport. Puis le fils
d'Éétion grandit et, comme un coffre — *cypselé* —
l'avait sauvé dans ce danger, il reçut le nom de
Cypsélos. Arrivé à l'âge d'homme, il alla consulter
l'oracle de Delphes et reçut une réponse en partie
favorable ; fort de cet appui, il se lança contre
Corinthe et s'en empara. Voici le contenu de l'oracle :

Heureux est-il, cet homme qui descend en ma demeure,
Cypsélos fils d'Éétion, roi de l'illustre Corinthe,
Lui et ses fils après lui ; mais les fils de ses fils ne le seront
  plus [117].

Ainsi parla l'oracle. Maître de Corinthe, voici le genre
d'homme que fut Cypsélos : nombreux furent les
Corinthiens qu'il chassa, nombreux ceux qu'il
dépouilla de leurs biens, beaucoup plus nombreux
encore ceux qu'il dépouilla de la vie. Il régna trente
ans et sa vie fut heureuse jusqu'au bout ; puis son fils
Périandre hérita de son pouvoir. Périandre se montra
tout d'abord moins cruel que son père ; mais dès que,
par messagers, il se fut mis en relations avec le tyran
de Milet, Thrasybule, il devint plus féroce encore que
Cypsélos. Il avait envoyé à Thrasybule un héraut
pour apprendre de lui comment assurer parfaitement
son pouvoir et mener Corinthe au mieux. Thrasybule
emmena l'envoyé de Périandre hors de la ville et alla
se promener en sa compagnie au milieu des blés ; là, il
questionna le héraut sur le motif de son voyage et,
tout en le pressant de questions, il tranchait les épis
qu'il voyait s'élever au-dessus des autres et en jetait la
tête au loin — ceci jusqu'au moment où il eut de cette
façon détruit toutes les plus belles tiges et les plus
chargées de grains. Il traversa le champ tout entier,

puis congédia le héraut sans lui donner un mot de
réponse. Sitôt le héraut de retour à Corinthe, Périandre s'empressa de lui demander le conseil qu'il avait
reçu. L'homme répondit que Thrasybule ne lui en
avait donné aucun ; d'ailleurs, dit-il, il s'étonnait
d'avoir été envoyé auprès d'un pareil personnage, un
fou, qui détruisait ses propres récoltes, — et il raconta
ce dont il avait été le témoin. Périandre comprit le
geste de Thrasybule et vit bien qu'il lui conseillait de
mettre à mort les premiers des citoyens ; dès lors, sa
cruauté ne connut plus de bornes : tout ce que les
rigueurs de Cypsélos avaient épargné, Périandre le
frappa. De plus, en un seul jour il dépouilla de leurs
parures toutes les femmes de Corinthe, à cause de sa
femme Mélissa [118]. Il avait envoyé des messagers sur
les bords de l'Achéron, chez les Thesprotes, au lieu où
l'on évoque les morts [119], afin de la consulter sur une
somme d'argent qu'elle avait reçue en dépôt d'un
hôte : l'ombre de Mélissa était bien apparue, mais
avait refusé de donner le moindre signe et de révéler
l'endroit où se trouvait l'argent, car elle avait froid,
déclara-t-elle, et elle était nue ; les vêtements qu'il
avait ensevelis avec elle ne lui servaient de rien,
puisqu'ils n'avaient pas été brûlés. Et, pour prouver à
Périandre qu'elle disait vrai, elle ajouta qu'il avait mis
ses pains dans le four froid. Quand Périandre apprit
cette réponse — le signe donné lui parut irrécusable,
car il s'était uni au cadavre de Mélissa — par la voix
du héraut il fit convoquer immédiatement toutes les
femmes de Corinthe au temple d'Héra. Elles s'y
rendirent comme à une fête, dans leurs plus beaux
atours, et Périandre les en fit toutes dépouiller, les
femmes libres comme les servantes, par les gardes

qu'il avait apostés ; puis il fit brûler tous ces vêtements amoncelés dans une fosse, en adressant des prières à Mélissa. Après quoi il envoya de nouveau consulter l'ombre de Mélissa, qui indiqua l'endroit où elle avait déposé l'argent de son hôte. La voilà, votre tyrannie, Lacédémoniens, voilà ce dont elle est capable ! Nous avons été fort surpris, nous autres Corinthiens, en vous voyant mander Hippias, et nous le sommes encore plus aujourd'hui en entendant votre langage. Au nom de tous les dieux de la Grèce, nous vous conjurons de ne pas instaurer de tyrannies dans les cités. Vous entendez ne pas renoncer à votre projet ? Vous voulez essayer, contre toute justice, de remettre Hippias au pouvoir ? Alors sachez que les Corinthiens au moins ne vous approuvent pas. »

(93). Ainsi parla Soclès, au nom des Corinthiens. Hippias lui répondit et prit à témoins les mêmes dieux qu'un jour les Corinthiens auraient, les premiers, sujet de regretter les Pisistratides, aux jours inévitables où ils auraient à se plaindre des Athéniens. S'il leur fit cette réponse, c'est qu'il était mieux que tout autre au courant des oracles [120] ; les autres alliés de Sparte n'avaient rien dit jusqu'alors, mais ils rompirent leur silence lorsqu'ils eurent entendu Soclès exprimer librement son opinion ; ils se rangèrent tous à l'avis du Corinthien et prièrent instamment les Lacédémoniens de ne pas renverser les institutions d'une cité grecque.

(94). Le projet fut donc abandonné. Hippias quitta le pays ; Amyntas de Macédoine lui offrit Anthémonte et les Thessaliens Iolcos [121], mais il refusa les deux villes et revint à Sigéion que Pisistrate avait enlevée par l'épée aux Mytiléniens ; après quoi, il y avait

établi comme tyran son fils Hégésistrate, un bâtard
qu'il avait eu d'une femme d'Argos : celui-ci ne garda
pas sans luttes le bien qu'il tenait de Pisistrate, car
Mytiléniens et Athéniens guerroyèrent longtemps en
partant les uns d'Achilléion [122], les autres de Sigéion ;
Mytilène réclamait ce territoire, Athènes ne voulait rien entendre et représentait, à l'appui de sa
cause, que la terre d'Ilion ne devait pas revenir
aux Éoliens plutôt qu'à eux-mêmes ou aux autres
Grecs qui avaient aidé Ménélas à venger le rapt
d'Hélène.

(95). De nombreux incidents se produisirent au
cours de cette lutte ; en particulier, dans un engagement où les Athéniens avaient le dessus, le poète Alcée
prit la fuite et sauva sa personne, mais en abandonnant ses armes aux mains des Athéniens qui les
suspendirent au mur du temple d'Athéna dans
Sigéion. Alcée raconta la chose dans un poème qu'il fit
parvenir à Mytilène pour informer de son aventure
un ami, Mélanippos [123]. La paix fut rétablie entre les
Athéniens et les Mytiléniens par l'entremise de
Périandre, fils de Cypsélos, qu'ils avaient pris pour
arbitre, et aux conditions suivantes : chacun garderait
les territoires dont il était maître. Sigéion passa donc
ainsi au pouvoir des Athéniens.

(96). Après avoir quitté Lacédémone, Hippias, de
retour en Asie, ne négligea rien pour calomnier les
Athéniens auprès d'Artaphrénès et tout mettre en
œuvre pour faire tomber Athènes en son pouvoir et au
pouvoir de Darius. Tel était son but, et les Athéniens
qui l'apprirent envoyèrent à Sardes des représentants
pour dissuader les Perses d'écouter leurs bannis. Mais
Artaphrénès leur ordonna de reprendre Hippias s'ils

voulaient échapper à la mort. Les Athéniens n'acceptèrent pas les conditions qu'on leur rapportait; or, en
ne les acceptant pas, ils se déclaraient ouvertement en
guerre contre la Perse.

(97). Au moment où ils adoptaient cette attitude et
se trouvaient calomniés auprès des Perses, Aristagoras de Milet, que le Lacédémonien Cléomène avait
fait expulser de Sparte [124], arriva dans Athènes, la cité
la plus puissante alors après Sparte. Aristagoras se
présenta devant le peuple et parla, comme il l'avait
fait à Sparte, de la richesse de l'Asie et de la façon
dont combattaient les Perses, — gens, disait-il, qui
n'avaient ni boucliers ni lances, et qui se laisseraient
facilement vaincre. À ces arguments, il en joignit un
autre : les Mytiléniens, disait-il, étaient une colonie
d'Athènes; il était normal que les Athéniens, puissants comme ils l'étaient, vinssent à leur secours. Il ne
recula devant aucune promesse tant il avait besoin
d'eux, et il finit par l'emporter. Une multitude est
sans doute plus facile à leurrer qu'un seul homme,
puisque Aristagoras, qui n'avait pu tromper le Lacédémonien Cléomène, un homme seul, triompha de
trente mille Athéniens [125]. Donc les Athéniens l'écoutèrent et décidèrent d'envoyer vingt navires au
secours des Ioniens, sous le commandement de
Mélanthios, un citoyen en tous points distingué. Avec
ces navires commencèrent les malheurs et des Grecs,
et des Barbares [126].

(98). Aristagoras prit les devants et gagna Milet; il
avait formé un projet qui ne présentait aucun avantage pour les Ioniens : son dessein n'était pas d'ailleurs de servir leur cause, mais seulement de nuire au
roi Darius. Il envoya un émissaire en Phrygie, auprès

des Péoniens du Strymon, ceux que Mégabaze avait
fait prisonniers [127] et qui, en Phrygie, habitaient un
territoire et un bourg à part. L'homme vint trouver les
Péoniens et leur dit : « Péoniens, je viens de la part
d'Aristagoras, tyran de Milet, vous offrir le salut si
vous consentez à suivre ses conseils. Aujourd'hui
l'Ionie entière a secoué le joug du Grand Roi ; c'est
pour vous l'occasion de regagner votre patrie en toute
sécurité. À vous de rejoindre la mer, le reste nous
regarde. » Les Péoniens accueillirent ces paroles avec
la joie la plus vive et s'enfuirent vers la mer avec
femmes et enfants ; certains cependant eurent peur et
ne bougèrent pas. Les Péoniens atteignirent la mer, et
de là passèrent à Chios. Alors qu'ils étaient déjà dans
l'île, une troupe nombreuse de cavaliers perses lancés
sur leurs traces parvint au rivage ; comme ils
n'avaient pu les rejoindre, les Perses envoyèrent aux
Péoniens, à Chios, l'ordre de revenir. Les Péoniens s'y
refusèrent, et les gens de Chios les firent passer de
leur île à Lesbos, puis les Lesbiens les conduisirent à
Doriscos [128] ; de là, ils regagnèrent à pied la
Péonie.

*L'expédition
contre Sardes.*

(99). Revenons à Aris-
tagoras : lorsque les Athéniens arrivèrent sur leurs
vingt navires, avec en plus cinq trières d'Érétrie, —
qui, elle, ne participait pas à l'expédition pour aider
Athènes, mais pour les Milésiens, en reconnaissance
des services qu'ils avaient rendus (car les Milésiens
avaient précédemment aidé les Érétriens dans leur
lutte contre Chalcis, au moment où les Samiens se
joignaient aux Chalcidiens contre Érétrie et Milet [129]),

— lorsque, dis-je, les Athéniens arrivèrent et que tous les alliés furent là, Aristagoras envoya une expédition attaquer Sardes. Lui-même n'y participait pas : il resta à Milet et mit à la tête des troupes des Milésiens son frère Charopinos et un autre citoyen de Milet, du nom d'Hermophantos.

(100). Les Ioniens se rendirent avec leur flotte à Éphèse ; ils laissèrent leurs navires à Corèsos sur le territoire d'Éphèse, et se dirigèrent avec des forces considérables vers l'intérieur du pays, guidés par des Éphésiens. Ils remontèrent le cours du Caystre, puis, après avoir franchi le Tmolos, ils arrivèrent à Sardes et s'en emparèrent sans trouver de résistance ; ils prirent la ville entière, sauf l'acropole [130] : Arta-phrénès la défendait en personne, avec une importante garnison.

(101). Qu'ils n'aient pu piller la ville après l'avoir prise, en voici la raison : à Sardes les maisons étaient pour la plupart faites de roseaux, et celles qui étaient bâties en briques avaient, elles aussi, des toits de roseaux. Un soldat mit le feu à l'une d'elles et, de maison en maison, les flammes eurent bientôt gagné la ville entière. Dans la ville en feu les Lydiens, ainsi que les Perses qui s'y trouvaient, cernés par l'incendie qui dévorait les quartiers extérieurs, se trouvèrent bloqués et vinrent s'entasser sur la grand-place et sur les bords du Pactole qui, chargé de paillettes d'or, descend du Tmolos, traverse la grand-place de Sardes et se jette ensuite dans l'Hermos qui, lui, se jette dans la mer. La foule des Lydiens et des Perses acculés au bord de ce fleuve et sur la place en fut réduite à se défendre. Quand les Ioniens virent qu'une partie des ennemis leur résistait tandis que d'autres s'apprê-

taient en force à les attaquer, ils prirent peur et se
retirèrent en direction de la montagne appelée Tmolos
et, de là, ils regagnèrent leurs vaisseaux à la faveur de
la nuit.

(102). Le feu détruisit Sardes, et le temple d'une
déesse indigène, Cybébé [131], disparut dans l'incendie :
les Perses se servirent plus tard de ce prétexte pour
brûler à leur tour les temples de la Grèce. À ce
moment, les Perses qui habitaient de ce côté-ci de
l'Halys se réunirent, à l'annonce de l'invasion, et ils
vinrent au secours des Lydiens. Il se trouva que les
Ioniens n'étaient plus à Sardes quand ils y arrivèrent ;
ils marchèrent donc sur leurs traces et les rejoignirent
à Éphèse. Les Ioniens firent volte-face et leur livrèrent
bataille, mais leur défaite fut complète. Les Perses les
taillèrent en pièces, et là périt, entre autres Grecs de
renom, le chef des Érétriens, Eualcidès, qui avait
remporté plusieurs couronnes dans les Grands Jeux et
dont Simonide de Céos avait souvent célébré le
nom [132]. Les Ioniens rescapés du combat se dispersèrent et regagnèrent leurs cités.

*Extension de
la révolte.*

(103). Voilà comment
ils luttèrent alors. Les
Athéniens abandonnèrent
ensuite la cause des Ioniens et, malgré les messages et
les sollicitations d'Aristagoras, leur refusèrent leur
appui. Privés de l'aide d'Athènes, les Ioniens ne s'en
préparèrent pas moins à lutter contre le Grand Roi, —
leur conduite envers Darius rendait la chose inévitable. Ils passèrent avec leur flotte dans l'Hellespont et
gagnèrent à leur cause Byzance et toutes les autres
villes de la région ; ils passèrent aussi hors de l'Helles-

pont et s'acquirent l'alliance de la plus grande partie
de la Carie ; la ville de Caunos, qui leur avait jusque-
là refusé son concours, se rangea elle aussi de leur
côté, lorsqu'ils eurent incendié Sardes.

(104). Les Cypriotes se joignirent tous à eux de
leur propre mouvement, sauf la ville d'Amathonte. Ils
s'étaient eux aussi révoltés contre les Mèdes, dans les
circonstances suivantes : Gorgos, roi de Salamis, avait
un frère cadet, Onésilos fils de Chersis, lui-même fils
de Siromos et petit-fils d'Euelthon [133]. Depuis longtemps déjà cet Onésilos poussait Gorgos à se révolter
contre le Grand Roi ; et lorsqu'il apprit le soulèvement
des Ioniens, il insista de plus belle. Comme son frère
ne l'écoutait pas, il attendit qu'il fût sorti de Salamis
et, avec ses partisans, lui en ferma les portes. Le roi
dépossédé se réfugia chez les Mèdes ; Onésilos prit le
pouvoir à Salamis et s'efforça d'associer tous les
Cypriotes à sa rebellion. Ils le suivirent, sauf les gens
d'Amathonte qui refusèrent de l'écouter et qu'il vint
assiéger.

La colère de Darius.

(105). Donc Onésilos
assiégeait Amathonte ; et
le roi Darius fut informé
que Sardes avait été prise et brûlée par les Athéniens
et les Ioniens, et que l'homme qui avait provoqué
cette coalition et machiné cette entreprise était Aristagoras de Milet. À cette nouvelle, dit-on, le roi, sans
tenir compte des Ioniens, qu'il était bien sûr de
châtier de leur révolte, demanda tout d'abord qui
étaient ces Athéniens ; quand il le sut, il demanda son
arc, le prit en main, le tendit, décocha une flèche vers
le ciel et s'écria, en envoyant sa flèche dans les airs :

« Ô Zeus, puissé-je me venger des Athéniens ! » Puis
il donna l'ordre à l'un de ses serviteurs de lui répéter
trois fois à chaque repas ces mots : « Maître, souviens-toi des Athéniens ! »

(106). Cet ordre donné, il fit venir en sa présence
Histiée de Milet, qu'il retenait à ses côtés depuis
longtemps déjà, et lui dit : « J'apprends, Histiée, que
ton suppléant, l'homme à qui tu as confié Milet, a fait
une révolution contre moi ; il m'a fait attaquer par des
gens de l'autre continent, ainsi que par des Ioniens
qui me paieront ce qu'ils ont fait. Il les a fait marcher
avec les autres contre moi, pour m'enlever Sardes.
Comment justifies-tu cette conduite ? Et comment
pouvaient-ils se lancer dans une pareille aventure sans
tes conseils ? Prends garde, tu pourrais regretter plus
tard ton attitude. — Seigneur, répondit Histiée, que
dis-tu là ? Moi, conseiller une action qui pourrait te
nuire peu ou prou ? Que pourrais-je désirer encore
pour agir ainsi ? Que me manque-t-il ? J'ai tous tes
biens à ma disposition, et tu me fais l'honneur de
m'associer à tous tes desseins. Si mon suppléant se
conduit comme tu le dis, sois certain qu'il en porte
seul la responsabilité. Pour moi, je ne puis ajouter foi
au rapport qui accuse les Milésiens et mon suppléant
de menées contre ton pouvoir ; cependant, s'ils sont
coupables, si tes informations sont exactes, seigneur,
vois ce que tu as fait en m'éloignant de la côte :
délivrés de ma présence, les Ioniens ont fait ce qu'ils
désiraient de longue date. Si j'avais été là, pas une
ville n'aurait bougé. Laisse-moi maintenant partir au
plus vite pour l'Ionie, afin d'y rétablir l'ordre et de
remettre entre tes mains l'homme à qui j'ai confié
Milet, le responsable de ces troubles. Quand je t'aurai

donné satisfaction là-dessus, je jure par tous les dieux
de ta maison que je ne quitterai pas la tunique que
je porterai à mon arrivée en Ionie avant d'avoir
contraint la Sardaigne, la plus grande île qui soit [134], à
te payer tribut. »

(107). Histiée parlait ainsi pour tromper le roi ;
Darius le crut et le laissa partir, en lui prescrivant de
le rejoindre à Suse dès qu'il aurait rempli ses promesses.

*Échec de la
révolte.*

(108). Tandis que ces
nouvelles de Sardes arri-
vaient au roi, que Darius,
après avoir tiré une flèche de son arc comme je l'ai dit,
s'entretenait avec Histiée, et qu'Histiée, avec la
permission du roi, s'en allait vers la mer, voici,
pendant tout ce temps-là, ce qui arrivait. Onésilos de
Salamis, en train d'assiéger Amathonte, apprit qu'on
attendait à Chypre l'arrivée d'un Perse, Artybios, à la
tête d'une nombreuse armée. À cette nouvelle Onésilos dépêcha des hérauts par toute l'Ionie pour obtenir
du secours. Les Ioniens, sans s'être longuement
consultés, vinrent avec une flotte nombreuse. Ils
étaient à Chypre lorsque les Perses y débarquèrent,
venus de Cilicie, et marchèrent sur Salamis, tandis
que les Phéniciens sur les navires suivaient la côte
et doublaient le cap qu'on appelle les Clés de
Chypre [135].

(109). Dans ces circonstances, les tyrans de Chypre
réunirent les chefs ioniens et leur dirent : « Ioniens,
nous, les Cypriotes, nous vous laissons choisir l'ennemi que vous voulez combattre, soit les Perses, soit
les Phéniciens. Si vous voulez lutter sur terre, en
bataille rangée, contre les Perses, c'est l'heure pour

vous de débarquer et de vous ranger en bataille, pour
nous de monter sur vos navires pour affronter les
Phéniciens. Si vous préférez rencontrer les Phéniciens,
soit ! Quelle que soit votre décision, votre devoir est de
tout faire pour que, par vous, l'Ionie et Chypre soient
libres. » Les Ioniens leur répondirent : « La communauté ionienne nous a envoyés ici pour garder la mer,
et nullement pour confier nos navires aux Cypriotes et
nous mesurer aux Perses sur la terre ferme. Donc nous
ferons de notre mieux, nous, au poste où l'on nous a
placés, et votre devoir, à vous, c'est de vous montrer
vaillants, au souvenir des maux que vous avez endu-
rés sous le joug des Mèdes. »

(110). Voilà ce que leur répliquèrent les Ioniens.
Ensuite les Perses arrivèrent dans la plaine de Salamis, et les rois des Cypriotes disposèrent leurs troupes
face à l'ennemi, en gardant l'élite des Salaminiens et
des Soliens pour les opposer au contingent perse.
Onésilos se posta volontairement en face du chef de
l'armée perse, Artybios.

(111). Le cheval que montait Artybios était dressé
à se cabrer contre un homme en armes. Onésilos
l'apprit ; or il avait un écuyer, un Carien, fort habile
aux travaux de la guerre et plein de courage au
surplus : « J'apprends, lui dit-il, que le cheval d'Artybios se cabre et dépêche à coups de sabots et de dents
l'ennemi contre lequel on le pousse. Décide-toi, et dis-
moi vite qui tu entends surveiller et frapper, le cheval
ou son maître Artybios. » L'écuyer lui répondit :
« Seigneur, je suis prêt, pour ma part, à faire l'un et
l'autre, ou l'un ou l'autre, comme absolument tout ce
que tu m'ordonneras. Cependant je veux te dire ce qui
me semble le plus convenable dans ta situation : un

roi, un chef doivent, selon moi, se mesurer avec un roi, avec un chef. Si l'ennemi que tu frappes est un chef, quelle gloire pour toi! Et, en second lieu, si — ce qu'aux dieux ne plaise! — c'est lui qui te frappe, la mort elle-même n'est qu'un demi-mal, si elle te vient d'un adversaire digne de toi. À nous, serviteurs, de nous mesurer à d'autres serviteurs, et à un cheval. Ne crains pas son manège : je te promets, moi, qu'il ne se dressera plus désormais contre personne. »

(112). Il dit, et la mêlée s'engagea bientôt, sur terre et sur mer. Sur mer, les Ioniens se comportèrent au mieux et l'emportèrent en ce jour sur les Phéniciens ; parmi eux les Samiens se distinguèrent particulièrement. Sur terre, les armées se jetèrent l'une sur l'autre dès qu'elles se rencontrèrent ; pour les deux chefs, voici ce qui arriva : Artybios poussa son cheval contre Onésilos qui, ainsi qu'il en était convenu avec son écuyer, frappa l'homme au moment où il avançait contre lui, tandis que, au moment où le cheval heurte de ses sabots le bouclier d'Onésilos, le Carien d'un coup de cimeterre lui tranche les jarrets — et Artybios, le chef de l'armée perse, tombe alors sur place, avec son cheval.

(113). En pleine bataille, le tyran de Courion [136], Stésénor, fit défection, avec les forces considérables qui l'accompagnaient (les Couriens sont, dit-on, une colonie d'Argos). Aussitôt après la défection des Couriens, les chars de guerre de Salamis firent de même. Ce fait donna l'avantage aux Perses : l'armée cypriote prit la fuite et subit de lourdes pertes ; là périt entre autres Onésilos fils de Chersis, l'homme qui avait poussé Chypre à la révolte, ainsi que le roi de

Soles, Aristocypros fils de Philocypros, — le Philocypros que Solon d'Athènes, quand il passa par Chypre,
loua dans ses vers plus que tout autre tyran [137].

(114). Parce que Onésilos les avait assiégés, les gens
d'Amathonte lui coupèrent la tête, l'emportèrent chez
eux et la fixèrent au-dessus des portes de la ville.
Quand le crâne exposé fut vide, un essaim d'abeilles y
pénétra et l'emplit de ses rayons. Là-dessus les gens
d'Amathonte consultèrent l'oracle au sujet de cette
tête : le dieu leur ordonna de la retirer de leur mur, de
l'ensevelir et d'instituer en l'honneur d'Onésilos un
culte héroïque avec sacrifices annuels — ce serait,
déclara-t-il, tout à leur avantage.

(115). Les gens d'Amathonte obéirent, et de mon
temps encore ils célébraient ce culte. Quand les
Ioniens qui avaient combattu sur mer au large de
Chypre apprirent la déconfiture d'Onésilos et l'inves-
tissement de toutes les cités de l'île, sauf Salamis (que
les Salaminiens avaient rendue à son ancien roi,
Gorgos), au reçu de ces nouvelles ils firent aussitôt
voile pour l'Ionie. Celle des villes de Chypre qui
soutint le plus long siège fut Soles ; en sapant ses
murailles, les Perses s'en emparèrent après quatre
mois d'efforts.

(116). Ainsi les Cypriotes, après un an de liberté,
se retrouvèrent esclaves. Daurisès, qui avait épousé
une fille de Darius, Hymaiès et Otanès, deux autres
généraux perses qui avaient également épousé des
filles du roi, poursuivirent les Ioniens qui avaient pris
part à l'attaque de Sardes et les forcèrent à se
rembarquer ; après leur victoire [138], ils se répartirent
les villes et les pillèrent.

*Campagnes
des généraux perses
en Asie Mineure.*

(117). Daurisès marcha contre les villes de l'Hellespont et prit Dardanos, puis Abydos, Percote, Lampsaque et Paisos [139], — une ville par jour. De Paisos il se dirigeait sur Parion lorsqu'un message lui parvint : les Cariens faisaient cause commune avec les Ioniens et se soulevaient à leur tour. Daurisès abandonna donc l'Hellespont et dirigea ses troupes vers la Carie.

(118). Par chance les Cariens furent informés de ses mouvements avant son arrivée. À cette nouvelle, ils se réunirent au lieu dit les Colonnes Blanches sur les bords du Marsyas, un fleuve qui vient de la région d'Idrias [140] et se jette dans le Méandre. Réunie en ce lieu, l'assemblée entendit bien des opinions, dont la meilleure était, à mon avis, celle de Pixodaros de Cindyé [141], fils de Mausole, qui avait épousé une fille du roi des Ciliciens, Syennésis. Le conseil qu'il donnait aux Cariens était de franchir le Méandre et de combattre avec le fleuve derrière eux : tout recul serait impossible et, contraints de rester sur place, leur courage s'en trouverait décuplé. Cet avis n'eut pas de succès, et l'on préféra voir les Perses adossés au Méandre : s'ils cherchaient à fuir, s'ils avaient le dessous dans la rencontre, la retraite leur serait ainsi coupée, ils tomberaient dans le fleuve.

(119). En conséquence, lorsque les Perses arrivèrent et franchirent le Méandre, les Cariens les rencontrèrent là, au bord du Marsyas ; ils combattirent avec acharnement et longtemps, mais le nombre finit par l'emporter. Les Perses perdirent environ deux mille hommes, et les Cariens dix mille. Les Cariens qui purent fuir s'enfermèrent dans le sanctuaire de Zeus

Stratios à Labranda [142], un vaste enclos sacré planté
de platanes (les Cariens sont, à notre connaissance, le
seul peuple qui offre des sacrifices à un Zeus « Protecteur des Armées »). Enfermés là, ils se demandaient
s'il valait mieux, pour leur salut, se rendre aux Perses
ou quitter l'Asie sans espoir de retour.

(120). Ils en délibéraient lorsque les Milésiens
vinrent à leur secours avec leurs alliés. Les Cariens
renoncèrent alors à leurs projets précédents et se
disposèrent à reprendre la lutte. Quand les Perses
attaquèrent, ils acceptèrent le combat, mais subirent
une défaite plus grave encore que la première ; les
pertes furent énormes, surtout du côté des Milésiens.

(121). Par la suite les Cariens se remirent de ce
désastre et reprirent la lutte. Lorsqu'ils apprirent que
les Perses allaient attaquer leurs cités, ils dressèrent
une embuscade sur la route de Pédasa : les Perses y
tombèrent pendant la nuit et se firent massacrer avec
leurs généraux Daurisès, Amorgès et Sisimacès ; là
périt aussi Myrsos fils de Gygès. Les Cariens avaient à
leur tête Héracléidès de Mylasa, fils d'Ibanollis. Ainsi
périt cette partie de l'armée perse.

(122). Hymaiès poursuivait lui aussi les Ioniens
qui avaient attaqué Sardes ; il se tourna contre la
Propontide et prit Cios en Mysie [143]. À ce moment, il
apprit que Daurisès avait quitté l'Hellespont pour
marcher sur la Carie, et, quittant la Propontide, il
conduisit ses troupes vers l'Hellespont, soumit tous les
Éoliens du pays d'Ilion, ainsi que les Gergithes, les
derniers représentants des anciens Teucriens. Mais au
milieu de ses conquêtes il mourut de maladie en
Troade.

(123). Ainsi finit Hymaiès. Artaphrénès, le gouver-

neur de Sardes, et le troisième général Otanès avaient
été envoyés contre l'Ionie et la partie de l'Éolide qui
lui est contiguë. Ils prirent Clazomènes en Ionie, et
Cymé en Éolide.

Fin
d'Aristagoras.

(124). Tandis qu'ils
s'emparaient de ces villes,
Aristagoras de Milet, —
un homme sans grand courage, on le vit bien, — après
avoir soulevé l'Ionie et causé de si grands troubles, ne
songeait plus qu'à fuir en voyant les événements ; il lui
semblait d'ailleurs impossible de triompher du Grand
Roi. Il tint conseil avec ses partisans : le mieux,
déclara-t-il, était de prévoir quelque refuge au cas où
ils seraient chassés de Milet : fallait-il aller en Sardaigne fonder une colonie, ou à Myrcinos en Édonie,
la ville qu'Histiée avait obtenue de Darius et qu'il
fortifiait [144] ? Voilà ce qu'il leur demandait.

(125). Hécatée fils d'Hégésandros, l'historien, lui
conseilla de n'aller ni à Myrcinos ni en Sardaigne,
mais de bâtir dans l'île de Léros [145] une forteresse où il
se retirerait s'il était banni de Milet ; plus tard, il
pourrait, de là, se rétablir dans Milet.

(126). Tel était l'avis d'Hécatée, mais Aristagoras
préféra de beaucoup partir pour Myrcinos. Il mit un
citoyen des plus distingués, Pythagoras, à la tête de
Milet, s'embarqua pour la Thrace avec tous ceux qui
voulurent le suivre et s'installa dans la région qu'il
avait choisie. Il en sortit pour une expédition dans
laquelle il périt avec toute son armée sous les coups
des Thraces, au siège d'une place dont les habitants
avaient demandé à capituler [146].

ÉRATO

LIVRE VI

[FIN DE LA RÉVOLTE DE L'IONIE (1-42). — Histiée en Ionie ; ses intrigues à Chios, Sardes, Milet, 1-5. — Bataille de Ladé, prise de Milet, 6-21 ; exode de Samiens en Sicile, 22-25. — Mort d'Histiée, 26-30. — L'Ionie de nouveau asservie : soumission des îles, 31-32 ; de l'Hellespont, 33 ; histoire de Miltiade en Chersonèse, 34-41 ; réorganisation de l'Ionie, 42.

DARIUS CONTRE LA GRÈCE (43-140). — *Première expédition des Perses*, contre Érétrie et Athènes ; échec de Mardonios, 43-45. — Ultimatum de Darius à Thasos, 46-47 ; à la Grèce, 48. — *En Grèce* : affaire d'Égine, accusée par Athènes devant Sparte, 49-86 (à Sparte : Cléomène contre Démarate, 51-72 ; origine de la double royauté, 52-55 ; privilèges de rois, 56-58 ; miracle d'Hélène et troisième mariage d'Ariston, 61-62 ; déposition de Démarate, 63-70 ; Leutychidès, 71-72) ; Sparte intervient contre Égine, 73 ; mort de Cléomène : sa folie, son sacrilège contre Argos, 74-84 ; Athènes contre Égine, 85-93 (apologue de Glaucos, 86). — *Deuxième expédition des Perses*, dirigée par Datis et Artaphrénès, 94-95 ; Naxos prise, Délos respectée, 96-98 ; prise de Carystos et d'Érétrie, 99-101 ; bataille de Marathon, 102-120 (Miltiade, 103-104 ; appel des Athéniens à Sparte, 105-106 ; songe d'Hippias, 107 ; la bataille, 108-120). — Discussion sur les Alcméonides, 121-131 (Alcméon et l'or de Crésus, 125 ; Clisthène marie sa fille, 126-131). — Après Marathon : échec de Miltiade à Paros, 132-136 ; son succès d'autrefois sur Lemnos et les Pélasges, 137-140.]

FIN DE LA RÉVOLTE DE L'IONIE

Histiée en Ionie.   (1). Ainsi périt Aristagoras, qui avait soulevé l'Ionie. Histiée, le tyran de Milet, qui avait quitté Darius avec sa permission[1], parvint à Sardes. Quand il arriva de Suse, le gouverneur de Sardes, Artaphrénès, lui demanda pour quelle raison, selon lui, les Ioniens s'étaient soulevés. Histiée déclara qu'il n'en savait rien, joua la surprise et prétendit tout ignorer des événements ; mais Artaphrénès qui savait la vraie cause de la révolte vit clair dans son jeu et lui dit : « Eh bien, Histiée, voici l'exacte vérité : Aristagoras a chaussé la sandale que tu avais confectionnée. »

(2) Par ces mots Artaphrénès entendait parler du soulèvement. Histiée se crut deviné, prit peur et, dès la tombée de la nuit, il s'enfuit vers la mer, trompant l'attente du roi Darius : car il lui avait promis de lui donner la plus grande île du monde, la Sardaigne, mais il allait se mettre à la tête des Ioniens en guerre contre Darius. Il passa dans l'île de Chios dont les habitants le jetèrent en prison, comme fauteur de troubles envoyé par Darius pour leur nuire. Mais quand on sut qu'il était en vérité l'ennemi du Grand Roi, on le relâcha.

(3). Les Ioniens lui demandèrent alors les raisons qu'il avait eues de pousser si fortement Aristagoras à la révolte et d'attirer un tel malheur sur l'Ionie. Loin de leur en révéler le véritable motif, il leur dit que le roi Darius avait résolu de déporter les Phéniciens en Ionie et les Ioniens en Phénicie, ce qui l'avait conduit à ordonner la révolte. — Le roi n'avait jamais envisagé cette mesure qu'Histiée inventait pour effrayer les Ioniens.

(4). Ensuite Histiée chargea un messager, Hermippos d'Atarnée, de remettre des lettres à des Perses qui se trouvaient à Sardes, tous gens avec lesquels il avait déjà discuté de ses projets. Or, au lieu de remettre les lettres à leur destinataire, Hermippos les déposa entre les mains d'Artaphrénès. Artaphrénès apprit donc toute l'affaire, et il enjoignit à Hermippos de porter les lettres à leur adresse, puis de lui remettre les réponses que les Perses enverraient à Histiée. Il découvrit ainsi le complot et fit alors périr un bon nombre de Perses.

(5). Tandis que Sardes connaissait ces troubles, Histiée, déçu de ce côté-là, se fit ramener à Milet par les gens de Chios. Les Milésiens, enchantés d'être délivrés d'Aristagoras, n'avaient pas la moindre envie de voir arriver chez eux un nouveau tyran, eux qui avaient goûté de la liberté. Aussi, au cours d'une tentative nocturne pour rentrer de force à Milet, Histiée fut-il blessé à la cuisse par un Milésien. Repoussé de sa propre cité, il revint à Chios et, comme il ne put décider les gens de Chios à lui fournir des vaisseaux, il gagna Mytilène où il en obtint des Lesbiens : ils armèrent huit trières et firent voile avec lui vers Byzance ; établis là, ils s'emparaient des navires en provenance du Pont, sauf de ceux dont les équipages se disaient prêts à servir Histiée.

Prise de Milet.   (6). Voilà ce que faisaient Histiée et les Mytiléniens. À Milet, on s'attendait à être attaqué par une flotte et des forces terrestres nombreuses, car les généraux perses avaient réuni leurs troupes en un seul

corps et marchaient contre Milet, en considérant les
autres cités comme moins importantes. Dans leur
flotte, les Phéniciens se montraient les plus ardents ;
des Cypriotes soumis depuis peu [2] combattaient à
leurs côtés, ainsi que des Ciliciens et des Égyptiens.

(7). Donc ces forces marchaient contre Milet et le
reste de l'Ionie ; quand les Ioniens le surent, ils
envoyèrent leurs délégués au Panionion [3]. Arrivés là,
ceux-ci tinrent conseil et résolurent de ne pas lever de
forces terrestres à opposer aux Perses et de laisser les
Milésiens défendre seuls leurs murailles ; mais on
armerait tous les navires jusqu'au dernier, après quoi
la flotte serait au plus tôt réunie devant Ladé, et l'on
combattrait sur mer pour sauver Milet (Ladé est un
îlot en face de Milet [4]).

(8). Quand leur flotte fut prête, les Ioniens se
rendirent au mouillage indiqué, et les Éoliens de
Lesbos avec eux. Voici comment ils rangèrent leurs
forces : les Milésiens constituèrent l'aile orientale,
avec quatre-vingts navires ; ensuite venaient les gens
de Priène avec douze navires et ceux de Myonte avec
trois, puis dix-sept navires de Téos, puis cent navires
de Chios ; à côté d'eux, les Érythréens et les Phocéens
qui mettaient en ligne, les premiers huit navires, les
autres trois ; les Lesbiens venaient ensuite, avec
soixante-dix vaisseaux ; en dernier lieu les Samiens
formaient l'aile occidentale, avec soixante vaisseaux.
Au total, leurs forces comprenaient trois cent cinquante-trois trières.

(9). Voilà pour les Ioniens ; de leur côté, les
Barbares avaient six cents navires [5]. Quand leur flotte
fut elle aussi devant Milet et quand leurs forces
terrestres furent arrivées, les généraux des Perses, en

apprenant le nombre des vaisseaux ioniens, craignirent
de n'être pas assez forts pour l'emporter et, par suite,
de ne pouvoir s'emparer de Milet à cause de leur
infériorité sur mer — ce que Darius leur ferait payer
cher. Ces réflexions les amenèrent à convoquer les
tyrans de l'Ionie qu'Aristagoras de Milet avait chassés [6] et qui s'étaient réfugiés chez les Mèdes ; ils se
trouvaient alors dans l'armée qui attaquait Milet. Les
généraux perses réunirent ceux qu'ils avaient sous la
main et leur dirent : « Ioniens, voici l'heure de
montrer votre dévouement à la cause du roi : chacun
d'entre vous doit essayer de détacher ses concitoyens
de la coalition. Faites-leur des promesses, dites-leur
qu'ils n'encourront aucune sanction pour s'être révoltés, qu'on ne brûlera aucun de leurs édifices, ni temple
ni maison particulière, que leur condition ne sera
nullement aggravée. S'ils refusent de vous écouter et
tiennent à se battre, avertissez-les des malheurs qui
les attendent : dites-leur qu'ils seront vaincus, réduits
en esclavage, que leurs fils seront châtrés, leurs filles
déportées en Bactriane, leur pays donné à d'autres
peuples. »

(10). Ainsi parlèrent les chefs perses, et chacun des
tyrans ioniens fit, de nuit, porter ce message à ses
concitoyens. Mais les Ioniens qui le reçurent s'obsti-
nèrent et rejetèrent toute idée de trahison ; d'ailleurs
chacun croyait être le seul à recevoir ces promesses
des Perses. Voilà ce qui se passa au moment où les
Perses arrivèrent devant Milet.

(11). Ensuite, les Ioniens coalisés se réunirent dans
Ladé pour discuter ; de nombreux orateurs discouru-
rent assurément, entre autres Dionysios, le chef des
Phocéens, qui leur dit : « Nous sommes en équilibre

sur le fil du rasoir, Ioniens : serons-nous libres, ou
serons-nous des esclaves, et des esclaves qui ont tenté
de fuir ? Pour l'heure, si vous acceptez de prendre de
la peine, vous aurez à souffrir un instant, soit, mais
votre victoire fera de vous des hommes libres ; si vous
préférez l'indolence et l'indiscipline, je n'ai pas le
moindre espoir que vous puissiez vous soustraire au
châtiment de votre révolte. Écoutez-moi, laissez-moi
vous guider et, je vous le promets, si les dieux tiennent
la balance égale, ou bien les ennemis n'engageront pas
le combat, ou bien, s'ils l'engagent, ils subiront une
cruelle défaite. »

(12). Après ce discours, les Ioniens se mirent aux
ordres de Dionysios. Celui-ci fit sortir la flotte tous les
jours, sur une seule file ; lorsqu'il avait entraîné les
rameurs de chaque navire à faire évoluer leur bâtiment au milieu des autres, et fait manœuvrer les
soldats embarqués, il laissait la flotte à l'ancre pendant le reste de la journée[7] et forçait les Ioniens à
peiner du matin au soir. Pendant sept jours ils
l'écoutèrent et firent ce qu'il voulait ; le jour suivant,
ces hommes qui n'avaient pas l'habitude de peiner
ainsi, accablés par la fatigue et le soleil, commencèrent à murmurer : « Quel dieu avons-nous donc
offensé, se disaient-ils entre eux, pour souffrir tant de
maux ? Il fallait être stupides, avoir perdu le sens,
pour nous mettre sous les ordres d'un Phocéen, d'un
hâbleur qui fournit trois navires[8] ! Maintenant qu'il
nous tient, il nous maltraite sans répit, nous n'y
résisterons pas : nombreux sont ceux d'entre nous qui
sont déjà malades, et beaucoup d'autres sont menacés
du même sort. Mieux vaut subir n'importe quoi plutôt
que ces maux, mieux vaut même connaître l'esclavage

qu'on nous promet, quel qu'il puisse être, plutôt
qu'endurer davantage celui qui nous accable aujour-
d'hui. Allons, refusons désormais de lui obéir ! » Voilà
ce qu'ils dirent, et personne dès lors ne voulut plus
obéir : comme s'ils étaient une armée de terre, ils
plantèrent des tentes dans l'île et s'y tinrent à l'abri du
soleil, sans plus consentir à s'embarquer et à s'entraîner.

(13). Quand les chefs des Samiens virent l'attitude
des Ioniens — Aiacès fils de Syloson leur avait
précédemment fait parvenir, sur l'ordre des Perses, le
message que j'ai dit, qui les priait d'abandonner la
coalition des Ioniens —, quand, dis-je, les Samiens
virent l'indiscipline qui régnait chez les Ioniens, alors,
ils acceptèrent les propositions d'Aiacès ; d'ailleurs
triompher du Grand Roi leur paraissait clairement
impossible, car, à supposer même qu'ils eussent
triomphé de la flotte qu'ils avaient sous les yeux, ils
savaient bien qu'ils en trouveraient devant eux une
autre cinq fois plus forte. Ils prirent donc pour
prétexte l'évidente mauvaise volonté des Ioniens et
s'estimèrent fort heureux de pouvoir sauver leurs
temples et leurs biens. — Aiacès, l'homme dont ils
accueillirent les propositions, était fils de Syloson[9] fils
d'Aiacès ; il était tyran de Samos, mais Aristagoras de
Milet l'avait privé de sa souveraineté, ainsi que les
autres tyrans d'Ionie.

(14). Donc, lorsque les navires des Phéniciens
s'avancèrent contre eux, les Ioniens s'éloignèrent à
leur tour de la côte et disposèrent leurs vaisseaux sur
une file. Les flottes se rencontrèrent et la mêlée
s'engagea ; dès lors, je ne saurais dire avec précision
ceux des Ioniens qui se montrèrent braves ou lâches

en ce combat, car ils s'accablent mutuellement de reproches. Les Samiens, dit-on, comme ils en étaient convenus avec Aiacès, hissèrent leurs voiles, abandonnèrent la flotte et regagnèrent Samos, sauf onze de leurs navires dont les capitaines demeurèrent au combat, sourds aux ordres de leurs chefs : en récompense, le peuple samien leur accorda d'avoir leurs noms et ceux de leurs pères inscrits sur une stèle, en reconnaissance de leur valeur ; la stèle se trouve sur leur grand-place. Quand les Lesbiens virent à côté d'eux les Samiens prendre la fuite, ils firent de même et la majorité des Ioniens les imita.

(15). Parmi les Grecs qui demeurèrent à leur poste dans cette bataille, les gens de Chios subirent les pertes les plus lourdes, car ils luttèrent héroïquement sans la moindre faiblesse. Ils avaient amené, je l'ai dit plus haut, cent navires qui portaient chacun quarante citoyens, combattants d'élite. Lorsqu'ils virent leurs alliés abandonner la lutte presque tous, ils se refusèrent à imiter leur lâcheté et, seuls avec quelques autres, continuèrent à se battre en pénétrant dans les lignes de l'adversaire, jusqu'au moment où, après avoir détruit de nombreux vaisseaux, ils eurent perdu presque tous les leurs. Alors ils prirent la fuite avec ceux qui leur restaient, pour regagner leur pays.

(16). Ceux dont les vaisseaux avaient été endommagés, poursuivis par l'ennemi, se réfugièrent à Mycale. Ils y échouèrent leurs navires, qu'ils abandonnèrent, et voulurent revenir chez eux par voie de terre. En cours de route ils passèrent par Éphèse où ils arrivèrent de nuit, au temps où les femmes célébraient les Thesmophories[10] : quand les Éphésiens, qui n'étaient pas encore au courant de leur aventure, virent cette troupe entrer sur leurs terres, ils les prirent pour des brigands qui voulaient enlever leurs femmes, coururent tous aux armes et massacrèrent les malheureux. Les gens de Chios succombèrent donc à ce coup du sort.

(17). Lorsque, de son côté, le Phocéen Dionysios se rendit compte que les Ioniens étaient perdus, il se retira, avec trois vaisseaux ennemis qu'il avait capturés ; mais au lieu de gagner Phocée qui allait être, il le savait bien, réduite en esclavage ainsi que le reste de l'Ionie, il se rendit tout droit en Phénicie ; après avoir coulé là-bas des navires marchands et fait un énorme butin, il gagna la Sicile où il se fit pirate, attaquant les Carthaginois et les Tyrrhéniens, mais jamais les Grecs.

(18). Vainqueurs sur mer des Ioniens, les Perses assiégèrent Milet par terre et par mer ; ils minèrent les remparts, employèrent des machines de toutes sortes, et finalement ils prirent la ville, cinq ans après la révolte d'Aristagoras, et réduisirent en esclavage ses habitants, — et par là s'accomplit l'oracle adressé jadis à Milet.

(19). En effet, les Argiens avaient un jour consulté l'oracle de Delphes sur le salut de leur ville, et l'oracle leur avait fait une réponse de portée plus générale, qui les concernait en partie, mais contenait également un avertissement aux Milésiens. Je donnerai la partie de l'oracle qui concerne les Argiens quand j'en serai là de mon récit [11] ; voici la réponse qui s'adressait aux Milésiens, sans qu'ils fussent présents :

Ce jour-là, ô Milet qui sais trouver le mal,
Tu seras pour beaucoup banquet et riche proie,
Tes femmes laveront les pieds de bien des hommes chevelus,
Et mon temple à Didymes aura d'autres servants [12].

Ce fut exactement le sort des Milésiens : les hommes furent pour la plupart massacrés par les Perses, les femmes et les enfants furent emmenés en esclavage, et le sanctuaire de Didymes, temple et oracle, fut pillé et brûlé (j'ai plus d'une fois parlé des trésors que contenait le sanctuaire, en d'autres points de mon ouvrage [13]).

(20). Les prisonniers milésiens qu'on laissa vivre furent emmenés à Suse ; le roi Darius ne leur fit pas de mal et se contenta de les envoyer demeurer sur les bords de la mer qu'on appelle Érythrée, dans la ville d'Ampé qui est à l'embouchure du Tigre. Du territoire de Milet, les Perses gardèrent pour eux la ville et ses environs ainsi que la plaine, et ils donnèrent les hauteurs aux Cariens de Pédasa.

(21). Dans le malheur qui frappait les Milésiens, les Sybarites, installés à Laos et Scidros depuis qu'ils avaient perdu leur cité [14], ne les payèrent pas de retour : lorsque Sybaris était tombée aux mains des Crotoniates, tous les Milésiens adultes s'étaient, eux, rasé la tête et avaient longtemps gardé le deuil ; car jamais, à notre connaissance, deux villes n'ont été plus étroitement liées. L'attitude des Athéniens fut bien différente : ils montrèrent clairement et de bien des façons la peine extrême qu'ils ressentaient de la chute de Milet ; en particulier, lorsque Phrynichos fit jouer son drame, *la Prise de Milet* [15], l'auditoire tout entier fondit en larmes et le peuple frappa le poète d'une amende de mille drachmes pour avoir évoqué

un malheur national, et défendit à l'avenir toute
représentation de cette pièce.

À Samos. (22). Ainsi Milet fut
vidée de ses citoyens. À
Samos, les « possédants » n'approuvèrent pas la
politique de leurs généraux vis-à-vis des Mèdes ; ils en
délibérèrent aussitôt après la bataille navale, et ils
décidèrent de partir avant l'arrivée du tyran Aiacès et
d'aller au loin fonder une colonie, au lieu de rester
chez eux, esclaves des Mèdes et d'Aiacès. Or les gens
de Zancle [16] en Sicile envoyaient justement à cette
époque des ambassadeurs en Ionie pour inviter les
Ioniens à venir avec eux à Calé Acté — *Belle Rive* —
où ils voulaient fonder une ville ionienne (l'endroit qui
porte ce nom se trouve en Sicile, du côté qui regarde la
Tyrrhénie). Les Samiens furent les seuls Ioniens qui
répondirent à leur appel, avec ceux des Milésiens qui
avaient échappé aux Perses.

(23). C'est alors qu'eut lieu l'aventure suivante :
en se rendant en Sicile, les Samiens passèrent chez les
Locriens de Zéphyrion [17] au moment où les Zancléens
et leur roi, du nom de Scythès, assiégeaient une ville
de Sicile qu'ils voulaient détruire. À cette nouvelle, le
tyran de Rhégion, Anaxilaos, qui avait alors des
démêlés avec les Zancléens, se mit en rapport avec les
Samiens et les persuada de renoncer à Calé Acté, but
de leur voyage, pour s'emparer de Zancle, sans
défenseurs pour l'instant. Les Samiens l'écoutèrent et
s'emparèrent de Zancle ; dès qu'ils apprirent la prise
de leur ville, les Zancléens accoururent et demandèrent l'aide du tyran de Géla [18], Hippocrate, qui était

leur allié. Mais quand il se présenta pour les secourir
avec son armée, Hippocrate fit d'abord mettre aux
fers le roi de Zancle, Scythès, coupable, déclara-t-il,
d'avoir perdu sa ville, et avec lui son frère Pythogénès,
et il les envoya tous les deux dans la ville d'Inycon [19] ;
puis il s'entendit avec les Samiens, échangea des
serments avec eux et leur livra le reste des Zancléens.
En récompense, les Samiens s'étaient engagés à lui
donner la moitié des biens mobiliers et des esclaves
qui se trouvaient dans la ville, et à lui laisser en
partage tout ce qu'il y avait dans les champs.
Hippocrate fit d'ailleurs jeter dans les fers la majeure
partie des Zancléens qu'il garda comme esclaves, et il
remit aux Samiens les premiers citoyens de la ville, au
nombre de trois cents, pour les faire périr ; mais les
Samiens les épargnèrent.

(24). Le roi de Zancle, Scythès, s'enfuit d'Inycon,
gagna Himère [20], puis passa en Asie et se rendit
auprès de Darius. Darius le regarda comme l'homme
le plus droit qui fût venu de la Grèce à sa cour : car
avec sa permission il retourna en Sicile, mais il revint
vivre auprès de lui et mourut en Perse, fort riche, à un
âge avancé. Les Samiens échappés aux Mèdes se
trouvèrent, eux, maîtres sans coup férir de Zancle,
une très belle ville.

(25). Après le combat naval qui décida du sort de
Milet les Phéniciens rétablirent à Samos, sur l'ordre
des Perses, Aiacès fils de Syloson, un homme de grand
mérite à leurs yeux et qui leur avait rendu d'importants services. Seuls de tous les révoltés, les Samiens
durent à la défection de leurs vaisseaux pendant la
bataille de garder leur ville et leurs temples intacts.
Sitôt Milet tombée, les Perses s'emparèrent aussi de la

Carie, dont les villes se soumirent, les unes volontairement, les autres contraintes et forcées.

Mort d'Histiée.   (26). Tels furent les
                           événements de ce côté-là.
Histiée de Milet se trouvait aux environs de Byzance
et saisissait les navires marchands des Ioniens à leur
sortie du Pont-Euxin lorsqu'il apprit la chute de
Milet. Il chargea Bisaltès d'Abydos, fils d'Apollophanès, de surveiller l'Hellespont et se rendit à Chios
avec les Lesbiens ; la garnison de l'île ne voulut pas le
recevoir, et il lui livra bataille sur l'île au lieu dit le
Creux. Il tua un bon nombre de gens et soumit le
reste de la population — qui avait déjà subi de
lourdes pertes dans le combat naval — avec l'aide
de ses Lesbiens, en partant d'une ville de l'île,
Polichné.

(27). Souvent, semble-t-il, des signes précurseurs
annoncent les calamités qui vont frapper une ville ou
un peuple : bien avant son malheur, Chios en avait
reçu des présages trop clairs. Tout d'abord, sur un
chœur de cent jeunes gens qu'ils avaient envoyés à
Delphes, il n'en revint que deux : les quatre-vingt-dix-
huit autres avaient péri, frappés de la peste. En
second lieu, dans leur cité, vers le même temps, peu
avant la bataille navale, le toit d'une maison s'effondra sur des enfants qui apprenaient à lire, et sur les
cent vingt enfants un seul échappa à la mort[21]. Tels
furent les présages que le ciel leur envoyait. Après ces
malheurs vint le combat naval qui jeta la ville à
genoux, puis Histiée survint avec les Lesbiens et n'eut
aucun mal à soumettre la population de l'île, si
durement frappée dans le combat naval.

(28). Ensuite Histiée attaqua Thasos, à la tête d'une force importante d'Ioniens et d'Éoliens. Il assiégeait Thasos lorsqu'il apprit que la flotte phénicienne quittait Milet pour attaquer le reste de l'Ionie. À cette nouvelle, il abandonna le siège de Thasos et se hâta de gagner Lesbos avec toute son armée. Mais Lesbos ne put nourrir ses troupes et il passa sur le continent pour y moissonner le blé du pays d'Atarnée, et en même temps celui de la vallée du Caïque [22], en Mysie. Or le hasard fit qu'un Perse, Harpage, se trouvait dans cette région à la tête d'une armée fort importante : il attaqua Histiée à son débarquement, le fit prisonnier et lui massacra la plus grande partie de ses troupes.

(29). Histiée fut donc pris vivant, et voici en quelles circonstances : Grecs et Perses étaient aux prises à Malène, sur le territoire d'Atarnée, et la mêlée se prolongeait quand la cavalerie perse intervint à son tour et chargea les Grecs ; son intervention fut décisive et les Grecs lâchèrent pied ; Histiée, comptant que le Grand Roi ne le ferait pas périr pour sa faute présente [23], se montra fort attaché à la vie, car, arrêté dans sa fuite par un Perse qui s'apprêtait à le percer de son glaive, il s'écria en langue perse qu'il était Histiée de Milet.

(30). S'il avait été mené, aussitôt pris, devant le roi Darius, je crois bien qu'on ne lui aurait fait aucun mal et qu'il aurait obtenu son pardon. C'est précisément ce que l'on voulut éviter et, de peur qu'il n'échappât au châtiment et ne reprît sa place auprès du roi, le gouverneur de Sardes, Artaphrénès, et Harpage, son vainqueur, le firent empaler dès qu'on l'eut amené à Sardes, puis ils envoyèrent sa tête embaumée au roi

Darius, à Suse. Informé de son exécution, Darius en
blâma les auteurs qui, dit-il, devaient le lui amener
vivant ; il fit laver et envelopper honorablement la tête
d'Histiée et la fit ensevelir comme celle d'un homme
dont la Perse et lui-même avaient reçu de grands
services. Ainsi finit Histiée.

Soumission des îles.

(31). L'armée navale
perse passa l'hiver près de
Milet ; l'année suivante [24],
elle reprit la mer et conquit sans peine les îles proches
du continent, Chios, Lesbos et Ténédos. Lorsqu'ils
s'emparaient d'une île, les Barbares en prenaient la
population « au filet » ; voici comment la chose se
passe : les hommes se prennent par la main pour
former une chaîne déployée de la rive nord à la rive
sud de l'île, puis ils avancent en rabattant devant
eux les habitants du pays. Ils prirent de même les
villes ioniennes du continent — sauf qu'ils n'en
traquèrent pas les habitants, car la chose n'était pas
possible.

(32). Les menaces que les généraux perses avaient
adressées aux peuples ioniens campés devant eux [25] ne
demeurèrent pas vaines : sitôt maîtres de ces villes, ils
choisirent les jeunes garçons les plus beaux qu'ils
firent châtrer et réduisirent à l'état d'eunuques, et ils
enlevèrent les filles les plus belles pour les envoyer au
roi. Outre ces mesures, ils incendièrent les villes, sans
épargner les temples. Ainsi pour la troisième fois les
Ioniens connurent l'esclavage, asservis la première
fois par les Lydiens, et les deux autres fois par les
Perses [26].

**Soumission
de l'Hellespont.**

(33). En quittant l'Io-
nie la flotte perse s'empara
de toute la rive de l'Helles-
pont, à gauche quand on entre dans le détroit (pour la
rive droite, les Perses s'en étaient déjà rendus maîtres,
par l'intérieur[27]). Les pays situés sur la rive euro-
péenne de l'Hellespont sont : la Chersonèse qui porte
de nombreuses villes, Périnthe, les Forts de Thrace,
Sélymbria, et Byzance. Les Byzantins et, en face d'eux,
les Chalcédoniens, abandonnèrent leur patrie sans
même attendre l'arrivée des vaisseaux phéniciens et
s'en allèrent dans le Pont-Euxin, où ils s'établirent
dans la ville de Mésambria. Les Phéniciens livrèrent
aux flammes les places indiquées ci-dessus et s'en
allèrent attaquer Proconnèse et Artacé, qu'ils brûlèrent aussi ; puis ils retournèrent en Chersonèse pour y
anéantir les villes qu'ils n'avaient pas touchées à leur
premier débarquement. Mais ils n'inquiétèrent nullement Cyzique, car, avant même l'arrivée des Phéniciens dans leurs eaux, les gens de Cyzique s'étaient
soumis au roi, en signant un accord avec le gouverneur de Dascyléion, Oibarès fils de Mégabaze. Mais
toutes les cités de la Chersonèse, sauf Cardia[28],
tombèrent aux mains des Phéniciens.

**Miltiade en
Chersonèse.**

(34). Ces villes avaient
eu jusqu'alors pour tyran
Miltiade, fils de Cimon et
petit-fils de Stésagoras ; un autre Miltiade, le fils de
Cypsélos[29], y avait antérieurement pris le pouvoir, et
voici comment : le pays en question appartenait alors
à un peuple thrace, les Dolonces. En guerre avec les
Apsinthes[30] et près d'être vaincus, les Dolonces

envoyèrent leurs rois consulter sur ce conflit l'oracle
de Delphes. La Pythie leur répondit de ramener avec
eux, pour en faire le chef d'une colonie, l'homme qui
le premier leur offrirait l'hospitalité à leur sortie du
temple. Les Dolonces s'en retournèrent alors par la
Voie Sacrée [31], à travers la Phocide et la Béotie, et,
comme personne ne leur avait adressé la moindre
invitation, ils se dirigèrent du côté d'Athènes.

(35). En ce temps-là Pisistrate avait dans Athènes
le pouvoir absolu, mais Miltiade fils de Cypsélos y
jouissait aussi d'une grande autorité : il appartenait à
une famille propriétaire de quadriges et il descendait
d'Éaque et d'Égina, si plus tard ses ancêtres étaient
devenus Athéniens, quand Philéos, fils d'Ajax [32],
s'était, le premier, établi dans Athènes. Ce Miltiade,
assis devant sa porte, vit passer les Dolonces dont les
vêtements n'étaient pas ceux du pays et qui portaient
des lances : il les interpella, les autres s'approchèrent,
et il leur offrit le logement et l'hospitalité. Les
Dolonces acceptèrent et, devenus ses hôtes, ne lui
cachèrent rien de l'oracle qu'ils avaient reçu ; après
quoi, ils lui demandèrent d'obéir aux ordres du dieu.
Miltiade les écouta bien volontiers, en homme qui
jugeait pesant le joug de Pisistrate et souhaitait s'en
affranchir. Il s'en alla sur-le-champ à Delphes
demander à l'oracle s'il devait accepter l'offre des
Dolonces.

(36). La Pythie l'y invita elle aussi, et Miltiade fils
de Cypsélos (il avait quelque temps auparavant
remporté la victoire aux Jeux Olympiques avec son
quadrige) prit avec lui tous les Athéniens désireux
de participer à l'expédition et s'en alla, en compagnie
des Dolonces, prendre possession de leur pays, avec

le titre de tyran que lui décernèrent ceux qui l'y avaient amené. Son premier soin fut de barrer par un mur l'isthme de la Chersonèse, de la ville de Cardia jusqu'à Pactyé, pour enlever aux Apsinthes toute possibilité d'envahir et de ravager le pays. — L'isthme est large de trente-six stades ; et la Chersonèse, à partir de l'isthme, s'étend sur quatre cent vingt stades.

(37). Après avoir fermé l'entrée de la Chersonèse et contenu ainsi les Apsinthes, Miltiade s'attaqua pour commencer aux gens de Lampsaque, et ceux-ci le firent prisonnier au cours d'une embuscade. Mais Miltiade s'était concilié l'amitié du Lydien Crésus qui, à cette nouvelle, fit dire aux Lampsacéniens de le relâcher, sinon il les anéantirait « comme des pins ». Les Lampsacéniens perplexes se demandaient ce que pouvait bien signifier la menace de Crésus, « les anéantir comme des pins » ; enfin, après bien des recherches, un vieillard en comprit le sens : le pin, leur dit-il, est le seul arbre qui, rasé, ne repousse pas et périt tout entier[33]. Effrayés, les Lampsacéniens libérèrent alors Miltiade.

(38). Miltiade fut donc sauvé grâce à Crésus ; par la suite il mourut sans laisser d'enfant et légua son pouvoir et ses biens à Stésagoras, le fils de son demi-frère Cimon. À sa mort, les habitants de la Chersonèse instituèrent en son honneur les sacrifices auxquels a droit tout fondateur d'une cité ; ils lui offrent des jeux hippiques et gymniques, auxquels les habitants de Lampsaque n'ont pas le droit de participer. En guerre à son tour contre Lampsaque, Stésagoras disparut lui aussi sans laisser d'enfant : il fut frappé à la tête d'un coup de hache, en plein prytanée, par un prétendu transfuge qui, en fait, était un ennemi aux passions quelque peu violentes.

(39). Stésagoras mort à son tour et dans ces conditions, Miltiade, fils de Cimon et frère du défunt, débarqua en Chersonèse pour y prendre le pouvoir, envoyé par les Pisistratides qui lui témoignaient déjà dans Athènes la plus grande bienveillance, tout comme s'ils n'étaient pour rien dans le meurtre de son père Cimon (je raconterai ailleurs cette affaire[34]). Arrivé en Chersonèse, Miltiade se tint enfermé dans sa demeure pour mener, prétendait-il, le deuil de son frère Stésagoras. Informés de son attitude, les principaux personnages de la Chersonèse quittèrent leurs villes et vinrent en corps prendre part à son deuil : Miltiade les fit tous emprisonner. Maître de la Chersonèse, Miltiade s'entoure d'une garde de cinq cents mercenaires et épouse la fille du roi de Thrace Oloros, Hégésipyle.

(40). Ce Miltiade fils de Cimon venait à peine de rentrer en Chersonèse qu'il se trouvait menacé d'un danger plus grave encore que les précédents — car, deux ans avant les événements dont nous parlons, il avait dû fuir devant les Scythes : les Scythes Nomades, dont l'expédition de Darius avait éveillé la colère, s'étaient assemblés et ils avancèrent jusqu'en Chersonèse ; Miltiade ne les attendit pas et quitta le pays, jusqu'au jour où les Scythes se retirèrent et les Dolonces l'y ramenèrent (ceci était arrivé deux ans avant les événements qui l'occupaient alors[35]).

(41). À l'époque dont nous parlons, lorsque Miltiade apprit l'arrivée des Phéniciens à Ténédos, il entassa sur cinq trières tout ce qu'il put de ses biens et s'embarqua pour Athènes ; parti de Cardia, il avait

choisi de passer par le golfe Mélas [36]. Tandis qu'il
longeait la côte de la Chersonèse, les navires phéniciens le surprirent; il leur échappa et se réfugia dans
Imbros avec quatre de ses trières, mais les Phéniciens
poursuivirent et capturèrent la cinquième. Or ce
navire était commandé par l'aîné de ses fils, Métiochos, qu'il avait eu non pas de la fille du Thrace
Oloros, mais d'une autre femme. Les Phéniciens le
prirent avec son vaisseau et, lorsqu'ils connurent sa
naissance, ils le conduisirent au roi : ils pensaient
mériter toute sa reconnaissance, puisque Miltiade
avait engagé les Ioniens à écouter les Scythes lorsque
ceux-ci leur proposaient de détruire le pont jeté sur
l'Istros et de s'en retourner chez eux [37]. Mais lorsque
les Phéniciens lui amenèrent Métiochos, Darius, loin
de lui faire du mal, le combla de ses bienfaits : il lui
donna une maison, de grands biens, et une femme
perse dont il eut des enfants qui furent reconnus pour
Perses. Miltiade, lui, partit d'Imbros et parvint à
Athènes.

*Réorganisation
de l'Ionie.*

(42). Cette année-là, les
Perses ne poussèrent pas
plus loin leurs hostilités
contre les Ioniens, qui leur durent au contraire
certaines mesures des plus utiles, prises dans la même
année : le gouverneur de Sardes, Artaphrénès, fit
venir des représentants de toutes les cités et contraignit les Ioniens à s'entendre pour renoncer à s'attaquer et se piller mutuellement et régler désormais leurs
différends par le droit. Il leur imposa cet accord, puis
il fit mesurer leurs terres en *parasanges* (c'est, en Perse,
l'équivalent de trente stades), et, le mesurage terminé,

fixa en conséquence les tributs des cités ; ceux-ci n'ont
pas été modifiés depuis ce temps et demeurent, de
mon temps encore, tels qu'Artaphrénès les a établis, à
peu près conformes d'ailleurs à ce qu'ils étaient
auparavant [38].

DARIUS CONTRE LA GRÈCE

**Première
expédition.** (43). Telles furent les
mesures pacifiques qu'Ar-
taphrénès imposa aux
Ioniens. Au retour du printemps [39], le roi renvoya ses
généraux, sauf Mardonios fils de Gobryas qui se
rendit sur la côte avec une immense armée de terre et
d'immenses forces navales ; ce Mardonios était jeune
et venait d'épouser l'une des filles de Darius, Artozostra. Avec son armée, Mardonios passa en Cilicie ; là il
s'embarqua et partit avec sa flotte, tandis que d'autres
chefs conduisaient vers l'Hellespont les forces de terre.
Mardonios longea l'Asie Mineure et parvint en Ionie,
et là — ce que je vais dire surprendra beaucoup les
Grecs, qui ne veulent pas croire qu'Otanès, lors du
complot de sept Perses, avait proposé d'établir en
Perse le régime démocratique — Mardonios débarrassa les cités ioniennes de leurs tyrans et les trans-
forma en démocratie [40]. Après quoi, il se rendit en hâte
sur l'Hellespont ; après avoir concentré là des forces
immenses, navales et terrestres, les Perses franchirent
l'Hellespont sur leurs navires et commencèrent leur
marche à travers l'Europe, en direction d'Érétrie et
d'Athènes.

**Échec de
Mardonios.**

(44). Ces villes étaient le prétexte de leur expédition, mais ils avaient bien l'intention de soumettre le plus grand nombre possible de villes grecques, et, tandis que leur flotte s'emparait de Thasos qui n'avait même pas esquissé la moindre résistance, leurs forces terrestres ajoutèrent les Macédoniens au nombre de leurs esclaves (les peuples en deçà de la Macédoine leur étaient déjà tous asservis [41]). De Thasos, la flotte continua son voyage en longeant le continent jusqu'à la ville d'Acanthos, et d'Acanthos ils tentèrent de doubler le mont Athos [42] : à ce moment, le vent du nord se mit à souffler en tempête irrésistible et bouscula leur flotte, jetant bien des navires contre la montagne. Il y eut, dit-on, près de trois cents navires perdus, et plus de vingt mille hommes : les uns servirent de pâture aux monstres marins [43] dont la mer est infestée dans ces parages, d'autres se brisèrent sur les écueils, certains, qui ne savaient pas nager, périrent pour cette raison, et d'autres encore moururent de froid.

(45). Donc leur flotte subit ce malheur ; pour Mardonios et son armée, campés en Macédoine, ils furent nuitamment attaqués par les Bryges de Thrace qui lui tuèrent beaucoup d'hommes et le blessèrent lui-même. Mais les Bryges ne purent pas non plus éviter l'esclavage, et Mardonios ne quitta pas la région avant de les avoir soumis. Cependant, après les avoir subjugués, il dut battre en retraite en raison des pertes qu'il avait subies devant les Bryges et du désastre de sa flotte près de l'Athos. L'expédition reprit donc, sans gloire, le chemin de l'Asie.

Thasos. (46). L'année d'après, Darius eut d'abord à s'occuper des Thasiens, accusés par leurs voisins de préparer une révolte : il leur fit porter l'ordre d'abattre leurs remparts et de transférer leurs vaisseaux à Abdère. — Les Thasiens, qui avaient été assiégés par Histiée de Milet[44] et qui possédaient des revenus considérables, employaient leur argent à construire des navires de guerre et à s'entourer de murs plus solides. Leurs revenus leur venaient du continent et de leurs mines : les mines d'or de Scapté Hylé leur rapportaient ordinairement quatre-vingts talents, et si les mines de Thasos même étaient moins riches, elles suffisaient toutefois pour assurer aux Thasiens, qui ne payaient pas d'impôt sur les récoltes, un revenu annuel de deux cents talents, tiré du continent et des mines, et de trois cents talents[45] dans les années les meilleures.

(47). J'ai vu moi-même ces mines dont les plus curieuses, et de beaucoup, ont été découvertes par les colons phéniciens venus avec Thasos s'installer dans l'île (qui a pris maintenant le nom de ce Phénicien, Thasos) ; ces mines ouvertes par les Phéniciens se trouvent dans l'île, entre deux points nommés Ainyra et Coinyra, en face de Samothrace ; c'est une haute montagne éventrée par les fouilles ; voilà pour cette question.

Ultimatum de Darius à la Grèce. (48). Donc, sur l'ordre du roi les Thasiens rasèrent leurs murs et transférèrent tous leurs navires à Abdère. Ensuite, Darius voulut pénétrer les intentions des Grecs et découvrir s'ils allaient lui résister ou lui céder. Il dépêcha dans toute la Grèce des hérauts chargés de réclamer en son nom « la terre et l'eau »[46]. En même temps qu'à la Grèce, il en dépêcha aux cités du littoral qui lui payaient tribut, pour leur enjoindre de construire des navires de guerre et des transports pour sa cavalerie.

(49). Les cités se mirent à l'ouvrage, et les hérauts parvenus en Grèce obtinrent d'un bon nombre des Grecs du continent ce que le Perse revendiquait par leur voix, et ils l'obtinrent de tous les insulaires auxquels ils se présentèrent. Ainsi les insulaires cédèrent tous à Darius « la terre et l'eau », en particulier les Éginètes.

En Grèce :
Égine.

Les Athéniens virent aussitôt dans la soumission des Éginètes un geste d'hostilité à leur égard et les soupçonnèrent de vouloir marcher contre eux avec le Perse : ils saisirent avec joie ce prétexte pour aller à Sparte accuser Égine d'avoir par cette action trahi la Grèce.

(50). En raison de cette accusation, Cléomène fils d'Anaxandride, roi de Sparte, se rendit à Égine pour arrêter les principaux coupables. Mais lorsqu'il voulut s'emparer d'eux, des Éginètes s'y opposèrent et surtout un certain Crios — le *Bélier* — fils de Polycritos, qui lui déclara qu'il ne toucherait pas impunément un Éginète : son acte, dit-il, ne lui était pas dicté par l'État spartiate, mais par l'argent des Athéniens ; sinon l'autre roi l'aurait accompagné (une lettre de Démarate avait averti Crios du langage à tenir). Cléomène en se voyant chassé d'Égine pria Crios de lui dire son nom, ce que l'autre fit. « Eh

bien ! reprit Cléomène, Bélier Crios, fais garnir tes
cornes de bronze et sans délai, car tu vas te heurter à
de rudes malheurs ! »

**À Sparte : Cléomène
contre Démarate.**
(51). À Sparte cepen-
dant, Démarate fils d'Ariston, qui n'avait pas quitté
la ville, se répandait en calomnies contre Cléomène ; il
était roi de Sparte lui aussi, mais de la branche
inférieure, — infériorité qui d'ailleurs n'a pas de
raison d'être, puisque les deux branches remontent au
même ancêtre, mais la branche issue d'Eurysthénès
reçoit un peu plus d'honneur, par droit d'aînesse.

(52). Les Lacédémoniens, contrairement aux dires
des poètes [47], affirment que c'est Aristodèmos, fils
d'Aristomachos fils de Cléodaios et petit-fils d'Hyllos,
qui les installa lui-même pendant son règne dans le
pays qu'ils occupent toujours, et non pas les fils
d'Aristodèmos. Peu de temps après, disent-ils, la
femme d'Aristodèmos lui donna des enfants : elle
s'appelait Argéia et était, dit-on, la fille d'Autésion fils
de Tisamène, lui-même fils de Thersandre et petit-fils
de Polynice. La femme eut des jumeaux, qu'Aristodèmos eut à peine le temps de voir avant de mourir de
maladie. Les Lacédémoniens d'alors décidèrent, selon
leur loi, de prendre pour roi l'aîné des enfants. Or ils
ne savaient lequel choisir puisque les deux enfants se
ressemblaient et étaient de la même taille. Incapables
de reconnaître l'aîné — et peut-être même avant de
l'avoir essayé —, ils eurent recours à la mère, qui se
dit incapable elle-même de les distinguer (elle savait
fort bien ce qu'il en était, mais elle voulait essayer de
faire ses fils rois tous les deux). Les Lacédémoniens

étaient bien embarrassés et, dans leur embarras, ils
envoyèrent demander à Delphes ce qu'ils devaient
faire. La Pythie leur ordonna de reconnaître les deux
enfants pour leurs rois, mais d'accorder plus d'honneur à l'aîné. Ainsi prononça la Pythie, et les Lacédémoniens perplexes se demandaient toujours comment
reconnaître l'aîné des enfants, lorsqu'un Messénien
nommé Panitès leur donna un conseil. Le conseil que
cet homme leur donna fut de surveiller la mère pour
voir quel était l'enfant qu'elle lavait et allaitait le
premier; si elle les prenait toujours dans le même
ordre, ils sauraient tout ce qu'ils voulaient savoir; si
elle s'en remettait au hasard et prenait tantôt l'un
tantôt l'autre, il serait clair qu'elle n'en savait pas plus
qu'eux là-dessus, et il leur faudrait trouver un autre
procédé. Les Spartiates suivirent son conseil, surveillèrent la mère des fils d'Aristodèmos et constatèrent
qu'en les allaitant et en les lavant, elle donnait
toujours la préférence à l'un des enfants, — car elle
ignorait la raison pour laquelle on la surveillait. Alors
ils prirent, au titre de premier-né, l'enfant auquel elle
manifestait sa préférence et ils le firent élever dans la
Maison du Peuple; ils lui donnèrent le nom d'Eurysthénès, et celui de Proclès au plus jeune. Devenus
grands les deux princes, dit-on, bien que frères,
demeurèrent ennemis jusqu'à leur dernier jour, et
leurs descendants ont toujours fait de même.

(53). Voilà l'opinion des Lacédémoniens, qui sont
seuls en Grèce à la soutenir; je donne à présent la
version conforme à l'opinion des Grecs en général : les
rois doriens, en remontant jusqu'à Persée fils de
Danaé (à l'exclusion du dieu son père), sont correctement énumérés par les Grecs et reconnus pour des

Hellènes — car dès cette époque on les mettait au
nombre des Grecs (si j'ai dit « jusqu'à Persée » sans
remonter plus haut, c'est qu'on n'ajoute pas au nom
de Persée celui d'un père mortel, comme le nom
d'Amphitryon pour Héraclès ; je m'exprime donc
correctement en disant « jusqu'à Persée »). Si l'on
énumère maintenant la lignée des aïeux de Danaé fille
d'Acrisios, on constatera que les chefs des Doriens
descendent des Égyptiens en ligne droite[48].

(54). Voilà leur généalogie selon les Grecs ; mais,
d'après les Perses, Persée était lui-même un Assyrien
et il devint Grec, mais ses ancêtres ne l'étaient pas ; les
aïeux d'Acrisios, eux, n'avaient aucun lien de parenté
avec Persée, s'ils étaient bien Égyptiens comme le
disent les Grecs.

(55). Nous n'en dirons pas plus là-dessus. Quant
aux raisons et aux exploits qui ont amené des
Égyptiens à régner sur les Doriens, d'autres en ont
déjà parlé[49], nous laisserons donc ce sujet, et je
signalerai seulement ce que d'autres n'ont pas men-
tionné.

*Les rois
de Sparte.*
(56). Les Spartiates ont
accordé à leurs rois les privilèges suivants : ils ont
deux sacerdoces, celui de Zeus Lacédémon[50] et celui
de Zeus Céleste ; ils font la guerre aux pays qui leur
conviennent, et nul Spartiate ne peut s'y opposer sous
peine de sacrilège ; en campagne, les rois marchent les
premiers, se retirent les derniers ; cent hommes d'élite
forment leur garde personnelle à l'armée ; ils disposent dans leurs expéditions de tout le bétail qu'ils

veulent ; la peau et l'échine de toutes les victimes sacrifiées leur appartiennent.

(57). Voilà leurs privilèges en temps de guerre ; et voici les autres, dont ils jouissent en temps de paix : dans les sacrifices officiels, ils ont la première place au banquet, ils sont servis les premiers et ils reçoivent de chaque plat le double de ce que l'on donne aux autres convives ; ils offrent les premières libations, et la peau des animaux sacrifiés leur appartient. À la nouvelle lune et au septième jour du mois, chacun d'eux reçoit, aux frais de l'État, une victime sans défaut pour le temple d'Apollon, un médimne de farine d'orge et une quarte laconienne de vin [51]. Dans tous les jeux, ils ont droit à la première place. Ils ont à désigner les proxènes [52] qu'ils choisissent à leur gré parmi les citoyens, et ils nomment chacun deux *Pythiens* (les *Pythiens* sont les messagers qu'on envoie consulter l'oracle de Delphes ; ils sont nourris avec les rois, aux frais du public). Lorsque les rois n'assistent pas au repas commun, on leur envoie chez eux deux chénices de farine d'orge et une cotyle de vin ; s'ils y assistent, ils ont double portion ; s'ils sont invités chez des particuliers, le même honneur leur est dû. Ils conservent les réponses des oracles, dont les Pythiens ont également connaissance. Ils jugent seuls dans ces quelques affaires et celles-là seulement : mariage d'une fille héritière des biens paternels [53], si le père ne l'a fiancée à personne, et toute affaire qui concerne les chemins publics ; de même l'homme qui veut adopter un enfant doit le faire par-devant les rois. Ils siègent au Conseil des Anciens, qui sont au nombre de vingt-huit ; s'ils n'assistent pas à la séance, les Anciens qui sont leurs plus proches parents jouissent de leurs prérogatives et disposent de deux voix d'abord, puis d'une troisième en leur propre nom.

(58). Aux rois vivants, l'État spartiate accorde ces honneurs ; voici maintenant ceux qu'il rend à ses rois morts. Des cavaliers vont par toute la Laconie annoncer le malheur, tandis qu'à Sparte des femmes circulent par la ville en frappant sur des chaudrons. À ce signal, il faut que dans chaque famille deux personnes de condition libre, un homme et une femme, arborent tous les signes du deuil ; s'en abstenir entraîne un châtiment sévère. Les Lacédémoniens ont pour la mort de leurs rois les mêmes coutumes que les Barbares d'Asie, car les Barbares suivent pour la plupart les mêmes règles à la mort de leurs souverains. Quand meurt un roi de Sparte, le pays tout entier, en dehors des Spartiates eux-mêmes, doit envoyer aux funérailles un certain nombre de périèques. Ceux-ci, les hilotes et les Spartiates[54] font plusieurs milliers de personnes qui, réunies au même lieu, hommes et femmes mêlés, se meurtrissent le front avec emportement et poussent de longues lamentations en proclamant toujours que le dernier roi mort était le meilleur qu'ils aient eu. Du roi mort à la guerre on fait une image qu'on porte au tombeau sur un lit richement paré. Après l'enterrement d'un roi, la vie de la cité demeure suspendue pendant dix jours ; on ne procède à aucune élection, c'est une période de deuil.

(59). Voici une autre règle commune aux Spartiates et aux Perses : à son avènement le successeur du roi défunt fait remise aux Spartiates de toutes les dettes qu'ils peuvent avoir envers le roi ou l'État ; et chez les Perses, le roi qui monte sur le trône fait

cadeau à toutes les villes des impôts dont elles sont
encore redevables.

(60). Voici encore une règle commune aux Égyptiens et aux Spartiates : chez eux, les hérauts, les
joueurs de flûte et les cuisiniers succèdent dans leur
métier à leur père ; le flûtiste est né d'un flûtiste, le
cuisinier d'un cuisinier, le héraut d'un héraut. Une
belle voix ne permet pas de prendre la place d'un
héraut : les fils exercent la profession paternelle —
c'est ainsi.

Déposition de
Démarate.

(61). Donc, à cette date,
Cléomène se trouvait à
Égine et défendait les inté-
rêts de la Grèce tout entière, tandis que Démarate le
calomniait, moins pour servir les Éginètes que par
malveillance et jalousie. À son retour d'Égine Cléomène décida de le faire déposer, en l'attaquant au
moyen de certaine histoire que voici ; Ariston, qui
était roi de Sparte, s'était marié deux fois, mais
n'avait pas d'enfants ; la faute n'en était pas à lui,
pensait-il, et il prit une troisième femme. Voici
comment se fit le mariage : il avait pour ami un
citoyen de Sparte qu'il aimait plus que tout autre. Cet
homme avait une épouse qui était de loin la plus belle
femme de Sparte, bien qu'elle eût été fort laide avant
de devenir parfaitement belle. Elle avait été une
enfant disgraciée, et sa nourrice, qui la voyait si laide
et fille de gens si riches, qui voyait aussi le chagrin
des parents, chercha un remède à ce malheur : elle
porta l'enfant chaque jour au sanctuaire d'Hélène (il
se trouve au lieu qu'on appelle Thérapné, au-dessus
du temple d'Apollon [55]), et chaque jour elle plaçait

l'enfant devant l'image d'Hélène et suppliait la déesse
de lui ôter sa laideur. Un jour, en quittant le
sanctuaire, elle vit devant elle, dit-on, une femme, et
cette femme lui demanda ce qu'elle portait dans ses
bras : « Un petit enfant », répondit-elle. La femme lui
demanda de le lui montrer ; elle refusa, car les parents
lui avaient défendu de laisser voir leur fille. Mais la
femme insista beaucoup, et la nourrice la vit si
désireuse de voir l'enfant qu'elle la lui montra. La
femme alors caressa la tête de la petite fille et déclara
qu'elle deviendrait la plus belle femme de Sparte. À
partir de ce jour l'enfant fut transformée, et, lorsqu'elle fut en âge de se marier, elle devint la femme
d'Agétos fils d'Alcéidès, l'ami d'Ariston.

(62). Ariston s'éprit donc de cette femme et voici la
ruse qu'il imagina. Il offrit à son ami, le mari de cette
femme, de lui céder celui de ses biens qu'il choisirait,
et le pria de lui accorder à son tour la même faveur.
L'autre, qui ne craignait rien pour sa femme puisqu'il
voyait Ariston marié lui aussi, y consentit et tous deux
se lièrent par un serment. Ensuite Ariston laissa
l'autre prendre dans ses trésors telle chose qui lui plut,
puis, à titre de réciprocité, il voulut emmener la
femme de son ami. L'autre eut beau dire qu'elle
n'était point comprise dans le marché, il se trouva pris
par sa parole et par la supercherie d'Ariston, et dut la
laisser partir.

(63). Voilà comment Ariston épousa sa troisième
femme, après avoir répudié la seconde. Or, avant les
dix mois révolus [56], cette femme lui donna, trop tôt, un
fils, le Démarate en question. L'un de ses serviteurs
vint lui annoncer, au conseil où il siégeait avec les
éphores, qu'il avait un fils. Ariston, qui savait bien la

date de son mariage, compta sur ses doigts les mois écoulés et dit, en prenant les dieux à témoins : « Cet enfant ne doit pas être de moi. » Les éphores l'entendirent, mais le propos ne retint pas alors leur attention. L'enfant grandit et Ariston regrettait ses paroles, car il était bien persuadé maintenant que Démarate était son fils. Il lui avait donné le nom de Démarate pour la raison qu'avant sa naissance le peuple de Sparte tout entier avait prié les dieux d'accorder un fils à Ariston, le plus estimable, pensaient-ils, de tous les rois que Sparte eût connus ; en conséquence, l'enfant avait reçu le nom de Démarate, *Prière du Peuple*.

(64). Avec le temps Ariston mourut et Démarate hérita de la royauté ; mais il fallait sans doute que ces détails révélés la lui fissent perdre, parce qu'il s'était fait un ennemi terrible de Cléomène, d'abord en ramenant son armée d'Éleusis [57], et surtout, à cette date, lorsque Cléomène était allé punir les Éginètes partisans du Mède.

(65). Brûlant de se venger Cléomène s'entendit avec Leutychidès fils de Ménarès lui-même fils d'Agis, qui était de la maison de Démarate, à la condition qu'il marcherait avec lui contre les Éginètes s'il lui faisait obtenir la royauté à la place de Démarate. Leutychidès était devenu l'ennemi mortel de Démarate pour la raison que voici : il devait épouser la fille de Chilon fils de Démarménos, Percalon, et Démarate lui avait volé sa fiancée en enlevant [58] la jeune fille dont il avait fait sa femme. De là sa haine pour Démarate, et, dans cette occasion, poussé par Cléomène, il l'accusa sous la foi du serment de ne pas être le roi légitime, puisqu'il n'était pas le fils d'Ariston.

Pour appuyer sa plainte il rappela les paroles qu'Ariston avait prononcées jadis, lorsque son serviteur lui
avait annoncé la naissance d'un fils et qu'il avait
compté les mois pour protester ensuite que l'enfant
n'était pas de lui. Leutychidès partait de ce propos
pour affirmer que Démarate n'était ni le fils d'Ariston,
ni le roi légitime de Sparte, et il invoquait le témoignage des éphores qui avaient alors siégé à côté
d'Ariston et entendu ses paroles.

(66). L'affaire engendra tant de querelles que les
Spartiates décidèrent enfin d'aller demander à l'oracle
de Delphes si Démarate était bien le fils d'Ariston.
Mais la démarche avait lieu à l'instigation de Cléomène, qui s'entendit avec un homme des plus
influents à Delphes, Cobon fils d'Aristophantos : ce
Cobon gagna la prophétesse Périalla et lui fit dire tout
ce que voulait Cléomène ; en conséquence, la Pythie
interrogée par les envoyés de Sparte leur répondit que
Démarate n'était pas le fils d'Ariston. Cependant la
fraude fut reconnue par la suite, Cobon fut exilé de
Delphes et la prophétesse Périalla destituée.

(67). Voilà ce qui se passa pour la déposition de
Démarate. S'il quitta Sparte pour se rendre chez les
Mèdes, ce fut à cause de l'affront que voici : après sa
déposition, il avait été chargé d'une magistrature. On
célébrait alors les Gymnopédies [59], et il assistait à la
fête ; or Leutychidès, qui l'avait déjà remplacé, pour le
narguer et l'humilier lui fit demander par son valet ce
qu'il pensait d'une place de magistrat, après la
royauté. La question blessa Démarate qui répliqua
qu'il avait, lui, l'expérience des deux métiers, quand
Leutychidès ne pouvait en dire autant ; d'ailleurs sa
question serait un jour pour Sparte la cause ou de

maux innombrables, ou d'innombrables biens [60]. Cela
dit, il ramena son manteau sur son visage, quitta le
théâtre, et de retour chez lui, fit aussitôt les préparatifs d'un sacrifice et offrit un bœuf à Zeus ; le sacrifice
terminé, il fit venir sa mère.

(68).   Quand elle fut là, il lui mit dans les mains une
part des entrailles de la bête et lui adressa cette
prière : « Mère, au nom de tous les dieux, au nom
surtout du Zeus de cette enceinte, dont voici l'autel, je
t'en supplie, dis-moi la vérité : qui est mon père, en
toute franchise ? Leutychidès a déclaré dans notre
dispute que tu étais grosse du fait de ton premier mari
lorsque tu vins chez Ariston ; d'autres tiennent un
langage plus insolent encore et racontent que tu t'es
abandonnée à l'un de tes serviteurs, un ânier, dont je
serais le fils. Eh bien, je te conjure, au nom de tous les
dieux, de me dire ce qu'il en est : après tout, si tu as
fait ce que l'on raconte, tu n'es pas la seule, bien des
femmes en ont fait autant ; d'ailleurs le bruit court à
Sparte qu'Ariston était incapable de procréer, sinon il
aurait eu des enfants de ses premières femmes aussi. »

(69).   Voilà ce qu'il lui dit ; sa mère lui répondit :
« Mon fils, puisque tu insistes pour savoir la vérité, tu
vas l'entendre tout entière. Lorsque Ariston m'eut
emmenée dans sa demeure, la troisième nuit qui suivit
notre mariage un fantôme qui avait sa figure s'approcha de moi, après avoir partagé mon lit, il plaça sur
ma tête les couronnes qu'il portait, puis il s'en alla ;
Ariston vint ensuite me trouver : il vit mes couronnes
et me demanda qui me les avait données. " C'est
toi ", lui dis-je ; mais il le nia. Je le lui jurai et
protestai qu'il n'était pas honnête de sa part de ne pas
en convenir : un moment auparavant il était venu me

5

trouver, et il m'avait donné ces couronnes après avoir
partagé mon lit. Devant mes protestations et mes
serments, Ariston reconnut qu'il y avait du surnaturel
dans cette histoire. Or il fut reconnu que les couronnes venaient de la chapelle consacrée au héros
Astrabacos[61] qui s'élève près de la porte de la cour ; et
de leur côté les devins déclarèrent qu'il s'agissait bien
de ce héros. Ainsi, mon fils, tu sais tout ce que tu veux
savoir : ou bien tu es le fils de ce héros, et ton père est
le héros Astrabacos, ou bien c'est Ariston, car je t'ai
conçu cette nuit-là. Le principal argument de tes
ennemis, c'est qu'Ariston lui-même, quand il apprit ta
naissance, déclara devant plusieurs personnes que tu
n'étais pas de lui, puisque la période normale de dix
mois n'était pas encore achevée : mais seule son
ignorance en ce domaine lui a fait pousser cette
exclamation, car les femmes accouchent aussi bien au
neuvième mois ou au septième, toutes ne vont pas
jusqu'au dixième[62] ; et moi, mon fils, je t'ai enfanté au
septième mois. D'ailleurs Ariston n'a pas tardé à
reconnaître qu'il avait parlé à la légère. Ne t'occupe
pas des contes que l'on fait sur ta naissance, car
maintenant tu connais la vérité, toute la vérité. Un
ânier, vraiment ! Eh bien, je souhaite à Leutychidès et
à tous ceux qui colportent cette infamie que leurs
femmes se fassent faire leurs enfants par des âniers. »

(70). Voilà ce qu'elle lui répondit. Instruit de ce
qu'il voulait savoir, Démarate se prépara pour un
voyage et se rendit en Élide, sous prétexte d'aller
consulter l'oracle de Delphes. Les Lacédémoniens le
soupçonnèrent de vouloir quitter le pays et se lancèrent à sa poursuite ; il put les devancer et d'Élis gagna
Zacinthe. Les Lacédémoniens qui l'y suivirent voulu-

rent s'emparer de lui et lui enlevèrent ses gens ; ensuite (car Zacinthe refusa de le livrer) Démarate se rendit en Asie auprès du roi Darius ; le roi le reçut magnifiquement et lui donna des terres et des villes. Voilà les circonstances et les coups du sort qui firent passer Démarate en Asie. La gloire que lui valaient ses actes comme ses conseils avait souvent rejailli sur les Spartiates, qui lui devaient en particulier l'honneur d'une victoire aux Jeux Olympiques, remportée par son quadrige ; il est le seul roi de Sparte qui ait obtenu ce succès.

(71). Leutychidès fils de Ménarès reçut la royauté, après la déposition de Démarate. Il eut un fils, Zeuxidamos, que certains Spartiates nommaient Cyniscos. Ce Zeuxidamos ne régna pas sur Sparte : il mourut avant Leutychidès en laissant un fils, Archidamos. Après avoir perdu son fils, Leutychidès épousa en secondes noces Eurydamé, sœur de Ménios et fille de Diactoridès ; elle ne lui donna pas d'enfant mâle, mais une fille, Lampito, qu'il fit épouser à son petit-fils Archidamos.

(72). Leutychidès ne vieillit pas non plus dans Sparte, et voici comment il expia, peut-on dire, sa faute envers Démarate. Il fut chargé par Sparte de diriger une expédition en Thessalie[63] et, tandis qu'il pouvait se rendre maître du pays tout entier, il reçut pour n'en rien faire une forte somme d'argent. Il fut pris sur place en flagrant délit, dans son camp, assis sur un gantelet plein d'argent, et le tribunal devant lequel il comparut l'exila de Sparte et fit raser sa maison. Il s'en alla vivre à Tégée, où il mourut.

(73). Mais ceci se passa plus tard. Au temps dont nous parlons, dès qu'il eut constaté le succès de ses

intrigues contre Démarate, Cléomène prit Leutychidès avec lui et marcha contre Égine : il avait sur le
cœur l'outrage qu'il y avait subi. Mais alors les
Éginètes, attaqués par les deux rois ensemble, renoncèrent à résister plus longtemps ; et les rois choisirent
dix Éginètes éminents par leur fortune et leur naissance pour les emmener avec eux, entre autres Crios
fils de Polycritos et Casambos fils d'Aristocratès, qui
étaient alors les principaux personnages de l'île. Ils les
emmenèrent en Attique et les donnèrent à garder aux
Athéniens, les pires ennemis d'Égine.

Mort de Cléomène.   (74). Après cette campagne, on découvrit les
perfides menées de Cléomène contre Démarate : Cléomène redouta la colère des Spartiates et quitta
secrètement la ville pour se réfugier en Thessalie.
Puis, passé en Arcadie, il y fomenta des troubles en
poussant les Arcadiens à s'unir contre Sparte ; il leur
faisait promettre, avec différentes formules de serments, de le suivre partout où il les mènerait, mais il
était surtout désireux de mener les chefs arcadiens
dans la ville de Nonacris pour y prêter serment par
l'eau du Styx : dans cette cité, disent les Arcadiens,
coule l'eau du Styx ; en fait on y voit ceci : un mince
filet d'eau sourd de la roche et tombe goutte à goutte
dans un vallon, et ce vallon est entouré d'un mur de
pierres sèches [64]. Nonacris, où l'on voit cette source,
est une ville d'Arcadie, près de Phénéos.

(75). Les Lacédémoniens apprirent ses intrigues et,
inquiets, le rappelèrent à Sparte en lui rendant tous
les droits qu'il avait auparavant. Mais dès son retour,
lui dont la raison était déjà chancelante, il fut atteint

de folie furieuse : de son bâton il frappait en plein visage tous les Spartiates qu'il rencontrait sur sa route. En raison de cette conduite et de l'égarement de son esprit, ses proches le firent charger d'entraves de bois. Tenu captif, Cléomène vit un jour son gardien demeuré seul à ses côtés : il lui demanda un poignard. L'homme le lui refusa d'abord, mais Cléomène le menaça de sa colère au jour où il serait délivré de ses entraves ; et le gardien (c'était un hilote), intimidé, finit par lui en remettre un. Dès qu'il eut ce fer en main, Cléomène s'en laboura le corps, en commençant par les jambes : il se lacéra la chair en remontant des jambes aux cuisses, des cuisses aux hanches et aux flancs, puis il parvint au ventre et périt en se hachant littéralement les entrailles. Il mourut ainsi, selon l'opinion générale en Grèce, pour avoir gagné la Pythie et lui avoir suggéré la réponse qu'elle fit à propos de Démarate ; mais pour les Athéniens (qui sont seuls de leur avis) c'est parce qu'il avait envahi Éleusis et rasé l'enclos sacré des Déesses [65] ; et, pour les Argiens, c'est parce qu'il avait fait sortir du sanctuaire de leur héros Argos les Argiens qui s'y étaient réfugiés après la bataille et les avait fait massacrer, et que, sans respect pour le bois sacré lui-même, il l'avait fait incendier.

(76). En effet, Cléomène, en consultant l'oracle de Delphes, avait appris du dieu qu'il « prendrait Argos ». Lorsque, à la tête des Spartiates [66], il parvint au bord du fleuve Érasinos qui, dit-on, vient du lac Stymphale [67] (les eaux du lac se déverseraient dans un gouffre invisible, resurgiraient en Argolide, et le cours d'eau qu'elles forment alors aurait reçu des Argiens le nom d'Érasinos), arrivé donc au bord du fleuve,

Cléomène lui offrit un sacrifice, mais les présages ne
lui permirent pas de le franchir : il dit alors que, s'il
savait gré à l'Érasinos de ne pas trahir son peuple, les
Argiens n'en seraient pas sauvés pour autant. Puis il
se retira et conduisit ses troupes à Thyréa, où il
sacrifia un taureau à la mer et fit embarquer son
armée pour gagner la région de Tirynthe et Nauplie.

(77). À cette nouvelle, les Argiens se portèrent sur
la côte ; quand ils furent près de Tirynthe, ils s'établirent à l'endroit qui porte le nom de Sépéia, face aux
Lacédémoniens, à peu de distance de leurs lignes. Ils
ne craignaient pas alors une bataille à découvert et
redoutaient seulement d'être victimes d'une ruse,
comme les en menaçait l'oracle que la Pythie leur
avait rendu ainsi qu'aux Milésiens, en ces termes :

Lorsque la femelle victorieuse aura chassé le mâle
Et conquis la gloire dans Argos,
Par elle alors bien des Argiennes se déchireront les joues.
Et l'on dira un jour, dans les races futures :
Le serpent terrible, le monstre aux triples replis, a péri par la
    lance[68].

Tout cela concourait à effrayer les Argiens ; dans la
circonstance, ils décidèrent de se conformer aux
signaux que donnerait le héraut du camp ennemi, et,
cette décision prise, telle fut leur tactique : quelque
manœuvre que le héraut spartiate signalât aux Lacédémoniens, eux, les Argiens, l'exécutaient aussi de
leur côté.

(78). Lorsque Cléomène s'aperçut que les Argiens
obéissaient exactement à tous les signaux que donnait
son propre héraut, il fit savoir à ses troupes qu'au
signal du repas elles devraient prendre leurs armes et

se jeter sur les Argiens. Son plan fut exécuté, et les Lacédémoniens tombèrent sur les Argiens en train de prendre leur repas, conformément au signal donné par le héraut ; ils en massacrèrent un bon nombre, et d'autres plus nombreux encore, qui s'étaient réfugiés dans le bois sacré du héros Argos [69], y furent bloqués et assiégés.

(79). Voici alors ce que fit Cléomène : il avait des transfuges dans son camp et, renseigné par eux, il envoya un héraut appeler par leur nom les Argiens enfermés dans le sanctuaire, et il les fit inviter à quitter leur refuge — il avait, disait-il, reçu leurs rançons — (chez les Péloponnésiens la rançon d'un prisonnier est fixée à deux mines). Ainsi, en les appelant l'un après l'autre, Cléomène fit sortir du bois quelque cinquante Argiens, qu'il fit mettre à mort. Dans leur abri les autres assiégés restaient totalement ignorants de ce qui se passait : le feuillage épais les empêchait de voir, de l'intérieur du bois, le sort qui attendait à l'extérieur leurs compagnons, du moins jusqu'au moment où l'un d'entre eux, en grimpant à un arbre, eût découvert la chose. Dès lors, quelque appel qu'on leur adressât, personne ne sortit plus.

(80) Sur ce, Cléomène enjoignit à chaque hilote d'entasser des fagots tout autour du bois sacré, et, quand on lui eut obéi, il fit mettre le feu au bois. Pendant qu'il brûlait, Cléomène interrogea l'un des transfuges pour savoir à quel dieu ce bois appartenait. « Au héros Argos », lui fut-il répondu. À ces mots, Cléomène gémit longuement et s'écria : « Apollon, Dieu prophétique, tu m'as bien trompé quand tu m'as dit que je prendrais Argos ! Ta promesse, je le suppose, s'est maintenant réalisée. »

(81). Ensuite Cléomène renvoya la majeure partie
de son armée à Sparte, en ne gardant avec lui que ses
soldats d'élite, au nombre de mille, et il se rendit au
temple d'Héra pour y sacrifier. Il voulut sacrifier lui-
même la victime sur l'autel, mais le prêtre s'y opposa :
les étrangers, lui dit-il, n'avaient pas le droit de
sacrifier en ce lieu. Cléomène ordonna à ses hilotes
d'arracher le prêtre de l'autel et de le fouetter, puis il
procéda lui-même au sacrifice. Ceci fait, il regagna
Sparte.

(82). De retour à Sparte, il fut traîné devant les
éphores par ses ennemis : on l'accusait d'avoir reçu de
l'argent pour ne pas prendre Argos, alors qu'il
pouvait aisément s'en emparer. Il répondit, — était-ce
un mensonge, était-ce la vérité ? je ne saurais en
décider, mais ce fut là sa réponse, — que, du moment
qu'il avait pris le sanctuaire du héros Argos, il avait
jugé l'oracle accompli et n'avait pas cru devoir alors
attaquer la ville, du moins pas avant d'avoir fait des
sacrifices pour savoir si la divinité la lui donnerait ou
si elle était contre lui ; or, pendant qu'il sacrifiait dans
le temple d'Héra, une flamme avait jailli de la poitrine
de la statue : il avait par là reconnu clairement
qu'Argos ne serait pas à lui : si la flamme avait
jailli de la tête de la statue, la ville serait tombée
entre ses mains « des pieds à la tête » ; comme elle
avait jailli de la poitrine, c'est qu'il avait obtenu déjà
tout le succès que le ciel lui accordait. Ses arguments parurent aux Spartiates dignes de foi et plausibles, et Cléomène échappa sans peine à ses accusa-
teurs.

(83). Argos perdit tellement d'hommes [70] que les
esclaves, devenus les maîtres de la ville, prirent les

magistratures et gouvernèrent jusqu'au jour où les fils des tués arrivèrent à l'âge d'homme ; par la suite ceux-ci récupérèrent leur ville et en chassèrent les esclaves, et les esclaves expulsés d'Argos allèrent prendre Tirynthe. Les deux cités s'entendirent d'abord, mais plus tard un devin, Cléandros de Phigalie en Arcadie, vint s'installer chez les esclaves et les convainquit de s'attaquer à leurs maîtres ; il en sortit une guerre qui dura longtemps, jusqu'au jour où les Argiens l'emportèrent, non sans peine.

(84). Les Argiens expliquent ainsi la folie de Cléomène et sa fin misérable ; les Spartiates, eux, déclarent que son mal ne lui vint pas d'un dieu, mais qu'au contact des Scythes il avait pris l'habitude de s'enivrer, d'où sa folie. Les Scythes Nomades, disent-ils, qui, après l'invasion de leur pays voulaient se venger de Darius, envoyèrent des délégués à Sparte et négocièrent une alliance : ils proposaient de tenter eux-mêmes d'envahir la Médie par la vallée du Phase, et demandaient aux Spartiates de partir d'Éphèse et de s'enfoncer dans le pays, pour opérer là-bas leur jonction avec leurs forces. Cléomène eut alors, selon les Spartiates, des relations trop fréquentes avec les négociateurs scythes et, dans ces rencontres trop nombreuses, il apprit d'eux à boire son vin pur[71] ; voilà, pour les Spartiates, l'origine de sa folie. D'ailleurs depuis cette époque, ils le disent eux-mêmes, lorsqu'on veut boire avec excès on dit chez eux : « Buvons à la Scythe ! » Voilà comment on explique à Sparte la conduite de Cléomène ; mais je crois, moi, que ce fut la punition de sa faute envers Démarate.

**Athènes contre
Égine.**

(85). Cléomène dis-
paru, les Éginètes, à l'annonce de sa mort, envoyè-
rent leurs représentants se plaindre à Sparte de
Leutychidès à propos de leurs concitoyens remis en
otages aux mains des Athéniens. Les Lacédémoniens
réunirent un tribunal, décrétèrent que Leutychidès
avait commis un abus de pouvoir envers les Éginètes,
et prononcèrent qu'il leur serait livré pour être
conduit à Égine, en représailles des otages d'Égine
retenus dans Athènes. Au moment ou les Éginètes
allaient emmener Leutychidès, un Spartiate éminent,
Théasidès fils de Léoprépès, leur dit : « Que comptez-
vous faire, gens d'Égine ? Le roi de Sparte vous est
livré par ses concitoyens ? Vous allez l'emmener ? La
colère a pu dicter aujourd'hui cette sentence aux
Spartiates, mais prenez garde, si vous l'exécutez,
qu'un jour ils ne lâchent sur votre terre le malheur et
la ruine ! » À ces mots les Éginètes renoncèrent à
emmener le roi et conclurent un accord : Leutychidès
les suivrait à Athènes et leur ferait rendre leurs
concitoyens.

(86). Arrivé dans Athènes, Leutychidès réclama
son dépôt, mais les Athéniens, qui ne voulaient pas
rendre les otages, invoquaient toujours de nouveaux
prétextes : puisque deux rois leur avaient confié ces
hommes, disaient-ils, en toute justice ils ne pouvaient
les remettre à l'un des deux, en l'absence de l'autre.
Comme les Athéniens lui refusaient les otages, Leutychidès leur dit ceci : « Athéniens, faites comme vous
voulez : montrez-vous pieux et rendez les otages, ou
bien ne les rendez pas et soyez tout le contraire.
Cependant il est une histoire qui s'est passée jadis à

Sparte, au sujet d'un dépôt; je veux vous la conter.
Nous disons, à Sparte, qu'environ deux générations
avant moi vivait dans notre ville un certain Glaucos
fils d'Épicydès. C'était, disons-nous, un homme admirable à tous égards, mais l'on vantait surtout chez lui
un sens de la justice qui le mettait au-dessus de tous
les Lacédémoniens de son temps. Or, au temps voulu,
voici, disons-nous, ce qui lui arriva. Un Milésien vint
à Sparte et voulut s'entretenir avec lui, pour lui
présenter cette requête : " Je suis un Milésien, lui dit-
il, c'est le désir de profiter de ta probité, Glaucos, qui
m'a conduit ici. Car on en parle dans toute la Grèce et
l'on en parle aussi en Ionie; et je me suis dit que, si
l'Ionie est toujours plus ou moins menacée, le Péloponnèse, lui, est un pays stable et sûr; je me suis dit
aussi que jamais on ne voit la fortune demeurer
toujours dans les mêmes mains. Tout bien pesé, tout
bien considéré, j'ai résolu de convertir en argent la
moitié de mes biens et de te confier cette somme : elle
m'attendra, j'en suis sûr, à l'abri dans tes mains.
Donc je t'en prie, reçois mon argent, et prends ces
signes de reconnaissance [72], garde-les bien : tu rendras
l'argent à qui te le réclamera en te présentant les
mêmes signes. " L'étranger de Milet n'en dit pas
davantage, et Glaucos accepta l'argent qu'on lui
confiait aux conditions indiquées. Bien longtemps
après, les enfants de l'homme qui lui avait confié son
argent vinrent à Sparte, se présentèrent à Glaucos et
lui réclamèrent l'argent en lui montrant les signes
convenus. L'autre les renvoya, avec cette réponse
hypocrite : " Je ne me rappelle pas cette affaire; rien
dans vos propos ne réveille en moi le moindre
souvenir. Cependant, si elle me revient à l'esprit,

j'entends respecter la justice : si j'ai reçu cet argent, je
le rendrai ponctuellement ; si je ne l'ai jamais reçu, je
me conformerai, à votre égard, aux lois de la Grèce [73].
Pour l'instant, je remets à trois mois d'ici ma décision
sur ce sujet. " Les Milésiens s'éloignèrent désespérés,
en gens frustrés de leur argent, et Glaucos alla
consulter l'oracle de Delphes. Quand il demanda au
dieu s'il ne pourrait pas, en prêtant serment, s'approprier la somme, la Pythie lui fit cette réponse :

Glaucos fils d'Épicydès, l'avantage ainsi est immédiat
À triompher par un serment, à s'emparer d'une fortune.
Jure donc, puisque la mort attend aussi l'homme loyal.
Mais du serment naît un fils qui n'a pas de nom, qui n'a ni
    mains
Ni pieds ; pourtant il court rapide à la suite du parjure,
Puis il le saisit avec sa race et sa maison et il l'anéantit.
Mais l'homme loyal verra sa race toujours plus prospère après
    lui.

Devant cette réponse Glaucos supplia le dieu de lui
pardonner sa demande, mais la Pythie répliqua que la
faute était la même, vouloir faire approuver un crime
au dieu, ou le commettre. Alors Glaucos rappela les
étrangers de Milet et leur rendit l'argent. — Pour
quelle raison, Athéniens, vous ai-je fait ce récit ? Vous
allez le savoir : Glaucos n'a pas un seul descendant
aujourd'hui, pas un foyer qui puisse se réclamer de
lui ; jusqu'à la racine il a disparu de Sparte. Tant il est
sage de ne pas former d'autre dessein sur un dépôt
que de le rendre, sitôt qu'on le réclame ! »

(87). Après ce discours, comme les Athéniens refusaient toujours de l'écouter, Leutychidès se retira ;
quant aux Éginètes — qui n'avaient pas encore payé

aux Athéniens leurs torts précédents, ceux qu'ils leur avaient infligés pour gagner les bonnes grâces de Thèbes[74] — ils prirent ce parti : comme ils en voulaient aux Athéniens et se jugeaient lésés par eux, ils se préparèrent une vengeance et, comme les Athéniens célébraient alors à Sounion une fête quadriennale, ils s'emparèrent dans une embuscade du navire qui portait les théores[75] ; il était chargé des principaux citoyens d'Athènes qui furent capturés et jetés en prison.

(88). Ainsi traités par les Éginètes, les Athéniens ne tardèrent plus à tout entreprendre pour se venger d'eux. Or, un certain Nicodromos fils de Cnoithos, un éminent citoyen d'Égine, ne pardonnait pas aux Éginètes de l'avoir précédemment banni de l'île. Quand il sut que les Athéniens tenaient par-dessus tout à faire du mal à ses concitoyens, il s'entendit avec eux pour leur livrer Égine, en leur indiquant le jour où il comptait agir et où ils auraient à lui porter secours. Après quoi, Nicodromos, comme il en était convenu, s'empara bien de ce qu'on appelle la Vieille Ville — mais les Athéniens ne se trouvèrent pas là au moment voulu.

(89). En effet leurs vaisseaux ne s'étaient pas trouvés en état d'engager la lutte avec ceux d'Égine et, tandis qu'ils priaient les Corinthiens de leur en prêter, leur entreprise échoua. Les Corinthiens qu'ils sollicitaient (ils étaient alors dans les meilleurs termes avec Athènes) leur accordèrent bien vingt navires, mais sous la forme d'une vente pour la somme de cinq drachmes, car la loi ne leur permettait pas de les donner gratuitement ; les Athéniens, avec ces vaisseaux et les leurs, équipèrent une flotte de soixante-dix navires et se dirigèrent sur Égine, mais ils arrivèrent un jour trop tard.

(90). Comme les Athéniens n'étaient pas arrivés en temps voulu, Nicodromos prit une barque et s'échappa d'Égine ; d'autres Éginètes le suivirent dans sa fuite, et les Athéniens leur permirent de s'établir à Sounion. De là ils s'en allaient attaquer et piller les Éginètes de l'île.

(91). Mais ceci se passa plus tard. Dans Égine alors, les possédants matèrent le peuple soulevé contre eux avec Nicodromos et, maîtres des révoltés, ils les menèrent au supplice. Ils se chargèrent alors d'une souillure abominable, et nul sacrifice ne put les en délivrer en dépit de tous leurs efforts, mais ils furent chassés de l'île [76] avant que la déesse se fût apaisée à leur égard : tandis qu'ils menaient au supplice sept cents de leurs adversaires tombés vivants entre leurs mains, l'un de ces malheureux se débarrassa de ses liens, se jeta dans l'entrée du temple de Déméter Législatrice et s'y tint cramponné aux anneaux des portes ; incapables de l'en détacher par la force, les autres pour l'emmener lui coupèrent les mains, et ces mains demeurèrent crispées sur les anneaux.

(92). Voilà ce qui se passa entre Éginètes. Aux Athéniens qui se présentèrent, ils livrèrent bataille sur mer avec soixante-dix navires et, vaincus, ils firent appel, comme auparavant, aux Argiens. Mais cette fois-ci les Argiens ne vinrent plus à leur secours, pour la raison que des vaisseaux d'Égine, emmenés de force par Cléomène, avaient abordé en Argolide et pris part à la descente des Lacédémoniens dans leur pays ; des équipages de Sicyone avaient également participé à cette opération. Les Argiens avaient réclamé aux deux

peuples une indemnité de mille talents, cinq cents
pour chacun ; et, si les Sicyoniens avaient reconnu
leurs torts et s'étaient libérés de cette amende en
payant cent talents, les Éginètes s'y étaient refusés,
non sans arrogance ; aussi, quand ils présentèrent leur
requête, ils n'obtinrent plus le moindre secours officiel
d'Argos ; seuls des volontaires vinrent à leur aide, au
nombre d'un millier, sous le commandement d'Eurybatès, un athlète qui s'était entraîné au pentathle [77]. Il
n'y eut point de retour pour la plupart d'entre eux,
qui tombèrent dans Égine sous les coups des Athéniens ; leur chef lui-même, Eurybatès, qui cherchait le
corps à corps, tua trois ennemis en combat singulier,
mais succomba devant un quatrième. Sophanès de
Décélie [78].

(93). Les Éginètes surprirent la flotte athénienne
en désordre, remportèrent la victoire et s'emparèrent
de quatre navires avec leurs équipages.

**Deuxième
expédition.**

(94). Donc, les Athé-
niens se trouvaient en
guerre avec Égine, et le
Perse, lui, ne perdait pas de vue son projet, d'autant
qu'il avait un serviteur pour lui rappeler sans cesse de
ne pas oublier Athènes, et les Pisistratides à ses côtés
pour lui en dire du mal [79] ; de plus, Darius voulait user
de ce prétexte pour soumettre les peuples de la Grèce
qui lui avaient refusé « la terre et l'eau ». Comme
Mardonios avait eu peu de succès dans son expédition, il lui ôta son commandement et désigna d'autres
chefs, Datis, un Mède, et son propre neveu, Artaphrénès fils d'Artaphrénès, pour marcher contre Érétrie et Athènes : il les envoya contre ces deux cités

avec mission de les réduire en esclavage et d'amener
en sa présence leurs peuples asservis.

(95). Les généraux désignés se mirent en route et
parvinrent en Cilicie, dans la plaine d'Aléion, suivis
d'une armée nombreuse et bien équipée ; ils campè-
rent en cet endroit et les forces navales levées par tout
l'empire les y rejoignirent, ainsi que les navires
destinés au transport des chevaux, ceux que l'année
précédente Darius avait ordonné à ses tributaires de
tenir prêts[80]. Les chevaux furent chargés sur ces
navires, les troupes de terre s'embarquèrent et, sur six
cents trières, l'expédition fit voile pour l'Ionie. Ils ne
longèrent pas la côte pour aller droit sur l'Hellespont
et la Thrace, mais, à partir de Samos, ils firent route
par la mer Icarienne[81] et les îles ; ce fut, à mon avis,
parce qu'ils avaient très peur d'avoir à contourner le
mont Athos, car l'année précédente ils avaient connu
un grand désastre en le doublant ; de plus, Naxos les
obligeait à passer par là, puisqu'ils ne l'avaient pas
encore prise.

Naxos, Délos.   (96). Au-delà de la mer
Icarienne ils se dirigèrent
vers Naxos où ils abordèrent — car c'était le premier
but de leur expédition. Les Naxiens, qui n'avaient pas
oublié leur passage précédent[82], se réfugièrent dans les
montagnes sans tenter de résistance ; les Perses réduisirent en esclavage tous ceux dont ils s'emparèrent et
ils incendièrent et les temples et la ville. Après quoi,
ils se remirent en route pour attaquer les autres îles.

(97). Pendant ce temps les Déliens avaient, eux
aussi, abandonné leur île pour se réfugier à Ténos.
Quand l'expédition approcha de Délos, Datis, qui

avait pris les devants, ne permit pas à ses navires d'y
faire relâche et les envoya plus loin, à Rhénée[83] ; pour
lui, dès qu'il sut où se trouvaient les Déliens, il leur fit
dire ceci par un héraut : « Peuple saint, pourquoi
prendre la fuite sans même savoir au juste mes
intentions ? Pour me dicter ma conduite, j'ai par moi-
même assez de raison, et les ordres du Grand Roi sont
formels : le sol qui vit naître les deux grands dieux[84]
ne subira nul dommage, ni lui ni ses habitants.
Regagnez donc vos demeures maintenant, et habitez
en paix votre île. » Voilà ce qu'il fit annoncer aux
Déliens par son héraut ; ensuite il fit amonceler et
brûler sur l'autel du dieu trois cents talents d'en-
cens[85].

(98). Après quoi Datis reprit la mer avec ses
troupes pour aller contre Érétrie d'abord, accompagné de contingents ioniens et éoliens ; après son
départ, il y eut un tremblement de terre à Délos, le
premier et le dernier, selon les Déliens, que l'île ait
connu jusqu'ici. Peut-être était-ce un présage par
lequel le dieu avertissait les hommes des malheurs à
venir ; car sous Darius fils d'Hystaspe, son fils Xerxès,
et le fils de Xerxès, Artaxerxès, pendant ces trois
générations consécutives, la Grèce connut plus de
maux qu'au cours des vingt générations qui ont
précédé Darius ; elle dut les uns aux Perses, les autres
aux luttes pour le pouvoir entre ses propres meneurs.
Il n'est donc nullement invraisemblable que Délos ait
subi ce tremblement de terre quand elle n'en avait
jamais encore éprouvé.

D'ailleurs dans un oracle figuraient ces mots :

Je ferai trembler Délos même, qui n'a jamais tremblé[86].

— En notre langue, les noms de ces rois signifient :
Darius, « le Puissant », Xerxès, « le Guerrier »,
Artaxerxès, « le Grand Guerrier » ; les Grecs pourraient traduire ainsi ces noms, dans leur propre
langue [87].

(99). Les Barbares, après Délos, abordèrent dans
les autres îles ; ils y levaient des renforts et prenaient
des enfants comme otages. Après les avoir toutes
visitées, ils débarquèrent aussi à Carystos [88] ; comme
les Carystiens ne leur livrèrent pas d'otages et refusèrent de marcher contre leurs voisins (ainsi appelaient-
ils Athènes et Érétrie), ils les assiégèrent et dévastèrent le pays, jusqu'au jour où les Carystiens firent eux
aussi leur soumission.

(100). Quand les Érétriens apprirent que la flotte
perse faisait voile contre eux, ils demandèrent aux
Athéniens de les secourir. Les Athéniens ne leur
refusèrent pas leur aide et leur donnèrent pour
renforts les quatre mille clérouques installés sur les
terres des Éleveurs de chevaux de Chalcis [89]. Mais les
résolutions des Érétriens n'avaient rien de ferme et,
tout en appelant les Athéniens, ils méditaient deux
projets bien différents : les uns pensaient à abandonner la ville pour gagner les hauteurs de l'Eubée,
d'autres projetaient de trahir, dans l'espoir d'obtenir
du Perse quelque récompense. Instruit de ces deux
projets, Eschine fils de Nothon, l'un des principaux
personnages d'Érétrie, informa de ce qui se passait
les Athéniens arrivés dans la ville et les conjura de
s'en retourner dans leur pays pour ne pas périr avec
eux ; et les Athéniens suivirent le conseil qu'il leur
donnait.

(101). Ils allèrent se mettre en sûreté à Oropos [90],

de l'autre côté du détroit ; cependant les Perses
arrivèrent par la mer et abordèrent sur le territoire
d'Érétrie du côté de Tamynes, Choirées et Aigilies ;
arrivés là, ils débarquèrent aussitôt leurs chevaux et
se préparèrent à attaquer. Mais les Érétriens
n'avaient pas l'intention de faire une sortie et d'engager le combat, et leur seule préoccupation était de
défendre de leur mieux leurs murailles, puisque le
parti de ne pas abandonner la ville avait triomphé.
Les Perses menèrent l'assaut avec vigueur, et pendant
six jours les hommes tombèrent nombreux des deux
côtés ; le septième jour, deux des premiers citoyens,
Euphorbos fils d'Alcimachos, et Philagros fils de
Cynéas, livrèrent la ville aux Perses. Entrés dans la
ville, ceux-ci pillèrent les temples et les incendièrent,
pour venger les temples brûlés à Sardes, et ils
réduisirent en esclavage toute la population, selon les
ordres de Darius.

Marathon. (102). Maîtres d'Érétrie, les Perses s'y arrêtè-
rent quelques jours, puis ils reprirent la mer pour
gagner l'Attique, pleins d'ardeur et persuadés qu'ils
en feraient d'Athènes comme d'Érétrie. Comme
Marathon était en Attique le point le plus propre aux
manœuvres de la cavalerie et le plus proche aussi
d'Érétrie, c'est là qu'Hippias fils de Pisistrate conduisit les Perses[91].

(103). Instruits de leur arrivée, les Athéniens se
portèrent en force, eux aussi, à Marathon. Ils avaient
à leur tête dix stratèges[92], et, parmi eux, Miltiade
dont le père, Cimon fils de Stésagoras, avait dû quitter
Athènes pour échapper à Pisistrate fils d'Hippocrate.

Pendant son exil Cimon avait vu triompher son quadrige aux Jeux Olympiques, victoire que son frère utérin Miltiade avait également obtenue avant lui ; aux Jeux suivants il avait encore triomphé avec le même attelage, mais il avait fait proclamer vainqueur Pisistrate, et, par cette complaisance, il avait obtenu la permission de revenir chez lui. Les mêmes bêtes lui donnèrent la victoire une fois encore aux Jeux Olympiques ; puis les fils de Pisistrate le firent périr, quand leur père ne fut plus là : ils le firent tuer une nuit par des hommes à eux embusqués près du prytanée. Son tombeau se trouve à l'entrée de la ville, au-delà de la route qu'on appelle la route de Coilé [93] ; les chevaux qui lui ont donné ses trois victoires olympiques ont été enterrés en face de lui. Un autre attelage avait déjà remporté le même succès, celui du Laconien Évagoras, mais aucun n'en a connu davantage. L'aîné des fils de Cimon, Stésagoras, vivait à cette époque en Chersonèse chez son oncle paternel Miltiade, tandis que le cadet se trouvait à Athènes avec son père ; il portait le nom de ce Miltiade, le fondateur de la colonie établie en Chersonèse.

(104). Ce Miltiade, donc, revenu de Chersonèse après avoir échappé deux fois à la mort, était l'un des stratèges athéniens : d'abord, les Phéniciens qui l'avaient poursuivi jusqu'à Imbros voulaient absolument s'emparer de lui et le mener au Grand Roi [94] ; puis, de retour chez lui après leur avoir échappé, il se croyait alors en sécurité, mais ses ennemis l'attendaient et l'avaient traîné devant les tribunaux en l'accusant de s'être conduit en Chersonèse comme un tyran. Il s'était également tiré de cette affaire, et le peuple l'avait nommé stratège.

(105). D'abord, avant de quitter la ville, les stratèges dépêchèrent à Sparte un héraut, Philippidès, un
Athénien, qui était courrier de profession. Or, selon ce
qu'il raconta et le rapport qu'il fit au peuple athénien,
ce Philippidès vit près du mont Parthénion, au-dessus
de Tégée, le dieu Pan lui apparaître : le dieu l'appela
par son nom, dit-il, et lui ordonna de demander aux
Athéniens la raison de leur négligence à son égard,
alors qu'il avait pour eux de la bienveillance, qu'il
leur avait souvent déjà rendu service et le ferait
encore. — Quand les Athéniens se virent hors de
danger, ils ajoutèrent foi au récit de leur messager et
fondèrent un sanctuaire de Pan au pied de l'Acropole [95] ; depuis cet avertissement du dieu, ils se
concilient tous les ans sa bienveillance par des sacrifices et par une course aux flambeaux.

(106). Ce Philippidès, que les stratèges envoyaient
à Sparte et qui vit en route, dit-il, le dieu Pan lui
apparaître, fut à Sparte le jour qui suivit son départ
d'Athènes [96] ; quand il fut en présence des magistrats,
il leur dit : « Lacédémoniens, les Athéniens vous
prient de les secourir et de ne point tolérer que la plus
ancienne des cités de la Grèce tombe sous le joug du
Barbare. Érétrie déjà est esclave, et la Grèce qui perd
une ville insigne est désormais moins forte. » Donc le
héraut s'acquitta de son message, et les Lacédémoniens résolurent de secourir Athènes, mais il leur fut
impossible de le faire aussitôt, car ils ne voulaient pas
enfreindre leur loi : c'était le neuvième jour du mois
et, dirent-ils, ils ne partiraient pas en expédition au
neuvième jour d'un mois, avant que la lune fût dans
son plein [97].

(107). Ils attendirent donc la pleine lune, tandis

qu'Hippias fils de Pisistrate menait les Barbares à
Marathon. La nuit d'avant, il avait fait un songe : il
s'était vu couché près de sa propre mère ; il en avait
conclu qu'il rentrerait à Athènes, y reprendrait le
pouvoir et terminerait ses jours dans sa terre mater-
nelle, chargé d'années. Voilà comment il interprétait
son rêve, et pour l'instant il dirigeait l'expédition
perse ; il avait fait déposer les Érétriens captifs dans
l'île qu'on appelle Aigilia et qui appartient à la ville de
Styra [98], ensuite il amena les navires devant Marathon
où il leur fit jeter l'ancre ; puis les Barbares débarquèrent et il leur assigna leurs postes. Au milieu de ces
préparatifs, il se prit à éternuer et tousser plus fort
qu'à l'ordinaire ; or il était déjà vieux [99], et ses dents
étaient branlantes pour la plupart : il toussa si fort
qu'il en cracha une. Il fit tout ce qu'il put pour la
retrouver dans le sable où elle était tombée, mais elle
demeura invisible ; alors en soupirant il dit à ceux qui
l'entouraient : « Ce sol n'est pas à nous, nous ne
pourrons pas nous en rendre maîtres : ma dent a pris
toute la part qui m'en revenait. »

(108). C'est ainsi qu'Hippias jugea son rêve
accompli. Cependant les Athéniens avaient pris position sur le terrain consacré à Héraclès ; les Platéens
vinrent les y rejoindre avec la totalité de leurs forces,
car ils s'étaient donnés aux Athéniens, et ceux-ci
avaient déjà fait beaucoup pour eux. Voici comment
cela s'était produit : menacés par les Thébains, les
Platéens avaient d'abord recherché la protection de
Cléomène fils d'Anaxandride et des Lacédémoniens
qui se trouvaient dans la région. Ceux-ci repoussèrent
leur demande en ces termes : « Nous habitons trop
loin de vous, et notre aide ne vous arriverait jamais à

temps : vous seriez écrasés bien avant qu'on ait
entendu chez nous parler de quelque chose. Mais
nous vous conseillons de vous donner aux Athéniens,
qui sont vos voisins et qui ne seront certes pas
incapables de vous secourir. » Ce conseil venait moins
de leur sympathie pour Platées que de leur désir de
susciter des ennuis aux Athéniens, en les opposant
aux Béotiens. Ils donnèrent donc ce conseil aux
Platéens, et ceux-ci les écoutèrent : pendant un sacrifice que les Athéniens offraient aux Douze Dieux, ils
se postèrent en suppliants près de l'autel et se mirent
sous la protection d'Athènes [100]. À cette nouvelle les
Thébains marchèrent contre Platées ; de leur côté les
Athéniens vinrent au secours de la ville. Ils allaient
engager le combat lorsque des Corinthiens qui se
trouvaient là s'interposèrent : les deux parties acceptèrent leur arbitrage, et ils tracèrent les frontières du
territoire contesté, en posant pour condition que les
Thébains laisseraient tranquilles les peuples de
Béotie qui refuseraient de s'associer au groupe des
Béotiens. Donc les Corinthiens décidèrent, et ils
partirent ; mais au moment où les Athéniens se
retiraient à leur tour, les Béotiens les attaquèrent : un
combat s'engagea, qui se termina par la défaite des
agresseurs. Les Athéniens reculèrent alors la frontière
que les Corinthiens avaient indiquée pour Platées, et
ils donnèrent pour limite à Thèbes, du côté de Platées
et d'Hysies, le cours même de l'Asopos [101]. Donc les
Platéens s'étaient donnés aux Athéniens dans les
circonstances rapportées ici, et ils vinrent alors au
secours d'Athènes, à Marathon.

(109). Les stratèges athéniens se trouvaient partagés en deux camps : les uns ne voulaient pas engager

le combat, — les Athéniens, disaient-ils, n'étaient pas
assez nombreux pour affronter l'armée des Mèdes —;
les autres, avec Miltiade, le voulaient. Les avis
s'opposaient, et le parti le moins bon l'emportait : or
un onzième personnage avait le droit de voter,
l'homme désigné par le sort pour exercer les fonctions
de polémarque [102] (autrefois les Athéniens donnaient
au polémarque une voix égale à celle des stratèges).
Le polémarque était alors Callimaque d'Aphidna.
Miltiade alla le trouver et lui dit : « C'est à toi,
Callimaque, qu'il appartient aujourd'hui ou d'asservir Athènes, ou de la rendre libre et, ce faisant, de
laisser aux hommes un nom à tout jamais glorieux,
plus glorieux encore que ceux d'Harmodios et d'Aristogiton. Depuis qu'Athènes existe, jamais elle n'a
couru de danger plus terrible : si elle s'incline devant
les Mèdes, le sort des Athéniens livrés à Hippias est
clair ; si elle l'emporte, elle peut espérer la première
place en Grèce. Comment ? Et comment se fait-il que
tout dépende aujourd'hui de toi ? Je vais te l'expliquer. Nous, les stratèges, nous sommes dix et nos avis
sont partagés : les uns veulent livrer bataille, les
autres s'y refusent. Or, si nous n'engageons pas le
combat, je prévois que la discorde grandissante
ébranlera les esprits et poussera les Athéniens dans les
bras du Mède ; si nous combattons avant que cette gangrène n'ait fait des ravages, nous pouvons, si les dieux
demeurent impartiaux, triompher dans cette rencontre.
Donc, tout repose sur toi maintenant, tout dépend de
toi : si tu te ranges à mon avis, ta patrie est libre, ta ville
est la première des cités grecques ; si tu choisis le parti
des hommes qui refusent le combat, ce sera pour toi le
contraire exactement des biens que je t'ai dits. »

(110). Les arguments de Miltiade gagnèrent Callimaque, et la voix du polémarque fut décisive : on résolut d'engager la bataille. Mais alors les stratèges qui avaient demandé le combat cédèrent l'un après l'autre le commandement à Miltiade, lorsque venait leur tour de l'exercer pour la journée [103] ; et Miltiade l'acceptait, mais il attendit pour livrer bataille le jour où il lui revenait normalement.

(111). Ce jour-là, les Athéniens prirent leurs dispositions pour la bataille : l'aile droite était commandée par Callimaque, le polémarque (les Athéniens avaient alors pour règle de donner l'aile droite au polémarque). Après lui venaient les tribus, rangées l'une à côté de l'autre, dans l'ordre où elles étaient comptées [104] ; en dernier lieu les Platéens formaient l'aile gauche. — Depuis ce combat, lorsque les Athéniens sacrifient pendant leurs grandes fêtes quadriennales [105], le héraut dans sa prière appelle la protection divine sur Athènes et Platées conjointement. À Marathon, la ligne de bataille des Athéniens présenta cette particularité : comme elle était aussi longue que celle des Mèdes, le centre, fort de quelques rangées d'hommes seulement, en était le point le plus faible, tandis que les ailes étaient bien garnies et solides [106].

(112). Les hommes avaient pris leurs positions, les sacrifices étaient favorables ; alors les Athéniens, lâchés contre les Barbares, les chargèrent en courant. Huit stades au moins séparaient les deux armées. Quand les Perses les virent arriver au pas de course, ils se préparèrent à soutenir le choc, mais ils les prenaient pour des fous courant à leur perte, ces hommes si peu nombreux qui attaquaient en courant, sans cavalerie et sans archers. Ce fut leur première

impression; mais les Athéniens les assaillirent bien
groupés et combattirent avec une bravoure admirable. Ils furent, à notre connaissance, les premiers des
Grecs à charger l'ennemi à la course, les premiers
aussi à soutenir la vue du costume mède et d'hommes
ainsi équipés; jusqu'alors, le nom seul des Mèdes
suffisait à épouvanter les Grecs.

(113). La bataille de Marathon fut très longue. Au
centre les Barbares l'emportèrent, là où se trouvaient
les Perses eux-mêmes et les Saces; là, les Barbares
victorieux enfoncèrent les lignes des Athéniens et les
poursuivirent loin du rivage, mais aux deux ailes
Athéniens et Platéens l'emportèrent. Vainqueurs, ils
laissèrent fuir leurs adversaires, groupèrent leurs deux
ailes pour lutter contre les éléments qui avaient
enfoncé leur centre, et ils eurent la victoire. Ils
poursuivirent les Perses en fuite et les taillèrent en
pièces jusque sur le rivage, et là, ils s'accrochaient aux
vaisseaux ennemis et demandaient du feu pour les
incendier.

(114). Le polémarque Callimaque périt dans cette
affaire où il fit preuve d'une grande vaillance, et l'un
des stratèges, Stésilaos fils de Thrasylaos, y mourut
également; Cynégire [107] fils d'Euphorion, qui s'accro-
chait à la poupe d'un navire, tomba, la main tranchée
d'un coup de hache, et bien d'autres Athéniens
illustres avec lui.

(115). Sept des vaisseaux perses restèrent ainsi aux
mains des Athéniens; les autres purent se dégager et
les Barbares, après avoir repris leurs captifs d'Érétrie
dans l'île où ils les avaient déposés, contournèrent le
cap Sounion, dans l'intention de surprendre Athènes
avant le retour de ses troupes. Les Athéniens accusent

les Alcméonides de leur avoir suggéré cette manœuvre : ils auraient été d'intelligence avec les Perses et, sitôt ceux-ci remontés sur leurs navires, leur auraient fait des signaux en levant en l'air un bouclier [108].

(116). Donc les Perses contournèrent le cap Sounion, mais les Athéniens coururent à toutes jambes au secours de leur cité et devancèrent les Barbares [109] ; partis d'un sanctuaire d'Héraclès à Marathon, ils installèrent leur camp dans un autre sanctuaire d'Héraclès, au Cynosarge. Les Barbares, arrivés avec leurs navires à la hauteur de Phalère [110] (où mouillaient alors les navires athéniens), y restèrent quelque temps à l'ancre, puis reprirent la mer et regagnèrent l'Asie.

(117). Dans cette bataille de Marathon, les Barbares perdirent six mille quatre cents hommes environ [111], les Athéniens cent quatre-vingt-douze. Voilà le total des pertes subies dans les deux camps. Un fait curieux s'y produisit : un Athénien, Épizèlos fils de Couphagoras, perdit soudain la vue tandis qu'il luttait en homme de cœur au milieu de la mêlée, et ce sans avoir reçu le moindre coup, ni de près ni de loin ; dès lors il fut aveugle pour le restant de sa vie. Voici, m'a-t-on dit, comme il expliquait son malheur : il avait cru voir devant lui un homme de haute taille, en armes, dont la barbe recouvrait tout le bouclier ; l'apparition avait passé sans le toucher, mais avait tué son camarade à côté de lui [112]. Voilà, m'a-t-on dit, l'histoire que racontait Épizèlos.

(118). Datis, en route pour l'Asie avec son armée, parvint à Myconos et là il eut un rêve. Que vit-il dans son rêve, on ne le dit pas, mais aux premières lueurs du jour il fit fouiller ses navires et découvrit sur un

navire phénicien une statue d'Apollon revêtue d'or ; il
demanda où elle avait été dérobée, et quand il sut à
quel temple elle appartenait, il dirigea son propre
navire sur Délos. Là, comme les Déliens s'étaient déjà
réinstallés dans leur île, il confia la statue à leur
temple et les chargea de la rapporter, cette statue, à
Délion, chez les Thébains (sur la côte, en face de
Chalcis). Datis leur confia cette mission et reprit la
mer ; mais les Déliens ne ramenèrent pas la statue et,
vingt ans après, pour obéir à un oracle, les Thébains
vinrent la prendre et la rapportèrent à Délion.

(119). Sitôt débarqués en Asie, Datis et Artaphrénès conduisirent à Suse les Érétriens esclaves.
Avant leur capture le roi Darius leur en voulait
terriblement, car ils l'avaient injustement attaqué les
premiers ; quand il les vit devant lui, réduits à sa
merci, le seul mal qu'il leur infligea fut de les envoyer
habiter l'une de ses terres de Cissie, appelée Ardéricca[113], qui est à deux cent dix stades de Suse et
quarante stades de ce puits qui fournit trois produits
différents — car on y puise du bitume, du sel et de
l'huile, de la manière suivante : le liquide, puisé à
l'aide d'une pompe à bascule qui porte, au lieu d'un
seau, la moitié d'une outre, est versé dans un bassin,
puis s'écoule ailleurs et prend trois formes différentes :
le bitume et le sel se solidifient aussitôt ; l'huile, les
Perses l'appellent *rhadinacé*[114] : elle est noire et
d'odeur désagréable —. C'est là que le roi Darius
installa les Érétriens ; ils y demeuraient encore de mon
temps, et ils avaient gardé leur ancienne langue.

(120). Voilà ce qui arriva aux gens d'Érétrie. De
Sparte, Athènes vit arriver deux mille hommes après
la pleine lune[115] ; ils avaient tant d'envie de prendre

part à l'action qu'ils étaient en Attique deux jours
après leur départ de Sparte. Arrivés trop tard, ils
manifestèrent le désir de voir quand même des Mèdes,
et ils allèrent à Marathon où ils en virent à loisir. Puis
ils s'en retournèrent, avec des éloges pour les Athéniens et leur ouvrage.

Sur les
Alcméonides.

(121). Un détail dans ce
récit m'étonne et je me
refuse à le croire : les
Alcméonides, dit-on, auraient agité en l'air un bouclier pour faire des signaux aux Perses, d'accord avec
eux, pour livrer Athènes aux Barbares et à Hippias,
— les Alcméonides, ces ennemis déclarés de toute
tyrannie, plus encore que Callias, le fils de Phainippos
et le père d'Hipponicos ! (Seul dans Athènes ce
Callias, après la chute de Pisistrate, osa se porter
acquéreur des biens du tyran que l'État faisait vendre
aux enchères ; et il prouvait en toute occasion la haine
violente qu'il lui portait.)

(122). Ce Callias mérite d'ailleurs de ne pas être
oublié, d'abord pour ce qu'on vient d'en dire, son
ardeur à libérer son pays, puis pour ses succès
olympiques : vainqueur au concours hippique,
deuxième à la course des quadriges, il avait aussi
remporté la victoire aux Jeux Pythiques, et il étonna
toute la Grèce par l'énormité de ses dépenses. De plus
il eut trois filles, et voici comment il agit avec elles :
quand vint le temps de les marier, il les dota
magnifiquement et ne chercha qu'à leur plaire, car il
leur donna les époux qu'elles s'étaient elles-mêmes
choisis entre tous les Athéniens [116].

(123). Les Alcméonides étaient au moins autant

que lui hostiles aux tyrans. C'est pourquoi l'histoire
de signaux donnés en brandissant un bouclier
m'étonne fort, et je refuse d'admettre cette calomnie
contre des gens qui, sous les tyrans, vécurent en exil,
et dont les manœuvres parvinrent à chasser du
pouvoir les Pisistratides. Ils furent ainsi les vrais
libérateurs d'Athènes, plutôt qu'Harmodios et Aristogiton, à mon jugement : ces derniers, en tuant Hipparque, ne firent qu'exaspérer le reste des Pisistratides, bien loin de mettre un terme à leur tyrannie,
tandis que les Alcméonides délivrèrent la ville, c'est
incontestable, s'il est vrai qu'on doive à leur influence
sur la Pythie l'ordre qu'elle donna aux Lacédémoniens d'affranchir Athènes, comme je l'ai montré plus
haut [117].

(124). Maintenant, peut-être avaient-ils, pour trahir leur patrie, quelque grief à l'encontre du peuple
athénien ? Mais, en fait, personne dans Athènes
n'était plus considéré qu'eux et plus comblé d'honneurs. Aussi n'est-il guère logique de les prendre, eux,
pour les auteurs de ce signal. Il y eut un signal donné
à l'aide d'un bouclier, c'est un fait et la chose n'est pas
niable ; mais qui en fut l'auteur, je ne saurais en dire
plus là-dessus [118].

(125). Les Alcméonides, de tout temps illustres
dans Athènes, le furent encore plus à partir d'Alcméon, puis de Mégaclès. Alcméon fils de Mégaclès
s'était mis à la disposition des Lydiens venus de
Sardes sur l'ordre de Crésus pour consulter l'oracle de
Delphes, et il les avait aidés de son mieux. Par les
Lydiens, ses messagers auprès des oracles, Crésus
apprit le dévouement d'Alcméon à ses intérêts : il le fit
venir à Sardes et là lui fit présent de tout l'or dont il

pourrait se charger en une seule fois. Devant pareille
offre, Alcméon imagina ceci : il revêtit une ample
tunique qui formait une vaste poche sur la poitrine, se
chaussa des bottes les plus hautes et les plus larges
qu'il trouva, et se fit introduire ainsi vêtu dans le
Trésor du Roi. Là, il se plongea dans un tas de poudre
d'or : il en bourra d'abord la tige de ses bottes, le plus
haut possible ; ensuite il en farcit le pli de sa tunique,
il en poudra ses cheveux, il s'en emplit la bouche, et
sortit du Trésor à peine capable de traîner ses
chaussures et sans plus avoir forme humaine, les joues
gonflées à éclater et le corps déformé. Crésus éclata de
rire en le voyant et lui fit don de tout ce qu'il
emportait, non sans y joindre encore un autre présent
d'importance égale [119]. La famille d'Alcméon devint
ainsi fort riche, et Alcméon lui-même éleva des
chevaux de course et vit triompher son quadrige aux
Jeux Olympiques.

(126). À la génération suivante Clisthène, tyran de
Sicyone, grandit encore cette maison et la rendit la
plus célèbre de la Grèce, plus même qu'auparavant.
Clisthène, fils d'Aristonymos et petit-fils de Myron fils
d'Andréas, avait une fille du nom d'Agaristé : il
voulut lui trouver pour mari l'homme le plus accompli
de toute la Grèce. Alors, aux Jeux Olympiques où son
quadrige remporta la victoire, il fit proclamer par le
héraut que tout Grec qui se croirait digne d'être le
gendre de Clisthène devrait se trouver à Sicyone
soixante jours plus tard ou même avant, car il
comptait célébrer le mariage au bout d'un an, passé ce
délai. Là-dessus, tous ceux des Grecs qui tiraient
quelque gloire de leur mérite personnel et de leur
patrie vinrent briguer la main de sa fille. Pour les

recevoir, Clisthène avait fait préparer un stade et une palestre.

(127). L'Italie envoya deux prétendants : Smindyridès fils d'Hippocrate, un Sybarite, l'homme le plus fastueux et délicat qui ait jamais été (Sybaris était à cette époque au comble de sa fortune), et Damasos, citoyen de Siris et fils d'Amyris qu'on surnommait le Sage ; tous deux venaient de l'Italie[120]. Du golfe ionien vint Amphimnestos fils d'Épistrophos, un citoyen d'Épidamne ; celui-là venait du golfe ionien[121]. Il y eut aussi un Étolien, le frère de ce Titormos qui fut l'homme le plus fort de la Grèce et qui alla chercher la solitude aux confins de l'Étolie, Malès. Du Péloponnèse vint Léocédès, le fils du tyran d'Argos Pheidon[122] — ce Pheidon qui donna aux Péloponnésiens leurs poids et mesures et fut l'homme le plus arrogant que la Grèce ait connu, au point qu'il osa chasser de leurs sièges les Éléens qui présidaient aux Jeux Olympiques et organiser le concours à leur place. Son fils vint à Sicyone, ainsi qu'Amiantos fils de Lycurgue, un Arcadien de Trapézonte, Laphanès fils d'Euphorion, de Paion en Azanie (Euphorion, son père, avait, dit-on là-bas, reçu les Dioscures et, depuis ce jour, ouvrait sa maison à tout le monde[123]), et Onomastos fils d'Agaios, un Éléen ; tous trois venaient du Péloponnèse même. D'Athènes vinrent deux prétendants : Mégaclès fils d'Alcméon (celui qui était allé chez Crésus), et Hippoclidès fils de Tisandre, le plus riche et le plus beau des Athéniens. D'Érétrie, ville florissante alors, vint Lysanias, seul prétendant venu de l'Eubée. De la Thessalie vint un membre de la famille des Scopades, Diactoridès de Crannon, et, des Molosses, Alcon[124].

(128). Voilà les prétendants qui se présentèrent à Sicyone. Ils arrivèrent au jour dit, et Clisthène demanda d'abord à chacun d'eux son pays et sa naissance ; puis il les garda près de lui toute une année pour juger de leur valeur, de leurs inclinations, de leur éducation et de leur caractère, en des entretiens particuliers et des réunions générales ; aux plus jeunes il faisait pratiquer aussi les exercices du gymnase, mais il les étudiait surtout à sa table, car, pendant tout le temps qu'ils passèrent chez lui, il les traita de son mieux et ne manqua pas de les festoyer somptueusement. Entre eux tous il s'intéressait surtout aux prétendants venus d'Athènes, et davantage au fils de Tisandre, Hippoclidès, qu'il distinguait et pour ses mérites personnels et parce qu'il était un parent éloigné des Cypsélides de Corinthe.

(129). Vint le jour qui devait voir le repas des noces et Clisthène annoncer quel gendre il s'était choisi entre tous. Ce jour-là, Clisthène sacrifia cent bœufs et offrit un banquet aux prétendants ainsi qu'à tous les gens de la ville. Le repas terminé, les prétendants faisaient à l'envi montre de leurs talents en musique et poésie, entre autres sujets de conversation générale. On buvait toujours, et voici qu'Hippoclidès, qui dominait de loin l'assistance, invita le flûtiste à lui jouer un air noble ; l'autre obéit, et Hippoclidès se mit à danser. Il était sans doute fort content de sa danse, mais la chose ne plut guère à Clisthène. Ensuite, après un moment de repos, Hippoclidès demanda une table : on lui en apporta une et, juché sur cette estrade, il exécuta les figures d'une danse laconienne, puis celles d'une danse athénienne ; en troisième lieu, la tête appuyée sur la table, il remua les jambes en cadence[125]. À la première et à la deuxième danse, Clisthène qui, révolté par cette indécente exhibition, repoussait désormais l'idée de faire d'Hippoclidès son gendre, se contint, désireux d'éviter entre eux tout éclat ; mais quand il le vit les jambes en l'air, il s'écria, sans pouvoir se maîtriser plus longtemps : « Fils de Tisandre, tu as envoyé danser ton mariage ! » Et le jeune homme répliqua : « Il s'en moque, Hippoclidès ! »

(130). Le mot a passé en proverbe. Mais Clisthène réclama le silence en s'adressant à toute la compagnie : « Prétendants de ma fille, dit-il, vous avez tous mon estime, et si cela était en mon pouvoir je vous obligerais tous et me refuserais à choisir l'un d'entre vous en éconduisant les autres. Mais avec une fille seulement à établir, on ne peut satisfaire tout le monde : à vous tous qui devez renoncer à cette union, je fais cadeau d'un talent d'argent pour vous remercier d'avoir souhaité la main de ma fille et d'avoir passé un an loin de chez vous. Au fils d'Alcméon, Mégaclès, je donne en mariage ma fille Agaristé, conformément aux lois d'Athènes[126]. » Mégaclès déclara prendre Agaristé pour épouse, et l'union se trouva conclue selon la volonté de Clisthène.

(131). Voilà comment Clisthène fit son choix parmi les prétendants, et toute la Grèce alors parla des Alcméonides. Un enfant naquit de ce mariage, Clisthène, qui donna aux Athéniens leurs tribus et leur régime démocratique ; il portait le nom de son aïeul maternel, le tyran de Sicyone. Mégaclès eut encore un autre fils, Hippocrate. Hippocrate engendra un second Mégaclès et une seconde Agaristé, qui tenait son nom de la fille de Clisthène et qui, mariée à

Xanthippe fils d'Ariphron, eut, enceinte, un songe pendant son sommeil : il lui sembla qu'elle enfantait un lion ; quelques jours plus tard, elle donnait à Xanthippe un fils, Périclès [127].

Miltiade.   (132). Après la déroute des Perses à Marathon, la popularité de Miltiade, qui était déjà considérable dans Athènes, grandit encore. Il demanda soixante-dix navires, des hommes et de l'argent, sans rien dire du pays qu'il comptait attaquer — si ce n'est qu'il rendrait les Athéniens riches s'ils le suivaient, car il les mènerait contre un pays d'où ils reviendraient chargés d'un or acquis sans peine — : voilà comment il demanda des vaisseaux, et les Athéniens enthousiasmés les lui accordèrent.

(133). Miltiade mena son expédition contre Paros, pour la raison que les Pariens avaient les premiers attaqué Athènes en envoyant une trière à Marathon avec la flotte du Perse. C'était un prétexte ; en fait il en voulait aux Pariens depuis que Lysagoras fils de Tisias, un Parien, l'avait décrié auprès d'Hydarnès [128]. Arrivé dans l'île, Miltiade fit assiéger par ses troupes les Pariens enfermés dans leurs murs, puis il envoya un héraut leur demander cent talents, faute de quoi, déclara-t-il, il ne se retirerait pas avant de les avoir anéantis. Les Pariens n'envisagèrent pas un instant de lui verser la moindre somme et ne pensèrent qu'aux moyens de sauver leur ville : entre autres inventions, ils fortifiaient la nuit les points faibles de leurs murailles en en doublant la hauteur.

(134). Jusqu'ici tous les Grecs rapportent les mêmes faits ; les Pariens seuls y ajoutent ceci : Mil-

tiade, disent-ils, se trouvait fort embarrassé lorsqu'une captive, une femme de Paros nommée Timô,
qui servait dans le temple des Déesses Souterraines [129], demanda à lui parler. Admise en sa présence elle lui conseilla, s'il tenait vraiment à prendre
Paros, de se conformer à ses avis. Alors, sur ses
indications, Miltiade gagna la hauteur qui est devant
la ville et pénétra par escalade (car il ne put en ouvrir
la porte) dans l'enceinte consacrée à Déméter Législatrice; après quoi, il gagna le sanctuaire dans quelque
dessein particulier, — pour toucher aux objets sacrés
intouchables peut-être, ou pour autre chose. Au seuil
même du sanctuaire, dit-on, brusquement pris de
panique, il voulut s'en retourner par le même chemin,
mais en sautant par-dessus les clôtures de pierrailles il
se démit la cuisse, ou, selon d'autres, il s'abîma le
genou.

(135). Cet accident le contraignit à s'en retourner,
sans argent pour les Athéniens, sans avoir pris Paros,
bien qu'il l'eût assiégée pendant vingt-six jours et eût
ravagé l'île. Quand les Pariens surent que Timô, la
sacristine des Déesses, avait guidé Miltiade, ils voulurent l'en punir et envoyèrent consulter l'oracle de
Delphes, sitôt leur tranquillité retrouvée : ils firent
demander au dieu s'ils devaient mettre à mort la
servante des Déesses, coupable d'avoir indiqué aux
ennemis le moyen de prendre sa patrie et d'avoir
dévoilé à Miltiade des secrets interdits au sexe
masculin. La Pythie ne le leur permit pas et leur
déclara que Timô n'était point fautive : Miltiade
devait mal finir, et Timô lui était apparue pour
l'engager dans son malheur.

(136). Voilà ce que la Pythie répondit aux Pariens.

Dans Athènes, au retour de Miltiade, toutes les langues se déchaînèrent contre lui et son ennemi le plus acharné, Xanthippe [130] fils d'Ariphron, demanda au peuple de le condamner à mort pour avoir trompé les Athéniens. Miltiade se présenta devant le tribunal, mais ne plaida pas lui-même sa cause (il en fut incapable parce que sa blessure à la cuisse s'était infectée) ; il comparut porté sur un brancard, et ses amis le défendirent en évoquant longuement et la bataille de Marathon et la prise de Lemnos, en rappelant qu'il avait châtié les Pélasges et pris cette île pour la donner aux Athéniens. Le peuple les suivit et refusa la peine capitale, mais frappa Miltiade, pour sa faute, d'une amende de cinquante talents ; puis Miltiade mourut, emporté par la gangrène qui avait rongé sa cuisse, et Cimon, son fils, paya les cinquante talents.

(137). À ce propos, voici comment Miltiade fils de Cimon avait pris Lemnos. Les Athéniens avaient chassé les Pélasges de l'Attique [131] — eurent-ils raison ou tort de le faire ? je n'en sais que ce que l'on dit ; Hécatée fils d'Hégésandros rapporte dans son *Histoire* qu'ils étaient dans leur tort : d'après lui, lorsque les Athéniens virent les terres sur lesquelles ils avaient laissé les Pélasges s'établir au pied de l'Hymette, en paiement du rempart qu'ils leur avaient élevé jadis autour de l'Acropole, lorsque, dis-je, ils virent bien cultivées des terres auparavant stériles et sans intérêt, saisis de jalousie et de convoitise, ils les chassèrent sans se mettre en peine d'un prétexte. En revanche, selon les Athéniens, le bon droit était de leur côté : installés au pied de l'Hymette les Pélasges, disent-ils, venaient les provoquer jusque chez eux ; comme les jeunes filles d'Athènes allaient chaque jour puiser de

l'eau aux Neuf Bouches[132] (à cette époque personne
n'avait de serviteurs, ni dans Athènes ni dans le reste
de la Grèce), à toutes leurs sorties, les Pélasges, pleins
d'insolence et de mépris, les maltraitaient. Ils n'en
restèrent d'ailleurs pas là, et les Athéniens finalement
les surprirent en train de préparer l'attaque de la
ville ; mais ils se montrèrent, disent-ils, bien supérieurs à eux, car ils pouvaient les exterminer puisqu'ils avaient surpris leur complot, mais ils s'y
refusèrent et leur ordonnèrent seulement de quitter le
pays. Les Pélasges expulsés s'installèrent sur divers
territoires[133], entre autres à Lemnos. Tels sont les
faits, d'après Hécatée d'abord, puis d'après les Athéniens.

(138). Les Pélasges établis à Lemnos à cette époque, désireux de se venger des Athéniens et parfaitement au courant de leurs cérémonies, se procurèrent
des navires à cinquante rames et se mirent en
embuscade pour surprendre les femmes d'Athènes au
jour où elles célébraient à Brauron la fête d'Artémis[134] ; ils en enlevèrent un bon nombre et les
emmenèrent à Lemnos où ils les prirent pour concubines. Ces femmes leur donnèrent quantité d'enfants
et ne manquèrent pas d'enseigner à leur descendance
la langue et les usages d'Athènes. Or leurs fils
refusaient de se mêler aux enfants nés des femmes
pélasges, et si l'un d'entre eux se faisait battre par un
garçon de l'autre clan, tous accouraient au secours de
leur camarade et s'entr'aidaient ; bien plus, ils préten-
daient donner des ordres aux autres, et ils étaient sans
peine les plus forts. Les Pélasges remarquèrent la
chose et en discutèrent ; or, à force d'y réfléchir, ils
furent saisis d'inquiétude et se demandèrent ce que

feraient ces enfants arrivés à l'âge d'homme, s'ils
s'entendaient pour résister aux enfants de leurs
épouses légitimes et tentaient déjà de les gouverner.
Ils décidèrent de tuer les enfants qu'ils avaient eus des
Athéniennes, et ils le firent, tuant les mères par
surcroît. Cet acte, et le crime plus ancien des femmes
de Lemnos qui égorgèrent leurs maris, les compagnons de Thoas, ont fait donner en Grèce le nom de
« lemniens » aux forfaits particulièrement abomi-
nables [135].

(139). Or, quand les Pélasges eurent tué leurs
enfants et ces femmes, la terre ne porta plus de fruits
comme avant, les femmes et les troupeaux demeurèrent stériles. Réduits à la famine, privés de descendance, ils envoyèrent demander à Delphes quelque
remède à leur infortune. La Pythie leur enjoignit de
subir la peine dont les Athéniens eux-mêmes décide-
raient de les frapper. Alors les Pélasges se rendirent à
Athènes et se déclarèrent prêts à réparer leurs torts.
Les Athéniens disposèrent dans le prytanée un lit de
la plus grande magnificence, devant une table chargée
de tous les mets les meilleurs, et ils enjoignirent aux
Pélasges de leur livrer leur pays dans le même état.
« Lorsqu'un vaisseau de chez vous, par vent du nord,
en un seul jour atteindra notre terre, ce jour-là nous
vous la livrerons », répondirent les Pélasges, qui
savaient bien que la chose n'était pas possible, car
l'Attique est bien au sud de Lemnos.

(140). Il ne se passa plus rien de plus alors. Mais,
bien des années plus tard, la Chersonèse de l'Hellespont passa aux mains des Athéniens, et Miltiade fils
de Cimon profita des vents étésiens pour se rendre, en
un jour, d'Éléonte en Chersonèse à Lemnos [136]; il

rappela aux Pélasges l'oracle qu'ils ne s'attendaient pas à voir un jour réalisé, et leur ordonna de quitter l'île. Les gens d'Héphaistia obéirent ; ceux de Myrina refusèrent d'admettre que la Chersonèse fût l'Attique, mais ils furent assiégés jusqu'au jour où ils durent également céder. C'est ainsi qu'avec Miltiade les Athéniens prirent Lemnos.

POLYMNIE

LIVRE VII

premiers heurts, 209-212 ; trahison d'Éphialte, 213-222 ;
victoire des Perses, 223-225 ; épitaphes et valeur des
combattants grecs, 226-233 ; entretien de Xerxès, Démarate
et Achéménès, 234-237). — Le message de Démarate, 239.]

DU CÔTÉ DES PERSES

(1). Quand la nouvelle du combat de Marathon
parvint au roi Darius fils d'Hystaspe, que l'attaque de
Sardes[1] avait déjà violemment courroucé contre les
Athéniens, sa colère en fut décuplée, et son désir de se
jeter sur la Grèce plus vif encore. Il envoya sur-le-
champ des messagers à toutes les villes de son empire
pour en exiger des hommes, en bien plus grand
nombre qu'aux levées précédentes, des vaisseaux, des
chevaux, des vivres et des navires de transport. Ces
mesures publiées par toute l'Asie bouleversèrent la vie
du pays tout entier pendant trois ans, tandis que
partout on recrutait, on équipait les meilleurs soldats
pour cette expédition contre la Grèce. La quatrième
année, les Égyptiens soumis autrefois par Cambyse se
révoltèrent[2] : Darius n'en fut que plus désireux de
partir en guerre, et contre les deux peuples à la fois.

(2). Mais, tandis qu'il se préparait à marcher
contre l'Égypte et contre Athènes, une grave querelle
surgit entre ses fils, pour savoir à qui reviendrait le
pouvoir[3] ; car, selon la loi des Perses, le roi ne doit pas
entreprendre une expédition sans avoir auparavant
désigné son successeur. Or, avant de prendre le
pouvoir, Darius avait eu trois fils de sa première
femme, la fille de Gobryas ; et, devenu roi, il en avait
eu quatre autres de la fille de Cyrus, Atossa. Artobazanès était l'aîné des enfants du premier lit, Xerxès

celui des enfants de la seconde femme. Nés de mères
différentes, ils se disputaient le trône : Artobazanès le
réclamait parce qu'il était le premier-né des enfants de
Darius et que le droit d'aînesse est universellement
reconnu ; Xerxès, parce que sa mère Atossa était la
fille de Cyrus, l'homme à qui les Perses devaient leur
liberté.

(3). Darius ne se décidait pas à choisir entre eux ;
or le hasard fit qu'à ce moment l'ancien roi de Sparte,
Démarate fils d'Ariston, séjournait à Suse : après sa
déchéance il s'était volontairement exilé de son pays [4].
Ce personnage entendit parler des fils de Darius et de
leur querelle et, c'est du moins ce que l'on raconte, il
alla trouver Xerxès et lui proposa d'ajouter à ses
raisons un nouvel argument : lui, Xerxès, était né au
moment où Darius régnait déjà et commandait à la
Perse, tandis qu'Artobazanès était né d'un simple
citoyen ; il était donc normal et juste que la dignité
suprême ne revint à personne d'autre qu'à lui, puisque à Sparte aussi, indiquait Démarate, telle est la
règle : si le roi a des enfants nés avant son accession
au trône et qu'un fils lui naisse après son avènement,
le trône revient au dernier-né. Xerxès usa de l'argument que lui suggérait Démarate, et Darius lui donna
raison et le désigna pour lui succéder. (À mon avis,
d'ailleurs, Xerxès aurait hérité du pouvoir même sans
invoquer cet argument, car sa mère Atossa était toute-
puissante.)

(4). Son successeur nommé, Darius s'apprêtait à
partir en guerre. Mais dans l'année qui suivit sa
décision et la révolte de l'Égypte, la mort le frappa au
milieu de ses préparatifs, après un règne de trente-six
ans au total, sans qu'il ait eu la satisfaction de punir ni

l'Égypte révoltée, ni Athènes. À sa mort, le trône revint à son fils Xerxès [5].

Xerxès :
l'invasion décidée.

(5). Xerxès n'avait pas la moindre envie, tout d'abord, d'attaquer la Grèce, et ses forces rassemblées ne devaient marcher que sur l'Égypte. Mais un homme se trouvait à son côté, qui avait sur lui la plus grande influence : Mardonios fils de Gobryas, son cousin, fils d'une sœur de Darius, qui ne cessait de lui tenir ce langage : « Maître, il est inadmissible que les Athéniens, après tout le mal qu'ils ont fait aux Perses, jouissent de l'impunité. Achève maintenant, si tu veux, l'affaire que tu as sur les bras. Mais, sitôt domptée l'insolente Égypte, mène ton armée contre Athènes, afin que ton nom soit respecté désormais dans le monde entier, et que nul n'ose encore s'attaquer à ton empire. » À ces conseils de vengeance, il ne manquait pas d'ajouter une autre considération : l'Europe, disait-il, est un pays splendide, il y pousse quantité d'arbres fruitiers, le sol en est très riche, et elle mérite de n'avoir pas d'autre maître que le Grand Roi.

(6). Ces paroles de Mardonios lui étaient dictées par son goût des aventures et son désir d'être un jour le gouverneur de la Grèce. Il réussit à la longue à convaincre Xerxès, aidé en cela par quelques faits nouveaux : d'abord des messagers envoyés de Thessalie par les Aleuades lui demandaient avec beaucoup d'insistance d'intervenir en Grèce (les Aleuades étaient des rois de Thessalie) [6] ; ensuite, certains des Pisistratides [7] se trouvaient à Suse et lui tenaient les mêmes discours que les Aleuades, avec plus d'ardeur

encore ; ils avaient avec eux un Athénien, Onomacrite, un chresmologue qui avait recueilli les oracles
de Musée [8] — ils s'étaient réconciliés avec cet Onomacrite qu'Hipparque, fils de Pisistrate, avait autrefois
chassé d'Athènes parce que Lasos d'Hermione l'avait
pris à introduire un faux dans les oracles de Musée,
une prophétie selon laquelle les îles proches de
Lemnos seraient englouties par la mer [9] ; Hipparque
l'avait alors chassé d'Athènes, en dépit de la grande
amitié qui les unissait jusque-là. À cette époque
Onomacrite les avait accompagnés à Suse, et, à
chaque audience du roi, les Pisistratides le vantaient
en termes emphatiques et il récitait quelques oracles ;
mais il passait sous silence tous ceux qui annonçaient
un malheur aux Barbares et, choisissant les oracles
qui leur étaient le plus favorables, il proclamait que
l'Hellespont devait être enchaîné un jour par un Perse
et annonçait toute l'expédition.

(7). Enfin persuadé d'attaquer la Grèce, Xerxès
commença, un an après la mort de Darius, par lancer
une expédition contre les rebelles égyptiens [10]. Il
écrasa la révolte, imposa aux Égyptiens un joug plus
sévère encore que du temps de Darius, et confia le
pays à son propre frère Achéménès, fils de Darius. —
Cet Achéménès fut plus tard assassiné dans son
gouvernement d'Égypte par un Libyen, Inaros fils de
Psammétique.

(8). Après avoir reconquis l'Égypte, et prêt à
s'occuper désormais de son expédition contre
Athènes, Xerxès réunit les principaux personnages de
son royaume pour les consulter et les mettre officiellement au courant de ses projets. Quand ils se trouvèrent réunis, Xerxès leur dit ceci : « Perses, je ne veux

pas vous donner ici des règles nouvelles, je vais suivre
celles que je trouve tout établies ; car, je l'entends dire
à nos vieillards, jamais encore nous ne sommes restés
en repos, du jour où nous avons pris l'empire aux
Mèdes, lorsque Cyrus a détrôné Astyage [11]. Le ciel le
veut ainsi et, quand nous suivons ses ordres, nous
avons maintes fois à nous en féliciter. Les peuples que
Cyrus, Cambyse et mon père Darius ont vaincus et
ajoutés à leurs terres, on n'a pas à les rappeler à qui
les connaît bien. Pour moi, du jour où je suis monté
sur ce trône, j'ai songé à ne pas être inférieur aux rois
qui m'y ont précédé, à ne pas étendre moins qu'eux la
puissance des Perses. Or, en y songeant, je constate
qu'il nous reste une gloire à conquérir et une terre,
non moins vaste, non moins riche que celles que nous
possédons aujourd'hui, plus fertile même ; et nous
avons aussi un châtiment à infliger, une vengeance à
satisfaire. Voilà pourquoi je vous ai réunis en ce jour,
pour vous faire part de mes desseins. J'ai l'intention
de joindre par un pont les deux rives de l'Hellespont
et de mener mes armées contre la Grèce, en traversant
l'Europe, pour châtier les Athéniens du mal qu'ils ont
fait aux Perses et à mon père. Vous avez vu que mon
père Darius brûlait déjà de marcher contre ce peuple.
La mort ne lui a pas laissé le temps de se venger : c'est
moi qui, en son nom et pour la Perse tout entière, ne
m'arrêterai pas avant d'avoir pris et réduit en cendres
Athènes, qui nous a la première injustement attaqués,
mon père et moi. Les Athéniens sont d'abord venus
jusqu'à Sardes avec Aristagoras, un Milésien, l'un de
nos sujets, et là ils ont incendié nos bois sacrés et nos
temples ; en second lieu, le mal qu'ils nous ont fait
lorsque, avec Datis et Artaphrénès, nos forces ont

débarqué sur leur sol, vous en êtes, je pense, tous instruits. Voilà pourquoi je suis résolu à leur faire la guerre. Cette campagne présente d'ailleurs, à la réflexion, bien des avantages : si nous soumettons ce peuple et ses voisins qui habitent le pays du Phrygien Pélops, nous donnerons pour bornes à la terre des Perses le firmament de Zeus [12] : le soleil ne verra plus une seule terre limiter la nôtre, et, avec vous, je réduirai tous ces pays à n'en plus former qu'un seul lorsque j'aurai parcouru l'Europe entière. Telle est la situation, à ce que l'on m'apprend : il n'est pas de cité humaine, il n'est pas de peuple au monde qui puisse engager la lutte avec nous lorsque nous serons débarrassés de ceux que j'ai dits. Ainsi, les nations coupables envers nous tomberont sous notre joug, et les autres aussi [13]. Pour vous, voici ce que j'attends de votre dévouement : au jour que j'aurai fixé pour vous rassembler, chacun devra me rejoindre, et sans retard ; à qui présentera les troupes les mieux équipées, j'accorderai les présents qui sont, chez nous, les plus précieux. Donc, il en sera fait ainsi. Toutefois, pour ne pas avoir l'air de décider à moi seul, j'ouvre le débat et j'invite qui le veut à donner son avis. »

(9). Ainsi termina-t-il son discours. Après lui parla Mardonios : « Maître, dit-il, tu es au-dessus de tous les Perses qui aient jamais existé, et des générations futures aussi, car tes paroles sont la sagesse et la vérité même, et surtout tu ne veux pas laisser les Ioniens d'Europe rire de nous, sans en avoir le droit. Il serait étrange vraiment que les Saces, les Indiens, les Éthiopiens, les Assyriens, et bien d'autres peuples encore, et de grands peuples qui n'avaient jamais fait de mal aux Perses, aient été soumis et soient aujour-

d'hui nos esclaves simplement parce que nous voulions étendre notre empire, tandis que nous laisserions
impunis les Grecs qui nous ont attaqués les premiers.
Que pouvons-nous craindre? Leurs forces innombrables? Leurs immenses richesses? Nous connaissons leur manière de combattre, nous connaissons
leur faiblesse; nous avons soumis leurs fils, ceux qui
habitent sur notre terre et qu'on nomme Ioniens,
Éoliens et Doriens. J'en parle d'ailleurs par expérience, car j'ai déjà marché contre ce peuple sur
l'ordre de ton père; je me suis avancé jusqu'en
Macédoine, j'ai failli même atteindre Athènes, et
personne ne m'a barré la route [14]. Or, me dit-on, les
Grecs ont l'habitude de se lancer dans les guerres les
plus folles, sans réflexion ni prudence : lorsque la
guerre est déclarée, les adversaires cherchent le terrain le plus convenable, le plus uni, et s'en viennent
combattre là; aussi les vainqueurs s'en tirent-ils avec
de lourdes pertes, et les vaincus, inutile d'en parler :
ils sont annihilés. Ces gens parlent la même langue, ils
devraient donc faire régler leurs différends par des
hérauts et des émissaires, et par n'importe quel moyen
plutôt que sur un champ de bataille; s'il leur fallait
absolument lutter, ils devraient trouver chacun la
position la mieux défendue, et là seulement risquer le
combat [15]. Eh bien, ces Grecs qui ont des coutumes si
peu raisonnables m'ont laissé pénétrer jusqu'en
Macédoine sans se décider à combattre. Contre toi,
seigneur, qui donc va résister et batailler, quand tu
mèneras toutes les forces de l'Asie et tous ses navires ?
À mon avis, l'audace de la Grèce ne va pas si haut; si
je me trompe et si leur témérité les entraînait à nous
combattre, ils apprendraient que nous sommes le

premier des peuples à la guerre. Donc ne renonçons jamais, car rien ne se fait tout seul, et l'homme doit entreprendre pour obtenir. »

(10). Mardonios se tut, après avoir par ces mots adroitement retouché les projets de Xerxès [16]; les Perses, muets, n'osaient exprimer un avis contraire à celui qu'ils venaient d'entendre, mais Artabane fils d'Hystaspe, qui était l'oncle paternel de Xerxès, s'autorisa de cette qualité pour prendre la parole : « Seigneur, dit-il, si l'on n'entend le pour et le contre, on ne peut choisir le parti le meilleur, car il faut se ranger à l'avis proposé; mais on le peut si tout a été dit — tout comme nous ne reconnaissons pas l'or fin à première vue, mais si nous comparons les traces laissées sur la pierre de touche, nous distinguons l'or le plus pur. À ton père, mon frère Darius, je donnais déjà le conseil de ne pas attaquer les Scythes [17], un peuple qui n'a de cité nulle part; mais il espérait vaincre ces nomades, il ne m'écouta pas et perdit dans l'aventure un bon nombre d'excellents soldats. Toi, seigneur, tu veux attaquer des hommes bien supérieurs encore aux Scythes, qui passent pour les meilleurs combattants sur mer et sur terre. Le danger de ce projet, j'ai le devoir de te l'exposer. Tu vas, dis-tu, jeter un pont sur l'Hellespont et diriger ton armée sur la Grèce à travers l'Europe. Bon ! Mais supposons qu'un revers se produise, sur mer, ou sur terre, ou même des deux côtés à la fois ? — car on dit ce peuple valeureux, et nous avons quelques raisons de le croire si les Athéniens ont à eux seuls défait l'armée si puissante que dirigeaient Datis et Artaphrénès. Mais admettons qu'ils n'aient pas remporté un double succès : qu'ils attaquent nos vaisseaux et, vainqueurs, marchent sur l'Hellespont et détruisent notre pont, voilà le danger, seigneur. Je ne tire d'ailleurs pas cette crainte de mes seules réflexions : elle m'est suggérée par le malheur qui faillit nous frapper lorsque ton père fit joindre les rives du Bosphore de Thrace et jeter un pont sur l'Istros pour aller attaquer les Scythes. Ceux-ci firent alors de leur mieux pour décider les Ioniens, qui avaient la garde des ponts de l'Istros, à détruire ce passage ; et si le tyran de Milet, Histiée, avait alors écouté ses collègues au lieu de leur résister, l'empire des Perses n'existait plus [18]. Certes, on tremble à entendre seulement dire qu'un homme, un seul homme, ait pu tenir entre ses mains la fortune tout entière du Grand Roi ! — Donc, ne décide pas aujourd'hui de courir un tel péril, sans aucune nécessité ; suis mon conseil : congédie maintenant cette assemblée, puis examine toi-même la question et plus tard, à ta convenance, indique-nous le parti que tu juges le meilleur. Il y a grand avantage à bien réfléchir, je le constate ; car, si quelque obstacle nous arrête, notre décision n'en a pas moins été prudemment prise, seule la fortune a triomphé de notre prudence ; par contre, pour qui n'a pas mûrement réfléchi, la faveur du sort est une heureuse rencontre, mais sa décision n'en demeure pas moins imprudente. Regarde les animaux qui sont d'une taille exceptionnelle : le ciel les foudroie et ne les laisse pas jouir de leur supériorité ; mais les petits n'excitent point sa jalousie. Regarde les maisons les plus hautes, et les arbres aussi : sur eux descend la foudre, car le ciel rabaisse toujours ce qui dépasse la mesure. C'est ainsi qu'une grande armée succombe devant peu d'hommes parfois, quand le ciel, jaloux, par la

panique ou par son tonnerre la fait indignement périr ;
car il ne permet l'orgueil à personne d'autre que lui [19].
Oui, la hâte engendre en tout l'erreur, et de l'erreur
sort bien souvent le désastre ; savoir attendre procure
des avantages : on ne les voit pas tout de suite, mais le
temps saura les découvrir. Voilà, seigneur, le conseil
que je te donne. Toi, fils de Gobryas, Mardonios,
cesse donc de parler sottement des Grecs, qui ne
méritent pas tes propos dédaigneux. En calomniant la
Grèce, tu veux pousser le roi à l'attaquer lui-même :
voilà, me semble-t-il, le but de ce beau zèle. Non, la
chose ne doit pas se faire. La calomnie est bien le pire
fléau, elle qui fait deux coupables et une victime : le
calomniateur est coupable, car il accuse un absent, sa
dupe est coupable, car elle le croit sans s'informer au
préalable de la vérité ; l'absent qu'ils accusent est leur
victime, car il est calomnié par l'un et passe pour un
misérable aux yeux de l'autre. Faut-il cependant
marcher à tout prix contre ce peuple ? Alors, que le roi
demeure, lui, sur la terre des Perses et mettons en
gage, nous, la vie de nos enfants : toi, Mardonios,
prends le commandement de l'expédition, choisis tes
soldats à ton gré, toutes les troupes que tu voudras. Si
tu donnes au roi la victoire que tu lui promets, mes
enfants seront exécutés et moi aussi, mais si mes
prévisions se réalisent, tes enfants subiront cette
peine, et toi avec eux si tu en reviens. Si tu n'acceptes
pas mes conditions, et si néanmoins tu conduis nos
armées contre la Grèce, un jour, je l'affirme, l'un des
Perses demeurés dans cette ville entendra dire que
Mardonios a jeté les Perses dans un terrible malheur
et gît, déchiré par les oiseaux et par les chiens,
quelque part sur la terre des Athéniens, — ou bien ce

sera sur celle des Lacédémoniens —, à moins que tu
n'aies déjà rencontré ce sort en chemin et compris ce
que vaut le peuple contre lequel tu pousses notre
roi. »

(11). Aux paroles d'Artabane, Xerxès furieux
répliqua : « Artabane, tu es le frère de mon propre
père, et ceci t'épargnera le juste salaire de tes propos
stupides. Ton châtiment, misérable lâche, ce sera la
honte de ne pas m'accompagner en Grèce et de rester
ici, avec les femmes. J'exécuterai sans toi tout ce que
j'ai annoncé. Que je ne sois plus le fils de Darius, que
je n'aie plus pour aïeux Hystaspe, Arsamès, Ariaramnès, Téispès, Cyrus, Cambyse, Téispès, Achéménès enfin, si je ne me venge pas des Athéniens, car
ce peuple, je le sais, si nous restons tranquilles, ne
nous imitera pas et n'hésitera pas, lui, à nous
attaquer, comme le donnent à croire leurs précédentes
entreprises, quand ils ont brûlé Sardes et envahi
l'Asie. Reculer n'est plus possible, ni d'un côté, ni de
l'autre ; frapper ou être frappé, voilà toute la question,
et l'enjeu, c'est tout ce pays soumis aux Grecs, ou le
leur là-bas soumis aux Perses : la haine entre nous
n'admet pas d'autre solution. Eh bien, l'honneur
veut que nous, les premiers offensés, nous nous
vengions, — ceci me fera connaître aussi ce terrible danger que je dois courir si j'attaque ces gens,
ceux que le Phrygien Pélops, un esclave de mes
ancêtres [20], a si bien asservis qu'aujourd'hui
encore peuple et terre portent le nom de leur vainqueur. »

(12). On ne discourut pas davantage. La nuit vint,
et Xerxès alors se sentit troublé par l'avis d'Artabane ;
il demanda conseil aux ténèbres et comprit clairement

qu'il n'avait aucun intérêt à marcher contre la Grèce ;
cette nouvelle résolution prise, il s'endormit profondé-
ment. Or, cette nuit-là, disent les Perses, il eut une
vision : il crut voir devant lui un homme de haute
taille et de belle figure[21] qui lui adressait ces mots :
« Eh quoi ! tu changes d'avis, Perse, tu renonces à ton
expédition contre la Grèce, quand tu as fait prendre
les armes à la Perse ? Tu as grand tort, et tu n'auras
personne autour de toi pour t'approuver. Allons !
garde les décisions que tu as prises à la lumière du
jour, et ne change pas de route. » Sur ce, Xerxès crut
voir l'homme s'envoler.

(13). Le jour se leva, et Xerxès, sans vouloir tenir
compte de son rêve, fit venir les Perses qu'il avait
réunis la veille et leur adressa ces mots : « Soyez
indulgents, Perses, à mes brusques revirements : mon
esprit n'a pas encore atteint toute sa force, et les gens
qui me poussent à cette aventure ne me laissent pas
un instant de répit. Certes, en entendant l'avis
d'Artabane, ma jeunesse[22] impatiente s'est d'abord
emportée, jusqu'à lancer à un homme qui est mon
aîné des paroles d'une violence inadmissible ; mais
aujourd'hui je reconnais mon erreur, et je suivrai ses
conseils. Donc, puisque j'ai changé d'avis et renonce à
marcher contre la Grèce, restez en repos. » Quand les
Perses entendirent ces paroles, au comble de la joie ils
se prosternèrent devant lui.

(14). Mais la nuit suivante le même songe revint
hanter le sommeil de Xerxès : « Fils de Darius, lui dit
l'apparition, voilà donc comment aux yeux des Perses
tu renonces à ton projet et tu te moques de mes
paroles, comme si je n'étais rien ? Entends-moi bien :
si tu ne te mets pas en route immédiatement, voici ce

qui t'arrivera : tu as obtenu grandeur et puissance en
peu de temps, mais il n'en faudra pas davantage pour
te rabaisser. »

(15). Xerxès, frappé d'effroi par ce rêve, bondit de
son lit et envoya chercher Artabane ; quand il fut là, il
lui dit ceci : « Artabane, dans un moment de déraison
j'ai répondu par de vaines paroles au conseil excellent
que tu me donnais ; mais je m'en suis bientôt repenti,
et j'ai compris que je devais suivre tes suggestions. Or,
je ne le puis plus, contre mon gré, car maintenant que
j'ai fait volte-face et changé d'avis, un songe me hante
et s'oppose absolument à mes projets ; il me quitte à
l'instant, et il m'a adressé de terribles menaces. S'il
me vient d'un dieu qui se réjouit tout particulièrement
de voir une expédition attaquer la Grèce, le même
songe ira te visiter toi aussi, pour te donner les mêmes
ordres qu'à moi. J'imagine que la chose se produira
peut-être si tu prends mon costume et mes insignes
royaux et si, dans cet appareil, tu t'installes sur mon
trône [23] et dors ensuite dans mon lit. »

(16). Ainsi parla Xerxès. Artabane déclina d'abord
sa proposition, parce qu'il ne se jugeait pas digne de
prendre place sur le trône royal ; il dut céder enfin, et
fit ce que voulait Xerxès, mais auparavant il lui dit
ceci : « Il y a mérite égal à mes yeux, seigneur, à
penser sagement et à consentir à écouter de bons
conseils. Ces deux mérites t'appartiennent, mais les
méchants qui t'entourent te font chanceler. De même,
nul élément n'est plus que la mer utile aux hommes,
mais le souffle des vents qui l'agitent ne lui permet
pas, dit-on, de garder son vrai caractère. Enténdre tes
reproches m'a été une douleur cruelle, certes, mais
moins que ta première décision. Deux partis s'of-

fraient aux Perses ; l'un voulait augmenter leur démesure, l'autre la réprimer et affirmer qu'il est mauvais
d'enseigner à son âme à convoiter toujours davantage ; et de ces deux avis contraires, je te voyais choisir
le plus dangereux et pour les Perses et pour toi. Te
voici rangé maintenant au parti le meilleur, tu as
renoncé à tes projets contre la Grèce, et, dis-tu, un
songe envoyé par quelque dieu te visite et ne te permet
pas d'abandonner cette entreprise. Mais il n'y a rien
là, mon enfant, qui vienne du ciel ! Les rêves qui
hantent les hommes, je vais te dire ce qu'ils sont, moi
qui ai tant d'années de plus que toi : ce que l'on voit
en rêve, c'est d'ordinaire ce qui nous préoccupe dans
la journée[24]. Or, les jours précédents, nous nous
sommes occupés, nous, de cette expédition, et nous
n'avions pas autre chose en tête. D'ailleurs, si par
hasard les choses ne se passent pas comme je te
l'explique et si ton rêve a quelque origine surnaturelle,
tu as toi-même, en quelques mots, indiqué la seule
attitude possible : qu'il m'apparaisse comme à toi, et
qu'il me donne ses ordres. Mais alors, il doit aussi bien
m'apparaître, que je porte mes vêtements ou les tiens,
et que je dorme dans mon lit ou dans le tien, — si du
moins il consent seulement à m'apparaître. Quel qu'il
soit, l'être qui t'apparaît dans ton sommeil ne peut
être assez naïf pour me prendre pour toi en raison de
mon costume. Me négligera-t-il et refusera-t-il de
m'apparaître, que j'aie mes vêtements ou les tiens, et
ira-t-il te trouver, toi, voilà ce qu'il reste à savoir ; s'il
ne cesse pas de se manifester, je devrai reconnaître
moi aussi son origine surnaturelle. Enfin ! si telle est ta
décision et si rien ne peut t'en détourner, s'il me faut
maintenant dormir dans ton lit, soit ! ce sera fait, et

que ton songe me visite moi aussi : jusque-là, je
garderai mon opinion là-dessus. »

(17). Artabane n'en dit pas plus, et fit ce que
voulait Xerxès, avec l'espoir de lui prouver bientôt
qu'il n'y avait rien de sérieux dans cette affaire. Vêtu
des habits de Xerxès, il prit place sur le trône royal,
puis il alla se coucher et, dans son sommeil, l'apparition qui avait visité Xerxès vint le trouver et lui dit,
planant sur sa tête : « C'est donc toi qui veux
détourner Xerxès de marcher contre la Grèce, et pour
son bien, dis-tu ? Tu n'échapperas pas au châtiment,
pas plus à l'avenir qu'aujourd'hui, si tu essaies
d'empêcher ce qui doit être. Pour Xerxès, le sort qui le
menace s'il ne m'écoute pas, il en a déjà eu la
révélation. »

(18). Ces menaces, Artabane crut les entendre de
la bouche de l'apparition qui, lui sembla-t-il, s'apprêtait à lui brûler les yeux avec un fer rouge. Il poussa
un hurlement, bondit hors de son lit et alla s'asseoir
au chevet de Xerxès pour lui conter tous les détails de
son rêve ; il lui dit ensuite : « Parce que j'ai vu,
seigneur, bien des nations puissantes succomber
devant de moins grandes, je ne voulais pas te laisser
toujours céder à la fougue de ton âge ; car je sais qu'il
est mauvais d'avoir trop de convoitises ; je n'ai pas
oublié comment a fini l'expédition de Cyrus contre les
Massagètes, celle aussi de Cambyse contre les Éthiopiens, et j'ai suivi Darius dans sa campagne contre les
Scythes. Tout cela me faisait penser qu'en jouissant
du repos tu pouvais être appelé bienheureux par tous
les hommes. Mais puisque la volonté d'en haut se
manifeste, puisque le ciel veut, semble-t-il, perdre la
Grèce, moi aussi je modifie mon attitude et je change

d'avis. À toi maintenant : informe les Perses du message que le dieu t'envoie, ordonne-leur de se préparer à la guerre selon tes premières proclamations, et fais en sorte qu'avec la permission du ciel rien de ton côté ne demeure négligé. » Sur ces mots, tous deux se trouvèrent vivement encouragés par leurs visions et, dès la pointe du jour, Xerxès informa les Perses de ces événements ; et Artabane, qui seul auparavant manifestait son opposition à ce projet, manifesta dès lors le plus grand zèle en sa faveur.

(19). Xerxès, bien résolu désormais à faire cette campagne, eut alors en son sommeil une troisième vision ; il consulta les Mages et ceux-ci jugèrent qu'elle concernait la terre tout entière : tous les hommes, déclarèrent-ils, deviendraient ses esclaves. Voici son rêve : il s'était vu couronné d'une branche d'olivier, et les rameaux nés de cet olivier avaient embrassé la terre entière ; puis la couronne placée sur sa tête avait disparu [25]. Le songe expliqué par les Mages, les Perses rassemblés autour du roi s'en retournèrent aussitôt dans leurs États pour y appliquer avec zèle les consignes reçues, — car chacun voulait gagner les récompenses promises —, tandis que le roi mettait sur pied son armée, en exigeant des hommes de tous les points du continent.

Les préparatifs. (20). À dater de la soumission de l'Égypte, Xerxès mit quatre ans entiers à réunir son armée et les approvisionnements nécessaires ; il se mit en campagne à la fin de la cinquième année [26], avec des forces immenses. De toutes les expéditions dont nous avons directement connaissance, la sienne fut de loin la plus

importante : en comparaison, l'expédition de Darius
contre les Scythes est insignifiante, celle des Scythes
aussi, lorsqu'ils poursuivirent les Cimmériens jusqu'en Médie, soumirent toute la Haute-Asie et s'y
installèrent, — succès dont Darius voulut plus tard les
châtier —, ainsi que, dans la tradition, l'expédition
des Atrides contre Ilion, et celle des Mysiens et des
Teucriens qui, avant la guerre de Troie, franchirent le
Bosphore et, passés en Europe, soumirent la Thrace
en totalité, atteignirent la mer Ionienne et, au sud,
allèrent jusqu'au fleuve Pénée [27].

(21). Toutes ces expéditions et d'autres encore
outre celles-ci ne méritent pas d'être comparées à
cette seule entreprise de Xerxès : car quel est le
peuple de l'Asie que ce roi n'ait pas jeté sur la Grèce ?
Quel cours d'eau ses troupes n'épuisèrent-elles pas, à
l'exception des grands fleuves ? Un peuple lui fournit
des navires, un autre de l'infanterie, un troisième de la
cavalerie ; ceux-ci lui donnèrent, outre des soldats, des
navires pour transporter ses chevaux, ceux-là des
bateaux longs pour en construire des ponts, d'autres
encore des vivres et des navires.

*Le canal de
l'Athos.*
(22). Tout d'abord, à
cause du désastre que la
première expédition avait
subi en doublant le mont Athos, Xerxès depuis trois
ans faisait procéder à des travaux dans cette région.
Des navires, qui avaient pour port d'attache Éléonte
en Chersonèse, emmenaient des contingents de toute
origine qui allaient successivement creuser là-bas un
canal, sous le fouet ; et les peuples de la région de
l'Athos peinaient avec eux. Des Perses, Boubarès fils

de Mégabaze et Artachaiès fils d'Artaios, dirigeaient les travaux. — L'Athos [28] est une montagne haute et célèbre, baignée par la mer et habitée ; du côté du continent, elle se termine en presqu'île, avec un isthme d'environ douze stades formé d'une plaine et de faibles élévations de terrain entre le golfe d'Acanthos et celui qui a Toroné sur son autre rive. Sur cet isthme qui forme l'extrémité de l'Athos se trouve une ville grecque, Sané ; les autres villes situées plus loin que Sané sur le massif de l'Athos et dont les Perses voulaient faire des cités insulaires au lieu de continentales sont Dion, Olophyxos, Acrothoon, Thyssos, Cléoné.

(23). Voilà les villes situées sur l'Athos ; et voici comment travaillèrent les Barbares, répartis par nations sur le terrain. Le tracé du canal était rectiligne et passait par Sané [29] ; quand la tranchée devint profonde, les uns demeurèrent au fond et continuèrent à creuser, d'autres passaient sans arrêt la terre déblayée à des ouvriers installés sur des plates-formes au-dessus d'eux, qui la prenaient et la passaient plus haut à leur tour, ceci jusqu'au sommet, où elle était emportée et jetée. Tous les ouvriers, sauf les Phéniciens, eurent double travail parce que les parois de leur tranchée s'écroulèrent, chose inévitable puisqu'ils lui donnaient la même largeur au sommet et à la base. Les Phéniciens, eux, manifestèrent ici leur habileté, comme dans tous leurs ouvrages : pour faire la partie du canal que le sort leur avait assignée, ils ouvrirent une tranchée deux fois plus large que le canal lui-même et creusèrent en la rétrécissant toujours davantage ; quand ils arrivèrent à la profondeur voulue, leur partie de canal avait la même dimension que les

autres. Il y a en cet endroit une prairie, où les ouvriers
trouvèrent une place et un centre d'approvisionnement [30]; ils recevaient de l'Asie du blé en quantité,
tout moulu.

(24). Pour autant que je le sache, l'orgueil seul
décida Xerxès à faire ce canal : il désirait manifester
sa puissance et laisser un souvenir de son passage. Les
Perses pouvaient sans peine tirer leurs vaisseaux à
travers l'isthme [31], mais Xerxès ordonna d'ouvrir
d'une mer à l'autre un canal assez large pour admettre deux trières de front. De plus, les hommes chargés
de ce travail avaient également reçu l'ordre de jeter
des ponts sur le Strymon.

(25). Voilà pour ces travaux; de plus, Xerxès fit
préparer pour ses ponts de bateaux des câbles de
papyrus et de filasse [32], — tâche imposée aux Phéniciens et aux Égyptiens —, et des dépôts de vivres pour
son armée, pour que les hommes et les bêtes de
somme acheminés vers la Grèce ne souffrissent pas de
la faim. Après enquête, il fit établir de ces dépôts dans
les endroits les plus favorables, et de tous les points de
l'Asie péniches et barques apportèrent les vivres aux
divers emplacements choisis. Le dépôt le plus important fut constitué au lieu dit Leucé Acté — *Pointe
Blanche* — en Thrace; d'autres furent chargés de
ravitailler Tyrodiza chez les Périnthiens, Doriscos,
Éion sur le Strymon, et la Macédoine [33].

*L'armée gagne
Sardes.*

(26). Tandis que ces
gens exécutaient la tâche
prescrite, Xerxès et son
armée de terre tout entière se dirigeaient vers Sardes,
depuis Critalles [34] en Cappadoce, l'endroit choisi pour

le rassemblement des troupes qui devaient prendre avec Xerxès lui-même la voie de terre. Qui, des gouverneurs de province, présenta les plus belles troupes et reçut du roi les présents annoncés, je ne saurais le dire ; je ne sais même pas s'il y eut à juger de cette question. L'armée franchit le fleuve Halys, entra en Phrygie et traversa le pays pour atteindre Célènes, où le Méandre prend sa source, ainsi qu'un autre fleuve non moins important, qui porte le nom de Catarractès, sort de terre au milieu de la place de la ville et se jette dans le Méandre. C'est là qu'on voit l'outre faite de la peau du Silène Marsyas, accrochée là, dit la légende qui a cours en Phrygie, par Apollon lorsqu'il eut écorché vif son ennemi [35].

(27). En cette ville Pythios fils d'Atys, un Lydien, attendait Xerxès ; il reçut toute l'armée royale et le roi lui-même de la façon la plus splendide, et se déclara prêt à fournir l'argent pour cette campagne. Cette offre surprit Xerxès qui demanda aux Perses autour de lui quel homme était ce Pythios et de quelle fortune il jouissait pour être si généreux. « Seigneur, lui dirent-ils, c'est l'homme qui offrit à ton père Darius son platane et sa vigne d'or [36] ; c'est aujourd'hui encore, à notre connaissance, l'homme le plus riche du monde après toi. »

(28). Ce dernier point souleva l'admiration de Xerxès, qui alors demanda lui-même à Pythios le montant de sa fortune. « Seigneur, répondit Pythios, je ne te cacherai rien et je ne feindrai pas d'ignorer ma propre fortune : je la connais et je vais te l'indiquer avec précision. D'ailleurs, sitôt que j'ai su que tu descendais vers la mer qui baigne la Grèce, j'en ai fait le compte, parce que je voulais t'offrir de l'argent pour

ta campagne, et j'ai trouvé que je possédais deux
mille talents d'argent et quatre millions de statères
dariques moins sept mille. Je te donne tout : j'ai moi-
même assez pour vivre avec mes esclaves et mes
domaines. »

(29). À ces paroles de Pythios, Xerxès charmé
répondit : « Lydien, mon hôte, depuis que j'ai quitté
la Perse, je n'ai encore rencontré personne qui voulût
recevoir toute mon armée ou qui se présentât spontanément devant moi pour m'offrir de contribuer aux
frais de ma campagne — personne, si ce n'est toi. Tu
as somptueusement reçu mon armée, tu m'offres des
sommes immenses. Eh bien, voici la récompense que
je t'accorde : je te déclare mon hôte, et je veux
compléter tes quatre millions de statères en te donnant moi-même les sept mille qui te manquent, pour
que tes quatre millions ne soient pas amputés de cette
somme et que tu aies, grâce à moi, un compte rond.
La fortune dont tu jouis, gardes-en toi-même la
jouissance et sache rester toujours ce que tu es
aujourd'hui : fais-le, et tu n'auras jamais à t'en
repentir, ni maintenant ni plus tard. »

(30). Ainsi parla Xerxès, et il fit ce qu'il avait dit ;
puis il reprit sa marche. Il passa près d'une ville de
Phrygie, nommée Anaua, près d'un lac d'où l'on tire
du sel, et parvint à Colosses, ville importante de la
Phrygie, où le fleuve Lycos disparaît dans un gouffre :
il revient au jour à cinq stades environ de cet endroit
et va se jeter lui aussi dans le Méandre. De Colosses,
l'armée parvint à la ville de Cydrares, sur la frontière
de la Phrygie et de la Lydie : là se dresse une stèle
érigée par Crésus, qui porte une inscription signalant
la frontière [37].

(31). À son entrée en Lydie la route qui vient de Phrygie se partage en deux branches, qui mènent l'une à gauche vers la Carie, l'autre à droite vers Sardes ; en prenant celle-ci, on est obligé de franchir le Méandre et de passer à côté de la ville de Callatébos, où l'on trouve des fabricants de miel artificiel fait avec du tamaris et du froment. Xerxès prit cette route et vit en chemin un platane si beau qu'il lui octroya pour sa beauté une parure d'or et commit à sa garde l'un de ses Immortels [38]. Le lendemain, il entra dans la principale cité des Lydiens.

(32). À Sardes, tout d'abord il envoya des hérauts en Grèce demander « la terre et l'eau » et ordonner qu'on tînt prêts les repas du Grand Roi. Il envoya ses hérauts partout en Grèce, sauf à Athènes et à Sparte [39], et fit réclamer aux Grecs une seconde fois la terre et l'eau. C'est qu'il était sûr que les peuples qui avaient repoussé les sommations de Darius auraient peur alors et lui céderaient ; il leur envoya ses hérauts pour s'en assurer.

Les ponts sur le détroit. (33). Ensuite, il se prépara à gagner Abydos. Pendant ce temps, on jetait les ponts qui devaient par-dessus l'Hellespont relier l'Asie à l'Europe. La Chersonèse de l'Hellespont présente, entre la ville de Sestos et Madytos, une pointe rocheuse qui avance dans la mer, en face d'Abydos. Un peu plus tard, en cet endroit, des Athéniens sous les ordres de Xanthippe fils d'Ariphron s'emparèrent d'Artayctès, le gouverneur perse de Sestos, et le clouèrent vivant à un poteau : cet homme avait osé amener des femmes dans le sanc-

tuaire de Protésilas à Éléonte et y commettre des
sacrilèges [40].

(34). À partir d'Abydos, deux ponts furent établis
en direction de cette pointe par les équipes chargées
de ce service, — l'un par les Phéniciens, avec des
câbles de filasse, l'autre par les Égyptiens, avec des
câbles de papyrus (il y a sept stades d'Abydos à
l'autre rive) ; mais, les ponts jetés sur le détroit, une
violente tempête s'éleva, qui les rompit et les balaya.

(35). À cette nouvelle, Xerxès indigné ordonna
d'infliger à l'Hellespont trois cents coups de fouet et
de jeter dans ses eaux une paire d'entraves. J'ai
entendu dire aussi qu'il avait envoyé d'autres gens
encore pour marquer l'Hellespont au fer rouge [41]. En
tout cas, il enjoignit à ses gens de dire, en frappant de
verges l'Hellespont, ces mots pleins de l'orgueil
insensé d'un Barbare : « Onde amère, notre maître te
châtie, parce que tu l'as offensé quand il ne t'a jamais
fait de tort. Le roi Xerxès te franchira, que tu le
veuilles ou non ; et c'est justice que personne ne t'offre
de sacrifices, car tu n'es qu'un courant d'eau trouble
et saumâtre. » Ainsi fit-il châtier la mer, — et couper
la tête aux ingénieurs qui avaient dirigé les travaux.

(36). Les gens chargés de cette pénible tâche s'en
acquittèrent, et d'autres ingénieurs s'occupèrent
d'établir les ponts de la façon que voici : ils réunirent
des navires à cinquante rames et des trières au
nombre de trois cent soixante pour le pont qui serait
du côté de l'Euxin, et de trois cent quatorze pour
l'autre, et les placèrent transversalement par rapport
au Pont-Euxin et parallèles au courant de l'Hellespont, pour que le mouvement de l'eau tînt les câbles
tendus. Les bateaux mis en place, ils mouillèrent des

ancres énormes, du côté du Pont-Euxin pour le
premier pont, en raison des vents qui en viennent, et,
pour le deuxième, du côté de l'occident et de la mer
Égée, à cause du Zéphir et du Notos [42]. Ils ménagèrent
d'étroites ouvertures dans l'alignement des navires à
cinquante rames et des trières, sur trois points, pour
laisser passer les embarcations légères désireuses soit
d'entrer dans le Pont-Euxin, soit d'en sortir. Après
quoi, on tendit les câbles depuis la rive à l'aide de
cabestans de bois, mais au lieu d'utiliser toujours
séparément les deux espèces de câbles, on en prit deux
de filasse et quatre de papyrus pour chaque pont —
ils se valaient pour l'épaisseur et la beauté, mais les
câbles de filasse étaient plus lourds en proportion : ils
pesaient un talent par coudée. Quand les ponts
atteignirent l'autre rive, les ouvriers scièrent des
poutres d'une longueur égale à la largeur de la surface
à recouvrir, les alignèrent exactement sur les amarres
bien tendues, l'une à côté de l'autre, et les assujetti-
rent solidement ; ceci fait, ils les recouvrirent de
planches, soigneusement ajustées, posèrent des deux
côtés une palissade pour empêcher les bêtes de
somme, ainsi que les chevaux, d'avoir peur en voyant
la mer sous leurs pieds.

*L'armée gagne
l'Hellespont.*

(37). La question des
ponts réglée, et les travaux
au pied de l'Athos termi-
nés, la nouvelle parvint au roi que les digues, élevées
aux deux extrémités du canal pour empêcher le flux
d'en ensabler les accès, étaient achevées ainsi que le
canal lui-même, et l'armée, prête elle aussi après avoir
passé l'hiver à Sardes, se mit en marche à l'arrivée du

printemps pour gagner Abydos. Elle avait déjà quitté
Sardes lorsque le soleil abandonna sa place dans le
ciel et disparut, par un temps parfaitement beau, et
sans qu'il y eût un nuage dans le ciel ; la nuit remplaça
le jour. Xerxès vit ce prodige, il le suivit avec attention
et, fort inquiet, il demanda aux Mages ce qu'il
signifiait. Le ciel, répondirent les Mages, annonçait
aux Grecs la disparition de leurs villes, car le soleil
était l'astre prophétique des Grecs, et la lune celui des
Perses [43]. Enchanté de leur réponse, Xerxès ordonna
de reprendre la route.

(38). Au moment où il emmenait ses troupes, le
Lydien Pythios, épouvanté par le signe que le ciel
avait donné, vint trouver Xerxès, encouragé par les
présents qu'il avait reçus [44]. « Maître, lui dit-il, je
voudrais que tu m'accordes une faveur : la donner
n'est rien pour toi, la recevoir est pour moi sans
prix. » Xerxès, qui s'attendait à tout autre chose, lui
promit une réponse favorable et lui ordonna de
présenter sa demande. Pythios, enhardi par ces mots,
lui dit alors : « Maître, j'ai cinq fils, et tous se
trouvent enrôlés dans les troupes qui marchent avec
toi contre la Grèce. Eh bien, seigneur, aie pitié de mon
grand âge, libère de ton service l'un de mes enfants ;
laisse-moi l'aîné pour qu'il veille sur moi et sur mes
biens, emmène les quatre autres, et que le ciel
t'accorde de revenir pleinement triomphant. »

(39). Xerxès fut pris d'une violente colère et
s'écria : « Misérable ! tu oses, quand je pars moi-
même en guerre contre la Grèce, quand mes enfants,
mes frères, mes parents, mes amis m'accompagnent,
tu oses parler de ton fils, toi, mon esclave, toi qui
devrais me suivre avec tous les tiens, y compris ta

femme? Sache bien ceci : le cœur de l'homme habite dans ses oreilles ; s'il entend de nobles paroles, il comble de joie le corps tout entier, s'il entend le contraire, la colère l'envahit. Quand tu agissais noblement, quand tes promesses étaient aussi nobles que tes actes, tu ne peux te vanter d'avoir surpassé la générosité de ton roi. Puisque tu as choisi maintenant l'impudence, tu en seras châtié, moins toutefois que tu ne le mérites. Toi et quatre de tes fils, vous devez votre salut aux liens de l'hospitalité : un seul, le fils auquel tu tiens le plus, sera frappé pour ta faute. » Telle fut sa réponse, et aussitôt il donna l'ordre aux gens chargés de cette besogne de trouver le fils aîné de Pythios, de le couper en deux, puis d'exposer les deux moitiés du cadavre, l'une à droite, l'autre à gauche de la route, et de faire passer l'armée par cet endroit [45].

(40). Ils obéirent, et l'armée passa par là. Les bagages et les bêtes de somme venaient en tête, et l'armée suivait, masse confuse où toutes les races possibles se coudoyaient pêle-mêle. Après un premier groupe, fort de plus de la moitié des troupes, il y avait un intervalle qui séparait ces éléments de l'escorte du roi. En tête du deuxième groupe venaient mille cavaliers choisis entre tous les Perses ; puis mille lanciers, également choisis entre tous, qui portaient leurs lances la pointe en bas [46] ; puis dix chevaux sacrés, les Néséens, magnifiquement caparaçonnés. (Voici d'où vient leur nom : il y a en Médie une vaste plaine qui s'appelle Néséon et ces chevaux de grande taille en proviennent.) Après ces dix chevaux paraissait le char sacré de Zeus [47] tiré par huit chevaux blancs ; le cocher marche à pied, en arrière des bêtes dont il tient les rênes, car nul mortel ne peut prendre

place sur le char. Ensuite venait Xerxès lui-même sur
un char traîné par des chevaux néséens ; à côté
marchait son cocher nommé Patiramphès, fils d'un
Perse, Otanès.

(41). Xerxès sortit de Sardes en cet équipage, mais
il pouvait à son gré quitter son char et voyager en
voiture couverte. Après lui venaient mille lanciers
perses, les plus vaillants et les plus nobles, qui
tenaient leurs lances normalement ; ensuite, un autre
corps de cavaliers, mille Perses d'élite ; après la
cavalerie, dix mille hommes d'élite encore, choisis
dans le reste des Perses, qui formaient un corps
d'infanterie : mille d'entre eux, dont les lances portaient à leur extrémité inférieure une grenade d'or, au
lieu d'une pointe de fer, encadraient les autres, et les
neuf mille hommes encadrés avaient à leurs lances des
grenades d'argent. Les soldats qui tenaient leurs
armes renversées avaient aussi des grenades d'or à
leurs lances, et ceux qui venaient immédiatement
après Xerxès avaient des pommes d'or [48]. Après les
dix mille fantassins venaient un corps de cavaliers
perses, fort de dix mille hommes. Après eux, il y avait
un intervalle de deux stades, puis venait le reste des
troupes, en masse confuse.

(42). L'armée chemina de la Lydie jusqu'au fleuve
Caïque et la Mysie ; à partir du Caïque, elle laissa sur
sa gauche le mont Cané et gagna la ville de Caréné, en
passant par la province d'Atarnée. Après cette ville,
elle passa par la plaine de Thébé, près des villes
d'Atramyttion et d'Antandros des Pélasges. Puis elle
atteignit l'Ida et prit par la gauche pour arriver sur le
territoire d'Ilion [49] ; et d'abord, pendant la nuit qu'elle
passa campée au pied de l'Ida, l'orage et le feu du ciel

l'assaillirent et firent un grand nombre de victimes en ce lieu.

(43). L'armée parvint aux bords du Scamandre, qui fut le premier fleuve, depuis leur départ de Sardes, dont les eaux furent taries avant que tous les gens et toutes les bêtes se fussent abreuvés. Arrivé sur ce fleuve, Xerxès monta sur la colline de Pergame, la citadelle de Priam, qu'il désirait vivement contempler. Il regarda longtemps et se fit tout expliquer, puis il sacrifia mille bœufs à l'Athéna d'Ilion, et les Mages offrirent des libations aux Héros[50]. Après quoi, pendant la nuit, l'armée fut frappée d'une terreur panique. Le jour venu, l'armée reprit sa marche, en laissant à sa gauche les villes de Rhétion, Ophrynéion et Dardanos (qui est voisine d'Abydos), et sur sa droite les Teucriens de Gergis[51].

(44). Quand l'armée fut dans Abydos, Xerxès voulut l'avoir tout entière sous les yeux. Une tribune de marbre blanc l'attendait, bâtie sur un tertre à son intention (c'était l'œuvre des Abydéniens, auxquels le roi l'avait commandée à l'avance); il s'y installa et vit à ses pieds, sur le rivage, son armée de terre et ses navires. En les contemplant, il souhaita voir ses vaisseaux lutter entre eux; la joute eut lieu, les Phéniciens de Sidon furent vainqueurs, et Xerxès fut enchanté du spectacle et de ses troupes.

(45). Sous ses yeux, l'Hellespont tout entier disparaissait sous les vaisseaux, la rive tout entière et les plaines d'Abydos étaient couvertes de soldats : alors Xerxès se félicita de son bonheur, puis il se prit à pleurer.

(46). Son oncle Artabane s'en aperçut (c'est lui qui tout d'abord avait parlé franchement et détourné

Xerxès d'attaquer la Grèce). Il vit les larmes de
Xerxès et lui dit : « Seigneur, quelle différence entre
cette attitude et celle que tu avais tout à l'heure ! Tu te
félicitais de ton bonheur, et tu pleures maintenant ! —
Oui, répondit Xerxès, car la pitié m'a saisi lorsque j'ai
pensé au temps si court de la vie des hommes,
puisque, de cette multitude sous nos yeux, pas un
homme ne sera encore en vie dans cent ans. »
Artabane lui répondit : « Il est d'autres peines dans
l'existence, et plus cruelles encore. Si brève que soit la
vie, il n'est pas un homme, ici comme ailleurs, qui
naisse assez heureux pour ne pas souhaiter, plus d'une
fois, être mort plutôt qu'en vie. Les malheurs qui nous
frappent, les maladies qui nous torturent font paraître
trop longue cette vie si courte. Alors, quand l'existence est un trop lourd fardeau, la mort devient pour
l'homme le plus désirable des refuges. Et si le ciel nous
laisse goûter un instant la douceur de la vie, c'est par
là qu'il montre bien sa jalousie. »

(47). Xerxès reprit alors : « Artabane, peut-être la
vie de l'homme est-elle ce que tu dis, mais quittons ce
sujet, ne pensons pas au malheur lorsque le bonheur
est dans nos mains. Dis-moi, si tu n'avais pas eu un
songe aussi clair, garderais-tu ton ancienne opinion,
me détournerais-tu d'attaquer la Grèce, ou bien
aurais-tu changé d'avis ? Allons, réponds-moi franchement. — Seigneur, répondit Artabane, puisse le
songe qui m'a visité nous donner le succès que nous
souhaitons tous les deux ! Pour moi, je suis encore
rempli d'inquiétude, je ne puis m'en empêcher, car
j'envisage bien des risques possibles, et je vois surtout
deux graves dangers te menacer, les plus terribles de
tous. »

(48). Xerxès reprit alors : « Voyons, entêté que tu es, quels sont donc ces deux dangers si terribles dont tu me menaces ? Est-ce à mon armée de terre que tu en as, à son importance ? As-tu l'impression que l'armée grecque sera plus nombreuse que la nôtre ? ou que notre flotte sera moins forte que la leur ? ou les deux à la fois ? Si tu nous crois inférieurs à l'ennemi sur ce point, on peut toujours lever au plus vite une autre armée. »

(49). Artabane lui répondit : « Seigneur, nul être dans son bon sens ne saurait trouver à redire à ton armée, à l'effectif de ta flotte ; et si tu les augmentes, les deux dangers que je veux dire en deviennent encore plus menaçants. Ces deux dangers sont : la terre, et la mer. La mer, car il n'existe, que je sache, aucun port assez grand pour abriter en cas de tempête cette flotte par toi réunie, et garantir la sécurité de tes navires ; d'ailleurs, un seul port ne suffit pas, il en faut sur toutes les côtes que tu longeras. Ainsi, puisque tu n'as pas de port assez vaste à ta disposition, n'oublie pas que les événements gouvernent les hommes, et que les hommes ne les gouvernent pas. — Je t'ai parlé du premier danger, je passe maintenant au second : oui, la terre est ton ennemie, et voici comment : si rien ne fait obstacle à ta conquête, tu as en elle une ennemie toujours plus menaçante à mesure que tu avances, entraîné malgré toi toujours plus loin, car le succès ne rassasie jamais les hommes. Oui, à supposer que personne ne te résiste, je déclare que, de tes conquêtes chaque jour plus étendues, naîtra la famine. L'homme vraiment supérieur, c'est l'homme circonspect lorsqu'il délibère, parce qu'il pèse tous les risques possibles, mais audacieux lorsqu'il agit. »

(50). Xerxès lui répondit : « Artabane, tu as rai-son, certes, de souligner chacun de ces points, mais n'aie donc pas peur de tout, ne pèse donc pas tout avec la même minutie. Si pour chaque affaire, à chaque moment, tu voulais tout peser avec le même soin, tu ne ferais jamais rien. Mieux vaut toujours oser, et supporter la moitié des malheurs possibles, que ne jamais rien faire à force de tout redouter. Si tu repousses tous les projets sans rien avancer de sûr, tu commets forcément tout autant de fautes que l'homme qui a pris l'attitude contraire ; là-dessus, vous en êtes tous les deux au même point. D'ailleurs, comment la créature humaine peut-elle être sûre de quoi que ce soit ? C'est impossible, à mon avis. Les hommes décidés à agir connaissent en général le succès ; aux gens trop circonspects et timides, il se refuse. Tu vois où en est aujourd'hui la puissance des Perses. Or, si mes prédécesseurs avaient pensé comme toi, ou bien, sans avoir tes opinions, s'ils avaient eu des conseillers tels que toi, jamais tu ne l'aurais vue si grande : ils ont accepté les dangers pour l'amener là, — car les grandes choses ne se font pas sans grands dangers. Eh bien, nous voulons imiter nos ancêtres, nous aussi ; voilà pourquoi nous nous mettons en route au plus beau moment de l'année, et nous reviendrons chez nous quand nous aurons soumis toute l'Europe, sans avoir nulle part connu la famine, et sans autre mésaventure. D'abord nous emportons avec nous quantité de vivres ; ensuite, nous aurons le blé que produisent les pays et les peuples que nous attaquons, car nous marchons contre des populations sédentaires, et non contre des nomades. »

(51). Artabane lui dit alors : « Seigneur, puisque

tu ne permets pas la moindre inquiétude, laisse-moi cependant te donner un conseil, car lorsqu'il y a beaucoup à faire, il y a forcément à parler davantage. Cyrus fils de Cambyse a contraint l'Ionie entière à payer tribut aux Perses, sauf Athènes ; ce peuple d'Ionie, je te conseille de ne le faire en aucun cas marcher contre ses pères : nous pouvons très bien sans eux l'emporter sur nos adversaires. Car pour nous suivre, il faut qu'ils soient ou particulièrement injustes, s'ils veulent asservir leur métropole, ou particulièrement justes s'ils veulent l'aider à rester libre. S'ils sont injustes, leur présence à nos côtés ne nous est guère utile ; s'ils sont justes, il leur est possible de faire beaucoup de mal à ton armée. N'oublie pas non plus ce vieux proverbe si juste : « Le début ne laisse pas présager la fin. »

(52). Xerxès lui répondit : « Artabane, des opinions que tu as exprimées, voilà bien la plus erronée, si tu crains la défection des Ioniens quand nous avons la marque la plus certaine de leur fidélité, — tu peux en témoigner toi-même avec tous ceux qui suivirent Darius dans sa campagne contre les Scythes : lorsqu'ils ont été maîtres de perdre l'armée perse tout entière ou de la sauver[52], ils ont alors fait preuve de droiture et de fidélité, sans rien de déloyal. En outre, s'ils laissent chez nous leurs enfants, leurs femmes et leurs biens, toute rébellion de leur part est inimaginable. Ne crains rien non plus de ce côté-là, garde toute ta confiance et veille sur ma maison et sur mon royaume, car à toi seul, entre tous, je confie mon sceptre. »

(53). Ceci dit, et Artabane renvoyé à Suse, Xerxès convoqua les Perses les plus renommés. Quand ils

furent là, il leur dit : « Perses, voici pourquoi je vous
ai réunis : je vous demande de vous montrer vaillants,
de ne pas démentir les exploits de vos ancêtres, si
grands et admirables ; soyons pleins d'ardeur tous
ensemble et chacun de son côté, car notre commun
avantage est le but de nos efforts. Si je vous demande
d'apporter à cette lutte un zèle sans relâche, c'est que,
m'assure-t-on, nous marchons contre un peuple vaillant, et, si nous l'emportons, il n'est pas d'autre armée
au monde qui puisse un jour se dresser contre nous.
Maintenant, traversons la mer, après avoir adressé
nos prières aux dieux qui ont la Perse en partage. »

Passage de   (54). Ce jour-là, les
l'Hellespont.   Perses se préparèrent à
                        passer le détroit. Le lende-
main, ils attendirent le lever du soleil qu'ils tenaient à
voir à ce moment précis, en faisant brûler divers
parfums sur les ponts de bateaux et en couvrant leur
chemin de branches de myrte. Aux premiers rayons
du soleil Xerxès, avec une coupe d'or, versa des
libations dans la mer et pria le soleil, pour que rien ne
lui advînt qui pût l'arrêter dans sa conquête avant
d'avoir atteint les limites de l'Europe. Sa prière
achevée, il jeta la coupe dans l'Hellespont, avec un
cratère d'or et une épée perse qu'on appelle chez eux
akinakès[53]. Je ne saurais préciser s'il s'agissait là
d'offrandes au soleil ou si le roi s'était repenti d'avoir
fait fustiger l'Hellespont et voulait réparer sa faute par
cet hommage.

(55). Quand il eut terminé, les soldats franchirent
le détroit ; l'infanterie et la cavalerie passèrent tout

entières par le pont du côté de l'Euxin ; par l'autre, du
côté de la mer Égée, passèrent les bêtes de somme et
les services auxiliaires. En tête vinrent les Dix Mille
Perses, qui portaient tous des couronnes, et après eux
la masse des divers contingents mêlés. Ceux-ci passèrent le premier jour. Le lendemain, les cavaliers
passèrent d'abord, et le corps des lanciers qui tenaient
leurs armes baissées ; tous portaient également des
couronnes. Ensuite vinrent les chevaux sacrés et le
char sacré, puis Xerxès en personne, les lanciers et les
mille cavaliers, et derrière eux le reste de l'armée. Au
même moment, les vaisseaux levèrent l'ancre pour
gagner la rive d'en face. (Cependant, j'ai entendu dire
aussi que le roi passa en tout dernier lieu.)

(56). Passé en Europe, Xerxès regarda son armée
défiler sous le fouet. Elle mit sept jours et sept nuits à
passer, sans arrêt. À ce moment, dit-on, lorsque
Xerxès avait déjà franchi le détroit, un habitant de la
région s'exclama : « Zeus, pourquoi donc prendre la
figure d'un Perse et te faire appeler Xerxès au lieu de
Zeus, pour bouleverser la Grèce en jetant sur elle
toutes les nations ? Tu n'avais pas besoin de tout cela
pour y arriver ! »

(57). Ils avaient tous franchi le détroit et s'apprêtaient à poursuivre leur route lorsqu'il se produisit un
grand prodige dont Xerxès ne tint pas compte, bien
qu'il fût clair : une cavale mit bas un lièvre. Le sens en
était fort clair : Xerxès s'apprêtait à conduire une
armée contre la Grèce, avec tout l'orgueil, tout le faste
imaginables, mais il reviendrait à son point de départ
en courant pour sauver sa vie. Il y avait eu d'ailleurs
un autre prodige lorsqu'il était encore à Sardes : une
mule avait mis bas un mulet qui avait les organes

génitaux du mâle et de la femelle à la fois, — l'organe
mâle placé au-dessus de l'autre.

(58). Xerxès ne tint nul compte de ces deux
prodiges et continua d'avance avec son armée de
terre ; la flotte, elle, quitta l'Hellespont et suivit la
côte, par un mouvement contraire à celui de l'armée,
car elle se dirigeait vers le couchant pour gagner le
cap de Sarpédon, où elle avait reçu l'ordre de
stationner, tandis que l'armée de terre passait par la
Chersonèse en direction de l'aurore et du levant, en
laissant à sa droite le tombeau d'Hellé fille d'Athamas, à sa gauche la ville de Cardia, et traversant une
ville qui porte le nom d'Agora ; ensuite, elle contourna
le golfe appelé Mélas, — le *Golfe Noir* —, et traversa le
fleuve du même nom qui n'eut pas assez d'eau pour
abreuver les troupes et fut tari ; après avoir franchi ce
fleuve (qui a donné son nom au golfe), elle marcha
vers le couchant, longea la ville éolienne d'Aïnos et le
lac Stentoris, et parvint à Doriscos[54].

Dénombrement
de l'armée.

(59). Doriscos est une
vaste plaine de la Thrace,
en bordure de la mer, tra-
versée par un grand fleuve, l'Hèbre. Une forteresse du
Grand Roi s'y élevait (c'est elle qui s'appelle Doriscos), occupée par une garnison perse établie là par
Darius du temps de son expédition contre les
Scythes[55]. Or, Xerxès jugea l'endroit convenable
pour organiser ses troupes et les dénombrer, et il fit
procéder à ces opérations. Pour les navires, quand ils
furent tous arrivés à Doriscos, les capitaines, conformément aux ordres de Xerxès, accostèrent près de la
forteresse, à l'endroit où se trouvent les villes de Salé

(qui appartient à Samothrace) et de Zoné, et, terminant la plage, le fameux promontoire de Serrhéion (la région appartenait jadis aux Cicones)[56]. Les équipages débarquèrent là et mirent leurs navires au sec. Cependant, Xerxès à Doriscos faisait dénombrer son armée.

(60). Combien y avait-il d'hommes dans chacun des contingents, je ne puis le dire avec précision, car personne ne nous a renseignés sur ce point, mais au total l'armée de terre parut forte d'un million sept cent mille hommes[57]. Le dénombrement se fit de la façon suivante : on rassembla dix mille hommes, serrés le plus possible, en un endroit donné, on traça un cercle autour du groupe, après quoi on renvoya les hommes et on construisit un muret de pierres sur le tracé du cercle, à hauteur de ceinture ; le mur achevé, on fit entrer de nouveau dix mille hommes dans l'enceinte ainsi délimitée, jusqu'au moment où tous les soldats se trouvèrent recensés par ce moyen. L'opération terminée, on les rangea par nation.

(61). Voici les peuples qui servaient dans l'armée de Xerxès[58] : les Perses, d'abord, qui étaient ainsi équipés : sur la tête, le bonnet de feutre souple qu'on appelle *tiare,* sur le corps des tuniques bariolées à manches longues et des cuirasses recouvertes de lamelles de fer en forme d'écailles de poissons, de larges braies autour des jambes, les *anaxyrides,* et des boucliers faits d'osier tressé au lieu de métal, les *gerrhes,* — leur carquois était accroché dessous. Ils portaient des lances courtes, de grands arcs, des flèches de roseau, et en outre des poignards pendus à leur ceinture, contre la cuisse droite. Ils avaient pour chef Otanès, le père de la femme de Xerxès, Amestris.

(Jadis, les Grecs les appelaient Céphènes, et ils se donnaient eux-mêmes ainsi que leurs voisins le nom d'Artéens ; mais lorsque Persée, le fils de Danaé et de Zeus, vint chez le fils de Bélos, Céphée, et épousa sa fille Andromède, il en eut un fils qu'il appela Persès : il le laissa dans le pays, car Céphée n'avait pas d'héritier mâle, et ce Persès leur a donné son nom.)

(62). Les Mèdes avaient en campagne le même équipement ; c'est d'ailleurs le costume de leur peuple, ils ne l'empruntent pas à la Perse. Ils avaient pour chef un Achéménide, Tigrane. (Jadis, on les appelait partout les Ariens, mais lorsque Médée la Colchidienne vint d'Athènes chez eux, Ariens, ils changèrent aussi de nom ; c'est là leur propre tradition[59].) Les Cissiens avaient, dans l'ensemble, le même costume que les Perses, mais au lieu de bonnets de feutre ils portaient des turbans ; ils avaient à leur tête Anaphès fils d'Otanès. Les Hyrcaniens, vêtus et armés à la manière des Perses, avaient pour chef Mégapanos qui devint par la suite gouverneur de Babylone[60].

(63). Les Assyriens portaient en campagne des casques de bronze, tressés d'une façon barbare difficile à décrire ; ils avaient des boucliers, lances et poignards semblables à ceux des Égyptiens, et de plus des massues de bois garnies de pointes de fer et des cuirasses de lin[61]. (Appelés Syriens par les Grecs, ils ont été nommés Assyriens par les Barbares.) Les Chaldéens marchaient dans leurs rangs[62]. Otaspès fils d'Artachaiès les commandait.

(64). Les Bactriens portaient en campagne des coiffures très proches de celle des Mèdes, les arcs de roseau en usage chez eux, et de courtes lances. Les Saces (des Scythes) se coiffaient de bonnets droits terminés en pointe, enveloppaient leurs jambes de larges braies, et portaient les arcs de leur pays, des poignards et, en outre, des haches, les *sagaris*. (Bien qu'ils fussent des Scythes Amyrgiens, on les appelait Saces, car les Perses donnent ce nom à tous les Scythes[63].) Le chef des Bactriens et des Saces était Hystaspe, fils de Darius et d'Atossa, la fille de Cyrus.

(65). Les Indiens portaient des vêtements faits d'une matière qui vient des arbres[64], des arcs de roseau, des flèches de roseau mais revêtues de fer à leur extrémité. Voilà leur équipement ; ils marchaient groupés sous les ordres de Pharnazathrès fils d'Artabatès.

(66). Les Ariens, armés d'arcs semblables à ceux des Mèdes, étaient pour le reste équipés à la façon des Bactriens ; leur chef était Sisamnès fils d'Hydarnès. Les Parthes, les Chorasmiens, les Sogdiens et les Gandariens ainsi que les Dadiques avaient en campagne le même équipement que les Bactriens ; voici leurs chefs : Artabaze fils de Pharnace pour les Parthes et les Chorasmiens, Azanès fils d'Artaios pour les Sogdiens, Artyphios fils d'Artabane pour les Gandariens et les Dadiques.

(67). Les Caspiens s'enveloppaient de peaux de bêtes et portaient les arcs de roseau en usage chez eux, avec des épées courtes ; voilà leur équipement ; leur chef était Ariomardos frère d'Artyphios. Les Sarangéens se distinguaient par leurs vêtements de couleur éclatante ; ils avaient des bottes montant jusqu'aux genoux, les arcs et les lances des Mèdes ; leur chef était Phérendatès fils de Mégabaze. Les Pactyes étaient vêtus de fourrures et portaient les arcs en

usage chez eux, et des poignards. Ils avaient pour chef
Artayntès fils d'Ithamitrès.

(68). Les Outies, les Myces et les Paricaniens
étaient équipés et vêtus comme les Pactyes; voici leurs
chefs : Arsaménès fils de Darius pour les Outies et les
Myces, Siromitrès fils d'Oiobaze pour les Paricaniens.

(69). Les Arabes avaient de longues robes retenues
par une ceinture et portaient au bras droit des arcs de
grande taille, qu'ils tendaient en en renversant la cour-
bure[65]. Les Éthiopiens, revêtus de peaux de pan-
thères et de lions, portaient des arcs de grande taille
faits d'une tige de feuille de palmier, longs de quatre
coudées au moins; avec cet arc ils employaient des
flèches de roseau, courtes, et garnies à leur extrémité,
au lieu d'une pointe de fer, d'une pierre aiguisée, celle
dont ils se servent aussi pour graver leurs sceaux. Ils
portaient également des lances avec, pour pointe, une
corne de gazelle bien aiguisée, et encore des massues
hérissées de clous. Pour aller à la bataille, ils s'endui-
saient de plâtre une moitié du corps, et l'autre moitié
de vermillon. Les Arabes et les Éthiopiens qui habitent au sud de l'Égypte étaient sous les ordres
d'Arsamès fils de Darius et d'Artystoné, une fille de
Cyrus, l'épouse préférée de Darius qui fit faire d'elle
une statue d'or martelé. Donc, les Éthiopiens qui
habitent au sud de l'Égypte étaient, avec les Arabes,
sous les ordres d'Arsamès.

(70). Les Éthiopiens qui habitent du côté de
l'orient (car les deux groupes étaient représentés dans
l'expédition) marchaient, eux, avec les Indiens; rien
dans leur aspect ne les distingue des premiers, le
langage et les cheveux font la seule différence[66] : les
Éthiopiens orientaux ont les cheveux raides, ceux de

Libye ont la chevelure la plus crépue qui soit. Les
Éthiopiens d'Asie portaient, à peu de chose près,
l'équipement des Indiens, mais avaient pour coiffure
des peaux de crâne de cheval prélevées avec les
oreilles et la crinière : la crinière leur servait de
panache, et les oreilles étaient fixées de façon à se tenir
droites ; ils se protégeaient avec des peaux de grues,
au lieu de bouclier.

(71). Les Libyens marchaient vêtus de cuir, armés
de javelots de bois durci au feu. Ils avaient pour chef
Massagès fils d'Oarizos.

(72). Les Paphlagoniens partaient en campagne
coiffés de casques tressés, armés de boucliers petits et
de lances de longueur médiocre ainsi que de javelots
et de poignards, chaussés des bottes en usage chez
eux, montant à mi-jambe. Les Ligures[67], les
Matiènes, les Mariandynes et les Syriens étaient
équipés de la même manière que les Paphlagoniens.
(Les Syriens en question sont appelés Cappadociens
en Perse.) Les Paphlagoniens et les Matiènes avaient
à leur tête Dotos fils de Mégasidrès, les Mariandynes,
les Ligures et les Syriens, Gobryas fils de Darius et
d'Artystoné.

(73). Les Phrygiens avaient un équipement identique, à peu de chose près, à celui des Paphlagoniens.
(Selon les Macédoniens, les Phrygiens portèrent le
nom de Briges tant qu'ils habitèrent en Europe à côté
des Macédoniens ; passés en Asie, ils changèrent de
nom en même temps que de pays et devinrent les
Phrygiens.) Les Arméniens portaient le même équipement que les Phrygiens, car ils sont colonie phrygienne. Les deux contingents étaient sous les ordres
d'Artochmès, l'époux d'une fille de Darius.

(74). Les Lydiens portaient à peu près les mêmes
armes que les Grecs. (Appelés jadis Méoniens, ils
avaient changé de nom et pris celui de Lydos fils
d'Atys.) Les Mysiens se coiffaient des casques en
usage chez eux et portaient des boucliers petits et des
javelots de bois durci au feu. (Ils sont colonie lydienne
et tirent du mont Olympe leur nom d'Olympié-
niens[68].) Les Lydiens et les Mysiens étaient sous les
ordres d'Artaphrénès fils d'Artaphrénès, l'homme qui
avait débarqué à Marathon avec Datis.

(75). Les Thraces portaient en campagne des coiffures en peau de renard, des tuniques sur lesquelles ils
jetaient de longues robes bariolées ; des bottes en peau
de faon couvraient leurs pieds et leurs jambes ; ils
portaient des javelots, des boucliers légers[69] et des
poignards très courts. (Passés en Asie, ils prirent le
nom de Bithyniens, quand, d'après eux, ils s'appelaient auparavant Strymoniens parce qu'ils habitaient
les rives du Strymon. Ils furent, disent-ils, chassés de
leur pays par les Teucriens et les Mysiens.) Les
Thraces d'Asie étaient sous les ordres de Bassacès fils
d'Artabane.

(76). Les [Pisidiens][70] avaient des boucliers en
peau de bœuf non préparée, petits ; ils portaient des
épieux lyciens[71], deux chacun, et des casques de
bronze ; ces casques étaient surmontés d'oreilles et de
cornes de bœufs en bronze, ainsi que de panaches ;
ils enroulaient autour de leurs jambes des mor-
ceaux d'étoffe rouge. On trouve chez eux un oracle
d'Arès.

(77). Les Cabales Méoniens, appelés Lasoniens,
portaient le même équipement que les Ciliciens. Je le
décrirai quand ce sera le moment de parler des

Ciliciens. Les Milyens [72] avaient des lances courtes et
attachaient leurs vêtements avec des agrafes ; certains
portaient des arcs lyciens et sur la tête des casques de
cuir tanné. Ils étaient tous sous les ordres de Badrès
fils d'Hystanès.

(78). Les Mosques portaient des casques de bois,
des boucliers, et des lances courtes terminées par une
longue pointe. Les Tibaréniens, les Macrons, les
Mossynèques, partaient en guerre équipés à la façon
des Mosques. Voici les chefs qui commandaient leurs
contingents groupés : Ariomardos fils de Darius et de
Parmys, la fille du fils de Cyrus, Smerdis, pour les
Mosques et les Tibaréniens ; pour les Macrons et les
Mossynèques Artayctès fils de Chérasmis, le gouverneur de Sestos sur l'Hellespont.

(79). Les Mares portaient les casques tressés en
usage chez eux, de petits boucliers en cuir et des
javelots. Les Colchidiens mettaient sur leurs têtes des
casques de bois ; ils portaient des boucliers petits, en
peau de bœuf non préparée, des lances courtes, et en
outre des coutelas. Les Mares et les Colchidiens
étaient sous les ordres de Pharandatès fils de Téaspis.
Les Alarodiens et les Saspires portaient en campagne
les mêmes armes que les Colchidiens. Ils avaient à
leur tête Masistios fils de Siromitrès.

(80). Les Insulaires venus de la mer Érythrée se
joindre à l'expédition, habitant les îles où le Grand
Roi envoie demeurer ceux qu'on appelle les « Relégués [73] », avaient à peu près le même costume et les
mêmes armes que les Mèdes. Ces contingents étaient
sous les ordres de Mardontès fils de Bagaios, qui,
l'année suivante, fut l'un des généraux engagés dans
la bataille de Mycale et fut tué dans l'action [74].

(81). Voilà les peuples qui combattaient sur terre
et composaient l'infanterie du roi. Cette armée avait à
sa tête les chefs énumérés plus haut ; ces mêmes chefs
l'avaient organisée, dénombrée, et ils avaient choisi
des chiliarques et des myriarques, et les myriarques
avaient choisi des centeniers et dizeniers[75]. Il y avait
encore d'autres officiers subalternes dans les différentes unités et les différents groupes ethniques.

(82). Donc, l'armée avait pour chefs les personnages que je viens d'énumérer, mais ceux-ci et
l'infanterie tout entière étaient placés sous les ordres
de Mardonios fils de Gobryas, Tritantaichmès fils
d'Artabane (l'homme qui avait conseillé à Xerxès de
ne pas marcher contre la Grèce), Smerdoménès fils
d'Otanès (ces deux derniers étaient les neveux de
Darius, et par conséquent les cousins de Xerxès),
Masistès fils de Darius et d'Atossa, Gergis fils d'Aria-
zos, et Mégabyze fils de Zopyre[76].

Les Immortels. (83). Voilà les chefs
suprêmes de toutes les
troupes d'infanterie, à l'exception des Dix Mille. Ce
corps d'élite des Perses, les Dix Mille, était sous les
ordres d'Hydarnès fils d'Hydarnès ; on les appelait les
Immortels pour la raison suivante : si l'un des
hommes venait à manquer, frappé par la mort ou la
maladie, on lui choisissait aussitôt un remplaçant, et
ils n'étaient jamais plus et jamais moins de dix mille.
L'équipement des Perses était, de tous, le plus somptueux, et ils étaient eux-mêmes les meilleurs combattants. Ils portaient les armes et les costumes déjà
décrits, mais surtout ils se distinguaient par l'or qui
les parait à profusion[77]. Ils emmenaient avec eux,

dans des chariots, leurs concubines et des serviteurs nombreux avec tous les bagages nécessaires. Ils avaient un ravitaillement spécial, porté par des chameaux et des bêtes de somme.

La cavalerie.   (84). Les peuples énumérés ici connaissent tous le cheval, mais seuls ceux que je vais dire fournirent des cavaliers. En premier lieu, les Perses, dont les cavaliers portaient l'équipement des fantassins, mais certains avaient des couvre-chefs de bronze ou de fer battu.

(85). Il existe une tribu de nomades, les Sagartiens, qui sont de race et de langue perses, et qui empruntent leur équipement moitié aux Perses, moitié aux Pactyes : ce peuple envoyait huit mille cavaliers ; ils ne portent jamais d'armes de bronze ou de fer, sauf des poignards, et se servent de lanières de cuir tressé : avec elles ils vont sans crainte au combat. Leur tactique est celle-ci : arrivés à portée de l'ennemi, ils lancent leurs lanières qui s'achèvent par un nœud coulant ; ce qu'ils atteignent, homme ou cheval, ils l'attirent à eux, et ils dépêchent leur victime embarrassée dans ces liens. Voilà leur tactique, et, dans l'armée, ils marchaient avec les Perses.

(86). Les cavaliers mèdes portaient l'équipement en usage dans leur infanterie ; les Cissiens également. Les Indiens étaient équipés comme leurs fantassins ; ils avaient des chevaux de selle et des chars, et ils attelaient à leurs chars des chevaux et des onagres [78]. Les Bactriens avaient l'équipement de leur infanterie, les Caspiens [79] aussi ; de même les Libyens qui, eux aussi, menaient des chars, tous. Les Caspiens et les

Paricaniens portaient également l'équipement en
usage dans leur infanterie. Il en allait de même pour
les Arabes, qui tous menaient des chameaux non
moins rapides que les chevaux[80].

(87). Ces peuples seuls avaient fourni des cavaliers ; la cavalerie comptait quatre-vingt mille
hommes, ceux des chameaux et des chars non
compris. Les cavaliers étaient groupés en escadrons ;
les Arabes, eux, étaient au dernier rang : comme les
chevaux ne tolèrent pas la présence des chameaux, ils
étaient placés au dernier rang pour ne pas semer
l'effroi dans la cavalerie.

(88). La cavalerie avait à sa tête les deux fils de
Datis, Harmamithrès et Tithaios. Le troisième chef,
leur collègue Pharnouchès, avait été retenu dans
Sardes par la maladie. Au départ de Sardes il avait été
victime d'un malencontreux accident : un chien
s'était jeté dans les jambes de son cheval et la bête
surprise avait pris peur et l'avait, en se cabrant,
désarçonné ; après sa chute Pharnouchès avait vomi
du sang et s'était trouvé par la suite atteint de
consomption. Son cheval avait sur-le-champ subi des
mains de ses serviteurs le sort qu'il avait ordonné : ils
l'avaient ramené au lieu où il s'était débarrassé de son
maître et lui avaient tranché les jambes à hauteur du
jarret. Voilà pourquoi Pharnouchès dut renoncer à
son commandement.

Dénombrement   (89). Le nombre des
de la flotte.   trières s'élevait à mille
                         deux cent sept[81], et voici
les peuples qui les fournirent. Les Phéniciens et les
Syriens de Palestine en envoyèrent trois cents, les

hommes ainsi équipés : des casques de cuir faits comme ceux des Grecs, des cuirasses de lin, des boucliers sans rebord et des javelots. (Ces Phéniciens habitaient autrefois sur la mer Érythrée à ce qu'ils disent, et allèrent s'installer sur la côte de la Syrie ; cette région de la Syrie jusqu'à l'Égypte s'appelle la Palestine[82].) Les Égyptiens en fournirent deux cents ; ils avaient des casques tressés, des boucliers cintrés à large rebord, des piques d'abordage et de grandes haches ; ils étaient pour la plupart protégés par une cuirasse et portaient de longs coutelas[83].

(90). Voilà les armes des Égyptiens. Les Cypriotes fournirent cent cinquante navires, les hommes ainsi équipés : sur la tête, leurs princes portaient des turbans, les autres des tiares[84] ; pour le reste, ils étaient équipés à la manière des Grecs. (Leur peuple se compose d'éléments venus de ces divers pays : Salamine et Athènes, l'Arcadie, Cythnos, la Phénicie et l'Éthiopie, selon les Cypriotes eux-mêmes[85].)

(91). Les Ciliciens en fournirent cent. Leurs hommes portaient les casques en usage chez eux et, pour boucliers, une peau de bœuf non préparée ; ils étaient vêtus de tuniques de laine, armés chacun de deux javelots et d'un glaive très semblable au long coutelas des Égyptiens. (Appelés jadis Hypachéens, ils doivent leur nom à Cilix fils d'Agénor le Phénicien[86].) Les Pamphyliens en fournirent trente ; leur équipement était celui des Grecs. (Ce peuple descend des soldats qui suivirent Amphilochos et Calchas lorsque la flotte des Grecs fut dispersée à son retour de Troie[87].)

(92). Les Lyciens en fournirent cinquante ; ils portaient des cuirasses et des jambières, des arcs en

bois de cornouiller, des flèches de roseau sans empennage et des javelots, des peaux de chèvres jetées sur
leurs épaules et, sur la tête, des bonnets de feutre
ceinturés de plumes ; ils portaient aussi des poignards
et des cimeterres. (Les Lyciens s'appelaient Termiles
et venaient de la Crète ; ils doivent leur nom à Lycos,
fils de Pandion, un Athénien.)

(93). Les Doriens d'Asie en fournirent trente ;
originaires du Péloponnèse, ils portaient les armes
grecques. Les Cariens en fournirent soixante-dix ; ils
étaient dans l'ensemble équipés à la façon des Grecs,
mais portaient aussi des cimeterres et des poignards.
(Le nom primitif de leur peuple, je l'ai donné au début
de mon ouvrage [88].)

(94). Les Ioniens en fournirent cent ; ils avaient
l'équipement des Grecs. (Tant qu'ils habitèrent dans
le Péloponnèse la région nommée maintenant Achaïe,
avant l'arrivée de Danaos et de Xouthos dans le
Péloponnèse, ils étaient appelés, selon les Grecs, les
Pélasges Aigialéens ; ils doivent leur nom au fils de
Xouthos, Ion [89].)

(95). Les Insulaires [90] en fournirent dix-sept ; ils
portaient les armes grecques. (Ce peuple, Pélasge lui
aussi, fut plus tard appelé Ionien, comme ce fut le cas
pour les Ioniens des douze cités issues d'Athènes.) Les
Éoliens en fournirent soixante ; ils étaient équipés à la
manière des Grecs et s'appelaient jadis Pélasges, selon
les Grecs. Les Hellespontins [91], — sauf les Abydéniens, chargés par le roi de rester sur place et de
surveiller les ponts —, le reste des Hellespontins,
donc, qui participaient à l'expédition, fournirent cent
navires ; ils portaient l'équipement des Grecs. (Ils
sont colonies ioniennes et doriennes.)

(96). Tous les vaisseaux portaient des combattants perses, mèdes et saces. Les meilleurs vaisseaux de la flotte étaient ceux des Phéniciens et, parmi eux, ceux de Sidon. Ces hommes, ainsi que les contingents de l'infanterie, avaient à leur tête des chefs de leur pays dont je ne donne pas les noms au passage, car je n'en vois pas la nécessité pour l'exposé de mon enquête : les divers peuples n'avaient pas tous des chefs dignes d'être mentionnés, et chacun d'eux avait autant de chefs que de villes. D'ailleurs ces personnages n'avaient pas rejoint l'armée pour y commander, ils étaient des esclaves commes les autres combattants ; et j'ai déjà nommé les généraux investis de l'autorité suprême et les chefs des divers contingents, qui étaient de nationalité perse.

(97). Voici les noms des chefs de la flotte : Ariabignès fils de Darius, Préxaspe fils d'Aspathinès, Mégabaze fils de Mégabatès, Achéménès fils de Darius. Les vaisseaux ioniens et cariens étaient sous les ordres d'Ariabignès, fils de Darius et de la fille de Gobryas ; ceux des Égyptiens étaient commandés par Achéménès, frère de Xerxès par son père et par sa mère, et le reste de la flotte par les deux autres [92]. Vaisseaux à trente rames, à cinquante rames, navires légers, barques servant au transport des chevaux, tout cela faisait au total trois mille embarcations [93].

(98). Voici, pour la flotte, les noms des chefs les plus célèbres, après les amiraux : Tétramnestos de Sidon, fils d'Anysos, Matten de Tyr, fils de Siromos, Merbalos d'Arados, fils d'Agbalos, le Cilicien Syennésis, fils d'Oromédon, le Lycien Cyberniscos, fils de Sicas ; deux Cypriotes : Gorgos, fils de Chersis, et Timonax, fils de Timagoras ; trois Cariens : Histiée, fils de Tymnès, Pigrès, fils d'Hysseldomos, et Damasithymos, fils de Candaule[94].

(99). Je ne rappelle pas les noms des autres capitaines, car je n'en vois pas la nécessité ; je nommerai cependant Artémise, car j'éprouve une grande admiration pour cette femme qui osa partir en guerre contre la Grèce : demeurée veuve avec un fils tout jeune encore, elle prit elle-même le pouvoir, et son énergie, son courage viril l'amenèrent à prendre part à l'expédition quand rien ne l'y obligeait. Elle s'appelait Artémise, fille de Lygdamis, elle était d'Halicarnasse par son père et Crétoise par sa mère ; souveraine d'Halicarnasse, de Cos, de Nisyros et de Calydna, elle apporta cinq navires à Xerxès. De tous les vaisseaux de la flotte, les siens, après ceux de Sidon bien entendu, furent les plus appréciés ; et, de tous les alliés du roi, c'est elle qui lui donna les meilleurs avis[95]. J'ai indiqué les villes sur lesquelles elle régnait ; j'ajoute ici que leurs habitants sont tous des Doriens, car les gens d'Halicarnasse viennent de Trézène, et les autres d'Épidaure[96].

(100). C'est tout pour l'armée navale. Xerxès, ses troupes dénombrées et mises en bon ordre, eut le désir d'en parcourir les rangs pour jouir de ce spectacle. Ainsi fut fait : le roi passa sur son char devant les contingents l'un après l'autre, en posant des questions tandis que ses secrétaires notaient les renseignements obtenus, du premier au dernier rang de la cavalerie et de l'infanterie. La revue terminée, les vaisseaux tirés à la mer, Xerxès quitta son char et monta sur un navire sidonien[97] ; puis, assis sous un pavillon d'étoffe d'or, il passa devant les proues des nefs et posa des questions sur chacune d'elles en faisant noter les réponses. Les capitaines avaient ancré leurs bâtiments à quatre plèthres environ du rivage, côte à côte, la proue tournée vers la terre, et les soldats embarqués sur les nefs avaient pris leur tenue de combat. Le roi passa sur son navire entre la rangée des proues et la terre, et il inspecta sa flotte à loisir.

Xerxès et Démarate.

(101). Son inspection terminée, Xerxès débarqua et convoqua Démarate, fils d'Ariston, qui s'était joint à l'expédition ; il l'appela près de lui pour l'interroger : « Démarate, lui dit-il, il me plaît à présent de te poser certaines question. Tu es un Grec et, je le sais par toi et par les autres Grecs avec qui j'ai l'occasion de m'entretenir, ta patrie n'est ni la moins importante ni la plus faible des cités grecques. Alors, dis-moi ceci : les Grecs oseront-ils m'attendre les armes à la main ? Je pense, moi, que les Grecs et tous les autres peuples de l'Occident réunis ne sont pas de taille, tous ensemble, à m'arrêter, surtout s'ils ne s'entendent pas. Cependant, je tiens à t'entendre dire toi aussi ton avis sur ce point. » Voilà ce que Xerxès voulait savoir, et Démarate répliqua : « Seigneur, dois-je respecter la vérité, ou te faire plaisir ? » Le roi lui demanda la vérité, et l'assura qu'il ne lui en tiendrait nullement rigueur.

(102). Démarate, à ces mots, lui déclara : « Seigneur, tu exiges la vérité, une réponse qui ne te fasse pas constater un jour qu'on t'a menti : eh bien, la Grèce a toujours eu pour compagne la pauvreté, mais une autre la suit : la valeur, fruit de la sagesse et de lois fermes ; par elle la Grèce repousse et la pauvreté et le servage. J'honore tous les Grecs des pays doriens de là-bas, mais je ne vais pas te parler ici d'eux tous, il s'agit des Lacédémoniens seulement : d'abord, rien ne leur fera jamais accepter tes conditions, qui apportent l'esclavage à la Grèce ; ensuite, je sais que tu les trouveras devant toi pour te combattre, quand tout le reste de la Grèce se rangerait sous tes lois. Leur nombre ? Ne cherche pas combien ils sont pour se permettre cette audace : qu'il y en ait mille sous les armes, ils seront mille à te combattre ; qu'il y en ait moins, qu'il y en ait plus, ils seront là. »

(103). À ces mots, Xerxès en riant lui répondit : « Démarate, que dis-tu là ! Mille hommes combattraient cette immense armée ? Voyons, réponds-moi : tu as été, dis-tu, le roi de ce peuple ; alors, accepteras-tu de te battre à l'instant même contre... mettons dix hommes ? — Or, si votre système politique est tel que tu le dépeins, tu as le devoir, comme roi, d'en affronter deux fois plus, selon vos lois [98]. Eh oui ! Si chacun de tes Spartiates vaut dix de mes soldats, je compte que toi tu dois en valoir vingt, et ceci rendrait alors plausibles tes affirmations. Mais si, pour avoir tant d'orgueil, vous n'êtes que des hommes tels que toi, tels que les autres Grecs à ma cour, et de la même taille, prends garde : les paroles que tu as prononcées sont pures fanfaronnades. Allons ! je veux examiner la chose du point de vue de la vraisemblance. Comment mille hommes, dix mille, cinquante mille même, tous également libres et qui n'obéiraient pas à un chef unique, pourraient-ils tenir tête à une telle armée ? Car nous sommes plus de mille contre un, à supposer qu'ils soient cinq mille [99]. S'ils obéissaient à un seul homme, comme chez nous, la peur du maître leur inspirerait peut-être plus de courage que la nature ne

leur en a donné ; le fouet les contraindrait à marcher
même peu nombreux contre des forces supérieures
aux leurs. S'ils sont libres de leurs actes, ils ne feront
ni l'un ni l'autre. À mon avis d'ailleurs, même à forces
égales, devant les Perses tout seuls les Grecs auraient
peine à tenir ; nous seuls avons chez nous ce que tu
dis, quoique ce soit plutôt rare : j'ai des Perses dans
ma garde qui n'hésiteraient pas à se battre contre des
Grecs, à un contre trois. Tu n'en as pas fait l'expérience, voilà pourquoi tu nous contes tant de balivernes. »

(104). — « Seigneur, répliqua Démarate, je savais
avant d'ouvrir la bouche que ma sincérité ne te
plairait guère. Mais tu as exigé de moi la vérité, toute
la vérité, et je t'ai dit ce que je devais te dire sur les
Spartiates. Et pourtant, l'amour que je leur porte
aujourd'hui, tu le connais bien : ils m'ont enlevé mon
titre et mes privilèges héréditaires, ils ont fait de moi
un banni, un fugitif ; ton père, lui, m'a fait bon accueil
et m'a donné une demeure et de quoi vivre ; et
l'homme de bon sens, naturellement, ne rejette pas la
bienveillance qui s'intéresse à lui, — elle lui est
précieuse au contraire. Pour moi, je ne me prétends
pas capable de combattre dix hommes ou seulement
deux, et je ne marcherais même pas volontiers contre
un seul adversaire. Mais s'il le fallait absolument, ou
si l'importance de l'enjeu m'y décidait, je me battrais,
et j'aurais surtout plaisir à le faire contre un de ces
individus qui prétendent valoir chacun trois Grecs. Il
en va de même pour les Lacédémoniens : en combat
singulier, ils valent n'importe qui, mais tous ensemble
ils sont les plus braves des hommes. Ils sont libres,
certes, mais pas entièrement, car ils ont un maître

tyrannique, la loi, qu'ils craignent bien plus encore
que tes sujets ne te craignent : assurément ils exécutent tous ses ordres ; or ce maître leur donne toujours
le même : il ne leur permet pas de reculer devant
l'ennemi, si nombreux soit-il, ils doivent rester à leur
rang et vaincre ou périr. Mais si, à tes yeux, mes
paroles ne sont que balivernes, soit, je me tairai
désormais ; si j'ai parlé maintenant, c'est que tu
l'exigeais. Fasse le ciel toutefois que tout se passe
comme tu le désires, seigneur ! »

L'armée en marche : de Doriscos à Therma.

(105) Ainsi répliqua
Démarate ; Xerxès ne fit
qu'en rire et congédia
Démarate avec bonté, sans
manifester la moindre colère. Après cette conversation
Xerxès remit à Mascamès, fils de Mégadostès, le
commandement de cette place de Doriscos qu'il
enleva au gouverneur établi par Darius, et il fit
avancer son armée par la Thrace en direction de la
Grèce.

(106). En Mascamès, Xerxès laissa derrière lui un
chef d'une valeur telle qu'il fut le seul à recevoir
régulièrement des présents du roi, qui le mettait au-
dessus de tous les gouverneurs nommés soit par lui,
soit par Darius ; Xerxès lui en envoyait tous les ans, et
son fils Artaxerxès fit de même avec ses descendants.
En effet, avant même l'expédition de Xerxès, des
gouverneurs avaient été installés en Thrace et partout
dans l'Hellespont ; et de partout, sauf de Doriscos, ils
ont été expulsés par les Grecs, après cette expédition [100] ; mais les Grecs n'ont pas encore pu déloger le
gouverneur de Doriscos, malgré tous leurs efforts.

C'est la raison pour laquelle tous les rois de Perse successivement lui envoient des présents.

(107). De tous les gouverneurs qui furent délogés par les Grecs, le seul dont Xerxès reconnut la vaillance fut le gouverneur d'Éion[101], Bogès. Il ne tarissait pas d'éloges sur son compte et combla d'honneurs les fils qu'il avait laissés en Perse. Bogès le méritait d'ailleurs amplement : assiégé par les Athéniens et Cimon fils de Miltiade, il pouvait traiter avec eux et se retirer en Asie, mais il s'y refusa, de peur de paraître aux yeux du roi sauvé par une lâcheté, et il résista jusqu'au bout. Quand il ne resta plus rien à manger dans la place, il fit élever un immense bûcher, égorgea ses enfants, sa femme, ses concubines et ses serviteurs, et les livra aux flammes ; puis, du haut des murs, il éparpilla dans le Strymon tout l'argent qu'il y avait dans la ville ; après quoi, il se jeta lui-même dans les flammes. Aussi est-il encore de nos jours, et c'est justice, célébré par les Perses.

(108). Parti de Doriscos, Xerxès marcha vers la Grèce, en contraignant tous les peuples qu'il trouvait sur sa route à grossir son armée. En effet, comme je l'ai indiqué plus haut, jusqu'à la Thessalie la région lui appartenait déjà tout entière et lui payait tribut, soumise par Mégabaze et par Mardonios ensuite[102]. De Doriscos il passa d'abord près des forts des Samothraciens, dont la ville la plus occidentale s'appelle Mésambria. Après celle-ci vient Strymé, qui est aux Thasiens ; entre elles passe le fleuve Lisos, qui n'eut pas assez d'eau pour abreuver l'armée de Xerxès. Cette région s'appelait jadis la Gallaïque ; elle s'appelle aujourd'hui la Briantique, mais elle appartient, de la façon la plus légitime, aux Cicones[103].

(109). Après avoir traversé le Lisos asséché par ses troupes, il passa près des villes grecques de Maronée, Dicée, Abdère. Il longea ces villes et des lacs célèbres dans leurs environs : le lac Ismaris qui se trouve entre Maronée et Strymé, et, près de Dicée, le lac Bistonis qui reçoit deux fleuves, le Trauos et le Compsatos [104]. Aux environs d'Abdère Xerxès n'eut pas de lac célèbre à longer, mais un fleuve, le Nestos, qui se jette dans la mer. Plus loin, il passa par les cités que Thasos possède sur le continent, dont l'une a un lac d'un périmètre de trente stades environ, poissonneux et d'eau très saumâtre ; les bêtes de somme seules y burent et le vidèrent ; la ville a nom Pistyros [105].

(110). Ces villes sont des cités maritimes et helléniques ; Xerxès les laissa sur sa gauche. Voici les peuples thraces dont il traversa le territoire : les Paites, les Cicones, les Bistones, les Sapéens, les Derséens, les Édones, les Satres [106]. Les peuples de la côte se joignirent à la flotte de Xerxès ; ceux de l'intérieur, que je viens d'énumérer, furent tous contraints, sauf les Satres, d'accompagner les forces de terre.

(111). Pour les Satres, ils n'ont jamais encore obéi à personne, à notre connaissance, et de mon temps encore ils gardent seuls en Thrace leur indépendance ; car ils habitent des montagnes élevées, couvertes de forêts d'essences diverses et de neige, et ils excellent au métier des armes. L'oracle de Dionysos est à eux ; il se trouve sur la plus haute de leurs montagnes ; les Besses sont le clan satre chargé de fournir les interprètes du dieu, et c'est une prêtresse qui prononce les oracles chez eux comme à Delphes, sans plus de complications [107].

(112). Au-delà du pays en question, Xerxès passa dans la région des forts des Pières, qui s'appellent l'un Phagrès et l'autre Pergamos. Le chemin qu'il prit le fit passer devant ces places en laissant sur sa droite le Pangée, grande et haute montagne avec des mines d'or et d'argent, exploitées par les Pières, les Odomantes et principalement les Satres [108].

(113). En route vers le couchant, il dépassa les territoires des peuples qui habitent au-delà du Pangée en direction du vent du nord, Péoniens, Dobères et Péoples [109], pour arriver ensuite au Strymon et à la ville d'Éion, qui avait pour gouverneur Bogès, encore vivant à cette date, l'homme dont je parlais tout à l'heure. La région du mont Pangée s'appelle la Phyllide; elle s'étend au couchant jusqu'au fleuve Aggitès, un affluent du Strymon, au midi jusqu'au Strymon lui-même, auquel les Mages sacrifièrent des chevaux blancs qu'ils égorgèrent en offrande propitiatoire [110].

(114). Après s'être concilié le fleuve par ces rites et bien d'autres encore, arrivés au Neuf Routes, chez les Édones, ils passèrent les ponts qu'ils trouvèrent établis sur le Strymon [111]. Quand ils surent que l'endroit s'appelait les Neuf Routes, ils prirent le même nombre de jeunes gens et de jeunes filles du pays pour les enterrer vifs en ce lieu. Enterrer des gens vivants est un rite perse, et la femme de Xerxès, Amestris, à ce que l'on me raconte, quand elle vieillit, offrit au dieu qu'on dit habiter sous la terre, pour obtenir ses bonnes grâces, deux fois sept jeunes Perses de familles nobles qu'elle fit ainsi enterrer [112].

(115). Du Strymon, l'armée continua sa marche;

là, vers le couchant, sur la côte, s'élève la ville grecque
d'Argilos que l'armée dépassa ; la région et son
arrière-pays s'appellent la Bisaltie. Ensuite elle laissa
sur sa gauche le golfe voisin de Posidéion, traversa la
plaine de Syléos, dépassa la ville grecque de Stagire et
parvint à Acanthos[113] ; elle s'adjoignit en route les
peuples de ces pays et ceux de la région du Pangée,
comme ceux dont j'ai plus haut donné les noms ; les
populations maritimes étaient embarquées sur la
flotte, celles de l'intérieur accompagnaient les forces
de terre. Sur le chemin que suivirent Xerxès et son
armée, les Thraces ne touchent pas à la terre et ne
sèment rien ; ils révèrent grandement ces endroits, de
nos jours encore[114].

(116). Arrivé dans Acanthos, Xerxès accorda le
titre d'hôtes à ses habitants et leur donna le droit de
porter le costume des Mèdes ; il leur décerna aussi des
louanges en voyant leur zèle pour cette campagne, et
en apprenant ce qu'ils avaient fait pour le canal.

(117). Xerxès était dans cette ville lorsque l'ingé-
nieur en chef des travaux du canal, Artachaiès, vint à
mourir de maladie. L'homme, un Achéménide, jouissait de l'estime du roi ; en stature, il dépassait tous les
Perses, — il mesurait cinq coudées royales moins
quatre doigts[115], — et tous les hommes par la force de
sa voix. Sa mort affligea beaucoup Xerxès qui lui fit
faire des funérailles et un tombeau splendides. L'armée entière travailla au tertre élevé sur sa tombe. Les
Acanthiens lui rendent, en vertu d'un oracle, le culte
qu'on rend aux héros, sous son nom d'Artachaiès. Le
roi Xerxès, donc, regretta vivement la mort de ce
personnage.

**Les hôtes
du roi.**

(118). Les Grecs qui recevaient les troupes et subvenaient aux soupers de Xerxès, écrasés par cette charge, se trouvaient complètement ruinés ; c'est ainsi qu'à Thasos le montant des frais d'hébergement et de nourriture des troupes, assumés par les Thasiens pour le compte de leurs cités du continent, leur fut indiqué par l'homme qu'ils avaient chargé de cette tâche, Antipatros, fils d'Orgeus, un citoyen des plus honorables : pour le souper du roi la dépense s'élevait à quatre cents talents d'argent.

(119). Dans les autres villes aussi, les citoyens chargés des comptes indiquèrent des chiffres analogues. Voici comment les choses se passaient en général, comme les cités étaient prévenues longtemps à l'avance et donnaient beaucoup d'importance à l'affaire. D'abord, sitôt prévenus par les hérauts envoyés à la ronde, les citoyens se partageaient les céréales engrangées dans leur ville et passaient des mois à préparer la farine d'orge et de blé ; en outre, ils se procuraient à n'importe quel prix le plus beau bétail pour l'engraisser, et ils élevaient de la volaille et des oiseaux aquatiques, en basse-cour et dans des mares, pour festoyer l'armée ; puis ils faisaient faire de la vaisselle d'or et d'argent, coupes, cratères, et tout ce dont on se sert à table — ceci pour le roi seulement et ses compagnons de table, car au reste de l'armée ils ne devaient que la nourriture. À l'arrivée des troupes, une tente était tenue prête : Xerxès y logeait, et son armée campait en plein air ; à l'heure du souper, les hôtes s'échinaient, les autres, repus, passaient la nuit sur place ; le lendemain ils abattaient la tente qu'ils emportaient avec tout son contenu, et ils reprenaient leur route sans rien laisser derrière eux.

(120). Un Abdéritain, Mégacréon, eut un mot très juste à ce propos : il invita ses concitoyens à se rendre tous ensemble, avec leurs femmes, dans les temples de la ville et à se prosterner devant les dieux en leur demandant pour l'avenir de leur épargner encore la moitié de leurs futurs malheurs, tout en leur rendant grâces, pour le passé, de ce que le roi Xerxès n'avait pas l'habitude de manger deux fois par jour. Car si Xerxès avait réclamé un déjeuner pareil à son souper, il leur aurait fallu ou bien fuir sans attendre son arrivée, ou bien, s'ils l'attendaient, périr dans la misère la plus cruelle.

(121). Les cités accablées par cette charge n'en faisaient pas moins ce qui leur était demandé. D'Acanthos, Xerxès fit partir ses vaisseaux pour Therma [116], en ordonnant aux chefs de la flotte de l'y attendre. (Therma, située sur le golfe Thermaïque, a donné son nom au golfe ; et l'on indiquait à Xerxès que sa route la plus directe passait par là). Jusqu'à la ville d'Acanthos l'armée, depuis Doriscos, avait marché dans cet ordre : Xerxès avait réparti ses forces terrestres en trois colonnes, dont l'une avait ordre de suivre la côte en liaison avec la flotte ; Mardonios et Masistès la commandaient. Le second tiers de l'armée passait par l'intérieur, avec Tritantaichmès et Gergis à sa tête ; la troisième colonne, avec Xerxès en personne, marchait entre les deux autres, sous le commandement de Smerdoménès et de Mégabyze.

(122). Les forces navales reprirent leur marche, conformément aux ordres de Xerxès, et passèrent par le canal de l'Athos, qui aboutissait au golfe sur lequel se trouvent les villes d'Assa, Piloros, Singos et Sarté ; ensuite, avec les contingents pris dans ces villes aussi, elles quittèrent ces parages et se dirigèrent vers le golfe Thermaïque ; doublant le promontoire d'Ampélos dans le pays de Toroné, elles passèrent devant des villes grecques qui fournirent des navires et des hommes : ce sont les villes de Toroné, Galepsos, Sermylé, Mécyberna, Olynthe ; cette région s'appelle la Sithonie [117].

(123). Du promontoire d'Ampélos, la flotte alla droit sur le cap Canastraion, à l'extrémité de la péninsule de Pallène ; elle prit des navires et des hommes dans les villes de Potidée, Aphytis, Néapolis, Aigé, Thérambos, Scioné, Mendé et Sané — ces villes sont celles de la péninsule de Pallène, qui s'appelait autrefois Phlégra [118]. La flotte passa le long de cette côte et gagna l'endroit fixé, en levant au passage des contingents supplémentaires dans les villes voisines de la péninsule de Pallène et situées aux confins du golfe Thermaïque ; ce sont les villes de Lipaxos, Combréia, Lisées, Gigonos, Campsa, Smila, Ainéia [119] ; la région s'appelle aujourd'hui encore la Crossée. Après Ainéia, la dernière des villes que je viens d'énumérer, la flotte entra dans les eaux du golfe Thermaïque et en Mygdonie, puis parvint à son but, Therma, ainsi qu'à Sindos, à Chalestré sur le fleuve Axios — qui sépare la Mygdonie de la Bottie où deux villes, Ichnées et Pella, possèdent le littoral, une étroite bande de terre [120].

(124). La flotte jeta l'ancre en cet endroit, devant l'Axios, Therma, et les villes sises entre ces deux points, et attendit Xerxès. Cependant, d'Acanthos, le roi et ses forces terrestres cheminaient en ligne droite

par le milieu des terres pour gagner Therma. Xerxès
passa par la Péonie et la Crestonie [121], en direction du
fleuve Cheidoros qui naît en Crestonie, traverse la
Mygdonie et arrive à la mer par les marais voisins de
l'Axios.

(125). Sur son chemin l'armée eut à se défendre
contre des lions, qui s'attaquaient aux chameaux
porteurs des vivres. Les lions descendaient la nuit de
leurs tanières dans les montagnes, mais ils ne touchaient jamais aux bêtes de somme ni aux hommes, ils
ne s'en prenaient qu'aux chameaux. Je me demande
quelle raison les poussait à épargner les autres
créatures pour se jeter sur les chameaux, des bêtes
qu'ils n'avaient jamais vues et dont ils n'avaient
jamais tâté [122].

(126). Il y a dans ce pays beaucoup de lions et de
bœufs sauvages [123] dont proviennent les cornes d'une
longueur démesurée qu'on importe en Grèce. Les
lions habitent la région délimitée d'un côté par le fleuve
Nestos qui traverse le territoire d'Abdère, et de l'autre
par l'Achéloos qui coule en Acarnanie ; on n'en voit
nulle part ailleurs en Europe, ni au-delà du Nestos du
côté du levant, ni sur le reste du continent à l'ouest de
l'Achéloos ; on n'en trouve qu'entre ces deux fleuves.

(127). Parvenu dans Therma, Xerxès y arrêta son
armée. Ses troupes, pour camper, occupèrent tout le
rivage, depuis la ville de Therma et la Mygdonie
jusqu'au Lydias et l'Haliacmon, qui séparent la Bottie
de la Macédonide [124] et qui réunissent leurs eaux. Les
Barbares établirent leur camp sur ces territoires ; des
fleuves énumérés, seul le Cheidoros qui descend de la
Crestonie n'eut pas assez d'eau pour abreuver l'armée
et fut tari.

(128). Depuis Therma, Xerxès voyait les montagnes de Thessalie, l'Olympe et l'Ossa, qui sont très hautes ; il apprit qu'il y avait entre elles un vallon étroit où coule le Pénée, et qui, lui dit-on, est une voie d'accès en Thessalie ; il eut alors le désir d'aller par mer examiner l'embouchure du Pénée, car il comptait passer par les hauteurs et traverser la région la plus élevée de la Macédoine pour arriver chez les Perrhèbes en passant du côté de la ville de Gonnos [125]. — C'était, lui indiquait-on, la route la plus sûre. Il mit aussitôt son projet à exécution ; monté sur le navire de Sidon qu'il utilisait toujours en pareille occasion, il fit signaler aux autres navires qu'ils eussent à le suivre et laissa sur place ses forces terrestres. Arrivé à l'embouchure du Pénée, il étudia le paysage et, frappé d'étonnement, fit venir les guides et leur demanda s'il y avait moyen de détourner le fleuve et de le faire arriver à la mer en un autre endroit.

(129). La Thessalie, à ce que l'on raconte, était jadis un lac ; elle se trouve en effet entièrement entourée de hautes montagnes : du côté de l'aurore le Pélion et l'Ossa la ferment en joignant leurs contreforts ; du côté du vent du nord, l'Olympe ; au couchant le Pinde ; au midi et du côté du vent du sud, l'Othrys [126]. Au milieu de ces quatre chaînes de montagnes, c'est la Thessalie, une cuvette. De nombreuses rivières la sillonnent, dont les cinq principales sont le Pénée, l'Apidanos, l'Onochonos, l'Énipée et le Pamisos ; des montagnes qui entourent la Thessalie, elles descendent toutes, sous ces noms différents, jusque dans la plaine où elles n'ont, pour atteindre la mer, qu'un seul passage, et très étroit, dans lequel leurs eaux se confondent ; sitôt qu'elles sont réunies, le nom du Pénée l'emporte et fait disparaître tous les autres. Autrefois, dit-on, la plaine n'avait pas encore ce débouché sur la mer et ces rivières, ainsi que le lac Boibéis, ne portaient pas leurs noms actuels, s'ils coulaient tout comme maintenant ; et, dit-on, leurs eaux recouvraient la Thessalie tout entière. Selon les Thessaliens, c'est Poséidon qui ouvrit au Pénée son passage actuel, et la chose est vraisemblable : si l'on pense que Poséidon fait trembler la terre, et si l'on voit son ouvrage dans les crevasses dues à une secousse sismique, on n'hésitera pas à dire, devant les gorges du Pénée, que l'auteur en est aussi Poséidon, car ce couloir taillé dans la montagne est, j'en ai bien l'impression, le résultat d'une secousse sismique [127].

(130). Les guides, à qui Xerxès demandait si le Pénée avait quelque autre débouché sur la mer, connaissaient parfaitement les lieux ; ils lui répondirent : « Seigneur, ce fleuve n'a pas d'autre accès à la mer, en dehors de celui-ci, car la Thessalie est tout entière encerclée par les montagnes. » Xerxès répliqua, dit-on : « Les Thessaliens sont des gens avisés. Voilà donc la menace qu'ils voulaient éluder, longtemps à l'avance, par leur revirement ! Ils voient bien, entre autres, qu'ils ont un pays facile à réduire, — et ce ne serait pas long. Il suffirait d'une seule chose : rejeter sur leur terre l'eau de leur fleuve, par une digue qui lui barrerait le passage et le détournerait de son lit actuel : ainsi la Thessalie serait tout entière sous l'eau, en dehors de ses montagnes. » — Xerxès pensait aux Aleuades, les Thessaliens qui, les premiers en Grèce, s'étaient joints à lui et qui, croyait-il, lui apportaient l'alliance de leur peuple tout entier [128].

Ainsi parla Xerxès ; il regarda longuement cette côte,
puis son navire le ramena à Therma.

(131). Il s'arrêta plusieurs jours en Piérie[129], car le
tiers de son armée eut à abattre les arbres sur la
chaîne des monts de Macédoine pour ouvrir aux
troupes un chemin d'accès au pays des Perrhèbes.
Les hérauts qu'il avait envoyés porter en Grèce ses
revendications[130] revinrent à ce moment, certains les
mains vides, quand d'autres lui apportaient « la terre
et l'eau ».

DU CÔTÉ DES GRECS

(132). Au nombre des peuples qui lui cédaient se
trouvèrent ceux-ci : les Thessaliens, les Dolopes, les
Énianes, les Perrhèbes, les Locriens, les Magnètes, les
Maliens, les Achéens de Phthiotide, les Thébains et le
reste des Béotiens, sauf ceux de Thespie et de Platées.
Contre eux, les Grecs qui décidaient de lutter contre le
Barbare prononcèrent un serment dont voici les
termes : « Tous les peuples qui, étant grecs, se sont
livrés au Perse sans y avoir été contraints, devront,
quand la Grèce aura triomphé, la dîme de tous leurs
biens au dieu de Delphes. » Voilà le serment qu'ils
prêtèrent[131].

**Les hérauts
de Darius.**

(133). Xerxès n'avait
pas envoyé de hérauts
réclamer la terre aux Athé-
niens et aux Spartiates, et voici pourquoi : Darius leur
en avait adressé auparavant et pour la même raison,
mais ces peuples les avaient fait précipiter dans le

Barathre [132] à Athènes, dans un puits à Sparte, en leur disant d'aller y chercher la terre et l'eau qu'ils devaient rapporter au Grand Roi. Voilà pourquoi Xerxès ne leur fit rien demander. Les Athéniens furent-ils frappés de quelque peine pour avoir exécuté les messagers du roi ? Je n'en puis rien dire, sauf que leur pays et leur ville furent dévastés, mais ce ne fut pas, à mon avis, pour cette raison [133].

(134). Les Lacédémoniens, eux, furent en butte au courroux de Talthybios, le héraut d'Agamemnon [134]; car il y a dans Sparte un sanctuaire en son honneur et une famille qui descend de lui, les Talthybiades, à qui Sparte confie par privilège toutes ses missions officielles. Après l'affaire en question les Spartiates, dans leurs sacrifices, ne pouvaient plus obtenir de bons présages ; les Lacédémoniens, inquiets et désolés, réunirent plusieurs fois l'assemblée du peuple à ce sujet, puis, dans une proclamation, demandèrent un citoyen prêt à donner sa vie pour Sparte : deux Spartiates, Sperthias fils d'Anéristos, et Boulis fils de Nicolaos, de bonne famille tous les deux et des plus riches, s'offrirent pour payer à Xerxès la mort à Sparte des hérauts de Darius, et les Spartiates les envoyèrent chez les Mèdes, pour y périr.

(135). L'héroïsme de ces deux hommes est digne d'admiration, et leur langage le fut aussi. En route pour Suse, ils s'arrêtèrent chez Hydarnès, un Perse qui commandait aux peuples du littoral asiatique [135]. Hydarnès leur réserva le meilleur accueil, et les reçut à sa table ; ce faisant, il leur demanda : « Pourquoi donc, gens de Lacédémone, refusez-vous l'amitié du roi ? Pour voir comment il sait honorer le mérite, vous n'avez qu'à me regarder, moi et ma fortune ; vous en

auriez autant si vous vous soumettiez à lui, — car
vous passez pour gens de mérite à ses yeux —, et vous
auriez chacun une province en Grèce, qu'il vous
donnerait à gouverner. — Hydarnès, répliquèrent-ils,
le conseil que tu nous donnes est boiteux, car tu nous
parles en homme plein d'expérience d'un côté, ignorant de l'autre : tu connais l'esclavage, mais tu n'as
pas encore tâté de la liberté, tu ne sais pas si elle est
douce ou pesante. Si tu en avais essayé, tu nous dirais
d'employer pour la défendre non seulement la lance,
mais la hache même. » Voilà ce qu'ils lui répondirent.

(136). Ils arrivèrent ensuite à Suse et comparurent
devant Xerxès. Tout d'abord, les gardes leur ordonnèrent de se prosterner aux pieds du roi, et voulurent
les y obliger ; ils déclarèrent qu'ils n'en feraient rien,
quand bien même les gardes les jetteraient face contre
terre ; ils n'avaient point coutume de se prosterner
devant un homme, et n'étaient pas venus pour le
faire [136]. Ils tinrent bon sur ce point, et ils adressèrent
au roi ces paroles et d'autres en ce sens : « Roi des
Mèdes, les Lacédémoniens nous ont envoyés ici en
réparation du meurtre à Sparte des hérauts de Darius,
et pour en payer le prix. » Xerxès répondit à leur
discours avec générosité : il déclara qu'il n'imiterait
pas les Lacédémoniens ; s'ils avaient enfreint toutes
les lois humaines en frappant des hérauts, il ne
commettrait pas, lui, le crime qu'il leur reprochait, il
ne libérerait pas les Lacédémoniens de leur faute.

(137). La colère de Talthybios fut, pour l'instant,
apaisée par ce geste des Lacédémoniens, quoique
Sperthias et Boulis fussent revenus chez eux. Bien des
années plus tard, au temps de la guerre entre Athènes

et le Péloponnèse, elle se réveilla, disent les Lacédémoniens ; et l'intervention du ciel me semble ici tout à
fait évidente : la colère de Talthybios tomba sur des
hommes chargés d'une mission par leur pays, elle ne
s'apaisa pas avant d'avoir obtenu satisfaction —
c'était justice —; mais qu'elle se soit abattue sur les
fils des hommes qui s'étaient, à cause d'elle, rendus
auprès du roi, sur Nicolaos, fils de Boulis, et Anéristos, fils de Sperthias (l'homme qui s'empara de la ville
d'Haliées occupée par les gens de Tirynthe, en s'y
présentant sur un navire marchand rempli de soldats) [137], voilà qui me prouve clairement l'intervention du ciel. Les deux hommes, chargés par Sparte
d'une mission en Asie, livrés par Sitalcès, fils du roi
des Thraces Térès, et Nymphodore, un Abdéritain,
fils de Pythéas, tombèrent aux mains des Athéniens à
Bisanthe dans l'Hellespont et furent emmenés en
Attique, où les Athéniens les firent périr en même
temps qu'Aristéas, fils d'Adimante, un Corinthien [138].
La chose arriva bien des années après l'expédition du
Grand Roi, — et j'en reviens maintenant à mon sujet
précédent.

Athènes.   (138). L'expédition du
                              Grand Roi, officiellement
dirigée contre Athènes, l'était en fait contre la Grèce
tout entière. Les Grecs le savaient depuis longtemps,
mais ils n'adoptaient pas tous la même position : les
uns avaient cédé au Perse « la terre et l'eau », et se
rassuraient en pensant que le Barbare ne leur ferait
aucun mal ; les autres n'avaient pas cédé, et leur
crainte était grande, car la Grèce n'avait pas assez de
navires pour s'opposer à l'envahisseur, et les gens

pour la plupart ne voulaient pas la guerre et désiraient avant tout pactiser avec les Mèdes.

(139). Ici, je me trouve obligé d'exprimer une opinion qui indignera peut-être un bon nombre de gens, mais je ne saurais taire ce qui est à mes yeux la vérité. Si, devant le danger qui les menaçait, les Athéniens terrifiés avaient abandonné leur patrie, ou si, au lieu de l'abandonner, ils étaient restés chez eux et s'étaient soumis à Xerxès, personne n'aurait sur mer essayé de l'arrêter. Or, si personne ne lui avait résisté sur la mer, voici sans doute ce qui serait arrivé sur le continent : quand même les Péloponnésiens se seraient abrités derrière un bon nombre de lignes fortifiées barrant l'Isthme, les Lacédémoniens n'en auraient pas moins été abandonnés par leurs alliés (bien malgré eux certes, et par force, mais leurs villes attaquées par la flotte des Barbares seraient tombées l'une après l'autre), et demeurés seuls, en dépit de leurs exploits ils auraient péri en hommes de cœur. Tel eût été leur sort, ou bien, avant d'en arriver là, en voyant le reste de la Grèce pactiser aussi avec les Mèdes, ils auraient traité avec Xerxès. Ainsi, la Grèce aurait de toute façon passé aux mains des Perses, car je cherche en vain l'utilité qu'auraient eue les fortifications barrant l'Isthme, si le roi avait été maître de la mer. En fait, on peut dire des Athéniens qu'ils furent les sauveurs de la Grèce sans manquer à la vérité : le parti qu'ils embrassaient devait l'emporter ; parce qu'ils choisirent la liberté pour la Grèce, ils furent les artisans du réveil, dans le monde grec, de tout ce qui n'avait pas voulu pactiser avec les Mèdes, et — après les dieux toutefois — de l'échec du roi de Perse. Les terribles oracles qui leur vinrent de Delphes, si

effrayants qu'ils fussent, ne les décidèrent pas non
plus à abandonner la Grèce ; ils tinrent bon, et ils
attendirent sans faiblir l'approche de l'envahisseur [139].

(140). Ils avaient envoyé une mission à Delphes [140]
et attendaient la réponse de l'oracle ; après les cérémonies habituelles avant d'entrer dans le temple, leurs
délégués prenaient place dans le sanctuaire lorsque la
Pythie, nommée Aristonicé, prononça cet oracle :

Infortunés, que faites-vous ici ? Fuis au bout du monde,
Fuis ta maison, la circulaire enceinte de ta ville et ses hautes
    crêtes !
Plus rien ne subsiste, ni la tête ni le corps,
Rien de ses extrémités, pieds ou mains, rien du milieu non plus,
Tout est désolé : l'incendie fait rage,
Et le féroce Arès pousse son char syrien ;
Tes remparts ne périront pas seuls, il en ruinera bien d'autres
    aussi ;
À la flamme furieuse il livrera bien des temples
Où les images des Immortels se dressent aujourd'hui couvertes
    de sueur,
Tremblantes d'effroi, et du haut des toits
Ruisselle un sang noir, présage du désastre fatal.
Allons, quittez mon sanctuaire, élevez votre courage plus haut
    que vos malheurs [141].

(141). En entendant ces mots les envoyés
d'Athènes furent accablés par le désespoir. Ils se
jugeaient perdus, à l'annonce des maux qui les
attendaient ; mais un Delphien des plus distingués,
Timon fils d'Androboulos, leur conseilla de se présenter devant l'oracle une seconde fois, avec en mains les
rameaux d'olivier des suppliants, et de le consulter en
cette qualité. Les Athéniens l'écoutèrent et dirent au
dieu : « Donne-nous, dieu souverain, pour notre

patrie un oracle moins cruel ; considère ces rameaux
suppliants que nous apportons devant toi ; sinon,
nous ne quitterons point ton sanctuaire, et nous
resterons ici, jusqu'à notre dernier moment. » En
réponse, la Pythie leur fit une deuxième prédiction,
que voici :

Non, Pallas ne peut fléchir Zeus l'Olympien,
Malgré bien des prières et des sages conseils.
Mais je vais de nouveau t'annoncer ma décision : elle est d'un
　　acier invincible.
Quand l'ennemi tiendra tout ce qu'enferment les frontières de
　　Cécrops
Et les antres du Cithéron divin,
Alors à Tritogénie [142] Zeus à la voix immense accorde une
　　muraille de bois
Pour te protéger, toi et tes enfants, défense unique, inexpu-
　　gnable.
Et toi, n'attends pas les cavaliers, n'attends pas les hordes
Qui viendront du continent, ne reste pas en repos :
Tourne le dos, retire-toi. Il viendra encore le jour où tu feras
　　face.
Mais par toi, ô divine Salamine, les femmes verront périr leurs
　　enfants,
À l'heure où Déméter sème, ou bien à l'heure où elle récolte [143].

(142). La réponse était plus favorable que la précédente, et les envoyés d'Athènes la prirent pour telle ;
ils la consignèrent et s'en revinrent chez eux. Sitôt
arrivés, ils la transmirent à leurs concitoyens qui en
proposèrent diverses interprétations, et principalement celles-ci, de sens contraire : pour un certain
nombre des citoyens les plus âgés, le dieu dans sa
réponse leur signifiait que l'Acropole tiendrait bon ;
car l'Acropole d'Athènes était jadis entourée d'une
palissade, et cette clôture était pour eux la « muraille

de bois » en question. Pour les autres le dieu voulait
parler de navires, et ils invitaient leurs concitoyens à
tout abandonner pour s'occuper uniquement de leur
flotte. Cependant les partisans de la seconde interprétation se trouvaient arrêtés par les deux derniers
éléments de la réponse de la Pythie : « Par toi, ô
divine Salamine, les femmes verront périr leurs
enfants, à l'heure où Déméter sème, ou bien à l'heure
où elle récolte. » Ces mots s'opposaient à l'opinion qui
faisait des navires la « muraille de bois », car les
chresmologues [144] y voyaient l'annonce d'un désastre inévitable dans les eaux de Salamine, si les
Athéniens entreprenaient de livrer sur mer une
bataille.

Thémistocle.   (143). Il y avait alors
                          dans Athènes un homme
qui venait d'accéder au premier rang ; il se nommait
Thémistocle, on l'appelait fils de Néoclès [145]. Ce
Thémistocle déclara que l'interprétation des chresmologues n'était pas entièrement juste ; il en proposait
lui-même une autre : si les mots en question s'adressaient vraiment aux Athéniens, le dieu, pensait-il,
n'aurait pas employé de formule si favorable ; il aurait
annoncé : « Funeste Salamine ! » et non : « Divine
Salamine ! » si les gens de l'île devaient périr dans ses
parages. Donc, en bonne interprétation, l'oracle ne
visait pas les Athéniens, mais l'ennemi. Il conseillait
donc à ses concitoyens de se préparer à combattre sur
leurs vaisseaux, « la muraille de bois » de l'oracle. Les
Athéniens adoptèrent son interprétation qu'ils
jugeaient bien préférable à celle des chresmologues,
car ceux-ci leur déconseillaient de livrer bataille sur

mer, et même de tenter la moindre résistance, et proposaient d'abandonner Athènes pour aller s'installer ailleurs.

(144). Une autre proposition de Thémistocle avait, avant celle-ci, prévalu fort heureusement : les mines du Laurion avaient fait entrer dans le Trésor d'Athènes d'énormes sommes d'argent, et les concitoyens allaient toucher dix drachmes par tête, quand Thémistocle convainquit les Athéniens de ne plus procéder à ces distributions et de se donner avec cet argent deux cents navires pour faire la guerre [146], — il s'agissait de la guerre contre Égine [147]. La lutte engagée entre les deux villes sauva plus tard la Grèce, car elle obligea les Athéniens à se faire marins ; et, s'ils n'utilisèrent pas leurs vaisseaux comme ils l'avaient prévu, la Grèce les eut ainsi à sa disposition en temps utile. Les Athéniens avaient donc des navires déjà prêts, mais il leur fallait en faire construire d'autres pour compléter leur flotte. Après avoir entendu l'oracle, ils délibérèrent et décidèrent, dociles à l'ordre du ciel, de mettre toutes leurs forces sur leurs navires et de s'opposer sur la mer à l'envahisseur barbare, avec quiconque le voudrait parmi les Grecs.

(145). Voilà ce que les oracles avaient annoncé aux Athéniens. Les Grecs se réunirent [148], ceux qui choisissaient pour leur patrie la conduite la plus noble ; ils échangèrent des avis et des serments et décidèrent en conseil que leur première tâche était de renoncer aux inimitiés et aux guerres qui les divisaient ; il y en avait alors plusieurs en cours, mais la principale mettait aux prises les Athéniens et les Éginètes.

Les démarches   Ensuite, instruits de la
des Grecs.   présence à Sardes de
                Xerxès et de son armée, ils
résolurent d'expédier en Asie des émissaires pour
espionner les faits et gestes du Grand Roi, et d'envoyer des ambassadeurs, les uns conclure avec Argos
une alliance défensive contre les Perses, d'autres en
Sicile auprès de Gélon fils de Dinoménès et à Corcyre,
pour leur demander de secourir la Grèce, d'autres
encore en Crète : ils se demandaient s'ils pourraient
amener tous les peuples grecs à s'unir et à s'entendre
pour une action commune, en leur montrant qu'ils
étaient tous également menacés. Gélon disposait,
disait-on, de ressources immenses, qui dépassaient de
loin celles de tout autre peuple grec.

(146). Ces décisions prises, ils liquidèrent leurs
querelles et, tout d'abord, expédièrent en Asie leurs
espions, au nombre de trois. Ceux-ci parvinrent à
Sardes et se renseignèrent sur l'armée du roi, mais ils
se firent prendre : interrogés et convaincus par les
commandants des forces terrestres, on les emmena
pour les exécuter. Leur condamnation à mort avait été
prononcée, mais Xerxès, lorsqu'il l'apprit, blâma la
décision des commandants et chargea quelques-uns
de ses gardes de lui amener les prisonniers s'ils les
trouvaient encore en vie. Ils vivaient encore, et les
gardes les amenèrent devant le roi qui leur demanda
ce qu'ils étaient venus faire à Sardes et donna l'ordre à
ses gardes de les conduire partout, de leur montrer
son infanterie et sa cavalerie, et, lorsqu'ils estime-
raient en avoir assez vu, de les laisser partir où ils
voudraient sans leur faire de mal.

(147). Il ajouta d'ailleurs à son ordre le commen-

taire suivant : si leurs espions avaient été exécutés, les
Grecs n'auraient jamais pu savoir à l'avance que ses
forces étaient encore plus grandes qu'on ne le disait, et
leur enlever trois hommes ne leur aurait pas fait grand
mal ; par contre de retour en Grèce, ces hommes
parleraient de sa puissance à leurs compatriotes qui,
pensait-il, n'attendraient même pas la fin de ses
préparatifs pour renoncer à leur indépendance natio-
nale, et l'on n'aurait même pas la peine de marcher
contre eux. Xerxès prit d'ailleurs une décision semblable en une autre occasion : il se trouvait à Abydos
quand il vit des navires chargés de blé qui, du Pont-
Euxin, passaient par l'Hellespont pour gagner Égine
et le Péloponnèse. Ses gens les reconnurent pour des
vaisseaux ennemis et, prêts à les faire saisir, regardaient le roi en attendant ses ordres. Xerxès leur
demanda où allaient ces vaisseaux. « Ils vont chez tes
ennemis, maître, répondirent-ils, ils leur portent du
blé. » Xerxès reprit alors : « Eh bien ! nos vaisseaux
ne vont-ils pas au même endroit que les leurs, et
chargés de blé, entre autres choses ? Quel mal nous
font ces gens, qui nous apportent là-bas des vivres ? »

À Argos. (148). Donc, les espions
grecs observèrent tout à
loisir, puis on les laissa libres de regagner l'Europe.
Les confédérés grecs firent partir, après leurs espions,
leurs ambassadeurs pour Argos. Voici, d'après les
Argiens, ce qui se passa chez eux. Ils avaient depuis le
début, dirent-ils, connu les projets du Barbare contre
la Grèce ; ils avaient alors compris que les Grecs
chercheraient à obtenir leur concours contre les
Perses, et ils avaient envoyé à Delphes une délégation

pour demander au dieu le parti qu'ils devaient prendre. Ils avaient récemment perdu six mille hommes en combattant les Lacédémoniens menés par Cléomène fils d'Anaxandride, d'où, dirent-ils, leur appel à l'oracle. La Pythie leur fit cette réponse :

Peuple haï de tes voisins, mais cher aux Immortels,
Reste dans tes murs, sur tes gardes et l'épieu à la main ;
Protège ta tête, et la tête sauvera le corps.

Voilà ce que la Pythie leur avait déjà répondu. Lorsque ensuite les envoyés des Grecs arrivèrent dans Argos, ils furent admis devant le Conseil et présentèrent leur requête. On leur répondit que les Argiens étaient prêts à leur accorder leur aide, mais après la conclusion d'une trêve de trente ans avec Sparte, et à la condition d'avoir sous leurs ordres la moitié des troupes confédérées ; en toute justice, le commandement suprême leur revenait, mais ils se contentaient de la moitié [149].

(149). Voilà, disent les Argiens, ce que répondit leur Conseil, malgré l'oracle qui leur défendait de s'allier aux Grecs ; et, malgré la crainte que leur inspirait l'oracle, ils souhaitaient vivement conclure une trêve de trente ans, pour donner à leurs fils le temps d'arriver à l'âge d'homme : ils craignaient, sans cette trêve, et si quelque échec devant les Perses s'ajoutait au malheur qui les avait frappés, de tomber pour toujours au pouvoir des Lacédémoniens. Les Spartiates qui faisaient partie de l'ambassade déclarèrent, en réponse aux conditions posées par le Conseil d'Argos, que, pour la trêve, ils en référeraient à leurs concitoyens, mais qu'il leur appartenait de répondre sur la question du commandement ; ils rappelaient donc qu'il y avait deux rois chez eux, un seul dans Argos ; donc il n'était pas possible d'ôter à l'un de leurs rois son commandement, mais rien n'empêchait le chef d'Argos d'avoir la même autorité que leurs deux rois [150]. Les Argiens déclarent qu'ils refusèrent d'admettre les prétentions des Spartiates et choisirent d'obéir aux Barbares plutôt que de céder à Sparte ; et, disent-ils, les ambassadeurs reçurent l'ordre de quitter le territoire d'Argos avant le coucher du soleil ; sinon, ils seraient traités en ennemis.

(150). Voilà comment les Argiens eux-mêmes présentent les événements ; mais il y a en Grèce une autre tradition, selon laquelle Xerxès, avant de se lancer contre la Grèce, envoya aux Argiens un héraut qui, arrivé chez eux, leur tint, dit-on, ce discours : « Argiens, le roi Xerxès vous fait dire ceci : nous pensons avoir pour ancêtre Persès, qui est né de Persée, fils de Danaé, et d'Andromède, fille de Céphée [151]. Il se peut donc que nous soyons par là vos descendants. Donc, nous ne saurions, nous, marcher contre nos pères, et vous, devenir nos ennemis pour secourir d'autres peuples : il est naturel, au contraire, que vous restiez en paix chez vous, car, si j'obtiens le succès que j'espère, personne à mes yeux ne comptera plus que vous. » Ces paroles, dit-on, firent grande impression sur les Argiens ; pour commencer, ils n'offrirent et ne demandèrent rien à personne ; puis, lorsque les Grecs recherchèrent leur concours, ils réclamèrent la moitié du pouvoir parce qu'ils savaient bien que les Lacédémoniens ne la leur accorderaient pas, ce qui leur donnerait un prétexte pour ne pas bouger.

(151). À l'appui de cette opinion certaines personnes en Grèce rappellent un événement qui se passa
bien des années plus tard ; des ambassadeurs
d'Athènes (c'était Callias fils d'Hipponicos, et ses
collègues) [152] se trouvaient à Suse — la « maison de
Memnon [153] » — pour une autre affaire, alors qu'au
même moment les Argiens en avaient envoyé, eux
aussi, à Suse, pour demander au fils de Xerxès,
Artaxerxès, si l'alliance qu'ils avaient conclue avec
Xerxès existait toujours, comme ils le souhaitaient, ou
si le roi les tenait pour des ennemis ; et le roi,
Artaxerxès, déclara qu'elle était toujours en vigueur et
qu'Argos était chère à son cœur entre toutes les cités.

(152). Maintenant, Xerxès a-t-il fait porter ce
message aux Argiens, et les ambassadeurs d'Argos
sont-ils allés à Suse pour questionner Artaxerxès sur
leur alliance avec lui, je ne puis rien assurer, et je n'ai
sur ces événements pas d'autre opinion que celle des
Argiens eux-mêmes. Je ne sais qu'une chose, et la
voici : que tous les hommes viennent étaler sur la
place leurs fautes particulières pour les troquer contre
celles de leur voisin et, quand ils auront vu celles-là de
près, ils seront trop contents de s'en aller en gardant
chacun son paquet. Par là, les Argiens n'ont pas, eux
non plus, commis l'infamie la plus grande. Pour moi,
si j'ai le devoir de rapporter ce que l'on dit, je ne suis
certainement pas obligé d'y croire — qu'on tienne
compte de cette réserve d'un bout à l'autre de mon
ouvrage —, car on va jusqu'à dire que les Argiens ont
eux-mêmes invité les Perses à marcher contre la Grèce
parce que les Lacédémoniens leur avaient infligé un
revers et qu'ils voulaient, à n'importe quel prix,
échapper à leur humiliante situation.

En Sicile :
Gélon.

(153). Voilà ce que j'avais à dire sur les Argiens. En Sicile, d'autres ambassadeurs vinrent trouver Gélon de la part des Grecs confédérés, entre autres un représentant des Lacédémoniens, Syagros. Un ancêtre de Gélon, l'un des fondateurs de Géla, venait de Télos, une île qui est au large du cap Triopion [154]. Quand les Lindiens de Rhodes, avec Antiphèmos, allèrent fonder Géla [155], il les suivit; par la suite ses descendants devinrent les hiérophantes des Déesses Souterraines [156], charge héréditaire dans leur famille, acquise par l'un de leurs ancêtres, Télinès, dans les circonstances que voici : des citoyens de Géla s'étaient retirés dans la ville de Mactorion, au-dessus de Géla, à la suite d'une sédition dans laquelle ils avaient eu le dessous, et Télinès les ramena dans Géla, sans emmener de troupes avec lui, mais seulement les objets du culte de ces divinités; les avait-il acquis ou reçus, je ne saurais le dire, mais, confiant en leur pouvoir, il alla chercher les fugitifs, sur la promesse que ses descendants seraient les hiérophantes des déesses. Une chose m'étonne encore [157] dans cette histoire, c'est que Télinès soit l'auteur d'un tel exploit; car les actes de ce genre ne sont pas à la portée du premier venu; il y faut une âme généreuse et un corps viril, tandis qu'en Sicile les gens parlent de lui comme d'un homme efféminé, sans beaucoup d'énergie.

(154). Voilà comment Télinès avait acquis cette charge. Lorsque mourut Cléandros fils de Pantarès, qui avait été pendant sept ans le tyran de Géla (il fut tué par un citoyen de Géla, Sabyllos), le pouvoir passa aux mains de son frère Hippocrate. Sous le règne

d'Hippocrate, le Gélon dont nous parlons, un descendant de Télinès le premier hiérophante, faisait partie
de sa garde, avec entre autres Ainésidèmos, fils de
Pataicos. Son mérite le fit bientôt mettre à la tête de
toute la cavalerie ; car lorsque Hippocrate avait fait
assiéger Callipolis, Naxos, Zancle, Léontini, et Syracuse encore et de nombreuses cités barbares, Gélon
avait fait preuve dans ces combats d'une bravoure
exceptionnelle. Des villes que j'ai dites pas une, sauf
Syracuse, n'échappa au joug d'Hippocrate ; Corinthe
et Corcyre sauvèrent les Syracusains qui avaient été
vaincus en bataille rangée près du fleuve Éloros : elles
les sauvèrent en négociant un accord entre eux et
Hippocrate, à qui Syracuse dut céder la ville de
Camarine (qui lui avait de tout temps appartenu) [158].

(155). Hippocrate avait régné sur Géla pendant le
même nombre d'années que son frère Cléandre quand
la mort le surprit devant la ville d'Hybla, au cours
d'une campagne dirigée contre les Siciliens [159]. Gélon
se posa d'abord en protecteur des enfants d'Hippocrate, Euclide et Cléandros, comme les citoyens de
Géla refusaient d'obéir encore à un maître ; en fait,
quand il eut vaincu en bataille rangée les habitants de
Géla, il évinça les fils d'Hippocrate et garda le
pouvoir. Après ce premier succès, il arriva qu'à
Syracuse une partie des citoyens, les Gamores, furent
chassés de la ville par le peuple et par leurs propres
esclaves, les Cyllyriens [160] : Gélon les ramena de la
ville de Casmène et les rétablit dans Syracuse, dont il
s'empara par la même occasion, car à son approche le
peuple lui livra la ville et ses habitants [161].

(156). Maître de Syracuse, Gélon attacha moins
d'importance à la possession de Géla qu'il remit à son

frère Hiéron, et il se réserva Syracuse à laquelle il
consacra toute son activité. La ville se développa
rapidement et prospéra. D'abord Gélon y transféra,
comme citoyens, tous les habitants de Camarine, dont
il fit raser la cité ; ensuite il fit la même chose avec plus
de la moitié des habitants de Géla. Assiégés, les
Mégariens de Sicile [162] durent capituler : Gélon
envoya les riches à Syracuse, alors qu'ils étaient les
responsables de la guerre et qu'ils s'attendaient à
payer de leur vie leur politique, et il les fit citoyens de
la ville ; les gens du peuple, qui n'avaient pas voulu la
guerre et pensaient n'avoir rien à craindre, furent
aussi transférés à Syracuse, mais Gélon les fit tous
vendre à l'étranger ; il fit de même avec les Eubéens de
Sicile [163], selon leur classe sociale. Il agissait ainsi
parce qu'il voyait dans la classe populaire l'élément le
plus incommode d'une cité. Voilà comment Gélon
avait acquis une grande puissance.

(157). Donc, lorsque les représentants des Grecs
arrivèrent à Syracuse, Gélon les reçut, et ils lui dirent
ceci : « Les Lacédémoniens, [les Athéniens] [164] et
leurs alliés nous ont envoyés te chercher pour lutter
avec eux contre le Barbare. L'invasion qui menace la
Grèce, tu ne peux pas ne pas en être informé ; tu sais
que le Perse s'apprête, par les ponts qu'il a jetés sur
l'Hellespont, à quitter l'Asie pour attaquer la Grèce
avec toutes les forces du monde oriental ; il prétend
qu'il marche contre Athènes, mais ce qu'il veut, c'est
mettre sous sa loi la Grèce tout entière. Gélon, tu jouis
maintenant d'un grand pouvoir et la part du sol grec
qui te revient n'est pas insignifiante, puisque tu règnes
sur la Sicile : viens aider les hommes qui veulent une
Grèce libre et sauve avec eux sa liberté. Tous unis, les

peuples grecs font une masse d'hommes imposante et nous pouvons tenir tête aux envahisseurs ; si certains d'entre nous trahissent notre cause, si d'autres se refusent à résister, si la Grèce ne compte plus assez d'éléments sains, alors un danger nous menace : l'effondrement de la Grèce tout entière. Ne compte pas que le Perse, s'il l'emporte et nous soumet, ne viendra pas jusqu'à toi, et n'attends pas qu'il le fasse pour te garder : en nous aidant, c'est toi que tu protèges. D'ailleurs, au dessein formé sagement répond en général une heureuse issue. »

(158). Voilà ce qu'ils lui dirent, et Gélon répondit avec emportement : « Gens de la Grèce, vous avez l'audace de venir avec des paroles intéressées me réclamer mon alliance contre le Barbare ! Mais je vous ai demandé, moi, il y a quelque temps, de m'aider contre une armée barbare, lorsque je m'opposais aux Carthaginois et que je voulais venger la mort de Dorieus, fils d'Anaxandride, victime des Ségestins [165], et vous offrais de libérer, avec moi, ces comptoirs qui vous ont procuré tant d'avantages et de profits : à ce moment-là, vous n'êtes pas venus à mon secours, ni par égard pour moi ni pour venger Dorieus, et le pays, en ce qui vous concerne, pourrait bien être encore aux mains des Barbares. N'en parlons plus, puisque tout s'est arrangé, à mon avantage. Aujourd'hui, parce que la guerre s'est déplacée, parce qu'elle vous menace, on pense à Gélon ! Eh bien, si je n'ai rencontré chez vous qu'indifférence, je ne vous imiterai pas : je suis prêt à vous secourir avec deux cents trières, vingt mille hoplites, deux mille cavaliers, deux mille archers, deux mille frondeurs, un corps de cavalerie légère de deux mille hommes ; et je me charge de ravitailler en blé l'armée grecque tout entière jusqu'à la fin des hostilités. Voilà ce que je vous offre, mais à une condition : j'aurai le commandement en chef des troupes, et je dirigerai les opérations contre le Barbare ; je ne puis accepter d'autres conditions pour me joindre à vous, ou pour vous donner des renforts. »

(159). À ces mots Syagros répondit, indigné : « Vraiment ! Voilà qui ferait gémir bien haut le descendant de Pélops, Agamemnon [166], s'il apprenait que Gélon et des Syracusains ont enlevé le commandement aux Spartiates ! Non, renonce à ton idée, ne compte pas que nous te le céderons. Si tu veux secourir la Grèce, sache que tu seras sous le commandement des Lacédémoniens ; si tu n'acceptes pas cette idée, garde tes secours. »

(160). Quand Gélon vit qu'il se heurtait à l'opposition catégorique de Syagros, il fit une dernière tentative : « Étranger de Sparte, dit-il, les injures qu'un homme s'entend dire provoquent en général sa colère ; cependant, toute l'insolence de tes paroles ne peut m'engager à manquer à mon tour à la courtoisie. Vous revendiquez le commandement suprême ? Mais j'ai moi aussi le droit de le revendiquer, plus que vous, moi qui ai sous mes ordres une armée bien plus forte que la vôtre et des vaisseaux bien plus nombreux. Mais, puisque mes conditions vous choquent, nous allons en rabattre un peu : vous pourriez commander aux forces de terre et moi, j'aurai la flotte ; ou bien, s'il vous plaît de commander sur mer, je prends, moi, les forces terrestres. Donc il vous faut ou bien vous contenter de ce que je vous laisse, ou bien quitter la place et vous passer d'alliés tels que nous. »

(161). Voilà ce que Gélon leur proposait ; mais
l'envoyé d'Athènes prévint la réponse du Spartiate et
déclara : « Roi de Syracuse, la Grèce n'a pas besoin
de chef, elle ne nous a pas envoyés vers toi pour en
trouver un : elle veut des soldats. Tu protestes que tu
n'en enverras pas si tu ne commandes pas à la Grèce ;
être à sa tête, voilà ce que tu veux. Tant que tu
demandais à diriger toutes les forces des Grecs, nous
autres Athéniens nous pouvions ne pas intervenir, car
nous savions notre collègue de Sparte très capable de
soutenir à la fois les droits de nos deux peuples.
Comme on te refuse le commandement suprême, tu
demandes maintenant à commander la flotte ; eh bien,
voici notre réponse : si le Spartiate te l'accorde, c'est
nous qui te le refuserons. Ce droit nous revient, si les
Lacédémoniens n'en veulent pas ; s'ils le revendiquent, nous ne protestons pas, mais nous ne laisserons
personne d'autre à la tête de la flotte. À quoi nous
servirait alors d'être la plus grande puissance mari-
time de la Grèce, si nous, Athéniens, nous cédions le
commandement à des Syracusains, quand nous
sommes le peuple le plus ancien de la Grèce, le seul
qui n'ait jamais changé de pays, quand le poète
Homère lui-même dit que nous avons envoyé devant
Ilion le guerrier le plus habile à ranger l'armée en bon
ordre ? Ainsi personne ne peut nous reprocher de tenir
ce langage [167]. »

(162). « Étranger d'Athènes, répliqua Gélon, vous
avez, semble-t-il, des gens pour commander, mais
vous manquerez d'hommes pour leur obéir. Soit !
Puisque vous ne cédez rien et voulez tout garder, vous
ne sauriez me débarrasser trop vite de votre présence
pour aller dire à la Grèce que son année n'aura pas de

printemps [168]. » (Voici le sens de ces mots et ce qu'il voulait dire par là, — la chose est d'ailleurs claire — : le printemps est la fleur de l'année, et ses troupes auraient eu le même rôle dans l'armée des Grecs ; il comparait donc la Grèce sans son alliance à une année qui aurait perdu son printemps.)

(163). Donc les envoyés des Grecs se rembarquèrent, après cette discussion. Gélon de son côté craignait que les Grecs ne fussent incapables de l'emporter sur les Barbares, et jugeait intolérable et révoltante l'idée d'aller dans le Péloponnèse obéir, lui tyran de Sicile, aux ordres des Lacédémoniens ; il abandonna donc ce parti pour en choisir un autre. Dès qu'il sut le Perse passé de ce côté de l'Hellespont, il fit partir pour Delphes trois navires à cinquante rames avec Cadmos de Cos, fils de Scythès, chargé d'une énorme somme d'argent et d'un message d'amitié ; Cadmos guetterait là-bas l'issue de la bataille et, si le Barbare triomphait, il lui remettrait l'or et le proclamerait « maître de la terre et de l'eau » partout où régnait Gélon ; si les Grecs l'emportaient, il regagnerait Syracuse.

(164). Ce Cadmos avait précédemment reçu de son père la tyrannie sur l'île de Cos, une tyrannie bien assurée ; mais spontanément et sans qu'il eût rien à redouter, par simple souci de justice, il remit ses pouvoirs au peuple de Cos et se rendit en Sicile ; là, il prit Zancle avec les Samiens et s'établit dans cette ville qui avait pris le nom de Messène [169]. Voilà comment Cadmos était arrivé en Sicile, par un respect de la justice que Gélon eut personnellement d'autres occasions de reconnaître en lui. C'est donc lui qu'il fit partir pour Delphes, et Cadmos, après bien d'autres actes de probité, donna dans ce voyage la preuve la

plus éclatante peut-être de sa vertu : maître des
trésors que Gélon lui confiait, il pouvait se les
approprier mais n'en voulut rien faire et, les Grecs
vainqueurs sur mer et Xerxès repoussé, cet honnête
homme regagna lui aussi la Sicile, avec tout l'argent
qu'il avait emporté.

(165). En Sicile, on dit encore ceci : malgré l'obligation qui lui était faite d'obéir aux Lacédémoniens,
Gélon aurait secouru les Grecs si le tyran d'Himère,
Térillos fils de Crinippos, chassé de sa ville par le
souverain d'Agrigente, Théron fils d'Ainésidèmos,
n'avait à cette époque réuni en Sicile une armée de
trois cent mille hommes, Phéniciens, Libyens, Ibères,
Ligures, Élisyces, Sardoniens et Cyrnien [170], avec à
leur tête Amilcar, fils d'Annon, qui était roi de
Carthage [171], dont il avait obtenu le concours en
raison de leurs relations d'hospitalité, mais surtout
grâce au zèle d'Anaxilaos, fils de Crétinès, le tyran de
Rhégion, qui avait remis ses propres enfants en otages
aux mains d'Amilcar pour le faire intervenir en Sicile
et venger son beau-père (il avait épousé la fille de
Térillos, qui s'appelait Cydippé) [172]. Voilà pourquoi,
dit-on, Gélon ne fut pas en état de secourir les Grecs et
envoya cet argent à Delphes.

(166). On dit encore ceci : le même jour, Gélon et
Théron triomphèrent en Sicile du Carthaginois Amilcar, tandis qu'à Salamine les Grecs triomphaient des
Perses [173]. Cet Amilcar, qui était Carthaginois par son
père, mais Syracusain par sa mère, et qui avait reçu la
royauté pour sa valeur, disparut, me dit-on, quand la
bataille engagée se termina pour lui en défaite : on ne
le retrouva nulle part, ni vivant ni mort ; or Gélon le
fit chercher partout.

(167). Voici d'ailleurs ce qu'en disent les Carthaginois, non sans vraisemblance : les Barbares et les Grecs luttèrent en Sicile de l'aurore à la fin du jour (la bataille dura tout ce temps-là, dit-on) ; cependant Amilcar était resté dans son camp et demandait aux dieux de bons présages en leur offrant des victimes qu'il faisait brûler tout entières, sur un vaste bûcher ; au moment où il répandait les libations sur les victimes, il vit ses troupes battre en retraite, et il se précipita lui-même dans les flammes ; ainsi disparut-il, réduit en cendres. Depuis lors, qu'il ait disparu comme le racontent les Phéniciens ou de toute autre manière, on lui offre des sacrifices et il a des monuments dans toutes les colonies des Carthaginois ; le plus important se trouve à Carthage [174]. Sur les événements de Sicile, voilà tout ce que j'avais à dire.

À Corcyre. (168). À Corcyre, voici la réponse qu'obtinrent les délégués des Grecs et l'attitude qu'adoptèrent les Corcyréens. Les ambassadeurs qui s'étaient rendus en Sicile allèrent également solliciter leur concours et leur répétèrent ce qu'ils avaient dit à Gélon ; les Corcyréens leur promirent aussitôt aide et protection et déclarèrent qu'ils ne pouvaient pas voir la Grèce périr, en toute indifférence : qu'elle succombât, disaient-ils, et ils n'avaient plus qu'une chose à attendre, l'esclavage au premier jour ; il leur fallait donc la seconder de toutes leurs forces. La réponse était belle ; mais, lorsqu'il fallut envoyer des secours, ils firent d'autres projets : ils armèrent soixante navires, mais à peine se décidèrent-ils à prendre la mer et, sans dépasser le Péloponnèse, ils s'arrêtèrent au large de Pylos et du cap Ténare en Laconie, pour guetter eux aussi l'issue de la lutte : ils ne comptaient pas sur la victoire des Grecs et s'attendaient au contraire à voir le Perse écraser la Grèce et la réduire tout entière en son pouvoir. Leur attitude était calculée pour leur permettre de dire au Perse : « Roi, quand les Grecs nous ont appelés à leur secours dans cette guerre, nous n'étions pas les moins forts et nos navires n'auraient pas été les moins nombreux, — puisque après les Athéniens c'est nous qui en avons le plus —, mais nous n'avons pas voulu nous dresser contre toi ni te déplaire en quoi que ce fût. » Ils espéraient obtenir par ces protestations certains avantages — et ils les auraient d'ailleurs obtenus, à mon avis. Envers la Grèce ils avaient une excuse toute prête, celle qu'ils invoquèrent lorsque les Grecs les accusèrent de ne pas leur avoir porté secours : ils avaient armé soixante trières, répondirent-ils, mais à cause des vents étésiens ils n'avaient pas pu doubler le cap Malée[175] ; ils n'avaient donc pas pu gagner Salamine et s'ils n'étaient pas là pour la bataille, ce n'était pas faute de courage. — Voilà comment ils se dérobèrent.

En Crète.   (169). En Crète enfin, lorsque les Grecs envoyés auprès d'eux leur demandèrent leur aide, voici ce que firent les Crétois : ils envoyèrent une ambassade commune[176] à Delphes demander au dieu s'il leur serait avantageux de secourir la Grèce. La Pythie leur répondit : « *Insensés ! Vous n'avez pas assez des larmes que Minos furieux vous a coûtées pour avoir servi la vengeance de Ménélas ? Ces gens ne vous avaient pas aidés à venger sa mort à Camicos, mais vous les avez aidés, vous, pour la femme de Sparte enlevée par un Barbare*[177]. » Instruits de sa réponse, les Crétois renoncèrent à aider la Grèce.

(170). Minos, dit-on, pour retrouver Dédale, se rendit en Sicanie, la Sicile actuelle, où il périt de mort violente[178]. Plus tard, sur l'ordre d'un dieu, tous les Crétois, sauf les gens de Polichné et de Praisos[179], partirent pour la Sicile avec une flotte nombreuse et firent pendant cinq ans le siège de Camicos, une ville qui de mon temps appartenait aux Agrigentins. Enfin, incapables et de prendre la ville et de continuer le siège en souffrant de la famine, ils se résignèrent à s'en aller. Ils longeaient les côtes d'Iapygie lorsqu'une violente tempête les assaillit et les jeta sur le rivage ; leurs vaisseaux furent brisés et, comme ils n'avaient aucun moyen de regagner la Crète, ils restèrent là et fondèrent la ville d'Hyria ; ils quittèrent leur nom de Crétois et prirent celui d'Iapyges-Messapiens et, d'insulaires qu'ils étaient, devinrent un peuple du continent[180]. À partir d'Hyria ils fondèrent d'autres villes, que les Tarentins longtemps après voulurent détruire ; mais ils subirent un terrible échec[181] et jamais, à notre connaissance, il n'y eut autant de Grecs massacrés, gens de Tarente même et gens de Rhégion que Micythos fils de Choiros avait forcés à secourir les Tarentins et qui perdirent à eux seuls trois mille hommes ; les pertes des Tarentins n'ont pas été indiquées. Micythos était un serviteur d'Anaxilaos, qui l'avait chargé de gouverner Rhégion ; c'est l'homme qui, chassé de Rhégion, s'établit à Tégée en Arcadie et consacra dans Olympie ces nombreuses statues[182].

(171). Mais les affaires de Rhégion et de Tarente

sont en dehors de mon sujet. Dépeuplée, la Crète
reçut, d'après les Praisiens, d'autres habitants, en
majorité Grecs ; puis, à la troisième génération après
Minos, ce fut la guerre de Troie, dans laquelle les
Crétois se rangèrent, dit-on, parmi les plus vaillants
défenseurs de Ménélas. Ils en furent payés, à leur
retour de Troie, par la famine et la peste qui les
frappèrent, eux et leurs troupeaux ; et la Crète, encore
une fois dépeuplée, reçut pour la seconde fois de
nouveaux habitants qui sont, à côté des survivants, les
Crétois actuels [183]. La Pythie, en évoquant ces malheurs, les empêcha de porter secours aux Grecs
comme ils le désiraient.

En Thessalie.   (172). Si les Thessa-
                          liens, eux, se rangèrent
d'abord du côté des Mèdes, ce fut par nécessité, car ils
firent bien voir que les intrigues des Aleuades [184] ne
leur plaisaient point. En effet, quand ils apprirent que
le Perse allait passer en Europe, ils envoyèrent
aussitôt leurs délégués à l'Isthme ; là se trouvaient
réunis les représentants de la Grèce, pris dans les cités
qui avaient choisi pour elle le parti le plus noble [185].
Les délégués thessaliens vinrent les trouver et leur
dirent : « Peuples de la Grèce, il faut garder le défilé
de l'Olympe, pour mettre à l'abri de la guerre la
Thessalie et la Grèce entière. Nous sommes prêts à le
faire avec vous, mais il faut que vous nous envoyiez
des forces considérables ; sinon, sachez que nous
traiterons avec le Perse : nous sommes aux avant-
postes de la Grèce, mais nous n'en sommes pas pour
autant obligés de périr seuls pour vous sauver. Si vous
refusez de nous aider, vous ne pouvez rien exiger de

nous : exiger ne sert à rien quand on ne peut rien faire. Nous essaierons alors de nous tirer d'affaire tout seuls. » Voilà ce qu'ils leur dirent.

(173). Les Grecs décidèrent alors d'envoyer par mer en Thessalie des forces terrestres pour garder le défilé. Sitôt rassemblées, leurs troupes s'embarquèrent et franchirent l'Euripe ; parvenues à Alos en Achaïe [186], elles débarquèrent et, quittant leurs navires, se dirigèrent vers la Thessalie et gagnèrent Tempé, le défilé qui permet de passer de la Basse-Macédoine en Thessalie par la vallée du Pénée, entre l'Olympe et l'Ossa. Les Grecs établirent là leur camp ; ils étaient environ dix mille hoplites, et la cavalerie des Thessaliens se joignit à eux ; les Lacédémoniens avaient à leur tête Évainétos fils de Carénos, qu'on avait choisi entre tous les polémarques bien qu'il ne fût pas de sang royal [187], et les Athéniens Thémistocle fils de Néoclès. Ils restèrent là peu de jours, car des messagers vinrent de la part d'Alexandre, fils d'Amyntas, un Macédonien, leur conseiller de se retirer et de ne pas rester dans le défilé où l'armée des envahisseurs les écraserait ; et ils leur indiquèrent le nombre des hommes et des vaisseaux de l'ennemi. Sitôt ce conseil reçu, — qui leur parut excellent et les convainquit de la bienveillance à leur égard du Macédonien, — ils le suivirent ; d'ailleurs la crainte, à mon avis, les y détermina, car ils avaient appris qu'on pouvait encore entrer en Thessalie par la Haute-Macédoine, en passant par le pays des Perrhèbes et la ville de Gonnos [188], le chemin que prit justement l'armée de Xerxès. Les Grecs retournèrent alors à leurs bateaux et regagnèrent l'Isthme.

(174). Voilà ce que fut leur expédition en Thessa-

lie, au moment où le Grand Roi, prêt à passer d'Asie
en Europe, se trouvait déjà dans Abydos. Les Thessaliens, abandonnés de leurs alliés, se jetèrent alors
du côté des Mèdes sans tergiverser davantage, et
même avec tant de zèle qu'au cours des opérations ils
se montrèrent les auxiliaires les plus utiles [189] du
roi.

Les positions   (175). Quand l'expédi-
choisies.   tion fut de retour, les Grecs
          cherchèrent, à l'aide des
renseignements qu'ils tenaient d'Alexandre, comment
lutter contre les Perses et en quels endroits. Un avis
prévalut : garder le défilé des Thermopyles, plus
étroit, de toute évidence, que celui qui mène en
Thessalie et, de plus, unique et plus proche de chez
eux. L'étroit sentier qui causa la perte des Grecs, ceux
qui furent perdus aux Thermopyles, ils en ignoraient
totalement l'existence avant d'être sur place, où les
Trachiniens le leur indiquèrent [190]. Donc, on prit la
décision de garder le défilé pour fermer au Barbare la
route de la Grèce, et la flotte se rendrait au cap
Artémision, qui est sur le territoire d'Histiée [191]; les
deux points sont assez rapprochés pour que les
nouvelles passent vite de l'un à l'autre. En voici
maintenant la description.

(176). Commençons par l'Artémision : la vaste
mer de Thrace se resserre là et forme une passe étroite
entre l'île de Sciathos et, sur le continent, la Magnésie ; le détroit franchi, on voit, sur la côte de l'Eubée,
l'Artémision qui est une plage avec un temple d'Artémis [192]. Sur terre, le passage qui mène en Grèce par
Trachis est, à son point le plus étroit, large d'un demi-

plèthre [193]. Cependant, l'endroit le plus étroit de toute
la région n'est pas là, il se trouve avant et après les
Thermopyles : près d'Alpènes, après les Thermopyles, le passage est juste assez large pour un chariot ;
avant les Thermopyles, près d'un cours d'eau, le
Phénix, voisin de la ville d'Anthéla, il y a un passage
de la même largeur. À l'ouest des Thermopyles, la
montagne s'élève abrupte, inaccessible, très haute ;
c'est un contrefort de l'Œta. À l'est de la route, il y a la
mer et des marécages [194]. On trouve dans le défilé des
bassins d'eau chaude qu'on appelle « les Marmites »
dans le pays, et près d'eux un autel d'Héraclès [195]. Un
mur avait été bâti pour fermer le passage, et il avait
autrefois des portes ; les Phocidiens l'avaient élevé par
peur des Thessaliens, lorsque ceux-ci quittèrent la
Thesprotie pour s'installer en Éolide, le pays qu'ils
occupent encore aujourd'hui : les Thessaliens tentaient de les asservir et les Phocidiens se protégeaient
par ce moyen, et ils amenèrent à l'époque les eaux
chaudes sur la route pour raviner le sol et la rendre
impraticable, car ils ne négligeaient rien pour empêcher les Thessaliens d'envahir leur pays. Ce vieux
mur datait d'une époque lointaine et les ans l'avaient
en grande partie ruiné : les Grecs décidèrent de le
relever pour fermer la Grèce au Barbare [196]. Un bourg
s'élevait tout près de la route : Alpènes, et les Grecs
comptaient y trouver du ravitaillement.

(177). Les emplacements choisis leur paraissaient
favorables : après avoir soigneusement étudié le terrain et constaté que les Barbares ne pourraient tirer
parti ni de leur supériorité numérique ni de leur
cavalerie, ils décidèrent d'attendre là les envahisseurs.
Dès qu'ils surent le Perse en Piérie, tous quittèrent

l'Isthme et partirent pour se battre, les uns sur terre
aux Thermopyles, les autres sur mer à l'Artémision.

(178). Donc les Grecs en toute hâte rejoignirent
leurs postes, et pendant ce temps les Delphiens,
tremblants, interrogeaient le dieu sur leur sort et celui
de la Grèce ; l'oracle leur répondit de prier les Vents,
car ils seraient pour la Grèce des alliés puissants. En
possession de cette réponse, les Delphiens en informè-
rent d'abord ceux des Grecs qui avaient choisi la
liberté, et cette information transmise à des gens qui
tremblaient à l'idée d'affronter le Barbare leur valut
leur éternelle reconnaissance ; ensuite les Delphiens
élevèrent aux Vents un autel, à Thyia (où se trouve
l'enclos dédié à la fille de Céphise, Thyia, qui a donné
son nom à l'endroit), et leur offrirent des sacrifices.
Aujourd'hui encore les Delphiens, à cause de cet
oracle, offrent aux Vents des sacrifices propitiatoires [197].

LES OPÉRATIONS

Sur mer. (179). Les forces
navales de Xerxès, au
départ de Therma, détachèrent dix de leurs navires
les plus rapides pour aller droit sur Sciathos où trois
navires grecs avaient été postés en observateurs, l'un
de Trézène, l'autre d'Égine et le troisième d'Athènes ;
dès qu'ils aperçurent les Barbares, ils prirent tous les
trois la fuite.

(180). Le navire de Trézène, sous les ordres de
Praxinos, fut aussitôt capturé par les Barbares qui lui
donnèrent la chasse. Les vainqueurs prirent alors le

plus beau des hommes qu'il portait et l'égorgèrent à la proue du vaisseau ; ils jugeaient de bon augure que le premier Grec tombé entre leurs mains fût si beau. La victime s'appelait Léon, le *Lion :* son nom lui valut peut-être son malheur [198].

(181). Le navire d'Égine, commandé par Asonidès, donna plus de mal aux Perses, car l'un des soldats à son bord, Pythéas, fils d'Ischénoos, se conduisit en héros ce jour-là : le vaisseau était pris qu'il résistait toujours et il se battit jusqu'au moment où il tomba percé de coups. Comme il respirait encore, les soldats perses embarqués sur ces vaisseaux, frappés par sa vaillance, voulurent absolument le sauver, en appliquant de la myrrhe sur ses plaies qu'ils entourèrent ensuite de bandelettes d'un fin tissu de lin [199] ; de retour dans leur camp, ils le regardaient avec admiration, ils le montrèrent à toute l'armée et le traitèrent avec égards, tandis que les autres captifs pris sur le même navire furent traités en esclaves.

(182). Des trois navires, deux furent ainsi capturés ; le troisième, commandé par un Athénien, Phormos, s'enfuit et alla s'échouer à l'embouchure du Pénée ; les Barbares s'emparèrent du bâtiment, mais l'équipage leur échappa car en touchant le rivage les Athéniens abandonnèrent leur navire et regagnèrent Athènes à pied, en passant par la Thessalie [200].

(183). Les Grecs postés à l'Artémision apprirent l'arrivée des Barbares par des signaux de feux, qu'on leur fit depuis Sciathos ; à cette nouvelle, effrayés ils levèrent l'ancre et se replièrent sur Chalcis pour garder l'Euripe, en laissant des guetteurs sur les hauteurs de l'Eubée. Des dix vaisseaux des Barbares, trois se portèrent vers le rocher qu'on appelle la

Fourmi, entre Sciathos et la Magnésie : leurs hommes
y dressèrent une stèle de pierre qu'ils avaient apportée
avec eux [201]. La flotte perse quitta Therma dès qu'elle
n'eut plus d'obstacles devant elle, et se mit en route au
complet onze jours après que le roi en fut parti. — Ce
rocher dans les eaux du détroit, c'est Pammon de
Scyros qui leur en avait indiqué l'existence. En un
jour, la flotte atteignit le cap Sépias en Magnésie, et la
côte qui s'étend du cap à la ville de Casthanée [202].

Les forces perses   (184). Jusque-là et jus-
à l'Artémision.   qu'aux Thermopyles, l'ar-
                            mée des Perses était encore
indemne et le nombre des combattants, selon mes
calculs, s'élevait encore au chiffre suivant : d'abord,
sur les navires venus d'Asie au nombre de mille deux
cent sept, les équipages primitifs fournis par les divers
peuples de l'empire comptaient deux cent quarante et
un mille quatre cents hommes, à raison de deux cents
hommes par bâtiment ; chaque navire portait, en plus
de son contingent indigène, trente hommes pris parmi
les Perses, les Mèdes ou les Saces, ce qui fait trente six
mille cent dix hommes supplémentaires. À ce chiffre
et au précédent, je dois ajouter les hommes des
navires à cinquante rames, en comptant en moyenne
trente hommes — tantôt plus, tantôt moins — par
bâtiment ; or, je l'ai dit plus haut, ces navires étaient
au nombre de trois mille [203] ; on peut donc considérer
qu'ils portaient deux cent quarante mille hommes.
Voilà les chiffres pour la flotte de l'Asie : au total, cinq
cent dix mille hommes auxquels il en faut ajouter sept
mille plus six cent dix. L'infanterie comptait · un
million sept cent mille hommes et la cavalerie quatre-

vingt mille. Ajoutons-y les Arabes avec leurs chameaux et les Libyens avec leurs chars, au nombre de
vingt mille environ. Donc, au total, les forces navales
et terrestres de Xerxès se montaient à deux millions
trois cent dix-sept mille six cent dix hommes. Ceci
représente uniquement les forces venues de l'Asie,
sans compter les serviteurs que l'armée traînait à sa
suite, et les vaisseaux chargés de l'approvisionnement,
avec leurs équipages.

(185). Il faut ajouter aux forces énumérées ci-
dessus les contingents tirés de l'Europe : mais ici les
chiffres indiqués sont pure conjecture. Les vaisseaux
fournis par les Grecs de la Thrace et des îles proches
de la Thrace étaient au nombre de cent vingt, soit,
pour leurs équipages, vingt-quatre mille hommes.
Aux forces terrestres, les Thraces, les Péoniens, les
Éordes, les Bottiens, le peuple de Chalcidique, les
Bryges, les Pières, les Macédoniens, les Perrhèbes, les
Énianes, les Dolopes, les Magnètes, les Achéens et les
populations du littoral de la Thrace [204], fournirent des
contingents qui durent s'élever, je pense, à trois cent
mille hommes. Ces milliers d'hommes ajoutés aux
myriades que l'Asie fournissait font au total, pour les
combattants, deux millions six cent quarante mille
hommes, plus mille six cent dix.

(186). Ce chiffre est énorme ; mais les serviteurs
que l'armée traînait après elle, et les hommes à bord
des navires légers chargés du ravitaillement, sans
oublier les autres bâtiments qui l'accompagnaient,
n'étaient pas, à mon avis, moins nombreux que les
combattants, mais plus nombreux encore. Je consens
même que leur nombre ait été égal au leur, exactement : cette masse d'hommes, égale à celle des

combattants, représente le même nombre de
myriades. Cela fait donc cinq millions deux cent
quatre-vingt-trois mille hommes et deux cent vingt-
deux, que le roi Xerxès, fils de Darius, conduisit au
cap Sépias et aux Thermopyles [205].

(187). Voilà le nombre total des hommes qu'emmenait Xerxès. Quant aux femmes, vivandières et
concubines, et aux eunuques, personne n'en peut dire
le nombre exact, — non plus que des bêtes de somme
ou de trait et des chiens indiens qui suivaient l'armée
en multitude impossible à dénombrer. Je ne trouve
donc pas étonnant qu'il y ait eu des fleuves taris [206]
par ces millions de bouches, et je suis surpris bien
davantage qu'on ait trouvé de quoi les nourrir ; car je
constate, en comptant seulement une chénice de blé,
pas davantage, par homme et par jour, qu'il en fallait
tous les jours cent dix mille trois cent quarante
médimnes [207], — ceci sans parler des femmes, des
eunuques, des bêtes de somme et des chiens. Il y avait
là des hommes par millions, mais, par la taille et la
beauté nul d'entre eux n'était, plus que Xerxès, digne
de commander à de pareilles forces.

La tempête.   (188). Cependant l'armée navale, en mer, conti-
nuait sa route et, lorsqu'elle arriva sur la côte de la
Magnésie, entre le cap Sépias et Casthanée, les
navires de la première ligne s'amarrèrent au rivage et
les autres restèrent à l'ancre à côté d'eux ; comme la
plage n'était pas très étendue, ils mouillèrent sur huit
rangs, tournés vers la haute mer. C'est ainsi qu'ils
passèrent la nuit ; mais à l'aube, après une nuit calme
et sereine, la mer se mit à bouillonner, une terrible

tempête se déchaîna, avec de violentes rafales du vent
d'est, celui que l'on appelle dans le pays l'Hellespontien [208]. Les marins qui avaient senti le vent fraîchir
purent, lorsque leur place au mouillage le leur permit,
prévenir la tempête et tirer leurs navires sur le rivage,
ce qui les sauva, eux et leurs bâtiments. Mais tous les
navires qu'elle surprit sur la mer furent jetés, les uns
contre les rochers du Pélion qu'on appelle « les
Fours », les autres sur la plage; certains allèrent
s'échouer sur les flancs mêmes du cap Sépias, et les
vagues en jetèrent d'autres à la côte, aux villes de
Mélibée [209] et Casthanée. Rien ne put résister à la
fureur de l'ouragan.

(189). On raconte encore ceci : les Athéniens, dit-
on, sur la foi d'un oracle, avaient invoqué le vent
Borée, car un oracle supplémentaire leur avait
conseillé d'invoquer la protection de leur « gendre ».
Or, d'après les Grecs, Borée a pour femme une
Athénienne, Orithyie, fille d'Érechthée. En raison de
cette alliance, les Athéniens (c'est du moins ce qu'on
prétend) supposèrent qu'il s'agissait de lui; sur les
bateaux qui guettaient l'ennemi à Chalcis en Eubée,
dès qu'ils sentirent la tempête approcher ou même
avant, ils sacrifièrent à Borée et Orithyie et les
conjurèrent de les secourir et de perdre les nefs des
Barbares, comme l'autre fois au mont Athos. Est-ce
pour cela que Borée fondit sur les navires barbares au
mouillage? Je ne saurais le dire, mais les Athéniens
affirment que Borée, qui les avait déjà secourus
auparavant, leur rendit encore ce service, et ils lui
élevèrent à leur retour une chapelle près de
l'Ilissos [210].

(190). Dans ce désastre périrent — c'est le chiffre le

plus modéré — quatre cents navires au minimum, avec un nombre incalculable de vies humaines et des richesses immenses. Un citoyen de Magnésie, Aminoclès fils de Crétinès, qui avait un domaine aux environs du cap Sépias, tira de ce naufrage un grand bénéfice, car peu de temps après la mer rejeta sur le rivage, où il les recueillit, quantité de coupes, les unes en or, les autres en argent ; il y trouva même des trésors et s'appropria des quantités d'or inouïes. Mais le sort ne lui fut pas autrement favorable, s'il trouva dans ces épaves une énorme fortune, car un accident bien cruel fit le malheur de sa vie : le meurtre de son propre fils.

(191). En péniches chargées de vivres et en bâtiments de transport les pertes ce jour-là furent incalculables, si bien que les chefs de la flotte, de peur d'être en ce moment critique attaqués par les Thessaliens, s'abritèrent derrière une palissade élevée, construite avec les débris des navires échoués. La tempête souffla pendant trois jours ; enfin, par des sacrifices, par des incantations et des hurlements destinés à enchaîner l'ouragan, par d'autres victimes offertes à Thétis et aux Néréides, les Mages l'arrêtèrent, au quatrième jour, — ou bien encore elle se calma d'elle-même. (Les Mages sacrifièrent à Thétis, parce que les Ioniens les avaient informés de la tradition selon laquelle cette région vit Pélée enlever la déesse, à qui le cap Sépias appartient tout entier ainsi qu'aux autres Néréides [211].)

(192). Ainsi la tempête avait cessé le quatrième jour. Du côté des Grecs, les guetteurs postés sur les hauteurs de l'Eubée [212] coururent, le second jour de la tempête, annoncer dans toute son étendue le désastre qui frappait la flotte perse. À cette nouvelle les Grecs

offrirent des prières et des libations à Poséidon
Sauveur, puis en hâte ils revinrent à l'Artémision où
ils comptaient ne trouver que peu de navires ennemis ;
donc pour la seconde fois ils prirent position près de
l'Artémision, et dès ce moment et de nos jours encore,
ils honorent Poséidon sous le nom de Poséidon
Sauveur.

(193). Les Barbares, le vent tombé, la mer redevenue calme, remirent à l'eau leurs navires, longèrent la
côte et, doublant l'extrémité de la Magnésie, entrèrent
dans le golfe au fond duquel se trouve Pagases. Il y a
sur ce golfe un endroit où, dit-on, Héraclès fut
abandonné par Jason et ses compagnons, les Argonautes, tandis qu'il allait chercher de l'eau, dans leur
voyage vers Aia, en Colchide, pour conquérir la
Toison d'Or : c'est là qu'ils faisaient provision d'eau
avant de gagner le large, et l'endroit s'appelle pour
cette raison les Aphètes, — le *Départ*[213]. Les gens de
Xerxès s'arrêtèrent là.

(194). Quinze navires de leur dernière ligne furent
entraînés assez loin en mer, et le hasard fit qu'ils
aperçurent les navires grecs de garde à l'Artémision.
Les Barbares les prirent pour les leurs et allèrent se
jeter au milieu des ennemis. Ils étaient sous les ordres
du gouverneur de Cymé en Éolide, Sandocès fils de
Thamasios, un homme que Darius avait un jour fait
mettre en croix pour la faute suivante, alors qu'il était
l'un des Juges Royaux : il avait, moyennant finances,
prononcé une sentence injuste. Cet homme était déjà
sur la croix lorsque Darius réfléchit et constata qu'il
avait rendu plus de services à sa maison qu'il n'avait
commis de fautes ; ceci lui fit comprendre qu'il avait
agi avec plus de hâte que de sagesse, et il fit délivrer

Sandocès. Celui-ci avait échappé à Darius et à la mort
en cette occasion, mais le jour où il vint se jeter au
milieu des Grecs, il ne devait pas se tirer d'affaire une
seconde fois. Dès que les Grecs virent approcher les
navires barbares, ils comprirent l'erreur des ennemis,
allèrent à leur rencontre et n'eurent pas de mal à s'en
emparer.

(195). Sur l'un d'eux ils capturèrent le tyran d'Alabanda en Carie, Aridolis, et sur un autre le chef
paphien Penthylos fils de Démonoos, qui avait amené
douze navires de Paphos [214], en avait perdu onze dans
la tempête qui les avait assaillis au cap Sépias, et fut
pris quand il s'approchait de l'Artémision sur le seul
qui lui restait. Quand les Grecs eurent appris de leurs
prisonniers ce qu'ils voulaient savoir sur l'armée de
Xerxès, ils les envoyèrent, enchaînés, dans l'isthme de
Corinthe.

Sur terre :
aux Thermopyles.

(196). La flotte des Bar-
bares, moins les quinze
navires en question sous
les ordres de Sandocès, arriva aux Aphètes. De son
côté Xerxès et ses forces terrestres avaient passé par la
Thessalie et l'Achaïe, et se trouvaient depuis deux
jours en Malide [215]; en Thessalie, il avait fait organiser des courses de chevaux, pour juger de sa cavalerie
et de celle des Thessaliens dont on lui disait qu'elle
était la meilleure en Grèce; les chevaux grecs, en cette
occasion, se laissèrent nettement distancer. Parmi les
fleuves de la Thessalie, seul l'Onochonos n'eut pas
assez d'eau pour les besoins de l'armée; parmi ceux
qui coulent en Achaïe, l'Apidanos lui-même, le plus
important, n'y suffit pas non plus ou tout juste [216].

(197). Lorsque Xerxès atteignit Alos en Achaïe, ses guides, qui tenaient à l'instruire de tout, lui racontèrent une légende locale sur le sanctuaire de Zeus Laphystios : Athamas fils d'Éolos avait comploté la mort de Phrixos, d'accord avec Ino [217] ; en conséquence, les gens de l'Achaïe, sur l'ordre d'un oracle, imposent certaines épreuves à ses descendants : à l'aîné de cette famille ils interdisent d'entrer dans le Leiton — la *Maison Commune* (c'est le nom qu'ils donnent à leur prytanée), et ils montent la garde autour du bâtiment ; si l'homme y pénètre [218], il ne peut en sortir qu'au jour où il doit être la victime d'un sacrifice. Les guides lui dirent encore que souvent déjà des personnes menacées d'être immolées avaient eu peur et s'étaient enfuies à l'étranger ; mais si elles revenaient après quelque temps et se faisaient prendre à leur entrée dans le prytanée elles étaient sacrifiées ; et ils expliquèrent aussi comment la victime était sacrifiée tout enveloppée de bandelettes et conduite à l'autel en grande pompe. Voilà le sort qui menace les descendants de Cytissoros fils de Phrixos, parce qu'au moment où les gens de l'Achaïe s'apprêtaient, sur l'ordre d'un oracle, à sacrifier Athamas fils d'Éole pour purifier leur pays, ce Cytissoros arriva d'Aia en Colchide et le sauva de leurs mains, action qui attira sur sa descendance le courroux du ciel [219]. Quand il connut cette histoire, Xerxès, arrivé près du bois sacré, prit bien garde de n'y point pénétrer lui-même, et donna l'ordre à toutes ses troupes de ne pas en approcher ; et il respecta la maison des descendants d'Athamas tout comme le sanctuaire.

(198). Voilà ce qu'il fit en Thessalie et en Achaïe. De ces régions, il passa en Malide et longea un golfe

où la marée se fait sentir tous les jours. Ce golfe est
bordé par une plaine tantôt large et tantôt très étroite ;
la plaine est elle-même bordée par de hautes montagnes abruptes qui enferment toute la Malide et
qu'on appelle les Roches Trachiniennes[220]. La première ville sur le golfe, pour qui vient d'Achaïe, est
Anticyre, près de l'embouchure du Sperchios qui
descend du pays des Énianes. Au-delà du Sperchios à
vingt stades environ, se trouve un autre cours d'eau, le
Dyras, qui, dit-on, a jailli du sol pour secourir
Héraclès sur son bûcher[221]. Encore vingt stades, et
c'est un autre cours d'eau, le Mélas.

(199). La ville de Trachis se trouve à cinq stades
du Mélas ; c'est là que la plaine, entre la mer et les
montagnes où Trachis est bâtie, a sa plus grande
largeur : elle a vingt-deux mille plèthres de superficie.
La chaîne qui enserre le territoire de Trachis est
entaillée, au sud de la ville, d'une brèche par laquelle
passe l'Asopos, qui coule au pied de la montagne.

(200). Un autre cours d'eau, d'importance médiocre, le Phénix, descend de ces montagnes au sud de
l'Asopos, dans lequel il se jette. Le point le plus étroit
de la région se trouve près du Phénix : le chemin
permet tout juste le passage d'une voiture. Du Phénix
jusqu'aux Thermopyles, il y a quinze stades ; dans
l'intervalle qui les sépare se trouve un bourg, Anthéla,
près de l'embouchure de l'Asopos ; le terrain s'élargit
autour d'Anthéla et porte un sanctuaire de Déméter
Amphictyonide, les sièges des Amphictyons et un
sanctuaire consacré au héros Amphictyon lui-
même[222].

(201). Le roi Xerxès était donc campé sur le
territoire de Trachis en Malide, et les Grecs dans le

défilé (les Grecs, en général, appellent cet endroit les Thermopyles, — les *Portes des Eaux chaudes*, mais les gens du pays et leurs voisins disent les Pyles, les *Portes*). Les deux adversaires avaient donc pris position en cet endroit; l'un était maître du nord du pays jusqu'à Trachis, l'autre des régions continentales du côté du midi.

Les forces grecques. (202). Voici les gens postés là pour attendre l'assaut du Perse : il y avait trois cents hoplites de Sparte, mille de Tégée et de Mantinée (cinq cents de chacune des deux villes), cent vingt d'Orchomène en Arcadie, et mille du reste de la région ; c'est tout pour l'Arcadie. Corinthe avait envoyé quatre cents hommes, Phlionte deux cents, et Mycènes quatre-vingts. Voilà les forces qui venaient du Péloponnèse [223]. De Béotie venaient sept cents Thespiens et quatre cents Thébains [224].

(203). Appelés à la rescousse, les Locriens d'Oponte avaient envoyé toutes leurs forces, et les Phocidiens mille hommes. Les Grecs [225] les avaient d'eux-mêmes invités à les rejoindre : ils formaient l'avant-garde des confédérés, leur avaient-ils fait dire, et ils attendaient d'un jour à l'autre la venue du reste des alliés ; la mer était bien gardée, surveillée par les Athéniens, les Éginètes et les autres membres de leurs forces navales, et il n'y avait rien à redouter, car la Grèce n'avait pas devant elle un dieu, mais un homme, et jamais on n'avait vu, jamais on ne verrait d'homme qui, du jour de sa naissance, n'eût le malheur mêlé à son destin, — et plus grand l'homme, plus grand le malheur ; donc, l'envahisseur, puisqu'il

était mortel, devait lui aussi connaître un jour l'échec.
Ces arguments avaient décidé les Locriens et les
Phocidiens à leur envoyer des secours à Trachis.

Léonidas.   (204). Les Grecs de
chaque cité obéissaient à
leurs propres généraux, mais l'homme le plus remarquable, le chef chargé du commandement suprême,
était un Lacédémonien, Léonidas, fils d'Anaxandride,
qui, par ses aïeux Léon, Eurycratidès, Anaxandros,
Eurycratès, Polydoros, Alcaménès, Téléclos, Archélaos, Hégésilaos, Doryssos, Léobotès, Echestratos,
Agis, Eurysthénès, Aristodèmos, Aristomachos, Cléodaios et Hyllos, remontait à Héraclès, et qui devait au
hasard son titre de roi de Sparte.

(205). Comme il avait deux frères plus âgés que lui,
Cléomène et Dorieus, il était bien loin de penser au
trône ; mais Cléomène mourut sans laisser d'enfant
mâle, et Dorieus avait déjà disparu, frappé lui aussi
par la mort, en Sicile : le trône échut donc à Léonidas
parce qu'il était né avant Cléombrotos (le plus jeune
fils d'Anaxandride), mais aussi parce qu'il avait
épousé la fille de Cléomène [226]. C'est lui qui vint alors
aux Thermopyles, avec les trois cents hommes qui lui
étaient assignés, et qui avaient des fils [227]. Il avait avec
lui des Thébains (que j'ai indiqués tout à l'heure en
dénombrant les forces des Grecs) sous les ordres de
Léontiadès fils d'Eurymaque. La raison qui le fit
insister pour avoir des Thébains avec lui, entre tous
les Grecs, c'est qu'on accusait nettement leur cité de
pencher du côté des Mèdes ; et Léonidas leur
demanda de partir en guerre avec lui pour savoir s'ils
lui enverraient des hommes ou s'ils se détacheraient

ouvertement du bloc hellénique. Ils lui envoyèrent bien des renforts, mais leurs intentions étaient tout autres.

(206). Léonidas et ses hommes formaient un premier contingent expédié par Sparte pour décider les autres alliés à marcher eux aussi en les voyant, et pour les empêcher de passer du côté des Mèdes à la nouvelle que Sparte temporisait ; les Spartiates comptaient plus tard (car la fête des Carnéia [228] les arrêtait pour l'instant) laisser, les cérémonies terminées, une garnison dans Sparte et courir aux Thermopyles avec toutes leurs forces. Les autres alliés faisaient de leur côté les mêmes projets, car les fêtes d'Olympie [229] tombaient à ce moment-là ; comme ils pensaient que rien ne se déciderait là-bas de sitôt, ils avaient envoyé de simples corps d'avant-garde aux Thermopyles.

(207). Tels étaient leurs projets ; mais aux Thermopyles les Grecs furent saisis de frayeur quand le Perse approcha du passage, et ils parlèrent de se retirer. Les Péloponnésiens étaient d'avis presque tous de regagner le Péloponnèse et de garder l'Isthme, mais cette idée provoqua l'indignation des Phocidiens et des Locriens, et Léonidas fit voter qu'on resterait sur place et qu'on enverrait demander du secours à toutes les villes en leur rappelant qu'ils n'étaient pas assez nombreux pour repousser l'armée des Mèdes.

(208). Pendant qu'ils discutaient, Xerxès envoya en reconnaissance un cavalier pour voir combien étaient les ennemis et ce qu'ils faisaient. On l'avait informé, quand il se trouvait encore en Thessalie, qu'il y avait quelques troupes en ce lieu, peu nombreuses, et qu'elles étaient menées par des Lacédémo-

niens avec Léonidas, un descendant d'Héraclès. Le
cavalier s'approcha du camp et regarda, sans tout
découvrir, car les hommes postés derrière le mur [230]
relevé par les Grecs qui le défendaient échappaient à
sa vue; mais il put observer les soldats placés devant
le mur, et leurs armes disposées au pied du rempart.
Or le hasard fit que les Lacédémoniens occupaient ce
poste pour l'instant; l'homme les vit occupés les uns à
faire de la gymnastique, les autres à peigner leur
chevelure [231] : il les regarda faire avec surprise et prit
note de leur nombre, puis, après avoir tout examiné
soigneusement, il se retira en toute tranquillité :
personne ne le poursuivit et personne ne fit même
attention à lui. De retour auprès de Xerxès, il lui
rendit compte de ce qu'il avait vu.

(209). Xerxès en l'entendant ne pouvait concevoir
la vérité, comprendre que ces hommes se préparaient
à mourir et à tuer de leur mieux : leur attitude lui
semblait risible; aussi fit-il appeler Démarate fils
d'Ariston, qui était dans son camp : il vint, et Xerxès
l'interrogea sur tout ce qu'on lui avait rapporté, car il
désirait comprendre le comportement des Lacédémoniens. Démarate lui dit ceci : « Tu m'as déjà entendu
parler de ce peuple, au moment où nous entrions en
guerre contre la Grèce; et tu as ri quand je t'ai dit
comment, à mes yeux, finirait ton entreprise. Soutenir
la vérité devant toi, seigneur, voilà qui est bien
difficile; cependant, écoute-moi encore. Ces hommes
sont ici pour nous barrer le passage, ils se préparent à
le faire, car ils ont cette coutume : c'est lorsqu'ils vont
risquer leur vie qu'ils ornent leur tête. Au reste, sache-
le bien : si tu l'emportes sur ces hommes et ce qu'il en
reste dans Sparte, il n'est pas d'autre peuple au

monde, seigneur, qui puisse s'opposer à toi par les
armes; aujourd'hui, tu marches contre le royaume le
plus fier, contre les hommes les plus vaillants qu'il y
ait en Grèce. » Xerxès jugeait ces propos parfaitement
incroyables, et il lui demanda de nouveau comment
des gens si peu nombreux pensaient lutter contre son
armée. Démarate lui répondit : « Seigneur, traite-moi
d'imposteur si tout ne se passe pas comme je te le
dis. »

(210). Mais il ne put convaincre le roi. D'abord
Xerxès attendit quatre jours, dans l'espoir que les
Grecs s'enfuiraient d'un instant à l'autre[232]; le cinquième jour, les Grecs toujours là lui parurent des
gens d'une insolence et d'une témérité coupables; il
s'en irrita et lança contre eux des Mèdes et des
Cissiens, avec ordre de les lui amener vivants. Les
Mèdes se jetèrent sur les Grecs; beaucoup tombèrent,
d'autres prenaient leur place et, si maltraités qu'ils
fussent, ils ne rompaient pas le contact; mais ils ne
pouvaient déloger l'adversaire malgré leurs efforts. Et
ils firent bien voir à tout le monde, à commencer par
le roi, qu'il y avait là une foule d'individus, mais bien
peu d'hommes. La rencontre dura toute la journée.

(211). Les Mèdes, fort malmenés, se retirèrent
alors et les Perses les remplacèrent, ceux que le roi
nommait les Immortels, avec Hydarnès à leur tête;
ceux-là pensaient vaincre sans peine, mais, lorsqu'ils
furent à leur tour aux prises avec les Grecs, ils ne
furent pas plus heureux que les soldats mèdes, car ils
combattaient dans un endroit resserré, avec des lances
plus courtes que celles des Grecs[233] et sans pouvoir
profiter de leur supériorité numérique. Les Lacédé-

moniens firent preuve d'une valeur mémorable et
montrèrent leur science achevée de la guerre, devant
des hommes qui n'en avaient aucune ; en particulier
ils tournaient le dos à l'ennemi en ébauchant un
mouvement de fuite, sans se débander, et, lorsque les
Barbares qui les voyaient fuir se jetaient à leur
poursuite en désordre avec des cris de triomphe, au
moment d'être rejoints ils faisaient volte-face et revenaient sur leurs pas en abattant une foule de Perses ;
des Spartiates tombaient aussi, mais en petit nombre.
Enfin, comme ils n'arrivaient pas à forcer le passage
malgré leurs attaques, en masse ou autrement, les
Perses se replièrent.

(212). Tandis que la bataille se déroulait, Xerxès,
dit-on, regardait la scène et trois fois il bondit de son
siège, craignant pour son armée. Voilà comment ils
luttèrent ce jour-là. Le lendemain, les Barbares ne
furent pas plus heureux ; comme leurs adversaires
n'étaient pas nombreux, ils les supposaient accablés
par leurs blessures, incapables de leur résister encore,
et ils reprirent la lutte ; mais les Grecs, rangés en
bataillons et par cités, venaient à tour de rôle au
combat, sauf les Phocidiens chargés de surveiller le
sentier dans la montagne. Les Perses constatèrent que
la situation ne leur offrait rien de nouveau par rapport
à la veille, et ils se replièrent.

(213). Xerxès se demandait comment sortir de cet
embarras lorsqu'un Malien, Éphialte fils d'Eurydèmos, vint le trouver dans l'espoir d'une forte récompense : il lui indiqua le sentier qui par la montagne
rejoint les Thermopyles, et causa la mort des Grecs
qui demeurèrent à leur poste. Par la suite Éphialte
craignit la vengeance des Lacédémoniens et s'enfuit

en Thessalie ; mais, bien qu'il se fût exilé, lorsque les Amphictyons se réunirent aux Thermopyles, les Pylagores [234] mirent sa tête à prix ; plus tard il revint à Anticyre où il trouva la mort de la main d'un Trachinien, Athénadès ; cet Athénadès le tua d'ailleurs pour une tout autre raison (je l'indiquerai plus loin dans mon ouvrage) [235], mais il n'en fut pas moins récompensé par les Lacédémoniens. Telle fut, plus tard, la fin d'Éphialte.

(214). Cependant une autre tradition veut qu'Onétès de Carystos, fils de Phanagoras, et Corydallos d'Anticyre aient renseigné le roi et permis aux Perses de tourner la montagne, — tradition sans valeur à mon avis : une première raison, c'est que les Pylagores n'ont pas mis à prix les têtes d'Onétès et de Corydallos, mais celle d'Éphialte de Trachis, et ils devaient être bien informés ; ensuite nous savons qu'Éphialte a pris la fuite à cause de cette accusation : car, sans être Malien, Onétès pouvait bien connaître l'existence du sentier s'il avait circulé dans le pays, mais l'homme qui a guidé les Perses par la sente en question, c'est Éphialte, c'est lui que j'accuse de ce crime.

(215). Xerxès apprécia fort l'offre d'Éphialte et, tout heureux, fit aussitôt partir Hydarnès et ses hommes ; vers l'heure où il faut allumer les lampes, ils étaient en route. Le sentier avait été découvert par les gens des environs, les Maliens, qui l'avaient alors indiqué aux Thessaliens pour leur permettre d'attaquer les Phocidiens, à l'époque où ce peuple, en élevant le mur qui fermait la passe, s'était mis à l'abri de leurs incursions ; depuis ces temps lointains les Maliens l'avaient jugé sans intérêt pour eux.

(216). Il se présente ainsi[236] : il part de l'Asopos
qui coule dans cette gorge ; la montagne et le sentier
portent tous les deux le nom d'Anopée. La sente
Anopée franchit la crête de la montagne pour aboutir
à la ville d'Alpènes, première ville de Locride du côté
des Maliens, en passant par la roche qu'on appelle
Mélampyge — *Fesse Noire* — et la demeure des
Cercopes, sa partie la plus étroite[237].

(217). C'est par ce chemin, si malaisé qu'il fût, que
passèrent les Perses après avoir franchi l'Asopos ; ils
marchèrent toute la nuit, avec les contreforts de l'Œta
sur leur droite et les montagnes de Trachis sur leur
gauche. Aux premières lueurs du jour, ils arrivèrent
au sommet de la montagne ; là se trouvaient postés,
comme je l'ai dit plus haut, mille hoplites phocidiens
qui défendaient leur propre sol tout en gardant le
sentier ; car au pied de la montagne le passage
était gardé par les Grecs indiqués tout à l'heure,
tandis que les Phocidiens s'étaient spontanément
offerts à Léonidas pour garder le sentier de la
montagne[238].

(218). Les Phocidiens furent avertis de l'arrivée des
Perses grâce au fait suivant : en gravissant la montagne, l'ennemi leur demeurait caché par les chênes
qui la couvraient, mais, sans qu'il y eût de vent, le
bruissement des feuilles les trahit, car le sol en était
jonché[239] et, naturellement, elles craquaient sous
leurs pieds ; les Phocidiens coururent donc prendre
leurs armes et les Barbares, au même instant, leur
apparurent. Quand les Perses virent devant eux des
soldats qui s'armaient, ils s'arrêtèrent, déconcertés :
ils comptaient n'avoir aucun obstacle sur leur route,
et ils se heurtaient à des combattants. Hydarnès

craignit d'avoir affaire à des Lacédémoniens et s'enquit auprès d'Éphialte de la nationalité de ces hommes ; renseigné sur ce point, il rangea les Perses en bataille. Mais les Phocidiens lâchèrent pied sous la grêle de leurs flèches et se réfugièrent sur la cime de la montagne. Ils se croyaient spécialement visés par cette attaque, et ils acceptaient la mort ; telle était leur résolution, mais les Perses que menaient Éphialte et Hydarnès ne s'occupèrent pas d'eux et se hâtèrent de descendre la montagne.

(219). Les Grecs qui défendaient les Thermopyles apprirent du devin Mégistias, d'abord, que la mort leur viendrait avec le jour : il l'avait vu dans les entrailles des victimes. Ensuite il y eut des transfuges qui leur annoncèrent que les Perses tournaient leurs positions ; ceux-ci les alertèrent dans le courant de la nuit. Le troisième avertissement leur vint des sentinelles qui, des hauteurs, accoururent les prévenir aux premières lueurs du jour. Alors les Grecs tinrent conseil et leurs avis différèrent, car les uns refusaient tout abandon de poste, et les autres étaient de l'avis opposé. Ils se séparèrent donc, et les uns se retirèrent et s'en retournèrent dans leur pays, les autres, avec Léonidas, se déclarèrent prêts à rester sur place.

(220). On dit encore que Léonidas, de lui-même, les renvoya parce qu'il tenait à sauver leurs vies ; pour lui et pour les Spartiates qui l'accompagnaient, l'honneur ne leur permettait pas d'abandonner le poste qu'ils étaient justement venus garder. Voici d'ailleurs l'opinion que j'adopte de préférence, et pleinement : quand Léonidas vit ses alliés si peu enthousiastes, si peu disposés à rester jusqu'au bout avec lui, il les fit

partir, je pense, mais jugea déshonorant pour lui de
quitter son poste ; à demeurer sur place, il laissait une
gloire immense après lui, et la fortune de Sparte n'en
était pas diminuée. En effet les Spartiates avaient
consulté l'oracle sur cette guerre au moment même où
elle commençait, et la Pythie leur avait déclaré que
Lacédémone devait tomber sous les coups des Barbares, ou que son roi devait périr. Voici la réponse
qu'elle leur fit, en vers hexamètres :

Pour vous, citoyens de la vaste Sparte,
Votre grande cité glorieuse ou bien sous les coups des Perséides
Tombe, ou bien elle demeure ; mais sur la race d'Héraclès,
Sur un roi défunt alors pleurera la terre de Lacédémon [240].
Son ennemi, la force des taureaux ne l'arrêtera pas ni celle des
    lions,
Quand il viendra : sa force est celle de Zeus. Non, je te le dis,
Il ne s'arrêtera pas avant d'avoir reçu sa proie, ou l'une ou
    l'autre.

Léonidas pensait sans doute à cet oracle, il voulait la
gloire pour les Spartiates seuls, et il renvoya ses alliés ;
voilà ce qui dut se passer, plutôt qu'une désertion
de contingents rebelles, en désaccord avec leur
chef [241].

(221). D'ailleurs, voici qui prouve, je pense, assez
clairement ce que j'avance : le devin qui suivait
l'expédition, Mégistias d'Acarnanie, un descendant,
disait-on, de Mélampous [242] et l'homme qui vit dans
les entrailles des victimes et dit aux Grecs le sort qui
les attendait, était lui aussi congédié, c'est certain, par
Léonidas qui voulait le soustraire à la mort ; mais il
refusa de s'éloigner et fit seulement partir son fils, qui
l'avait accompagné dans cette expédition et qui était
son seul enfant.

(222). Les alliés renvoyés par Léonidas se retirè-
rent donc, sur son ordre, et seuls les Thespiens et les
Thébains restèrent aux côtés des Lacédémoniens. Les
Thébains restaient par force et contre leur gré, car
Léonidas les gardait en guise d'otages [243]; mais les
Thespiens demeurèrent librement et de leur plein
gré : ils se refusaient, dirent-ils, à laisser derrière eux
Léonidas et ses compagnons; ils restèrent donc et
partagèrent leur sort. Ils avaient à leur tête Démophi-
los fils de Diadromès.

(223). Au lever du soleil Xerxès fit des libations,
puis il attendit, pour attaquer, l'heure où le marché
bat son plein, — ceci sur les indications d'Éphialte,
car pour descendre de la montagne il faut moins de
temps et il y a moins de chemin que pour la
contourner et monter jusqu'à son sommet. Donc,
Xerxès et les Barbares attaquèrent, et les Grecs avec
Léonidas, en route pour la mort, s'avancèrent, bien
plus qu'à la première rencontre, en terrain découvert.
Ils avaient d'abord gardé le mur qui leur servait de
rempart et, les jours précédents, ils combattaient
retranchés dans le défilé; mais ce jour-là ils engagèrent la mêlée hors du passage et les Barbares tombèrent en foule, car en arrière des lignes leurs chefs,
armés de fouets, les poussaient en avant à force de
coups. Beaucoup d'entre eux furent précipités à la
mer et se noyèrent, d'autres plus nombreux encore,
vivants, se piétinèrent et s'écrasèrent mutuellement et
nul ne se souciait de qui tombait. Les Grecs qui
savaient leur mort toute proche, par les Perses qui
tournaient la montagne, firent appel à toute leur
valeur contre les Barbares et prodiguèrent leur vie,
avec fureur.

(224). Leurs lances furent bientôt brisées presque toutes, mais avec leurs glaives ils continuèrent à massacrer les Perses. Léonidas tomba en héros dans cette action, et d'autres Spartiates illustres avec lui : parce qu'ils furent des hommes de cœur, j'ai voulu savoir leurs noms, et j'ai voulu connaître aussi ceux des Trois Cents[244]. Les Perses en cette journée perdirent aussi bien des hommes illustres, et parmi eux deux fils de Darius, Abrocomès et Hypéranthès, nés de la fille d'Artanès, Phratagune (Artanès était frère du roi Darius et fils d'Hystaspe, fils d'Arsamès ; il avait donné sa fille à Darius avec, en dot, tous ses biens, car il n'avait pas d'autre enfant).

(225). Donc deux frères de Xerxès tombèrent dans la bataille, et Perses et Lacédémoniens se disputèrent farouchement le corps de Léonidas, mais enfin les Grecs, à force de vaillance, le ramenèrent dans leurs rangs et repoussèrent quatre fois leurs adversaires. La mêlée se prolongea jusqu'au moment où survinrent les Perses avec Éphialte. Lorsque les Grecs surent qu'ils étaient là, dès cet instant le combat changea de face : ils se replièrent sur la partie la plus étroite du défilé, passèrent de l'autre côté du mur et se postèrent tous ensemble, sauf les Thébains, sur la butte qui est là (cette butte se trouve dans le défilé, à l'endroit où l'on voit maintenant le lion de marbre élevé à la mémoire de Léonidas[245]). Là, tandis qu'ils luttaient encore, avec leurs coutelas[246] s'il leur en restait un, avec leurs mains nues, avec leurs dents, les Barbares les accablèrent de leurs traits : les uns, qui les avaient suivis en renversant le mur qui les protégeait, les attaquaient de front, les autres les avaient tournés et les cernaient de toute part.

(226). Si les Lacédémoniens et les Thespiens ont montré un pareil courage, l'homme brave entre tous fut, dit-on, le Spartiate Diénécès dont on rapporte ce mot qu'il prononça juste avant la bataille : il entendait un homme de Trachis affirmer que, lorsque les Barbares décochaient leurs flèches, la masse de leurs traits cachait le soleil, tant ils étaient nombreux ; nullement ému le Spartiate répliqua, sans attacher d'importance au nombre immense des Perses, que cet homme leur apportait une nouvelle excellente : si les Mèdes cachaient le ciel, ils combattraient donc à l'ombre au lieu d'être en plein soleil. Cette réplique et d'autres mots de la même veine perpétuent, dit-on, le souvenir du Spartiate Diénécès [247].

(227). Après lui les plus braves furent, dit-on, deux frères, des Lacédémoniens, Alphéos et Maron, les fils d'Orsiphantos. Le Thespien qui s'illustra tout particulièrement s'appelait Dithyrambos fils d'Harmatidès.

(228). Les morts furent ensevelis à l'endroit même où ils avaient péri, avec les soldats tombés avant le départ des alliés renvoyés par Léonidas ; sur leur tombe une inscription porte ces mots :

> Ici, contre trois millions d'hommes ont lutté jadis
> Quatre mille hommes venus du Péloponnèse.

Cette inscription célèbre tous les morts, mais les Spartiates ont une épitaphe spéciale :

> Étranger, va dire à Sparte qu'ici
> Nous gisons, dociles à ses ordres.

Voilà l'épitaphe des Lacédémoniens, et voici celle du devin Mégistias :

> Ici repose l'illustre Mégistias, que les Mèdes
> Ont tué lorsqu'ils franchirent le Sperchios ;
> Devin, il savait bien que la Mort était là,
> Mais il n'accepta pas de quitter le chef de Sparte.

Les stèles et les épitaphes, sauf celle de Mégistias, sont le tribut aux morts des Amphictyons ; celle du devin Mégistias fut faite par Simonide fils de Léoprépès, qui avait avec lui des relations d'hospitalité [248].

(229). Deux des trois cents Spartiates, Eurytos et Aristodèmos, pouvaient, dit-on, prendre tous les deux le même parti, et soit sauver leur vie en s'en retournant à Sparte (car Léonidas les avait autorisés à quitter le camp et tous deux gisaient dans Alpènes, atteints d'une très grave ophtalmie), soit, s'ils ne voulaient pas rentrer chez eux, mourir avec leurs camarades ; ils pouvaient faire l'un ou l'autre, mais ils ne parvinrent pas à s'entendre et décidèrent chacun pour soi. Dès qu'Eurytos apprit la manœuvre des Perses, il demanda ses armes, les revêtit, et se fit conduire par son hilote [249] au lieu du combat ; arrivés là, son guide prit la fuite et lui se jeta dans la mêlée où il trouva la mort ; Aristodèmos manqua, lui, de courage et resta en arrière. Or, si Aristodèmos était seul rentré dans Sparte en raison de sa maladie, ou s'ils étaient revenus tous les deux ensemble, les Spartiates, je pense, ne s'en seraient pas indignés ; mais l'un était mort et l'autre, placé dans la même situation que lui, n'avait pas accepté de mourir, et les Spartiates ne pouvaient pas ne pas s'en irriter vivement contre Aristodèmos.

(230). Voilà, selon les uns, comment Aristodèmos évita la mort et revint à Sparte, en invoquant cette excuse ; pour d'autres il fut chargé de porter un message hors du camp, mais il se garda bien de revenir à temps pour la bataille, comme il le pouvait : il traîna en route pour sauver sa vie, tandis que son collègue revint se battre et succomba.

(231). De retour à Sparte Aristodèmos y vécut accablé d'outrages et déshonoré ; il avait à supporter certains affronts, et, par exemple, pas un Spartiate ne consentait à lui procurer du feu ni à lui adresser la parole, et il avait la honte de s'entendre appeler « Aristodèmos le Poltron ». Cependant, à la bataille de Platées, sa conduite effaça tous les soupçons qui pesaient sur lui.

(232). Un autre Spartiate, dit-on, chargé lui aussi de porter un message, s'était rendu en Thessalie et survécut aux Trois Cents ; il s'appelait Pantitès et, de retour à Sparte, il se vit déshonoré, et se pendit.

(233). Les Thébains qui étaient sous les ordres de Léontiadès combattirent, par force, les soldats du Grand Roi tant qu'ils furent encadrés par les Grecs ; quand ils virent que les Perses prenaient l'avantage, ils s'écartèrent de Léonidas et des Grecs au moment où ceux-ci se repliaient en hâte sur leur butte, et ils s'approchèrent des Barbares en leur tendant les mains et en protestant, ce qui était parfaitement exact, qu'ils étaient du parti des Mèdes, qu'ils avaient été des premiers à céder au Grand Roi la terre et l'eau [250], qu'ils étaient venus par force aux Thermopyles et n'étaient pour rien dans l'échec qu'il avait essuyé. Ces paroles leur valurent la vie sauve, car ils avaient pour

les confirmer le témoignage des Thessaliens ; mais ils
n'eurent pas à s'en réjouir entièrement, car, lorsqu'ils
vinrent se rendre aux Barbares, ceux-ci en tuèrent
quelques-uns au moment où ils s'approchaient d'eux
et, sur l'ordre de Xerxès, ils en marquèrent le plus
grand nombre du chiffre royal[251], à commencer par
leur chef Léontiadès, — dont les Platéens tuèrent plus
tard le fils, Eurymaque, qui, avec quatre cents
Thébains, s'était emparé de leur ville.

(234). Voilà comment luttèrent les Grecs des Thermopyles ; Xerxès alors fit venir Démarate et lui posa
d'abord cette question : « Démarate, tu es un homme
honnête, je le vois en vérité, car tout ce que tu m'as
annoncé s'est accompli. Maintenant, dis-moi, combien
reste-t-il de Lacédémoniens et combien sont-ils à être
aussi vaillants ? Ou bien le sont-ils tous également ? —
Seigneur, répondit Démarate, les Lacédémoniens forment un peuple nombreux, tous ensemble, et ils ont
beaucoup de cités ; mais tu vas savoir ce qui t'intéresse. Il y a dans leur pays une cité, Sparte, d'environ
huit mille hommes[252] : ceux-là sont tous les égaux des
soldats qui se sont battus ici. Les autres Lacédémoniens ne les égalent certes pas, mais ils sont braves. —
Démarate, reprit Xerxès, comment ferons-nous pour
vaincre ces gens sans trop de peine ? Allons, ne me
cache rien, car tu sais bien ce qu'ils ont dans l'esprit,
toi qui fus leur roi. »

(235). Démarate lui répondit : « Seigneur, si tu
tiens si fort à mes conseils, il est juste que je t'indique
le parti le meilleur : tu devrais envoyer trois cents
navires de ta flotte sur les côtes de la Laconie. Il y a
dans ces parages une île nommée Cythère, dont le
plus sage de nos compatriotes, Chilon, a dit que

l'intérêt des Spartiates était qu'elle fût au fond de la mer plutôt qu'à la surface, parce qu'il s'attendait toujours à la voir utilisée justement pour le genre d'opération que je t'indique, — non pas qu'il eût prévu ton expédition, mais il craignait toute expédition éventuelle[253]. Que tes hommes, basés sur cette île, inquiètent les Lacédémoniens : comme la guerre menacera leurs foyers, ils ne risqueront pas d'aller au secours du reste de la Grèce quand tes forces terrestres l'attaqueront ; et, quand le reste de la Grèce aura passé entre tes mains, la Laconie reste seule, trop faible désormais pour te résister. Si tu n'adoptes pas mon plan, voici ce qui t'attendra : un isthme étroit donne accès au Péloponnèse ; là, comme tous les Péloponnésiens se seront ligués contre toi, compte que tu auras à livrer de nouvelles batailles, plus rudes que celles d'hier. Si tu l'appliques, il n'y aura pas de bataille et l'Isthme, ainsi que toutes les cités, tombera en ton pouvoir. »

(236). Après lui ce fut Achéménès, le frère de Xerxès et le chef de ses forces navales, qui parla ; présent à l'entretien, il craignait de voir Xerxès adopter ce projet. « Seigneur, lui dit-il, je te vois prêter l'oreille aux propos d'un homme qui est jaloux de tes succès, qui peut-être même trahit ta cause ; ces procédés sont d'ailleurs chers aux Grecs : tout succès soulève leur jalousie, toute supériorité leur haine. Dans notre position, si tu ôtes trois cents navires à ta flotte, qui en a déjà perdu quatre cents dans la tempête, pour les envoyer sur les côtes du Péloponnèse, tes adversaires deviennent aussi forts que toi ; rassemblée, notre flotte est invincible pour eux et, de prime abord, ils ne seront pas de taille à te résister. De

plus la flotte entière appuiera l'armée, qui l'appuiera
de son côté si elles marchent ensemble; si tu les
sépares, tu ne pourras pas être utile à tes forces
navales, qui ne pourront pas non plus t'aider. Veille à
tes propres intérêts, et sois bien résolu à ne pas te
soucier des projets de tes ennemis; ne cherche pas sur
quel point ils porteront leurs armes, ce qu'ils feront,
combien ils sont. Ils sont assez grands pour s'occuper
de leurs propres affaires, occupons-nous des nôtres. Si
les Lacédémoniens viennent livrer bataille aux Perses,
ils ne guériront pas la blessure qu'ils viennent de
recevoir. »

(237). Xerxès lui répliqua : « Achéménès, ton avis
me semble juste et je le suivrai. De son côté, Démarate
indique le plan qu'il pense être le meilleur pour moi,
quoique le tien l'emporte : car je n'admettrai jamais
qu'il ne me soit point dévoué, — à en juger par les
propos qu'il m'a tenus jusqu'ici, et par un fait
certain : un homme peut être jaloux des succès d'un
concitoyen et garder à son égard un silence hostile; il
s'abstiendra même, si l'autre le consulte, de lui
donner le conseil à son avis le meilleur, à moins d'être
fort avancé dans le chemin de la vertu, et les gens de
cette espèce sont rares. Mais un hôte se réjouit
par-dessus tout de la prospérité de son hôte et ne
peut que lui donner les meilleurs conseils, s'il le
consulte [254]. Ainsi donc, j'entends qu'à l'avenir
on se garde de calomnier Démarate, qui est mon
hôte. »

(238). Après cet entretien Xerxès traversa le
champ de bataille, au milieu des cadavres; comme il
avait appris que Léonidas était le roi et le chef des
Lacédémoniens, il fit décapiter son corps et fixer la

tête au sommet d'un pieu. Il est clair à mon avis, pour
bien des raisons et surtout celle-ci, que Léonidas, de
son vivant, avait été le principal objet du courroux de
Xerxès ; sinon le roi n'aurait jamais infligé cet outrage
à son corps puisque, de tous les peuples que je
connais, les Perses accordent le plus d'honneur aux
soldats courageux. Il en fut donc fait comme le roi
l'avait ordonné.

(239). Je dois maintenant revenir sur un point où
mon récit présente une lacune [255]. Les Lacédémoniens
avaient appris les premiers que le Grand Roi préparait une expédition contre la Grèce ; ils avaient, dans
la circonstance, envoyé consulter l'oracle de Delphes
et reçu la réponse que j'ai citée un peu plus haut. Ce
renseignement leur était parvenu de curieuse manière.
Démarate fils d'Ariston s'était exilé chez les Mèdes, il
devait avoir pour les Lacédémoniens (la vraisemblance vient ici corroborer mon opinion) des sentiments peu bienveillants, et l'on peut se demander s'il
fut guidé par la sympathie ou par la malignité. En
tout cas, lorsque Xerxès décida d'envahir la Grèce,
Démarate, qui était à Suse, connut ses projets et
voulut en avertir les Lacédémoniens. Il ne pouvait pas
le faire directement, car il risquait d'être surpris ; il
eut donc recours à un subterfuge : il prit une tablette
double, en gratta la cire, puis écrivit sur le bois même
les projets de Xerxès ; ensuite il recouvrit de cire son
message : ainsi le porteur d'une tablette vierge ne
risquerait pas d'ennuis du côté des gardiens des
routes. La tablette parvint à Lacédémone et personne
n'y comprenait rien, lorsque enfin, suivant mes renseignements, Gorgo, la fille de Cléomène et la femme de
Léonidas, eut une idée et comprit l'astuce ; elle dit à

ses concitoyens de gratter la cire : ils trouveraient un message inscrit sur le bois. Ils le firent, déchiffrèrent le message et le communiquèrent à toute la Grèce. Voilà ce que l'on raconte.

URANIE

LIVRE VIII

[LA DÉFAITE DES PERSES. — *Sur mer, bataille de l'Artémision* (1-22) : dénombrement des forces grecques, 1-3 ; rôle de Thémistocle, 4-5 ; bataille et orage à l'Artémision, 6-18 ; repli de la flotte grecque, 19-22. — *Sur terre, les Perses en Grèce centrale* (23-39) : aux Thermopyles, Xerxès fait cacher ses morts, 23-26 ; les Thessaliens, contre les Phocidiens, se font ses guides, 27-31 ; les Perses en Doride, Phocide et Béotie, 31-34 ; miracle à Delphes, 35-39. — *Sur mer, bataille de Salamine* (40-125) : les Grecs à Salamine, Athènes évacuée, 40-41 ; dénombrement des forces grecques, 42-49 ; prise d'Athènes, 50-55 ; conseil des chefs grecs, intervention de Thémistocle, 56-64 ; prodige à Éleusis, 65. — Les Perses à Salamine : conseil des chefs barbares, intervention d'Artémise, 66-70. — Les Péloponnésiens fortifient l'Isthme, 71-74. — À Salamine, ruse de Thémistocle, 74-78 ; intervention d'Aristide, 79-82 ; la bataille, 83-96. — Après la bataille : décisions de Xerxès, 97-107 (conseils de Mardonios et d'Artémise, 100-103 ; l'eunuque Hermotine, 104-106 ; décisions des Grecs et rôle de Thémistocle, 108-112 ; retraite de Xerxès, 113-120 ; partage du butin et distribution des récompenses, 121-125. — *Les Perses restés en Grèce :* Artabaze prend Olynthe et assiège Potidée, 126-129. — Préparatifs au printemps 479 : les Perses à Samos, les Grecs à Délos, 130-132 ; Mardonios consulte les oracles, 133-135 ; sa démarche auprès d'Athènes, par Alexandre de Macédoine, 136-140 (origine des rois de Macédoine, 137-139) ; refus d'Athènes, sollicitée par Sparte, 141-144.]

LA DÉFAITE DES PERSES

*Sur mer : bataille
de l'Artémision.*

(1). Voici ceux des
Grecs qui constituaient
l'armée navale [1] : les
Athéniens, avec cent vingt-sept navires ; la vaillance
et l'ardeur des Platéens les avaient amenés à s'enrôler,
malgré leur inexpérience des choses de la mer, sur les
vaisseaux athéniens. Les Corinthiens fournissaient
quarante navires et les Mégariens vingt. Les Chalcidiens en avaient équipé vingt également, que les
Athéniens leur prêtaient. Égine en envoyait dix-huit,
Sicyone douze, Lacédémone dix, Épidaure huit, Érétrie sept, Trézène cinq, Styra deux et Céos deux, plus
deux à cinquante rames ; de plus les Locriens
d'Oponte venaient au secours des alliés avec sept
navires à cinquante rames [2].

(2). Voilà les peuples représentés à l'Artémision, et
j'ai dit le nombre des vaisseaux fournis par chacun
d'eux. Au total, il y avait à l'Artémision deux cents
soixante et onze navires, sans compter les navires à
cinquante rames. Le chef suprême de la flotte avait été
nommé par Sparte : c'était Eurybiade fils d'Euryclidès. En effet les alliés avaient déclaré qu'ils n'accep-
teraient pas d'obéir aux ordres des Athéniens et qu'à
moins d'avoir à leur tête les Laconiens ils renonceraient à l'expédition projetée.

(3). Au commencement, avant même d'envoyer
chercher des alliés en Sicile [3], on avait parlé de mettre
la flotte sous les ordres des Athéniens ; mais comme
les alliés s'y opposaient, les Athéniens avaient cédé,
car l'essentiel était pour eux de sauver la Grèce et ils

se rendaient compte que toute querelle pour le commandement amènerait sa perte[4]. C'était juste, car la discorde intestine est plus néfaste qu'une guerre menée par tous d'un seul cœur, tout comme la guerre l'est elle-même plus que la paix. Les Athéniens le savaient et cédèrent sans protester, aussi longtemps du moins qu'ils eurent absolument besoin des alliés, comme ils le firent bien voir : car, lorsque les Grecs eurent repoussé le Perse et luttèrent désormais pour s'emparer de sa terre, les Athéniens prirent pour prétexte les abus de pouvoir de Pausanias et retirèrent aux Lacédémoniens le commandement suprême; mais ceci se passa plus tard[5].

(4). À ce moment-là, lorsque les Grecs, ceux-là qui se trouvaient à l'Artémision, virent l'immense flotte mouillée aux Aphètes et le pays tout couvert de soldats ennemis, la frayeur s'empara d'eux, car la situation des Barbares était tout autre qu'ils ne le pensaient, et ils projetèrent de fuir jusqu'au centre de la Grèce. Informés de leur projet, les Eubéens prièrent Eurybiade d'attendre un peu, le temps pour eux de mettre en sûreté leurs enfants, leurs familles et leurs gens. Eurybiade n'y consentit pas, et les Eubéens adoptèrent une autre tactique : ils s'adressèrent au chef des Athéniens, Thémistocle, et, moyennant trente talents[6], ils obtinrent de lui que la flotte resterait devant l'Eubée pour y livrer bataille.

(5). Thémistocle, de son côté, s'y prit ainsi pour retenir les Grecs : sur ces trente talents il en remit cinq à Eurybiade, comme si l'argent venait de lui. Quand il l'eut gagné, restait Adimante fils d'Ocytos, le chef corinthien, qui se débattait seul contre les autres et prétendait emmener ses vaisseaux et ne pas

rester plus longtemps devant l'Artémision ; Thémistocle lui fit des promesses appuyées d'un serment : « Tu
ne vas pas nous abandonner, lui dit-il, car je vais
t'offrir, moi, des présents bien supérieurs à ceux que le
roi, oui, le roi des Mèdes en personne, t'enverrait si tu
abandonnais les alliés. » Et, pour accompagner son
discours, il fit porter sur le vaisseau d'Adimante trois
talents d'argent. Éblouis par ses présents, les deux
hommes se rallièrent à lui ; les Eubéens eurent
satisfaction, et Thémistocle y trouva son profit : à
l'insu de tous il garda le reste de la somme, et ceux
qu'il avait achetés pensèrent que l'argent lui était
venu d'Athènes à cet effet.

(6). Ainsi les Grecs demeurèrent et livrèrent
bataille devant l'Eubée. Voici comment l'affaire se
passa : en arrivant aux Aphètes tôt dans l'après-midi
les Barbares, qui connaissaient déjà la présence à
l'Artémision de quelques vaisseaux grecs, s'en assurèrent de leurs yeux ; ils avaient fort envie d'essayer
aussitôt de les capturer, mais une raison les empêchait, pensaient-ils, d'attaquer de front immédiatement : les Grecs pouvaient prendre la fuite à leur
approche et la nuit viendrait à leur secours ; ils
pourraient certainement leur échapper dans ces
conditions : or personne, à leur compte, ne devait
échapper et survivre, pas même le Porteur du Feu [7].

(7). Ils prirent leurs mesures pour cela : sur l'ensemble de leur flotte, ils choisirent deux cents vaisseaux qu'ils firent passer au-delà de Sciathos, pour
contourner ensuite l'Eubée sans que l'ennemi les
aperçût, passer devant le cap Capharée, doubler le
cap Géreste et entrer dans l'Euripe [8], ceci pour
prendre les Grecs à revers et leur fermer toute retraite,

tandis qu'eux-mêmes les attaqueraient de front et leur
donneraient la chasse. Ceci décidé, ils firent partir les
navires désignés, sans avoir dessein de rien tenter eux-
mêmes ce jour-là, ou encore avant le moment où ils
verraient apparaître le signal par lequel les navires
qui tournaient l'Eubée leur annonceraient leur présence. Donc ils firent partir ces navires et s'occupèrent
de dénombrer les autres, demeurés aux Aphètes.

(8). En ce temps-là, pendant qu'ils dénombraient
leurs vaisseaux, ils avaient dans leur camp Scyllias de
Scioné[9], le meilleur plongeur qui fût à son époque ;
dans les navires perdus au Pélion il avait récupéré
pour le Perse bien des objets précieux, mais il en avait
aussi gardé beaucoup pour lui. L'homme projetait
depuis longtemps de passer du côté des Grecs, sans en
avoir encore trouvé l'occasion. Comment il s'arrangea
plus tard pour y parvenir, je ne saurais l'expliquer
avec certitude, et je me demande si le récit qu'on en
fait est bien exact : il aurait, dit-on, plongé dans la
mer aux Aphètes et n'aurait émergé qu'en touchant
l'Artémision, après avoir parcouru sous l'eau quelque
quatre-vingts stades[10]. On lui prête encore certains
exploits qui semblent purement imaginaires, à côté
d'autres qui sont réels[11] ; mais, pour celui-ci, je ne
cacherai pas que, dans mon opinion, c'est en barque
qu'il gagna l'Artémision. Sitôt arrivé, il renseigna les
chefs des Grecs sur le désastre de la flotte perse et sur
les vaisseaux qui devaient contourner l'Eubée.

(9). En possession de ces renseignements, les Grecs
tinrent conseil. On parla longuement ; enfin, l'avis qui
l'emporta fut de ne pas bouger ce jour-là et de rester à
l'ancre, puis de se mettre en route après la mi-nuit et
d'aller au-devant des vaisseaux qui faisaient le tour de

l'Eubée. Plus tard cependant, comme personne ne les attaquait, ils prirent l'offensive vers la fin de l'après-midi et s'avancèrent en mer pour tâter la valeur des Barbares au combat et dans les manœuvres.

(10). Quand les soldats de Xerxès et leurs chefs les virent approcher avec si peu de navires, ils les crurent complètement fous, et ils s'avancèrent en mer avec l'espoir de les capturer sans peine, espoir des plus naturels puisqu'ils voyaient le petit nombre des vaisseaux grecs quand les leurs étaient tellement plus nombreux et plus rapides [12]. Sûrs de leur supériorité, ils encerclèrent les vaisseaux grecs ; les Ioniens, qui étaient de cœur avec les Grecs et figuraient avec regret dans cette expédition, se désolaient de les voir enveloppés et de les savoir perdus jusqu'au dernier, tant leur situation leur paraissait désespérée. Pour ceux qui se réjouissaient au contraire de l'aventure, c'était à qui prendrait le premier un navire athénien pour obtenir une récompense du roi ; car la réputation des Athéniens était bien la plus grande de toutes, dans les rangs des Barbares.

(11). Au signal donné, les Grecs rangèrent d'abord leurs navires les proues tournées du côté des Barbares, les poupes réunies au centre ; au deuxième signal, ils entrèrent en action, quoique serrés dans un espace étroit et face à l'ennemi. Ils prirent en cette rencontre trente vaisseaux barbares et le frère du roi de Salamis Gorgos [13], Philaon fils de Chersis, un homme de grand renom dans la flotte perse. Le Grec qui le premier s'empara d'un navire ennemi fut un Athénien, Lycomède fils d'Aischréos, qui reçut le prix décerné au plus brave. Le combat naval se prolongea sans résultat décisif jusqu'au moment où la nuit l'arrêta ;

les Grecs ramenèrent leurs navires à l'Artémision, et les Barbares regagnèrent les Aphètes au sortir d'une bataille tout autre qu'ils ne s'y attendaient. Dans cette affaire un seul des Grecs au service du roi, Antidoros de Lemnos, passa du côté des alliés; en raison de son attitude, les Athéniens lui donnèrent un domaine dans Salamine.

(12). Quand la nuit fut venue, — or, c'était le milieu de l'été, — la pluie se mit à tomber en torrents; il plut sans arrêt jusqu'au matin, avec de violents coups de tonnerre du côté du Pélion; les cadavres et les épaves, entraînés vers les Aphètes [14], allèrent s'entasser devant les proues des navires et bloquer leurs rames. Les soldats qui en cet endroit entendaient l'orage furent épouvantés et pensèrent périr sur l'heure, au milieu de tant d'épreuves : avant même d'avoir repris haleine après le désastre de leur flotte dans la tempête qu'ils avaient essuyée au Pélion, un rude combat naval les attendait, puis un déluge de pluie, des torrents d'eau qui dévalaient vers la mer, les violents craquements du tonnerre.

(13). Voilà ce que la nuit leur apporta; mais elle fut bien plus terrible encore pour les équipages qui avaient à contourner l'Eubée, d'autant plus qu'elle survint lorsqu'ils étaient en mer, et elle se termina pour eux en désastre. La tempête et la pluie les surprirent en cours de route, à la hauteur des Creux de l'Eubée; le vent les emporta sans qu'ils sussent où ils allaient et les jeta sur les récifs. C'était la volonté du ciel, pour ramener la flotte perse au niveau de celle des Grecs et lui enlever sa trop grande supériorité numérique.

(14). Donc ceux-ci périrent sur les récifs aux Creux

de l'Eubée ; les autres, aux Aphètes, saluèrent avec
joie le retour de la lumière et laissèrent leurs navires
au repos, trop heureux d'avoir dans leurs épreuves un
moment de répit. Du côté des Grecs, cinquante-trois
navires athéniens [15] vinrent à leur secours ; leur présence ranima les courages, et aussi l'annonce de la
disparition dans la tempête de tous les navires barbares qui tournaient l'Eubée. Donc, à la même heure
que la veille, la flotte grecque prit la mer et se jeta sur
des navires de Cilicie ; elle les détruisit et, comme la
nuit tombait, regagna l'Artémision.

(15). Le troisième jour, les chefs des Barbares
s'indignèrent d'être ainsi malmenés par si peu de
vaisseaux, et, redoutant la colère de Xerxès, ils ne
laissèrent plus aux Grecs l'initiative des opérations ;
ils se préparèrent à l'action et, vers le milieu du jour,
ils déployèrent leur flotte. Le hasard fit que les mêmes
journées virent ces batailles en mer et, sur terre, les
combats des Thermopyles [16] ; ils se battaient sur mer
pour l'Euripe, comme Léonidas et ses compagnons
luttaient sur terre pour garder le défilé. Les combattants s'exhortaient, les uns à ne pas laisser les
Barbares entrer en Grèce, les autres à détruire les
forces des Grecs pour s'emparer du passage.

(16). Quand la flotte de Xerxès avança rangée en
bataille, les Grecs ne bougèrent pas de l'Artémision.
Puis les Barbares déployèrent leurs navires en croissant et tentèrent de refermer leurs lignes et d'encercler
la flotte grecque : à ce moment les Grecs firent
avancer leurs navires et la bataille s'engagea. Ce jour-
là, les adversaires se battirent à égalité ou presque ;
car la flotte de Xerxès était gênée par sa propre
importance, par le nombre immense de ses vaisseaux

qui s'embarrassaient mutuellement et s'entre-cho-
quaient; elle résista cependant et ne plia pas sous le
choc, car les Perses jugeaient inadmissible de prendre
la fuite devant si peu d'ennemis. Les Grecs subirent
de lourdes pertes en vaisseaux, en hommes aussi [17],
mais celles des Barbares furent encore bien plus
lourdes. Le combat se poursuivit ainsi, puis les
adversaires se retirèrent sur leurs positions.

(17). Dans la bataille, les Égyptiens se signalèrent
parmi les soldats de Xerxès; entre autres exploits, ils
s'emparèrent de cinq navires grecs avec leurs équipages. Du côté des Grecs, les Athéniens se signalèrent
ce jour-là, et parmi eux Clinias fils d'Alcibiade, qui
faisait la campagne à ses frais sur un vaisseau qui lui
appartenait, avec un équipage de deux cents
hommes [18].

(18). Quand les combattants eurent rompu le
contact, chacun regagna promptement son mouillage,
avec joie. Les Grecs, après l'arrêt du combat naval,
gardaient leurs morts et les épaves de leurs vaisseaux [19], mais ils avaient reçu des coups très rudes,
surtout les Athéniens qui avaient la moitié de leurs
navires endommagés et pensaient à se réfugier dans
l'intérieur de la Grèce.

*Repli de
la flotte grecque.* (19). Cependant Thémistocle avait en l'idée
que, si les peuples d'Ionie
et de Carie rompaient avec le Barbare, les Grecs
seraient en mesure de l'emporter sur le reste. Comme
les gens de l'Eubée amenaient du bétail sur le
rivage [20], il réunit tous les chefs de la flotte en cet
endroit et leur dit qu'il avait trouvé, croyait-il, un

moyen susceptible d'enlever au Grand Roi les meilleurs de ses alliés. Sans leur en découvrir davantage, il
leur indiqua ce qu'ils avaient à faire pour le moment,
qui était d'abattre autant de bêtes qu'ils le voudraient
sur les troupeaux des Eubéens (puisqu'il valait mieux
les prendre pour leurs troupes que les laisser à
l'ennemi), et il leur demanda d'ordonner à leurs
hommes d'allumer des feux ; il s'occuperait lui-même
de fixer l'heure du départ, de manière à les ramener
en Grèce sains et saufs. L'avis leur parut bon et, sur-
le-champ, les Grecs allumèrent des feux [21] et s'occupèrent du bétail.

(20). Les Eubéens n'avaient pas tenu compte d'un
oracle de Bacis [22], qu'ils jugeaient dénué de sens : ils
n'avaient ni mis leurs biens à l'abri, ni préparé des
réserves en prévision d'une guerre à venir, et ils se
trouvaient, par leur faute, en mauvaise posture. Il y a
dans Bacis un oracle à leur sujet qui dit ceci :

N'oublie pas : lorsqu'un homme d'une autre langue jettera sur
   la mer
Un joug de papyrus [23], éloigne de l'Eubée tes chèvres bêlantes.

Comme ils avaient négligé cet avertissement, ils
pouvaient s'attendre, dans les malheurs qui les frappaient et ceux qui les menaçaient, à subir les épreuves
les plus cruelles.

(21). Les Grecs vaquaient à ces tâches lorsque le
guetteur de Trachis se présenta. — Un guetteur avait
été posté sur l'Artémision (c'était un citoyen d'Anticyre, Polyas, et il avait à sa disposition un navire
toujours prêt à prendre la mer), avec mission d'avertir
aussitôt les Grecs des Thermopyles, si l'armée navale
subissait un échec. De même un Athénien, Abroni-

chos fils de Lysiclès, aux côtés de Léonidas, était prêt
à partir sur un navire à trente rames pour annoncer
aux Grecs de l'Artémision tout accident survenu aux
forces terrestres. Donc cet Abronichos vint les trouver
pour leur annoncer le sort de Léonidas et de ses
troupes. Sitôt informés, les autres s'en allèrent sans
plus tarder, dans leur ordre de mouillage, les
Corinthiens en première ligne et les Athéniens fer-
mant la marche.

(22). Parmi les vaisseaux athéniens, Thémistocle
choisit le meilleur marcheur et passa par tous les
points d'eau potable, où il fit graver [24] sur la pierre des
inscriptions que les Ioniens lurent le lendemain,
quand ils furent arrivés à l'Artémision. Les inscriptions portaient ces mots : « Ioniens, vous allez contre
la justice en attaquant vos pères, en apportant
l'esclavage à la Grèce. Avant tout, rangez-vous de
notre côté. Si cela vous est impossible, alors tenez-
vous dans l'inaction désormais, sans approcher de
nous, et demandez aux Cariens d'en faire autant. Si
vous ne pouvez faire ni l'un ni l'autre, si la nécessité
qui vous lie est trop pesante pour que vous vous
échappiez, alors, dans l'action, lorsque nous nous
heurterons, renoncez, volontairement, à votre bravoure, et souvenez-vous que vous êtes issus de nous, et
responsables au premier chef de la haine qui nous
oppose au Barbare [25]. » Thémistocle, en faisant graver
ces mots, avait, me semble-t-il, un double dessein :
ignoré du roi, le message pouvait amener les Ioniens à
passer de son côté; ou bien il lui serait rapporté,
susciterait des calomnies contre les Ioniens [26] et par
suite les lui rendrait suspects et les ferait écarter de la
bataille navale.

*Sur terre : les Perses
en Grèce centrale.*

(23). Donc Thémistocle fit écrire ce message. Aussitôt après leur départ un homme d'Histiée vint en barque annoncer aux Barbares que les Grecs avaient abandonné l'Artémision. Ils n'en crurent rien d'abord et le tinrent prisonnier, et ils envoyèrent des vaisseaux légers observer les lieux. Au reçu de leur rapport la flotte entière assemblée partit pour l'Artémision dès que le soleil eut paru. Ils y attendirent le milieu du jour et gagnèrent ensuite Histiée ; arrivés là, ils s'emparèrent de la ville et lancèrent des raids sur tous les bourgs de la côte, en Ellopie [27] et sur le territoire d'Histiée.

(24) Pendant que ses forces navales s'arrêtaient là, Xerxès, qui avait fait disposer des morts à son idée, leur dépêcha un héraut. Voici ce qu'il avait arrangé : des hommes qu'il avait perdus aux Thermopyles, vingt mille au moins, il en fit laisser sur le terrain mille environ, et fit creuser des fosses pour ensevelir le reste ; les fosses furent ensuite comblées et recouvertes de feuilles, pour que les soldats de l'armée navale ne les vissent point. Après avoir franchi le détroit et gagné Histiée, le héraut fit réunir tous les soldats et leur dit : « Alliés du roi, Xerxès permet à qui le voudra parmi vous de quitter son poste et d'aller voir comment il combat les êtres insensés qui ont cru pouvoir triompher de sa puissance. »

(25). La proclamation faite, il devint presque impossible de trouver un bateau, tant il y eut de curieux. Passés sur l'autre rive, les hommes se promenaient au milieu des cadavres et les examinaient ; tous croyaient que les morts gisant à leurs pieds étaient, tous, des Lacédémoniens et des Thespiens ; mais ils

voyaient aussi les corps des hilotes. Cependant, les
curieux venus de l'autre rive ne furent pas sans savoir
ce que Xerxès avait fait de ses propres morts. Le
procédé, d'ailleurs, était risible : on voyait d'un côté
mille cadavres sur le terrain, et quatre mille corps en
face, entassés tous au même endroit[28]. Ce jour-là, les
Barbares ne firent que regarder les morts ; le lendemain, les uns s'en allèrent à Histiée retrouver leurs
vaisseaux, Xerxès et les autres reprirent leur route.

(26). Quelques déserteurs vinrent le trouver, des
Arcadiens dénués de toutes ressources et désireux de
gagner leur vie[29]. En les amenant au roi, les Perses
leur demandèrent à quoi s'occupaient les Grecs (l'un
d'entre eux se chargeait de les interroger, en présence
des autres). Les Arcadiens répondirent que les Grecs
s'occupaient des fêtes Olympiques[30] et assistaient aux
concours gymniques et aux courses de chars. L'autre
leur demanda quel était l'enjeu de ces luttes ; ils
répondirent qu'il y avait pour le vainqueur une
couronne d'olivier. Alors, pour la pensée très généreuse qu'il exprima, Tritantaichmès fils d'Artabane se
fit traiter de lâche par le roi : en entendant dire qu'on
se disputait une couronne au lieu d'argent, il ne put se
contenir et devant tous il s'exclama : « Ah ! Mardonios, contre quels gens nous as-tu fait marcher, si
l'enjeu de leur lutte n'est point la richesse, mais la
valeur ! »

*Les Thessaliens contre
les Phocidiens.*

(27). Voilà la réflexion
qu'il fit. — Entre-temps
après l'échec des Grecs
aux Thermopyles, les Thessaliens avaient aussitôt
envoyé un héraut chez les Phocidiens, car ils leur

étaient traditionnellement hostiles, et plus que jamais depuis leur dernier échec. — Les Thessaliens et leurs alliés avaient attaqué la Phocide avec toutes leurs forces, quelques années avant l'expédition de Xerxès [31], mais ils avaient été vaincus par les Phocidiens et rudement repoussés. Les Phocidiens s'étaient trouvés bloqués sur le Parnasse, avec le devin Tellias d'Élis [32], et ce Tellias les sauva par un stratagème : sur ses conseils, six cents Phocidiens, les plus braves, se barbouillèrent de plâtre, eux et leurs armes, puis il les lança contre les Thessaliens avec l'ordre de massacrer tout homme qu'ils verraient et qui ne serait pas blanchi de la sorte. Les Thessaliens placés en sentinelles qui les virent les premiers crurent à un prodige et furent frappés de terreur ; après eux, leur armée le fut à son tour, si bien que les Phocidiens gardèrent en leur pouvoir quatre mille corps et autant de boucliers dont ils consacrèrent une moitié dans Abes et l'autre dans Delphes ; avec la dîme du butin qu'ils recueillirent sur le champ de bataille ils firent élever les grandes statues qu'on voit à Delphes groupées autour du trépied, devant le temple, et d'autres du même genre dans Abes [33].

(28). Les Phocidiens avaient donc ainsi traité l'infanterie des Thessaliens qui les assiégeait ; la cavalerie thessalienne s'était également jetée sur leur pays, et ils lui firent subir un désastre total : dans une gorge étroite qui se trouve près d'Hyampolis [34] ils creusèrent un large fossé, dans lequel ils placèrent des amphores vides ; ils les recouvrirent de terre, firent en sorte que l'endroit ne se distinguât point du reste du terrain, et attendirent l'assaut de l'ennemi ; les Thessaliens se lancèrent sur eux pour les balayer et tombèrent sur les amphores, sur lesquelles leurs chevaux se brisèrent les jambes.

(29). Les Thessaliens leur gardaient de ce double échec une haine amère, et ils chargèrent leur héraut de ce message : « Phocidiens, ouvrez les yeux maintenant et reconnaissez que vous n'êtes pas nos égaux. En Grèce autrefois, tant qu'il nous a plu d'être du côté des Grecs, nous étions toujours au-dessus de vous ; aujourd'hui, notre pouvoir est tel sur le Barbare que nous sommes maîtres de vous enlever votre terre, et même de vous réduire en esclavage. Tout dépend de nous ; mais nous voulons cependant oublier vos torts : rachetez-les en nous versant cinquante talents d'argent, et nous nous engageons à détourner de votre terre les malheurs qui la menacent. »

(30). Voilà ce que les Thessaliens leur faisaient dire. En effet, les Phocidiens étaient le seul peuple de la région qui n'eût pas adopté le parti des Mèdes, sans autre raison, comme tout nous le prouve, que leur haine des Thessaliens. Si les Thessaliens s'étaient rangés du côté des Grecs, les Phocidiens, je pense, auraient passé du côté des Mèdes. À la sommation des Thessaliens, ils répondirent qu'ils ne paieraient pas, que rien ne les empêchait de se ranger, eux aussi, du côté des Mèdes, si l'envie les en prenait, mais qu'on ne les verrait jamais trahir volontairement la Grèce.

Les Perses en Doride, Phocide et Béotie.

(31). Quand cette réponse leur parvint, les Thessaliens, furieux contre les Phocidiens, se chargèrent de guider les Barbares.

Quittant la région de Trachis l'armée envahit la

Doride. — La Doride est une étroite langue de terre
qui s'étend de ce côté sur une largeur d'environ trente
stades entre la Malide et la Phocide, et qui s'appelait
autrefois la Dryopide [35] ; c'est la métropole des
Doriens du Péloponnèse. La Doride ne fut pas ravagée
par les Barbares à leur passage, car ses habitants
s'étaient ralliés aux Mèdes, et les Thessaliens furent
d'avis de l'épargner.

(32). Après la Doride, ils entrèrent en Phocide,
mais ils ne s'emparèrent pas des Phocidiens : certains
s'étaient retirés au sommet du Parnasse (il y a place
pour toute une foule sur la cime du Parnasse qui se
dresse, isolée, près de la ville de Néon, et qu'on
appelle Tithorée [36] ; c'est là qu'ils s'étaient réfugiés
avec leurs biens) ; mais pour la plupart ils avaient
demandé asile aux Locriens Ozoles, dans la ville
d'Amphissa, qui est au-dessus de la plaine de Crisa [37].
Les Barbares passèrent par toutes les régions de la
Phocide, car les Thessaliens y veillèrent ; sur leur
passage ils brûlaient et rasaient tout, et ils livraient
aux flammes les villes et les sanctuaires.

(33). En suivant le cours du Céphise ils dévastèrent
toute la région, incendièrent les villes de Drymos,
Charadra, Érochos, Téthronion, Amphicée, Néon,
Pédiée, Tritée, Élatée, Hyampolis, Parapotamies et
Abes [38], où il y avait un riche temple d'Apollon,
pourvu d'une quantité de trésors et d'offrandes ; il y
avait en ce lieu un oracle, qui s'y trouve encore
aujourd'hui ; ce temple aussi fut pillé, puis incendié.
Ils pourchassèrent dans les montagnes un certain
nombre de Phocidiens dont ils s'emparèrent, parmi
eux des femmes qui succombèrent aux violences de la
soldatesque.

(34). Au-delà de Parapotamies l'armée des Barbares atteignit Panopées. Là, elle se sépara en deux
groupes : le plus nombreux et le plus fort suivit
Xerxès et, marchant sur Athènes, entra en Béotie,
dans la région d'Orchomène. Le peuple béotien était
tout entier du côté des Mèdes ; de plus des Macédoniens envoyés par Alexandre [39] s'étaient répartis dans
leurs cités pour en assurer la protection : ils les
protégeaient en garantissant à Xerxès le dévouement
des Béotiens à sa cause.

Miracle à Delphes. (35). Le premier groupe
se dirigea de ce côté ; un
autre, avec des guides, marcha sur le temple de
Delphes, en laissant le Parnasse à sa droite. Partout
où ils passèrent, ceux-là aussi semèrent la ruine en
Phocide ; ils brûlèrent les villes de Panopées, Daulis et
Éolides [40]. Leur projet, en se détachant de l'armée
pour prendre cette route, était d'aller piller le temple
de Delphes et d'en présenter les trésors à Xerxès ; car
le roi connaissait tous les objets remarquables qui se
trouvaient dans le temple, m'a-t-on dit, et mieux que
ce qu'il avait laissé dans sa propre demeure, car bien
des gens lui en parlaient toujours ; et il était particulièrement bien renseigné sur les offrandes qu'avait
envoyées Crésus fils d'Alyatte.

(36). En apprenant leurs intentions, les Delphiens
furent épouvantés et, dans leur terreur, ils demandaient au dieu ce qu'ils devaient faire du trésor sacré,
s'il fallait l'enfouir sous la terre ou l'emporter à
l'étranger. Le dieu ne leur permit pas de le déplacer et
déclara qu'il se chargeait de veiller seul sur ses biens.
Devant cette réponse, les Delphiens ne songèrent plus

qu'à leur propre sûreté ; ils firent passer les enfants et
les femmes sur l'autre rive du golfe, en Achaïe, et,
pour la plupart, montèrent au sommet du Parnasse et
déposèrent leurs biens dans la grotte Corycienne [41] ;
les autres se retirèrent en Locride, à Amphissa. Ainsi
tous les Delphiens abandonnèrent leur ville, sauf
soixante d'entre eux et le Prophète du dieu [42].

(37). Déjà les Barbares étaient proches et ils aper-
cevaient le temple devant eux ; à ce moment, le
Prophète (il s'appelait Acératos) vit devant le temple,
tirées du sanctuaire, les armes sacrées que nul mortel
ne pouvait toucher sans crime. Il alla donc annoncer
le prodige aux Delphiens demeurés sur place ; mais
quand les Barbares, qui pressaient le pas, se trouvèrent près du temple d'Athéna Pronaia [43], des prodiges
éclatèrent plus grands encore que le premier. Car c'est
un fait déjà bien surprenant, des armes guerrières qui
d'elles-mêmes quittent le temple et apparaissent
devant lui ; mais les événements qui suivirent méritent, entre tous les signes divins, la plus grande
admiration : quand les Barbares, dans leur marche, se
trouvèrent près du temple d'Athéna Pronaia, à l'instant, du haut du ciel, la foudre les frappa, du sommet
du Parnasse deux blocs se détachèrent, dévalèrent sur
eux avec un bruit terrible et les écrasèrent en foule ; et,
du fond du temple de la Pronaia, une clameur, un cri
de guerre, s'éleva.

(38). Tant de prodiges réunis avaient plongé les
Barbares dans la terreur. Quand les Delphiens les
virent prendre la fuite, ils descendirent à leur poursuite et les massacrèrent en foule ; les survivants
fuirent sans s'arrêter jusqu'en Béotie. Les Barbares
qui en réchappèrent ont raconté, m'a-t-on dit, qu'ils

avaient encore observé d'autres faits surnaturels : deux guerriers d'une taille surhumaine les avaient poursuivis, disaient-ils, qui les talonnaient et les frappaient sans relâche.

(39). Ces deux guerriers, disaient les Delphiens, étaient des héros de chez eux, Phylacos et Autonoos, à qui des enclos ont été consacrés dans les environs du temple, l'un, pour Phylacos, sur la route même, au-dessus du temple de la Pronaia, et l'autre, pour Autonoos, près de la fontaine de Castalie, au pied de la roche Hyampée [44]. Les rochers tombés du Parnasse existaient encore de mon temps, arrêtés dans l'enceinte d'Athéna Pronaia, là où les avait portés leur course au milieu de la troupe des Barbares. Donc, voilà comment le temple fut délivré de ses assaillants [45].

Sur mer : les Grecs à Salamine. (40). Les forces navales des Grecs, qui avaient quitté l'Artémision, vinrent à la demande des Athéniens mouiller à Salamine [46]. Les Athéniens avaient leurs raisons pour les prier de s'arrêter là : ils voulaient évacuer de l'Attique les enfants et les femmes, mais aussi discuter des plans à adopter. Vu les circonstances ils avaient à tenir conseil, puisqu'ils étaient trompés dans leur attente : ils pensaient trouver toutes les forces du Péloponnèse installées solidement en Béotie et prêtes à recevoir le Barbare ; ils constataient qu'il n'en était rien, et ils apprenaient que les Péloponnésiens fermaient l'Isthme par un mur et, soucieux par-dessus tout de sauver le Péloponnèse, s'attachaient à le protéger en abandonnant tout le reste. En apprenant cette nou-

velle, ils avaient alors demandé que la flotte mouillât à
Salamine.

(41). Les alliés s'arrêtèrent donc à Salamine, sauf
les Athéniens qui allèrent chez eux. Sitôt arrivés, ils
firent proclamer par le héraut que tout Athénien
devait mettre en sûreté ses enfants, sa famille et ses
gens comme il le pourrait. Les Athéniens firent alors
partir leurs familles, pour Trézène le plus souvent, ou
encore pour Égine ou Salamine[47]. Ils se hâtèrent de
les évacuer pour obéir à l'oracle sans doute, mais ils
avaient encore et surtout un autre motif : d'après eux
un grand serpent, qui est le gardien de leur Acropole,
vit dans le temple ; c'est ce qu'ils disent, et ils sont
d'ailleurs si bien persuadés de son existence qu'ils lui
apportent chaque mois des offrandes rituelles : l'offrande consiste en un gâteau de miel. Or le gâteau, qui
jusqu'alors avait toujours disparu, n'avait pas été
touché cette fois. La prêtresse avait signalé le fait, et
les Athéniens n'en furent que plus pressés de quitter
leur ville, parce qu'ils pensèrent que la déesse avait
elle aussi abandonné leur Acropole[48]. Quand ils
eurent évacué tous leurs biens, ils rejoignirent la flotte
au mouillage.

(42). Quand la flotte de l'Artémision eut mouillé
devant Salamine, le reste des forces navales de la
Grèce, en apprenant son arrivée, quitta Trézène et
vint la rejoindre (les ordres précédents avaient indiqué le port de Trézène, Pogon, pour point de ralliе-
ment). Les navires rassemblés à Salamine étaient bien
plus nombreux qu'ils ne l'étaient au combat de
l'Artémision, et venaient d'un plus grand nombre de
cités. Le chef suprême était, de même qu'à l'Artémision, Eurybiade fils d'Euryclidès, un Spartiate, mais

qui n'était pas de la famille royale ; les vaisseaux les plus nombreux de beaucoup et les meilleurs étaient ceux des Athéniens.

(43). Voici les peuples qui participaient à l'expédition : pour le Péloponnèse, les Lacédémoniens fournissaient seize vaisseaux, les Corinthiens autant qu'à l'Artémision [49], les Sicyoniens quinze, les Épidauriens dix, les Trézéniens cinq, les Hermioniens trois (tous, sauf les Hermioniens, appartiennent au peuple dorien et macédnon, partis en dernier lieu d'Érinéos, de Pindos et de la Dryopide ; les Hermioniens, eux, sont des Dryopes qu'Héraclès et les Maliens ont chassés du pays nommé Doride à présent [50]).

(44). Voilà les peuples du Péloponnèse qui participaient à l'expédition, et voici maintenant ceux du continent, hors du Péloponnèse : les Athéniens, qui fournissaient autant de vaisseaux que tous les autres ensemble, en avaient cent quatre-vingts ; ils étaient seuls, car à Salamine les Platéens n'étaient pas à leurs côtés dans la bataille, en raison du fait suivant : quand les Grecs en quittant l'Artémision passèrent devant Chalcis, les Platéens débarquèrent sur l'autre rive, en Béotie, et s'occupèrent d'évacuer leurs familles ; en sauvant les leurs, ils se mirent en retard. (Les Athéniens, à l'époque où les Pélasges possédaient le pays qu'on appelle la Grèce, étaient des Pélasges, nommés Cranaens ; sous leur roi Cécrops ils s'appelèrent les Cécropides ; quand le pouvoir passa aux mains d'Érechthée, ils changèrent de nom et s'appelèrent Athéniens et, quand Ion fils de Xouthos devint leur chef, ils prirent son nom et s'appelèrent Ioniens [51].)

(45). Les Mégariens fournirent le même nombre de

vaisseaux qu'à l'Artémision[52], les Ambraciotes amenèrent sept navires aux alliés, et les Leucadiens trois[53]
(ceux-là sont des Doriens venus de Corinthe).

(46). Parmi les Grecs des îles, les Éginètes fournissaient trente navires ; ils en avaient d'autres tout
équipés, mais ils les gardaient pour protéger leur
propre pays et ils employèrent à Salamine ces trente
vaisseaux, leurs meilleurs marcheurs (les Éginètes
sont des Doriens venus d'Épidaure ; leur île s'est
appelée d'abord Oinoné). Il y avait ensuite les
Chalcidiens avec les vingt navires qu'ils avaient à
l'Artémision, et les Érétriens avec les sept qu'ils y
avaient amenés ; puis les gens de Céos, avec leurs
vaisseaux de l'Artémision[54] (ils sont de race ionienne,
originaires d'Athènes). Les Naxiens, qui amenaient
quatre navires, avaient été envoyés auprès des Mèdes
par leur cité, tout comme les autres Insulaires, mais,
en dépit des ordres qu'ils avaient reçus, ils allèrent
rejoindre les Grecs à l'instigation d'un de leurs
concitoyens les plus distingués, Démocrite, qui
commandait alors l'une de leurs trières (les Naxiens
sont des Ioniens de souche athénienne). Les Styréens
amenaient leurs vaisseaux de l'Artémision[55], et les
Cythniens en fournissaient un, plus un navire à
cinquante rames (ces peuples sont tous les deux des
Dryopes). Les Sériphiens, les Siphniens et les
Méliens[56] étaient également présents : eux seuls, de
tous les Insulaires, n'avaient pas cédé au Barbare la
terre et l'eau.

(47). Les peuples qui habitent en deçà des Thesprotes et du fleuve Achéron[57] participaient tous à
l'expédition. Les Thesprotes habitent aux frontières
des Ambraciotes et des Leucadiens, les alliés venus

des régions les plus lointaines. Parmi les peuples encore plus éloignés, les Crotoniates furent les seuls à venir au secours de la Grèce au moment du danger, avec un seul vaisseau, sous les ordres d'un homme qui avait trois fois remporté la victoire aux Jeux Pythiques, Phayllos[58] (les Crotoniates sont des Achéens).

(48). Donc ces peuples participaient à l'expédition avec des trières, sauf les Méliens, les Siphniens et les Sériphiens qui avaient des vaisseaux à cinquante rames ; les Méliens (qui sont issus des Lacédémoniens) en avaient deux, les Siphniens et les Sériphiens (qui sont des Ioniens originaires d'Athènes) chacun un. Au total, les vaisseaux, non compris les navires à cinquante rames, étaient au nombre de trois cent soixante-dix-huit[59].

(49). Rassemblés à Salamine, les chefs militaires des cités nommées ci-dessus délibérèrent ; Eurybiade avait proposé d'autoriser qui le voudrait à dire en quel endroit il lui semblait opportun d'engager le combat naval, dans les régions qui leur appartenaient encore ; Athènes était abandonnée déjà, il parlait donc des autres régions. Les opinions exprimées furent en majorité d'accord pour que la flotte gagnât l'Isthme et livrât bataille devant le Péloponnèse, en donnant pour raison qu'à la suite d'une défaite navale les alliés, s'ils étaient à Salamine, seraient bloqués dans une île sans secours possible, tandis qu'à l'Isthme ils se retrouveraient au moins en terre amie.

Prise d'Athènes.   (50). Les chefs du Péloponnèse soutenaient cet argument lorsqu'un Athénien survint avec la nouvelle que le Barbare était en Attique et livrait tout le pays

aux flammes. En effet, Xerxès et son armée avaient
traversé la Béotie, brûlé la ville de Thespie, abandonnée par ses habitants qui s'étaient réfugiés dans le
Péloponnèse, et celle de Platées dans les mêmes
conditions, et ils étaient arrivés dans Athènes et
dévastaient toute la région. Ils avaient incendié
Thespie et Platées quand les Thébains les avaient
prévenus que ces villes n'avaient pas épousé leur
parti.

(51). Depuis le moment où les Barbares avaient
franchi l'Hellespont, point de départ de leur marche
en Europe, après s'y être arrêtés un mois, y compris le
temps de la traversée, il leur avait fallu trois autres
mois pour parvenir en Attique, où ils arrivèrent sous
l'archontat dans Athènes de Calliadès[60]. Ils s'emparèrent de la ville qui était déserte, et n'y trouvèrent
qu'un petit groupe d'Athéniens réfugiés dans le
temple : c'étaient des intendants du temple et quelques pauvres gens qui s'étaient barricadés sur l'Acropole avec des planches et des poutres et tentèrent de
résister à l'assaillant; leur pauvreté les avait empê-
chés de quitter la ville pour aller se réfugier à
Salamine, et d'ailleurs ils croyaient avoir seuls
compris le sens exact de l'oracle prononcé par la
Pythie : *imprenable sera la muraille de bois*[61] ; l'asile
promis, c'était, pensaient-ils, une barricade et non pas
les vaisseaux.

(52). Les Perses prirent position sur la butte, située
en face de l'Acropole, que les Athéniens appellent
l'Aréopage[62] et, pour assiéger le temple, ils
employaient cette méthode : ils entouraient leurs
flèches d'étoupe et les lançaient enflammées contre la
barricade. Cependant les assiégés tenaient bon, quoi-

que leur situation fût désespérée et que leur retranchement eût trahi leurs espoirs ; ils n'écoutèrent même
pas les Pisistratides [63] qui leur proposaient de négocier
un accord, et s'ingénièrent à résister par d'autres
moyens ; en particulier, ils faisaient rouler des blocs de
pierre sur les Barbares quand ils approchaient des
portes. Leur résistance arrêta longtemps Xerxès, qui
ne pouvait en venir à bout.

(53). Enfin les Barbares découvrirent un moyen de
vaincre cet obstacle ; car il fallait que l'oracle s'accom-
plît et que l'Attique tout entière sur le continent
tombât au pouvoir des Perses. Sur le devant de
l'Acropole, en arrière des portes et de la rampe
d'accès, en un point qu'on ne surveillait pas et par où
jamais un homme, pensait-on, n'aurait pu monter,
quelques soldats escaladèrent le rocher du côté du
sanctuaire d'Aglaure, fille de Cécrops, malgré les
difficultés du terrain [64]. Lorsque les Athéniens les
virent sur l'Acropole, les uns se jetèrent du haut du
rempart et se tuèrent, les autres se réfugièrent à
l'intérieur du temple. Les Perses, entrés dans l'Acropole, s'occupèrent d'abord des portes de la citadelle
et, après les avoir ouvertes aux leurs, ils massacrèrent
les suppliants ; ils les exterminèrent jusqu'au dernier,
puis ils pillèrent le temple et incendièrent tout ce qui
était sur l'Acropole [65].

(54). Maître d'Athènes tout entière, Xerxès envoya
un homme à cheval informer Artabane, à Suse, de son
présent triomphe. Le jour qui suivit le départ de son
messager, il fit venir les Athéniens exilés qui l'accompagnaient et leur ordonna d'aller sacrifier sur l'Acropole selon leurs rites ; peut-être un songe lui avait-il
dicté cette décision, peut-être était-ce simplement le

remords d'avoir fait incendier le temple. Les bannis athéniens firent ce qu'il leur demandait[66].

(55). Je veux dire ici la raison pour laquelle j'ai signalé ce fait. Il y a sur l'Acropole un temple dédié à Érechthée qui, dit-on, naquit de la terre, et l'on voit dans ce temple un olivier, ainsi qu'une source d'eau salée : les traditions d'Athènes veulent que Poséidon et Athéna, qui se disputèrent le pays, les aient fait apparaître à l'appui de leurs revendications[67]. Or il se trouva que l'olivier fut brûlé dans l'incendie du temple par les Barbares; mais, le lendemain de l'incendie, quand les Athéniens chargés par le roi d'offrir un sacrifice montèrent au sanctuaire, ils virent qu'une pousse haute d'une coudée avait jailli du tronc. Voilà ce que dirent les bannis.

À Salamine : l'intervention de Thémistocle.

(56). Les Grecs à Salamine furent si consternés, lorsque la nouvelle leur parvint du sort de l'Acropole d'Athènes, que certains de leurs chefs n'attendirent même pas la conclusion du débat et se jetèrent dans leurs navires dont ils firent hisser les voiles pour fuir aussitôt; les autres décidèrent de livrer bataille dans les eaux de l'Isthme. Puis la nuit vint, ils levèrent la séance, et chacun regagna son bord.

(57). Alors, quand Thémistocle revint sur son navire, un Athénien, Mnésiphile[68], lui demanda ce qu'on avait décidé. Informé par lui qu'on avait résolu de ramener les navires à l'Isthme et de combattre devant le Péloponnèse, il lui dit : « Certes, si les Grecs retirent leurs vaisseaux de Salamine, tu n'auras plus à lutter sur mer pour quelque patrie que ce soit : ils s'en

iront tous dans leurs cités et Eurybiade ne pourra pas
les arrêter, ni personne au monde, pour empêcher
l'émiettement total de l'expédition ; ce sera la perte de
la Grèce, faute d'avoir su bien décider. Cependant, si
l'on y peut encore quelque chose, va donc essayer de
les faire revenir sur leur décision, va voir si par hasard
tu ne pourrais pas convaincre Eurybiade de changer
d'avis et de ne pas bouger d'ici. »

(58). Thémistocle trouva le conseil excellent et,
sans lui répondre, se dirigea vers le vaisseau d'Eurybiade ; là, il déclara qu'il désirait discuter avec lui
d'une question d'intérêt général. Eurybiade le pria de
venir à son bord lui parler, s'il avait quelque chose à
lui dire. Alors Thémistocle vint s'asseoir près de lui et
lui présenta comme la sienne l'opinion que Mnésiphile lui avait exposée, non sans la renforcer par bien
d'autres arguments, jusqu'à ce qu'il l'eût amené par
ses instances à quitter son navire et appeler tous les
chefs au Conseil.

(59). Sitôt les chefs réunis, Thémistocle, sans
attendre qu'Eurybiade leur eût indiqué le motif de
leur convocation, se lança dans un long discours, en
homme impatient de leur faire adopter son avis. Mais
le chef corinthien, Adimante fils d'Ocytos, interrompit son exposé : « Thémistocle, dit-il, aux Grands
Jeux, qui part avant son tour reçoit des coups. —
Certes, répondit l'autre pour s'excuser, mais qui
traîne derrière les autres ne remporte pas la couronne[69]. »

(60). Thémistocle répondit, pour cette fois, calme-
ment au Corinthien ; puis, à l'adresse d'Eurybiade, il
ne reprit aucun de ses arguments précédents et
n'exprima pas la crainte que la flotte ne se dispersât

en quittant Salamine, car incriminer les alliés en leur
présence n'eût pas été à son honneur ; il prit un autre
tour et déclara : « Tu es maître aujourd'hui de sauver
la Grèce, si tu livres bataille ici même suivant mon
conseil, et si tu refuses d'écouter ceux-ci et de ramener
la flotte vers l'Isthme. Écoute, et confronte nos avis :
si tu engages la bataille près de l'Isthme, elle aura lieu
en pleine mer, grave désavantage pour nous dont les
navires sont plus lourds et moins nombreux que ceux
de l'ennemi ; et tu perdras Salamine, Mégare et Égine,
même si nous avons ailleurs la victoire ; les forces
terrestres de l'ennemi avanceront en accord avec sa
flotte, et par là tu les auras toi-même dirigées sur le
Péloponnèse, et tu mettras la Grèce tout entière en
danger. Si, au contraire, tu adoptes mon plan, tu y
trouveras bien des avantages : d'abord, comme nous
livrerons bataille dans un espace restreint en opposant
peu de navires à une flotte nombreuse, si tout se passe
comme d'habitude à la guerre, nous l'emporterons
nettement : combattre à l'étroit nous sert, combattre
au large sert nos ennemis. En outre Salamine leur
échappe, où nous avons mis à l'abri nos enfants et nos
femmes. Ajoute encore cette considération qui vous
touche plus que tout : tu protégeras autant le Péloponnèse en livrant bataille ici qu'en allant combattre
devant l'Isthme et, si tu as quelque bon sens, tu ne
dirigeras pas l'ennemi sur le Péloponnèse. Si tout se
passe comme je l'espère et si nos vaisseaux l'emportent, les Barbares n'iront pas vous attaquer à l'Isthme
et ils ne dépasseront pas l'Attique : ils se retireront en
désordre et pour notre plus grand avantage, car
Mégare nous restera, ainsi qu'Égine et Salamine où,
nous dit un oracle, nous devons triompher de nos

ennemis. Les gens qui prennent des décisions logiques réussissent en général, les autres non, et le ciel ne se plie pas aux volontés des hommes. »

(61). À ces mots, le Corinthien Adimante intervint encore, avec rage, sommant Thémistocle de se taire puisqu'il n'avait plus de patrie, interdisant à Eurybiade de mettre aux voix l'avis d'un homme sans feu ni lieu : « Si Thémistocle veut exprimer son opinion, qu'il nous dise d'abord la ville qu'il représente ! » Il l'injuriait ainsi parce qu'Athènes avait été prise et demeurait aux mains des Barbares. Thémistocle lui répondit cette fois-ci en termes sévères pour lui comme pour les Corinthiens, et montra clairement qu'ils avaient, eux Athéniens, une ville et un territoire plus importants que les leurs, aussi longtemps qu'ils disposaient de deux cents navires avec leurs équipages [70], car aucun peuple de Grèce ne tiendrait devant eux s'ils l'attaquaient.

(62). Au milieu de ses explications, il se tourna vers Eurybiade et lui adressa des paroles plus pressantes : « Pour toi, si tu restes ici, tu seras par là même un vaillant ; sinon, tu abattras la Grèce, car nos vaisseaux portent en cette guerre toute notre fortune. Écoute-moi ! Si tu n'en veux rien faire, nous allons aussitôt prendre nos familles et nos biens et nous nous rendrons à Siris, en Italie, qui nous appartient depuis bien longtemps, et où, disent les oracles, nous devons établir une colonie [71]. Et vous, privés des alliés que nous sommes, vous vous souviendrez alors de mes paroles. »

(63). Le discours de Thémistocle fit réfléchir Eurybiade, et surtout, à mon avis, la crainte qu'il eut de voir les Athéniens les abandonner s'il ramenait la flotte à l'Isthme ; car, sans les Athéniens, les alliés n'étaient plus en état de résister aux Perses. Il prit donc le parti de rester à Salamine et d'y livrer bataille.

(64). Ainsi les Grecs à Salamine, après cet accrochage et ces discours, se préparèrent, sitôt la décision prise par Eurybiade, à livrer bataille sur place. Le jour se leva ; au moment où le soleil apparaissait, une secousse sismique fit frémir la terre et la mer : on résolut alors d'adresser aux dieux des prières et d'invoquer l'aide des Éacides. La décision fut exécutée : après avoir prié tous les dieux, ils appelèrent à leur aide, de Salamine même, Ajax et Télamon, tandis qu'un navire allait chercher à Égine Éaque et les autres Éacides [72].

(65). D'après Dicéos fils de Théocydès, un Athénien banni devenu personnage important chez les Mèdes, en ce temps-là, quand les soldats de Xerxès ravageaient l'Attique abandonnée de ses habitants, il se trouvait lui-même, en compagnie du Lacédémonien Démarate, dans la plaine de Thria ; il vit alors approcher un nuage de poussière qui venait d'Éleusis, tel qu'en pourrait soulever une troupe de quelque trente milliers d'hommes [73] ; tous deux se demandaient, surpris, qui donc pouvait soulever cette poussière, mais soudain ils entendirent des accents dans lesquels Dicéos pensa reconnaître l'hymne d'Iacchos que l'on chante dans les mystères [74]. Démarate, qui ne connaissait pas les rites en usage dans les mystères d'Éleusis, lui demanda d'où provenaient ces accents ; il lui répondit : « Démarate, l'armée du roi va subir un coup terrible et rien ne peut l'en sauver : de toute évidence, puisque l'Attique est déserte, ces accents proviennent d'êtres surnaturels quittant Éleusis pour

secourir Athènes et ses alliés. S'ils se portent sur le
Péloponnèse, Xerxès sera lui-même en péril avec ses
forces du continent ; s'ils se tournent vers les navires
qui sont à Salamine, le roi risque fort de perdre sa
flotte. Les Athéniens célèbrent tous les ans ces fêtes
d'Éleusis en l'honneur de la Mère et de la Fille [75] ; tout
Athénien et tout Grec qui le souhaite s'y fait initier.
Ce que tu entends, ce sont les chants par lesquels ils
invoquent Iacchos pendant les fêtes. » Démarate, dit-
il, lui répondit : « Tais-toi, et ne répète ceci à
personne, car si l'on rapporte au roi tes propos, tu les
paieras de ta tête : je ne pourrai rien pour toi, et
personne au monde ne te sauvera. Reste tranquille, et
laisse les dieux faire de cette armée ce qu'ils voudront. » Démarate lui donna ce conseil, dit-il ; et la
poussière et les voix formèrent un nuage qui s'éleva
dans les airs et se dirigea sur Salamine et la flotte
grecque, ce qui leur fit comprendre que la flotte de
Xerxès allait périr. Voilà ce qu'a raconté Dicéos fils
de Théocydès, en invoquant à l'appui de son récit le
témoignage de Démarate et d'autres personnes.

**Les Perses
à Salamine.** (66). De leur côté les
soldats de la flotte perse
avaient passé de Trachis à
Histiée, après avoir contemplé le théâtre de la défaite
spartiate ; ils s'arrêtèrent là trois jours, puis en trois
autres jours gagnèrent Phalère en passant par l'Euripe. Selon moi, leur nombre quand ils envahirent
l'Attique n'était pas inférieur, sur le continent et sur
les vaisseaux, à ce qu'il était lorsqu'ils arrivèrent au
cap Sépias et aux Thermopyles : je pense pouvoir
compter, à la place des hommes disparus dans la

tempête ou tombés aux Thermopyles et dans les batailles navales de l'Artémision [76], ceux qui, à ce moment, ne marchaient pas encore avec le roi, c'est-à-dire les Maliens, les Doriens, les Locriens, les Béotiens (sauf les Thespiens et les Platéens), qui le suivaient avec toutes leurs forces, ainsi que les Carystiens, les Andriens, les Téniens et le reste des Insulaires (sauf les cinq [77] cités dont j'ai donné les noms précédemment), car plus le Perse avançait en Grèce, plus il avait de peuples à sa suite.

(67). Quand tous les contingents furent arrivés dans Athènes (les Pariens [78] exceptés, qui restaient à Cythnos en attendant de savoir comment tournerait la guerre) et que le reste de l'expédition fut à Phalère, Xerxès se rendit en personne auprès de sa flotte, parce qu'il entendait prendre contact avec ses équipages et s'enquérir de leurs dispositions. Il vint et prit place sur un trône, devant les tyrans des divers peuples et les commandants des navires qu'il avait fait appeler ; chacun prit place au rang que le roi lui avait assigné : le roi de Sidon venait le premier, puis le roi de Tyr, puis les autres. Quand ils furent tous assis dans l'ordre voulu, Xerxès chargea Mardonios de les interroger [79] pour savoir ce que chacun pensait d'une éventuelle bataille navale.

(68). Mardonios parcourut leurs rangs et les interrogea tous, en commençant par le Sidonien ; tous furent du même avis et demandèrent qu'on livrât bataille sur mer ; cependant Artémise lui fit cette réponse : « Rapporte au roi, Mardonios, que je déclare ceci, moi dont la vaillance et les exploits n'ont pas été les moindres aux combats navals devant l'Eubée : " Maître, il est juste que je te donne ma

véritable opinion, la meilleure que j'aie en tête pour
servir tes intérêts. La voici donc : épargne tes navires,
ne combats pas sur mer, car leurs hommes sont plus
forts que les tiens sur la mer, tout autant que des
hommes l'emportent sur des femmes. D'ailleurs pourquoi vouloir à tout prix courir ce risque ? Ne possèdes-
tu pas Athènes, qui était l'objet de ton expédition, et
tout le reste de la Grèce ? Tu n'as plus personne
devant toi ; ceux qui t'ont résisté ont eu la fin qu'ils
méritaient, et le sort qui selon moi attend tes adversaires, je vais te le dire : si, au lieu de te lancer en hâte
dans un combat naval, tu gardes tes navires ici, près
de la terre, soit que tu attendes l'ennemi, soit encore
que tu avances dans le Péloponnèse, tu obtiendras
sans peine, maître, ce que tu es venu chercher ; les
Grecs ne peuvent pas tenir longtemps devant toi, tu
les disperseras et ils s'enfuiront tous chez eux ; car,
d'après mes informations, ils n'ont pas d'approvisionnements dans cette île et, si tu diriges tes troupes sur
le Péloponnèse, il est inconcevable que les combattants originaires de ce pays n'en soient point émus et
n'en perdent pas toute envie de lutter sur mer devant
Athènes. Si, au contraire, tu te lances immédiatement
dans un combat naval, je crains pour tes forces
terrestres les conséquences du malheur qui pourrait
arriver à ta flotte. D'ailleurs médite aussi, seigneur,
sur ce point : aux maîtres généreux les méchants
esclaves, aux méchants les bons serviteurs. Comme tu
es le plus généreux des hommes, tu as de méchants
esclaves qu'on veut faire passer pour tes alliés,
Égyptiens et Cypriotes, Ciliciens et Pamphyliens, tous
des gens qui n'ont pas la moindre valeur. " »

(69). Ces paroles d'Artémise à Mardonios désolè-

rent tous ceux qui avaient quelque sympathie pour
elle et prévoyaient sa disgrâce, du moment qu'elle
s'opposait au projet du roi. Ceux qui la détestaient et
la jalousaient parce que Xerxès l'honorait entre tous
ses alliés se réjouissaient de sa réponse et la croyaient
déjà perdue. Mais quand les avis donnés furent
transmis au roi, Xerxès apprécia beaucoup celui
d'Artémise, dont il avait déjà reconnu la valeur et
qu'il loua plus encore en cette occasion. Il ordonna
toutefois de suivre l'avis de la majorité; sa flotte,
pensait-il, avait manqué d'ardeur sur la côte de
l'Eubée parce qu'il n'était pas là, mais il avait tout
arrangé cette fois-ci pour assister au combat.

(70). Sitôt reçu l'ordre d'appareiller, les Perses
conduisirent leurs vaisseaux devant Salamine et les
mirent en position tout à loisir. Ils n'eurent pas assez
de temps ce jour-là pour engager la bataille, car la
nuit tombait déjà; ils se préparèrent donc à combattre
le lendemain. De l'autre côté, la crainte et l'angoisse
avaient saisi les Grecs et surtout ceux du Péloponn-
nèse : ils étaient dans l'angoisse parce qu'arrêtés à
Salamine ils allaient se battre sur mer pour la terre
athénienne et, vaincus, se trouveraient bloqués et
assiégés dans l'île, tandis que leur pays se trouvait
abandonné sans défenseurs.

*Les Péloponnésiens
fortifient l'Isthme.*

(71). D'autre part les
forces terrestres des Barbares, pendant cette nuit-
là, s'ébranlèrent pour gagner le Péloponnèse [80]. Or,
tout avait été mis en œuvre pour empêcher les
Barbares d'y pénétrer par le continent : sitôt connue
la mort aux Thermopyles de Léonidas et de ses

compagnons, de toutes leurs cités les Péloponnésiens accoururent à l'Isthme et s'y établirent ; ils avaient pour chef Cléombrotos fils d'Anaxandride, le frère de Léonidas. Établis dans l'Isthme, ils barrèrent la route Scironienne[81], puis, comme ils en avaient décidé au Conseil, ils se mirent en devoir de fermer l'Isthme par un mur[82]. Comme il y avait là des milliers d'hommes qui tous y travaillaient, l'ouvrage avançait vite ; les pierres, les briques, le bois, les couffins de sable affluaient et le travail ne cessait pas un instant, ni le jour, ni la nuit.

(72). Voici les Grecs qui participèrent avec toutes leurs forces à la défense de l'Isthme : les Lacédémoniens et tous les Arcadiens, les Éléens, Corinthiens, Sicyoniens, Épidauriens, Phliasiens, Trézéniens et Hermioniens. Ceux-là vinrent au secours de la Grèce et s'émurent du danger qu'elle courait ; le reste des Péloponnésiens ne s'en inquiéta pas : pourtant les Jeux Olympiques et les Carnéia[83] étaient déjà terminés.

(73). Sept peuples habitent le Péloponnèse. Deux sont des autochtones et occupent toujours leur territoire ancien : les Arcadiens et les Cynuriens. Un autre, le peuple achéen, n'est jamais sorti du Péloponnèse, mais a quitté son territoire pour s'installer sur un autre[84]. Les quatre autres peuples, Doriens, Étoliens, Dryopes et Lemniens, sont d'origine étrangère. Les Doriens ont des cités nombreuses et célèbres ; les Étoliens n'en ont qu'une, Élis ; les Dryopes ont Hermione et Asiné, qui est près de Cardamyle en Laconie[85] ; aux Lemniens appartiennent tous les Paroréates[86]. Les Cynuriens sont autochtones et seuls paraissent être des Ioniens, mais ils se sont entièrement assimilés aux Doriens, à la longue et sous la domination des Argiens; ce sont les Ornéates et leurs voisins [87]. Les cités qui appartiennent à ces sept peuples et que je n'ai pas énumérées ci-dessus avaient choisi de rester neutres; mais, si l'on nous permet de parler en toute franchise, en choisissant la neutralité, elles se rangeaient aux côtés des Mèdes.

*À Salamine :
la ruse de
Thémistocle.*

(74). Donc, les Grecs réunis dans l'Isthme s'étaient mis à cet ouvrage; c'était courir leur course suprême et montrer qu'ils n'espéraient point de triomphe pour leur flotte. De leur côté les Grecs réunis à Salamine tremblaient, tout en apprenant leur projet, et plus pour le Péloponnèse que pour leur propre salut. Ils s'étaient contentés jusqu'alors de murmurer, en tête à tête, contre l'imprudente stratégie d'Eurybiade, mais l'opposition éclata finalement au grand jour; il y eut une réunion et l'on reprit, longuement, les mêmes thèses : pour les uns, il fallait se replier sur le Péloponnèse et tout risquer pour le défendre, au lieu de s'attarder à combattre devant un pays déjà vaincu; pour les Athéniens, les Éginètes et les Mégariens, il fallait au contraire livrer bataille sur place.

(75). Alors, quand Thémistocle vit triompher l'avis des Péloponnésiens, il quitta discrètement la salle du Conseil et, dehors, fit partir pour le camp des Mèdes, dans une barque, un homme bien instruit des propos qu'il devait tenir. — L'homme, qui s'appelait Sicinnos, était des gens de Thémistocle et le pédagogue de ses fils [88]; plus tard, Thémistocle le fit citoyen de

Thespies, quand cette ville admit de nouveaux habitants, et il lui donna beaucoup d'argent. L'homme rejoignit en barque le camp des Barbares et tint à leurs chefs ce langage : « Le chef des Athéniens m'envoie vers vous à l'insu des autres Grecs (car il est tout dévoué au roi et souhaite votre succès plutôt que le leur), pour vous dire que les Grecs sont terrifiés et décident de prendre la fuite : il ne tient qu'à vous d'accomplir à présent un exploit sensationnel, en ne leur permettant pas de vous échapper. Ils ne s'entendent pas, ils ne vous résisteront plus, et vous verrez la bataille s'engager en mer entre vos partisans et vos ennemis. » L'homme leur transmit ces renseignements, et il s'éclipsa.

(76). Les Barbares prirent ce message pour véridique ; ils firent débarquer dans Psyttalie, un îlot situé entre Salamine et le continent, un fort contingent de Perses ; puis, au milieu de la nuit, ils déployèrent en demi-cercle leur aile ouest en direction de Salamine, firent avancer leurs navires postés autour de Céos et de Cynosure et fermèrent la passe jusqu'à Munichie [89]. Ils avaient l'intention, par ce mouvement, d'enlever aux Grecs toute possibilité de fuir et de leur faire payer, bloqués dans Salamine, leur succès de l'Artémision ; et ils firent débarquer des Perses dans l'îlot nommé Psyttalie pour la raison suivante : quand on livrerait la bataille, les hommes tombés à la mer et les épaves viendraient justement s'y échouer (car l'île se trouvait à l'endroit où le combat devait se dérouler), et ils projetaient de recueillir les leurs et de massacrer les ennemis. Ils manœuvrèrent en silence pour ne pas donner l'éveil à leurs adversaires. Donc, les Perses prirent leurs positions pendant la nuit, sans s'accorder un instant de repos.

(77). Je ne puis vraiment pas contester la vérité des oracles et je ne songe nullement à tenter d'en nier l'évidence lorsque j'ai sous les yeux semblable réponse :

Lorsque Artémis au glaive d'or verra son saint rivage
Relié par leurs navires à Cynosure au milieu des flots
Lorsque dans leur fol espoir ils auront saccagé la splendide
  Athènes,
Alors la Divine Justice éteindra la brutale Insolence, la fille de
  Démesure
Aux furieux désirs, sûre que tout lui cédera.
L'airain rencontrera l'airain ; Arès avec des flots de sang
Teindra la mer. La Grèce alors verra luire le jour de la liberté,
Don du Cronide au vaste regard et de la Victoire toute-
  puissante.

En pareil cas, et lorsque Bacis parle si clairement, je n'ai pas moi-même l'audace de contester la vérité des oracles, et je ne l'admets pas non plus chez autrui [90].

(78). À Salamine les chefs des Grecs étaient toujours plongés dans leurs discussions. Ils ne savaient pas encore que les navires des Barbares les enveloppaient et les croyaient toujours aux places où ils les avaient vus le jour précédent.

Intervention d'Aristide. (79). Ils siégeaient toujours lorsque Aristide fils de Lysimaque arriva d'Égine. — C'était un Athénien, et le peuple l'avait frappé d'ostracisme, mais par tout ce que je sais de son caractère, je le considère comme l'homme le plus vertueux et le plus juste qu'Athènes ait connu [91].

Donc, Aristide vint à la porte de la salle du Conseil et fit appeler Thémistocle, qui n'était point son ami, mais bien son pire ennemi : cependant la grandeur du péril qui les menaçait lui fit oublier leurs dissentiments et il appela Thémistocle pour conférer avec lui. Il avait appris déjà que les Grecs du Péloponnèse voulaient de toute urgence ramener la flotte vers l'Isthme. Quand Thémistocle fut devant lui, Aristide lui dit ceci : « Nous sommes rivaux, mais nous devons en toute circonstance, et aujourd'hui surtout, lutter à qui de nous deux rendra le plus de services à la patrie. Or, je t'annonce que les Péloponnésiens peuvent toujours discourir plus ou moins longuement sur le départ de la flotte : cela ne changera rien à la situation, car j'ai vu de mes yeux ce que je t'annonce : pour l'instant, qu'ils le veuillent ou non, les Corinthiens et Eurybiade en personne seront bien incapables de partir d'ici, car nous sommes entourés par les ennemis. Va les retrouver, et donne-leur cette nouvelle. »

(80). Thémistocle lui répondit : « Ton conseil est excellent, et tu nous apportes une bonne nouvelle : ce que tu as vu de tes yeux, ce qui t'amène ici, c'est exactement ce que je désirais. C'est grâce à moi, sache-le, que les Mèdes font ce qu'ils font, car du moment que les Grecs ne consentaient pas à engager volontairement la bataille, il fallait bien les y forcer. Mais, puisque tu es venu nous apporter cette bonne nouvelle, annonce-la toi-même : si elle vient de moi, on pensera que je l'invente et je ne les convaincrai pas ; ils ne croiront pas à cette manœuvre des Barbares. Va toi-même les trouver, explique-leur la situation ; quand tu leur auras parlé, s'ils te croient,

tant mieux, mais s'ils restent incrédules, le résultat
sera le même, car ils ne pourront plus prendre la fuite
si nous sommes vraiment cernés de tous les côtés
comme tu l'annonces. »

(81). Devant le Conseil Aristide exposa la situation : il venait d'Égine, déclara-t-il, et il avait échappé
non sans peine aux navires ennemis qui bloquaient le
passage, car la flotte grecque était cernée tout entière
par celle de Xerxès ; il leur conseillait donc de se
préparer, dans l'attente d'une offensive de l'ennemi.
Cela dit, Aristide se retira, mais les autres recommen-
cèrent à discuter, car les chefs, en général, ne
croyaient pas à cette nouvelle.

(82). Ils n'en croyaient toujours rien lorsque survint une trière transfuge, montée par des Téniens sous
les ordres de Panaitios fils de Sosiménès, qui leur
apporta la vérité tout entière. Pour cette action les
Téniens ont eu leur nom inscrit à Delphes, sur le
trépied[92], au nombre des Grecs qui ont abattu le
Barbare. Avec ce navire qui passa dans leurs lignes à
Salamine et celui de Lemnos qui les avait rejoints
auparavant à l'Artémision, la flotte grecque parvint
au chiffre rond de trois cent quatre-vingts navires ;
auparavant il lui en fallait encore deux pour atteindre
ce nombre[93].

La bataille.   (83). Les Grecs jugèrent enfin dignes de foi les
affirmations des Téniens, et ils se préparèrent à la
bataille imminente. L'aurore parut et les chefs réunirent les soldats[94] ; l'allocution que prononça Thémistocle fut, entre toutes, excellente[95] : il la consacra tout
entière à mettre en parallèle ce qu'il y a de plus noble

et de plus vil dans la nature et la condition de l'homme, il exhorta les Grecs à choisir toujours le parti le plus noble et, son discours achevé, donna l'ordre de monter sur les vaisseaux. Donc les hommes s'embarquèrent, et la trière qui revenait d'Égine survint à ce moment, celle qu'on avait envoyée chercher les Éacides. Les Grecs, alors, firent avancer leurs navires [96].

(84). Les Barbares les attaquèrent aussitôt. Les Grecs commençaient tous à reculer et à se rapprocher du rivage, mais un Athénien, Ameinias de Pallène [97], avança et se jeta sur un navire ennemi; comme il restait accroché à son adversaire et qu'ils ne pouvaient ni l'un ni l'autre se libérer, les autres navires grecs vinrent à la rescousse et la mêlée s'engagea. Voilà, disent les Athéniens, comment la bataille a commencé; mais, selon les Éginètes, c'est le navire qu'on avait envoyé chercher les Éacides à Égine qui ouvrit les hostilités. On raconte encore autre chose: une apparition qui, sous la forme d'une femme [98], exhorta l'armée grecque d'une voix si forte que tous l'entendirent et qui prononça d'abord ce reproche: « Malheureux, jusques à quand ferez-vous reculer vos nefs ? »

(85). Les Athéniens avaient en face d'eux les Phéniciens, placés du côté d'Éleusis et du couchant; les Lacédémoniens étaient en face des Ioniens, placés du côté du levant et du Pirée. Ceux-ci furent peu nombreux à faiblir volontairement comme Thémistocle le leur avait demandé [99]; le plus grand nombre n'en fit rien. Je puis donner les noms de plusieurs capitaines qui capturèrent des vaisseaux grecs, mais je n'en ferai rien, sauf pour Théomestor fils d'Androda-

mas et Phylacos fils d'Histiée, deux Samiens : je
mentionne ici leurs noms parce que Théomestor, en
récompense, fut fait tyran de Samos par les Perses, et
Phylacos fut inscrit sur la liste des « Bienfaiteurs du
Roi », et Xerxès lui octroya un domaine immense. Les
« Bienfaiteurs du Roi » s'appellent en langue perse les
orosanges [100].

(86). Voilà ce qui advint à ces deux hommes. —
Les Perses perdirent à Salamine la plupart de leurs
navires, détruits soit par les Athéniens, soit par les
Éginètes. Les Grecs combattaient alignés et en bon
ordre, mais les Barbares avaient rompu leurs lignes et
ne calculaient aucun de leurs mouvements : il devait
donc leur arriver ce qui justement leur arriva. Cependant ils étaient (car ils le furent ce jour-là) bien plus
braves qu'ils ne l'avaient été devant l'Eubée, car tous
rivalisaient d'ardeur et redoutaient Xerxès, et chacun
se croyait spécialement observé par le roi.

(87). Je ne saurais parler de tous les combattants,
Grecs ou Barbares, et dire en détails ce que fit chacun
d'eux, mais à propos d'Artémise voici ce qui lui valut
encore plus d'estime de la part de Xerxès : au
moment où les forces du roi se trouvèrent en pleine
confusion, le vaisseau d'Artémise fut pris en chasse
par un navire d'Athènes ; elle ne pouvait pas lui
échapper, car des navires alliés lui barraient le
passage et le sien se trouvait exposé le premier aux
coups de l'ennemi. La décision qu'elle prit alors la
servit à merveille : pourchassée par ce navire
d'Athènes, elle se jeta sur un allié, un navire de
Calynda [101] qui portait le roi du pays en personne,
Damasithymos. Artémise et lui s'étaient-ils querellés
lorsqu'ils étaient encore dans l'Hellespont, je ne

saurais le dire, et je ne sais pas davantage si son geste
fut prémédité ou si le hasard seul mit devant elle le
navire des Calyndiens. Toujours est-il qu'elle se jeta
sur lui et le coula, et qu'elle eut la chance d'en tirer
deux avantages — car le commandant de la trière
d'Athènes crut, en la voyant attaquer un navire des
Barbares, que son vaisseau appartenait à la flotte des
Grecs ou bien qu'il venait combattre de leur côté, et il
l'abandonna pour un autre adversaire.

(88). Artémise y gagna d'abord d'échapper à l'ennemi et d'éviter la mort ; mais elle en tira cet autre
avantage aussi : le mal qu'elle avait fait à Xerxès eut
ce résultat qu'il l'en estima plus que jamais. Xerxès,
qui observait la bataille, remarqua, dit-on, ce navire
qui en attaquait un autre, et quelqu'un près de lui
s'exclama : « Vois-tu, maître, comme Artémise sait
bien se battre, et comment elle a coulé l'un des
vaisseaux ennemis ? » Le roi demanda si cet exploit
était véritablement l'ouvrage d'Artémise ; ses gens
l'en assurèrent, car ils connaissaient bien l'enseigne
que portait son vaisseau, et ils supposaient que le
navire coulé appartenait aux ennemis. D'ailleurs la
chance qui l'avait favorisée jusque-là, comme on
vient de le voir, la servit encore, et du navire de
Calynda personne ne survécut pour l'accuser. Xerxès
eut, dit-on, ce mot devant le fait qu'on lui signalait :
« Je vois que les hommes sont aujourd'hui devenus
des femmes, et les femmes, des hommes. » Voilà, dit-
on, le mot que prononça Xerxès.

(89). Dans cette action le stratège Ariabignès, fils
de Darius et frère par conséquent de Xerxès, trouva la
mort, avec bien des personnages importants parmi les
Perses, les Mèdes et leurs alliés ; il y eut également des

victimes dans les rangs des Grecs, mais en petit
nombre, car eux savaient nager, et les hommes dont
les vaisseaux étaient coulés, ceux du moins qui ne
succombaient pas dans le corps à corps, pouvaient
gagner Salamine à la nage. Au contraire les Barbares
périrent noyés pour la plupart, comme ils ne savaient
pas nager. C'est au moment où céda leur première
ligne que la flotte des Barbares subit ses plus lourdes
pertes, car les combattants de la deuxième ligne, qui
tâchaient de passer en avant pour se signaler à leur
tour aux yeux du roi, se heurtaient aux navires des
leurs qui voulaient fuir.

(90). Il advint encore ceci au cours de la mêlée :
certains Phéniciens qui avaient perdu leurs navires
s'en vinrent calomnier les Ioniens auprès du roi, en
prétendant qu'ils avaient causé la perte de leurs
bâtiments par un acte de trahison. Mais l'affaire ne se
termina point par la mort des chefs ioniens, et les
Phéniciens furent bien payés de leurs calomnies : ils
n'avaient pas fini de parler qu'un navire de
Samothrace se jetait sur une trière d'Athènes : celle-ci
coula, mais un navire d'Égine survint et coula le
navire de Samothrace ; mais les gens de Samothrace,
dont l'arme est le javelot, dispersèrent par une grêle
de traits les soldats embarqués sur le navire qui les
avait coulés, montèrent à l'abordage et s'emparèrent
du bâtiment. Ce fut le salut pour les Ioniens : Xerxès,
qui vit cet exploit, se tourna contre les Phéniciens, en
homme furieux de sa défaite et prêt à trouver partout
des responsables, et il leur fit couper la tête : ces
lâches n'iraient plus désormais calomnier plus braves
qu'eux. — Lorsque Xerxès, de sa place au pied de la
colline qu'on nomme Aigalée, en face de Salamine [102],

voyait quelque exploit accompli par l'un des siens, il
demandait le nom de son auteur, et ses secrétaires
consignaient le nom du capitaine du navire, le nom de
son père, sa cité. D'ailleurs, un ami des Ioniens qui se
trouvait près du roi, le Perse Ariaramnès, aida lui
aussi au malheur des Phéniciens.

(91). Donc, ils tournèrent leur colère contre les
Phéniciens. Tandis que les Barbares en déroute cherchaient à se replier sur Phalère, les Éginètes[103],
embusqués dans le détroit, se couvrirent de gloire ; car
si les Athéniens, dans la mêlée, détruisaient tous les
navires qui tentaient ou de résister ou de fuir, les
Éginètes s'attaquaient à ceux qui sortaient de la
passe, et les navires qui échappaient aux Athéniens les
trouvaient devant eux.

(92). Deux vaisseaux se rencontrèrent à ce
moment, celui de Thémistocle qui poursuivait un
adversaire et celui d'un Éginète, Polycritos fils de
Crios, aux prises avec un navire de Sidon, celui qui
avait capturé le vaisseau d'Égine envoyé devant
Sciathos avec, à son bord, Pythéas fils d'Ischénoos,
l'homme que les Perses avaient recueilli, percé de
mille coups, tant ils étaient émerveillés de sa bravoure[104] ; ce navire, qui portait Pythéas outre son
équipage perse, fut pris et Pythéas ainsi délivré
regagna Égine. Lorsque Polycritos vit le navire
d'Athènes, il reconnut aussitôt l'enseigne du navire
amiral, interpella Thémistocle et lui adressa des
railleries et des reproches à propos de l'accusation
portée contre les Éginètes de pencher du côté des
Mèdes[105] ; et tout en lui lançant ces sarcasmes, il était
aux prises avec son adversaire. Les Barbares dont les
vaisseaux trouvèrent leur salut dans la fuite parvin-

rent à Phalère, où l'armée de terre pouvait les
protéger.

(93). Au cours de la bataille on distingua surtout,
entre tous les Grecs, les Éginètes, et les Athéniens
après eux ; entre les combattants, Polycritos d'Égine,
et les Athéniens Eumène d'Anagyronte [106] et Ameinias
de Pallène, l'homme qui poursuivit le navire d'Artémise : s'il avait su que ce navire était celui d'Artémise,
il ne se serait pas arrêté avant de l'avoir pris ou
d'avoir été lui-même capturé ; car les triérarques
d'Athènes avaient reçu des ordres exprès à son sujet,
et de plus il y avait dix mille drachmes de récompense
pour qui la prendrait vivante : les Athéniens trouvaient inadmissible qu'une femme osât faire la guerre
à leur cité. Donc, Artémise leur échappa, comme on
l'a dit plus haut ; et les Barbares qui avaient sauvé
leurs navires rejoignirent Phalère eux aussi.

(94). Le chef des Corinthiens, Adimante, fut, selon
les Athéniens, pris d'un tel trouble et d'une telle
épouvante au premier choc des navires qu'il fit hisser
les voiles et prit la fuite ; et quand les Corinthiens
virent fuir leur navire amiral, ils l'imitèrent. Mais
lorsque, toujours fuyant, ils arrivèrent à la hauteur du
temple d'Athéna Sciras [107], sur la côte de Salamine, un
dieu sans doute leur fit rencontrer une barque : on ne
sut jamais qui l'avait envoyée, et les Corinthiens
n'avaient aucune nouvelle de la bataille lorsqu'elle
s'approcha d'eux. On voit une intervention divine
dans cette rencontre, car, sitôt à portée des navires
corinthiens, les gens de la barque dirent ceci : « Adimante, tu as retiré tes navires, tu as choisi de fuir et
d'abandonner les Grecs, et maintenant ils triomphent,
leur victoire est totale, comme ils la demandaient aux

dieux. » Adimante, dit-on, refusa d'abord dé les
croire, mais ils insistèrent et s'offrirent en otages,
acceptant de mourir si les Grecs ne s'avéraient pas
vainqueurs. Alors, dit-on, Adimante et les autres
capitaines virèrent de bord et rejoignirent la flotte
pour trouver le combat déjà terminé. C'est le bruit
que les Athéniens font courir à leur sujet ; mais les
Corinthiens protestent et considèrent qu'ils ont joué
dans la bataille un rôle de premier plan ; ils ont pour
eux le témoignage du reste de la Grèce [108].

(95). Aristide fils de Lysimaque, l'Athénien dont
j'ai parlé un peu plus haut comme de l'homme le plus
vertueux qui fût, agit ainsi pendant que la mêlée se
déroulait à Salamine : avec un certain nombre des
hoplites postés sur le rivage de Salamine, qui étaient
Athéniens, il débarqua sur l'île de Psyttalie et ils
massacrèrent jusqu'au dernier les Perses établis sur
l'îlot.

(96). Quand la rencontre eut pris fin, les Grecs
ramenèrent à Salamine toutes les épaves qui flottaient
encore dans les parages et se tinrent prêts à livrer
bataille une seconde fois, car ils s'attendaient à ce que
le roi mît en œuvre les vaisseaux qui lui restaient.
Poussées par le vent d'ouest, beaucoup d'épaves
allèrent s'échouer sur la côte de l'Attique au lieu dit
Colias [109] : par là s'accomplit, outre l'ensemble des
oracles de Bacis et de Musée [110] sur cette bataille, un
oracle prononcé bien des années auparavant, à propos
des épaves qui seraient jetées sur ce rivage, par un
devin d'Athènes, Lysistrate, oracle qui avait échappé
à l'attention des Grecs :

À Colias, les femmes feront griller sur les rames [111].

C'est ce qui devait se passer après le départ de Xerxès.

Après la bataille :   (97). Lorsque Xerxès
la décision de Xerxès.   eut mesuré sa défaite, il
                             craignit qu'un Ionien ne
proposât aux Grecs, à moins que l'idée ne leur en vînt
spontanément, de faire voile vers l'Hellespont pour y
couper ses ponts de bateaux ; il eut peur d'être
enfermé en Europe et d'y trouver sa perte, et il se
résolut à fuir. Mais, dans l'intention de cacher ses
projets aux Grecs comme à ses propres troupes, il
entreprit de relier Salamine au continent par une jetée
et fit amarrer ensemble des chalands phéniciens qui
serviraient de pont et de barrage [112] ; en même temps,
il faisait procéder à des préparatifs qui semblaient
annoncer une seconde bataille navale. Devant son
attitude, nul ne doutait qu'il n'eût la ferme intention
de rester sur place et de continuer la lutte ; mais
Mardonios ne s'y laissait pas tromper, car mieux que
tout autre il connaissait les pensées de son maître.

(98). Tout en prenant ces mesures, Xerxès fit
partir pour la Perse un messager chargé d'annoncer
là-bas le malheur qui le frappait. — Rien ne parvient
plus vite au but que ces messagers royaux, de tout ce
qui est mortel. Voici le système qu'ont inventé les
Perses : ils établissent, dit-on, sur la route à parcourir
autant de relais avec hommes et chevaux qu'il y a
d'étapes journalières à assurer, à raison d'un homme
et d'un cheval par journée de marche. Neige, pluie,
chaleur ou nuit, rien n'empêche ces hommes de
couvrir avec une extrême rapidité le trajet qui leur est
assigné ; sa course achevée, le premier courrier trans-
met le message au second, le second au troisième et

ainsi de suite : les ordres passent de main en main, comme le flambeau chez les Grecs aux fêtes d'Héphaistos [113]. Les Perses appellent ces relais de courriers montés l'*angaréion*.

(99). Le premier message qui parvint à Suse avait annoncé la prise d'Athènes et causé tant de joie aux Perses restés sur place qu'ils avaient jonché de myrte toutes les rues, faisaient brûler des parfums et passaient leur temps en banquets et en fêtes. Le second message survint, et les plongea dans une telle consternation que tous déchirèrent leurs vêtements et se mirent à crier et gémir sans fin, en accusant Mardonios de ce malheur ; leurs lamentations venaient d'ailleurs beaucoup moins de leur chagrin d'avoir perdu leurs vaisseaux que de leurs inquiétudes pour la personne même de Xerxès.

Le conseil de Mardonios.

(100). En Perse, le deuil ne s'arrêta pas avant le moment où Xerxès lui-même y mit fin par son retour. Cependant, en Grèce, Mardonios, qui voyait Xerxès accablé par sa défaite sur la mer et soupçonnait son intention de fuir et d'abandonner Athènes, réfléchit qu'il allait être châtié pour l'avoir décidé à marcher contre la Grèce et qu'il avait intérêt à courir de nouveaux dangers, ou pour soumettre la Grèce, ou pour trouver lui-même une fin glorieuse, exalté par de grandioses espérances ; toutefois ses réflexions lui faisaient plutôt envisager l'asservissement de la Grèce. Sa décision prise, il fit au roi ce discours : « Maître, ne te désole pas et ne considère pas comme un malheur l'affaire qui vient d'avoir lieu. Quelques planches ne peuvent pas décider en défini-

tive de notre sort : il dépend des hommes et des
chevaux. De ces gens qui croient avoir déjà gagné la
partie, pas un n'osera mettre pied à terre et s'opposer
à toi, et, du continent, personne non plus ne l'osera ;
ceux qui l'ont fait ont reçu leur châtiment. Donc, si
bon te semble, mesurons-nous immédiatement au
Péloponnèse ; mais si tu juges bon d'attendre, rien ne
nous en empêche. Mais ne perds pas courage, car les
Grecs ne peuvent échapper à leur sort, qui est de nous
payer le mal qu'ils nous ont fait, hier et aujourd'hui,
et d'être tes esclaves. Voilà ce que tu dois faire avant
tout. Cependant, si ta décision est prise de te retirer
avec ton armée, j'ai encore un conseil à te donner en
ce cas : n'expose pas toi-même tes Perses aux risées
des Grecs, car les Perses n'ont rien fait qui porte
atteinte à ta fortune et tu ne pourras pas indiquer une
occasion dans laquelle nous ayons été lâches. Des
Phéniciens, des Égyptiens, des Cypriotes, des Ciliciens [114] ont pu l'être, mais les Perses ne sont pour rien
dans cette affaire. Donc, puisque les Perses n'ont rien
fait de mal, écoute-moi : si tu as décidé de ne pas
rester en Grèce, regagne tes États avec le gros de tes
forces ; moi, je m'engage à te livrer la Grèce esclave, à
condition que tu me laisses prélever trois cent mille
hommes sur ton armée. »

*Le conseil
d'Artémise.*   (101). Xerxès, en l'écoutant, se crut délivré du mal-
heur ; joyeux et récon-
forté, il répondit à Mardonios qu'il lui indiquerait
après délibération le parti de son choix. Tandis
qu'il en délibérait avec les Perses qu'il appelait à ses
côtés, il jugea bon de convoquer également Artémise

pour avoir son avis, car il était bien évident qu'elle seule avait, précédemment, compris ce qu'il fallait faire. Elle vint et Xerxès, après avoir éloigné tout le monde, conseillers et gardes, lui dit ceci : « Mardonios m'invite à rester ici pour attaquer le Péloponnèse ; il soutient que les Perses et mes forces terrestres n'ont aucune responsabilité dans nos revers et ne demandent qu'à le prouver. Il m'invite donc à prendre ce parti, sinon il veut lui-même, avec trois cent mille hommes prélevés sur mon armée, me livrer la Grèce esclave ; moi, il m'invite à regagner mes États avec le reste de mes troupes. Eh bien, puisque ton avis était bon sur cette dernière bataille navale dont tu ne voulais pas, donne-moi maintenant un conseil, dis-moi quel parti prendre pour décider sagement, et réussir. »

(102). Xerxès la consulta sur ce point, et elle lui répondit : « Seigneur, il est difficile, quand on vous demande un conseil, d'exprimer l'avis qui se trouvera vraiment le meilleur. Cependant, la situation étant ce qu'elle est, il me semble que tu dois t'en retourner, toi, et laisser ici Mardonios, s'il veut faire ce qu'il dit et s'y engage, avec les hommes qu'il veut. D'un côté, s'il obtient les soumissions qu'il prévoit et si le projet qu'il indique réussit, tout l'honneur t'en revient, maître, car ce sont tes esclaves qui ont fait l'ouvrage ; de l'autre, si l'événement ne répond pas à son attente, ce ne sera pas une catastrophe, puisque tu seras sain et sauf et la fortune de ta maison avec toi : car si vous êtes toujours là, toi et ta maison, ils auront bien des combats à livrer pour leur salut, les Grecs. Pour Mardonios, s'il lui arrive malheur, c'est sans importance : une victoire sur lui n'en serait même pas une

pour les Grecs, qui n'auraient anéanti qu'un de tes
esclaves ; toi, tu as fait ce que tu voulais faire dans ton
expédition, tu laisseras en partant Athènes réduite en
cendres. »

(103). Xerxès reçut avec joie son conseil, car elle
lui donnait exactement l'avis qu'il avait lui-même en
tête. Quand tous, hommes et femmes, lui auraient
conseillé de rester, il n'en aurait, je crois, rien fait, tant
il avait peur. Il lui décerna des louanges et la fit partir
pour Éphèse en lui confiant ses enfants (quelques-uns
de ses bâtards [115] l'avaient accompagné).

*L'eunuque
Hermotime.*
(104). Il lui adjoignit
pour garder ses enfants
Hermotime, qui était de
Pédasa et qui, parmi les eunuques, était sans rival
dans sa faveur. [Les Pédasiens habitent au-dessus
d'Halicarnasse ; dans leur pays se produit un fait
curieux : quand un malheur quelconque doit frapper
sous peu les populations de la région, une longue
barbe pousse au menton de leur prêtresse d'Athéna.
La chose est arrivée deux fois déjà [116].]

(105). Hermotime était de ce pays. — Jamais
personne, à notre connaissance, ne s'est plus terriblement vengé de l'injure qu'il avait subie. Prisonnier de
guerre [117], il avait été mis en vente et acheté par un
citoyen de Chios, Panionios, qui pour gagner sa vie
pratiquait le métier le plus odieux : il achetait des
jeunes garçons de bonne mine pour en faire des
eunuques qu'il allait vendre très cher sur les marchés
de Sardes et d'Éphèse ; car chez les Barbares les
eunuques coûtent plus cher que les mâles, parce qu'ils
font des esclaves de toute confiance. Panionios avait

ainsi mutilé bien des garçons, puisqu'il vivait de ce métier, et entre autres cet Hermotime. Or Hermotime, qui n'était pas en tout infortuné, avait passé de Sardes dans la maison du roi, parmi d'autres présents ; puis avec le temps il devint, de tous les eunuques, le favori de Xerxès.

(106). Quand le roi, de Sardes où il se trouvait, lança les forces de la Perse contre Athènes, Hermotime, qui s'était rendu pour quelque affaire dans une région de la Mysie habitée par des gens de Chios et nommée Atarnée, y rencontra Panionios ; il le reconnut et s'entretint souvent avec lui de la façon la plus amicale : pour commencer il lui énuméra tous les biens dont il lui était redevable, disait-il, puis il lui promit toutes sortes d'avantages qu'il lui ferait obtenir, en récompense, s'il venait s'établir auprès de lui avec tous les siens. Panionios l'écouta volontiers et le suivit, avec femme et enfants. Dès qu'Hermotime le tint en son pouvoir, lui et toute sa famille, il lui dit ceci : « Scélérat qui as choisi de vivre du métier le plus infâme qu'on ait encore vu, quel mal t'avais-je fait, quel mal t'avait fait l'un de mes ancêtres, à toi ou à l'un des tiens, puisque, de l'homme que j'étais, tu m'as réduit à n'être plus rien ? Croyais-tu donc que ta conduite criminelle d'alors échapperait toujours aux regards des dieux ? Pour le crime odieux que tu as commis, leur juste loi te frappe : ils t'ont fait tomber entre mes mains, et tu ne trouveras rien à redire au châtiment que je vais t'infliger. » Après ces reproches, on amena les enfants de Panionios qui fut contraint de mutiler lui-même ses propres fils, au nombre de quatre ; sous la contrainte il dut s'y résoudre, et quand il l'eut fait, ses fils à leur tour furent obligés de le

mutiler lui aussi. C'est ainsi que Panionios ne put
échapper au châtiment et à Hermotime.

(107). Après avoir chargé Artémise de conduire ses
fils à Éphèse, Xerxès appela Mardonios et lui ordonna
de prendre dans son armée les soldats qu'il voulait, et
de tâcher de mettre ses actes à la hauteur de ses
promesses. Il ne se passa rien d'autre ce jour-là [118] ;
pendant la nuit, sur l'ordre du roi, les commandants
des navires ramenèrent leurs bâtiments de Phalère
dans l'Hellespont, chacun voguant le plus vite qu'il le
pouvait, pour garder les ponts de bateaux et assurer le
passage du roi. En arrivant dans les parages du cap
Zoster [119], comme en ce lieu d'étroits promontoires
rocheux avancent en mer, les Barbares crurent voir
des navires et s'enfuirent en désordre ; ils reconnurent
enfin que c'étaient des rochers et non des navires, se
rallièrent et continuèrent leur route.

Décisions des Grecs.   (108). Au lever du jour
                               les Grecs, qui voyaient les
forces terrestres des Barbares demeurer sur leurs
positions, crurent que la flotte était toujours à Phalère
elle aussi ; ils s'attendaient à une attaque de sa part et
se préparaient à la repousser. Quand ils apprirent son
départ, ils résolurent aussitôt de la poursuivre. Ils le
firent jusqu'à Andros, mais n'aperçurent pas la flotte
de Xerxès et, parvenus à Andros, ils délibérèrent.
Thémistocle émit l'opinion qu'il fallait passer par les
îles et, sans cesser de poursuivre l'ennemi, se diriger
droit sur l'Hellespont pour détruire les ponts de
bateaux. Eurybiade soutint l'avis contraire et prétendit qu'en détruisant les ponts ils attireraient sur la
Grèce le pire des malheurs : enfermé par force en

Europe, le Perse tâcherait d'éviter l'inaction ; il pense-
rait qu'en demeurant inactif il serait bien incapable
d'améliorer sa situation, ne découvrirait aucun moyen
de regagner l'Asie et verrait son armée mourir de
faim ; au contraire, s'il se montrait entreprenant et
tenace, toute l'Europe pourrait fort bien passer de son
côté, ville par ville et peuple par peuple, les uns
vaincus, certes, les autres de bon gré sans attendre
leur défaite ; pour les vivres, la moisson annuelle des
Grecs leur en fournirait. Lui, Eurybiade, pensait
qu'après sa défaite sur mer le Perse ne s'attarderait
pas en Europe : il fallait donc le laisser fuir jusqu'au
moment où, dans sa retraite, il se retrouverait sur son
propre territoire ; Eurybiade invitait alors les Grecs à
combattre, à ce moment-là, pour s'emparer du
royaume du Perse. Les autres chefs péloponnésiens se
rangèrent à son avis.

(109). Thémistocle comprit qu'il n'aurait pas l'accord de la majorité pour envoyer la flotte dans
l'Hellespont ; il changea de plan, s'adressa aux Athéniens, — qui s'indignaient plus que les autres de voir
les Barbares leur échapper et brûlaient d'aller dans
l'Hellespont, décidés à partir seuls si les autres s'y
refusaient, — et leur dit ceci : « Je l'ai vu moi-même
souvent, et je l'ai entendu rapporter bien plus souvent
encore : réduits au désespoir, des vaincus reprennent
la lutte et rachètent leur lâcheté précédente. Puisque
nous avons eu la chance inespérée de nous délivrer,
nous et la Grèce, de cette nuée d'ennemis, ne poursui-
vons pas une armée en fuite. Cette victoire n'est pas la
nôtre : les Dieux et les Héros nous l'ont donnée, ils
n'ont pas toléré qu'un homme régnât seul sur l'Asie et
sur l'Europe, un sacrilège ivre d'orgueil, un homme

pour qui rien n'était sacré, qui brûlait et renversait les images des Dieux, qui a fait battre de verges la mer, qui a lancé dans ses flots des entraves. Pour l'instant, tout va bien pour nous : alors restons en Grèce, cela vaudra mieux, pensons à nous et aux nôtres. Que chacun rebâtisse sa maison, s'applique à ses semailles, débarrassé maintenant du Barbare. Mais quand viendra le printemps, prenons la mer et partons pour l'Hellespont et l'Ionie. » Thémistocle, par ces paroles, entendait se ménager la bienveillance du Perse, pour disposer d'un asile si jamais il avait à se plaindre des Athéniens, — et c'est justement ce qui arriva [120].

(110). Thémistocle trompait les Athéniens par ce discours, mais ils l'écoutaient ; on le jugeait un homme habile, et comme ses conseils précédents avaient bien montré sa prudence et son habileté, on l'écoutait avec une entière confiance. Sitôt les Athéniens ralliés à son opinion, Thémistocle fit partir une barque avec des hommes auxquels ils se fiait pour taire, même dans les supplices, le message qu'il leur avait donné pour le roi ; Sicinnos, son serviteur, figurait encore parmi eux. À leur arrivée sur la côte attique, les autres restèrent dans la barque, et Sicinnos alla trouver Xerxès et lui dit : « Je viens de la part de Thémistocle fils de Néoclès, chef des Athéniens, le plus vaillant et le plus sage des alliés, pour te dire que lui, Thémistocle l'Athénien, parce qu'il veut te rendre service, a retenu les Grecs qui voulaient poursuivre ta flotte et détruire tes ponts de bateaux jetés sur l'Hellespont. Pars donc en toute tranquillité maintenant [121]. »

(111). Cet avis donné au roi, ils s'en retournèrent. Quand les Grecs eurent renoncé à poursuivre plus longtemps la flotte barbare et à gagner l'Hellespont pour couper la route de l'Asie, ils investirent la ville d'Andros qu'ils voulaient raser. — En effet, les Andriens furent les premiers des Insulaires à refuser à Thémistocle l'argent qu'il leur demandait [122] ; Thémistocle avait eu recours à cet argument : les Athéniens, disait-il, avaient à leurs côtés deux grandes déesses, Persuasion et Nécessité ; donc, il fallait absolument payer. Mais ils avaient répliqué qu'Athènes pouvait bien être puissante et riche, si elle avait pour elle, en plus du reste, des divinités si serviables ; eux, les Andriens, manquaient de terre au dernier point et logeaient chez eux deux déesses des moins serviables, qui avaient adopté leur cité et n'en bougeaient pas, Gêne et Pauvreté ; puisque ces deux déesses leur tenaient compagnie, ils ne verseraient rien ; car toutes les ressources des Athéniens ne pourraient jamais rien sur leur manque de ressources. Donc, pour cette réponse et leur refus de verser les subsides demandés, les Andriens se trouvèrent alors investis.

(112). Thémistocle, dont la rapacité ne connaissait pas de bornes, fit demander de l'argent dans les autres îles, avec menaces à l'appui, par les messagers dont il s'était déjà servi auprès du roi ; il annonçait aux Insulaires qu'il lancerait sur eux l'armée des Grecs s'ils repoussaient ses demandes, et il les menaçait d'assiéger et de détruire leurs villes. Il recueillit par ce moyen des sommes importantes chez les Carystiens et les Pariens qui, en entendant dire qu'Andros était assiégée pour avoir pris le parti des Mèdes et que Thémistocle était le plus renommé des chefs grecs, eurent peur et lui envoyèrent cet argent. — En reçut-il aussi d'autres Insulaires, je ne saurais le dire, mais à

mon avis ceux-ci ne furent pas les seuls à lui en
envoyer. D'ailleurs, les Carystiens n'en échappèrent
pas pour autant à leur malheur[123], si l'argent des
Pariens apaisa l'ire de Thémistocle[124] et leur épargna
l'attaque des forces grecques. Ainsi Thémistocle,
depuis Andros, s'arrangeait pour tirer de l'argent
des Insulaires à l'insu des autres chefs.

Retraite de Xerxès. (113). Peu de jours
après la bataille navale,
Xerxès et ses troupes quittèrent l'Attique pour gagner
la Béotie, par la route par laquelle ils étaient arrivés.
Mardonios avait à la fois jugé nécessaire d'escorter le
roi et considéré que la saison ne permettait plus de se
battre et qu'il valait mieux hiverner en Thessalie,
puis, au retour du printemps, s'attaquer au Péloponnèse. Quand ils furent en Thessalie, il préleva sur
l'armée d'abord les dix mille Perses appelés les
Immortels, mais sans leur chef Hydarnès, car celui-ci
refusa de quitter le roi ; il choisit parmi les autres
Perses les porteurs de cuirasse et l'escadron des
Mille[125], puis il prit des Mèdes, des Saces, des
Bactriens et des Indiens, fantassins et cavaliers ; il prit
ces unités au complet, et se contenta de prélever
quelques hommes de-ci de-là sur le reste des alliés, en
choisissant les soldats de belle prestance et ceux
qu'un trait de courage avait signalés à son attention.
— Il prit avant tout des soldats de race perse, ceux qui
portaient des colliers et des bracelets[126], et les Mèdes
en second lieu ; mais si les Mèdes n'étaient pas moins
nombreux que les Perses, en force ils leur étaient
inférieurs. Mardonios réunit ainsi trois cent mille
hommes au total, avec les cavaliers.

(114). Tandis qu'il choisissait ses soldats et que Xerxès était encore en Thessalie, un oracle qui leur vint de Delphes prescrivit aux Lacédémoniens de réclamer à Xerxès satisfaction pour la mort de Léonidas, et d'accepter celle que le roi leur proposerait. Les Spartiates, sans perdre un moment, firent partir un héraut qui trouva l'armée en Thessalie, encore au complet ; admis en présence du roi, il lui dit ceci : « Roi des Mèdes, les Lacédémoniens et les Héraclides de Sparte te demandent satisfaction du sang versé, car tu as tué leur roi, qui défendait la Grèce. » Xerxès éclata de rire d'abord et demeura longtemps sans répondre, puis, comme Mardonios se trouvait à côté de lui, il dit en le désignant : « Fort bien ! Mardonios que voici se chargera de leur donner les compensations qu'ils méritent [127] ! » Le héraut se contenta de cette réponse et se retira.

(115). Xerxès laissa Mardonios en Thessalie et marcha vers l'Hellespont au plus vite ; il parvint en quarante-cinq [128] jours aux ponts sur le détroit, avec une armée réduite pour ainsi dire à rien. Sur leur chemin, qu'ils fussent chez des amis ou des ennemis, les soldats s'emparaient de toutes les récoltes pour se nourrir ; s'ils n'en trouvaient pas, ils mangeaient l'herbe des champs, dépouillaient les arbres cultivés ou sauvages de leur écorce ou de leurs feuilles dont ils se repaissaient, et ils ne laissaient rien derrière eux, tant la faim les pressait. De plus une épidémie se déclara dans l'armée, qui, avec la dysenterie, fit périr beaucoup d'hommes en cours de route [129]. Les malades, Xerxès les laissait au passage dans les villes qu'il traversait, avec ordre à la ville de les soigner et de les nourrir ; il en resta en Thessalie, à Siris en

Péonie, en Macédoine. Xerxès avait laissé le char
sacré de Zeus [130] en Péonie lors de sa marche vers la
Grèce, mais il ne le retrouva pas à son retour : les
Péoniens l'avaient donné aux Thraces et, lorsque le
roi le réclama, ils déclarèrent que les chevaux avaient
été volés au pâturage par les tribus qui habitent la
Thrace Supérieure, aux sources du Strymon.

(116). Dans le même pays un Thrace, le roi des
Bisaltes et de la Crestonie [131], commit une action bien
atroce. Lui-même avait déclaré qu'il n'accepterait
jamais d'être l'esclave de Xerxès et il s'était retiré sur
le mont Rhodope ; d'autre part, il avait interdit à ses
fils de prendre les armes contre la Grèce. Or ceux-ci
n'avaient pas tenu compte de ses ordres, ou peut-être
l'envie les avait-elle pris de voir cette guerre, et ils
s'étaient joints à l'expédition de Xerxès. Quand ils en
revinrent sains et saufs tous les six, leur père leur fit
crever les yeux, pour cette seule raison.

(117). Ainsi payèrent-ils leur faute. Les Perses
continuèrent leur route et, quittant la Thrace, arrivèrent au point de passage du détroit et se hâtèrent de
gagner Abydos en passant l'Hellespont sur leurs
navires, car ils ne trouvèrent plus leurs ponts de
bateaux que la tempête avait rompus. Arrêtés quelque
temps en cet endroit où ils se trouvaient mieux
ravitaillés que pendant leur retraite, ils se bourrèrent
de nourriture sans retenue, et cet excès joint au
changement d'eau fit périr encore un bon nombre des
survivants. Le reste regagna Sardes avec Xerxès.

(118). Il circule d'ailleurs une autre version de ce
retour : Xerxès, dit-on, se rendit d'Athènes à Éion sur
le Strymon, puis, renonçant à la voie de terre, il fit
ramener son armée sur l'Hellespont par Hydarnès

tandis qu'il s'embarquait lui-même sur un vaisseau
phénicien pour regagner l'Asie. Pendant le voyage, le
vent qui vient du Strymon se mit à souffler avec force
et la mer devint houleuse. Or la tempête augmentait
de violence et le navire était surchargé, au point qu'un
bon nombre des Perses qui accompagnaient Xerxès
devaient se tenir sur le pont ; le roi saisi de frayeur
héla le pilote et lui demanda s'ils avaient une chance
de salut : « Maître, pas une seule, répondit l'homme,
si nous ne pouvons pas nous débarrasser de ces
passagers en surnombre. » Sur ce, Xerxès, dit-on,
s'écria : « Perses, que chacun de vous montre à
l'instant son dévouement à son roi : ma vie, semble-
t-il, dépend de vous ! » Il dit, et les Perses se prosternèrent devant lui, puis sautèrent dans les flots, et le
navire ainsi délesté parvint sans encombre en Asie.
Mais dès qu'il eut touché terre, Xerxès eut, dit-on, ce
geste : parce que le pilote avait sauvé son roi, il lui fit
don d'une couronne d'or ; parce qu'il avait causé la
mort de tant de Perses, il lui fit couper la tête.

(119). Cette autre version du retour de Xerxès
existe, mais elle me semble en tout point incroyable, et
surtout l'histoire des Perses sacrifiés. Si telle a bien été
la réponse du pilote, que l'on consulte des milliers de
gens et je gage qu'il n'y en aura pas un pour contester
que Xerxès aurait choisi plutôt une autre solution : il
aurait envoyé les gens demeurés sur le pont dans la
cale — c'étaient des Perses, et des premières familles
de la Perse —, et il aurait certainement pris chez les
rameurs, des Phéniciens, un nombre équivalent de
victimes pour les faire passer par-dessus bord [132]. En
fait, comme je viens de le dire, c'est par la route, avec
le reste de l'armée, que Xerxès regagna l'Asie.

(120). Voici d'ailleurs qui le prouve clairement : il est certain que Xerxès, au cours de sa retraite, passa par Abdère, établit avec cette ville des liens d'hospitalité, et lui fit don d'un glaive en or et d'une tiare constellée d'or. D'après les Abdéritains — mais je n'en crois rien pour ma part —, leur ville fut la première où, depuis Athènes, Xerxès en fuite défit son vêtement[133], parce qu'il s'y sentait rassuré. Or, Abdère se trouve plus près de l'Hellespont que le Strymon et Éion, où l'on prétend qu'il s'embarqua.

En Grèce : butin et récompenses. (121). De leur côté, les Grecs, incapables de prendre Andros, se tournèrent contre Carystos et, après avoir ravagé son territoire, revinrent à Salamine. Tout d'abord, ils prélevèrent pour les dieux les prémices de leurs prises, entre autres trois trières phéniciennes à consacrer, l'une à l'Isthme (elle s'y trouvait encore de mon temps), l'autre au cap Sounion et la troisième, pour Ajax, à Salamine même[134]. Ensuite ils se partagèrent le butin et envoyèrent à Delphes les prémices dont on a fait une statue d'homme haute de douze coudées[135], qui tient à la main un éperon de navire; elle se trouve à l'endroit où l'on voit la statue d'or offerte par Alexandre de Macédoine.

(122). Après avoir envoyé les prémices à Delphes, les Grecs en leur nom à tous demandèrent au dieu s'il avait reçu des offrandes suffisantes et qui lui fussent agréables. Le dieu répondit que les Grecs l'avaient satisfait, sauf les Éginètes, et qu'il réclamait à Égine le prix de la valeur qu'elle avait mérité à Salamine. Informés de sa réponse, les Éginètes consacrèrent à

Delphes trois étoiles d'or, qui sont placées sur un mât de bronze dans l'angle du sanctuaire, tout à côté du cratère offert par Crésus [136].

(123). Après le partage du butin, les Grecs reprirent la mer et gagnèrent l'Isthme pour y adjuger le prix de la valeur au Grec qui s'était le plus distingué pendant la guerre. Arrivés là, les généraux déposèrent leurs suffrages sur l'autel de Poséidon, pour décider à qui d'entre eux devaient aller le premier et le second prix de vaillance ; or chacun d'eux vota pour lui-même en première ligne, assuré d'avoir été personnellement le plus vaillant des Grecs, mais la seconde place fut en général accordée à Thémistocle : ainsi les divers généraux n'eurent chacun qu'une seule voix, et Thémistocle l'emporta de loin pour la seconde place.

(124). Les Grecs refusèrent, par jalousie, de prendre une décision, et ils s'en retournèrent dans leurs cités sans avoir décerné de prix, mais Thémistocle fut l'homme célébré dans toute la Grèce et partout reconnu pour le plus habile des Grecs. Comme les combattants de Salamine ne l'avaient pas honoré pour sa victoire, il s'en fut aussitôt chercher à Sparte les honneurs qu'il souhaitait. Les Lacédémoniens lui firent grand accueil et lui accordèrent les plus hautes distinctions : le prix de la bravoure fut pour Eurybiade qui reçut une couronne d'olivier, mais Thémistocle reçut celui de la sagesse et de l'habileté, une couronne également ; de plus, on lui fit don du plus beau char de Sparte et, après lui avoir décerné beaucoup d'éloges, on lui donna pour escorte à son départ trois cents Spartiates d'élite, ceux qu'on appelle les Cavaliers [137], qui l'accompagnèrent jusqu'aux frontières de Tégée. — Thémistocle est, à notre connaissance, le seul personnage à qui les Spartiates aient jamais accordé cette escorte.

(125). Lorsqu'il se retrouva dans Athènes, un certain Timodème d'Aphidna, qui était de ses ennemis et ne se fit d'ailleurs pas autrement connaître, égaré par sa haine l'attaqua violemment et lui reprocha son voyage à Lacédémone : Athènes, disait-il, et Athènes seule lui avait valu les éloges des Spartiates, ils n'allaient pas à sa personne. Comme il ressassait toujours le même reproche, Thémistocle lui répliqua : « Eh oui ! si j'étais de Belbiné, jamais je n'aurais reçu tant d'éloges à Sparte, et tu n'y en obtiendrais pas non plus, mon ami, tout Athénien que tu sois [138]. »

Les Perses restés en Grèce.

(126). Voilà ce qui se passa du côté des Grecs. De l'autre côté, Artabaze fils de Pharnace, un Perse déjà réputé dans son pays et qui le fut encore plus après la bataille de Platées [139], avait escorté le roi jusqu'au détroit, avec soixante mille des hommes choisis par Mardonios. Quand le roi fut en Asie et qu'il se trouva lui-même, au retour, près de la péninsule de Pallène, comme Mardonios passait l'hiver en Thessalie et Macédoine et que rien ne l'obligeait, lui, à rejoindre promptement le reste de l'armée, il jugea de son devoir de ne point passer près de Potidée [140], ville rebelle, sans la réduire en esclavage. En effet, lorsque le roi eut dépassé leur territoire et que la flotte perse en fuite eut quitté Salamine, les Potidéates avaient ouvertement répudié le parti des Barbares ; et les autres peuples de la péninsule en avaient fait autant.

(127). C'est alors qu'Artabaze investit Potidée ;

comme il soupçonnait les Olynthiens de vouloir eux
aussi faire défection, il les assiégea également. Leur
ville était occupée par les Bottiens chassés du golfe
Thermaïque par les Macédoniens. Artabaze les assiégea, prit la ville et en fit égorger les habitants dans un
marais des environs ; puis il chargea Critoboulos de
Toroné de gouverner la ville qu'il remit aux gens de la
Chalcidique ; voilà comment Olynthe passa aux
mains des Chalcidiens.

(128). Celle-ci tombée, Artabaze concentra toutes
ses forces contre Potidée ; or, tandis qu'il l'attaquait
avec vigueur, le chef des Scionéens, Timoxène, s'entendit avec lui pour la lui livrer ; je ne saurais dire
comment ils entrèrent en rapports (car l'histoire est
muette sur ce point), mais voici comment l'affaire se
termina : lorsque Timoxène ou Artabaze avait un
message écrit à faire parvenir à l'autre, il l'enroulait à
une flèche, à la hauteur des encoches [141], et le message
pourvu d'ailes allait frapper un endroit convenu. Mais
la trahison de Timoxène fut découverte : un jour
qu'Artabaze voulait envoyer une flèche à l'endroit en
question, il manqua le but et atteignit à l'épaule un
homme de Potidée ; les gens accoururent autour du
blessé, comme toujours à la guerre, retirèrent aussitôt
la flèche et, lorsqu'ils s'aperçurent qu'elle portait un
message, la remirent aux stratèges ; des alliés venus de
toute la Pallène étaient là. Les stratèges, en lisant la
lettre, identifièrent l'auteur de la trahison, mais ils
décidèrent de ne pas l'incriminer par égard pour
Scioné sa patrie, pour éviter que les gens de Scioné ne
fussent à tout jamais considérés comme des traîtres.

(129). Voilà comment Timoxène fut démasqué.
Artabaze était depuis trois mois devant Potidée

lorsqu'un jour la mer se retira très loin du rivage et pendant longtemps ; quand les Barbares virent les bas-fonds découverts par les eaux, ils passèrent par là pour pénétrer dans la presqu'île de Pallène. Ils avaient déjà fait les deux cinquièmes du chemin, ils en avaient encore trois à parcourir pour l'atteindre lorsque la mer se mit à monter, plus haut qu'elle ne l'avait jamais fait, selon les gens de ce pays où de telles marées sont fréquentes. Les soldats qui ne savaient pas nager périrent, et les gens de Potidée vinrent en barque massacrer les autres. Cette marée si forte et le malheur des Perses eurent pour cause, disent les Potidéates, la profanation du temple de Poséidon et de sa statue, qui sont dans le faubourg de la ville, par les soldats perses, ceux-là justement que la mer fit périr [142] ; en en donnant cette cause, ils me paraissent d'ailleurs dire vrai. Artabaze ramena les survivants en Thessalie, auprès de Mardonios.

Préparatifs,
au printemps 479.
(130). Voilà ce qui se passa pour les troupes qui avaient accompagné le roi. Quant aux débris de la flotte de Xerxès, qui avaient fui Salamine et regagné l'Asie et qui avaient fait passer le roi et son armée de Chersonène à Abydos, ils hivernèrent à Cymé. Très tôt, dès les premiers jours du printemps, les navires se rassemblèrent à Samos, où quelques-uns avaient aussi passé l'hiver ; ils portaient des soldats en majorité perses et mèdes. Deux chefs leur étaient arrivés : Mardontès fils de Bagaios, et Artayntès fils d'Artachaiès ; le neveu d'Artayntès, Ithamitrès, leur avait été associé par son oncle et commandait avec eux. Après leur terrible échec de

Salamine, les Perses renoncèrent à pousser plus loin vers l'ouest, et personne d'ailleurs n'était là pour les y contraindre ; sans bouger de Samos, ils surveillèrent l'Ionie pour l'empêcher de se révolter, avec trois cents navires en comptant ceux des Ioniens. Ils ne s'imaginaient pas non plus que les Grecs viendraient en Asie et comptaient qu'ils se borneraient à protéger leur propre territoire, ceci parce que les Grecs, au lieu de les poursuivre quand ils avaient fui Salamine, avaient été fort aises de se retirer de leur côté. Sur mer, ils avaient perdu tout courage, mais sur terre Mardonios, dans leur opinion, devait être le plus fort ; aussi, de Samos où ils se trouvaient, ils cherchaient toutes les occasions de nuire à l'ennemi, et ils demeuraient en même temps aux aguets, l'oreille tendue, pour connaître le sort de Mardonios et de ses troupes.

(131). Les Grecs, de leur côté, furent tirés de leur sommeil par l'arrivée du printemps et par la présence de Mardonios en Thessalie. Leurs forces terrestres ne se concentraient pas encore, mais leurs forces navales se réunirent à Égine, fortes de cent dix navires. À la tête des troupes et de la flotte se trouvait Leutychidès fils de Ménarès, qui remontait à Héraclès par Hégésilaos, Hippocratidès, Leutychidès, Anaxilaos, Archidèmos, Anaxandridès, Théopompos, Nicandros, Chariléos, Eunomos, Polydectès, Prytanis, Euryphon, Proclès, Aristodèmos, Aristomachos, Cléodaios et Hyllos, et qui appartenait à la seconde famille royale (tous ces personnages, sauf les sept dont les noms suivent immédiatement le sien, ont été rois de Sparte [143]). Le chef des Athéniens était Xanthippe fils d'Ariphron.

(132). Quand tous les vaisseaux furent à Égine, des envoyés des Ioniens vinrent trouver les Grecs. Ils s'étaient également rendus à Sparte peu de temps auparavant pour demander aux Lacédémoniens de libérer l'Ionie ; parmi eux se trouvait Hérodotos fils de Basilidès. Ces hommes, au nombre de sept tout d'abord, avaient conspiré contre la vie du tyran de Chios, Strattis, mais ils avaient été découverts, dénoncés par l'un d'entre eux, et les six autres, échappés de Chios, avaient gagné Sparte, puis Égine, où ils venaient demander aux Grecs de conduire leur flotte en Ionie ; mais ils eurent déjà grand peine à faire venir les alliés jusqu'à Délos : au-delà, tout leur faisait peur, car ils ne connaissaient pas les lieux et ces parages leur semblaient fourmiller d'ennemis ; d'ailleurs, dans leur idée, Samos était au moins aussi loin d'eux que les Colonnes d'Héraclès [144]. Ceci fit que d'un côté les Barbares n'osaient pas pousser plus loin vers l'ouest, arrêtés par la peur, et que de l'autre les Grecs n'osaient pas se risquer à l'est de Délos, malgré l'insistance des gens de Chios : la peur gardait l'espace qui les séparait.

Mardonios consulte les oracles. (133). Donc les Grecs allèrent à Délos, et Mardonios, lui, hivernait en Thessalie ; au moment d'en partir, il envoya un homme d'Europos [145], appelé Mys, consulter les oracles, avec ordre d'aller interroger les dieux partout où la chose était possible pour les Perses. Que voulait-il apprendre des oracles, pour lui donner cette mission, je ne saurais l'indiquer, l'histoire est muette sur ce point ; je pense toutefois qu'il ne s'agissait pas d'autre chose que de sa propre situation.

(134). Son messager, Mys, se rendit, on le sait, à

Lébadée où, moyennant salaire, il fit descendre un homme du pays dans l'antre de Trophonios ; il alla consulter aussi l'oracle d'Abes en Phocide [146]. À Thèbes également il consulta, dès son arrivée, d'abord l'oracle d'Apollon Isménios (là, comme à Olympie, on peut interroger le dieu au moyen des victimes) ; puis il paya un homme qui n'était pas un Thébain, mais un étranger au pays, pour qu'il allât passer la nuit dans le sanctuaire d'Amphiaraos [147]. — Les Thébains n'ont pas le droit de consulter l'oracle en cet endroit pour la raison suivante : Amphiaraos leur a signifié par des oracles qu'ils devaient choisir de deux choses l'une, en renonçant à l'autre : il serait ou bien leur prophète, ou bien leur allié ; ils choisirent de l'avoir pour allié, et par suite il leur est à tous interdit de passer la nuit dans son temple.

(135). Un prodige, à mes yeux très grand, se produisit alors, selon les Thébains : Mys d'Europos, dans sa tournée des oracles, se rendit aussi dans l'enclos d'Apollon Ptôios (on l'appelle le Ptôion, il appartient aux Thébains et se trouve au-dessus du lac Copaïs, au flanc d'une montagne, tout près de la ville d'Acraiphia [148]). Quand, dit-on, ce personnage, Mys, vint au sanctuaire suivi de trois citoyens officiellement désignés pour consigner la réponse qui leur serait faite, le prêtre-prophète s'exprima soudain en langue barbare ; les Thébains qui le suivaient furent grandement surpris d'entendre une langue barbare au lieu de mots grecs et ne surent que faire, mais l'autre, Mys d'Europos, s'empara promptement de la tablette qu'ils portaient, nota la réponse du prophète et leur dit qu'il employait la langue carienne ; il consigna la réponse obtenue, puis il regagna la Thessalie [149].

*Démarche
auprès d'Athènes :
Alexandre
de Macédoine.*

(136). Quand Mardo-
nios eut lu ce que lui
disaient les oracles, il fit
partir pour Athènes un
messager qui était Alexan-
dre fils d'Amyntas, un Macédonien, choisi d'abord
parce qu'il était allié à des Perses (sa sœur Gygée, fille
d'Amyntas, était la femme d'un Perse, Boubarès [150],
dont elle avait un fils, l'Amyntas d'Asie, qui portait le
nom de son grand-père maternel et avait reçu du roi le
gouvernement d'Alabanda [151], une importante ville de
Phrygie), ensuite parce que Mardonios avait appris
qu'il avait reçu des Athéniens les titres de proxène et
de bienfaiteur d'Athènes [152], — d'où son choix. Il
comptait particulièrement sur lui pour gagner les
Athéniens, peuple nombreux et vaillant d'après ce
qu'il en entendait dire, et qui avait plus que tout
autre, il le savait, contribué aux malheurs des Perses
sur la mer. Ceux-ci gagnés, il espérait bien obtenir
sans peine la maîtrise de la mer (c'est d'ailleurs ce qui
serait arrivé), alors que par ses forces terrestres il se
croyait de beaucoup le plus fort : par là, calculait-il,
son triomphe sur la Grèce serait assuré. Il est possible
d'ailleurs que les oracles lui aient donné cet espoir, en
lui conseillant d'obtenir l'alliance d'Athènes, et qu'il
ait chargé Alexandre de cette mission pour leur obéir.

*Origine des rois
de Macédoine.*

(137). L'un des ancê-
tres d'Alexandre, son aïeul
au sixième degré, est ce
Perdiccas qui s'empara du pouvoir en Macédoine,
voici comment : d'Argos, trois descendants de Téménos [153], trois frères, Gauanès, Aéropos, et Perdiccas,

s'enfuirent en Illyrie, puis ils passèrent les montagnes, entrèrent en Haute-Macédoine et gagnèrent la ville de Lébaia. Là, ils louèrent leurs services au roi du pays, et l'un gardait les chevaux, l'autre les bœufs, le plus jeune, Perdiccas, le petit bétail. La femme du roi préparait elle-même leur nourriture (car en ces temps-là les souverains eux-mêmes ne connaissaient pas l'opulence, pas plus que leurs sujets). Or, lorsqu'elle faisait le pain, la miche destinée au garçon, leur domestique, doublait régulièrement de volume [154]; comme c'était chaque fois la même chose, la reine en informa son mari. Averti, le roi eut aussitôt l'idée qu'il y avait là quelque prodige et l'annonce de choses graves : il fit venir ses trois serviteurs et leur intima l'ordre de quitter le pays; les autres réclamèrent leurs gages, en protestant qu'il était juste qu'ils fussent payés avant de s'en aller. Alors (un rayon de soleil pénétrait justement dans la maison par le trou ménagé dans le toit pour la fumée) le roi, en entendant parler de salaire, s'exclama, égaré sans doute par un dieu : « Votre salaire ? Je vais, moi, vous donner celui que vous méritez : tenez ! » et, ce disant, il leur montrait la tache de soleil. Gauanès et Aéropos, les aînés, en restèrent tout interdits, mais le garçon, qui avait un couteau sur lui, répliqua : « Nous acceptons, seigneur, ce que tu nous donnes », et, de son couteau, il traça sur le sol les contours de la tache de soleil, après quoi il fit à trois reprises le geste de puiser du soleil et de le verser dans le pli de sa tunique [155], puis il s'en alla, et ses frères avec lui.

(138). Ils partirent donc, mais quelqu'un, dans l'entourage du roi, attira son attention sur l'acte du garçon et la manière judicieuse dont lui, le plus jeune,

avait pris possession de ce qu'on lui offrait. Le roi, en
l'écoutant, s'irrita fort et lança sur leurs traces des
cavaliers chargés de les tuer ; mais il est un fleuve dans
le pays auquel les descendants des trois frères d'Argos
offrent encore des sacrifices comme au sauveur de leur
race, car ses eaux montèrent si haut, dès que les
Téménides l'eurent passé, que les cavaliers furent
incapables de le franchir. Les trois hommes gagnèrent
une autre région de la Macédoine où ils s'installèrent,
près des jardins qui sont, dit-on, ceux de Midas, fils de
Gordias — là poussent des roses sauvages [156] qui ont
soixante pétales, et un parfum plus suave que toutes
les autres roses ; c'est également là, disent les Macédoniens, que Silène fut un jour capturé [157]. Au-dessus de
ces jardins s'élève une montagne appelée Bermion [158] ;
il y fait si froid qu'on ne peut la gravir. Maîtres de
cette région, les Téménides étendirent ensuite leur
pouvoir sur le reste de la Macédoine.

(139). Voici comment Alexandre se rattachait à
Perdiccas : il était fils d'Amyntas, lui-même fils
d'Alcétès ; le père d'Alcétès était Aéropos, celui d'Aéropos Philippe, et celui de Philippe Argaios, fils de ce
Perdiccas qui a conquis le pouvoir en Macédoine.

*Refus
d'Athènes.*

(140). Alexandre fils
d'Amyntas était donc l'un
de ses descendants. Quand
il fut arrivé dans Athènes où Mardonios l'avait
envoyé, il adressa ce discours aux Athéniens : « Athéniens, Mardonios vous fait dire ceci [159] : " Un message du roi m'est parvenu ; voici ce qu'il dit : 'Aux
Athéniens je pardonne toutes les offenses dont ils se
sont rendus coupables envers moi. Maintenant, Mar-

donios, voici mes ordres : rends tout d'abord aux
Athéniens leur territoire ; ensuite, qu'ils en prennent
un autre en plus du leur, celui qu'ils voudront, en
gardant leur indépendance complète. De plus, s'ils
veulent conclure un accord avec moi, relève chez eux
tous les temples que j'ai brûlés.' Telles sont ses
instructions, et je suis tenu, moi Mardonios, de m'y
conformer, si du moins je ne rencontre pas d'opposition de votre part. J'ajoute maintenant ceci : quelle
folie vous pousse aujourd'hui à vouloir être en guerre
avec le roi ? Vous ne sauriez triompher, et vous n'êtes
pas en état de lui résister toujours : vous avez vu la
masse immense des troupes de Xerxès et ce qu'elles
peuvent faire, vous êtes instruits des forces dont je
dispose moi-même en ce moment. Donc, vous le
savez : à supposer que vous soyez les plus forts et que
vous remportiez sur moi la victoire, — une victoire
que vous n'espérez d'ailleurs pas, si vous avez quelque
bon sens —, une autre armée viendra, bien plus
grande encore. Ne vous mesurez donc pas au roi, ce
serait vouloir perdre votre patrie, mettre sans cesse en
jeu votre vie même. Renoncez à la guerre, vous le
pouvez dans les conditions les plus honorables qui
soient, puisque le roi lui-même en prend l'initiative.
Soyez libres, unis à nous par un accord sans mensonge
ni duperie. " Tel est, Athéniens, le message que
Mardonios m'a chargé de vous transmettre. Quant à
moi, je ne vous parlerai pas de la sympathie que j'ai
pour vous, — puisque vous n'en feriez pas aujour-
d'hui la découverte —, mais je vous engage à écouter
Mardonios, car je vois que vous ne serez pas en état de
soutenir toujours la guerre contre Xerxès : si je vous
en voyais capables, je ne serais jamais venu vous tenir

ce langage; mais la puissance du roi dépasse l'humaine mesure, et la longueur de son bras est sans limites. Si vous ne traitez pas immédiatement, lorsque les Perses vous consentent de tels avantages pour obtenir l'accord qu'ils désirent, j'ai peur pour vous, car vous êtes, plus que vos alliés, sur la route des envahisseurs, et c'est toujours vous qui supportez les ravages de la guerre, puisque votre pays a le privilège d'être sur la route des armées [160]. Écoutez-moi, car il n'est pas sans importance pour vous que le Grand Roi veuille, pour vous seuls en Grèce, oublier les affronts qu'il a subis et obtenir votre amitié. »

(141). Voilà ce que dit Alexandre. Mais les Lacédémoniens avaient appris sa démarche auprès des Athéniens pour les amener à traiter avec le Barbare, et ils se rappelèrent certains oracles qui leur prédisaient, ainsi qu'à tous les Doriens, leur expulsion du Péloponnèse par les Mèdes et les Athéniens ensemble; ils redoutèrent vivement une entente entre Athènes et la Perse et décidèrent aussitôt d'envoyer une ambassade. Il advint donc qu'Alexandre et les Spartiates furent présentés à l'Assemblée dans la même séance : en effet, les Athéniens avaient longtemps retardé l'audience d'Alexandre et laissé passer les jours, sûrs que les Lacédémoniens allaient apprendre l'arrivée d'un messager du Barbare chargé de traiter avec eux, et qu'à cette nouvelle ils se hâteraient de leur envoyer une ambassade; leur attitude était donc calculée pour révéler aux Lacédémoniens leurs véritables sentiments.

(142). Quand Alexandre eut achevé son discours, les envoyés de Sparte prirent à leur tour la parole et déclarèrent : « Nous sommes, nous, les envoyés de

Sparte et nous venons vous demander de ne rien faire qui porte atteinte à la Grèce et de ne pas écouter les offres des Barbares. Ce ne serait ni juste ni honorable pour aucun des peuples de la Grèce, mais surtout pour vous, et pour bien des raisons : car vous avez vous-mêmes provoqué cette guerre [161], quand nous ne la voulions pas, et c'est pour votre terre que la lutte s'est d'abord engagée ; maintenant la Grèce tout entière en est l'enjeu. D'ailleurs, même s'il n'en était rien, il serait odieux que les Grecs dussent aux Athéniens leur esclavage, quand toujours et de toute antiquité l'on voit en vous les libérateurs de tous les peuples [162]. Vous êtes accablés de maux, certes, et, avec vous, nous déplorons vos deux récoltes perdues [163], vos maisons dévastées depuis longtemps déjà ; mais en compensation les Lacédémoniens et les alliés vous proposent de nourrir les femmes et tous les non-combattants à vos foyers, pendant toute la durée de la guerre. Non ! N'écoutez pas Alexandre le Macédonien, si habile qu'il soit à vous présenter les offres de Mardonios. Il doit le faire, lui qui, tyran lui-même, sert les intérêts d'un tyran, mais pas vous, si du moins vous avez tout votre bon sens, vous qui savez qu'il n'y a ni loyauté ni sincérité chez les Barbares. » Voilà ce que dirent les envoyés de Sparte.

(143). Les Athéniens répliquèrent à Alexandre d'abord, en ces termes : « Nous savons, sans qu'on nous le dise, que le Mède a des forces mille fois plus importantes que les nôtres, et point n'est besoin de nous rappeler notre infériorité pour nous confondre. Cependant, la liberté nous est si chère que nous nous défendrons comme nous le pourrons. Cet accord avec le Barbare, n'essaie pas de nous le faire accepter, nous

n'y consentirons jamais. Va maintenant rapporter à
Mardonios ce que les Athéniens lui font dire : tant
que le soleil suivra la route qui est la sienne aujour-
d'hui, jamais nous ne traiterons avec Xerxès ; nous
mettons notre confiance dans les dieux, nos alliés, et
nous marcherons contre lui avec eux et les héros dont
il n'a pas craint, lui, de brûler les demeures et les
images. Toi-même, à l'avenir, ne te présente plus dans
Athènes avec des offres de ce genre, et ne viens plus
nous donner d'infâmes conseils en prétendant nous
rendre un grand service : nous ne voulons pas qu'il
t'arrive quelque désagrément des Athéniens [164],
quand tu es pour nous un proxène et un ami. »

(144). Voilà ce qu'ils répondirent à Alexandre ;
puis ils dirent aux envoyés de Sparte : « Les Lacédémoniens ont eu peur que nous ne traitions avec les
Barbares, et leur crainte est fort naturelle, mais c'est,
semble-t-il, bassement mettre en doute la noblesse
d'Athènes, quand vous la connaissez bien, quand
vous savez qu'il n'y a pas au monde assez d'or, une
terre assez extraordinaire par sa richesse et sa beauté,
pour que nous consentions à ce prix à nous ranger du
côté du Mède et à réduire la Grèce en esclavage. Il
existe de nombreuses raisons graves pour nous en
empêcher, quand nous voudrions le faire, et la
première et la plus grave, ce sont les images et les
demeures de nos dieux, incendiées, gisant à terre, qui
exigent de nous une vengeance éclatante plutôt qu'un
accord avec l'auteur de ce crime ; ensuite, il y a le
monde grec, uni par la langue et par le sang [165], les
sanctuaires et les sacrifices qui nous sont communs,
nos mœurs qui sont les mêmes, et cela, des Athéniens
ne sauraient le trahir. Sachez donc, si par hasard vous

ne le saviez pas encore, qu'aussi longtemps qu'il y
aura sur terre un Athénien, nous ne pactiserons pas
avec Xerxès. Certes, nous apprécions votre sollicitude
à notre égard, votre projet de remédier à notre misère
en vous chargeant de nourrir nos familles : votre
générosité est parfaite, cependant nous vivrons
comme nous le pourrons, sans vous imposer de
charge. Pour le moment, la situation demande que
vous mettiez au plus vite votre armée en campagne,
car, selon nos prévisions, le Barbare ne tardera pas à
envahir notre territoire, il attaquera dès que la
nouvelle lui sera parvenue que nous ne ferons rien de
ce qu'il nous demandait. Donc, sans attendre qu'il
soit arrivé en Attique, il est opportun de le prévenir et
d'aller au secours de la Béotie. » Sur cette réponse, les
envoyés de Sparte regagnèrent leur pays.

CALLIOPE

LIVRE IX

EN GRÈCE : BATAILLE DE PLATÉES

Mardonios prend Athènes.

(1). Dès qu'Alexandre à son retour lui eut transmis la réponse des Athéniens, Mardonios s'ébranla et, de la Thessalie, mena promptement ses troupes contre Athènes ; partout où il passait, il emmenait avec lui les hommes du pays. Les chefs de la Thessalie n'éprouvaient aucun remords de leur attitude précédente et poussaient bien plus encore le Perse contre la Grèce ; et l'on vit Thorax de Larisa [1], qui avait précédemment escorté Xerxès dans sa retraite, ouvrir alors la Grèce à Mardonios.

(2). Quand en cours de route l'armée pénétra chez les Béotiens, les Thébains voulurent retenir Mardonios et lui donnaient des conseils, en lui disant qu'il ne trouverait pas d'emplacement plus convenable pour camper ; ils ne voulaient pas le laisser aller plus loin et l'engageaient à demeurer chez eux et à manœuvrer pour soumettre la Grèce entière sans livrer bataille : car triompher par la force des peuples grecs unis, ceux qui s'étaient entendus auparavant déjà, c'était une entreprise difficile pour n'importe qui. « Fais ce que nous te conseillons, lui disaient-ils, et tu triompheras sans peine de leurs résolutions. Envoie de l'argent aux hommes qui sont au pouvoir dans leurs cités, et par là tu diviseras la Grèce ; ensuite il te sera facile d'anéantir toute opposition, avec tes partisans. »

(3). Voilà ce qu'ils lui conseillaient, mais Mardonios ne les écouta pas : l'irrésistible envie de prendre Athènes une seconde fois s'était emparée de lui, à la fois pour satisfaire une vanité stupide, et parce qu'il comptait annoncer au roi dans Sardes, par des signaux de feu transmis d'île en île [2], qu'Athènes était en son pouvoir. Mais pas plus que la première fois il ne trouva les Athéniens dans l'Attique à son arrivée : il apprit qu'ils étaient tous ou presque dans Salamine et sur leurs vaisseaux, et la ville qu'il prit était déserte. La seconde expédition, celle de Mardonios, eut lieu dix mois après la prise d'Athènes par le roi [3].

(4). Quand il fut dans Athènes, Mardonios envoya Mourychidès, un Hellespontin, renouveler à Salamine les offres qu'Alexandre le Macédonien avait déjà présentées de sa part aux Athéniens [4]. Il les leur adressait une seconde fois, malgré les preuves qu'il avait de leur animosité ; mais il espérait qu'ils allaient renoncer à leur stupide obstination, puisque ses armes avaient conquis la terre attique tout entière, passée désormais entre ses mains ; voilà ce qui lui fit envoyer Mourychidès à Salamine.

(5). L'homme, à son arrivée, comparut devant le Conseil [5] et lui délivra le message de Mardonios. L'un des conseillers, Lycidas, déclara qu'à son avis le mieux était d'accueillir les offres que Mourychidès leur apportait et de les présenter au peuple. Il soutint cette opinion, soit payé par Mardonios pour le faire, soit parce que c'était vraiment à ses yeux le meilleur parti ; mais les Athéniens s'en indignèrent tout aussitôt dans le Conseil, et à l'extérieur dès que la nouvelle fut connue ; ils s'amassèrent autour de Lycidas et le lapidèrent, mais ils renvoyèrent l'Hellespontin Mourychidès sans lui faire aucun mal. Dans Salamine agitée par l'affaire de Lycidas, les femmes des Athéniens, en apprenant la chose, s'excitèrent et s'entraî-

nèrent mutuellement, pour enfin courir d'elles-mêmes
au logis de Lycidas où elles lapidèrent et sa femme, et
ses enfants[6].

*Appel d'Athènes
à Sparte.*   (6). Voici ce qui avait
amené les Athéniens à pas-
ser dans Salamine : aussi
longtemps qu'ils comptèrent sur des secours en provenance du Péloponnèse, ils restèrent en Attique ;
comme les Lacédémoniens se faisaient attendre et ne
se pressaient guère d'agir quand Mardonios avançait
et se trouvait déjà, disait-on, en Béotie, à ce moment
ils firent passer tous leurs biens dans Salamine et s'y
transportèrent eux-mêmes, tandis que leurs envoyés
allaient à Sparte se plaindre de ce que les Lacédémoniens laissaient les Barbares envahir l'Attique et ne lui
avaient point barré la route avec eux en Béotie ; en
même temps ils devaient rappeler tous les avantages
que le Perse avait offerts à leur cité s'ils changeaient
de camp, et protester qu'ils trouveraient bien le
moyen de se sauver tout seuls si Sparte ne faisait rien
pour les défendre.

(7). En effet, les Lacédémoniens s'occupaient alors
de cérémonies religieuses, leurs fêtes en l'honneur
d'Hyacinthos, et les devoirs de la religion priment
chez eux tous les autres[7] ; en même temps, le mur par
lequel ils barraient l'Isthme[8] allait déjà recevoir sa
ligne de créneaux. Quand les envoyés d'Athènes
arrivèrent à Lacédémone, en compagnie des représentants de Mégare et de Platées, ils furent reçus par les
éphores et leur dirent ceci : « Les Athéniens nous ont
envoyés ici pour vous annoncer que le roi des Mèdes
veut nous rendre notre pays et désire en outre faire de

nous ses alliés, en toute égalité, sans mensonge ni
duperie ; il désire aussi nous donner un autre territoire, celui que nous choisirons, en plus du nôtre.
Mais nous avons trop de respect pour le Zeus des
Hellènes, l'idée de trahir la Grèce nous fait trop
d'horreur pour que nous acceptions ses offres : nous
les avons rejetées, et pourtant les Grecs se conduisent
mal envers nous : ils nous abandonnent, et nous
savons que nous avons tout avantage à nous entendre
avec le Perse au lieu d'être en guerre avec lui.
Cependant nous ne le ferons jamais volontairement ;
notre attitude envers les Grecs est d'une loyauté sans
tache. Vous, qui aviez naguère une si grande frayeur
de nous voir pactiser avec le Perse, depuis que vous
êtes bien sûrs de nos intentions, sûrs que rien ne nous
fera trahir la Grèce, et parce que votre mur qui barre
l'Isthme est presque achevé, vous vous moquez bien
d'Athènes désormais ; alors que vous aviez convenu
de barrer la route au Perse en Béotie, vous nous avez
abandonnés, vous avez laissé le Barbare envahir
l'Attique. Pour le présent, les Athéniens vous en
veulent, car votre attitude n'a pas été ce qu'elle devait
être. Aujourd'hui, ils vous demandent d'envoyer
promptement une armée aux côtés de la nôtre pour
rencontrer le Barbare dans l'Attique ; puisque nos
plans ont échoué pour la Béotie, chez nous l'endroit le
plus favorable pour une bataille est la plaine de
Thria [9]. »

(8). Après avoir entendu leur harangue, les
éphores remirent leur réponse au lendemain ; le
lendemain, ils la remirent encore au jour suivant, et
pendant dix jours ils continuèrent à la reporter au
lendemain. Pendant ce temps les Péloponnésiens

travaillaient avec diligence à leur mur de l'Isthme, tous, et l'ouvrage était presque achevé. Je ne saurais vraiment dire la raison pour laquelle ces Grecs qui, lorsque Alexandre le Macédonien s'était rendu dans Athènes, avaient fait tant d'efforts pour empêcher les Athéniens de passer du côté du Mède, montrèrent alors tant d'indifférence, si ce n'est que l'Isthme se trouvait alors fermé par un mur et qu'ils croyaient ne plus avoir besoin des Athéniens ; au moment où Alexandre se rendit en Attique, l'Isthme n'était pas encore fortifié, ils étaient en plein travail, poussés par leur peur des Perses.

(9). Finalement, pour la réponse des éphores et le départ des forces spartiates, voici comment l'affaire se termina : la veille de la dernière audience accordée aux envoyés d'Athènes, un citoyen de Tégée, Chiléos, l'étranger le plus écouté dans Lacédémone, apprit des éphores les déclarations des Athéniens. Après les avoir écoutés il leur dit ceci : « La situation est donc claire, éphores : si les Athéniens ne sont plus avec nous et s'allient au Barbare, fermez l'Isthme par le mur le plus solide que vous voudrez, il n'y en aura pas moins une large porte ouverte aux Perses pour entrer dans le Péloponnèse. Écoutez les Athéniens avant qu'ils n'adoptent un autre parti, pour le plus grand malheur de la Grèce. »

(10). Le conseil de Chiléos fit réfléchir les éphores, et tout aussitôt, en pleine nuit et sans en parler aux envoyés des autres villes, ils firent partir cinq mille Spartiates, accompagnés chacun de sept hilotes, et ils leur donnèrent pour chef Pausanias fils de Cléombrotos. (Le droit de commander revenait à Pleistarque fils de Léonidas, mais il était encore trop jeune et

Pausanias était son tuteur en même temps que son cousin germain. Cléombrotos, le père de Pausanias et le fils d'Anaxandride, n'était plus : après avoir ramené son armée de l'Isthme où elle avait aidé à la construction du mur, il n'avait pas vécu longtemps ; s'il avait ramené son armée, c'est que pendant un sacrifice où il consultait les dieux contre le Perse, le soleil s'était effacé dans le ciel [10].) Pausanias prit pour adjoint Euryanax fils de Dorieus [11], qui était de sa famille. Donc ces hommes sortirent de Sparte avec Pausanias.

(11). Cependant les envoyés des villes, ignorant leur départ, allèrent au lever du jour chez les éphores ; ils avaient l'intention de s'en aller eux aussi et de rentrer chez eux. Devant les éphores ils déclarèrent ceci : « Vous, Lacédémoniens, qui sans bouger d'ici célébrez les fêtes d'Hyacinthos et vous divertissez, vous avez trahi vos alliés. Les Athéniens vous accusent et, faute d'alliés, ils vont traiter comme ils le pourront avec le Perse ; après quoi, nous marcherons avec lui, — puisque évidemment nous devenons les alliés du roi —, partout où ses armées nous conduiront. Vous pourrez alors, vous, apprécier les conséquences de notre choix. » À leur protestation les éphores répondirent en affirmant, avec serment à l'appui, que leurs troupes, selon toute probabilité, se trouvaient déjà dans Oresthéion [12], en route pour attaquer les « étrangers » (ainsi appelaient-ils les Barbares). Les autres, qui n'étaient au courant de rien, s'enquirent de ce qu'ils voulaient dire et apprirent en les questionnant tout ce qui s'était passé ; fort étonnés, ils se mirent en route au plus vite pour rejoindre les forces spartiates ; avec eux partirent également cinq mille soldats d'élite, des hoplites pris parmi les périèques lacédémoniens[13].

(12). Donc, ceux-ci marchèrent vers l'Isthme en grande hâte. Or, dès que les Argiens surent que Pausanias et ses troupes étaient sortis de Sparte, ils envoyèrent en Attique un héraut, en choisissant pour cette mission le meilleur de leurs courriers, car antérieurement ils avaient d'eux-mêmes offert à Mardonios d'empêcher les Spartiates de quitter leur territoire[14]. Quand il fut dans Athènes, le héraut délivra ce message : « Mardonios, les Argiens m'envoient te dire que la jeunesse de Lacédémone a quitté la ville et qu'eux, Argiens, ne sont pas capables de les retenir. Donc, à toi de décider pour le mieux. »

Mardonios en Béotie. (13). Sa mission accomplie, le héraut s'en retourna, et Mardonios perdit toute envie de demeurer dans l'Attique quand il eut appris cette nouvelle. Il s'y attardait jusque-là, en attendant de connaître la décision que prendraient les Athéniens, et il s'abstenait de ravager et de ruiner leur pays dans l'espoir qu'ils arriveraient à la longue à s'entendre avec lui ; puisque ses efforts avaient échoué, lorsqu'il sut exactement ce qu'il en était, il se retira de l'Attique avant que Pausanias et ses troupes eussent atteint l'Isthme, mais il fit auparavant brûler Athènes, abattre et raser tout ce qui restait encore debout des murailles, des maisons et des temples. Il quitta l'Attique pour la raison qu'il ne pouvait employer sa cavalerie sur ce terrain et n'avait pas de chemin pour en sortir en cas de défaite, sauf un étroit passage où peu d'hommes pouvaient les arrêter[15].

Donc, il décida de se replier sur Thèbes et de
combattre aux environs d'une ville alliée, dans une
région où il pourrait déployer sa cavalerie.

(14). Mardonios se retira donc d'Athènes à loisir,
et il était en route déjà lorsqu'un nouveau message
vint l'avertir que d'autres forces étaient arrivées en
avant-garde à Mégare, un corps de mille Lacédémoniens. À cette nouvelle il se demanda s'il ne pourrait
pas satisfaire d'abord son désir de les capturer : il
fit revenir son armée sur Mégare, et sa cavalerie
en avant-garde se lança sur la Mégaride qu'elle
ravagea. (C'est, en Europe, du côté du couchant,
l'endroit le plus éloigné qu'ait atteint cette armée
perse.)

(15). Sur ces entrefaites, Mardonios reçut la nouvelle que les Grecs étaient réunis en masse dans
l'Isthme ; aussi reprit-il sa route, en passant par
Décélie [16] ; les Béotarques [17] avaient convoqué leurs
voisins parmi les riverains de l'Asopos, et ceux-ci
guidèrent Mardonios et le conduisirent à Sphendalé,
puis à Tanagra ; il s'arrêta pour la nuit à Tanagra et
se dirigea le lendemain sur Scolos, où il se trouva sur
le territoire de Thèbes. Là, quoique les Thébains
fussent du parti du Mède, il fit abattre tous les arbres
de la contrée, non point par haine envers eux, mais
parce qu'il y était absolument contraint puisqu'il
voulait fortifier son camp ; et, s'il livrait une bataille et
qu'elle n'eût pas l'issue qu'il désirait, il voulait
trouver dans son camp un refuge. Le camp s'étendait
d'Érythres jusqu'au territoire de Platées en passant
près d'Hysies et le long du fleuve Asopos ; cependant
l'enceinte qu'il fit élever n'avait pas le même développement et ne mesurait que dix stades environ sur

chacun de ses côtés[18]. Tandis que les Barbares
travaillaient à cet ouvrage, Attaginos fils de Phrynon,
un Thébain, fit servir un festin splendide auquel il
invita Mardonios lui-même et cinquante Perses, les
plus importants personnages de son armée, qui, tous,
acceptèrent son invitation. Le banquet eut lieu dans la
ville de Thèbes.

(16). Ce qui suit m'a été conté par Thersandre, un
citoyen d'Orchomène[19] et l'un des principaux personnages de la ville. Il était lui-même, m'a-t-il dit, au
nombre des invités d'Attaginos, ainsi que cinquante
Thébains, et les convives des deux nations n'étaient
pas séparés à table, mais chaque lit recevait un Perse
et un Thébain côte à côte. Après le repas, quand on se
mit à boire, son voisin perse, dit-il, lui demanda, en
langue grecque, quel était son pays ; il répondit qu'il
était d'Orchomène, et l'autre reprit alors : « Puisque
tu as été mon compagnon de table et de libations, je
veux te dire le fond de ma pensée pour que tu t'en
souviennes et, dûment averti, tu puisses veiller au
mieux à ta sauvegarde. Tu vois ces Perses qui
festoient, et l'armée que nous avons laissée campée au
bord de la rivière ? De tous ces hommes, dans un peu
de temps, tu en verras bien peu qui soient encore en
vie. » Et, dit-il, en prononçant ces mots le Perse
pleurait à chaudes larmes ; lui, Thersandre, fort
étonné, lui répondit : « Mais c'est Mardonios qu'il
faut alors prévenir, et les Perses qui sont après lui les
principaux chefs ! » L'autre lui répliqua : « Étranger,
ce que le ciel a résolu, il n'est pas au pouvoir de
l'homme de l'éviter ; on a beau proclamer l'évidence,
personne ne consent à vous croire. Ce que je dis, nous
sommes nombreux à le savoir parmi les Perses, et

nous marchons quand même, prisonniers de la nécessité. La pire douleur qui soit en ce monde, c'est bien
d'y voir clair, et d'être sans pouvoir. » Voilà ce que
Thersandre d'Orchomène m'a raconté ; et ceci
encore : qu'il avait aussitôt répété ces paroles à
plusieurs personnes, avant le jour où fut livrée la
bataille de Platées.

(17). Pendant que Mardonios campait en Béotie,
les Grecs lui fournirent des renforts et marchèrent
avec lui contre l'Attique, du moins les Grecs qui, dans
ces régions, avaient pris le parti des Mèdes. Seuls les
Phocidiens ne participèrent pas à l'invasion de l'Attique, car s'ils se montraient entièrement dévoués au
Mède, c'était à contre-cœur et par force. Peu de jours
après le repli sur Thèbes de Mardonios, mille hoplites
lui arrivèrent de Phocide ; ils étaient sous les ordres
d'Harmocyde, l'un de leurs plus éminents citoyens.
Quand ils se présentèrent à Thèbes eux aussi, Mardonios leur fit dire par des cavaliers d'aller camper à
l'écart dans la plaine ; ils obéirent, et tout aussitôt la
cavalerie perse entière s'approcha d'eux : par suite le
bruit courut, dans le camp des Grecs alliés aux
Mèdes, qu'elle allait les exterminer à coups de
javelots, et ce bruit se répandit aussi parmi les
Phocidiens. À ce moment leur chef Harmocyde leur
adressa cette exhortation : « Phocidiens, leur dit-il, il
est bien clair que ces gens méditent de nous précipiter
dans la mort qui s'offre à nos yeux ; nous sommes,
j'imagine, victimes des calomnies des Thessaliens. À
chacun de vous, maintenant, de se montrer vaillant,
car il vaut mieux terminer ses jours dans l'action, en
luttant contre l'ennemi, qu'attendre docilement la
mort la plus honteuse. Eh bien, qu'il y en ait chez eux

qui comprennent que les assassins étaient des Barbares et les victimes des soldats grecs ! »

(18). Il leur adressa donc cette exhortation ; les cavaliers perses, après les avoir cernés, se lancèrent sur eux comme s'ils voulaient les massacrer, ils brandissaient même leurs javelots qu'ils semblaient prêts à lancer, et peut-être l'un d'entre eux le fit-il ; mais les Phocidiens, formés en groupe aussi serré que possible, leur opposaient de toutes parts un front solide ; alors les cavaliers tournèrent bride et s'en allèrent.

Je ne saurais vraiment dire s'ils s'étaient approchés pour massacrer les Phocidiens, à la demande des Thessaliens [20], et s'ils eurent peur d'être malmenés eux-mêmes quand ils les virent décidés à se défendre, ce qui leur fit abandonner leur projet, conformément aux ordres de Mardonios, ou bien si les Perses avaient voulu les mettre à l'épreuve pour juger de leur valeur. En fait, quand la cavalerie se fut retirée, Mardonios leur fit dire ceci par un héraut : « Ne craignez rien, Phocidiens : vous vous êtes montrés gens de cœur, tout autres qu'on me le disait. Déployez maintenant toute votre ardeur dans cette guerre : en générosité, vous ne l'emporterez ni sur moi, ni sur le roi. » Voilà ce qui se passa pour les Phocidiens.

Arrivée des forces grecques. (19). Les Lacédémoniens arrivèrent dans l'Isthme et y installèrent leur camp. À cette nouvelle, le reste des Péloponnésiens qui avaient choisi le parti le plus noble, et d'autres aussi qui voyaient les Spartiates passer à l'action, jugèrent de leur devoir de ne pas rester en arrière.

Tous donc quittèrent l'Isthme, après avoir obtenu
d'heureux présages dans les sacrifices [21], et se rendirent à Éleusis ; là, ils sacrifièrent encore et, les
présages étant favorables, ils continuèrent leur marche accompagnés des Athéniens qui, de Salamine,
étaient venus les rejoindre à Éleusis. Quand ils
arrivèrent à Érythres en Béotie, ils apprirent que les
Barbares campaient sur l'Asopos et s'établirent en
conséquence au pied du Cithéron, en face d'eux.

Premiers chocs.   (20). Comme les Grecs
                          ne descendaient pas dans
la plaine, Mardonios lança contre eux toute sa
cavalerie, sous les ordres d'un chef illustre en Perse,
Masistios (les Grecs l'appellent Makistios [22]), monté
sur un cheval néséen [23] magnifiquement harnaché,
avec une bride d'or. Les cavaliers s'avancèrent alors
contre les Grecs et chargèrent par vagues successives
et, pendant leurs assauts qui firent beaucoup de mal
aux Grecs, ils les interpellaient en les traitant de
faibles femmes.

(21). Les Mégariens se trouvèrent par hasard placés à l'endroit le plus exposé de toute la ligne de
bataille, et la cavalerie perse faisait surtout porter ses
attaques sur ce point. Les Mégariens, accablés par ses
assauts répétés, dépêchèrent aux chefs grecs un
héraut ; arrivé devant eux le héraut leur dit : « Les
Mégariens vous font dire ceci : " Soldats alliés, nous
n'avons plus la force de soutenir à nous seuls les
attaques de la cavalerie perse, au poste où nous avons
d'abord été placés ; nous tenons encore avec un
courage acharné, malgré la pression de l'ennemi, mais
si vous ne nous faites pas relever par d'autres troupes,

sachez que nous allons maintenant abandonner notre poste. " » Le héraut leur transmit donc cette déclaration, et Pausanias demanda s'il y avait parmi les Grecs des volontaires pour aller relever les Mégariens à ce poste ; personne n'y consentit sauf les Athéniens et, parmi eux, les trois cents combattants d'élite qui avaient à leur tête Olympiodore fils de Lampon.

(22). Voilà ceux qui se dévouèrent et furent placés aux avant-postes à Érythres, devant tous les Grecs présents à cette action ; ils prirent les archers [24] avec eux. Ils combattirent longuement, et voici comment finit la bataille : la cavalerie chargeait par escadrons, et Masistios sur son cheval venait en tête lorsqu'une flèche atteignit au flanc sa monture qui, de douleur, se cabra et le désarçonna ; Masistios tomba et les Athéniens se jetèrent aussitôt sur lui : ils s'emparèrent de son cheval et réussirent à le tuer lui-même en dépit de sa défense ; mais ils n'y parvinrent pas tout de suite, car l'homme était ainsi équipé : il avait sur le corps une cuirasse d'écailles d'or [25] et portait une tunique de pourpre par-dessus ; le métal arrêta les coups des Athéniens jusqu'au moment où l'un d'eux s'aperçut de la chose et atteignit à l'œil Masistios qui s'effondra et mourut alors. L'affaire se passa, je ne sais comment, à l'insu des autres cavaliers : ils ne remarquèrent ni la chute ni la mort de leur chef, et battirent en retraite sans s'être aperçus de la chose ; mais quand ils s'arrêtèrent, ils déplorèrent tout aussitôt de n'avoir personne pour les diriger : ils comprirent le malheur qui les avait frappés et s'encouragèrent mutuellement à charger tous ensemble pour ramener au moins le corps de leur chef.

(23). Les Athéniens, qui les virent approcher tous

ensemble et non plus par escadrons, appelèrent à leur
aide le reste de l'armée. Pendant le temps qu'il fallut à
l'infanterie pour venir tout entière les assister, on se
battit férocement autour du corps ; tant que les trois
cents Athéniens luttèrent seuls, ils se trouvèrent très
inférieurs à leurs adversaires et laissèrent le corps en
leur pouvoir ; mais lorsque la masse des Grecs fut
venue à leur secours, ce fut au tour des cavaliers de ne
plus pouvoir tenir devant eux : il leur fut impossible
d'emporter le corps de leur chef et ils perdirent même
beaucoup de monde en plus de Masistios. Ils reculèrent donc et s'arrêtèrent à quelque deux stades [26] de là
pour discuter de ce qu'ils devaient faire ; et comme ils
n'avaient plus de chef, ils décidèrent de rejoindre
Mardonios.

(24). Au retour de la cavalerie, l'armée entière et
Mardonios lui-même menèrent le deuil le plus grand
de la mort de Masistios, coupant leurs cheveux,
tondant leurs chevaux et les bêtes de somme et
poussant des lamentations sans fin. L'écho de leur
douleur emplissait la Béotie tout entière : un homme
était mort, le premier après Mardonios dans l'estime
des Perses et du roi. Ainsi les Barbares rendirent à
leur manière les derniers honneurs à Masistios.

(25). Les Grecs, de leur côté, après avoir supporté
les assauts de la cavalerie perse et repoussé ces
assauts, sentirent décupler leur confiance. D'abord ils
placèrent le corps de Masistios sur un char qu'ils
firent passer dans les rangs de l'armée. Le mort,
certes, méritait qu'on le regardât, pour sa taille et sa
beauté ; c'est d'ailleurs la raison pour laquelle ils le
produisaient ainsi, car les soldats quittaient leurs
rangs pour aller le contempler.

Les Grecs prennent position devant Platées.

Ensuite, ils décidèrent de descendre sur Platées : la région de Platées se montrait bien préférable à celle d'Érythres pour camper, surtout parce qu'elle a davantage d'eau. Donc, ils décidèrent qu'il était à propos de se rendre sur ce territoire et près de la source Gargaphia qui se trouve en cette région, et d'y camper en prenant leurs postes de combat. Ils prirent leurs armes et passèrent par le pied du Cithéron et la ville d'Hysies pour gagner le territoire de Platées ; là, ils se distribuèrent par nations auprès de la source Gargaphia et de l'enclos du héros Androcratès, sur des buttes de faible hauteur et en terrain plat [27].

(26). C'est alors, pendant qu'on donnait à chaque nation sa place, qu'une violente altercation mit aux prises les Tégéates et les Athéniens : chacun des deux peuples revendiquait le droit d'occuper l'une des ailes [28] en invoquant ses hauts faits, récents ou anciens. D'un côté, les Tégéates déclaraient ceci : « Toujours et en toute circonstance c'est à nous que revient cet honneur, de l'avis de tous les alliés ; nous l'avons obtenu dans toutes les expéditions que les Péloponnésiens ont déjà faites ensemble, jadis ou récemment, depuis ces temps lointains où les Héraclides, après la mort d'Eurysthée, tentaient de revenir dans le Péloponnèse [29]. Nous l'avons alors obtenu, voici par quel exploit : lorsque nous vînmes dans l'Isthme collaborer à sa défense en compagnie des Achéens et des Ioniens qui habitaient alors dans le Péloponnèse, nous campions en face de ceux qui voulaient rentrer chez nous ; alors, dit-on, Hyllos

proclama qu'il fallait, au lieu d'aventurer l'une contre
l'autre les deux armées, que les Péloponnésiens fissent
choix dans leur camp du plus vaillant d'entre eux, qui
lutterait avec lui en combat singulier, à des conditions
fixées au préalable. Les Péloponnésiens décidèrent
d'accepter la rencontre, et les adversaires, avec serment à l'appui, conclurent cet accord : Hyllos vainqueur du champion du Péloponnèse, les Héraclides
retrouveraient la terre de leurs ancêtres ; Hyllos
vaincu, ils se retireraient, eux et leur armée, et de cent
ans ils ne chercheraient pas à revenir dans le pays.
L'homme choisi parmi tous les alliés fut Échémos, fils
d'Aéropos fils de Phégée [30], qui réclama cet honneur,
notre chef et notre roi ; il lutta seul contre Hyllos et le
tua. Pour son exploit, nous reçûmes parmi les Péloponnésiens de ce temps-là de nombreuses et grandes
distinctions qui n'ont jamais cessé de nous appartenir,
entre autres le droit de commander l'une des ailes de
l'armée dans toute expédition faite en commun. Nous
ne nous élevons pas contre vous, Lacédémoniens :
nous vous laissons choisir l'aile que vous voulez
commander, et nous acceptons votre décision ; mais
l'autre aile, nous l'affirmons, doit nous être confiée
comme par le passé. D'ailleurs, outre l'exploit que
nous venons de rappeler, nous avons plus de titres
qu'Athènes pour obtenir ce poste, car nos combats,
nos victoires sur vous sont nombreuses, Spartiates, et
nombreuses aussi sur d'autres. Donc, il est juste que
nous occupions l'autre aile plutôt que les Athéniens,
car leurs exploits, anciens ou récents, ne sont pas
comparables aux nôtres. »

(27). Voilà ce que dirent les Tégéates ; et les
Athéniens répondirent : « Nous savons que cette

assemblée n'a pas été convoquée pour entendre des
discours, mais pour combattre le Barbare ; cependant,
puisque le Tégéate a choisi de rappeler tout ce que nos
deux peuples ont pu faire de beau, il y a plus ou moins
longtemps, au cours de leur existence, nous sommes
bien obligés de vous exposer d'où notre peuple,
toujours valeureux, tient son droit héréditaire d'être à
la première place de préférence aux Arcadiens. Ces
Héraclides dont les Tégéates ont, disent-ils, tué dans
l'Isthme le chef, ils avaient d'abord été repoussés par
tous les Grecs auprès desquels ils se réfugiaient pour
fuir le joug des Mycéniens : nous seuls, nous les avons
accueillis, nous avons brisé net l'arrogance d'Eurysthée [31]. Avec eux nous avons, au combat, vaincu les
peuples maîtres alors du Péloponnèse. Ensuite, quand
les Argiens autour de Polynice trouvèrent la mort en
attaquant Thèbes [32], quand leurs cadavres gisaient
privés de sépulture, nous avons, nous le proclamons,
marché contre les Cadméens, ramené les morts, et
nous les avons ensevelis à Éleusis dans notre patrie.
On nous doit encore d'autres prouesses, contre les
Amazones qui, du Thermodon, vinrent jadis envahir
l'Attique [33] ; et dans les durs labeurs du siège de Troie,
nous n'étions inférieurs à personne [34]. Mais rappeler
ces faits ne sert à rien, car des gens valeureux autrefois
peuvent fort bien être moins bons aujourd'hui, et des
gens médiocres jadis ont pu s'améliorer. Sur le passé,
restons-en là ; mais quand il serait vrai que nous
n'avons jamais rien fait d'autre — tout comme il est
vrai que nos exploits sont nombreux et admirables,
autant et plus que ceux de tout autre peuple en Grèce
—, par notre rôle à Marathon, du moins, nous
méritons d'obtenir ce privilège et d'autres encore,

puisque seuls de tous les Grecs nous avons affronté le
Perse en un combat singulier ; cette tâche colossale,
nous l'avons menée à bien, et nous avons triomphé de
quarante-six nations [35]. N'est-il pas juste que nous
obtenions ce poste, pour cet unique exploit ? Toutefois, dans l'état où sont nos affaires, il ne sied pas de se
disputer une place ; nous sommes prêts, Lacédémoniens, à vous obéir, à prendre position là où nous
serons, à votre avis, le plus utiles, face à n'importe
quel adversaire : partout où nous serons, nous nous
efforcerons d'agir en gens de valeur. Conduisez-nous,
comptez sur notre obéissance. »

(28). Voilà ce qu'ils répondirent, et l'armée entière
des Lacédémoniens s'écria qu'ils avaient plus de
titres que les Arcadiens à occuper l'autre aile ; ainsi
les Athéniens l'obtinrent et passèrent avant les
Tégéates.

Les forces grecques. Voici comment furent
ensuite disposés les
combattants, ceux de la dernière heure comme ceux
qui s'étaient engagés dans la lutte à son début : l'aile
droite était tenue par dix mille Lacédémoniens ; parmi
eux les cinq mille purs Spartiates avaient pour les
garder trente-cinq mille hilotes armés à la légère, sept
pour chacun d'eux. Les Spartiates avaient choisi pour
combattre près d'eux les Tégéates, autant à cause de
leur valeur que pour les honorer ; ils étaient mille cinq
cents hoplites. Après eux venaient les Corinthiens,
cinq mille hommes qui avaient obtenu de Pausanias
d'avoir à côté d'eux les Potidéates venus de la
presqu'île de Pallène au nombre de trois cents.
Ensuite venaient les Arcadiens d'Orchomène, six

cents hommes, puis trois mille Sicyoniens ; ensuite
venaient huit cents Épidauriens ; à côté d'eux étaient
rangés mille Trézéniens, ensuite deux cents
Lépréates, puis quatre cents Mycéniens et
Tirynthiens, puis les mille Phliasiens ; à côté d'eux se
tenaient trois cents Hermioniens [36] ; ensuite venaient
les Érétriens avec les Styréens, six cents hommes, puis
les quatre cents Chalcidiens [37] ; puis cinq cents
Ambraciotes ; après eux, huit cents Leucadiens et
Anactoriens, puis les Paléens de Céphallénie, deux
cents hommes [38] ; après eux, il y avait cinq cents
Éginètes et, à côté de ceux-ci, trois cents Mégariens ;
ensuite venaient les six cents Platéens ; enfin, la
dernière et la première place revenait aux Athéniens [39]
qui formaient l'aile gauche au nombre de huit mille,
sous les ordres d'Aristide, fils de Lysimaque.

(29). Tous, sauf les sept hommes placés auprès de
chacun des Spartiates, étaient des hoplites, et ils
étaient en tout trente-huit mille sept cents. Voilà, au
total, l'effectif de l'infanterie lourde réunie contre le
Barbare ; et voici maintenant le nombre des soldats
appartenant à l'infanterie légère : le contingent de
Sparte en fournissait trente-cinq mille (sept à côté de
chacun des Spartiates), tous en état de combattre ;
pour le reste des Lacédémoniens et les autres peuples
grecs, comme il y avait approximativement un soldat
d'infanterie légère à côté de chacun des combattants,
ils étaient trente-quatre mille cinq cents [40].

(30). Donc, les combattants pris dans l'infanterie
légère, au total, étaient au nombre de soixante-neuf
mille cinq cents, et les forces de la Grèce rassemblées à
Platées, hoplites et soldats de l'infanterie légère réunis, comprenaient cent dix mille hommes, ou pres-

que : il s'en fallait de mille huit cents. Mais avec les
Thespiens qui se trouvaient là, on atteignait les cent
dix mille, car il y avait également des Thespiens dans
l'armée grecque, le restant de leurs forces [41], mille huit
cents hommes environ, qui n'appartenaient pas non
plus à l'infanterie lourde.

Les forces perses.   (31). Donc, les Grecs
                             campaient en cet ordre sur
l'Asopos. De leur côté, Mardonios et les Barbares,
après avoir célébré les funérailles de Masistios, instruits de la présence des Grecs sur le territoire de
Platées s'installèrent à leur tour sur l'Asopos qui
traverse la région. Là, Mardonios les disposa comme
suit : aux Lacédémoniens il opposa les Perses ; ceux-
ci, très supérieurs en nombre à leurs adversaires,
étaient distribués sur plus de rangs en profondeur et
leur ligne s'étendait aussi vis-à-vis des Tégéates.
Mardonios adopta cette disposition : il préleva les
meilleurs éléments du contingent perse pour les
opposer aux Lacédémoniens et plaça les plus faibles
du côté des Tégéates, ceci sur le conseil et les
instructions des Thébains. À côté des Perses il rangea
les Mèdes : ils avaient devant eux les Corinthiens et
les Potidéates, les Orchoméniens et les Sicyoniens. À
côté des Mèdes, il rangea les Bactriens : ils avaient
devant eux les Épidauriens et les Trézéniens, les
Lépréates et les Tirynthiens, les Mycéniens et les
Phliasiens. À la suite des Bactriens il plaça les
Indiens : ils avaient devant eux les Hermioniens et les
Érétriens, les Styréens et les Chalcidiens. À côté des
Indiens il rangea les Saces, qui avaient devant eux les
Ambraciotes et les Anactoriens, les Leucadiens et les

Paléens ainsi que les Éginètes. À côté des Saces il
rangea, en face des Athéniens accompagnés des
Platéens et des Mégariens, les Béotiens et les
Locriens, les Maliens et les Thessaliens, et ses mille
Phocidiens (tous les Phocidiens n'étaient pas du parti
des Mèdes : certains même aidaient l'effort de la
Grèce, réfugiés sur le Parnasse d'où ils venaient
harceler l'armée de Mardonios et les Grecs qui
marchaient avec lui [42]). Mardonios mit également les
Macédoniens et les habitants des frontières de la
Thessalie [43] en face des Athéniens.

(32). Voilà les noms des principaux peuples dont
Mardonios disposait, les plus connus et les plus
considérés. Il s'y ajoutait des représentants de divers
autres peuples, Phrygiens et Mysiens, Thraces et
Péoniens, d'autres encore et, mêlés à eux, des Éthiopiens et des Égyptiens qu'on appelle les Hermotybies
et les Calasiries, porteurs de coutelas et les seuls
Égyptiens qui soient des soldats de profession ; Mardonios les avait enlevés à leurs vaisseaux quand il se
trouvait encore à Phalère, car ils servaient dans
l'infanterie de marine ; les forces terrestres qui arrivèrent dans Athènes avec Xerxès ne comptaient pas
d'Égyptiens dans leurs rangs. Donc, les Barbares
étaient trois cent mille, comme on l'a vu plus haut ;
mais le nombre des Grecs qui combattaient avec
Mardonios, personne ne le connaît, car on ne les a pas
comptés ; cependant, pour autant qu'on puisse le
conjecturer, ils étaient, selon moi, cinquante mille
environ [44]. Les troupes déployées sur le terrain appartenaient toutes à l'infanterie, la cavalerie était placée à
part.

(33). Quand tous les
combattants furent à leurs
postes, rangés par peuples
et par bataillons, on fit le lendemain des sacrifices
dans les deux camps. Chez les Grecs Tisamène fils
d'Antiochos fut chargé de procéder au sacrifice. — Il
suivait l'armée comme devin ; c'était un Éléen qui
appartenait à la famille des Iamides[45], un descendant
de Clytias, et les Lacédémoniens l'avaient admis au
nombre de leurs compatriotes. Il consultait un jour
l'oracle de Delphes pour savoir s'il aurait des enfants,
et la Pythie lui répondit qu'il l'emporterait dans les
luttes les plus grandes, par cinq fois. Tisamène, qui
n'avait pas compris l'oracle et s'attendait à triompher
dans les jeux gymniques, s'appliqua donc aux exercices du gymnase : il se prépara au pentathle[46], mais
il lui manqua une victoire, dans l'épreuve où il avait
pour concurrent Hiéronymos d'Andros, pour triompher aux Jeux Olympiques. Les Lacédémoniens
avaient compris, eux, que l'oracle parlait des combats
non point dans les jeux mais dans les guerres, et
tentèrent d'amener Tisamène, moyennant salaire, à
diriger avec leurs rois issus d'Héraclès leurs opérations en temps de guerre. L'autre, en voyant les
Spartiates attacher tant de prix à son amitié, en
profita pour augmenter ses prétentions et leur signifia
qu'il se conformerait à leurs désirs s'ils le prenaient
pour concitoyen à part entière ; sinon, il n'en ferait
rien, quelque récompense qu'on lui proposât. Les
Spartiates furent d'abord indignés en recevant cette
réponse et renoncèrent totalement à leur projet ; mais
enfin, dans la terreur immense que l'expédition perse
faisait peser sur eux, ils allèrent le chercher et

consentirent à tout ce qu'il voulait. L'autre alors, qui
s'aperçut de leurs nouvelles dispositions, déclara qu'il
ne se contentait plus de voir acceptées ses conditions
précédentes et réclama qu'on fît aussi de son frère
Hégias un citoyen de Sparte au même titre que
lui.

(34). Tisamène suivait ainsi l'exemple de Mélampous, pour autant que l'on puisse comparer un
homme qui réclame la royauté à celui qui veut obtenir
un titre de citoyen. En effet, lorsque la folie s'empara
des femmes d'Argos [47], les Argiens offrirent un salaire
à Mélampous pour qu'il vînt de Pylos délivrer leurs
femmes du mal qui les frappait; or Mélampous
demanda pour salaire la moitié du pouvoir royal. Les
Argiens rejetèrent sa demande et s'en allèrent, mais
les cas de folie se multiplièrent chez eux, si bien qu'ils
durent céder et revinrent trouver Mélampous en lui
accordant tout ce qu'il avait exigé. L'autre, en voyant
leur nouvelle humeur, voulut davantage et déclara
qu'ils n'obtiendraient rien de lui s'ils ne concédaient
pas à son frère Bias aussi le tiers du pouvoir royal; et
les Argiens, qui n'avaient pas d'autre moyen de se
tirer d'affaire, lui cédèrent encore sur ce point.

(35). Comme eux, les Spartiates accordèrent à
Tisamène tout ce qu'il voulut, tant ils avaient besoin
de lui. Quand ils eurent cédé pour son frère aussi,
alors, en cinq combats tous très importants, par son
art de devin Tisamène, Éléen devenu Spartiate, leur
donna la victoire (ce sont les seuls étrangers qui aient
jamais reçu des Spartiates le titre de citoyens de leur
ville). Voici les cinq combats en question : l'un, le
premier, fut celui de Platées; les autres furent livrés à
Tégée contre les Tégéates et les Argiens, à Dipéa

contre tous les Arcadiens sauf les gens de Mantinée, à
Isthmos contre les Messéniens, et, en dernier lieu, à
Tanagra contre les Athéniens et les Argiens ; celui-ci
fut le dernier des cinq [48].

(36). Donc les Grecs eurent pour devin ce jour-là,
devant Platées, l'homme en question, ce Tisamène
que les Spartiates avaient avec eux. Les victimes
donnèrent des présages favorables pour les Grecs s'ils
restaient sur la défensive, défavorables s'ils traver-
saient l'Asopos et engageaient la bataille.

(37). Mardonios désirait vivement engager le premier la bataille, mais en ce cas les présages ne lui
étaient pas favorables, tandis qu'ils étaient bons pour
lui, comme pour les Grecs, s'il se tenait sur la
défensive. Il sacrifiait lui aussi à la manière des Grecs,
avec un devin qui était Hégésistrate, un Éléen, le plus
célèbre des Telliades [49], l'homme que les Spartiates
avaient capturé quelque temps auparavant et jeté
dans les fers en attendant de le mettre à mort parce
qu'ils avaient eu souvent à souffrir de sa malveillance.
Dans cette extrémité, en homme qui se savait
condamné et qui était prêt à supporter les pires
souffrances pour éviter la mort, il accomplit une
action que les mots ne peuvent égaler. Il avait au pied
une entrave tenue par des liens de fer, mais il put
disposer d'une lame de métal qu'on lui fit parvenir
d'une manière ou d'une autre, et combina tout
aussitôt l'action la plus héroïque que nous connais-
sions : il mesura la partie de son pied qui pourrait se
dégager de l'entrave, et trancha le reste ; après quoi,
comme des sentinelles le gardaient, il fit un trou dans
le mur de sa prison [50] et s'enfuit vers Tégée, marchant
la nuit, se réfugiant le jour au fond des bois. Malgré

les efforts des Lacédémoniens lancés en masse à sa poursuite, il atteignit Tégée la troisième nuit, tandis qu'à Sparte tous demeuraient stupéfaits de son courage en voyant par terre ce morceau de pied, alors qu'ils ne pouvaient retrouver l'homme. Hégésistrate en cette occasion, après s'être ainsi soustrait aux mains des Lacédémoniens, trouva refuge à Tégée qui n'était pas alors en bons termes avec Sparte ; guéri de sa blessure, il fit adapter un pied de bois à son moignon, et fut dès lors l'ennemi déclaré des Lacédémoniens. Cependant la haine qu'il nourrissait contre eux ne triompha pas, en définitive : il tomba dans leurs mains à Zacynthe où il était devin, et fut exécuté.

(38). Mais la mort d'Hégésistrate se produisit après la bataille de Platées ; pour lors il était sur l'Asopos, au service de Mardonios qui le payait fort cher ; il sacrifiait en son nom et manifestait un zèle qui lui venait à la fois de sa haine contre les Lacédémoniens et de l'argent qu'il touchait. Or, les présages ne permettaient ni aux Perses ni aux Grecs qui étaient avec eux de livrer bataille (ces Grecs avaient eux aussi leur devin particulier, Hippomachos, un Leucadien) ; comme les renforts affluaient dans l'armée grecque qui ne cessait de grandir, un Thébain, Timagénidès fils d'Herpys, donna le conseil à Mardonios de faire garder les passes du Cithéron, en lui représentant que les Grecs affluaient par là jour après jour et qu'il pourrait en surprendre un grand nombre.

(39). Depuis huit jours déjà les deux armées campaient face à face lorsqu'il donna ce conseil à Mardonios ; l'autre en reconnut la sagesse et, sitôt la nuit tombée, fit partir sa cavalerie pour les passes du

Cithéron qui conduisent à Platées, celles que les
Béotiens appellent « les Trois Têtes », et les Athéniens « les Têtes de Chêne [51] ». L'expédition ne
demeura pas vaine : les cavaliers se saisirent, à
l'entrée du convoi dans la plaine, de cinq cents
attelages qui apportaient des vivres envoyés du Péloponnèse au camp des Grecs, avec les hommes qui les
menaient. En possession de ce butin les Perses
massacrèrent pêle-mêle les bêtes et les hommes,
impitoyablement ; quand ils eurent assez tué, ils
réunirent les débris du convoi qu'ils conduisirent à
Mardonios, dans leur camp.

(40). Après cette action, les Perses et les Grecs
passèrent encore deux jours sans se décider ni les uns
ni les autres à engager la bataille ; les Barbares
s'approchaient de l'Asopos pour tâter les Grecs, mais
personne ne passait la rivière. Cependant la cavalerie
de Mardonios ne cessait de provoquer et d'inquiéter
les Grecs ; car les Thébains, entièrement dévoués aux
Mèdes, s'occupaient avec zèle de la guerre et se
chargeaient toujours de conduire les autres jusqu'au
seuil de la bataille, puis ils cédaient la place aux
Perses et aux Mèdes qui pouvaient alors déployer
toute leur valeur.

Le 11ᵉ jour.   (41). Donc, jusqu'à la
fin de ces dix journées on
ne fit rien de plus. Quand le onzième jour les trouva
toujours face à face à Platées, les Grecs avaient des
forces beaucoup plus grandes, et Mardonios s'exaspé-
rait de son inaction. Un entretien réunit alors Mardonios fils de Gobryas et Artabaze fils de Pharnace, l'un
des quelques Perses que le roi tenait en particulière

estime. Voici les opinions qu'ils soutinrent au cours de leur discussion : pour Artabaze, l'armée devait lever le camp au plus vite et se ranger tout entière sous les remparts de Thèbes où, disait-il, on avait apporté des vivres en abondance et du fourrage pour les bêtes de somme ; là, on terminerait l'affaire tout tranquillement par les moyens que voici : les Perses avaient de l'or en quantité, monnayé ou non, de l'argent en quantité, des coupes d'orfèvrerie ; il fallait en user largement pour envoyer aux Grecs des cadeaux, et surtout aux dirigeants des cités grecques, qui bientôt renonceraient à leur indépendance, et il ne fallait pas s'exposer encore aux dangers d'une bataille. Artabaze était du même avis que les Thébains, car lui aussi voyait plus clair que Mardonios ; l'opinion de Mardonios fut plus brutale, plus téméraire, plus ennemie de toute concession : leur armée, déclara-t-il, était à son avis bien plus forte que celle des Grecs ; il fallait rencontrer l'ennemi au plus vite, ne pas le laisser réunir plus d'hommes encore qu'il n'en avait déjà, se moquer des sacrifices et des présages d'Hégésistrate et ne pas insister de ce côté-là, mais obéir aux usages de la Perse et engager la bataille.

(42). À ses affirmations personne ne répliqua, si bien que son avis fut adopté ; c'est d'ailleurs lui qui exerçait l'autorité suprême de par la volonté du roi, et non pas Artabaze. Il fit donc venir ses propres officiers et les chefs des Grecs qui l'accompagnaient, et leur demanda s'ils connaissaient quelque oracle à propos des Perses qui prédirait leur anéantissement en terre grecque. Les gens qu'il avait mandés se taisaient, car les uns ne connaissaient pas les oracles, et les autres qui les connaissaient n'étaient pas sans craindre pour

leur sécurité s'ils parlaient; alors Mardonios lui-
même reprit : « Bon! puisque vous ne savez rien ou
n'osez rien dire, je vais parler, moi qui sais parfaitement ce qu'il en est. Oui, il y a un oracle selon lequel
les Perses doivent entrer en Grèce et piller le temple
de Delphes, puis, après le sac du temple, être tous
anéantis. Eh bien, puisque nous le savons, nous ne
marcherons pas sur ce temple, nous ne tenterons pas
de le piller, et nous n'aurons pas à périr pour cette
raison-là. Par conséquent, vous tous qui êtes de cœur
avec les Perses, réjouissez-vous et dites-vous bien que
nous triompherons des Grecs. » Il termina son allocution en leur commandant de prendre leurs dispositions et de tout ordonner en vue de la bataille qui
s'engagerait le lendemain au lever du jour.

(43). Cet oracle dont Mardonios disait qu'il
concernait les Perses avait été rendu, je le sais, à
propos des Illyriens et de l'armée des Enchélées [52], et
nullement à propos des Perses. Mais celui-ci, de
Bacis, porte bien sur la bataille en question :

... et auprès du Thermodon, auprès de l'Asopos encombré
  d'herbes,
La ruée des Grecs, la clameur désespérée des Barbares,
Au lieu où tant d'hommes tomberont avant l'heure marquée,
  avant le terme de leur destin,
Tant de Mèdes porteurs d'arcs, lorsque viendra le jour fatal.

Cet oracle, je le sais, et d'autres du même genre qui
sont de Musée [53], concernent bien les Perses. (Le
Thermodon est le fleuve qui passe entre Glisas et
Tanagra [54].)

(44). Après ces questions sur les oracles et ces
exhortations de Mardonios, la nuit vint et les sentinel-

les prirent leurs places. Plus tard dans la nuit, quand tout semblait reposer dans les camps et les hommes dormir du sommeil le plus profond, quelqu'un se rendit à cheval auprès des sentinelles athéniennes : Alexandre fils d'Amyntas, le chef et le roi des Macédoniens, demandait à parler à leurs chefs. Les sentinelles demeurèrent à leurs postes pour la plupart, mais quelques-unes coururent alerter leurs chefs et leur annoncèrent qu'un homme était là, qui venait à cheval du camp des Mèdes et, sans vouloir dire autre chose, déclarait vouloir parler aux chefs, qu'il nommait par leurs noms.

(45). À cette nouvelle, les chefs accompagnèrent les sentinelles aux avant-postes ; là, Alexandre leur dit ceci : « Athéniens, je vous donne cet avis en grand secret, et je vous recommande de n'en parler à personne d'autre qu'à Pausanias, car ce serait ma perte à moi aussi ; d'ailleurs, je ne parlerais pas si je ne prenais pas tant d'intérêt au sort du monde grec tout entier : c'est que je suis moi-même de race grecque, si haut que l'on remonte, et je ne saurais accepter de voir la Grèce vivre esclave, de libre qu'elle était. Donc, je vous préviens que les sacrifices n'arrivent pas à donner à Mardonios et à ses troupes les réponses qu'il espérait ; sans cela, vous seriez depuis longtemps engagés dans la bataille. Mais à présent il a décidé de se moquer des présages et d'attaquer aux premières lueurs du jour, car il a peur, j'imagine, que vous ne deveniez de plus en plus nombreux. Donc, tenez-vous prêts ; mais si par hasard Mardonios retarde son attaque et n'engage pas le combat, demeurez ici, ne perdez point patience : encore quelques jours, et les vivres leur manquent. Maintenant, si cette guerre se

termine comme vous le souhaitez, qu'on pense à me
libérer moi aussi, qui pour servir la Grèce me suis
chargé dans mon zèle d'une mission si dangereuse,
parce que je tenais à vous révéler le plan de Mardonios, afin qu'une attaque des Barbares ne vous prenne
pas à l'improviste. Je suis Alexandre le Macédonien. » Cela dit, il tourna bride et regagna le camp
perse et son propre poste [55].

(46). Les chefs des Athéniens allèrent à l'aile droite
informer Pausanias de ce qu'Alexandre leur avait
appris. Pausanias, en les entendant, redouta vivement
les Perses et il leur dit ceci : « Eh bien, puisqu'il doit y
avoir une attaque à l'aube, il faut que vous, les
Athéniens, vous soyez en face des Perses ; nous aurons
devant nous les Béotiens et les Grecs qui vous sont
opposés pour l'instant, et voici pourquoi : vous autres,
vous connaissez les Mèdes et leur manière de se
battre, puisque vous avez lutté contre eux à
Marathon ; nous, nous ne les avons jamais rencontrés,
nous ignorons tout de ces hommes, car pas un
Spartiate n'a déjà fait l'expérience des Mèdes [56], si
nous avons l'expérience des Béotiens et des Thessaliens. Allons ! il faut nous armer et prendre place, vous
ici à l'aile droite, nous à l'aile gauche. » Les Athéniens
lui répondirent : « Depuis longtemps, dès que nous
avons vu les Perses se ranger en face de vous, nous
avons eu nous-mêmes l'idée de vous demander justement ce que vous nous proposez en devançant nos
vœux. Nous n'avons rien dit parce que nous crai-
gnions de vous offenser ; puisque vous en parlez de
vous-mêmes, votre offre nous comble de joie, et nous
sommes prêts à l'accepter. »

Le 12ᵉ jour.   (47). Puisqu'ils se trouvaient tous d'accord, dès le
point du jour ils échangèrent leurs positions. Dans
l'autre camp, les Béotiens comprirent leur mouvement et prévinrent Mardonios qui, dès qu'il l'apprit,
se mit à son tour à modifier sa ligne de bataille pour
rétablir les Perses en face des Lacédémoniens. Lorsque Pausanias s'en aperçut, il comprit que l'ennemi
n'ignorait pas son dessein et remit les Spartiates à son
aile droite, tandis que Mardonios, parallèlement,
ramenait les Perses à son aile gauche [57].

(48). Quand ils eurent tous retrouvé leurs positions
primitives, Mardonios fit porter ce message aux
Spartiates par un héraut : « Lacédémoniens, on vous
dit en ce pays les plus braves des hommes, on s'extasie
sur votre courage et l'on prétend que jamais vous ne
fuyez du combat ou abandonnez votre poste, que,
sans jamais reculer, vous donnez la mort ou vous la
recevez. Mensonges que tout cela ! Avant même
d'avoir engagé la bataille et d'être aux prises avec
vous, nous vous avons vus fuir et quitter vos rangs,
charger les Athéniens de faire les premiers l'expérience de nos armes, et vous poster vous-mêmes en
face de nos esclaves. Les braves n'agissent pas ainsi, et
nous nous sommes bien trompés sur votre compte : au
bruit de votre gloire, nous comptions que vous
enverriez un héraut nous défier, pour vous mesurer
aux Perses en combat singulier, et nous étions prêts à
vous donner satisfaction. Mais ce n'est point là votre
langage, nous le constatons, et vous préférez bien vous
dérober. Eh bien, aujourd'hui, puisque vous n'avez
pas les premiers prononcé ce défi, nous le faisons.
Pourquoi ne pas nous battre en nombre égal, vous

pour les Grecs, puisqu'on vous dit les plus vaillants de
tous, et nous pour les Barbares ? Si vous trouvez bon
que les autres se battent aussi, qu'ils le fassent alors
après nous ; si vous n'y tenez pas et si vous pensez que
nous suffisons, nos armes décideront de notre sort :
quel que soit le vainqueur, il aura la victoire pour son
camp tout entier [58]. »

(49). Le héraut, après avoir délivré son message,
attendit un moment ; comme personne ne lui répon-
dait, il s'en alla et, de retour auprès de Mardonios, il
lui fit son rapport. Mardonios triomphant, exalté par
cette victoire sans importance, lança sur les Grecs sa
cavalerie. Les cavaliers s'approchèrent des lignes
grecques et leur firent beaucoup de mal avec leurs
javelots et leurs flèches, car ils décochaient leurs traits
du haut de leurs montures et ne se laissaient pas
rejoindre ; ils troublèrent aussi la source Gargaphia,
qui alimentait tout le camp des Grecs, et l'obstruè-
rent. Les Lacédémoniens étaient les seules troupes
campées au voisinage de la source ; les autres Grecs en
étaient éloignés, chacun à la place qui lui était échue,
et campaient à proximité de l'Asopos ; mais ils ne
pouvaient pas approcher du fleuve, ce qui les obligeait
à se rendre à la source : il leur était impossible de
puiser de l'eau dans le fleuve à cause des cavaliers et
de leurs flèches.

(50). Cette circonstance, qui privait de son eau
l'armée harcelée par les cavaliers ennemis, amena les
chefs grecs à se réunir pour étudier la question et
d'autres en même temps ; ils allèrent à l'aile droite
retrouver Pausanias. Si grave que fût ce problème,
d'autres les préoccupaient encore davantage, car ils
n'avaient plus de vivres et la cavalerie de Mardonios

barrait la route à leurs gens qui, envoyés dans le Péloponnèse pour y chercher du ravitaillement, étaient incapables désormais de rejoindre le camp.

(51). Les chefs décidèrent au conseil de gagner l'Île au cas où les Perses laisseraient passer le jour sans engager la bataille. — L'Île est à dix stades de l'Asopos et de la source Gargaphia, devant la ville de Platées. Voici comment une « île » se trouve au milieu des terres : la rivière qui descend du Cithéron dans la plaine se partage en deux bras distants de trois stades, qui se réunissent ensuite ; elle s'appelle Oéroé [59] (c'est une fille d'Asopos, d'après les gens du pays). Ils convinrent d'aller s'installer en cet endroit, pour avoir de l'eau en abondance et ne plus être harcelés par la cavalerie, comme ils l'étaient en ce moment où ils étaient face à face. On décida de lever le camp dans la nuit, à la deuxième veille [60], pour se mettre en route à l'insu des Perses et n'être pas suivis et inquiétés par leurs cavaliers ; arrivés à l'endroit voulu, celui qu'Oéroé, cette fille d'Asopos, entoure en se divisant au pied du Cithéron, ils dépêcheraient dans la même nuit la moitié de leurs hommes vers le Cithéron, pour dégager leurs gens partis au ravitaillement, car ils se trouvaient bloqués dans la montagne.

(52). Ces décisions prises, ils furent tout le jour en butte aux assauts de la cavalerie et harassés sans relâche. Quand vint la fin du jour et que les cavaliers suspendirent leurs attaques, à la nuit close et au moment prévu pour le départ, les Grecs, pour la plupart, plièrent bagage et se retirèrent, mais ils n'avaient nullement l'intention de gagner l'endroit convenu : sitôt en route, ils s'enfuirent vers Platées, fort aises d'échapper à la cavalerie perse, et poussè-

rent dans leur fuite jusqu'au temple d'Héra (il se
trouve devant Platées, à vingt stades de la source
Gargaphia[61]). Là, ils s'établirent devant le sanctuaire.

(53). Ceux-ci installèrent donc leur camp près du
temple d'Héra ; Pausanias, en les voyant quitter leurs
positions, avait donné l'ordre aux Lacédémoniens de
prendre eux aussi leurs armes et de marcher sur les
pas des alliés partis les premiers, qui se rendaient,
croyait-il, au lieu convenu. Ses officiers étaient tous
prêts à lui obéir, mais Amompharète fils de Poliadès,
qui commandait le bataillon de Pitané[62], déclara qu'il
ne fuirait pas les « étrangers[63] » et ne déshonorerait
pas Sparte de son plein gré (il s'étonnait du mouvement des troupes, car il n'avait pas assisté à la
conférence précédente). Pausanias et Euryanax
jugeaient cet acte d'indiscipline intolérable, mais plus
intolérable encore l'idée d'abandonner le bataillon de
Pitané parce que son chef refusait d'obéir ; s'ils
l'abandonnaient en exécution des décisions prises en
accord avec les autres Grecs, ils craignaient qu'isolés,
Amompharète et les siens ne périssent. Pour cette
raison ils maintinrent sur place le contingent de
Lacédémone et tentèrent de convaincre Amompharète qu'il ne devait pas se conduire de la sorte[64].

(54). Eux s'occupaient d'exhorter Amompharète
qui, seul des Lacédémoniens et des Tégéates, entendait laisser les autres partir sans lui. De leur côté, les
Athéniens avaient adopté ce parti : ils demeuraient
immobiles à leur poste, car ils connaissaient l'humeur
des Lacédémoniens et savaient que, lorsqu'ils disent
une chose, ils en ont une autre en tête[65]. Quand
l'armée se mit en route, ils envoyèrent un cavalier de

chez eux voir si les Spartiates s'apprêtaient à prendre le même chemin ou s'ils n'envisageaient nullement de se retirer, et demander à Pausanias ce qu'ils devaient faire.

(55). Quand le héraut se présenta dans leurs lignes, il vit les Lacédémoniens à leurs postes et leurs dirigeants en train de se quereller ; les efforts d'Euryanax et de Pausanias pour convaincre Amompharète de ne pas s'exposer au danger avec les siens en restant seuls sur place étaient demeurés vains, et pour finir ils s'étaient tous mis à se disputer, au moment où le héraut des Athéniens se présenta. Au cours de la discussion, Amompharète saisit des deux mains une grosse pierre qu'il mit aux pieds de Pausanias : avec ce jeton[66], s'écria-t-il, il votait pour qu'on ne prît point la fuite devant les « étrangers » (il appelait ainsi les Barbares). L'autre le traita de furieux et d'extravagant et répondit au héraut des Athéniens, qui l'interrogeait conformément à ses ordres, en l'invitant à rendre compte aux siens de la situation ; il fit aussi demander aux Athéniens de rapprocher leurs lignes des siennes et de prendre, à propos de la retraite, les mêmes décisions qu'eux.

Le 13ᵉ jour. (56). Le héraut regagna les lignes athéniennes et, comme l'aurore surprit les Lacédémoniens toujours en pleine querelle, Pausanias, qui avait attendu jusque-là sans rien décider, jugea qu'Amompharète ne resterait pas seul après le départ de tous les Lacédémoniens (c'est d'ailleurs ce qui arriva) ; il donna l'ordre de lever le camp et emmena tout le reste de ses troupes par la ligne des crêtes ; les Tégéates le suivirent. Les Athéniens, de leur côté, partirent en bon ordre par le chemin opposé : les Lacédémoniens ne quittaient pas les collines et les contreforts du Cithéron parce qu'ils avaient peur des cavaliers de Mardonios, tandis que les Athéniens passaient en bas, par la plaine.

(57). Amompharète, pour commencer, refusa de croire que Pausanias oserait les abandonner et fit tous ses efforts pour arrêter les autres et les empêcher de quitter leur poste ; quand Pausanias et ses troupes s'éloignèrent d'eux, il eut le sentiment qu'on l'abandonnait sans plus de façons ; il fit prendre les armes à son bataillon et, sans presser le pas, rallia le gros de l'armée. Les autres s'étaient éloignés de quelque dix stades et attendaient son bataillon, installés près du fleuve Moloéis et du territoire qu'on appelle Argiopion, où l'on trouve également un sanctuaire de la Déméter d'Éleusis[67] ; ils s'étaient arrêtés là dans l'intention de retourner au secours d'Amompharète, s'il restait avec ses hommes à l'emplacement qu'on leur avait assigné, sans vouloir en bouger. Amompharète les rejoignit avec les siens, et tout aussitôt la cavalerie des Barbares les assaillit tout entière : car les cavaliers suivaient toujours la même tactique et, lorsqu'ils virent abandonnées les positions que les Grecs occupaient les jours précédents, ils poussèrent plus avant et tombèrent sur les Grecs, dès qu'ils les eurent rejoints.

La bataille de Platées.

(58). Quand Mardonios apprit que les Grecs s'étaient retirés à la faveur de la nuit, quand il vit leurs campements déserts, il fit

venir Thorax de Larisa et ses frères, Eurypyle et
Thrasydéios [68], et leur dit : « Fils d'Aleuas, qu'allez-
vous soutenir encore en voyant vides ces positions ?
Vous, leurs voisins, vous disiez que les Lacédémoniens ne se dérobent jamais à la bataille, qu'ils sont le
peuple le plus expert à la guerre — et vous les avez
vus tout d'abord essayer de changer de poste, et nous
pouvons tous voir aujourd'hui qu'ils ont profité de la
nuit qui vient de s'achever pour déguerpir ! Ils ont
prouvé, quand ils devaient trancher cette querelle en
luttant contre le peuple qui, lui, est vraiment le plus
brave, qu'ils ne valaient rien et n'avaient de prestige
qu'aux yeux des Grecs, qui ne valent rien non plus.
Vous qui ne savez rien des Perses, vous méritez mon
indulgence lorsque vous faisiez l'éloge d'un peuple
auquel vous reconnaissiez quelque valeur. J'ai trouvé
bien plus étonnant qu'Artabaze eût peur des Lacédémoniens et proposât, dans sa frayeur, un parti lâche
entre tous, lever notre camp et aller nous faire assiéger
dans la ville des Thébains. Cet avis, le roi le connaîtra
bientôt par mes soins. Mais nous en reparlerons ; pour
l'instant, il ne faut pas laisser faire les Grecs, ils
doivent être poursuivis jusqu'au moment où, rejoints,
ils nous paieront tout le mal qu'ils ont fait aux
Perses. »

(59). Sur ces mots, il fit partir les Perses en
courant, l'Asopos franchi, sur les pas des Grecs qui,
pensait-il, tentaient de s'esquiver ; il poursuivait les
Lacédémoniens et les Tégéates seulement, car les
Athéniens avaient pris le chemin de la plaine et les
collines les lui cachaient. Quand ils virent les Perses
courir à la poursuite des Grecs, les autres chefs des
contingents barbares firent tous lever les enseignes et

leurs hommes suivirent les Perses, chacun courant de
son mieux, sans respecter les formations et les rangs.
Ils chargèrent pêle-mêle en hurlant, sûrs d'anéantir
les Grecs.

(60). Pausanias, aux prises avec la cavalerie, avait
fait porter ce message aux Athéniens par un cavalier :
« Athéniens, la lutte suprême s'engage, il s'agit pour
la Grèce d'être esclave ou libre ; nous sommes trahis,
nous, Lacédémoniens, et vous, Athéniens, par nos
alliés qui se sont enfuis cette nuit. Maintenant, notre
devoir est tout tracé : dans la lutte, secourons-nous de
notre mieux. Si la cavalerie s'était jetée sur vous
d'abord, nous-mêmes avec les Tégéates, fidèles
comme nous à la Grèce, nous aurions eu à vous
secourir ; puisqu'à présent elle est tout entière engagée
contre nous, il est juste que vous veniez à l'aide du
groupe le plus maltraité. Si quelque raison vous
empêche de venir en personne à notre secours, aidez-
nous au moins en nous envoyant vos archers. Nous le
savons bien, c'est vous dans cette guerre qui montrez
le zèle le plus grand : vous nous accorderez donc notre
demande. »

(61). Instruits de leur situation, les Athéniens
étaient prêts à les rejoindre et secourir de leur mieux ;
mais, au moment où ils s'ébranlaient, les Grecs qui
dans l'armée du roi leur étaient opposés les attaquèrent, ce qui les empêcha d'aller au secours de
Pausanias, car ils avaient fort à faire pour repousser
leurs assaillants. Les Lacédémoniens et les Tégéates
restèrent donc seuls (avec l'infanterie légère, ils
étaient cinquante mille Lacédémoniens et trois mille
Tégéates[69], — car ceux-ci ne marchaient jamais sans
les Lacédémoniens). Ils faisaient faire des sacrifices,

parce qu'ils souhaitaient livrer bataille à Mardonios
et aux troupes qu'ils avaient devant eux; mais les
présages ne leur étaient pas favorables, et, pendant ce
temps, bien des soldats tombaient dans leurs lignes, et
d'autres plus nombreux encore étaient blessés, car les
Perses, à l'abri derrière leurs boucliers [70] rapprochés,
décochaient sur eux une grêle de traits, au point que
Pausanias, qui voyait les Spartiates accablés et les
présages toujours contraires, tourna ses regards vers
le temple d'Héra qui est aux Platéens, invoqua la
déesse et lui demanda de ne pas permettre qu'ils
fussent trompés dans leurs espérances.

(62). Il l'invoquait encore lorsque les Tégéates, les
premiers, s'élancèrent au-devant des Barbares; et,
immédiatement après la prière de Pausanias, les
Lacédémoniens obtinrent des présages favorables
dans leurs sacrifices. Ceux-ci obtenus enfin, ils marchèrent à leur tour contre les Perses qui déposèrent
leurs arcs et les attendirent de pied ferme. Le combat
se déroula d'abord devant leurs boucliers; quand ce
rempart fut renversé, on se battit avec acharnement
près du temple même de Déméter et longtemps,
jusqu'à la mêlée finale, quand les Barbares saisis-
saient les lances des Grecs et les brisaient. Par
l'audace et la force, les Perses n'étaient pas inférieurs
aux Grecs, mais ils n'avaient pas d'armes défensives
et, de plus, ils étaient mal exercés et, en tactique, ne
valaient pas leurs adversaires. Ils se détachaient de
leurs lignes, isolément ou par dix ou par groupes plus
ou moins nombreux, et se jetaient sur les Spartiates
qui les taillaient en pièces.

(63). L'endroit où Mardonios lui-même combattait
monté sur un cheval blanc, entouré d'un corps d'élite,

— les mille Perses les plus braves, — fut le point où les
Perses donnèrent le plus de mal à leurs adversaires.
Tant que Mardonios fut en vie, son escorte tint bon et
massacra bien des Lacédémoniens ; quand il eut péri,
quand les hommes qui l'entouraient, les éléments les
plus solides de son armée, furent tombés, le reste alors
faiblit et lâcha pied devant les Lacédémoniens. Ils
avaient un très grand désavantage : l'absence d'armes
défensives dans leur équipement ; contre l'infanterie
lourde, il leur fallait combattre sans armure.

(64). Cette journée vit la mort de Léonidas vengée
sur Mardonios, selon l'oracle que les Spartiates
avaient reçu [71], et la victoire la plus glorieuse qui soit,
à notre connaissance, gagnée par Pausanias fils de
Cléombrotos, lui-même fils d'Anaxandride (les noms
de ses ancêtres plus éloignés sont indiqués plus haut à
propos de Léonidas : ce sont les mêmes pour les deux
hommes [72]). Mardonios tomba sous les coups d'Arimnestos, un Spartiate éminent qui plus tard, après les
guerres Médiques, combattit à Stényclaros avec trois
cents hommes, dans la guerre que tous les Messéniens
firent à Sparte [73], et périt dans la rencontre avec tous
les siens.

(65). À Platées, lorsque les Perses eurent plié
devant les Lacédémoniens, ils s'enfuirent dans le plus
grand désordre et se réfugièrent dans leur camp et
l'enceinte de bois qu'ils avaient élevée sur le territoire
de Thèbes. — Je trouve d'ailleurs étonnant que le
combat ait eu lieu près du bois de Déméter et qu'on
n'ait point vu de Perses entrer dans l'enclos sacré ni
venir mourir là, quand ils tombèrent si nombreux
autour du sanctuaire, en terre non consacrée. À mon
avis, si l'on peut se permettre d'avancer une opinion

personnelle en ce domaine, la déesse elle-même a repoussé loin d'elle les hommes qui avaient brûlé sa sainte demeure d'Éleusis [74].

(66). La bataille se termina donc ainsi. De son côté, Artabaze fils de Pharnace avait tout d'abord désapprouvé la décision de Xerxès de laisser derrière lui Mardonios, et par la suite il n'avait pas réussi, malgré tous ses efforts, à dissuader Mardonios d'engager la bataille. Voici quelle fut alors son attitude, en raison de son hostilité aux mesures que prenait Mardonios : il prit les soldats auxquels il commandait (ces forces étaient loin d'être insignifiantes et s'élevaient à quelque quarante mille hommes [75]) et, lorsque la bataille s'engagea, comme il en prévoyait clairement le résultat, il les fit marcher en bon ordre après leur avoir commandé de suivre exactement ses pas, à l'allure qu'ils le verraient prendre lui-même. Cet ordre donné, il les conduisit, du moins en apparence, à la bataille ; mais comme il les devançait en chemin, il vit tout aussitôt que les Perses commençaient à fuir : alors il ne conduisit pas plus loin sa colonne en bon ordre, mais il lui fit prendre la fuite en courant le plus vite possible pour gagner non pas le mur de bois ou la muraille de Thèbes, mais la Phocide, car il voulait atteindre l'Hellespont le plus tôt possible.

(67). Donc, ses troupes se dirigèrent de ce côté-là. Les Grecs qui marchaient avec le roi faiblirent volontairement, sauf les Béotiens qui luttèrent longuement contre les Athéniens ; car ceux des Thébains qui avaient pris le parti du Mède firent preuve, eux, d'une ardeur extrême au combat, sans jamais faiblir volontairement, au point que trois cents des leurs, les

premiers d'entre eux et les plus braves, tombèrent en
ce jour sous les coups des Athéniens. Lorsque à leur
tour ils lâchèrent pied, ils se réfugièrent dans Thèbes
et ne suivirent pas dans leur retraite les Perses et la
masse confuse des autres alliés du roi, qui fuyaient
sans avoir tenu tête à personne et sans avoir rien
fait.

(68). Ceci me prouve que tout chez les Barbares
reposait sur les Perses, si vraiment ce jour-là ces
peuples ont pris la fuite avant même d'avoir engagé le
combat, parce qu'ils voyaient fuir les Perses. C'est
ainsi qu'ils s'enfuirent tous sauf la cavalerie, en particulier celle des Béotiens qui rendit de grands services
aux fuyards en ne rompant pas le contact avec les
ennemis et en s'interposant entre leurs alliés en
déroute et les Grecs ; victorieux, ceux-ci poursuivaient
sans relâche les soldats de Xerxès qu'ils pourchas-
saient et massacraient.

(69). Pendant que les Perses fuyaient en déroute,
un message apprit aux autres Grecs qui, installés près
du temple d'Héra, n'étaient pas intervenus dans la
bataille, qu'elle avait été livrée et gagnée par Pausanias et les siens. À cette nouvelle ils se précipitèrent
dans le plus grand désordre, les uns, avec les
Corinthiens, par le pied de la montagne et les
hauteurs en prenant la route qui monte au temple de
Déméter, les autres, avec les Mégariens et les Phliasiens, par la plaine en prenant le chemin le plus facile.
Quand les Mégariens et les Phliasiens arrivèrent à
proximité des ennemis, les cavaliers thébains qui, de
loin, les virent approcher en forçant le pas et dans le
plus grand désordre, les chargèrent avec à leur tête
Asopodoros fils de Timandre. Ils tombèrent sur eux,

en abattirent six cents et poursuivirent les autres qu'ils repoussèrent sur le Cithéron.

(70). Ainsi périrent ces Grecs, d'une mort inutile et sans gloire. Cependant, quand les Perses et la masse des Barbares se furent réfugiés derrière leurs murailles de bois, ils eurent le temps de monter sur leur rempart avant l'arrivée des Lacédémoniens et, là, de consolider leur forteresse de leur mieux. Quand les Lacédémoniens survinrent, l'assaut commença, mené de manière assez vive. Tant que les Athéniens ne furent pas là, les Perses résistèrent et se montrèrent bien supérieurs aux Lacédémoniens qui ne savaient pas emporter une place ; mais quand ils furent arrivés, l'assaut fut dès lors mené rudement, et il se prolongea longtemps. Enfin, grâce à leur vaillance et leur ténacité, les Athéniens escaladèrent la muraille et ouvrirent une brèche par où se ruèrent les Grecs. Les Tégéates pénétrèrent les premiers dans l'enceinte ; ce sont eux qui pillèrent la tente de Mardonios où ils trouvèrent en particulier la mangeoire de ses chevaux, un curieux ouvrage entièrement en bronze ; les Tégéates la consacrèrent dans le temple d'Athéna Aléa, mais le reste de leurs prises fut par eux joint à l'ensemble du butin des Grecs. Leur mur renversé, les Barbares ne se formèrent pas en carré pour continuer la lutte et nul d'entre eux ne fit appel à sa valeur : ils tournoyaient sur place, éperdus, en hommes qui se voyaient enfermés par milliers en un étroit espace. Les Grecs les massacrèrent à loisir et, sur une armée de trois cent mille hommes (moins les quarante mille qui s'étaient échappés avec Artabaze), il en survécut à peine trois mille. Des Lacédémoniens de Sparte même, il en périt quatre-vingt-onze au total dans la

rencontre ainsi que seize Tégéates et cinquante-deux
Athéniens [76].

(71). Les combattants qui se signalèrent par leur
valeur furent, du côté des Barbares, l'infanterie perse,
la cavalerie des Saces, et, à titre personnel, dit-on,
Mardonios ; du côté des Grecs, si les Tégéates et les
Athéniens se montrèrent valeureux, la vaillance des
Lacédémoniens fut la plus grande : la seule preuve
que j'en puisse donner, puisque tous triomphèrent des
adversaires qui leur étaient opposés, c'est que les
Lacédémoniens eurent affaire aux meilleurs éléments
ennemis et les vainquirent. L'homme le plus brave de
tous fut de loin, selon moi, cet Aristodèmos, le seul
rescapé des trois cents Spartiates engagés aux Thermopyles, sur qui pesaient l'opprobre et la honte [77] ; après
lui se distinguèrent Posidonios, Philocyon et Amompharète, des Spartiates. Cependant, un jour que dans
un entretien on cherchait quel avait été le plus brave
d'entre eux, les Spartiates qui avaient pris part à
l'action jugèrent qu'Aristodèmos voulait mourir sous
les yeux de ses concitoyens à cause des reproches
qu'on lui faisait et que, transporté de fureur, il avait
quitté les rangs pour accomplir des prouesses remarquables, tandis que Posidonios s'était conduit en
homme de cœur sans avoir dessein de mourir, ce qui
faisait de lui le plus brave des deux. Peut-être parlent-
ils par jalousie ; en tout cas ceux que j'ai cités parmi
les Spartiates tombés dans la bataille ont tous été
honorés chez eux, sauf Aristodèmos qui, parce qu'il
voulait mourir pour la raison que j'ai dite, ne le fut
pas.

(72). Voilà les hommes qui, parmi les combattants
de Platées, obtinrent la gloire la plus grande. Calli-

crate, lui, mourut bien à Platées, mais hors du champ
de bataille ; c'était l'homme le plus beau qui eût
rejoint l'armée, le plus beau des Grecs de son temps,
non seulement des Lacédémoniens, mais de tout le
monde grec. Pendant que Pausanias célébrait les
sacrifices, il était assis à sa place lorsqu'une flèche
l'atteignit au flanc ; et, tandis que ses camarades
étaient au combat, il agonisait à l'écart et disait à un
Platéen, Arimnestos, qu'il ne se plaignait pas de
mourir pour la Grèce, mais bien de ne pas avoir
employé son bras et de ne laisser aucun exploit qui fût
digne de lui et de l'ardeur qui l'inspirait.

(73). Parmi les Athéniens on loua, dit-on,
Sophanès fils d'Eutychidès, du dème de Décélie, le
bourg dont les habitants firent jadis une chose qui leur
est de tout temps profitable, selon les Athéniens : jadis
les Tyndarides, partis à la recherche d'Hélène, envahirent, dit-on, l'Attique avec des forces immenses, et
les villages se vidaient devant eux ; ils ignoraient où
l'on cachait leur sœur, mais par les Décéliens, — ou
encore par Décélos en personne, qui s'indignait de
l'audace de Thésée et craignait pour la terre attique
tout entière, — ils reçurent toutes les indications
voulues et furent conduits à Aphidna, qu'un homme
du pays, Titacos, leur livra[78]. En récompense les
Décéliens sont dans Sparte exemptés d'impôts et
siègent aux places d'honneur ; par suite, dans la
guerre qui, bien des années après ces événements, a
éclaté entre Athènes et le Péloponnèse, les Lacédémoniens ne touchaient pas à Décélie lorsqu'ils ravageaient le reste de l'Attique[79].

(74). Le Sophanès de qui je parle était de ce bourg
et s'illustra par sa valeur entre tous les Athéniens ; il

existe deux versions à son sujet : dans l'une il portait
une ancre de fer accrochée par une chaîne de bronze à
la ceinture de sa cuirasse et, quand il arrivait à
proximité des ennemis, il ne manquait pas de la ficher
en terre afin que l'ennemi ne pût le faire reculer par
ses assauts ; si son adversaire prenait la fuite, il avait
pour tactique de relever son ancre et de le poursuivre
en la portant. Voilà la première version ; l'autre ne
rapporte pas la même histoire : une ancre, dit-on,
figurait comme emblème sur son bouclier qu'il dépla-
çait sans cesse pour se couvrir et ne laissait jamais en
repos, et il n'y avait pas d'ancre de fer suspendue à sa
cuirasse.

(75). On doit encore à Sophanès un autre exploit
remarquable : pendant que les Athéniens assiégeaient
Égine, il défia et tua l'Argien Eurybatès, qui avait été
vainqueur au pentathle [80]. Sophanès devait lui-même
trouver la mort plus tard en homme de cœur, tandis
qu'il commandait les armées d'Athènes avec Léagros
fils de Glaucon ; il tomba sous les coups des Édones à
Daton, en luttant pour la possession des mines d'or [81].

Après
la bataille.

(76). Quand les Grecs
eurent écrasé les Barbares
à Platées, une femme se
présenta devant eux, qui fuyait le camp des Perses.
Quand elle apprit l'anéantissement des Perses et le
triomphe des Grecs, cette femme, qui était la concubine d'un Perse, Pharandatès fils de Téaspis, se
couvrit d'or ainsi que ses suivantes, revêtit ses habits
les plus beaux [82] et, quittant sa voiture, s'en alla
trouver les Lacédémoniens qui étaient encore en plein
carnage. En voyant Pausanias diriger tout, la femme,

qui connaissait déjà le nom et la patrie du chef grec
pour en avoir souvent entendu parler, le reconnut et
lui dit en embrassant ses genoux : « Roi de Sparte[83],
je suis ta suppliante, délivre-moi de ma captivité. Tu
m'as déjà secourue en perdant ces hommes qui ne
tiennent compte ni des êtres divins ni des dieux. Ma
famille est de Cos, je suis la fille d'Hégétoridès fils
d'Antagoras ; le Perse m'a enlevée de Cos et me
retenait captive. » Pausanias lui répondit : « Sois sans
crainte, femme, et comme suppliante, et surtout s'il se
trouve que tu dises vrai et que tu sois la fille
d'Hégétoridès de Cos, le premier de mes hôtes en ces
régions. » Sur ces mots il la remit aux éphores
présents[84], et plus tard il la fit partir pour Égine où
elle désirait aller.

(77). Après cette femme survinrent tout aussitôt les
Mantinéens, qui arrivaient après l'action. Quand ils
comprirent qu'ils arrivaient trop tard, ils s'en désolèrent grandement et déclarèrent qu'ils devaient se
frapper eux-mêmes d'un châtiment bien mérité ; lorsqu'on leur dit qu'Artabaze et ses hommes avaient pris
la fuite, ils voulurent les poursuivre jusqu'en Thessalie, mais les Lacédémoniens ne leur permirent pas de
suivre les fuyards. Alors, de retour chez eux, les
Mantinéens exilèrent les chefs de leur armée. Après
eux arrivèrent les Éléens et ceux-ci, tout comme les
Mantinéens, se retirèrent désolés de leur retard ; ils
s'en retournèrent et ils exilèrent eux aussi les chefs de
leurs troupes[85]. Voilà tout ce qui concerne les Mantinéens et les Éléens.

(78). À Platées dans le camp des Éginètes se
trouvait Lampon fils de Pythéas, l'un des premiers
personnages d'Égine, qui tint à Pausanias le langage

le plus révoltant ; il vint en hâte le trouver et lui dit :
« Fils de Cléombrotos, tu viens d'accomplir un exploit
d'une grandeur, d'une splendeur prodigieuses ; le ciel
t'a donné de sauver la Grèce et d'obtenir ainsi plus de
gloire qu'aucun Grec à notre connaissance. Va maintenant jusqu'au bout de ton ouvrage, pour que ton
nom soit encore plus grand, et pour que le Barbare à
l'avenir s'abstienne de tout acte présomptueux envers
les Grecs. Quand aux Thermopyles Léonidas a suc-
combé, Mardonios et Xerxès ont fait clouer à un
poteau sa tête coupée[86] ; traite-les de même, et tu
obtiendras les éloges de tous les Spartiates d'abord, et
du reste de la Grèce ensuite. Fais empaler Mardonios,
et tu auras vengé ton oncle, Léonidas. » Lampon
croyait complaire à Pausanias par ces paroles, mais
l'autre lui répondit :

(79). « Étranger d'Égine, j'apprécie ta sollicitude
et ta prévoyance ; toutefois ton idée n'est pas heureuse : après avoir tant exalté ma personne, mon pays
et mes actions, tu m'as rejeté plus bas que terre, toi
qui me proposes d'outrager un mort et qui prétends
que, si je t'écoute, mon nom en sera plus glorieux ; cet
acte convient à des Barbares plus qu'à des Grecs, et
chez les Barbares même nous le blâmons. Non !
Puissé-je ne jamais gagner par une telle conduite
l'approbation des Éginètes et de leurs pareils ! Il me
suffit d'avoir celle des Spartiates et d'obéir à la piété,
dans mes actes comme dans mes paroles. Tu m'invites
à venger Léonidas, et je déclare, moi, qu'il est
amplement vengé déjà, qu'il a reçu l'hommage des
vies sans nombre tranchées ici, lui et ceux qui sont
morts avec lui aux Thermopyles. Pour toi, ne reviens
plus me trouver avec un tel langage, ne me donne plus

de conseils, et sois heureux de t'en tirer sans dommage. »

(80). Sur cette réponse, Lampon se retira. Pausanias, ensuite, fit proclamer la défense absolue de
toucher au butin et ordonna aux hilotes de rassembler
toutes les prises. Ceux-ci parcoururent le camp et
trouvèrent des tentes enrichies d'or et d'argent, des
lits plaqués d'or et d'argent, des cratères, des coupes,
et différents vases à boire en or ; ils trouvèrent dans
des chariots des sacs qui révélèrent leur contenu, des
chaudrons d'or et d'argent ; aux corps gisant sur le sol
ils n'enlevèrent que leurs bracelets, leurs colliers et
leurs glaives, qui étaient en or ; car pour leurs
vêtements brodés, personne n'y faisait attention[87].
Les hilotes dérobèrent là beaucoup de choses qu'ils
vendirent aux Éginètes, s'ils en produisirent beaucoup
aussi, tout ce qu'ils ne pouvaient pas cacher ; et les
Éginètes[88] ont tiré de là leurs immenses fortunes, car
ils achetaient tout cet or aux hilotes comme s'il
s'agissait de cuivre.

(81). On rassembla toutes les prises et l'on préleva
sur elles la dîme en faveur du dieu de Delphes (on en
fit le trépied d'or soutenu par le serpent de bronze à
trois têtes[89], placé tout près de l'autel), en faveur du
dieu d'Olympie (on en fit une statue de Zeus en
bronze, haute de dix coudées[90]), et en faveur du dieu
de l'Isthme (on en fit un Poséidon de bronze haut de
sept coudées[91]) ; ceci fait, on partagea le reste et
chaque peuple reçut la part qu'il méritait, en concubines des Perses, or, argent, objets précieux et bêtes de
somme. Que donna-t-on spécialement à ceux qui
s'étaient signalés à Platées, personne ne l'indique,
mais je pense pour mon compte qu'ils ont tous été

récompensés ; à Pausanias on réserva dix parts de tout, femmes, chevaux, talents, chameaux, et tout le reste.

(82). On raconte encore ceci : Xerxès, dit-on, lorsqu'il s'enfuit de Grèce, laissa tout son bagage à Mardonios [92] ; quand Pausanias vit le cadre dans lequel vivait Mardonios, l'or, l'argent, les tentures brodées, il donna l'ordre aux boulangers et aux cuisiniers du Perse de lui servir un repas comme à leur maître ; les serviteurs firent ce qui leur était prescrit et Pausanias, dit-on, lorsqu'il vit des lits d'or et d'argent bien tendus, des tables d'or et d'argent, un repas somptueusement servi, surpris par tant de magnificence, voulut pour se divertir que ses propres serviteurs lui préparassent un repas à la mode des Lacédémoniens. On le lui servit et, comme la différence était grande entre les deux, Pausanias éclata de rire et fit appeler les chefs grecs ; quand ils furent tous là, Pausanias leur dit en leur montrant les deux repas tout préparés : « Gens de la Grèce, voici la raison qui m'a fait vous réunir : je veux vous montrer la folie du chef des Mèdes qui a, chaque jour, cette table si bien servie, et qui a marché contre nous pour nous enlever la nôtre, qui est si misérable [93] ! » Voilà, dit-on, ce que Pausanias [94] dit aux chefs des Grecs.

(83). Longtemps après cette journée, de nombreux Platéens trouvèrent encore des coffres remplis d'or, d'argent et d'objets précieux. Plus tard encore on fit d'autres découvertes : quand les ossements des morts furent décharnés (les Platéens les rassemblaient en un seul point), on découvrit un crâne fait d'un seul os, sans lignes de suture ; on vit également une mâchoire dont, au maxillaire supérieur, les dents formaient un

seul bloc, un seul os constituant les dents de devant et
les molaires ; on vit aussi les os d'un homme haut de
cinq coudées.

(84). Le corps de Mardonios disparut le lendemain
de la bataille, mais je ne puis indiquer avec certitude
qui l'enleva, si j'ai entendu dire déjà de bien des gens
de diverses nations qu'ils lui ont donné la sépulture, et
si j'en connais beaucoup aussi qui ont reçu de son fils
Artontès de grandes récompenses pour cette action ;
lequel d'entre eux a enlevé le corps de Mardonios et
l'a enseveli, je ne puis cependant l'apprendre avec
certitude, mais on attribue souvent la chose à Diony-
sophanès, un Éphésien.

(85). En tout cas, c'est ainsi que Mardonios fut
enseveli. De leur côté, lorsque à Platées les Grecs se
furent partagé le butin, ils ensevelirent leurs morts,
chaque peuple séparément. Les Lacédémoniens firent
trois fosses : ils ensevelirent dans l'une les *irènes* [95],
parmi eux Posidonios et Amompharète ainsi que
Philocyon et Callicrate ; les irènes, donc, furent déposés dans l'une des tombes, la seconde reçut les autres
Spartiates, et la troisième les hilotes. Les Lacédémoniens ensevelirent ainsi leurs morts, mais les Tégéates
déposèrent tous les leurs dans la même fosse ; les
Athéniens firent de même ; les Mégariens et les
Phliasiens aussi, pour leurs soldats tombés sous les
coups de la cavalerie. Les tombes appartenant à ces
peuples reçurent réellement des corps, mais, d'après
mes renseignements, les autres nations dont on
montre à Platées les sépultures, honteuses de n'avoir
pas pris part à la bataille, ont élevé chacune un tertre
funéraire vide, pour en imposer aux générations
suivantes. C'est ainsi que les Éginètes ont là-bas un

tombeau qui porte leur nom, mais on me dit qu'il fut
édifié dix ans après la bataille, à la demande des
Éginètes, par Cléadès fils d'Autodicos, un Platéen,
leur proxène [96].

Siège de Thèbes.   (86). Dès qu'ils eurent
                          enseveli leurs morts à Pla-
tées, les Grecs décidèrent en conseil de marcher sur
Thèbes, d'exiger qu'on leur remît les partisans du
Mède — et surtout Timagénidès et Attaginos [97], qui
étaient au nombre des chefs de ce parti — et, si les
Thébains s'y refusaient, de ne pas lever le siège avant
d'avoir détruit leur ville. Ainsi qu'ils en avaient
décidé, le onzième jour qui suivit la bataille ils
arrivèrent devant Thèbes et l'assiégèrent, en sommant
les Thébains de leur livrer les personnages en question ; comme les Thébains s'y refusèrent, ils ravagèrent leur territoire et donnèrent l'assaut à leurs
murailles.

(87). Comme ils poursuivaient leurs ravages, le
vingtième jour Timagénidès fit aux Thébains ce
discours : « Thébains, puisque les Grecs ont résolu de
ne pas lever le siège avant d'avoir détruit Thèbes, ou
bien avant que vous nous ayez livrés, la terre de
Béotie ne doit pas aujourd'hui pâtir plus longtemps à
cause de nous : s'ils veulent de l'argent et nous
prennent pour prétexte, donnons-leur de l'argent —
que l'État fournira, car notre politique a été celle de
l'État tout entier : nous n'étions pas seuls à Thèbes à
soutenir le Mède ; s'ils nous assiègent vraiment pour
avoir nos personnes, nous irons de nous-mêmes
devant eux répondre à leurs accusations. » On jugea
son discours aussi juste qu'opportun, et les Thébains

envoyèrent aussitôt un héraut à Pausanias, prêts à lui
livrer les hommes qu'il réclamait.

(88). L'accord conclu, Attaginos s'enfuit de la ville,
mais ses enfants furent livrés à Pausanias qui refusa
de les impliquer dans l'affaire, car, déclara-t-il, des
enfants n'étaient pour rien dans la politique des
partisans du Mède. Les autres personnages que les
Thébains lui livrèrent croyaient, eux, pouvoir plaider
leur cause, et ils étaient même sûrs de sauver leurs
têtes moyennant finances ; mais lorsque Pausanias les
tint en son pouvoir, il se douta de la chose, congédia
toute l'armée des alliés et conduisit ses prisonniers à
Corinthe où il les fit exécuter[98].

**Retraite
d'Artabaze.**

(89). Tels sont les évé-
nements qui se passèrent à
Platées et à Thèbes. De
son côté, Artabaze fils de Pharnace, qui s'enfuyait de
Platées, avait déjà fait beaucoup de chemin. À son
arrivée chez eux les Thessaliens lui offrirent un
banquet et l'interrogèrent sur le reste de l'armée, car
ils ne savaient rien de ce qui s'était passé à Platées.
Artabaze comprit que, s'il se laissait aller à leur dire
l'exacte vérité sur les combats, il serait en danger de
périr, et son armée avec lui, car, pensait-il, chacun
l'attaquerait en apprenant ce qui s'était passé ; aussi
ne dit-il rien aux Phocidiens, tandis qu'aux Thessaliens il déclara ceci : « Moi, Thessaliens, comme vous
le voyez, je me rends en Thrace au plus vite, et je dois
me hâter, car j'ai été détaché de l'armée pour aller
exécuter là-bas certaine tâche avec ces troupes ;
Mardonios, lui, marche sur mes pas avec l'armée,
attendez-le sous peu. Recevez-le bien lui aussi, prou-

vez-lui votre zèle : vous n'aurez pas à vous en repentir
par la suite. » Après leur avoir tenu ce discours il fit
au plus vite avancer son armée par la Thessalie et la
Macédoine pour gagner la Thrace, avec une hâte bien
réelle, en prenant au plus court par l'intérieur des
terres. Il parvint enfin à Byzance, après avoir laissé
sur sa route bien des hommes, les uns massacrés en
chemin par les Thraces, les autres succombant à la
faim et à la fatigue ; à Byzance, il s'embarqua pour
passer le détroit.

EN ASIE : BATAILLE DE MYCALE

(90). C'est ainsi qu'Artabaze regagna l'Asie [99]. Le
jour même où le désastre les frappait à Platées, il se
trouva qu'ils en subirent un autre à Mycale, en Ionie.
En effet, tandis que les Grecs venus sur leurs navires
avec le Lacédémonien Leutychidès séjournaient à
Délos [100], des messagers leur arrivèrent de Samos :
c'étaient Lampon fils de Thrasyclès, Athénagoras fils
d'Archestratidès, et Hégésistrate fils d'Aristagoras,
que les Samiens leur envoyaient à l'insu des Perses et
de leur tyran Théomestor fils d'Androdamas,
l'homme que les Perses avaient mis au pouvoir à
Samos [101]. Quand ils furent devant les chefs des Grecs,
Hégésistrate présenta, longuement, les arguments les
plus divers : les Grecs n'avaient qu'à se montrer,
déclara-t-il, et les Ioniens abandonneraient le parti
des Perses ; les Barbares ne tiendraient pas devant
eux, et si par hasard ils résistaient, les Grecs ne
trouveraient jamais une proie pareille à celle-là ; au
nom de leurs dieux communs, il les invitait à délivrer

des peuples grecs de l'esclavage, à repousser le
Barbare : entreprise bien facile, leur disait-il, car les
navires des Barbares naviguaient mal et ne valaient
pas les leurs ; enfin, si les Grecs les soupçonnaient de
vouloir les attirer dans quelque piège, eux-mêmes
s'offraient à monter sur leurs vaisseaux, pour leur
servir d'otages.

(91). Comme le Samien insistait longuement sur
sa requête, Leutychidès lui demanda — il désirait
peut-être trouver un présage dans sa réponse, ou
bien encore il parlait au hasard, mais un dieu
l'inspirait — : « Étranger de Samos, quel est ton
nom ? » L'autre répondit : « Hégésistrate. » Leutychidès l'interrompit alors et, sans lui laisser le temps
d'ajouter quoi que ce fût, il s'écria : « J'accepte le
présage [102], étranger de Samos ! À toi maintenant de
t'engager par serment, ainsi que tes compagnons,
avant de reprendre la mer ; jurez-nous que les
Samiens seront pour nous des alliés dévoués. »

(92). Aussitôt dit, aussitôt fait : les Samiens donnèrent leur parole et prononcèrent les serments qui les
faisaient les alliés des Grecs. Après quoi les Samiens
s'en allèrent, sans Hégésistrate car Leutychidès le fit
rester avec la flotte des Grecs, parce qu'il voyait un
présage dans son nom. Les Grecs ne firent rien ce
jour-là ; le lendemain, ils sacrifièrent et obtinrent de
bons présages, avec, pour devin, Déiphonos fils d'Événios, citoyen d'Apollonia (l'Apollonia située dans le
golfe Ionien [103]), dont le père eut l'aventure que je vais
dire.

(93). Il y a dans cette Apollonia des troupeaux de
moutons consacrés au soleil. Le jour, ils paissent sur
les bords du fleuve qui, né dans le mont Lacmon,

traverse le territoire d'Apollonia pour se jeter dans la
mer près du port d'Oricos [104] ; la nuit, des citoyens
choisis entre tous, les premiers de la ville par la
fortune et la naissance, les gardent, un an chacun ; car
les Apolloniates font grand cas de ces troupeaux à
cause d'un oracle. Ils passent la nuit dans un antre
assez loin de la ville ; le personnage en question,
Événios, choisi cette année-là pour les garder, veillait
sur eux : mais voilà qu'une nuit, tandis qu'il dormait
pendant son temps de garde, des loups entrés dans la
grotte égorgèrent une soixantaine de moutons. Quand
Événios s'en aperçut, il garda le silence et ne dit rien à
personne, comptant acheter d'autres bêtes pour remplacer celles qui manquaient. Mais la chose ne put
demeurer cachée, les Apolloniates l'apprirent je ne
sais comment et firent comparaître Événios devant un
tribunal : coupable d'avoir dormi pendant son temps
de garde, il fut condamné à perdre la vue. Or, dès
qu'ils eurent crevé les yeux d'Événios, leurs brebis
cessèrent de mettre bas et la terre elle aussi cessa de
porter des moissons. Ils obtinrent des réponses du ciel
à Dodone comme à Delphes, quand ils demandèrent
aux prophètes des dieux [105] la cause de leur malheur :
les dieux leur firent savoir qu'ils avaient commis une
injustice en ôtant la vue au gardien de leurs troupeaux
sacrés, Événios : ils avaient eux-mêmes envoyés ces
loups, et ils ne cesseraient pas de venger Événios
avant qu'on lui eût accordé telle réparation qu'il
choisirait lui-même et déclarerait juste ; après quoi,
ils lui accorderaient eux-mêmes un présent tel que
bien des gens le proclameraient heureux de le pos-
séder.

(94). Voilà les réponses qu'ils obtinrent ; sans en

révéler le contenu, les Apolloniates chargèrent certains de leurs concitoyens de faire le nécessaire, et voici comment ils s'y prirent : Événios était sur un banc ; ils allèrent s'asseoir à côté de lui et parlèrent d'abord d'autre chose, pour en venir enfin à le plaindre de son malheur ; ce point adroitement soulevé, ils lui demandèrent la compensation qu'il choisirait, si jamais les Apolloniates s'avisaient de vouloir réparer le mal qu'ils lui avaient fait. L'autre, qui n'avait pas eu connaissance de l'oracle, en choisit une : si on lui donnait des terres, dit-il, — et il nomma les citoyens qui avaient à sa connaissance les deux plus beaux domaines d'Apollonia —, et si l'on y joignait une maison — celle qu'il savait être la plus belle de la ville —, maître de ces biens il oublierait désormais sa colère et se jugerait satisfait. Telle fut sa réponse, et ses voisins lui dirent tout aussitôt : « Événios, voilà justement ce que les Apolloniates t'accordent en compensation de tes yeux, sur l'ordre des oracles qui leur ont été rendus. » Événios s'irrita fort quand on l'instruisit ensuite de toute l'affaire, et il s'estima dupé ; mais les Apolloniates achetèrent à leurs possesseurs et lui remirent les biens qu'il avait choisis. Il fut aussitôt après capable de prédire l'avenir, et son art le rendit même célèbre.

(95). Le fils de cet Événios, Déiphonos, amené par les Corinthiens, était devin dans l'armée des Grecs. Cependant j'ai entendu soutenir aussi qu'il usurpait le nom d'Événios pour obtenir du travail en Grèce, mais qu'il n'était pas son fils.

(96). Dès qu'ils eurent obtenu de bons présages, les Grecs prirent la mer et quittèrent Délos pour se rendre à Samos. Quand ils furent près de Calames sur

la côte de Samos, ils mouillèrent en face du temple
d'Héra [106] qu'on voit en ce lieu, et ils se préparèrent à
livrer bataille sur mer ; de leur côté, les Perses,
informés de leur approche, envoyèrent tous leurs
navires vers le continent [107], moins ceux des Phéniciens qu'ils avaient laissé partir. En effet, ils avaient
en conseil décidé de ne pas se battre sur mer, car ils ne
jugeaient pas leurs forces égales à celles de l'adversaire ; ils ramenèrent leur flotte vers le continent pour
se mettre sous la protection de leurs forces terrestres
qui se trouvaient à Mycale, celles qui, sur l'ordre de
Xerxès, avaient été séparées du reste de l'expédition
pour surveiller l'Ionie ; elles comprenaient soixante
mille hommes commandés par Tigrane [108], le premier
des Perses en taille comme en beauté. Les chefs de la
flotte avaient décidé d'aller chercher la protection de
ces forces, de tirer à terre leurs navires et de les
entourer d'un mur qui les protégerait et formerait
pour eux-mêmes un refuge.

(97). Ceci résolu, ils prirent la mer. Arrivés à la
hauteur du sanctuaire des Souveraines qui est sur le
promontoire de Mycale, près du Gaison et de Scolopoéis [109] (il y a là un temple consacré à la Déméter
d'Éleusis, élevé par Philistos fils de Pasiclès, lorsqu'il
suivit Nélée fils de Codros, qui allait fonder Milet [110]),
là, ils tirèrent leurs navires sur le rivage, les entourèrent d'un mur fait de pierres et de bois (qu'ils
trouvèrent en abattant des arbres fruitiers), et plantèrent des pieux devant leur mur. Ils se tenaient prêts et
s'attendaient à soutenir un siège, et aussi à triompher : ils comptaient sur l'un comme sur l'autre et se
préparaient aux deux [111].

(98). Quand les Grecs furent informés du repli des

Barbares vers le continent, ils se désolèrent de les voir
leur échapper et ne surent que faire : devaient-ils s'en
retourner ou pousser jusqu'à l'Hellespont ? Finalement ils décidèrent de ne faire ni l'un ni l'autre et de
mener leurs navires vers le continent. Ils se munirent
donc d'échelles d'abordage[112] et de tout le matériel
nécessaire dans un combat naval et se dirigèrent sur
Mycale. Quand ils furent près du camp des Perses,
personne ne sortit à leur rencontre et ils virent les
vaisseaux de l'ennemi tirés sur le rivage, abrités
derrière leur mur, et des forces terrestres importantes
déployées au bord de l'eau ; alors, pour commencer,
Leutychidès sur son navire suivit le rivage au plus
près et fit adresser aux Ioniens, par un héraut, cette
proclamation : « Gens de l'Ionie, vous tous qui m'entendez en ce moment, retenez bien mes paroles : je
vais vous donner mes instructions, car les Perses, eux,
n'y comprendront absolument rien. Quand nous
serons aux prises, chacun devra se remémorer d'abord
ce mot : liberté ! puis notre mot d'ordre : Héra[113] !
Que l'homme qui n'a pas entendu mes paroles les
apprenne de qui m'a entendu. » (Il avait pour agir
ainsi le même motif que Thémistocle à l'Artémision :
ignorées des Barbares, ses paroles pouvaient agir sur
les Ioniens ; ou bien, portées à leur connaissance, elles
les amèneraient à se défier de leurs troupes grecques[114].)

(99). En second lieu, quand Leutychidès eut donné
cet avertissement aux Ioniens, les Grecs agirent ainsi :
ils poussèrent leurs navires au rivage et débarquèrent,
puis ils se mirent en ordre de bataille ; les Perses, qui
les virent se préparer à combattre et savaient qu'ils
avaient adressé un appel aux Ioniens, soupçonnèrent

d'abord les Samiens de prendre le parti de la Grèce et
les désarmèrent. — En effet, lorsque les navires des
Barbares avaient amené des prisonniers athéniens,
ceux que les soldats de Xerxès avaient capturés dans
l'Attique où ils étaient restés, les Samiens les avaient
tous rachetés et renvoyés chez eux en leur donnant le
nécessaire pour assurer leur retour, geste qui n'avait
pas médiocrement contribué à les rendre suspects aux
Perses, puisque c'était remettre en liberté cinq cents
personnes qui étaient au nombre des ennemis du roi.
Ensuite, ils chargèrent les Milésiens [115] de surveiller
les passages qui permettent d'accéder aux sommets
du Mycale, en invoquant leur connaissance parfaite, à
coup sûr, de cette région, — mais c'était en réalité
pour les tenir éloignés de leur camp. Contre ceux des
Ioniens qu'ils soupçonnaient de méditer quelque
trahison s'ils en trouvaient l'occasion, les Perses
prirent des précautions de ce genre ; et ils se firent
eux-mêmes un rempart de leurs boucliers rapprochés.

(100). Donc, leurs dispositions prises, les Grecs se
lancèrent à l'attaque des Barbares. Ils s'ébranlaient
quand une rumeur courut soudain par toute l'armée,
et l'on vit un caducée [116] gisant sur le sable à la limite
des vagues ; la rumeur qui volait de bouche en bouche
annonçait que les Grecs étaient vainqueurs de l'armée
de Mardonios, en Béotie [117]. Oui, l'intervention des
dieux dans les affaires des hommes est souvent
manifeste, si vraiment en cette occasion, lorsqu'un
seul et même jour devait voir le désastre des Perses à
Platées et celui qui les attendait à Mycale, la nouvelle
de leur première défaite parvint aux Grecs en ce lieu
pour donner à l'armée plus de confiance encore, et
plus d'ardeur à braver tous les périls.

(101). Voici d'ailleurs une seconde coïncidence : les deux batailles se déroulèrent près de sanctuaires consacrés à la Déméter d'Éleusis, car celle de Platées fut livrée près du temple même de Déméter, ainsi que je l'ai dit plus haut [118], et il devait en être de même à Mycale. La rumeur qui donnait la victoire aux troupes de Pausanias se trouvait d'ailleurs exacte, car la bataille de Platées eut lieu le matin de bonne heure, et celle de Mycale dans l'après-midi. Elles ont eu lieu toutes les deux le même jour du même mois : l'enquête menée sur ce point par les Grecs, peu de temps après, en donna la preuve. Ils n'étaient pas sans angoisses avant que ce bruit leur parvînt, mais ils pensaient à la Grèce plus qu'à eux-mêmes et craignaient qu'elle ne dût s'incliner devant Mardonios. Quand cette rumeur eut parcouru leurs rangs, ils passèrent à l'attaque avec un élan, une vigueur accrus. Donc, les Grecs et les Barbares aspiraient à la bataille dont l'enjeu serait, ils le savaient, la possession des îles et de l'Hellespont.

(102). Les Athéniens et les unités rangées immédiatement à côté d'eux, jusqu'à la moitié du front grec environ, passèrent par le rivage, en terrain uni ; les Lacédémoniens et les troupes qui les suivaient passèrent par un ravin et par les hauteurs [119]. Tandis que ces derniers tournaient l'ennemi, l'autre aile combattait déjà. Tant que leur rempart de boucliers tint bon, les Perses soutinrent toutes les attaques et ne faiblirent pas ; mais lorsque les Athéniens et leurs compagnons, — qui s'encourageaient mutuellement à remporter seuls toute la gloire de cette journée au lieu de la laisser aux Lacédémoniens —, se furent mis à la tâche avec plus d'ardeur encore, le combat changea

de face : ils forcèrent le barrage de boucliers et, d'un
seul élan, se jetèrent tous ensemble sur les Perses;
ceux-ci résistèrent d'abord et les repoussèrent pendant quelque temps, mais enfin ils cherchèrent refuge
derrière leur mur. Les Athéniens, les Corinthiens, les
Sicyoniens et les Trézéniens (c'étaient les alliés rangés
à côté d'eux dans cette aile) les suivirent et se jetèrent
avec eux dans leur retranchement. Quand le mur fut
pris à son tour, les Barbares ne songèrent pas à
résister individuellement et s'empressèrent de fuir
tous, sauf les soldats perses : ceux-ci, par petits
groupes, continuèrent à se battre contre les Grecs qui
se jetaient en vagues successives dans leur retranchement. Parmi les chefs perses, deux réussirent à fuir,
deux tombèrent : Artayntès et Ithamitrès, les chefs de
la flotte, s'enfuirent, Mardontès et le chef des forces
terrestres, Tigrane, tombèrent sur le champ de
bataille.

(103). Les Perses luttaient encore lorsque les Lacédémoniens arrivèrent avec leurs compagnons d'armes
et aidèrent à terminer l'affaire. Les Grecs perdirent
aussi beaucoup d'hommes en cette journée, des Sicyoniens en particulier, avec leur chef Périlaos. Ceux
des Samiens qui marchaient avec les Mèdes et se
trouvaient dans leur camp, mais désarmés, n'eurent pas plus tôt vu de quel côté penchait la victoire
qu'ils firent aussitôt tout leur possible pour venir
en aide aux Grecs. Les autres Ioniens, qui les virent
donner le signal de la défection, abandonnèrent à
leur tour le parti des Perses et se jetèrent sur les
Barbares.

(104). De leur côté les Milésiens avaient été chargés par les Perses, qui pensaient à leur propre salut,

de veiller sur les passes de la montagne : si jamais il
leur arrivait malheur (et c'est ce qui se passa), ils
voulaient avoir des guides pour trouver asile sur les
hauteurs du Mycale. Cette tâche leur avait été confiée
dans cette intention, mais aussi pour prévenir quelque
trahison de leur part s'ils restaient dans le camp. Or,
les Milésiens firent exactement le contraire de ce qu'on
attendait d'eux : ils indiquèrent aux Perses qui voulaient fuir d'autres chemins, ceux qui les conduisaient
chez les ennemis, et finalement ils furent dans le
massacre leurs ennemis les plus cruels. Donc, voilà
comment l'Ionie, pour la seconde fois, se révolta
contre les Perses [120].

(105). En cette journée, les Athéniens se distinguèrent entre les Grecs et, parmi les Athéniens, Hermolycos fils d'Euthénos, un athlète spécialiste du pancrace [121] ; cet Hermolycos devait par la suite mourir
dans un combat, au cours d'une guerre entre Athènes
et les Carystiens, à Cyrnos sur le territoire de
Carystos ; son tombeau se trouve au cap Géreste [122].
Après les Athéniens, les Corinthiens, les Trézéniens et
les Sicyoniens se distinguèrent par leur valeur.

(106). Après avoir massacré la majorité des Barbares ou dans la bataille, ou pendant leur fuite, les
Grecs brûlèrent leurs navires et leurs fortifications,
non sans en avoir retiré le butin qu'ils déposèrent sur
le rivage, avec quelques trésors qu'ils y avaient
découverts. Les fortifications et les navires incendiés,
ils se rembarquèrent. De retour à Samos, les Grecs
discutèrent d'une évacuation totale des populations
de l'Ionie, et de l'endroit où les installer en terre
grecque qui leur appartînt, en laissant l'Ionie aux
mains des Barbares ; car ils se voyaient dans l'impos-

sibilité d'assurer en permanence la protection des
Ioniens, et s'ils n'étaient pas là pour le faire, ils
n'avaient pas le moindre espoir de voir les Ioniens se
tirer d'affaire sans payer cher aux Perses leur rébellion. Dans ces conditions, les dirigeants du Péloponn-
nèse proposaient de chasser de chez eux les peuples
des cités maritimes grecques qui avaient embrassé le
parti des Mèdes et d'installer à leur place les
Ioniens [123]. Mais les Athéniens n'admettaient point
que l'on dépeuplât l'Ionie et que des Péloponnésiens
décidassent du sort des colonies d'Athènes : ils s'opposèrent vigoureusement à ce projet et les Péloponnésiens cédèrent. Ainsi donc, les alliés admirent dans
leur coalition les gens de Samos, de Chios, de Lesbos
et des autres îles, ceux qui marchaient alors avec les
Grecs, en exigeant d'eux la promesse, avec serments à
l'appui, de rester fidèles à cette alliance et de ne
jamais l'abandonner. Après avoir reçu leurs serments,
ils s'embarquèrent pour aller détruire les ponts de
bateaux, car ils croyaient les trouver encore en
place [124].

(107). Donc, ils partirent pour l'Hellespont ;
cependant les Barbares qui leur avaient échappé, bien
peu nombreux, et qui avaient cherché refuge au
sommet du Mycale, avaient pris le chemin du retour
et regagnaient Sardes. En route Masistès fils de
Darius, qui avait assisté au désastre, accabla d'injures
l'un des chefs, Artayntès ; en particulier il lui reprocha
d'être plus lâche qu'une femme pour s'être si mal
acquitté de ses fonctions, et déclara qu'il méritait tous
les châtiments imaginables pour le mal qu'il avait fait
à la maison du roi. Or, en Perse, s'entendre traiter de
créature plus lâche qu'une femme est l'outrage le plus

terrible qui soit. Copieusement insulté, Artayntès, pris de fureur, voulut tuer Masistès et leva sur lui son glaive. Au moment où il se jetait sur lui, Xénagoras fils de Préxilaos et citoyen d'Halicarnasse, qui se tenait derrière lui, comprit son intention, le saisit à bras-le-corps, l'enleva de terre et le précipita sur le sol, tandis que les gardes de Masistès se jetaient devant leur maître. Xénagoras par là rendit service à Masistès lui-même, mais aussi à Xerxès puisqu'il sauvait son frère ; et pour ce geste il eut le gouverne-ment de la Cilicie entière, que le roi lui donna. Les Barbares en route pour Sardes atteignirent la ville sans autre aventure ; le roi se trouvait à Sardes depuis son retour d'Athènes, quand il avait pris la fuite après son échec sur mer.

**À Sardes :
un amour de Xerxès.**

(108). En ce temps-là, à Sardes, Xerxès s'était épris de la femme de Masistès, qui s'y trouvait aussi ; mais ses messages étaient demeurés vains et il ne voulait pas user de violence, parce qu'il tenait à ménager son frère Masistès (c'est d'ailleurs cette même idée qui commandait la conduite de la femme ; elle savait bien qu'elle ne subirait pas de contrainte). Xerxès alors change de tactique et arrange le mariage de son propre fils Darius avec la fille de cette femme et de Masistès : il pensait la gagner plus facilement par ce moyen. Il fit célébrer le mariage avec toutes les cérémonies accou-tumées et regagna Suse. Quand il fut de retour, quand il eut conduit à Darius, dans son palais, l'épouse qu'il lui avait donnée, il ne pensa plus à la femme de Masistès et, passant d'un amour à l'autre, il s'éprit de

sa bru, la fille de Masistès, qui lui céda ; elle s'appelait
Artaynté.

(109). Au bout de quelque temps l'intrigue fut
découverte, et voici comment : la femme de Xerxès,
Amestris, avait tissé un grand manteau de plusieurs
couleurs, un vêtement vraiment admirable, qu'elle lui
donna. Fort satisfait, Xerxès le revêtit pour aller voir
Artaynté ; fort satisfait aussi de la jeune femme, il la
pressa de lui demander ce qu'elle voulait en échange
de ses faveurs : sa requête, quelle qu'elle fût, lui serait
accordée. Or, parce que le malheur devait, par cette
femme, atteindre toute sa maison, Artaynté dit à
Xerxès : « Me donneras-tu vraiment ce que je te
demanderai ? » Xerxès, qui était loin de s'attendre à
ce qu'elle allait dire, s'y engagea par serment. Le
serment prononcé, la femme, désormais sûre d'être
exaucée, lui demanda son manteau. Xerxès tenta par
tous les moyens possibles d'éluder sa requête, pour la
seule raison d'ailleurs qu'il avait peur d'Amestris et
craignait qu'elle ne découvrît ainsi son infidélité,
qu'elle soupçonnait déjà depuis quelque temps ; il lui
offrit des villes, de l'or en abondance, une armée qui
n'aurait pas d'autre chef qu'elle (c'est un cadeau à la
mode perse), mais il ne put la convaincre — et il lui
donna son manteau. Artaynté, ravie, l'arbora fière-
ment.

(110). Mais Amestris apprend qu'elle a le manteau : elle comprend ce qui se passe, mais au lieu d'en
vouloir à la jeune femme, elle imagina que la responsable de toute l'affaire était sa mère, la femme de
Masistès, et décida de la perdre [125]. Elle attendit le
jour où son mari, Xerxès, offrait un Banquet Royal (il
y en a un par an, pour l'anniversaire du roi ; en langue

perse, on l'appelle *tycta,* c'est-à-dire, en notre langue,
le somptueux ; ce jour-là le roi, par exception, se
parfume la tête, et il distribue des cadeaux aux
Perses) ; Amestris, dis-je, attendit cette occasion et
pria Xerxès de lui livrer la femme de Masistès. Xerxès
s'indigna d'abord et jugea monstrueux de livrer une
femme qui était l'épouse de son frère, et cela quand
elle n'avait aucune responsabilité dans cette histoire, — car il comprenait bien ce qui faisait agir
Amestris.

(111). Enfin, devant l'insistance d'Amestris,
Xerxès, contraint d'obéir à l'usage selon lequel nulle
prière ne peut être repoussée pendant le Banquet
Royal, acquiesça d'un signe à sa requête, bien malgré
lui ; quand il eut cédé, voici ce qu'il fit : il dit à sa
femme d'agir à sa guise ; à son frère qu'il fit appeler, il
dit ceci : « Masistès, tu es fils de Darius, tu es mon
frère, et tu es aussi un homme digne d'estime.
Renonce à la femme que tu as aujourd'hui dans ta
maison ; à sa place je te donne ma propre fille :
prends-la pour épouse. Celle que tu as aujourd'hui, ne
la garde pas, car ce mariage me déplaît. » Masistès,
stupéfait, lui répondit : « Maître, que me dis-tu là ? Je
n'en crois pas mes oreilles ! Tu me demandes de
renvoyer une femme qui m'a donné des enfants, de
grands fils, et des filles parmi lesquelles tu as choisi
toi-même une épouse pour ton fils, une femme avec
qui je m'entends parfaitement ? Tu me demandes de
la renvoyer pour épouser ta fille ? C'est un grand
honneur pour moi, seigneur, que tu me juges digne de
ta fille, mais je ne ferai rien de ce que tu me proposes.
Ne me force pas à t'obéir sur ce point. Un autre parti
se présentera pour ta fille, d'un mérite au moins égal

au mien ; laisse-moi vivre auprès de mon épouse. »
Telle fut sa réponse ; Xerxès courroucé lui répliqua :
« Soit, Masistès ! Pour rien au monde maintenant je
ne te donnerais ma fille en mariage, et ta femme, tu ne
la conserveras pas longtemps, ceci pour t'apprendre à
recevoir les cadeaux que l'on te fait. » En entendant
ces mots, Masistès se contenta de répliquer en quittant la pièce : « Maître, tu ne m'as pas encore fait
périr ! »

(112). Or, pendant tout le temps que Xerxès
discutait avec son frère, Amestris, qui avait fait venir
les gardes de Xerxès, s'occupait à torturer la femme
de Masistès : elle lui fait trancher les seins qui furent
jetés aux chiens, couper le nez, les oreilles, les lèvres et
la langue, et la renvoie chez elle ainsi mutilée.

(113). Masistès, qui ne savait encore rien mais
s'attendait à quelque malheur, se met à courir et
rejoint sa demeure en toute hâte : quand il vit sa
femme ainsi traitée, il s'entendit immédiatement avec
ses enfants et partit pour Bactres avec ses fils et, je
pense, quelques partisans, pour soulever la Bactriane
et faire tout le mal possible au roi. C'est bien, à mon
avis, ce qui serait arrivé s'il avait pu passer sans être
rejoint chez les Bactriens et les Saces, car il était aimé
dans ces pays et il était gouverneur de la Bactriane.
Mais Xerxès, informé de son dessein, avait lancé une
armée à sa poursuite et le fit massacrer en chemin
avec ses enfants et la troupe de ses partisans. Voilà
l'histoire des amours de Xerxès et de la mort de
Masistès.

PRISE DE SESTOS

(114). Cependant les Grecs partis de Mycale en direction de l'Hellespont relâchèrent d'abord à Lecton [126], à cause des vents contraires ; de là, ils gagnèrent Abydos et trouvèrent les ponts de bateaux rompus, quand ils les croyaient toujours en place, — c'était à cause d'eux surtout qu'ils étaient venus dans l'Hellespont. Leutychidès et les Péloponnésiens décidèrent de revenir en Grèce, mais les Athéniens, avec leur chef Xanthippe, décidèrent de rester et d'attaquer la Chersonèse. Donc les premiers s'en allèrent, et les seconds quittèrent Abydos pour la Chersonèse et firent le siège de Sestos [127].

(115). Dans cette place, qu'ils jugeaient la plus forte de la région, les habitants des villes du voisinage avaient cherché refuge quand ils avaient appris l'arrivée des Grecs dans l'Hellespont ; en particulier un Perse, Oiobaze, était venu de Cardia s'y réfugier et y avait fait transporter les câbles des ponts détruits. La place était aux mains des Éoliens du pays, mais il s'y trouvait aussi des Perses avec un bon nombre de leurs divers alliés.

(116). Le maître de la province [128] était le gouverneur nommé par Xerxès, Artayctès, un Perse, un homme méchant et présomptueux qui avait osé tromper le roi en personne lorsqu'il marchait sur Athènes, et s'emparer des trésors de Protésilas fils d'Iphiclos, à Éléonte [129]. Dans Éléonte en Chersonèse il existe un tombeau de Protésilas, au milieu d'un enclos sacré qui renferme un grand nombre d'objets précieux, des coupes d'or et d'argent, du bronze, des

vêtements et autres offrandes : Artayctès pilla le
sanctuaire, dont le roi lui avait fait don. Il avait abusé
Xerxès en lui tenant ce langage : « Maître, avait-il
dit, il y a dans cette ville une maison qui appartient à
un Grec ; cet homme a porté la guerre sur tes États, et
la mort a été sa juste récompense. Donne-moi sa
maison, et chacun saura désormais qu'on n'attaque
pas une terre qui est à toi. » Ce langage devait
aisément convaincre Xerxès de lui accorder la maison
d'un simple particulier, puisque le roi ne soupçonnait
nullement ses intentions réelles. — Pour soutenir que
Protésilas attaquait les États du Grand Roi, Artayctès
raisonnait ainsi : selon les Perses, l'Asie tout entière
est à eux, elle appartient à leurs rois, l'un après
l'autre. Donc, quand le roi lui eut accordé ce présent,
Artayctès emporta les trésors du sanctuaire d'Éléonte
à Sestos et fit transformer les terres sacrées en labours
et en pâturages ; lui-même, quand il venait à Éléonte,
amenait des femmes dans le sanctuaire. Il se trouvait
alors assiégé par les Athéniens sans avoir fait de
préparatifs pour soutenir un siège et sans avoir prévu
l'arrivée des Grecs : sans doute leur attaque l'avait-
elle pris à l'improviste.

(117). Les assiégés tenaient encore à la fin de
l'automne [130], et les Athéniens s'impatientaient d'être
retenus loin de leur patrie sans pouvoir prendre la
place ; ils demandèrent à leurs chefs de les ramener
chez eux, mais ceux-ci refusèrent de s'éloigner avant
d'avoir pris la ville ou d'être officiellement rappelés
par Athènes ; et les soldats durent accepter leur sort.

(118). La population de la ville se trouvait déjà
dans la pire détresse, au point qu'on faisait bouillir les
sangles de cuir des lits pour les manger. Lorsqu'ils

n'eurent même plus cette ressource, les Perses, avec Artayctès et Oiobaze, s'enfuirent sous le couvert de la nuit, en se laissant glisser du rempart à l'arrière de la ville, à l'endroit le moins surveillé par l'ennemi. Au lever du jour, les Chersonésiens signalèrent la chose aux Athéniens du haut des tours et leur ouvrirent les portes de la ville ; les Athéniens pour la plupart se mirent à la poursuite des Perses, les autres prirent possession de la ville.

(119). Oiobaze s'enfuit en Thrace, où les Apsinthiens le capturèrent et le sacrifièrent selon leurs rites à l'un de leurs dieux, Pleistoros [131] ; ils massacrèrent également ses compagnons, mais d'une autre manière. Artayctès et sa suite, qui avaient été les derniers à fuir, furent rejoints un peu après Aigos-Potamos [132] et se défendirent longtemps, mais les uns périrent, les autres furent faits prisonniers. Les Grecs les ramenèrent à Sestos chargés de chaînes, et parmi eux Artayctès et son fils, également enchaînés.

(120). L'un de leurs gardiens, dit-on en Chersonèse, faisait cuire des poissons salés quand un prodige se produisit : les poissons mis sur le feu sautaient et se tordaient comme des poissons pêchés à l'instant même ; les soldats accourus faisaient cercle autour du feu et demeuraient stupéfaits, mais Artayctès en voyant le prodige appela le cuisinier et lui dit : « Étranger d'Athènes, ne t'effraie pas de ce prodige, car il ne te concerne pas, c'est à moi qu'il s'adresse : Protésilas d'Éléonte m'avertit que, mort et salé comme un poisson [133], il tient des dieux le pouvoir de se venger de qui l'offense. Voici donc la rançon que je veux verser maintenant pour me racheter : pour les trésors que j'ai pris dans son temple, j'offrirai cent talents à cette divinité ; pour moi-même et pour mon fils je donnerai deux cents talents [134] aux Athéniens, s'ils me laissent vivre. » Ses promesses ne touchèrent pas le chef athénien, Xanthippe : les gens d'Éléonte voulaient venger Protésilas et demandaient la mort d'Artayctès ; lui-même partageait leur opinion. On emmena le Perse au bord de la mer, à l'endroit où Xerxès avait fait aboutir le pont de bateaux (d'autres disent que ce fut sur la colline qui est au-dessus de la ville de Madytos), et là il fut cloué sur des ais que l'on planta en terre ; et son fils fut lapidé devant ses yeux.

(121). Ceci terminé, les Athéniens s'embarquèrent pour regagner la Grèce, chargés d'un précieux butin, avec en particulier les câbles des ponts de bateaux, qu'ils emportaient pour les consacrer dans leurs temples [135]. Cette année-là, il n'arriva rien d'autre.

SAGESSE DE CYRUS

(122). Cet Artayctès qu'ils mirent en croix avait pour aïeul Artembarès, l'homme qui fit aux Perses une proposition qu'à leur tour ils soumirent à Cyrus, et que voici : « Puisque Zeus donne la première place aux Perses, et à toi, Cyrus, entre tous les hommes, maintenant que tu t'es débarrassé d'Astyage, n'hésite plus ! Le pays que nous possédons est de médiocre étendue, le sol en est rocailleux : quittons-le et donnons-nous une terre plus riche. Il y en a beaucoup autour de nous, beaucoup aussi qui sont plus éloignées ; prenons-en une, nous serons plus considérés, et par plus de gens : d'ailleurs c'est un acte tout naturel pour un peuple qui commande au reste du monde. Et quand trouverons-nous une meilleure occasion qu'à présent, au moment où nous commandons à tant de sujets et à l'Asie entière ? » Cyrus, en entendant ce projet, ne manifesta pas de surprise et engagea les Perses à l'exécuter, mais en même temps il les avertit de se préparer à obéir désormais, au lieu de commander : un pays mou, leur dit-il, fait toujours des hommes mous [136], car une même terre ne saurait donner à la fois des moissons splendides et des hommes capables de se battre. Les Perses l'écoutèrent et, renonçant à leur projet, ils se retirèrent, convaincus par Cyrus ; et ils préférèrent vivre sur un sol ingrat et commander plutôt qu'ensemencer des plaines fertiles et subir le joug d'autrui [137].

DOSSIER

TABLEAU CHRONOLOGIQUE

des événements rapportés dans
L'Enquête *(livres V à IX)*

	CHRONOLOGIE DES ÉVÉNEMENTS	HÉRODOTE
	3000	
v. 3000	Les Pélasges dans le bassin de l'Égée.	I 56-58 ; II 56, 171 ; VI 137-140 ; VIII 44.
3000-1400	Civilisation minoenne en Crète.	VII 169-171.
	2000	
v. 2000-1750	Arrivée des Achéens en Grèce.	I 145-146 ; II 120 ; V 172 ; VII 47 ; VIII 73 ; IX 26.
v. 1550-1450	Suprématie de Cnossos en Crète ; Minos II. Ruine de la ville (par les Achéens ?).	I 171, 173 ; III 122 ; VII 169-171.
v. 1150-950	Invasions doriennes en Grèce.	« *Retour des Héraclides* » : I 7, 13, 14, 91 ; II 171 ; V 43 ; VII 208 ; VIII 114 ; IX 26, 27, 33.

1000

850	Les poèmes homériques.	*Homère* (« 400 ans avant moi ») : II 23, 53, 116-117; IV 29, 32; V 67; VII 161.
v. 800	Fondation de Carthage.	I 166-167; III 17, 19; IV 43, 195-196; V 42; VII 158, 165-167.
—	Apparition de l'alphabet grec.	V 58-59.
776	Fondation des Jeux Olympiques.	
v. 750	Fin de la royauté à Athènes.	
v. 747-657	Les Bacchiades à Corinthe.	V 92.
v. 700	En Eubée, guerre Lélantine entre Érétrie et Chalcis.	V 99.
v. 670	Pheidon tyran d'Argos.	VI 127.
657	Cypsélos tyran de Corinthe.	V 92.
v. 640	En Perse, Teispès fils d'Achéménès.	VII 11.
v. 640/630	À Athènes, conspiration de Cylon.	V 71.
627-585	Périandre tyran de Corinthe.	I 20, 23, 24; III 48-53; V 92-95.
621	À Athènes, législation de Dracon.	
612	Les Athéniens prennent Salamine.	
607	Les Athéniens occupent Sigéion en Troade.	V 94-95.
601-570	Clisthène tyran de Sicyone.	V 67-68; VI 126-131.
v. 600	Les poètes Alcée et Sappho.	V 95; II 135.
594-593	À Athènes, archontat et réformes de Solon.	I 29-33, 86; II 177; V 113.
561-546	Crésus roi de Lydie.	I 6, 26-56, 69-92, 155-156, 207-208; III 34, 36; VI 37, 125.

542	Pisistrate tyran d'Athènes pour la troisième fois.	I 61-64; V 94; VI 35.
v. 530	Pythagore à Crotone.	II 81; IV 95.
529-522	Cambyse roi des Perses.	II 1; III 1-3, 10-37, 61-66; V 25.
528/527	À Athènes, Hippias et Hipparque succèdent à Pisistrate.	
522-486	Darius roi des Perses.	
520	Cléomène roi de Sparte.	III 148; V 39-42.
—	Sparte bat Argos à Sépéia.	VI 77-78.
514	À Athènes, complot d'Harmodios et Aristogiton contre les tyrans; mort d'Hipparque.	V 55-56.
513/512	Les Alcméonides s'entendent avec Sparte; ils sont chargés de la reconstruction du temple de Delphes (513-505).	V 62-63.
512	Expédition de Darius contre les Scythes.	
v. 512/511	Dorieus en Sicile. Crotone détruit Sybaris.	V 42-48.
511/510	Les Perses soumettent l'Hellespont et les Thraces.	V 1-2, 12-16.
510	Interventions spartiates en Attique. Expulsion des Pisistratides.	V 62-65, 90-93.
509	Alliance d'Athènes et de Platées.	VI 108.
508	À Athènes, réformes de Clisthène.	V 66, 69; VI 131.
506	Athènes bat les Béotiens et les Chalcidiens; installation de colons à Chalcis.	V 74, 77.
v. 500 (?)	La *Description de la terre* d'Hécatée.	II 143; V 36, 125; VI 137.
	Miltiade prend Lemnos.	VI 140.

499-493	Révolte de l'Ionie contre la Perse.	V 35-38, 99-123 ; VI 1-32.
498	Incendie de Sardes.	V 99-102.
498-496	Révolte et soumission de la Carie et de Chypre.	V 103-104, 108-121.
494	Bataille de Ladé ; siège et prise de Milet.	VI 6-21.
493	À Athènes, tragédie de Phrynichos : *La Prise de Milet.*	VI 21.
492	Échec de l'expédition de Mardonios contre la Grèce.	VI 43-45.
—	Ultimatum de Darius à la Grèce.	VI 48-49.
491/490	Affaires d'Égine ; exil de Cléomène.	VI 49-50, 73-74.
490	Deuxième expédition perse contre la Grèce ; prise de Naxos, d'Érétrie ; échec à Marathon.	VI 94-120.
489	Suicide de Cléomène.	VI 75-84.
	Échec de Miltiade à Paros.	VI 132-136.
487-486	Guerre entre Athènes et Égine.	VI 85-93.
486	Révolte de l'Égypte.	VII 1.
486-464	Xerxès roi des Perses.	VII 2-5.
485-478	En Sicile, Gélon de Géla.	VII 153-166.
485/484	[Naissance d'Hérodote à Halicarnasse.]	
v. 485	En Sicile, Gélon s'empare de Syracuse.	VII 155.
484	Xerxès soumet l'Égypte révoltée.	VII 7.
483	Thémistocle fait construire une flotte avec l'argent des mines du Laurion.	VII 144.
483/482	Aristide frappé d'ostracisme.	VIII 79.
484-481	Préparatifs perses pour l'invasion de la Grèce.	VII 20.
481	Athènes et Sparte s'allient ; congrès de Corinthe.	VII 132.

480	Ultimatum de Xerxès aux cités de la Grèce.	VII 32, 131.
—	Xerxès passe en Europe.	VII 54-56.
—	Bataille des Thermopyles.	VII 198-233.
—	Bataille navale de l'Artémision.	VIII 1-18.
—	Prise d'Athènes par Xerxès.	VIII 50-55.
—	Bataille de Salamine.	VIII 40-49, 56-96.
—	En Sicile, victoire de Gélon sur les Carthaginois à Himère.	VII 165-167.
479	Prise d'Athènes par Mardonios.	IX 1-3.
	Il se replie en Béotie; bataille de Platées.	IX 12-15, 19-84.
—	En Asie, bataille de Mycale.	IX 95-106.
—	Prise de Sestos.	IX 113-120.

L'Enquête *d'Hérodote s'achève à cette date ; mais il fait allusion, au cours de son récit, à certains des événements postérieurs, de 479 à 430/429.*

477	Formation de la Ligue Maritime de Délos; hégémonie d'Athènes.	VIII 3.
476	Prise d'Éion.	VII 107.
476-465	Les Perses chassés de la Thrace et de l'Hellespont.	VII 106.
473	En Sicile, les Tarentins vaincus par les Iapyges.	VII 170.
v. 473/470	Sparte en guerre avec les Arcadiens; bataille de Tégée et de Dipéa.	IX 35.
470	Guerre de Carystos; mort d'Hermolycos.	IX 105.
466	Thémistocle, frappé d'ostracisme en 472/471, se réfugie en Perse.	VIII 109.
—	En Sicile, Micythos expulsé de Rhégion.	VII 170.
465	Mort de Sophanès à Daton.	IX 75.

465/464	Xerxès assassiné; règne d'Artaxerxès 1er Longue-Main.	VI 98; VII 106, 151.
464-461	Révolte des hilotes et de la Messénie contre Sparte.	IX, 35, 64.
460	Révolte de l'Égypte avec Inaros; Amyrtée; mort d'Achéménès.	II 140; III 12, 15; VII 7.
v. 460	Sparte prend aux Tirynthiens la ville d'Haliées.	VII 137.
457	Athènes alliée d'Argos; bataille de Tanagra.	IX 35.
449/448	Paix de Callias entre Athènes et la Perse.	VII 151.
444/443	[Fondation, en Italie, de Thourioi, dont Hérodote devient citoyen.]	
431	Thèbes attaque Platées.	VII 233.
—	Début de la guerre du Péloponnèse; le bourg de Décélie respecté par les Spartiates dans leur invasion de l'Attique.	IX 73.
430	Des ambassadeurs de Sparte exécutés.	VII 137.

v. 425 : Mort d'Hérodote.

SOMMAIRE DE L'ENQUÊTE
Livres V à IX

NOTE BIBLIOGRAPHIQUE

Le texte suivi est celui de l'édition d'Oxford : *Herodoti Historiae*, donnée par C. Hude en 1908 (3e éd. 1927).

Il n'est assurément pas une affirmation ou même un silence d'Hérodote qui n'ait donné lieu à des recherches approfondies et de nombreuses publications. Un ouvrage capital est l'*Hérodote* de Ph. E. Legrand, paru de 1932 à 1954 en onze volumes, texte et traduction, avec introduction et index analytique (Paris, Les Belles Lettres). Le commentaire du texte par W. W. How et J. Wells : *A Commentary on Herodotos* (Oxford, 1912, 2 vol., rééd. 1928) demeure très utile, ainsi que l'importante étude générale de F. Jacoby : *Herodotos* (1913), dans Pauly-Wissowa, *Real Encyclopädie*.

Sur Hérodote historien, on pourra consulter :

François Hartog : *Le Miroir d'Hérodote. Essai sur la représentation de l'autre* (Paris, Gallimard, 1980).

Guy Lachenaud : *Mythologies, religion et philosophie de l'histoire dans Hérodote* (Paris, Champion, 1978).

J. L. Myres : *Herodotus, Father of History* (Oxford, 1953).

Sur la confrontation du monde grec et du monde perse :

Eschyle : *Les Perses*.

A. R. Burn : *Persia and the Greeks, the Defence of the West c. 546-478 B.C.* (Londres, 1962).

N. G. L. Hammond : *A History of Greece to 322 B.C.* (Oxford, Clarendon Press, 1959).

Amédée Hauvette : *Hérodote historien des guerres médiques* (Paris, 1894).

A. T. Olmstead : *History of the Persian Empire* (Chicago, 1948).

Christiane et Jean Palou : *La Perse antique* (Paris, P.U.F., 1962).

Édouard Will : *Le Monde grec et l'Orient* (Paris, P.U.F., 1972).

ainsi que, d'un autre point de vue :

Amir Mehdi Badi : *Les Grecs et les Barbares* (Lausanne, Payot, 1963-1968).

On pourra consulter également :

Robert Flacelière : *La Vie quotidienne en Grèce au siècle de Périclès* (Paris, Hachette, 1959).
Devins et oracles grecs (Paris, P.U.F., 1972).

Pierre Grimal : *Dictionnaire de la mythologie grecque et romaine* (Paris, P.U.F., 1969).

NOTES

LIVRE V

Page 30.

1. Cf. IV, 143.

2. Périnthe (sur la mer de Marmara) est une colonie de Samos, fondée vers 600 av. J.-C. Les Péoniens habitent en Illyrie les vallées de l'Axios et du Strymon.

3. Le Péan, hymne à Apollon, commence par « ô Péon », épithète du dieu signifiant « guérisseur », et la forme au singulier du nom des Péoniens est également Péon.

Page 31.

4. Hérodote nommera 19 tribus thraces au total. Sur les Gètes, cf. IV, 93-94 ; les Trauses habitent sans doute la vallée du Trauos (VII,109).

Page 32.

5. Ces tatouages, marquant la caste, la tribu ou le totem, sont appelés par Hérodote « stigmates », un mot qui indique les marques au fer rouge apposées sur le bétail et les esclaves. Le mot tatouage n'apparaît d'ailleurs, selon Littré, qu'avec les relations de voyage de Cook, en 1769, et vient du tahitien. Le corps d'un chef scythe trouvé dans une tombe de Pazyryk (V^e ou IVe siècle av. J.-C.) est couvert de tatouages faits par piqûres d'aiguilles, à l'aide de suie. Des coupelles contenant encore des traces de couleur (bleu et rouge), et des aiguilles, ont été retrouvées également dans les tombes les plus anciennes dans les Cyclades et l'Argolide.

6. Hérodote ajoute à cette liste les Cabires (II, 51) et Salmoxis (IV, 94-95). Ces dieux, sous leurs noms grecs, doivent être : Arès un dieu guerrier, peut-être le Pleistoros auquel, en IX, 119, on offre des victimes humaines ; Artémis, une déesse de la nature, « dame des fauves » ; Dionysos, un dieu à culte orgiaque, en rapport avec l'extase et le vin ; Hermès, un dieu du vent ? Pour Dionysos, l'hypothèse de l'origine thrace de son culte orgiaque est souvent admise.

Page 33.

7. Les Sigynnes habiteraient sur le Danube inférieur ; le costume mède est la robe longue, ou plutôt les pantalons, les braies (VII, 61). Le cheval sauvage de la Mongolie occidentale n'a pas plus de 1 m 20 au garrot ; le poney des Shetlands, d'origine orientale probable, permet d'imaginer la race dont parle ici Hérodote.

8. Peut-être tous les insectes et moustiques des pays humides.

9. Cf. IV, 97 et 136-143.

10. En Thrace, près du mont Pangée, où les Grecs vont chercher l'or, l'argent et le bois. En 437-436, les Athéniens fonderont Amphipolis à cet emplacement.

Page 35.

11. Cf. VII, 20 et 75. Les Teucriens tirent leur nom de Teucros, l'ancêtre de la famille royale de Troie.

Page 36.

12. Les Siriopéoniens habitent Siris (Serrai, sur un défilé du Strymon) ; les Péoples, plus au nord, sur le Strymon ; le lac Prasias, ou Cercinitis (Limni Kerkinitis), est formé par le cours du Strymon.

13. Les tribus au nord du mont Pangée et à l'est du Strymon, barrières que les Perses ne franchissent pas ; les trois noms de tribus donnés ici semblent une interpolation.

14. Le mont Orbélos est le Pirin Dagh, entre le Strymon et le Nestos (Mesta), sur l'actuelle frontière gréco-bulgare.

15. C'est la première mention des cités lacustres, dont les plus anciennement connues remontent au néolithique.

Page 37.

16. Amyntas, roi de Macédoine, régna vers 540-498, et son fils Alexandre Ier, appelé le Philhellène, de 498 à 454.

17. Le mont Dysoros : entre l'Axios et le Strymon. Un talent d'argent pèse environ 26 kg.

Page 39.

18. De cette histoire, inventée pour masquer l'humiliation infligée à la royauté macédonienne par les Perses, le seul détail probable est le mariage de la fille d'Amyntas à un Perse. Sur ce Boubarès, cf. VII, 22, et VIII, 136.

Page 40.

19. Perdiccas, ancêtre d'Alexandre et fondateur de la royauté en Macédoine, était dit originaire d'Argos. Les Hellanodices sont les citoyens d'Élis choisis pour organiser et présider les Jeux. Dans la course du stade, ou course simple, épreuve de vitesse, le concurrent parcourait une seule fois la longueur du stade (192,27 m en général). Le nom d'Alexandre ne figure d'ailleurs pas dans les listes de vainqueurs.

20. Cf. V, 11.

Page 41.

21. Artaphrénès, ou Artaphernès, gouverneur de Sardes, est chargé de la satrapie appelée Sparda.

Page 42.

22. Sur les Juges Royaux, cf. III, 14 ; la punition d'une faute semblable est indiquée en VII, 194.

23. Antandros et Lamponion, sur la côte nord du golfe d'Adramyttis (Edremit).

24. Cf. III, 142 sq.

25. Nom rétabli.

Page 44.

26. Naxos : 442 km^2 de superficie ; elle était renommée pour ses vins.

Page 45.

27. Inexactitude volontaire, car l'Eubée a 3 580 km^2 de superficie, et Chypre 9 282 km^2.

28. Sur Pausanias, cf. IX, 10.

29. Caucasa : sur la côte sud-est de Chios sans doute. La date proposée pour cette expédition est 499.

Page 46.

30. Myndos : ville de Carie, à l'extrémité de la péninsule d'Halicarnasse.

Page 48.

31. Hécatée de Milet (né vers 540 ?), l'un des premiers prosateurs ioniens, géographe et historien, cité par Hérodote comme écrivain (VI, 137) et homme politique (V, 36, 120).

32. Cf. 1, 46 et 92. La première partie de *L'Enquête* (qui n'a été divisée en neuf « livres » qu'à l'époque alexandrine) correspond donc à l'histoire de la Lydie.

33. Jadis au fond du golfe de Milet, le site de Myonte est maintenant au milieu des terres apportées par le Méandre.

Page 49.

34. Stratèges : magistrats annuels, à pouvoirs civils et militaires.

35. Au moment d'entrer en lutte avec la Perse, Aristagoras va chercher en Grèce un allié « puissant » : Sparte (V, 49-51) ; éconduit, il s'adressera à Athènes, démarche amorcée en V, 55, et reprise en 97. Hérodote insère ici deux développements, sur l'histoire des deux cités jusqu'à cette date : Sparte (39-48) et Athènes (55-96).

36. L'histoire de Sparte est reprise à partir d'Anaxandride, contemporain de Crésus, soit vers 550 av. J.-C.

37. Eurysthénès : descendant d'Héraclès ; cf. VI, 51-52, et VII, 204.

Page 50.

38. Les Grecs considéraient la monogamie comme une marque de leur civilisation, opposée aux polygamies, polyandries et promiscuités notées chez les peuples « barbares ». Cependant, à Athènes, après 430, en raison de la guerre avec Sparte et de l'épidémie de peste qui sévit en 430-429, la bigamie semble avoir été tolérée en pratique, sinon reconnue en droit, et Périclès fut autorisé à légitimer le fils qu'il avait eu d'une concubine ; peut-être est-ce à cause de ce couple irrégulier et célèbre, Périclès-Aspasie, qu'Hérodote déclare la bigamie inusitée non pas « en Grèce », mais « à Sparte ».

Page 51.

39. La tentative de Dorieus se place vers 514-512 ; elle a pu être soutenue par Cyrène.

40. Éléon : en Béotie, près de Tanagra. Les oracles de Laios : rendus à ce roi, ou parlant de lui, ou recueillis par lui ? Anticharès : peut-être un devin et l'auteur d'un recueil d'oracles.

41. « La terre d'Héraclès en Sicile », parce qu'il n'existe pas de ville de ce nom en cette région.

42. Héraclès, passant en Sicile, y tue Éryx, fils d'Aphrodite, qui l'a défié à la lutte pour lui enlever les bœufs pris par lui à Géryon. Le mont Éryx, au nord-ouest de la Sicile, portait un sanctuaire d'Aphrodite remplaçant un temple du dieu phénicien Melqart, assimilé par les Grecs à Héraclès ; et les rois de Sparte descendent d'Héraclès (VII, 204).

43. Vers 511-510. À Sybaris détruite succédera, en 443, la colonie panhellénique de Thourioi, dont Hérodote fit partie.

44. Cf. IX, 33. Famille de devins descendant d'un héros d'Olympie, Iamos, fils d'Apollon.

Page 52.

45. La lutte de Dorieus et des Grecs de Sicile contre les Phéniciens (les Carthaginois) installés dans l'ouest de la Sicile vers le milieu du VIᵉ siècle se continua après la mort de Dorieus jusqu'à la bataille d'Himère en 480 (cf. VII, 158 et 165-166).

46. Minoa : sur la côte sud-ouest de la Sicile ; elle aurait été fondée par Minos (cf. VII, 170).

Page 53.

47. Zeus protecteur de la place publique, l'agora, où se dresse sa statue, et des assemblées qui s'y tiennent.

48. En fait, il régna 32 ans, de 519 à 487 environ ; Gorgo épousa Léonidas (cf. VII, 205 et 239).

49. Cf. IV, 36. La plus ancienne carte connue est une tablette babylonienne du temps de Sargon d'Akkad (vers 2350 av. J.-C.), sur laquelle la Babylonie est représentée entourée par l'Océan, et où figurent au nord-ouest des « terres qui ne voient pas le soleil ». Un papyrus égyptien du XIIIᵉ siècle donne une carte des mines d'or entre le Nil et Qoçeir sur la mer Rouge. En Grèce, au VIᵉ siècle, Anaximandre, puis Hécatée, établissent des cartes dont la Médi-

terranée occupe le centre. Au Ve siècle, des cartes générales ou locales sont en usage. Les mers et les fleuves sont frontières et voies de communication, et les montagnes ne sont qu'obstacles à éviter.

Page 54.

50. L'équipement des Perses et de leurs sujets en campagne sera décrit en VII, 61 sq.

51. Sur les tributs versés au Grand Roi, cf. III, 90-96.

52. Les rois de Perse séjournaient successivement dans leurs diverses capitales : Ecbatane, Pasargade, Persépolis, Babylone ; mais Suse, près du Choaspès (le Kerkheh), était considérée comme leur principale résidence. Alexandre le Grand prit la ville en 331, et il y trouva 9 000 talents de monnaie d'or (plus de 230 tonnes) et 40 000 talents de lingots (près de 1 000 tonnes).

Page 55.

53. Sur les guerres de Sparte contre les Messéniens, cf. III, 47, et IX, 35 et 64 ; contre les Arcadiens, I, 66, VI, 74, et IX, 35 ; contre les Argiens, I, 82, VI, 76 sq., VIII, 73, et IX, 35.

Page 56.

54. Les fouilles de Gordion, en Phrygie, la ville du roi Midas (I, 14), au sud-ouest d'Ankara, ont dégagé un tronçon de la Route Royale, qui, longue d'environ 2 250 km, joignait Suse à Sardes en décrivant une large boucle vers le nord, suivant les vallées et une ancienne route des Hittites. Large de 6 m, elle est bordée des deux côtés par de larges dalles et constituée d'une chaussée empierrée reposant sur un soubassement d'assez grosses pierres, étant prévue pour supporter de lourds charrois.

Page 57.

55. Cf. I, 189.

56. Hérodote énumère, sans doute d'après des documents perses, les 111 étapes officielles de la route, avec relais pour les « courriers royaux » (cf. VIII, 98) et caravansérails. Le calcul d'Aristagoras est théorique et ne tient pas compte des difficultés du terrain et des fleuves à franchir.

57. « Maison de Memnon » et, au paragraphe suivant, « Cité de Memnon » : Memnon, roi mythique d'Éthiopie, fils de l'Aurore et

d'un frère de Priam, Tithon, est originaire de Syrie selon les uns, d'Égypte selon les autres.

58. L'étape de 150 stades (près de 27 km) est donnée comme l'étape normale pour une armée en campagne.

59. La mer Hellénique est la mer Égée.

Page 58.

60. Sur Pisistrate et sa tyrannie, cf. I, 59-64. Hipparque fut tué en 514, Hippias régna jusqu'en 511-510. Géphyra est l'ancien nom de Tanagra, en Béotie.

61. Les Panathénées, en l'honneur d'Athéna, étaient célébrées tous les ans, au mois d'Hécatombéon (juillet-août); tous les quatre ans les fêtes, plus solennelles, étaient appelées « les Grandes Panathénées ». La principale cérémonie, la remise d'un voile à la déesse, avait lieu le 28 du mois.

Page 59.

62. Le Phénicien Cadmos bâtit la citadelle de la Cadmée (plus tard Thèbes) six générations avant la guerre de Troie; les Cadméens sont chassés par les Argiens (les Épigones, fils des Sept Chefs contre Thèbes, qui, dix ans après l'échec leurs pères, attaquent et prennent Thèbes), et vont se réfugier en Illyrie (cf. V, 61).

63. Les privilèges refusés aux Géphyréens étaient sans doute d'ordre religieux; Thucydide donne de leur acte des raisons purement personnelles : pour outrager Harmodios, Hippias fait mander sa jeune sœur pour porter une corbeille dans la procession des Panathénées, et, quand elle se présente, on la chasse comme indigne de cet honneur.

64. L'alphabet phénicien de 22 signes notant uniquement des sons simples, les consonnes, apparaît au XIIIe siècle av. J.-C., et les colonies phéniciennes le répandent ensuite dans tout le bassin méditerranéen.

65. Le papyrus est attesté en Égypte depuis 3000 environ av. J.-C., et son nom viendrait, par le copte, d'un terme égyptien signifiant « celui de Pharaon », indiquant ainsi que sa fabrication était privilège royal. Il est appelé par les Grecs *byblos*, et leur a été connu depuis le VIe siècle. Les peaux de bêtes, plus tard parchemins et vélins, l'emporteront sur le papyrus.

66. Apollon Isménios : dieu du fleuve Isménos en Béotie.

Amphitryon tue involontairement son oncle Électryon et va se faire purifier à Thèbes par le roi Créon; allié aux Thébains, il s'empare du territoire des Téléboens, en Acarnanie.

Page 60.

67. Scaios fils d'Hippocoon, est, à Sparte, tué par Héraclès avec son père et ses nombreux frères alors qu'ils essaient de spolier Tyndare de la royauté qui lui revient. Mais, en l'absence de lien précis à établir entre ces personnages et Thèbes, Hérodote a soin de signaler qu'il n'est pas sûr qu'il s'agisse de lui.

68. Laodamas, fils d'Étéocle, est roi de Thèbes au moment de l'attaque des Épigones (V, 57) et se réfugie en Illyrie méridionale, chez les Enchélées.

69. Déméter Achaia : Déméter douloureuse (par rapprochement avec le mot *achos* « douleur »), c'est-à-dire pleurant la disparition de sa fille Perséphone.

Page 61.

70. Cf. I, 64.

71. Après l'incendie qui détruisit le temple de Delphes en 548, les Amphictyons (cf. II, 180) firent rebâtir le temple avec l'argent venu de tout le monde grec et même du Pharaon Amasis. Hérodote souligne l'immense fortune de la famille des Alcméonides, et son curieux début (VI, 125).

Page 62.

72. Conion, ville de Phrygie, d'où la correction proposée de ce nom en Gonnos, ville de Thessalie (indiquée en VII, 128 et 173).

73. Alopécé, dème de l'Attique (au nord-est d'Athènes?). Le Cynosarge était un des principaux gymnases d'Athènes.

74. Le mur Pélasgique, rempart cyclopéen de 4 à 6 m d'épaisseur, bâti vers la fin du XIIIe siècle, qui défendait l'Acropole d'Athènes, était attribué par la tradition aux Pélasges, accueillis momentanément à Athènes (VI, 139). Après la chute des tyrans (en 510), l'enceinte fut démantelée.

Page 63.

75. En Asie Mineure, à l'entrée occidentale de l'Hellespont; Pisistrate s'en était emparé (V, 94).

76. Nélée, fils de Poséidon, fonda en Messénie la ville de Pylos ; son fils Nestor est l'ancêtre de Mélanthos et de Codros, roi légendaire d'Athènes, et Pisistrate est le plus jeune de ses fils.

77. De 510 à 499.

78. Cf. V, 63.

Page 64.

79. Cette réforme de Clisthène avait pour but de briser les anciens cadres familiaux et religieux et d'en créer de nouveaux, plus larges. Les noms des tribus primitives pourraient signifier : Géléontes, les brillants (nobles) ; Hoplètes, les soldats ; Argades, les travailleurs ; Aigicores, les chevriers ? Pour donner leurs noms aux dix tribus nouvelles, dix héros « éponymes » furent désignés par la Pythie de Delphes parmi cent héros locaux, y compris Ajax, roi légendaire de Salamine, l'île revendiquée par Athènes et reprise aux Mégariens vers 612.

80. Argos est, dans l'*Iliade*, la ville d'Agamemnon, protégée par Héra, et le poète appelle les Grecs : Achéens, Danaens ou Argiens. On attribuait de plus à Homère d'autres épopées, en particulier *Les Épigones* (cf. IV, 32), où les Argiens triomphaient de Thèbes.

81. Adraste, roi d'Argos, chef de l'expédition des Sept contre Thèbes (qui échoua), commande, 10 ans après, l'expédition victorieuse des fils des Épigones.

82. Le héros thébain, Mélanippe, avait, pendant le siège de Thèbes par les Sept Chefs, tué Mécistée et blessé mortellement Tydée.

Page 65.

83. Fils d'Hermès et roi de Sicyone, il donna sa fille Lysianassa (ou Lysimaché) à Talaos, roi d'Argos.

84. Ce passage, des plus importants pour l'histoire du théâtre grec, indique l'existence à Sicyone, au début du VIe siècle, d'une forme dramatique dans le culte d'un défunt héroïsé, un « jeu de la passion » d'Adraste ; Clisthène, qui ne pouvait supprimer ces cérémonies et divertissements sans déplaire au peuple, les remplace quand il proscrit le héros local, d'appartenance argienne et aristocratique, par le culte de Dionysos, dieu nouveau et populaire, culte qui comprend des chœurs tragiques unissant chants, danses et dialogues pour exposer un sujet mythique.

Page 66.

85. Les dèmes, subdivisions administratives du territoire attique, au nombre de 100 à l'origine, et d'étendue et importance inégales, sont répartis entre les dix tribus de façon à briser les groupements et les factions locales ; dans chaque tribu se trouvent réunis des dèmes situés les uns dans le district urbain, d'autres sur la côte, et d'autres dans l'intérieur du pays.

86. Les prytanes (les « premiers ») des Naucrares sont les présidents des « commissions navales » ; avant la création des dèmes, l'Attique était divisée en 48 circonscriptions territoriales, les naucraries, dont chacune devait fournir à l'État un navire et deux cavaliers.

87. La tentative de Cylon eut lieu entre 640 et 630. La faute des Alcméonides était d'avoir massacré des suppliants.

Page 67.

88. Le nouveau Conseil des Cinq Cents créé par Clisthène, et composé de 50 sénateurs fournis par chaque tribu.

89. La prêtresse d'Athéna interdit aux Doriens l'accès d'un temple ionien, Érechthéion ou Hécatompédon (qui furent brûlés par les Perses en 430) ; Cléomène se déclare achéen, comme descendant d'Héraclès.

Page 68.

90. On ne sait plus rien de Clisthène à partir de cette date, ce qui permet de supposer que cette démarche a provoqué sa disgrâce.

91. Hysies, qui n'est pas un dème attique et appartient à Platées (VI, 108), et Oinoé, sont au nord-ouest d'Athènes, à la frontière de la Béotie.

Page 69.

92. Les statues de Tyndarides, Castor et Pollux, héros protecteurs que l'armée emmenait avec elle en campagne.

93. La première fois sous le roi légendaire Codros, au XIe siècle ; la seconde fois avec Anchimolios (V, 63) ; la troisième fois avec Cléomène (V, 64) (la tentative signalée en V, 72 ne correspond pas à une invasion par une armée spartiate) ; la quatrième fois, celle-ci, en 507-506.

Page 70.

94. Les clérouques sont des citoyens que la ville envoie tenir garnison sur un territoire conquis, dont ils lui assurent la possession.

95. Hérodote vit l'Acropole alors qu'on rebâtissait les monuments incendiées en 480 par les Perses; les chaînes étaient suspendues en ex-voto sur le mur nord, en face de la partie ouest de l'Érechthéion. Le quadrige de bronze original avait disparu, emporté ou détruit par les Perses; celui que vit Hérodote, placé à l'entrée des anciens propylées (ceux de Pisistrate) et qui fut installé sur l'Acropole même quand les nouveaux propylées furent construits par Mnésiclès (en 437-432), était une copie que les Athéniens dressèrent après des victoires sur l'Eubée (vers 445) ou sur la Béotie (456). Il en reste une trace de fondation dans le roc, et des fragments des deux inscriptions, la première dédicace de 506, et la seconde, celle que vit Hérodote.

Page 71.

96. L'expression appartient à la langue épique : Homère l'applique à la place publique, où le peuple est réuni.

97. Deux des 12 filles attribuées à Asopos, dieu du fleuve de ce nom qui se jette dans le golfe d'Eubée au nord de l'Attique.

98. Les statues des Éacides. Il s'agit d'Éaque, fils de Zeus et de la nymphe Égine, et de ses fils Télamon et Pélée.

Page 72.

99. Deux déesses de la fécondité du sol ; la légende en faisait deux jeunes Crétoises lapidées par malencontre à Trézène et objet, en réparation, d'un culte dans cette ville ; elles furent identifiées par la suite à Déméter et Perséphone. Le nom d'Auxésia signifie « celle qui fait croître », et Damia est sans doute à rapprocher du nom de Déméter.

100. L'olivier était, pour les Grecs, le don qu'Athéna avait fait à Athènes et qui lui avait fait obtenir sur cette ville la souveraineté que lui disputait Poséidon (cf. VIII, 55).

101. Athéna Polias (« qui veille sur la cité ») ; Érechthée, fils de la Terre, est ici Érichthonios, élevé par la déesse dans son temple sur l'Acropole, et roi d'Athènes après Cécrops.

Page 73.

102. Les échanges de propos obscènes et d'injures rituelles se retrouvent dans le culte des divinités présidant à la fécondité du sol et des créatures : mystères d'Éleusis, Thesmophories, culte de Dionysos.

Page 74.

103. Les dieux égarent et perdent ainsi les sacrilèges, par exemple Cambyse (III, 30), Cléomène (VI, 86), les Barbares qui attaquent Delphes (VIII, 38).

104. Légende faite pour expliquer des statues archaïques dont la position agenouillée (celle de l'accouchement peut-être, ou attitude rituelle archaïque dans les prières aux dieux chthoniens et aux dieux des enfers) n'était plus comprise.

Page 75.

105. D'autres fureurs féminines sont notées : les Lemniennes contre leurs maris (VI, 138), les Athéniennes contre la famille d'un lâche (IX, 5). La punition, ou précaution, qui oblige les Athéniennes à modifier leur costume pour ne plus avoir besoin d'agrafes est la cause anecdotique imaginée pour expliquer une évolution réelle du vêtement féminin : le péplos dorien (un rectangle d'une étoffe de laine, doublé dans sa partie supérieure, et qui retombe en plis lourds), retenu sur les épaules et fermé sur le côté par des agrafes, a fait place à la fine tunique de lin (tissu de luxe d'abord) souvent plissée, accompagnée de châles, capes ou mantelets plus ou moins longs et chauds.

106. Les Ioniens ont épousé des Cariennes (cf. I, 146). L'absence totale d'agrafes droites dans les tombes fouillées en Carie pourrait confirmer cette origine carienne du péplos ionien.

Page 76.

107. Ceci peut être une série d'explications a posteriori de règles somptuaires ou religieuses. Les femmes offrent, avant le mariage ou après une naissance, des objets de la parure ou du travail féminin. L'absence de céramique attique de la période 540-470 dans le temple d'Héra de Samos confirmerait un embargo sur ce genre de marchandise.

108. Athènes soumettra Égine en 457.

Page 77.

109. Cf. V, 65. La démarche des Spartiates pour rétablir Hippias dut avoir lieu vers 500.

Page 78.

110. Les Bacchiades, quelque 200 familles, descendaient du cinquième roi de Corinthe, Bacchis, et avaient le pouvoir depuis 747.

Page 79.

111. Labda : parce que le labda majuscule (la lettre l) a la forme d'un V renversé aux jambages inégaux.

112. Les Lapithes sont un peuple ancien de Thessalie, et, dans leur lutte contre les Centaures, Caïneus, invulnérable, est à coups de troncs d'arbre enterré vivant. Pétra : dème (bourgade) au sud de Corinthe.

113. Jeu de mots sur le nom Éétion et le verbe *tiô*, « honorer ».

114. Jeu de mots encore sur le nom d'Éétion, rapproché de *aetos*, « aigle », et sur le nom du bourg, *Pétra*, « rocher ».

115. Pirène est la célèbre fontaine de Corinthe, et l'acropole de Corinthe (dont le nom signifie « la ville du sommet »), l'Acrocorinthe, dominait la plaine à 564 m d'altitude.

Page 80.

116. On montrait dans le temple d'Héra à Olympie le coffre de cèdre, magnifiquement décoré, qui l'aurait abrité.

Page 81.

117. Cypsélos régnera de 657 à 627, et son fils Périandre de 627 à 586, mais son petit-fils Psammétichos sera assassiné en 584-583 ; il conviendrait de rabaisser ces dates, et de situer Cypsélos et ses successeurs entre 622 et 550.

Page 82.

118. Il l'avait tuée (III, 50 sq.). Le nom de *mélissa*, « abeille », désignait des prêtresses de l'Artémis d'Éphèse, et Mélissa était aussi une déesse-abeille de Crète, nourricière de Zeus. Le vrai nom de la femme de Périandre aurait été Lysidé, et Périandre l'aurait

tuée involontairement d'un coup de pied ou d'escabeau à la suite des calomnies de ses concubines.

119. C'est un fleuve d'Épire (le Phanariotiko) dont le cours est coupé de marécages et d'une gorge profonde et sinistre ; il passait pour être l'Achéron, fleuve des Enfers, que les âmes doivent franchir dans la barque du passeur Charon. La nécromancie, qui apparaît déjà dans Homère et Eschyle, est ici pratiquée officiellement dans un sanctuaire spécialisé ; elle deviendra plus tard sorcellerie.

Page 83.

120. Cf. V, 90 et VII, 6. Les Corinthiens auront à se plaindre d'Athènes en 459, quand ils s'allieront à Mégare et attaqueront Égine, et quand éclatera la guerre du Péloponnèse.

121. Anthémonte, en Chalcidique ; Iolcos (actuellement Volos) sur le golfe de Volos.

Page 84.

122. Ville de Troade (Kumkalé) à l'entrée de l'Hellespont, où l'on montrait le tombeau d'Achille.

123. Il ne reste que quelques mots du poème dans lequel Alcée (né à Lesbos vers 640-630 ?) racontait l'aventure.

Page 85.

124. Cf. V, 55.

125. Même ironie ici qu'en I, 59-60, à l'égard des Athéniens si fiers de leur intelligence et si facilement trompés. 30 000 Athéniens : non pas présents ensemble à l'Assemblée du peuple, dont le quorum était de 6 000 et qui ne comptait même pas 5 000 présents en général, mais le nombre approximatif et plausible des citoyens d'Athènes à cette époque, ce qui donne environ 150 000 âmes pour la population de l'Attique vers 500-490 av. J.-C.

126. Au paragraphe précédent, Athènes, par un refus, a rompu avec les Perses ; hâtée par un acte inconsidéré de son fait, la confrontation du monde barbare et du monde grec commence ici.

Page 86.

127. Cf. V, 12-17.

128. Doriscos, à l'embouchure de l'Hèbre (qui est à quelque 250 km du Strymon).

129. Au VIIe siècle, Chalcis et Érétrie, en Eubée, distantes
d'environ 20 km, s'étaient disputé la plaine de Lélante qui les
séparait, et Chalcis l'emporta.

Page 87.

130. Cf. I, 84.

Page 88.

131. Cybébé : la Grande Mère phrygienne, Cybèle (I, 80).
132. Simonide de Céos (de 556 à 467) vécut à Athènes du temps
d'Hipparque, puis du temps de Thémistocle, Cf. aussi VII, 228.

Page 89.

133. Chypre est soumise par Amasis (II, 182) et obéit à
Cambyse ; Euelthon la gouverne lorsque la mère d'Arcésilas III de
Cyrène se réfugie à Salamis (IV, 162). Il est difficile d'admettre que
Gorgos, qui règne sur Salamis en 498, soit la troisième génération
après lui, et l'on voit dans Siromos un roi de Tyr (Hiram, vers 550-
530), introduit ici par erreur dans la généalogie.

Page 91.

134. La Sardaigne est considérée comme la plus grande île de la
Méditerranée. Le vœu d'Histiée sera celui de l'infante Isabelle,
gouvernante des Pays-Bas, au moment du siège d'Ostende (1601-
1604) par son mari l'archiduc Albert.
135. Le promontoire du Karpaso, avec le cap Saint-André et les
îlots de la pointe nord-est de l'île.

Page 93.

136. Courion, sur la côte sud de Chypre.

Page 94.

137. Solon passa par Chypre vers 580, et Soles, sur la côte nord-
ouest de Chypre, avait été fondée sur son avis et nommée d'après lui
par Philocypros.
138. Cf. V, 102.

Page 95.

139. Villes échelonnées du sud-ouest au nord-est, sur la côte
asiatique des Dardanelles.

140. Le Marsyas, affluent de la rive gauche du Méandre, vient de la région d'Idrias.

141. Près de Mylasa, dans le sud-ouest de la Carie.

Page 96.

142. Labranda, au nord de Mylasa, devait son nom à la hache lydienne et égéenne, labrys, emblème de Zeus Stratios, ou « des Armées ».

143. Sur la mer de Marmara, au fond du golfe du même nom.

Page 97.

144. Cf. V, 11 et 23.

145. L'une des Sporades, au sud-ouest de Milet, et colonie de cette ville.

146. En 498-497. Aristagoras est chassé et tué par les Édones lorsqu'il tente de s'installer aux « Neuf Routes », là où 61 ans plus tard les Athéniens fonderont Amphipolis. Fin sans grandeur, et gratuite ici, d'un ambitieux victime des événements qu'il a lui-même suscités, comme a fini Coès (V, 38) et comme finira Histiée (VI, 30).

LIVRE VI

Page 99.

1. Cf. V, 106-107.

Page 101.

2. Cf. V, 108-116.

3. Le Panionion : sur le mont Mycale, un lieu consacré à Poséidon par les Ioniens.

4. L'île, qui protégeait le plus grand des quatre ports de Milet, n'existe plus, les alluvions du Méandre ayant comblé la baie.

5. Le chiffre des vaisseaux grecs est vraisemblable, et Hérodote a pu le connaître par les cités intéressées ; celui des vaisseaux perses est jugé douteux, surtout parce qu'on le retrouve identique en IV, 87 et VI, 95.

Page 102.

6. Cf. V, 37-38.

Page 103.

7. La journée entière se passant à bord, au lieu de laisser les soldats débarquer et s'installer confortablement sur le rivage.

8. Phocée survit, petitement, à l'exode de sa population (I, 164).

Page 104.

9. Syloson : chassé de Samos par son frère Polycrate et rétabli dans l'île par Darius (cf. III, 39 et 139-149).

Page 105.

10. Les Thesmophories étaient célébrées dans tout le monde grec à l'automne, en l'honneur de Déméter, et par les femmes uniquement.

Page 106.

11. Cf. VI, 77.

Page 107.

12. Cet oracle inséré dans un autre, si clair et si hostile à Milet, paraît bien être, après les événements, une condamnation de la révolte de l'Ionie.

13. Cf. I, 92, et II, 159.

14. Cf. V, 44.

15. Phrynichos, poète tragique athénien, passe pour l'un des créateurs, avec Thespis, de la tragédie. *La Prise de Milet,* qui lui valut l'amende de 1 000 drachmes (= 1 000 fr-or), dut être représentée en 493.

Page 108.

16. Zancle, « la Faucille », ainsi nommée en raison de la forme du rivage, prit plus tard le nom de Messine (cf. VII, 164).

17. Zéphyrion : promontoire au sud-est de l'Italie.

18. Géla, sur la côte sud de la Sicile.

Page 109.

19. Inycon, ou Inyx, près d'Agrigente, dans le sud-ouest de la Sicile.

20. Himère : colonie de Zancle, sur la côte nord de la Sicile.

Page 110.

21. Une des premières mentions connues d'une école, maison privée où le maître reçoit des élèves, sans doute les garçons d'un même quartier.

Page 111.

22. Atarnée : région de Mysie, en face de Lesbos. Le Caïque passe près de Pergame.

23. En raison sans doute de la loi de compensation signalée en I, 137.

Page 112.

24. Au printemps de l'année 493.

25. Cf. VI, 9.

26. L'Ionie a été soumise par Crésus (I, 26), et plus tard par Cyrus (I, 141-150).

Page 113.

27. Cf. V, 117.

28. Sur le golfe Mélas, à l'endroit le plus resserré de la presqu'île.

29. Miltiade l'Ancien s'installe en Chersonèse vers 555; son petit-neveu, Miltiade le Jeune, vers 516.

30. Les Dolonces habitaient la Chersonèse de Thrace, et les Apsinthes sans doute plus au nord jusqu'à l'Hèbre.

Page 114.

31. La route des pèlerins de Delphes passait par Thèbes et rejoignait Éleusis et Athènes.

32. Philéos est fils (ou petit-fils) d'Ajax, roi de Salamine, et petit-fils d'Éaque. Il fallait une grosse fortune pour entretenir des chevaux dans un pays pauvre en pâturages et envoyer un quadrige concourir aux jeux de la Grèce.

Page 115.

33. En fait, l'allusion au pin viendrait du nom ancien de Lampsaque, Pityoussa (de *pitys,* « le pin »).

Page 116.

34. Cf. VI, 103.

35. Texte et chronologie sont incertains; l'invasion scythe, deux ans avant cette date (493) aurait eu lieu en 495, alors que Darius les avait attaqués en 513-512.

Page 117.

36. Par le golfe de Saros, en longeant la côte nord de la Chersonèse.

37. Cf. IV, 137.

Page 118.

38. Les cités d'Asie Mineure passées dans la Confédération d'Athènes, après 479, ne payaient plus le tribut au roi, mais celui-ci le considérait comme dû et l'exigeait de ses satrapes; de plus, les bases d'après lesquelles il était levé ne changèrent pas et purent servir pour l'établissement de la taxation d'Aristide (478-477) et les révisions ultérieures de l'assiette de l'impôt que les cités versaient, à Délos d'abord, puis, à partir de 454-453, à Athènes.

39. Année 492.

40. Ceci, qui n'est pas vrai pour toutes les cités ioniennes (Chios, Lampsaque, Samos, par exemple, gardent leurs tyrans), l'est pour l'Ionie siège de la révolte. Sur Otanès, cf. III, 80.

Page 119.

41. Les Périnthiens (V, 1), les Thraces (V, 2 sq.), les Péoniens (V, 12 sq.).

42. Acanthos en Chalcidique, à la base du promontoire de l'Acté, long de 45 km, à l'extrémité duquel se trouve l'Athos.

43. Des requins?

Page 120.

44. Cf. VI, 28.

45. Scapté-Hylé, sur le continent, en face de Thasos.

Page 121.

46. Sur l'accueil que Sparte et Athènes firent à ces hérauts, cf. VII, 133.

Page 122.

47. Ces poètes sont des auteurs de « généalogies » et logo-

graphes. Le récit des événements, interrompu par cette digression sur les rois de Sparte, reprendra en VI, 73.

Page 124.

48. Le héros argien Persée est fils de Zeus et de Danaé, fille d'Acrisios ; Acrisios est fils d'Abas, lui-même fils de Lyncée, fils d'Égyptos. Le fils de Persée et d'Andromède, Persès, donnera son nom au peuple perse (cf. VII, 61). Le dieu n'est pas nommé en tête de la généalogie, pour la raison qu'Hérodote fait entendre en II, 143.

49. Des poèmes épiques disparus exposaient la légende dorienne des Héraclides : Aigimios fils de Doros, l'ancêtre des Doriens, adopte Hyllos, le fils d'Héraclès, qui est lui-même l'arrière-petit-fils de Persée ; les descendants d'Hyllos, les Héraclides, conquièrent le Péloponnèse, l'un d'eux, Aristodème, obtenant en partage la Laconie (cf. l'argumentation des Tégéates, en IX, 26).

50. Le héros local, Lacédémon (éponyme de Lacédémone), est dit fils de Zeus et de Taygète, et époux de Sparta, fille du roi Eurotas.

Page 125.

51. Le médimne spartiate valait 74 litres ; la quarte : mesure non précisée.

52. Proxènes : personnages chargés de recevoir officiellement les étrangers, ambassadeurs ou visiteurs d'importance.

53. La fille seule héritière doit passer, avec les biens de la famille, au plus proche parent de son père afin de continuer la lignée paternelle.

Page 126.

54. Les Spartiates, seuls citoyens de pleins droits, sont les descendants des conquérants doriens ; les périèques sont les descendants des populations prédoriennes, libres, mais citoyens de rang inférieur ; les hilotes sont les esclaves de l'État, cultivant la terre pour leurs maîtres spartiates.

Page 127.

55. Thérapné : colline au sud-est de Sparte, sur la rive gauche de l'Eurotas. Les fouilles ont dégagé les restes d'un sanctuaire du Ve siècle consacré à Hélène ainsi qu'aux Dioscures et à Ménélas.

Page 128.

56. La durée de la grossesse, qui, sauf en régime matriarcal, préoccupe les législateurs comme preuve de la filiation légitime, était estimée par les Grecs à 10 mois lunaires.

Page 129.

57. Cf. V, 75.

58. On se mariait, à Sparte, en enlevant sa femme, ce qu'a fait Démarate, avant le prétendant agréé.

Page 130.

59. Les Gymnopédies, « fêtes des enfants nus », étaient célébrées annuellement autour des statues d'Apollon, Artémis et Léto, en l'honneur des soldats morts à Thyréa (cf. I, 82), par deux chœurs, l'un d'hommes, l'autre d'enfants nus.

Page 131.

60. Hérodote ne commente pas cette menace : simple formule de rhétorique ? ou bien décision déjà prise de provoquer la guerre avec la Perse ; et dans ce cas Hérodote, étant favorable à Démarate, n'insiste pas sur cette préméditation.

Page 132.

61. Pausanias donne Astrabacos et Alopecos comme descendants d'Agis ; tous deux auraient trouvé dans un buisson la statue sacrée d'Artémis Orthia, celle qu'Oreste et Iphigénie avaient rapportée de Tauride, et ils devinrent fous pour l'avoir vue. Le mot *astrabè*, « bât » et « mule bâtée », rapproché du nom Astrabacos, donne ensuite naissance à l'autre hypothèse.

62. La durée légale de la grossesse va de 180 jours au minimum à 300 jours au maximum (en mois grecs de 28 jours : de 6 mois 12 jours à 10 mois 20 jours).

Page 133.

63. En 476, contre Larisa, dont les chefs, les Aleuades, l'achètent.

Page 134.

64. Au nord de l'Arcadie ; l'eau glacée du Styx, affluent du

Crathis, glisse toujours sur une muraille lisse de 60 m de haut ; le serment par le Styx, fleuve des Enfers, enchaînait même les dieux.

Page 135.

65. Cf. V, 74-75. Les Déesses sont Déméter et Perséphone.

66. Entre 500 et 495, peut-être en 498, l'expédition étant contemporaine de la révolte de l'Ionie et de sa répression.

67. L'Érasinos, fleuve frontière entre l'Argolide et la Laconie, passait pour la résurgence des eaux du lac Stymphale, situé à 40 km environ au nord-ouest.

Page 136.

68. Oracle très obscur qu'Hérodote ne commente pas ; on l'expliquera plus tard par l'exploit d'une femme, la poétesse Télésilla, chassant Cléomène avec les femmes d'Argos, exploit qu'aurait rappelé une fête où hommes et femmes échangeaient leurs vêtements. Le serpent symbolise Argos ; il figure sur le bouclier du héros argien Adraste. Le nom même du lieu de la bataille, Sépéia, est mis en rapport avec *seps,* serpent venimeux.

Page 137.

69. Argos : le premier héros de ce nom, fils de Zeus et de Niobé, donne son nom à la ville d'Argos et à l'Argolide ; le second, son arrière-petit-fils, doté d'un seul œil, ou de quatre, ou d'une infinité d'yeux répartis sur tout le corps, est chargé par Héra de garder Io transformée en génisse, et est tué par Hermès.

Page 138.

70. 6 000 hommes (cf. VII, 148) ; 7 777, chiffre sacré, dans la légende argienne.

Page 139.

71. Le vin des anciens, très épais, ne se buvait normalement que mélangé d'eau dans la proportion de 1/5 à 2/3.

Page 141.

72. Ces signes, les *symboles* (« ce que l'on rapproche »), étaient primitivement les deux moitiés d'un objet que les intéressés se partageaient ; leurs héritiers ou leurs représentants, pour se faire

reconnaître, présentaient la moitié conservée chez eux, que l'on
« rapprochait » de l'autre.

Page 142.

73. Dans les lois grecques, lorsqu'il y a revendication d'un dépôt,
en l'absence de toute preuve le serment du défendeur fait foi.

Page 143.

74. Cf. V, 81.
75. Les théores sont les délégués officiels qui représentent la cité
dans une fête religieuse, ici en l'honneur de Poséidon en son temple
célèbre du cap Sounion, à la pointe sud-est de l'Attique.

Page 144.

76. En 491, par les Athéniens, avec toute la population de l'île,
d'ailleurs.

Page 145.

77. Le pentathle, concours athlétique institué, disait-on, par
Jason pour les Argonautes, se composait de cinq épreuves : saut,
lancement du javelot, lancement du disque (ou, peut-être, pugilat),
course à pied et lutte.
78. Cf. IX, 73-75.
79. Cf. V, 105, et VII, 6.

Page 146.

80. Cf. VI, 48.
81. La mer Icarienne s'étend entre la Carie et les Cyclades. Une
correction est proposée : l'île d'Icaros, la première île à l'ouest de
Samos.
82. Cf. V, 30-34.

Page 147.

83. Ténos : à 15 km environ au nord de Délos ; Rhénée est à
quelques minutes de traversée de Délos.
84. Apollon et Artémis, nés à Délos de Zeus et de Léto.
85. En poids, plus de 10 000 kg ; en valeur monétaire, près de
2 millions de fr-or.
86. Interpolation probable.

Page 148.

87. Traductions fantaisistes, et qui sont peut-être les commentaires d'un lecteur. On interprète : Darius (Darayavaush), « le maître des biens » ; Xerxès (Khshayarsha), « le royal » ; Artaxerxès (Artakhshathra) « royaume d'Arta », c'est-à-dire du Bien.

88. À la pointe sud de l'Eubée.

89. Cf. V, 77.

90. Sur la côte est de l'Attique, à la frontière de la Béotie.

Page 149.

91. Marathon, « le champ de fenouil », à 40 km environ d'Athènes, présente une plaine en croissant longue de 10 km et large de 5 km, le long d'une baie arrondie ; le tumulus élevé par les Athéniens à leurs 192 morts (cf. VI, 117) s'y dresse toujours, haut de 9 m, mais la configuration de la plaine a changé, en raison des alluvions du torrent. Cf. carte VIII.

92. Les stratèges athéniens, institués par Clisthène, sont dix magistrats annuels, élus et rééligibles, chargés des affaires militaires et de tout ce qui s'y rattache en matière de finances, de justice et de diplomatie.

Page 150.

93. Coilé, « le Creux », dème d'Athènes au sud-ouest de la ville, par où passait la route du Pirée.

94. Cf. VI, 41.

Page 151.

95. Pan, dieu des troupeaux, semble originaire de l'Arcadie. Deux grottes, dans le flanc nord de l'Acropole, sont les antres de Pan, consacrés au dieu après la victoire de Marathon.

96. Il avait donc couvert 1 140 stades, environ 202 km, en 24 heures, par des chemins certainement escarpés et difficiles. La légende, postérieurement, lui fait apporter à Athènes la nouvelle de la victoire de Marathon et le fait tomber mort aussitôt.

97. Le mois de l'année lunaire, en Grèce, commence avec la lune, qui est dans son plein au 15 du mois ; le mois était celui des Carnéia, fêtes d'Apollon que les Spartiates célébraient du 7 au 15 (cf. VII,

206). La pleine lune serait celle du 11-12 août 490, la bataille ayant lieu le 12.

Page 152.

98. Styra : au sud-ouest de l'Eubée, en face de Marathon ; l'île d'Aigilia (actuellement Sira) est proche de la côte.

99. Jeune homme en 542 (CF. I, 61, 63), il a dépassé 70 ans en 490.

Page 153.

100. En 519-517.

101. Platées, en Béotie méridionale, à la lisière nord-ouest de l'Attique, est séparée d'Athènes par le mont Cithéron, et de Thèbes par l'Asopos.

Page 154.

102. Le polémarque est au Ve siècle l'un des neuf archontes, chargé à l'origine des questions militaires ; mais les archontes ne seront désignés par le sort qu'après 487-486 ; le polémarque, en 490, est le chef, élu, de toute l'armée.

Page 155.

103. Les stratèges commandaient à tour de rôle, un jour chacun.

104. Les dix tribus sont rangées dans un ordre officiel depuis leur institution par Clisthène (cf. V, 66) : s'agit-il de cet ordre fixe, d'un ordre déterminé par un tirage au sort ou en rapport avec le dénombrement des contingents avant la bataille ?

105. À côté des Panathénées, les plus importantes, Aristote mentionne les Délia, Brauronia (fêtes d'Artémis à Brauron), Héracléia, Éleusinia (fêtes d'Éleusis).

106. Hérodote ne donne pas le nombre des Grecs : de 9 000 à 10 000 Athéniens, et 1 000 Platéens ; leur ligne pouvait s'étendre sur 1,5 km environ avec, au centre, 2 000 hommes, les contingents de 2 tribus sur 4 rangs de profondeur — le minimum, semble-t-il, pour la disposition des hoplites —, le reste des forces étant disposé sur 8 rangs de profondeur aux deux ailes.

Page 156.

107. Cynégire : le frère du poète tragique Eschyle.

Page 157.

108. Cf. VI, 121, 124.

109. La bataille ayant eu lieu le matin, les Athéniens ont pu, en 8 heures de marche au plus, parcourir les quelque 37 km qui séparent les deux sanctuaires d'Héraclès ; la flotte perse doit contourner le cap Sounion et parcourir, en 12 ou 13 heures, une distance trois fois plus grande.

110. Phalère était encore le seul port d'Athènes (les travaux du port du Pirée ne furent commencés, par Thémistocle, qu'en 492).

111. Selon Xénophon Callimaque avait promis à Artémis de lui sacrifier une chèvre par ennemi tué ; le chiffre étant trop élevé, on pria la déesse de se contenter de 500 victimes, qu'on lui offrirait tous les ans, sacrifice qui se faisait encore cinq siècles après Xénophon.

112. Un être surnaturel apparaît ici dans les rangs ennemis, au contraire des apparitions qui eurent lieu à Delphes (cf. VIII, 38), et à Salamine (VIII, 84) ; ce guerrier barbu peut être l'esprit même du carnage, l'Arès brutal.

Page 158.

113. Ardéricca de Cissie, au fond du golfe Persique.

114. Première mention connue du pétrole (*rhadinacé* serait le mot perse) ; le puits se trouve près de Qirab.

115. Les Spartiates arrivèrent le lendemain de la bataille, retardés par leur guerre avec Messène, après trois jours et trois nuits de marche.

Page 159.

116. Le paragraphe entier manque dans certains manuscrits, et vient sans doute de quelques notes ajoutées par un lecteur à propos de ce personnage.

Page 160.

117. Cf. V, 63.

118. Qu'un signal ait été fait aux Perses est affirmé ; il aurait été donné d'un point élevé (le Pentélique ?) pour appeler la flotte perse sur Athènes ; il y avait évidemment dans Athènes des partisans d'Hippias ; ceux-ci étaient-ils les Alcméonides ?

Page 161.

119. Crésus fit consulter l'oracle de Delphes vers 556-555, mais

Alcméon, en Lydie, aurait été l'hôte d'Alyatte et non de Crésus ; l'anecdote, en dehors de toute chronologie sûre, associe la fortune des Alcméonides, leurs rapports avec les rois de Lydie, et l'or de Crésus.

Page 162.

120. Siris et Sybaris : sur le golfe de Tarente. Les dépenses et la mollesse des Sybarites étaient devenues proverbiales ; à Smindyridès se rattache, en particulier, l'anecdote des pétales de roses froissés qui endolorissent son dos.

121. Épidamne (Dyrrachium : Durazzo) sur la côte de l'Illyrie ; l'Étolie est au nord du golfe de Corinthe.

122. Pleidon d'Argos est placé soit au VIIIe siècle, soit au VIIe siècle. Mais la chronologie et les généaologies exactes n'ont rien à voir ici, où la légende, imitant celle d'Hélène de Troie, a brodé sur le thème : mariage de la fille unique d'un roi.

123. L'Azanie est à l'ouest-nord-ouest de l'Arcadie. Les Dioscures : Castor et Pollux, circulant parmi les mortels sous la forme de deux jeunes gens, guerriers ou voyageurs.

124. Les Molosses habitent le nord-est de l'Épire.

Page 164.

125. La danse, guerrière et religieuse, exécutée par un groupe, est un élément officiel dans les cérémonies de la cité ; dans la vie privée, elle apparaît dans les banquets, comme divertissement exécuté par des spécialistes ; pour que les convives dansent eux-mêmes, il faut qu'ils aient atteint un degré suffisant d'excitation. L'air noble accompagne une danse mesurée.

126. Les lois d'Athènes admettaient alors le mariage d'un citoyen avec une étrangère. Une loi, proposée par Périclès en 451-450, n'accorde les droits de citoyen qu'au fils né de parents tous deux citoyens d'Athènes.

Page 165.

127. Le nom de Périclès, sa généalogie, le rêve de sa mère, apparaissent ici en hommage à l'homme politique qui dirigeait Athènes et la Grèce, au moment où Hérodote y séjourne (en 446-445).

128. Gouverneur perse de la côte d'Asie (cf. VII, 135).

Page 166.

129. Déméter et Perséphone.

Page 167.

130. Le père de Périclès.

131. Hérodote rapporte ici une tradition antérieure à la conquête de Miltiade et qui la justifiait pour les Athéniens. Les Pélasges venaient de Béotie et on leur attribuait la construction du mur de l'Acropole (cf. V, 64).

Page 168.

132. La fontaine aux Neuf Bouches, l'Ennéacrounos, ne fut aménagée que sous les Pisistratides ; la source, voisine de l'Acropole, s'appelait auparavant Callirhoé, « la Belle Eau ».

133. Cf. I, 57 ; II, 51 ; V, 26 ; VII, 42.

134. À Brauron, à l'est d'Athènes ; elle avait lieu tous les 5 ans en l'honneur de l'Artémis qui passait pour avoir été rapportée de Tauride par Oreste et Iphigénie.

Page 169.

135. Les Lemniennes, affligées par Aphrodite d'une odeur infecte, et abandonnées de leurs maris qui leur préféraient leurs captives thraces, les massacrent tous, sauf le roi Thoas, sauvé par sa fille Hypsipyle ; plus tard, elles accueilleront les Argonautes (cf. IV, 145) — légendes recouvrant d'anciens rites d'exogamie, d'initiation, de fécondité.

136. Vers 500 ou 495 ? D'Éléonte, à l'extrémité méridionale de la Chersonèse jusqu'à Lemnos, à 65 km environ au sud-ouest, la distance est évidemment franchissable en un jour, la vitesse d'un voilier par bon vent atteignant au moins 150 km.

LIVRE VII

Page 172.

1. Cf. V, 99-102, et 105.

2. En 486 ; dès la nouvelle de la défaite perse à Marathon, des révoltes sporadiques avaient eu lieu en Égypte, surtout dans le Delta, pays riche que les Perses imposaient lourdement.

3. En 507, un document babylonien mentionne Artobazane comme le fils du roi ; mais, dès 498, Xerxès figure sur le bas-relief de Persépolis en costume royal, à côté de Darius, ainsi choisi parce qu'il était fils de la femme du plus haut rang. Hérodote place la décision vers 486 seulement, et rapporte, mais sans la reprendre à son compte, l'opinion, en Grèce, qu'un Grec avait conseillé le Grand Roi et que Darius avait adopté un usage spartiate.

Page 173.

4. Cf. VI. 65 sq.

Page 174.

5. En novembre 486 ; Xerxès régnera un peu plus de vingt ans.

6. Les Aleuades, ou descendants d'Aleuas, maîtres de Larissa, étaient la famille la plus puissante de Thessalie.

7. Hippias peut-être encore (cf. VI, 107) et ses parents.

Page 175.

8. Le chresmologue fait profession de colporter et d'interpréter des oracles. Onomacrite aurait réuni des textes et prophéties attribués à Musée, personnage légendaire, fils, ami ou contemporain d'Orphée, poète et musicien guérisseur.

9. Lasos, un poète lyrique d'Hermione, sur la côte sud-est de l'Argolide, avait vécu à Athènes à la cour d'Hipparque. Les îles en question, près de Lemnos, étaient des îlots volcaniques, dans une région où les phénomènes volcaniques étaient si fréquents que les Grecs en avaient fait le séjour et les forges d'Héphaistos.

10. En 485-484.

Page 176.

11. Cf. I, 123-136.

Page 177.

12. La voûte du ciel étant un couvercle posé sur le disque de la terre.

13. Trois points du discours sont propres à flatter l'orgueil des Grecs et des Athéniens en particulier : le rappel de leur coup de main sur Sardes, sans qu'il soit fait mention de ses suites moins brillantes (V, 101-103) ; l'échec des Perses à Marathon, et l'affirma-

tion qu'ils sont le seul obstacle à la conquête par les Perses du monde occidental.

Page 178.

14. Cf. VI, 43-45.

15. À l'inverse du discours de Xerxès, celui de Mardonios contient, pour les auditeurs grecs, un blâme et un conseil qui sont ceux qu'Hérodote adresse à ses contemporains : folie des batailles qui épuisent vainqueurs et vaincus, rappel de la communauté de langage qui oppose le bloc hellénique au reste du monde et commande à des peuples frères de régler pacifiquement leurs différends.

Page 179.

16. En limitant à la Grèce les projets grandioses de Xerxès.

17. Cf. IV, 83.

Page 180.

18. Cf. IV, 136 sq.

Page 181.

19. Outre l'éloge des Grecs, le discours d'Artabane consigne, comme malheurs à redouter, exactement ce qui arrivera à l'expédition de Xerxès : défaite sur mer et sur terre, foudre et panique (VII, 43 ; VIII, 12, 37-38), mort de Mardonios lui-même par suite de la « jalousie » divine (IX, 63 ; I, 32).

Page 182.

20. Pélops : comme fils de Tantale, roi de Lydie, la Lydie ayant été conquise par Cyrus.

Page 183.

21. Grande taille et beauté sont les signes auxquels on reconnaît héros et divinités, et la beauté, en particulier, appartient à la divinité favorable.

22. Xerxès a 30 ans au moins ; il est prince héritier depuis 498, et il marie son fils en 479 (cf. IX, 108). La « jeunesse » est la période qui va de l'adolescence aux approches de la quarantaine.

Page 184.

23. Les bas-reliefs de la salle du trône de Xerxès, dans les ruines du palais de Persépolis, montrent le roi assis sur son trône (haute chaise à dossier droit, aux pieds terminés en griffes de lion, un coussin posé sur le siège), vêtu de la longue robe à manches, la *candys*, coiffé d'une tiare, la *cidaris*, et portant colliers et bracelets.

Page 185.

24. Dans l'interprétation d'Artabane, rationaliste et moderne, le rêve est un produit du passé du rêveur, tandis que l'oniromancie en faisait l'annonce d'événements à venir.

Page 187.

25. La vision prophétique est un avertissement, mais elle n'est comprise qu'après les événements ; l'élément essentiel du songe, ici, est la disparition de cette couronne d'olivier, l'arbre qui symbolise la Grèce.

26. Les préparatifs occupent les années 485-484 à 481-480, et le départ a lieu au printemps de 480 (cf. VII, 37).

Page 188.

27. Aux deux expéditions rapportées précédemment, celle des Scythes en Asie (I, 103-106) et celle de Darius contre les Scythes (VI, 1, 83 sq.), Hérodote ajoute la guerre de Troie, et une expédition de peuples du nord-ouest de l'Asie Mineure en Europe jusqu'à la Thessalie et la mer Ionienne, expédition dirigée par Laomédon, le père de Priam, à qui l'on attribuait la construction des murs de Troie, et qui aurait régné au XIIIᵉ siècle ; mais la légende n'indique ni la date, ni le motif (exode, conquête, ou querelle de souverains) de l'invasion, ni la raison pour laquelle elle s'est arrêtée.

Page 189.

28. L'Athos (cf. VI, 44-45), haut de 2033 m, est rattaché au continent par un isthme de 12 stades (= 2 km) de large ; Toroné était à la pointe de la deuxième péninsule de la Chalcidique (Sithonie), sur la côte sud ; Sané et les cinq villes énumérées plus loin, et qui firent partie de la Confédération d'Athènes, n'ont pas encore été retrouvées.

29. Une bande de terre, au travers de l'isthme, qui présente une végétation plus riche (la terre comblant un fossé ancien et gardant mieux l'humidité), délimite le tracé du canal; 300 pièces d'or perses, des dariques, furent d'ailleurs retrouvées à proximité.

Page 190.

30. L'endroit est un marché (les ouvriers recevaient donc un salaire), et en même temps un lieu de réunion et d'assemblée.

31. Les bateaux de dimensions médiocres étaient halés à travers les isthmes, glissant sur des rondins de bois; mais à Corinthe la voie qu'ils suivaient pour franchir l'isthme, le *diolkos*, en partie retrouvée en 1956, était large de 3,50 m à 5 m, dallée de calcaire, et creusée de trois rainures parallèles pour guider le chariot porteur. Percer un isthme semblait aux Grecs un acte de démesure coupable, allant contre la volonté des dieux qui auraient fait une île au lieu d'une presqu'île, s'ils l'avaient voulu.

32. Cordages d'écorce de papyrus, ou cordages de filasse, fournie par les feuilles rouies d'une plante.

33. Les points de ravitaillement sont énumérés d'est en ouest. La Pointe Blanche et Tyrodiza : sur la côte nord de la mer de Marmara, à l'ouest de Périnthe; Doriscos : sur la côte thrace, à l'ouest de l'embouchure de l'Hèbre; Éion, à l'embouchure du Strymon.

34. Critalles : localité non identifiée, au sud-est de l'Halys que l'armée franchit pour gagner la vallée du Méandre.

Page 191.

35. Dans une grotte, à la source même de la rivière qui avait pris son nom, le satyre Marsyas avait été écorché vif par Apollon, qu'il avait défié en opposant la flûte de Pan à la lyre du dieu.

36. Le père de Pythios, Atys, est le fils de Crésus (cf. I, 34); le platane et la vigne d'or, ciselures précieuses attribuées à Théodore de Samos étaient de très petite taille, puisque le platane n'aurait pas donné d'ombre à une cigale.

Page 192.

37. Anaua, près d'un lac salé qui est l'Aci Gul; Colosses (près de Honat), sur le Lycos (affluent du Méandre) qui, s'il n'a pas un cours souterrain sur 5 stades (environ 900 m), passe par une gorge très étroite.

Page 193.

38. Le miel artificiel : cf. I, 193 ; IV, 194. Le goût des Perses pour les arbres, les jardins, les parcs royaux (d'où vient le mot « paradis »), était très poussé. Sur les Immortels, cf. VII, 83.

39. La raison en sera donnée en VII, 133.

Page 194.

40. En 479 (cf. IX, 116) ; Xanthippe est le père de Périclès.

41. Comme on marque esclaves et bétail. Juger et châtier un objet inanimé est d'ailleurs normal selon la loi grecque.

Page 195.

42. Placés dans le sens du courant de l'Hellespont, les navires sont, pour Hérodote, disposés transversalement par rapport au Pont-Euxin, qu'il suppose formant, comme la Propontide, un angle droit avec l'Hellespont. Les ancres signalées, les plus fortes, sont celles qui assurent le premier pont sur son flanc nord contre les vents du nord et de l'est, et le second pont sur son flanc sud contre ceux de l'ouest (Zéphyr) et du sud (Notos).

Page 196.

43. L'armée quitte Sardes au printemps de 480, selon Hérodote, mais la seule éclipse qui ait été visible à Sardes vers cette époque est celle du 10 août 481. L'interprétation qu'en donnent les Mages est fausse, du fait qu'ils considèrent le Soleil comme le dieu grec, Apollon, quand il est divinité importante des Perses également.

44. Cf. VII, 20.

Page 197.

45. Faire défiler l'armée entre les deux parties d'une victime humaine semble un rite de purification, après le présage menaçant de l'éclipse de soleil.

46. En signe de respect pour le roi qu'ils précèdent.

47. Zeus : le dieu suprême Ormuzd ; sur le sort de ce char, cf. VIII, 115.

Page 198.

48. Ces soldats, en particulier les Dix Mille qui sont les Immortels (cf. VII, 83), figurent sur les bas-reliefs du palais de Suse avec leurs robes brodées, leurs armes, leurs bijoux ; ils étaient

appelés *mélophores,* en raison des fruits (grenades et pommes) ornant le bas de leur lance.

49. L'armée a descendu la vallée de l'Hermos (le Gédiz) et longe la côte jusqu'au Caïque (le Bakir) ; puis, par Atarnée (en face de Mytilène), laissant sur sa gauche le promontoire de Cané, elle gagne Atramyttion (Edremit) et Antandros et dépasse le mont Ida pour rejoindre sur la gauche la côte, et la plaine de Troie.

Page 199.

50. Pergame était l'acropole d'Ilion, portant le palais de Priam. L'Athéna d'Ilion est la déesse hostile aux Troyens, à qui les guerriers de Troie adressent vainement leurs offrandes dans l'*Iliade ;* les Héros sont les combattants tombés dans la guerre de Troie, spécialement Achille. De la part des Perses pour qui la guerre de Troie et l'*Iliade* ne sont pas les éléments premiers de leur histoire et de leur littérature, ces manifestations pour se concilier des dieux étrangers qui ont détruit une ville d'Asie sont dues aux conseils des Ioniens et des Grecs qui entourent Xerxès, comme utile propagande auprès des cités grecques à rallier. Au printemps de 334, Alexandre le Grand, débarquant en Asie, viendra de même à Ilion sacrifier à Athéna, à son ancêtre Héraclès, et à Achille, en successeur des héros grecs, et continuant leur lutte contre l'Asie.

51. Gergis : ville de Troade.

Page 203.

52. Cf. V, 136 sq.

Page 204.

53. Akinakès : courte épée droite, en usage chez les Perses et les Scythes. Ces rites semblent plus grecs que perses.

Page 206.

54. La flotte cingle vers le cap Paxi, en face de Samothrace, à l'extrémité nord du golfe Mélas (le golfe de Saros), que l'armée contourne ; Hellé tomba dans le détroit qui tira d'elle son nom : Hellespont, quand un bélier volant la transportait, avec son frère Phrixos, de Béotie en Colchide. Agora : dans le nord de la Chersonèse. Ainos : cf. IV, 90 ; le lac Stentoris : les marécages qui terminent le cours de l'Hèbre (Maritza).

55. Par Mégabyse, que Darius chargea de conquérir la Thrace (cf. V, 2).

Page 207.

56. Le cap Makri, au nord-ouest de l'embouchure de l'Hèbre, est célèbre parce que les femmes thraces y avaient déchiré Orphée. Les Cicones habitaient la côte thrace.

57. Le chiffre que donne Hérodote est exagéré, et traduit l'impression durable qu'avait faite sur les Grecs l'ampleur de l'expédition jetée sur leur pays; en l'absence de documents et de chiffres précis pour les divers contingents engagés à côté des Perses, les chiffres proposés, pour des raisons de logique, de stratégie, de ravitaillement, de géographie, etc., vont de 65 000 à 200 000 combattants.

58. Ces peuples vont être énumérés, avec leurs chefs et de brèves indications au passage sur leurs origines; d'abord les Perses et les Mèdes, centre de l'empire; puis les peuples de l'est, du Tigre à l'Indus; ceux du sud, ceux de l'Asie Mineure, et les peuples maritimes de l'ouest de l'empire. Ils sont déjà mentionnés, pour la plupart, au livre III de *L'Enquête*. Pour les chefs de ces contingents, cf. VII, 81.

Page 208.

59. Rapprochement de noms entre Médée (cf. I, 2) et les Mèdes. Ariens : le nom figure dans une inscription de Darius, où il se proclame Perse fils d'un Perse, Arien de race arienne; il désignerait la race iranienne comme race « noble »

60. Le turban, *mitre*, désigne la coiffure faite d'une bande d'étoffe, soit en simple bandeau, soit enroulée en plusieurs tours.

61. Ces casques seraient faits de lanières de cuir à écailles ou bossettes de métal; il n'en figure pas de semblables sur les bas-reliefs de Persépolis. Sur les cuirasses de lin, cf. III, 47.

62. Phrase interpolée : les Chaldéens sont, pour Hérodote, des prêtres.

Page 209.

63. Saces Amyrgiens : du nom d'un Amorgès, roi des Saces, qui aurait été contemporain de Cyrus ou de Darius. Le haut bonnet pointu, avec couvre-joues et couvre-nuque, coiffe les Saces des bas-reliefs de Persépolis.

64. Le coton (cf. III, 47).

Page 210.

65. L'arc dit « réflexe », qui s'arme en ramenant en arrière les pointes qui sont en avant dans la position détendue, est l'arc asiatique.

66. L'anthropologie distingue effectivement les lissotriches à cheveux raides (Asiatiques et Mongols), des ulotriches (de race noire, à cheveux crépus) et des cymotriches frisés et ondulés (les Européens).

Page 211.

67. Les Ligures, cf. V, 9, et VII, 165 ; le nom désigne un peuple habitant au-dessus de Marseille ; rien n'atteste la présence d'une colonie ligure sur la côte sud de la mer Noire.

Page 212.

68. Du nom du mont Olympe de Mysie (le Kechich Dagh), au sud-est de Brousse.

69. Leur bouclier léger, d'osier recouvert de cuir, échancré en forme de croissant, la *peltè*, donnera son nom aux peltastes, formant l'infanterie légère de l'armée grecque à partir de la fin du Ve siècle.

70. Un nom manque au début de ce paragraphe ; on conjecture : Pisidiens, l'un des peuples mentionnés en III, 90, à côté des Cabales et Lasoniens du paragraphe suivant.

71. Épieux lyciens : les manuscrits donnent ici un mot composé avec *lyco* « loup », donc épieux pour la chasse aux loups ; la correction en *lycio* « lycien », donne une indication plus précise sur le genre de l'arme : épieux « fabriqués en Lycie ».

Page 213.

72. Leurs vêtements doivent être drapés, et non ajustés comme ceux des peuples précédents, puisqu'ils usent d'agrafes.

73. Les « Relégués » : les îles du golfe Persique servaient de camps d'internement.

74. En 479 (cf. IX, 102).

Page 214.

75. Les 27 chefs des contingents énumérés (VII, 61-80) comprennent : 5 frères et demi-frères de Xerxès (Hystaspe, Arsaménès, Arsamès, Gobryas et Ariomardos), 2 beaux-frères

(Artochmès et Anaphès), 4 cousins, fils des frères de Darius (Artyphios, Ariomardos, Artaphrénès, Bassacès), et son beau-père Otanès. Les autres sont certainement des parents plus ou moins proches ou des Achéménides. Ces chefs ont choisi des chiliarques, commandant un groupe de 1 000 hommes, et des myriarques, commandant un groupe de 10 000 hommes ; les myriarques ont à leur tour choisi des chefs de groupes de 100 et de 10 hommes.

76. Mardonios est cousin et beau-frère (cf. VI, 43) de Xerxès ; Tritantaichmès et Smerdoménès sont ses cousins, Masistès son frère ; Mégabyse est le petit-fils de Mégabyze (l'un des Sept, cf. III, 70). Gergis est le seul dont la famille soit inconnue.

77. Sur les bas-reliefs de Suse les Immortels, archers de la garde personnelle du roi, comprenant des Perses et des Mèdes au teint clair et des Élamites au teint sombre, portent des robes brodées, des boucles d'oreilles et des bracelets d'or.

Page 215.

78. L'âne sauvage, onagre, existe toujours au Béloutchistan.

79. Les Caspiens sont nommés deux fois ici ; leur nom a peut-être remplacé celui des Saces, nommés à côté des Bactriens en VII, 64, et comme cavaliers en IX, 71.

Page 216.

80. Le chameau de selle peut parcourir au pas de 4 à 6 km à l'heure ; à fond de train il ne dépasse pas 20 km à l'heure, alors que le cheval de course peut atteindre 65 km.

81. Le chiffre est donné par Eschyle : 1 000 vaisseaux et 207 unités rapides. Cornelius Nepos indique 1 200 navires de guerre et 2 000 transports. Diodore de Sicile précise : plus de 1 200 navires, dont 320 montés par des équipages grecs, et, de plus, 850 transports pour les chevaux et 3 000 navires à trente rames. Le chiffre a pu être conjecturé par ce que les Grecs savaient des ports et chantiers qui avaient fourni les navires, et poussé au maximum. Dans Hérodote, d'ailleurs, des tempêtes providentielles (cf. VIII, 13) le réduiront, par des pertes énormes, à quelque 600 navires utilisables.

Page 217.

82. L'opinion d'Hérodote paraît acceptable actuellement : les Phéniciens seraient venus en plusieurs vagues de l'Arabie ou du golfe Persique, au cours du 3e millénaire.

83. Casques et cuirasses étaient faits de lanières de cuir bardées de métal.

84. La tiare (*citaris* ou *cidaris*) : correction proposée au texte, qui donne ici le mot : tunique.

85. Cythnos, l'une des Cyclades. Chypre avait une ville, Salamis, de même nom que l'île voisine d'Athènes.

86. Les Hypachéens (le mot signifierait « Achéen du bas-pays ») sont inconnus. Cilix est un frère d'Europe et de Cadmos.

87. Les devins Amphilochos et Calchas (ou Mopsos), après la prise de Troie, auraient été jetés par la tempête sur la côte d'Asie Mineure, et auraient fondé la ville de Mallos en Cilicie.

Page 218.

88. Cf. I, 171.

89. Danaos vint d'Égypte avec sa fille (cf. II, 91, 171) ; sur Xouthos fils d'Hellen, et Ion, cf. V, 66, et VIII, 44.

90. Les Insulaires sont les Grecs des îles de l'Égée récemment conquises par les Perses (cf. VI, 31, 49, 99).

91. Les Hellespontins comprennent les habitants de l'Hellespont proprement dit (Dardanelles), de la Propontide (mer de Marmara) et du Bosphore.

Page 219.

92. Achéménès et Ariabignès ont, sous leurs ordres, chacun une escadre de 200 navires (ceux d'Égypte, selon VII, 89, et ceux des Ioniens-Cariens-Doriens, selon VII, 93) ; à supposer le même nombre de vaisseaux confiés aux deux autres chefs, on obtiendrait, pour la flotte de guerre, le chiffre de 800 navires, plus vraisemblable que les 1 207 annoncés précédemment.

93. Interpolation coupant la liste des chefs de la flotte.

Page 220.

94. Les chefs locaux demeurent à la tête de leurs contingents ; sous les formes hellénisées de leurs noms, on retrouve : dans Siromos, le phénicien Hiram (qui avait été établi roi de Tyr par Nabonide en 554) ; dans Merbalos d'Arados, Merbaal d'Arwad (Rouâd, île proche de la côte au nord de Tripoli de Syrie). Cyberniscos fils de Sicas est corrigé en Cybernis fils de Cossicas, le nom de Cybernis étant attesté par des inscriptions. Syennésis, cf. I,

74; Gorgos, cf. V, 104, 115; Histiée, cf. V, 37; Damasithymos, cf. VIII, 87.

95. Hérodote est d'Halicarnasse, et il loue sans réserve la femme énergique qui régnait sur sa ville dans son enfance; cf. VIII, 87-88 et 101-102. Calydna (Calymnos), Cos et Nisyros sont des îles en face d'Halicarnasse (Bodrum).

96. Halicarnasse passait pour avoir été fondée par un fils de Poséidon, Anthas (ou Anthès), venu de Trézène (dans le Péloponnèse).

97. Les navires sidoniens sont, à plusieurs reprises, déclarés les meilleurs (cf. VII, 44, 96, 99); les embarcations à coque arrondie, la poupe relevée en col de cygne, avec un mât central et la grande voile carrée, et mues par un seul rang de rameurs, figurent sur des fresques égyptiennes dès 1500 av. J.-C.

Page 222.

98. Le roi de Sparte ayant double portion (cf. VI, 57).

99. Xerxès estime donc le nombre des hommes qu'il conduit à 5 millions; en VII, 186, Hérodote dénombrera 5 283 220 hommes (eunuques, femmes, bêtes de somme et chiens non compris).

Page 224.

100. À partir de 479, les Grecs attaquent les Perses demeurés dans des places de Thrace, de Chersonèse et de l'Hellespont; Sestos sera reprise dès 479 (cf. IX, 114 sq.).

Page 225.

101. Éion, à l'embouchure du Strymon, fut assiégée en 476-475.

102. Cf. IV, 143; V, 1 sq.; VI, 44-45.

103. Les forts des Samothraciens : des fortins permettant à Samothrace de contrôler la côte; le Lisos serait un petit cours d'eau qui arrive à la mer à la ville actuelle d'Alexandroupolis; Mésembria, à l'est du Lisos, et Strymé à l'ouest, n'existent plus. Sur les Cicones, cf. VII, 59.

Page 226.

104. Maronée : actuellement Maronia; Dicée : Kurnu? Abdère : ruines près du hameau d'Avdhiou; le lac Ismaris : les lagunes près de Xilagani? le lac Bistonis : la grande lagune de Vistonis; le Trauos est le Compsatos.

105. Le site de Pistyros n'a pas été retrouvé.

106. Les peuples énumérés occupent, d'est en ouest, les régions situées entre l'embouchure de l'Hèbre, le mont Ismaros, et l'embouchure du Strymon.

107. Les Satres habitaient la région du mont Rhodope. Sur le culte de Dionysos en Thrace, cf. V, 7 ; Hérodote, en comparant l'oracle à celui de Delphes, indique, soit que les formalités de la consultation n'y sont pas plus compliquées, soit que les réponses données n'y sont pas plus obscures.

Page 227.

108. Sur le Pangée et les Odomantes, cf. V, 16. Les Pières habitaient à l'est du Strymon et venaient de la région qui gardait le nom de Piérie (VII, 131).

109. Dobères et Péoniens, cf. V, 16 ; les Péoples, cf. V, 15.

110. Orientation inexacte : l'Aggitès, affluent de la rive gauche du Strymon, coule non pas du nord au sud, mais du nord-est au sud-ouest ; le Strymon, non pas de l'est à l'ouest, mais du nord-ouest au sud-est. Des animaux rapides sont sacrifiés aux eaux rapides.

111. Les Neuf Routes, où Histiée avait fondé la place de Myrcinos (cf. V, 23), et où les Athéniens fonderont plus tard Amphipolis. Sur les ponts, cf. VII, 24.

112. Les sacrifices humains ne semblent pas avoir été en usage en Perse. Amestris (sultane féroce en IX, 109 sq.) offre ces victimes (deux fois 7, même nombre sacré en I, 86) soit en rançon pour sa vie, soit en offrande propitiatoire précédant sa propre mort.

Page 228.

113. Argilos, et la Bisaltie, au fond du golfe d'Orfano, à l'ouest du Strymon ; la plaine de Sylé (du nom d'un fils de Poséidon, Sylé, qui tuait les passants et fut lui-même tué par Héraclès), au débouché du lac Volvi (ou Mpesikion) ; Stagire (où naquit Aristote) se trouvait au nord-est d'Acanthos (Iérissos).

114. La voie frayée par les soldats, qui déboisent le terrain (cf VII, 131), était reconnaissable et en usage encore trois siècles plus tard, selon Tite-Live.

115. Environ 2,55 m (cinq coudées royales font 2,62 m ; quatre doigts font 0,074m).

Page 230.

116. Therma, actuellement Thessaloniki (Salonique). Les trois colonnes marchent parallèlement, avec les chefs énumérés en VII, 82, mais Hérodote n'indique pas avec précision leurs routes respectives, en particulier lorsqu'il y a des lacs ou lagunes et des massifs montagneux à contourner ; plusieurs ponts sont signalés sur le Strymon (VII, 114). Xerxès, dans la colonne médiane, laisse sur sa gauche les villes de la côte ; les peuplades de la côte sont enrôlées de force sur les navires, c'est-à-dire par la première colonne qui suit le rivage et est en liaison avec la flotte, tandis que les montagnards de l'intérieur sont emmenés par la troisième colonne (VII, 110).

Page 231.

117. Sur le canal de l'Athos, cf. VII, 23 ; le golfe Singitique sépare la péninsule de l'Athos de la péninsule centrale de la Chalcidique, la Sithonie, terminée au sud par le promontoire d'Ampélos ; Singos se trouvait à la base de la péninsule, sur le golfe Singitique, et Toroné à son extrémité ; Sermylé (Ormilia) et Olynthe (qui fut rasée par Philippe de Macédoine en 348) étaient au fond du golfe.

118. Potidée : sur le golfe de Toroné, à la base de la péninsule de Pallène, qui s'appelait autrefois Phlégra (« la Brûlante »), rappel d'une ancienne activité volcanique. Aphytis, Néapolis, Aigé, Thérambos, se trouvaient sur la côte nord-est de la péninsule ; Scioné, Mendé et Sané sur la côte sud-ouest.

119. Villes de la côte sud-ouest de la Chalcidique, entre Potidée et Therma.

120. La Mygdonie : le nord de la Chalcidique, du cours inférieur de l'Axios au Strymon. Sindos : à l'embouchure du Cheidoros ; Chalestré est sur l'Axios (le Vardar en Yougoslavie) ; la Bottie va de l'Axios à l'Haliacmon et son étroite bande côtière appartenait à Ichnées et à Pella, située dans l'intérieur à environ 40 km de Therma (Thessalonique) et qui sera au siècle suivant la capitale des rois de Macédoine.

Page 232.

121. La Péonie : les vallées moyennes de l'Axios et du Strymon ; la Crestonie est au nord du lac Bolbé (le lac Volvi).

122. La raison semble bien en être que les chameaux marchaient

dans les derniers rangs, leur odeur épouvantant les chevaux (cf. VII, 87), et que les lions attaquaient à la nuit les traînards isolés en queue de colonne ; les lions habitaient toute la région montagneuse qui va du nord de la Thrace à la chaîne du Pinde où naît l'Achéloos.

123. Peut-être des aurochs (le *bos primigenius*) qui existèrent en Europe jusqu'au XVIIIe siècle.

124. Le Lydias se jette dans le golfe Thermaïque non loin de l'Axios. La Macédonide est la plaine entre l'Axios et l'Haliacmon, d'où venaient les Téménides (cf. VIII, 137-138).

Page 233.

125. Les Perrhèbes, au nord-est de la Thessalie ; Gonnos, sur le Pénée, commandait la passe de Tempé. Xerxès dut vouloir examiner les lieux plutôt que visiter en touriste une vallée célèbre.

126. L'Olympe est le plus haut massif de la Grèce (2 917 m) et le séjour des dieux dans la légende ; l'Ossa (1 978 m) et le Pélion (1 651 m) au sud-est sont sur la côte ; la chaîne de l'Othrys (1 730 m) au sud-ouest domine le golfe de Lamia ; la chaîne du Pinde s'étend du nord-ouest au sud-est, de l'Albanie au golfe de Corinthe.

Page 234.

127. Le Pénée (le Pinios) reçoit plusieurs affluents, dont l'Énipée sur sa droite (réunissant les eaux de deux rivières descendues des monts Othrys) et le Titarisios sur sa gauche. Le lac Boibéis est l'actuel lac Voivis, au pied du Pélion. Les constatations d'Hérodote sont exactes : la cluse de Tempé, ouverte par des phénomènes volcaniques complétés par le travail des torrents, a vidé les lacs qui recouvraient la Thessalie jusqu'au quaternaire.

128. Seuls les Aleuades appelaient Xerxès (VII, 6), et les Thessaliens ne passeront aux Perses qu'abandonnés par la Grèce (VII, 172-174).

Page 235.

129. La Piérie, au sud de la Macédoine, entre l'Haliacmon et le Pénée, à l'ouest de l'Olympe. Xerxès a donc quitté Therma sans qu'Hérodote signale son départ ni les routes suivies, l'étape étant courte.

130. Cf. VII, 32.

131. Le serment parle des peuples qui « se sont livrés », ce qui

permet de croire, ou qu'il n'a pas été prononcé à cette date, mais après les Thermopyles (quand les peuples passés aux Perses furent connus), ou qu'il ne visait pas des pays précis et contenait seulement une formule générale d'avertissement.

Page 236.

132. Cf. VI, 48. Le Barathre était, à Athènes, une ancienne carrière, à l'ouest de l'Acropole, où l'on précipitait certains condamnés à mort.

133. Ce fut pour avoir brûlé un temple de Sardes (V, 102). Que des hérauts aient été envoyés à Athènes malgré sa rupture officielle avec les Perses (V, 73, 96) et la rancune de Darius (V, 102, 105) a été mis en doute ; mais la tradition athénienne est formelle sur ce point.

134. Le héraut, intermédiaire entre les chefs ou les cités, est un personnage « tabou ». Talthybios est, dans l'*Iliade*, le héraut d'Agamemnon, roi d'Argos et frère de Ménélas roi de Sparte ; à Sparte, où il avait un sanctuaire comme protecteur des ambassadeurs, la fonction de héraut était héréditaire (cf. VI, 60).

135. Sans doute à Sardes, où réside le commandant militaire de la région (cf. V, 25).

Page 237.

136. Prosternations et agenouillements sont des attitudes d'esclaves, aux yeux des Grecs.

Page 238.

137. Haliées : petit port en Argolide où s'étaient retirés les « esclaves » chassés de Tirynthe par Argos (cf. VI, 83).

138. D'après Thucydide, dans l'été de 430, les ambassadeurs d'Athènes qui se trouvaient en Thrace près de Sitalcès obtinrent de son fils Sadocos (qui avait reçu le titre de citoyen athénien) qu'il leur livrât les six ambassadeurs de Sparte et de ses alliés au moment où ils s'embarquaient à Bisanthe (sur la Propontide) ; ceux-ci furent conduits à Athènes et exécutés, en représailles des exécutions par les Spartiates des marchands athéniens et alliés qu'ils prenaient en mer.

Page 240.

139. Ce jugement date du début de la guerre entre Athènes et

Sparte, au moment où Athènes s'est attiré de nombreuses haines en Grèce ; avec une impartialité courageuse, Hérodote, tout en reconnaissant la valeur des Spartiates et leur volonté de combattre sur leur sol, rappelle ce qui est trop oublié, deux générations après Salamine : le rôle d'Athènes dans la résistance et la victoire.

140. Athènes dut questionner l'oracle au moment où l'immense pression perse avait soumis la Grèce du nord et paraissait devoir l'emporter fatalement.

141. « Fuis au bout du monde » : l'oracle conseille aux Athéniens d'abandonner leur pays et d'aller s'établir à l'extrême ouest du monde connu. Un oracle aussi pessimiste, qui annonce la ruine totale, n'a pas pu être forgé après les événements qui l'avaient démenti. Sueur et sang ruisselant de la pierre ou du métal étaient (et sont toujours) signalés comme présages de terribles malheurs.

Page 241.

142. Tritogénie : Athéna, née près du lac Tritonis (cf. IV, 180).

143. L'oracle conseille une « muraille de bois » : les navires, pour fuir Athènes ; le nom de Salamine, adjonction postérieure selon certains, peut appartenir à la rédaction primitive, un engagement naval étant à prévoir là si les Grecs tentaient de défendre l'isthme de Corinthe et le Péloponnèse.

Page 242.

144. Sur les chresmologues, cf. VII, 6.

145. Thémistocle, né vers 523, avait été archonte éponyme à 30 ans, en 493-492, et avait alors fait commencer les travaux d'aménagement du port du Pirée ; il n'était donc pas nouveau venu sur la scène politique en 481 ; mais l'exil imposé à son rival Aristide (483-482) et l'adoption par le peuple de sa loi navale (cf. VII, 144) le mettaient alors au premier plan.

Page 243.

146. Les revenus des mines d'argent du Laurion (au sud-est de l'Attique) ont été évalués, pour l'année 483-482, après la découverte de nouveaux gisements, soit à 100, soit à 200 talents (600 000 fr-or, ou 1 200 000 fr-or) ; l'argent était distribué annuellement aux citoyens, ou à tous les individus pubères de sexe masculin, citoyens à partir de 18 ans révolus, et futurs citoyens. Les 200 navires indiqués par Hérodote ont été ramenés à 100 (100 unités nouvelles,

à ajouter à la flotte existante) ou considérés comme l'armement théorique souhaitable. Les chiffres donnés par Hérodote sont cependant justifiables (les 200 talents, provenant de deux entreprises minières, le Laurion et Maronée, permettent de construire 200 trières), et les répartitions proposées, en trois distributions (à raison de 10 drachmes = 10 fr-or, par tête), permettent d'évaluer à 40 000 environ le nombre des citoyens d'Athènes vers 480 av. J.-C. Le décret de Thémistocle date d'avant la mi-août 480.

147. Sur la guerre avec Égine, cf. V, 81 sq., et VI, 87 sq.

148. À l'isthme de Corinthe (cf. VII, 172).

Page 246.

149. Argos, après les événements, justifie son abstention d'abord par un oracle divin (cf. I, 174), puis en en rejetant la responsabilité sur Sparte, en particulier pour une question de prestige qui sera également invoquée par Gélon (VII, 158-162) et opposera les alliés devant l'ennemi (IX, 26). Argos faisait remonter à Agamemnon et à la guerre de Troie son droit au commandement.

Page 247.

150. Cependant (cf. V, 75), les deux rois ne peuvent pas être ensemble à l'armée.

151. Cf. VII, 61.

Page 248.

152. Callias négocie la paix (qui porte son nom) entre Athènes et ses alliés d'un côté, les Perses de l'autre, en 448 ; Argos est l'alliée d'Athènes à cette époque, ce qui explique la présence de ses ambassadeurs et la justification de sa politique par les Athéniens, suivis par Hérodote, contre les accusations de ses adversaires (VII, 152).

153. Cf. V, 53-54.

Page 249.

154. Télos : une des Sporades, actuellement Tilos, au sud du cap Triopion, et proche de Rhodes.

155. La tradition et les textes affirment cette origine rhodienne de Géla, fondée vers 688 par Antiphèmos, dont le nom figure sur une coupe de Géla, dédiée au fondateur qui était l'objet d'un culte dans sa cité.

156. Les Déesses souterraines : Déméter et Perséphone ; leur grand-prêtre, le hiérophante, doit diriger les cérémonies d'initiation à leurs mystères, son nom signifiant « révélateur des choses sacrées ».

157. Encore : le premier sujet d'étonnement étant le facile succès de l'intervention.

Page 250.

158. Cléandros établit la tyrannie à Géla, vers 505 ; son frère Hippocrate soumet, vers 498, sur la côte orientale de la Sicile, Zancle (Messine), Callipolis, Naxos (près de Taormina), et Léontini ; Camarine, sur la côte sud, était une colonie de Syracuse.

159. Hippocrate règne 7 ans, et meurt en 491 devant Hybla Héraia (actuellement Ragusa, entre Géla et Syracuse).

160. Les Gamores, « ceux qui ont reçu une part de la terre » : l'aristocratie terrienne, descendant des fondateurs entre lesquels les terres avaient été partagées. Les Cyllyriens : la population indigène réduite au servage, et comparable aux hilotes à Sparte.

161. Casmène : à la pointe sud-est de la Sicile ; Gélon s'établit dans Syracuse en 485, et s'appuie sur les oligarques qu'il y installe (VII, 156).

Page 251.

162. De Mégare Hyblaia, au nord de Syracuse.

163. Eubée de Sicile, colonie de Léontini, au sud de cette ville.

164. Le nom des Athéniens est omis dans certains manuscrits : omis par un copiste, omis par les Spartiates parlant en leur seul nom, ou supprimé du texte par parti pris, ou rétabli au contraire dans les autres manuscrits par l'orgueil des Athéniens ?

Page 252.

165. Cf. V, 45-46.

Page 253.

166. Agamemnon, roi d'Argos et de Mycènes dans l'*Iliade*, est, pour les Spartiates, roi d'Amyclées ou de Sparte, où un culte lui était rendu.

Page 254.

167. Les Athéniens, comme les Spartiates, invoquent contre les

prétentions d'une ville récente (colonie rhodienne fondée deux
siècles auparavant) leur propre histoire ancienne, attestée par
Homère : ils sont un peuple autochtone, dont le premier roi,
Érechthée-Érichthonios, est « né de la terre », dont le roi Ménes-
thée, arrière-petit-fils d'Érechthée, est l'égal de Nestor en stratégie
(*Iliade*, II, 546-556) ; mais ils affirment de plus, comme Gélon, leur
supériorité matérielle sur un point (cf. VIII, 1-3).

Page 255.

168. L'image viendrait d'une oraison funèbre prononcée par
Périclès pour les soldats tombés dans une guerre (contre Samos en
440). L'explication qui la suit semble être un commentaire inter-
polé.

169. Cadmos est-il le fils du Scythès chassé de Zancle, qui va
vivre à la cour de Darius (VI, 23-24) ? Son père aurait quitté Cos
pour s'établir à Zancle, et Cadmos, laissé à sa place, aurait renoncé
à la tyrannie en raison d'un mouvement démocratique, celui auquel
Mardonios se conforme (en VI, 43) ; avec les Samiens quittant leur
île, Cadmos aurait pris Zancle vers 494 ; ceci aurait eu lieu vers 490,
avec l'aide d'Anaxilas.

Page 256.

170. L'armée comprend des Carthaginois, les Phéniciens, auxquels s'ajoutent leurs sujets : Libyens d'Afrique du nord, Ibères
d'Espagne orientale, et des mercenaires : des Ligures habitant à
l'est de Marseille (cf. V, 9), des Élisyces habitant entre Pyrénées et
Rhône, des Sardoniens venant de Sardaigne, et des Cyrniens de
Corse.

171. Amilcar (traduction du phénicien Abdmelqart « serviteur
de Melqart ») est appelé roi : royauté héréditaire pour la puissante
famille des Magonides, ou élective et due à sa valeur (VII, 166) ?
Au cours du Vᵉ siècle, Carthage passe aux mains d'une oligarchie et
est dirigée par deux suffètes (traduction latine du mot *shophet*
« juge ») annuellement élus, contrôlés par un Conseil de 104
membres et un Sénat de 300 membres.

172. Térillos et Anaxilaos, qu'inquiète le développement des
cités doriennes dans l'est et le sud-est de la Sicile, se sont alliés et
ont demandé l'aide de Carthage, qui tient encore des villes de
l'ouest de la Sicile.

173. L'exacte symétrie des deux batailles, Himère et Salamine,

et des deux armées, les 300 000 hommes d'Amilcar et les 300 000 hommes de Mardonios (cf. VIII, 107, 113), est un élément ajouté à un fait certain, le synchronisme des deux campagnes contre les Grecs. Coïncidence accidentelle (divine pour Hérodote), mais les historiens postérieurs ont voulu y voir une alliance entre la Perse et Carthage, ce que rien ne confirme.

Page 257.

174. Brûler des victimes entières est offrir un holocauste, sacrifice habituel aux Phéniciens, alors que les Grecs ne brûlent qu'une partie de la victime. D'après les Carthaginois, Amilcar se serait suicidé noblement ; les sacrifices humains, d'enfants en particulier, étaient d'ailleurs de règle à Carthage. Dans la version sicilienne, il aurait été tué dans son camp par les cavaliers de Gélon, ou, grâce à une ruse, par les archers, hors du camp. En 409, Carthage prendra Himère, et 3 000 prisonniers seront sacrifiés en expiation de sa mort. Mais Carthage n'ayant pas de cultes héroïques, ces sacrifices et monuments dont parle Hérodote, en confondant des noms entendus, appartenaient sans doute au dieu Melqart.

Page 258.

175. Les vents étésiens soufflent du nord-est en été, et bloquent les embarcations qui, venant de Corcyre, doivent contourner le Péloponnèse et remonter vers le nord pour gagner Athènes.

176. La Crète était pour Homère « l'île aux cent villes », et les montagnes de l'île ont favorisé cet éparpillement en petites cités rivales, bien que des accords aient uni certaines d'entre elles, au moins provisoirement, devant un danger commun. L'île, qui vit à l'écart du monde grec, est cependant appelée par lui contre Xerxès à Salamine, mais s'abstient en invoquant l'oracle.

Page 259.

177. Les Crétois, avec Idoménée et 80 navires participent à la guerre contre Troie pour reprendre Hélène ; mais les Spartiates ne les avaient pas aidés lorque, trois générations auparavant, Minos était mort en Sicile : à leur retour de Troie, la colère de Minos les frappe (cf. VII, 171).

178. Dédale, emprisonné par Minos dans le Labyrinthe qu'il a construit pour lui, s'est enfui en Sicile et se cache chez Cocalos, roi de Camicos (plus tard Agrigente). Cocalos, pour sauver Dédale, fait

ébouillanter Minos par ses filles, dans son bain. La Sicanie : du nom des Sicanes, les premiers habitants de la Sicile, qui seraient venus d'Ibérie.

179. Polichné : port dans l'ouest de la Crète ; Praisos : dans l'intérieur, à l'extrémité orientale de l'île.

180. Les Crétois, en quittant la Sicile, longent l'extrémité sud-est de l'Italie (nommée Iapygie, d'après leur chef Iapyx, fils de Dédale), dont la Messapie (la presqu'île d'Otrante) forme la pointe ; ils y fondent Hyria (Ouria) entre Brindisi et Tarente.

181. En 473, chaque ville tentant de s'imposer à sa voisine.

182. Micythos : un esclave dont Anaxilas faisait son intendant, d'après Pausanias ; plus probablement un membre de sa maison, qui fut le tuteur de ses enfants. Chassé de Rhégion en 467, il s'établit dans le Péloponnèse ; les sculpteurs Glaucos et Dionysos firent pour lui, vers 465, les quinze statues qu'il consacra dans le temple de Zeus, à la suite d'une maladie de son fils, comme l'indique l'inscription dédicatoire retrouvée, et parmi lesquelles Néron fit plus tard son choix.

Page 260.

183. Idoménée, le petit-fils de Minos, conduit les Crétois devant Troie dans Homère. La légende traduit ici les invasions successives des Achéens et des Doriens.

184. Cf. VI, 130.

185. Au printemps de 480, ceux des Grecs qui ont choisi de défendre la Grèce contre la Perse se réunissent dans l'isthme de Corinthe ; Sparte est à la tête de l'alliance (cf. VII, 158, 162 ; VIII, 2-3) ; les alliés sont représentés par des délégués, et les décisions sont prises à la majorité des voix. Après la victoire, le trépied offert à Delphes (cf. IX, 81) portera les noms des 31 États reconnus membres de la ligue.

Page 261.

186. L'Euripe est le chenal étroit (60 m de large) qui sépare la partie centrale de l'Eubée de la Béotie ; Alos, en Achaïe-Phtiotide, région sud de la Thessalie, est sur la côte ouest du golfe de Pagases.

187. Le commandement de l'armée appartient, en principe, aux rois (cf. VI, 56), et les polémarques, chefs militaires, sont sous leurs ordres.

188. Cf. *supra,* VII, 128. Cette expédition des Grecs et leur repli,

parfois considérés comme une invention après coup pour justifier leur abandon de la Thessalie, sont plausibles, le pays ne leur offrant ni places, ni alliés sûrs, et rien ne pouvant arrêter la flotte perse sur cette côte.

Page 262.

189. Comme guides et comme combattants ; cf. VIII, 31 ; IX, 1, 31, 46.

190. Cf. VII, 198 sq., 212 sq.

191. Histiéa : plus tard Oréos, au nord-est de l'Eubée, donnait son nom au territoire, appelé l'Histiéotide.

192. Le cap Artémision, à la pointe nord de l'Eubée, portait un temple d'Artémis Proséôa (« qui regarde l'orient »). Le détroit, de l'Artémision à la côte de Magnésie (à l'entrée du golfe de Pagases) et à la rade des Aphètes (où la flotte perse prendra position), est large de 12 km.

Page 263.

193. Un demi-plèthre = 15 m environ. Le chiffre paraît élevé, en comparaison des routes grecques larges ordinairement de 4 à 7 m ; il doit s'appliquer au passage entier, entre montagne et mer ; la route elle-même, plus étroite, dominait la mer de quelques mètres.

194. Le défilé, sur lequel d'autres détails seront donnés plus loin (VII, 198-200), est long de 6 km ; mais l'orientation qu'indique Hérodote est inexacte : est et ouest pour lui sont, en fait, nord et sud ; les alluvions du Sperchios ont modifié le site en faisant reculer la mer de plusieurs kilomètres. Le défilé présente trois étranglements, les « portes » : l'un, à l'entrée ouest, commandé par Anthéla ; l'autre, à l'entrée est, commandé par Alpènes ; au milieu, les Thermopyles proprement dites, où se trouvent les sources chaudes et le mur des Phocidiens. Le Phénix (« le Rouge », en raison de ses eaux ferrugineuses) était un affluent de la rive droite de l'Asopos (cf. VII, 200).

195. Les eaux chaudes (40°) qui alimentent aujourd'hui la station de rhumatologie de Loutra surgissent au pied d'un contre-fort de l'Œta, le Callidromos ; plusieurs épisodes de la légende d'Héraclès étaient localisés dans cette région (cf. VII 193, 198), en particulier sa mort, sur le bûcher élevé sur l'Œta. Dans une variante de la légende Héraclès, brûlé par la tunique de Nessus, se jetait dans un ruisseau près de Trachis, et ces eaux en restèrent brûlantes.

196. Sur les hostilités entre Thessaliens et Phocidiens, cf. VIII, 27-31 ; les Thessaliens étaient venus de Thesprotie (au sud de l'Épire, sur l'Adriatique) en Éolide (ancien nom de la Thessalie, où avait régné Éole, fils d'Hellen) ; ancêtres des Éoliens, les Phocidiens habitant la région de Delphes avaient, au VIe siècle, perdu leur ancien débouché sur le golfe Maliaque par les Thermopyles. Du mur des Phocidiens, relevé et utilisé par les Grecs (cf. VII, 208, 223, 225), des restes subsistent, mais qui semblent appartenir au mur refait après les guerres Médiques par les Trachiniens pour se défendre contre leurs voisins du sud.

Page 264.

197. La nymphe Thyia, fille d'un fleuve, le Céphise (dans la région de Delphes), ou d'un héros (Castalios), et qui avait eu d'Apollon un fils, Delphos, éponyme de Delphes, passait pour avoir, la première, célébré le culte de Dionysos sur le Parnasse. Son nom, indiquant l'élan impétueux, passa aux Bacchantes, appelées Thyiades, et mit son culte en rapport avec celui des vents.

Page 265.

198. Les Barbares sacrifient aux dieux des victimes prises dans le pays même (cf. VII, 114), et le nom est considéré comme un présage.

199. Ce pansement au moyen de bandes de fin lin, imbibées d'un onguent aromatique et antiseptique, suggère l'existence dans l'armée perse, ou sur les vaisseaux perses, d'un service sanitaire, alors que les Grecs n'avaient rien de pareil. Les pansements gras étant d'usage courant en Égypte pour les brûlures et les plaies, on peut supposer que le vaisseau dont il s'agit ici était monté par des Égyptiens. La myrrhe entre toujours dans la composition de baumes résolutifs et tonifiants.

200. Cela fait environ 350 km par les routes actuelles, sur un territoire que les Perses n'occupaient pas encore.

Page 266.

201. L'écueil signalé à la flotte par cette stèle-balise(?) s'appelle aujourd'hui Leftari, « la pierre ».

202. De Therma au cap Sépias, en face de Sciathos, la distance est d'environ 160 km en droite ligne. Casthanée serait l'actuelle Kéramidi, au nord du cap.

203. En VII, 89, Hérodote donne le chiffre de 1 207 navires, ayant des contingents perses à bord (VII, 96) ; il s'y ajoute les bateaux de transport, d'où le chiffre de 3 000 embarcations, mais qui, selon VII, 97, ne sont pas tous des navires à cinquante rames.

Page 267.

204. Aux peuples déjà nommés s'ajoutent ici : les Éordes habitant entre le Strymon et l'Axios, et les Bottiens habitant la région de Potidée (cf. VIII, 127).

Page 268.

205. Le dénombrement de l'armée, augmentée maintenant des contingents européens et encore intacte, est repris au moment où la lutte va s'engager contre des forces tellement inférieures. Ces chiffres énormes ont été ramenés à des proportions plus vraisemblables. Les uns proviennent de la liste officielle des peuples soumis au Grand Roi, avec, peut-être, le nombre théorique des soldats que chacun devait fournir ; à cela s'ajoute un calcul partant d'un chiffre, conjectural ou réel, mais généralisé, sur le nombre d'hommes dont se composaient les unités confiées aux divers chefs de l'armée. Les autres viennent de conjectures sur le nombre d'hommes des services auxiliaires (Hérodote l'estime au moins aussi grand que celui des combattants, ce qui est une exagération certaine : si les chefs et les Immortels traînaient avec eux esclaves et concubines, selon VII, 83, il n'en était pas de même pour toute la masse des soldats), et sur le nombre, exagéré également, des contingents formés par les peuples soumis par Xerxès en Europe : les conjectures sont basées sur des témoignages oraux et invérifiables (souvenirs de contemporains, traditions, textes littéraires, et inscriptions glorifiant les Grecs vainqueurs et adoptant un chiffre global : 3 millions d'hommes jetés sur la Grèce (cf. VII, 228)).

206. L'expédition va de l'Hellespont à l'Artémision en quelque 150 jours, entre le printemps et août-septembre 480 ; les cours d'eau se trouvant réduits à leur niveau le plus bas dans la saison chaude, la chose n'a rien d'étonnant.

207. Le calcul d'Hérodote est faux : 5 283 220 divisés par 48 font $110\,067\frac{1}{12}$; l'erreur vient du calcul tel qu'il se fait avec l'abaque, ou table à calcul : il semble qu'Hérodote ait ajouté l'avant-dernier reste de sa division, 340, au quotient obtenu, 110 000.

Page 269.

208. L'Hellespontien : plutôt que le vent d'est (qui est l'Apéliotès), c'est le vent du nord-est, qui vient de la mer Noire et réalise la prédiction d'Artabane (cf. VII, 49). Dès la fin août, de violentes tempêtes peuvent se déchaîner sur la mer Égée.

209. Au nord de Casthanée et au pied de l'Ossa.

210. Borée, le Vent du nord, qui habitait la Thrace, enleva Orithyie, fille du roi d'Athènes Érechthée, quand elle jouait avec ses compagnes sur le bord de l'Ilissos ; un autel de Borée fut élevé à cet endroit.

Page 270.

211. Pélée, roi de Phthie en Thessalie, enleva et épousa la déesse Thétis, l'une des Néréides filles du vieillard de la mer, Nérée.

212. Cf. VII, 183.

Page 271.

213. Les Aphètes : à l'entrée du golfe de Pagases, sur sa côte est. La légende habituelle d'Héraclès le disait abandonné par les Argonautes sur la côte asiatique de la mer de Marmara, tandis qu'il recherchait Hylas parti puiser de l'eau à une source (les nymphes s'étaient emparées de lui) ; la légende locale le fait abandonner ici dès le départ (peut-être parce que le navire Argo, doué de la parole, l'avait trouvé trop lourd).

Page 272.

214. Alabanda : ville de l'intérieur, en Carie, à l'est de Milet, actuellement Arap Hisar ; Paphos : ville de l'île de Chypre.

215. Xerxès quitte Therma (1er jour), la flotte arrive à Casthanée le 12e jour, la tempête souffle du 13e au 16e jour, et la flotte arrive aux Aphètes le soir du 16e jour ; Xerxès est arrivé devant les Thermopyles le 14e jour, et les combats commencent le 18e jour.

216. Onochonos et Apidanos : affluents du Pénée (cf. VII, 129).

Page 273.

217. Ino, seconde femme d'Athamas, roi de Béotie, complote la mort des enfants du premier lit, Phryxos et Hellé ; au moment où Phryxos va être sacrifié à Zeus pour mettre fin à une famine, sur l'ordre d'un oracle payé par sa belle-mère, il est sauvé par le bélier

volant à toison d'or (envoyé par Héra ou Zeus lui-même) et
transporté en Colchide.

218. C'est-à-dire s'il se fait prendre au moment où il tente d'y
pénétrer, mais, s'il n'était pas pris, il devait échapper à la mort.

219. L'histoire est obscure, volontairement, par scrupule religieux, ou parce que les anciens rites ne sont plus compris et qu'on
tente de les expliquer par quelque aventure de héros légendaires.
Comme Phryxos, le premier-né de la famille royale doit être sacrifié
pour la purification du pays (le sacrifice du premier-né est un rite
qu'on retrouve dans de nombreux cultes, de l'Orient à Carthage) ;
un bélier est ensuite substitué à la victime humaine. Mais avoir
empêché le sacrifice de la victime humaine (Athamas, sauvé ici par
son petit-fils Cytissoros) est un sacrilège. L'histoire recouvre un rite
agraire et météorologique pour obtenir la pluie : Athamas est fils
d'Éole, le dieu des vents, et Phryxos est fils de Néphélé, la Nuée.

Page 274.

220. Sur la côte très plate du golfe Maliaque, à l'embouchure du
Sperchios, les faibles marées de la mer Égée sont plus sensibles, car
elles couvrent et découvrent une plus grande étendue de rivage. Les
Roches Trachiniennes sont les contreforts du mont Œta, au-dessus
de Trachis. Cf. carte IX.

221. Le « bûcher d'Héraclès », sur l'Œta, découvert en 1918,
était un grand autel de cendres, constitué par les résidus des
sacrifices accumulés.

222. L'Amphictyonie de Delphes, douze peuples grecs groupés
en une fédération religieuse chargée de veiller sur le sanctuaire
d'Apollon, passait pour avoir été fondée, 300 ans avant la guerre de
Troie, par Amphictyon, fils de Deucalion. Ses représentants
siégeaient à Anthéla et à Delphes.

Page 275.

223. Soit 3 100 hommes en tout, alors que l'épitaphe citée plus
loin (VII, 228) parle de 4 000 Péloponnésiens ; les seuls autres
Péloponnésiens mentionnés par Hérodote sont les hilotes (VII,
229 ; VIII, 25). Comme la tradition littéraire postérieure indique
1 000 Spartiates, et que les Grecs exagéraient le nombre des
ennemis, mais certainement pas celui de leurs propres forces
opposées à une telle masse d'hommes, le contingent spartiate devait

comprendre, à côté des Trois Cents, soit des périèques, soit des
hilotes affranchis.

224. En Béotie les Thespiens sont seuls, avec les Platéens alliés
d'Athènes (cf. VI, 108), à s'opposer aux Perses, tandis que les
Thébains passeront de leur côté (cf. VII, 222, 233).

225. Les chefs des contingents déjà postés aux Thermopyles.

Page 276.

226. Sur Léonidas et ses frères, cf. V, 39-41 ; sur la mort de
Cléomène, VI, 72-75 ; sur celle de Dorieus, V, 45-48 ; sur Gorgo,
fille de Cléomène, V, 48, 51, et VII, 239.

227. Cf. VIII, 124. Ces hommes peuvent disparaître, puisqu'ils
ont des fils pour continuer leurs familles.

Page 277.

228. Cf. VI, 106.

229. Les Jeux d'Olympie, les plus importants de la Grèce,
avaient lieu tous les quatre ans ; ils duraient quatre jours et
coïncidaient avec la pleine lune d'août-septembre, qui, en 480,
tombait le 19-20 août.

Page 278.

230. Cf. VII, 176.

231. Les Spartiates portent les cheveux longs ; selon Xénophon,
les jeunes gens ont la permission, avant la bataille, de séparer leur
chevelure par une raie, afin d'avoir l'air joyeux et confiants, et,
selon Plutarque, ils la divisent en deux et la font briller.

Page 279.

232. Xerxès attend sans doute que toutes ses forces terrestres
l'aient rejoint ; les deux jours suivants verront deux engagements où
les Grecs l'emporteront ; au cours de la deuxième nuit, les Perses
tournent la position, et, le troisième jour, les Grecs demeurés sur
place sont écrasés.

233. La lance grecque est longue de 2 m environ ; la lance que
tiennent les archers perses des frises de Suse est de même longueur,
mais ici (comme en VII, 61), elle est dite plus courte ; la supériorité
des Grecs est due, selon IX, 62, à leur armement et à leur tactique.

Page 281.

234. Les représentants envoyés spécialement par les cités pour soutenir leurs intérêts devant le Conseil des Amphictyons, qui est composé de membres permanents, désignés pour 4 ans, les hiéromnémons. La réunion en question dut avoir lieu au printemps de 478.

235. Nous n'avons pas ce passage, l'ouvrage étant resté inachevé, ou l'auteur n'ayant pas procédé à la révision définitive de son *Enquête*.

Page 282.

236. Le sentier doit être assez large et assez facile pour que tout un détachement de l'armée, évalué diversement à 2 000, 5 000, ou 10 000 hommes (le dernier chiffre étant, dans Hérodote, celui des Immortels commandés par Hydarnès, selon VII, 83), l'emprunte autrement qu'en file indienne ; il passe par le mont appelé Callidromos, nommé ici Anopée.

237. Les Cercopes, deux frères de petite taille, brigands qui détroussaient les voyageurs, avaient été avertis par leur mère Théia, fille d'Océan, de se défier d'un héros « mélampyge » ; ils tentèrent un jour de dérober les armes d'Héraclès endormi au bord de la route ; celui-ci, à son réveil, les suspendit par les pieds à un bâton qu'il chargea sur son épaule ; ainsi pendus, les Cercopes reconnurent qu'Héraclès était bien le héros annoncé par leur mère, et leurs plaisanteries sur ce sujet amusèrent tant Héraclès qu'il les relâcha. La roche Mélampyge : quelques rochers noirâtres dans une terre crayeuse, ou un rocher isolé d'environ 6 m de haut.

238. Les 1 000 Phocidiens sont postés sur le chemin de leur pays par la vallée supérieure du Céphise, qui naît entre le Callidromos et le Parnasse.

239. En raison de la tempête qui vient de souffler (cf. VII, 188).

Page 284.

240. Le héros éponyme de Sparte (cf. VI, 56).

241. L'oracle, avec un jeu de mots sur Léonidas-lion, annonce la disparition ou de la ville, ou du roi ; comme Xerxès a près de lui Démarate, roi détrôné de Sparte, Delphes a pu envisager le rétablissement de Démarate dans Sparte épargnée par Xerxès, aux dépens du descendant d'Héraclès, Léonidas. La mort de Léonidas devient alors un sacrifice volontaire pour le salut de sa patrie ; ainsi expliqué, l'héroïsme des Spartiates fut aussitôt utilisé pour la plus

grande gloire de Sparte, et rejeta dans l'ombre la défaite ainsi que l'insuffisance des forces envoyées aux Thermopyles. La valeur stratégique du geste de Léonidas a été niée, mais elle fut réelle, puisqu'il retarda l'armée perse et permit à la flotte grecque, stationnée à l'Artémision, d'opérer son repli.

242. Le devin et prophète Mélampous, « Pied Noir » était l'ancêtre auquel se rattachait une corporation de devins, les Mélampodides.

Page 285.

243. Léonidas garde les Thébains, soit dans l'espoir de retarder par ces otages la défection de Thèbes et compromettre Thèbes dans l'esprit de Xerxès en les forçant à le combattre, soit (au contraire des contingents qu'il a renvoyés pour qu'ils puissent reprendre plus tard le combat) comme troupes à sacrifier sans regrets puisque prêtes à trahir ; mais, d'après Diodore, Thèbes avait choisi, pour les envoyer aux Thermopyles, des citoyens hostiles à la politique des chefs ; et, cinq cents ans après les événements, Plutarque, Béotien lui-même, accusa Hérodote d'avoir calomnié ses compatriotes.

Page 286.

244. Une stèle, à Sparte, portait leurs noms, et Pausanias la vit encore six siècles plus tard.

245. Le lion a disparu ; la butte a été identifiée en 1939.

246. À côté de l'épée droite, *xiphos,* la *machaira* est une lame tranchante, légèrement incurvée à la manière d'un yatagan turc.

Page 287.

247. Les formules qu'on appelle « laconiques » caractérisaient l'éloquence, ou plutôt le refus d'éloquence des Spartiates ; Plutarque attribue cette réplique à Léonidas lui-même. L'échange de répliques entre Xerxès et Léonidas : « Rends tes armes ! » — « Viens les prendre ! », et le mot de Léonidas : « Camarades, déjeunons en hommes qui dîneront ce soir chez Hadès ! » apparaissent à une époque tardive.

Page 288.

248. Les trois inscriptions ont été plus tard attribuées au poète Simonide de Céos (cf. V, 102), alors qu'Hérodote ne le nomme que

parce qu'il se chargea, à ses frais, de faire graver la troisième
épitaphe pour un mort particulier, son ami personnel.

249. Les hilotes accompagnent les Spartiates à la guerre comme
serviteurs (cf. VI, 80; IX, 80), et aussi comme combattants
auxiliaires (cf. VIII, 25; IX, 10).

Page 289.

250. Cf. VII, 132.

Page 290.

251. Marques au fer rouge apposées sur les esclaves (cf. VII, 35),
ceci en raison de leur lâcheté (cf. VII, 181).

252. Lycurgue avait partagé le territoire de Sparte en 9 000 lots,
inaliénables, attribués aux citoyens proprement dits, les Égaux,
mais leur nombre n'a cessé de décroître, par les guerres et la
natalité restreinte ; à Platées (cf. IX, 10) combattront 5 000 Spartiates. Les autres Lacédémoniens sont les périèques.

Page 291.

253. Chilon, l'un des Sept Sages, donné comme contemporain de
Solon. L'île de Cythère, à 20 km de la pointe sud-est du
Péloponnèse, était une base tout indiquée pour lancer des raids sur
la Laconie.

Page 292.

254. À la différence des autres Grecs (Histiée, en V, 106, les
Aleuades et les Pisistratides, en VI, 6), Démarate conseille Darius
(VII, 3) et Xerxès (VII, 101-104, 209) en toute franchise, et il n'est
ni présenté comme un ambitieux poussant lui aussi les Perses contre
son pays, ni condamné par Hérodote et la tradition postérieure, en
raison de cette « honnêteté » et du rôle de champion des Grecs qu'il
assume devant le roi.

Page 293.

255. Ce paragraphe est regardé comme une interpolation en
raison, en particulier, de sa formule d'introduction, qui est exceptionnelle, et de la place donnée à un épisode qui, logiquement, se
passe quatre ans plus tôt, au moment où Xerxès, à Suse, a décidé la
guerre (cf. VII, 18); mais les faits sont groupés dans un ordre
dramatique et non chronologique.

LIVRE VIII

Page 296.

1. L'armée navale des Grecs a regagné l'Artémision (cf. VII, 192), où un premier engagement fortuit lui a livré 15 navires des Barbares (VII, 195) ; en face d'eux, la flotte perse a pour base les Aphètes (VII, 193).

2. Ces chiffres précis tirés de documents officiels, sont plus exacts que ceux qu'Hérodote donne de la flotte barbare. Athènes fournit des navires à Chalcis, où étaient établis des colons athéniens.

3. Cf. VII, 157.

Page 297.

4. Sur l'attitude des Athéniens dans ces querelles sur le commandement, cf. VII, 161, et IX, 26, 28.

5. En 478-477, après l'échec de l'expédition perse, la lutte est portée sur la terre du roi, l'Asie Mineure, et, les alliés refusant de subir plus longtemps l'autorité tyrannique de Pausanias, l'hégémonie passa aux Athéniens.

6. Environ 180 000 fr-or. La cupidité de Thémistocle est affirmée encore en VIII, 111-112, et l'accusation sera reprise par les écrivains postérieurs, sans qu'on puisse savoir à quelles sources athéniennes, véridiques ou hostiles à l'homme et à sa politique, remontent ces affirmations ; en face de Thémistocle, habile et malhonnête, personnage au total peu sympathique à Hérodote, Aristide représente « le plus juste des hommes » (VIII, 79). Hérodote indique d'ailleurs que le chef spartiate et le Corinthien sont également achetés, quoique à plus bas prix, et l'opinion commune n'était pas violemment indignée par cette façon de s'enrichir au moyen d'une fonction officielle.

Page 298.

7. Le Porteur du Feu est chargé, dans l'armée spartiate, d'allumer un flambeau à l'autel de Zeus au moment où l'armée quitte la ville, et de porter ce feu sacré qui sert aux sacrifices ; il est normalement protégé par son caractère sacré.

8. Les caps Capharée et Géreste forment les pointes sud-est et sud-ouest de l'Eubée.

Page 299.

9. Scioné : sur la côte sud de la péninsule de Pallène en Chalcidique.

10. Environ 15 km, distance que Scyllias put parcourir à la nage, en plongée au départ uniquement, pour échapper aux guetteurs et vigies des Perses ; une barque eût été plus visible et plus dangereuse.

11. Entre autres faits, sa fille Hydna et lui (dont les statues figuraient à Delphes, élevées par les Amphictyons) auraient plongé pendant la tempête pour couper les amarres des navires perses et contribuer au désastre de la flotte.

Page 300

12. Les vaisseaux athéniens sont plus lourds que ceux des Perses (cf. VIII, 60).

13. Cf. V, 104, 115 ; VII, 98.

Page 301.

14. La tempête vient du Pélion, au nord de l'Eubée, mais les épaves sont entraînées vers le nord par les courants du détroit.

Page 302.

15. Ceux qui surveillaient le sud de l'Euripe et annoncent le naufrage des Perses.

16. Le synchronisme établi entre les trois jours de lutte aux Thermopyles (cf. VII, 210 sq.) et les trois jours d'engagements navals à l'Artémision a été amplement discuté. Hérodote bloque sur une seule demi-journée (cf. VIII, 6 sq.) l'arrivée des Perses aux Aphètes au début de l'après-midi, leur délibération, et le départ des 200 navires qui doivent contourner l'Eubée, la remise en ordre du reste de la flotte, la fuite du transfuge Scyllias, les longues délibérations du côté des Grecs, et, en fin d'après-midi, l'attaque grecque et l'engagement qui dure jusqu'à la nuit, ce qui n'est guère vraisemblable, tandis que la deuxième journée ne contient qu'un bref accrochage dans la soirée. Hérodote fait d'ailleurs l'Eubée moins longue qu'elle n'est, et les temps indiqués pour les mouvements des navires et la transmission des nouvelles sont insuffisants. On arrangea plus tard la symétrie parfaite d'événements qui n'avaient été que partiellement simultanés.

Page 303.

17. Soixante et onze trières perdues, au moins 1 000 prisonniers sur les trières capturées, et de lourdes pertes en hommes.

18. Clinias : le père du fameux Alcibiade, membre de la riche famille des Alcméonides, fournit lui-même son navire, quand l'État, normalement, confie ses vaisseaux de guerre aux triérarques, citoyens chargés d'entretenir et de diriger chacun une trière pendant un an.

19. Après un engagement, avoir à demander à l'adversaire le droit de relever et d'ensevelir ses morts, c'est reconnaître qu'on a perdu la bataille.

20. Pour une évacuation qu'ils n'ont pas préparée à temps (cf. paragraphe suivant).

Page 304.

21. Les épaves et les navires capturés fournissent les bois de ces bûchers (cf. IX, 106), dont les cendres se voyaient encore sur le rivage, selon Plutarque.

22. Bacis : nom d'un célèbre auteur d'oracles, qu'on disait originaire d'Athènes ou de l'Arcadie ou de la Béotie ; nom collectif, en réalité, et désignant plusieurs « prophètes » à qui l'on attribuait des recueils d'oracles.

23. Cf. VII, 25, 36.

Page 305.

24. Le message, plus bref certainement qu'il n'est donné ici, sera griffonné sur le roc à l'aide d'un caillou.

25. Histiée, Aristagoras, et la révolte de l'Ionie, sont à l'origine de la guerre.

26. C'est ce qui arrivera (cf. VIII, 90).

Page 306.

27. Histiée (Oréos) et l'Ellopie : le nord de l'Eubée.

Page 307.

28. Le chiffre de 4 000 reprend celui de l'inscription (cf. VII, 228), bien que les contingents autres que ceux de Sparte et de Thespies se soient retirés avant la dernière bataille (VII, 219-220).

29. Les Arcadiens fournissaient des mercenaires au roi de Perse comme à la Grèce.

30. Cf. VII, 206.

Page 308.

31. Phocidiens et Thessaliens sont voisins et ennemis au cours du VIᵉ siècle, d'où le mur élevé par les Phocidiens aux Thermopyles (VII, 176) ; le conflit en question aurait eu lieu dans les dernières années du VIᵉ siècle.

32. Tellias : un membre de la famille des Telliades, qui fournira un devin à l'armée de Mardonios (cf. IX, 37).

33. Abes, en Phocide. Le groupe des statues offertes à Delphes, œuvres des sculpteurs corinthiens Diyllos, Amycléos, et Chionis, représentait Héraclès et Apollon entourés de déesses, luttant pour la possession du trépied sacré.

34. Hyampolis, en Phocide, au nord-ouest du lac Copaïs, contrôlait l'entrée en Phocide par la vallée du Céphise.

Page 310.

35. La Doride, étroite région montagneuse (30 stades = environ 5,5 km), entre la Malide, la Locride, et la Phocide.

36. La cime principale du Parnasse, le mont Liakoura, s'élève à 2 457 m ; les vallées qui séparent les divers sommets du massif ont pu accueillir, en août-septembre, les Delphiens. Tithorée : le nom désigne plus tard une ville sur le flanc nord du Parnasse ; Néon fut détruite en 354, dans la guerre sacrée contre les Phocidiens.

37. La plaine de Crisa et Amphissa : sur la côte nord du golfe de Corinthe, à l'ouest de Delphes.

38. Les douze villes énumérées ici, et les trois indiquées en VIII, 35, représentent toutes les localités sur la route qui suit la vallée du Céphise et bifurque à Parapotamies pour se diriger vers Thèbes à l'est, et vers Delphes à l'ouest.

Page 311.

39. Sur Alexandre de Macédoine et ses relations avec les Perses et les Grecs, cf. V, 19, et VII, 136 sq.

40. Éolides : non donné par les manuscrits ; correction proposée : Lilaia, ville mentionnée par les écrivains et géographes postérieurs, à côté de Daulis, Panopées et Hyampolis.

Page 312.

41. La grotte Corycienne (sa première salle mesure 90 m de
longueur, 60 m de largeur, et 12 m de hauteur) est à 1 360 m
d'altitude (aujourd'hui Sarandavli, « les quarante salles ») ; elle a
toujours servi de refuge aux gens du pays au cours des invasions
descendant du nord par cette route, depuis les Perses et les Gaulois
jusqu'à la guerre la plus récente.

42. Le prêtre chargé de rédiger et d'interpréter les oracles
prononcés par la Pythie.

43. Pronaia : « gardienne du temple ».

Page 313.

44. La roche Hyampée : l'une des deux roches Phaidriades,
appelée aujourd'hui la Flemboukos, « la Flamboyante » ; il s'agit
des falaises qui ferment le cirque de Delphes. Au pied de cette roche
surgit la source de Castalie, la fontaine sacrée qui servait aux
purifications.

45. Un même miracle chassera Brennus et les Gaulois en 279 av.
J.-C. ; il semble d'ailleurs probable que Xerxès ait voulu épargner
Delphes, par respect pour un temple si connu, dans une ville qui
n'offrait pas de résistance, et surtout parce que l'oracle penchait
pour les Perses ; un détachement put s'approcher de la ville, envoyé
en reconnaissance, ou pour inventorier les trésors du sanctuaire, ou
même les protéger, à moins qu'une bande n'ait tenté, à l'encontre
des ordres reçus, de piller le temple. La légende, unanimement
acceptée en Grèce, put naître d'un accrochage avec des Phocidiens
réfugiés sur les hauteurs, d'un orage accompagné de chutes de
pierres, et du désir des Delphiens de se justifier après coup de leur
politique d'alors.

46. L'île de Salamine, entre la côte ouest de l'Attique et celle de
Mégare à l'est, ferme, au sud, la baie d'Éleusis.

Page 314.

47. Trézène : la ville natale de Thésée, à la pointe de l'Argolide,
qui ferme, au sud, le golfe Saronique où sont les îles de Salamine et
d'Égine. Selon Plutarque, un décret pris par Trézène accorde aux
réfugiés une pension alimentaire, un traitement pour leurs maîtres
d'école, et la permission pour leurs enfants de cueillir tous les fruits
qu'ils voudraient (c'est la fin de l'été).

48. Le serpent était censé résider dans l'Érechthéion ; mais, selon Plutarque, Thémistocle aurait persuadé aux prêtres de présenter comme un prodige le fait que le serpent n'avait pas touché à son repas quotidien et qu'on ne le voyait plus dans son enclos sacré. Or les dieux, Athéna, ici, abandonnent une cité qui va tomber aux mains de l'ennemi.

Page 315.

49. Quarante vaisseaux (cf. VIII, 1).

50. Les Hermioniens : du port d'Hermione, en Argolide. Héraclès aurait chassé les Dryopes parce qu'ils avaient profané le sanctuaire de Delphes, ou pour une question de ravitaillement qu'ils lui auraient refusé, ou à la demande d'Aigimios, roi des Doriens.

51. Appelés Cranaens, du nom de leur roi Cranaos, ici prédécesseur de Cécrops alors que les généalogies le donnent pour son successeur, les Athéniens prennent leur nom d'Athéna, qui éleva Érechthée, né de la terre, dans son temple. Ion est appelé par les Athéniens pour les diriger dans leur guerre contre Éleusis.

Page 316.

52. Cinq vaisseaux (cf. VIII, 1).

53. Ambracie : Arta, sur le golfe du même nom, au sud de l'Épire ; Leucade : l'île Leucas, en mer Adriatique, près de la côte de l'Acarnanie.

54. Deux vaisseaux (cf. VIII, 1).

55. Deux vaisseaux (cf. VIII, 1).

56. Céos, Naxos, Sériphos, Siphnos, et Mèlos : des Cyclades occidentales.

57. Les Thesprotes : au sud de l'Épire ; sur leur fleuve Achéron et son oracle des morts, cf. V, 92.

Page 317.

58. Phayllos de Crotone (en Calabre) : vainqueur au pentathle et à la course.

59. Les vaisseaux énumérés sont au nombre de 366 seulement ; il en manque donc douze, qui sont sans doute à trouver dans les « autres » navires d'Égine (cf. VIII, 46) qui interviendront contre les Perses en fuite (cf. VIII, 91).

Page 318.

60. Parti de Sardes au printemps, Xerxès a pris un mois pour passer en Europe, d'Abydos à Doriscos où a eu lieu la revue de ses troupes, et est arrivé en Attique en septembre. Un magistrat, l'archonte éponyme, donne son nom à l'année depuis que cette magistrature est devenue annuelle (en 683 av. J.-C.).

61. Si certains des intendants du temple (10 trésoriers chargés de garder le trésor de la déesse) restaient par fidélité à leur devoir, les pauvres restent parce qu'ils ne peuvent acheter les vivres nécessaires pour l'exode. Plutarque parle du spectacle pitoyable des vieillards et des chiens abandonnés dans la ville. Sur l'oracle et son interprétation, cf. VII, 141 sq.; la barricade ferme le côté ouest de l'Acropole, le seul par où le promontoire rocheux, haut de 156 m, présente une pente accessible.

62. La colline de l'Aréopage, où l'on jugeait certains meurtriers, dont le premier avait été Oreste, selon la légende; haute d'environ 115 m, elle fait face à l'entrée de l'Acropole.

Page 319.

63. Cf. VII, 6.

64. Aglaure et ses sœurs, filles du roi d'Athènes Cécrops, ouvrent la corbeille dans laquelle Athéna a enfermé, gardé par deux serpents et lui-même à moitié serpent, l'enfant né de la terre, Érichthonios, qu'elle élève; et les jeunes filles, épouvantées, se précipitent du haut de l'Acropole et se tuent. Aglaure avait un sanctuaire sur le flanc nord de l'Acropole, dans une anfractuosité de la falaise.

65. Sur les traces laissées par cet incendie, cf. V, 77. Les Perses emportèrent cependant comme trophées différentes statues; celles des tyrannicides, Harmodios et Aristogiton (cf. V, 55), furent renvoyées de Suse à Athènes par Alexandre le Grand. Des statues brisées, ensevelies dans le sol sacré de l'Acropole, furent retrouvées. Des statues d'Athéna furent envoyées par Xérxès à Sardes, au temple brûlé par les Athéniens en 498.

Page 320.

66. Le temps passé par Xerxès devant l'Acropole est estimé à 2 ou même 3 semaines, pour rendre compte du temps écoulé entre l'arrivée du roi en Attique et la bataille de Salamine, mais les deux

armadas ont pu, face à face, attendre chacune l'initiative de
l'adversaire.

67. Ce serait ici la première mention de la lutte entre les deux
divinités pour la possession d'Athènes : Poséidon fait jaillir du sol
une source d'eau salée, et Athéna un olivier ; et les dieux, juges de la
contestation, donnent la ville à la déesse. Dans l'Érechthéion rebâti
(entre 421 et 406), on voyait le puits de Poséidon, appelé « mer »,
et, dans l'enclos consacré à Pandrose, l'une des filles de Cécrops,
sur la face ouest du temple, l'olivier sacré.

68. Mnésiphile avait été le maître de Thémistocle, et il s'occupait, à la manière de Solon, de sagesse pratique et de politique ; les
sources athéniennes hostiles à Thémistocle ont pu introduire ici
Mnésiphile pour diminuer son rôle et son mérite.

Page 321.

69. Thémistocle a pris la parole sans attendre que le président,
Eurybiade, la lui donne. Les écrivains postérieurs attribuent à
Eurybiade lui-même le rappel à l'ordre, comme président, et
surtout à cause de la rivalité de Sparte et d'Athènes qui les conduira
à la guerre dans le dernier tiers du Vᵉ siècle ; l'anecdote sera
embellie : Eurybiade veut frapper Thémistocle qui, impassible, lui
réplique : « Frappe, mais écoute ! ».

Page 323.

70. Deux cents navires font un effectif de 40 000 hommes.

71. Siris, en Italie méridionale sur le golfe de Tarente, passait
pour avoir été fondée par des Troyens, puis conquise par des
Ioniens d'Asie Mineure, enfuis de leur ville, Colophon, prise par
Gygès ; Athènes, comme première cité des Ioniens, estime avoir des
droits sur elle. En raison de ses projets sur les pays de l'ouest et
l'Italie méridionale Thémistocle avait appelé deux de ses filles
Italia et Sybaris. Une colonie grecque, d'ailleurs, sera fondée en 445
dans la région dont parle Thémistocle, sur l'initiative des Athéniens : la ville de Thourioi, à laquelle Hérodote appartiendra.

Page 324.

72. Éaque, fils de Zeus et roi d'Égine, est le père de Télamon, qui
devint roi de Salamine et père lui-même d'Ajax ; les autres Éacides :
Pélée, fils d'Éaque et père d'Achille. Les statues des héros

accompagnent l'armée (cf. V, 75, 80), et eux-mêmes apparaissent dans la mêlée.

73. La plaine de Thria (du nom du principal bourg de la région), au sud-ouest d'Athènes, est celle d'Éleusis ; les Athéniens allaient en cortège de leur ville au sanctuaire d'Éleusis au mois de septembre, et le fantôme de procession a l'importance que la procession réelle pouvait avoir : 30 000 hommes, la cité tout entière.

74. « Iacchos », d'abord cri rituel des initiés dans la procession des Mystères d'Éleusis, devint un nom et une divinité, fils de Déméter ou de Perséphone, l'enfant qui conduit les fidèles.

Page 325.

75. Déméter et Perséphone.

Page 326.

76. La flotte perse, forte de 1 327 vaisseaux (VII, 184-185), en a perdu 400 dans la première tempête (VII, 190), 200 sur les côtes de l'Eubée (VIII, 13), 30 dans le premier engagement à l'Artémission et d'autres ensuite non dénombrés (VIII, 11, 14, 16) ; elle doit être réduite à quelque 600 unités. En hommes, Hérodote estime à 50 000 (cf. IX, 32) les alliés grecs de Mardonios.

77. Les îles, états indépendants, sont nommées plus haut (VIII, 46) ; l'île omise ici peut être Sériphos qui ne figure pas au nombre des 31 cités qui ont combattu à Salamine et Platées.

78. Les Pariens n'ont pas oublié l'attitude d'Athènes envers eux (VI, 133-135), mais auront à payer Thémistocle pour être épargnés (VIII, 112).

79. Au conseil tenu par Xerxès en VII, 8 sq., les nobles perses s'adressent directement au roi ; le conseil réunit ici des peuples sujets et leurs chefs ne peuvent interpeller le roi, qui se sert d'un porte-parole, Mardonios, non consulté lui-même puisqu'il appartient aux forces terrestres.

Page 328.

80. Elles s'arrêtèrent avant Mégare (cf. IX, 14).

Page 329.

81. La route d'Athènes à Corinthe, après Mégare, passe entre la mer et une haute falaise à l'endroit où la légende plaçait le brigand

Sciron, qui jetait les passants dans les flots jusqu'au jour où Thésée l'y jeta lui-même. Le passage (aujourd'hui Kaki Skala) avait pris le nom du brigand.

82. Le mur allait de Léchaion (port de l'ancienne Corinthe) à l'ouest à Cenchrées à l'est, et, relevé à plusieurs reprises, il servit jusqu'au XVe siècle ; la levée de terre, qui s'allongeait sur 40 km, est toujours visible, avec des portions de mur qui ont 7 m de haut et 2,40 m d'épaisseur.

83. Cf. VII, 206.

84. Les Achéens, poussés par les Doriens, s'installent sur la côte nord du Péloponnèse (cf. I, 145 ; VII, 94).

85. Les Dryopes : cf. VIII, 43 ; Hermione, port à la pointe sud de l'Argolide ; Asiné, la première ville dryope de ce nom, en Argolide, détruite par les Argiens. Les Dryopes sont installés par les Spartiates en Messénie, à la pointe sud-ouest du Péloponnèse.

86. Les Paroréates habitent la côte ouest du Péloponnèse, entre Élide et Messénie.

Page 330.

87. Les Cynuriens habitent la côte est du Péloponnèse, au sud de l'Argolide ; les Ornéates sont au nord-ouest d'Argos, d'où la correction proposée : les Thyréates, de Thyréa qui est au nord de la Cynurie.

88. Plutarque en fait un Perse prisonnier de guerre, peut-être pour rendre plus vraisemblable ce qui ne l'est guère, la facilité avec laquelle l'homme circule entre les deux camps. Son message, d'ailleurs, s'accordait entièrement avec ce que Xerxès, par ses espions et par les Grecs présents dans son armée, devait savoir déjà des dispositions et des querelles des alliés.

Page 331.

89. Ces indications topographiques, de même que la stratégie des Perses, sont toujours l'objet de discussions, à l'aide d'autres textes traitant de la bataille, du plus ancien, celui d'Eschyle (qui date de 472), qui avait pris part, disait-on, au combat, aux plus éloignés des faits, tels ceux de Diodore de Sicile, Strabon, Plutarque, Pausanias, qui, quatre ou cinq siècles plus tard, reproduisent les historiens précédents ou recueillent des traditions invérifiables. Le fait que les côtes du détroit se sont enfoncées d'environ 3 m dans la mer depuis 480 av. J.-C. ajoute à l'étude des lieux des difficultés

supplémentaires. Cf. carte X. La baie de Salamine, large de 400 m à la passe nord, et de 800 m à 2 km à la passe sud, est fermée au nord par le cap Aphialé, à l'extrémité du mont Aigalée, et la côte de l'Attique, et, au sud-est et au sud, par le promontoire du Pirée, l'Acté, les îlots Psyttalie et Atalante, et, sur Salamine, le promontoire de Cynosure (la « queue du chien ») ; à l'est et au nord-est se trouvent la pointe de la ville de Salamine et l'îlot Saint-Georges. Le nom de Céos pose un problème, puisque l'île de ce nom se trouve à plus de 60 km à l'est de Salamine ; on y voit un autre nom de l'îlot d'Atalante, ou du promontoire de Cynosure, ou de l'Acté sur la côte attique. La flotte perse est dans la baie de Phalère, la flotte grecque dans la baie de Salamine la ville.

Page 332.

90. Bacis : cf. VIII, 20. L'oracle est si clair, et l'opinion d'Hérodote si nettement affirmative qu'on a voulu voir dans ce passage une interpolation, sans raisons suffisantes.

91. D'Aristide (vers 520-468 ?), la tradition fit l'antithèse de Thémistocle : un homme juste, intègre, un hoplite, en face d'un homme cupide, habile, qui fait d'Athènes une puissance navale. Stratège à Marathon (où Hérodote ne le nomme pas), archonte en 489, il avait été exilé par ostracisme pour dix ans, en 483-482 (victime des intrigues de Thémistocle), rappelé, quelques mois auparavant, par le décret proposé par Thémistocle et amnistiant les bannis, et chargé dès lors d'un commandement (cf. VIII, 95). Qu'il arrive d'Égine indique peut-être qu'il faisait partie de la mission chargée de ramener les Éacides (cf. VIII, 64).

Page 334.

92. Cf. IX, 81.

93. Cf. VIII, 42-48.

94. La bataille eut lieu le 20 du mois de Boédromion (entre le 20 et le 28 septembre 480). Les soldats, les épibates, sont les combattants embarqués, 18 sur chaque trière (4 archers et 14 hoplites), à Salamine ; Hérodote en indique 40 sur les navires de Chios (VI, 15), et 30 sur les navires perses (VII, 184).

95. La seule qui soit citée, des allocutions habituelles avant la bataille, est réduite à un bref résumé : refaire ici un discours bien connu du public était aussi impossible qu'insérer in extenso dans son œuvre le discours authentique d'un personnage.

Page 335.

96. Dans l'admirable récit de la bataille par Eschyle (*Les Perses*, v. 388 sq.), les Perses entendent la clameur des Grecs qui chantent le péan, le cantique d'Apollon (cf. V, 1), répercuté par les rochers de Salamine, puis voient les navires émerger de la baie. Les deux adversaires doivent prendre appui chacun sur la côte qui lui appartient, l'Attique pour les Perses, Salamine pour les Grecs.

97. Pallène, dème de l'Attique, sur la route de Marathon. Ameinias, dont on fit plus tard un frère d'Eschyle, symétrique de Cynégire à Marathon (VI, 114), est le commandant du navire qui manque de s'emparer d'Artémise (VIII, 87, 93) ; il aurait aussi tué de sa main le frère de Xerxès (Ariabignès, en VIII, 89).

98. En fait, les Athéniens doivent voir Athéna, si Hérodote s'abstient de donner un nom précis à cette apparition (cf. VI, 117).

99. Cf. VIII, 22.

Page 336.

100. Les Grecs perdirent 40 vaisseaux, d'après Diodore de Sicile. Théomestor de Samos ne fut pas longtemps tyran de son île, libérée l'année suivante (cf. IX, 90, 96). La reconnaissance que le roi témoigne à ses « bienfaiteurs » est consignée dans les archives du palais.

101. Calynda : ville de Lycie, proche de la Carie, et assez voisine d'Halicarnasse pour qu'il y ait eu des heurts entre les deux souverains.

Page 338.

102. Xerxès regardait la bataille, assis dans un fauteuil aux pieds d'argent que les Athéniens consacrèrent à Athéna ; il était installé à la pointe du mont Aigalée ; le site n'est pas identifié avec certitude.

Page 339.

103. Il s'agit des vaisseaux laissés à Égine (cf. VIII, 46).

104. Cf. VII, 181.

105. En 490, à l'arrivée en Grèce des hérauts de Darius ; Crios, père de Polycritos, avait été l'un des otages remis par Sparte à Athènes (cf. VI, 49-50, 73, 85 sq.).

Page 340.

106. Anagyronte, dème attique de la côte, au sud-est d'Athènes.

107. Sur la côte nord-est de l'île, au cap d'Arapi, ou, selon d'autres, sur la côte sud de l'île, en face d'Égine.

Page 341.

108. Adimante est présenté de nouveau (cf. VIII, 5, 59, 61) sous le jour le plus défavorable, du fait des Athéniens qui informent Hérodote à cette époque où Athènes et Corinthe sont devenues des ennemies (depuis 459-458).

109. Le cap Colias : la presqu'île d'Haghios Kosmas, au sud de Phalère.

110. Bacis, cf. VIII, 20 ; Musée, cf. VII, 6.

111. L'orge est grillée à la poêle avant d'être moulue.

Page 342.

112. Xerxès ne peut entreprendre de relier l'Attique à Salamine par une digue alors que les Grecs sont maîtres du détroit ; il se peut qu'il en ait fait le projet, comme la suite normale de ses grands travaux précédents : les ponts sur l'Hellespont et le canal de l'Athos.

Page 343.

113. Ces courriers, les *angaroi*, suivent les routes royales indiquées en V, 52-54. Aux fêtes d'Héphaistos et de plusieurs divinités, entre autres Athéna, Pan (cf. VI, 105), Prométhée, ont lieu des courses au flambeau, dans lesquelles des coureurs de différentes tribus, répartis sur plusieurs files rivales, se transmettent le flambeau allumé à un autel et avec lequel le dernier de la file allume le feu d'un autre autel.

Page 344.

114. L'énumération méprisante reprend celle d'Artémise (VIII, 68), en y ajoutant les Phéniciens, considérés jusqu'alors comme les marins les meilleurs, mais qui viennent de subir la colère de Xerxès (VIII, 90).

Page 346.

115. Amestris (cf. VII, 61 ; IX, 109) étant l'épouse en titre, les fils des autres femmes sont alors bâtards aux yeux des Grecs.

116. Détail déjà donné en I, 175, repris ici par un lecteur ou commentateur qui, à propos de Pédasa, rappelle un fait curieux avec quelque différence (2 fois au lieu de 3).

117. Peut-être à la répression de la révolte de l'Ionie (cf. V, 121 ; VI, 32).

Page 348.

118. Le jour de la bataille, semble-t-il. Mais les préparatifs ordonnés par Xerxès (VIII, 97) et le recrutement des hommes prélevés par Mardonios (IX, 32) ont demandé plus que quelques heures au soir de la défaite.

119. Le cap Zoster, au sud de Phalère et du cap Colias (VIII, 96).

Page 350.

120. En 465 Thémistocle, banni d'Athènes et accusé par les Spartiates d'avoir trahi les Grecs, se réfugie auprès du roi de Perse, Xerxès, ou son successeur Artaxerxès.

121. Le message peut n'être qu'une invention postérieure des ennemis de Thémistocle, même si Thucydide le lui fait citer comme un titre à la reconnaissance du roi.

Page 351.

122. Amende officiellement imposée aux cités coupables de « médisme », peut-être transformée plus tard, contre Thémistocle, en tentative d'extorsion de fonds de sa part.

Page 352.

123. Cf. VIII, 121.

124. Formule ironique, employée normalement pour les dieux.

125. Les porteurs de cuirasse : cf. VII, 61. Mille cavaliers précèdent Xerxès, et un autre groupe de mille le suit (cf. VII, 40, 41, 55).

126. Les parures des soldats perses (cf. VII, 83 ; IX, 80).

Page 353.

127. Un mot, une parole fortuite, peuvent être un signe prophétique, le *clédon*, que les faits plus tard expliquent : Mardonios paiera, en effet (cf. IX, 63). De même, un nom donne à Leutychidès un présage (IX, 91-92).

128. Le voyage d'aller, avec les routes à ouvrir et les ramassages d'auxiliaires en cours de route, avait pris trois mois (cf. VIII, 57) ; couvrir les quelque 850 km qui séparent la Thessalie de l'Helles-pont en 45 jours n'est pas une retraite précipitée.

129. La retraite a lieu en octobre-novembre, le ravitaillement à trouver dans le pays est certainement réduit, après le passage de l'expédition ; il n'est d'ailleurs plus question des dépôts de vivres (cf. VII, 25) et des transports chargés de blé (VII, 184), qui n'ont pourtant pas disparu à Salamine. Xerxès et les 60 000 hommes d'Artabaze durent se retirer sans mal, reçus par des villes sujettes (VIII, 120), mais les auxiliaires relégués en fin de colonnes et les isolés durent souffrir beaucoup plus. Eschyle (*Les Perses*, v. 495-507) ajoute ici un désastreux et incroyable passage du Strymon gelé, sans les ponts indiqués par Hérodote (VII, 24, 114), avec la glace fondant au soleil levant et des noyés en foule.

Page 354.

130. Cf. VII, 40.
131. Cf. VII, 115, 124.

Page 355.

132. En fait, la logique qu'invoque Hérodote n'est pas parfaite : changer de rameurs aurait, en pleine tempête, privé le navire de ses éléments moteurs pendant un bon moment, et de grands seigneurs perses auraient mal remplacé une chiourme d'hommes solides et disciplinés, capables de comprendre et d'exécuter les ordres du pilote, transmis par leur chef de manœuvre, le *celeustès*.

Page 356.

133. Xerxès ne se serait donc pas déshabillé pendant les 2/3 de sa route, quelque 30 jours, ce qui est bien invraisemblable. Abdère avait déjà trouvé ruineux le passage de Xerxès (cf. VII, 120).

134. La côte est de l'Isthme et le cap Sounion avaient un temple de Poséidon. Les vainqueurs consacraient d'habitude les proues ou les figures de proue des navires capturés (cf. III, 59).

135. Environ 5,30 m. C'était un Apollon de bronze, d'après Pausanias, selon qui ils auraient aussi offert un Zeus de bronze à Olympie.

532   *Notes*

Page 357.

136. Cf. I, 51. Les trois étoiles pouvaient symboliser Apollon et les deux Dioscures, Castor et Pollux.

137. Les trois cents jeunes gens qui sont la garde royale (cf. I, 67).

Page 358.

138. Aphidna : dème de l'Attique, au nord-est d'Athènes. Belbiné : un îlot au sud du cap Sounion. Thémistocle oppose ironiquement à sa propre valeur, qui s'ajoute à celle d'Athènes, la totale insignifiance du personnage.

139. Artabaze commandait un contingent de l'armée (cf. VII, 66) ; personnage sympathique en face de Mardonios (IX, 41-42, 58), il ramena ses troupes en Asie (IX, 89) ; il est plus tard satrape de la Phrygie.

140. Potidée commande la péninsule de Pallène, au sud de la Chalcidique.

Page 359.

141. Sans doute les encoches dans lesquelles se fixe l'empennage de la flèche.

Page 360.

142. Poséidon, l'Ébranleur du sol, est, pour les Grecs, l'auteur des tremblements de terre, et le raz de marée accompagne la secousse sismique.

Page 361.

143. À partir du huitième ancêtre de Leutychidès, Théopompos, les descendants de la branche aînée ont régné jusqu'au moment où le dernier, Démarate, est déposé grâce aux intrigues de Cléomène (cf. VI, 64 sq.).

Page 362.

144. Opinion des Spartiates et de Leutychidès, le chef de la flotte, car les Spartiates se refusent aux expéditions lointaines (cf. V, 49-51) ; les Athéniens connaissent de longue date la région et sont allés, vingt ans auparavant, jusqu'à Sardes (cf. V, 97 sq.).

145. Europos, ou Euromos, ville de Carie au nord-ouest de

Mylasa ; des Cariens servent d'interprètes entre Grecs et Perses,
parlant, outre leur propre langue, le grec et le perse ou la langue
administrative de la Perse, l'araméen.

Page 363.

146. À Lébadée, en Béotie, on consultait l'oracle de Trophonios
dans une profonde caverne où le consultant s'engageait non sans
danger, après des rites compliqués. Abes avait un oracle d'Apollon.

147. Apollon Isménios : cf. V, 59. Amphiaraos était consulté par
incubation : le consultant, après un jeûne et un sacrifice, dormait
dans le temple sur la peau du bélier sacrifié.

148. Le lac Copaïs a disparu, asséché, depuis 1886. Acraiphia et
le sanctuaire du Ptôion, entre le lac et le golfe de l'Eubée.

149. Le miracle, c'est que l'oracle ait parlé, une fois, en langue
carienne, et que Mys l'ait compris sans que les accompagnateurs
officiels aient eu, ou à interpréter les sons proférés, ou à traduire en
carien une réponse donnée en grec. La chose fut considérée comme
un prodige, et Plutarque l'interprète comme un refus de l'oracle de
souiller la langue grecque en l'employant à l'adresse d'un Barbare.

Page 364.

150. Cf. V, 21.

151. Alabanda est en Carie (cf. VII, 195) ; correction proposée
ici : Alabastra, qui serait en Phrygie.

152. Alexandre, qui fut appelé le Philhellène, a pris déjà diverses
initiatives en faveur des alliés (cf. VII, 173 ; VIII, 34), s'il suit
docilement les Perses. Le titre de « proxène », accordé par un
décret de l'Assemblée, est un honneur et une charge : le proxène
doit, en échange des droits et des honneurs qu'il reçoit dans
Athènes, protéger chez lui les ressortissants athéniens.

153. Téménos : un des fils d'Aristomachos descendant d'Héraclès (cf. VIII, 131), l'Héraclide qui, avec son frère Cresphontès,
conquiert le Péloponnèse et garde pour sa part Argos, ville dont les
Argéades, descendants d'Argéos (cf. V, 22 ; VIII, 139), se disaient
originaires. Le thème des trois frères et du plus jeune fils se retrouve
déjà dans l'histoire légendaire des Scythes (cf. IV, 5).

Page 365.

154. Comme pour ces autres descendants d'Héraclès, les rois de
Sparte (VI, 57), la portion du futur roi est doublée.

155. Le jeune homme prend les trois salaires, et, ce faisant, prend symboliquement possession de ce qu'éclaire le soleil, la terre du pays. Le pli que forme la tunique en retombant sur la ceinture sert de poche.

Page 366.

156. Sans doute la rose dite aux cent feuilles *(rosa centifolia),* dont il existe de nombreuses variétés.

157. Les Phrygiens (cf. VII, 73) avaient habité la Macédoine avant de passer en Asie Mineure ; leur roi, Midas, qu'Apollon avait doté d'oreilles d'âne pour avoir mal jugé le concours musical qui l'opposait au satyre Marsyas (cf. VII, 26), avait un jour trouvé Silène (le plus vieux et le plus sage des satyres, représenté laid, camus, obèse, toujours ivre, et monté sur un âne) endormi après boire (ou bien ses sujets l'avaient trouvé et le lui avaient amené enchaîné) ; pour avoir traité Silène avec honneur, Midas en avait reçu le don imprudemment demandé : tout ce qu'il touchait se changeait en or, y compris sa nourriture.

158. Le Bermion, qui atteint plus de 2 000 m, sur la rive gauche de l'Haliacmon, domine Édessa, l'ancienne capitale de la Macédoine.

159. Mardonios emploie la formule initiale des messages royaux.

Page 368.

160. Athènes est entre le Péloponnèse, que Mardonios compte attaquer, et la Thessalie, où il a hiverné.

Page 369.

161. En venant en aide aux Ioniens révoltés (cf. V, 97).

162. Ce rôle que les Athéniens et leur littérature revendiquent sans cesse par la suite leur appartient pour leurs exploits légendaires qu'ils rappellent plus loin (IX, 27).

163. Celle de l'année 480 et celle qui est encore à préparer pour 479 (cf. VIII, 109) et qui sera minime ? Ou bien les deux récoltes de 480, de céréales et de fruits (raisins, figues, olives) ?

Page 370.

164. Cf. le sort des hérauts de Darius (VII, 133), de Lycidas et de sa famille (IX, 5).

165. Unité reconnue, mais Mardonios remarquait précisément (cf. VII, 9) qu'elle n'empêchait pas les Grecs de s'entre-tuer.

LIVRE IX

Page 373.

1. Cf. VII, 6, 130.

Page 374.

2. Cf. VII, 183 ; Eschyle énumère les sommets qui se transmettent le signal annonçant la prise de Troie, depuis le mont Ida jusqu'à Argos, en passant par Lemnos, le mont Athos, l'Eubée, et le Cithéron en Béotie.

3. Xerxès prend Athènes en septembre 480, et Mardonios en juin 479.

4. Cf. VIII, 140.

5. Le Conseil des Cinq Cents (50 délégués de chacune des 10 tribus d'Athènes) reçoit les ambassadeurs, comme dans Athènes.

Page 375.

6. Cf. un semblable déchaînement des Athéniennes en V, 87.

7. Hyacinthos, petit-fils de Lacédémon et de Sparta, aimé d'Apollon, est tué involontairement par le dieu tandis qu'ils s'exercent à lancer le disque ; de son sang naît la fleur hyacinthe ; ses fêtes, les Hyacinthia, célébrées à Amyclées, dans la vallée de l'Eurotas, au début de l'été, duraient trois jours. Sur le respect, à Sparte, des obligations religieuses, cf. V, 63 ; VI, 106 ; VII, 206.

8. Cf. VIII, 71.

Page 376.

9. La plaine d'Éleusis (cf. VIII, 65) ; l'usage des Grecs d'engager une bataille ouverte en plaine est critiqué par Mardonios (VII, 9).

Page 378.

10. Éclipse du 2 octobre 480.

11. Dorieus, mort en Sicile (cf. V, 39-48) ; Léonidas et Cléombrotos sont les fils de la première femme d'Anaxandride (cf. V, 41) ; les trois hommes sont cousins germains.

12. Oresthéion : en Arcadie ; les Spartiates ne prennent pas la route plus courte par Tégée, et passent par la vallée de l'Eurotas et le centre du Péloponnèse, pour éviter l'Argolide où les Argiens pourraient tenter de les arrêter.

Page 379.

13. Les périèques (cf. VI, 58) : la population de la Laconie, libre, mais sans droits politiques.

14. Sur l'attitude pro-perse des Argiens, cf. VII, 148-152.

15. Par le nord et le mont Parnès, ou par le nord-ouest et le Cithéron.

Page 380.

16. Décélie : dème attique au nord-est d'Athènes.

17. Les onze dirigeants de la confédération des cités de la Béotie.

Page 381.

18. Le retranchement de Mardonios, sur la rive gauche de l'Asopos, contrôle le fleuve sur 8 km environ, et l'enceinte fortifiée forme un carré de 1,8 km environ de côté, capable de contenir une armée de 60 000 à 70 000 hommes, avec cavalerie et bagages. Érythres et Hysies : au pied du versant nord du Cithéron, au-dessus de la plaine de la rive droite de l'Asopos ; l'emplacement de ces deux bourgs est toujours discuté. Cf. carte XI.

19. Orchomène : au nord-ouest de Thèbes, sur le Céphise, à l'extrémité ouest du lac Copaïs.

Page 383.

20. Cf. VIII, 27 sq.

Page 384.

21. Après avoir prêté, sans doute, le célèbre serment appelé « serment de Platées », dont le texte, sur une inscription trouvée en Attique, porte que les Grecs combattront jusqu'à la mort, et que, vainqueurs, ils puniront les cités qui ont passé du côté des Perses.

22. Cf. VII, 79. En raison de la taille de l'homme (cf. IX, 25), les Grecs rapprochent son nom perse de leur superlatif *mèkistos,* « très grand ».

23. Cf. VII, 40.

Page 385.

24. Les archers sont recrutés parmi les citoyens pauvres ou sont des mercenaires, crétois ou scythes.

25. Cette cuirasse d'or (de fer pour les soldats, cf. VII, 61) fut consacrée par les Athéniens dans l'Érechthéion ; elle était, en réalité, de fer plaqué d'or ; des cuirasses semblables ont été trouvées dans le Trésor de Xerxès à Persépolis.

Page 386.

26. Environ 360 m.

Page 387.

27. Le sanctuaire du héros platéen Androcratès, entouré d'un bois épais, et la source Gargaphia qui en est proche (un groupe de sources, en fait), se trouvaient sur la droite de la route qui va de Platées à Thèbes.

28. L'aile gauche, puisque l'aile droite revient aux Spartiates, dont le chef exerce le commandement suprême.

29. À la mort d'Héraclès, qui avait dû se mettre au service de son cousin Eurysthée, roi de Mycènes, ses enfants, persécutés par ce roi, quittent le Péloponnèse et se réfugient auprès de Thésée, roi d'Athènes ; avec lui, ils triomphent d'Eurysthée. Mais, dirigés par Hyllos, ils tentent de rentrer dans le Péloponnèse avant le temps indiqué par les oracles, et Hyllos est tué par le roi de Tégée, Échémos. Ces « retours des Héraclides » dans le Péloponnèse sont la traduction légendaire des invasions doriennes qui descendent des Balkans au XIIIᵉ-XIIᵉ siècle av. J.-C.

Page 388.

30. Phégée : fils du dieu-fleuve. Inachos, le fondateur de la ville d'Arcadie qui portait son nom.

Page 389.

31. Eurysthée, en guerre avec les Athéniens auprès de qui les Héraclides se sont réfugiés, est vaincu par eux et tué par Hyllos.

32. Après la mort d'Œdipe, dans la guerre des Sept contre Thèbes où Polynice, aidé des Argiens, revendique la royauté contre son frère Étéocle ; dans la légende athénienne Thésée intervient pour donner aux morts la sépulture.

33. Cf. IV, 110. Les Amazones vinrent jusque dans Athènes et installèrent leur camp sur l'Aréopage, face à l'Acropole.

34. Cf. VII, 161.

Page 390.

35. Quarante-six peuples ont été énumérés, mais dans les forces terrestres de Xerxès (VII, 61-80), et non dans l'expédition de Datis, à laquelle les Athéniens se sont opposés avec les Platéens qu'ils oublient ici.

Page 391.

36. Le premier groupe contient les contingents du Péloponnèse, augmentés du contingent de Potidée (colonie corinthienne fondée par Périandre), le seul qui ait pu venir de la Grèce du Nord. Orchomène : en Arcadie, au nord-ouest de Mantinée ; Lépréon : en Triphylie, sur la côte ouest du Péloponnèse ; Phlionte : à l'ouest de Corinthe. Les Péloponnésiens forment l'aile et le centre droits de la ligne de bataille.

37. Les contingents de l'Eubée.

38. Les contingents de la côte de l'Adriatique, et des îles.

39. Le dernier groupe contient les voisins d'Athènes, Mégare, l'île d'Égine, et les Platéens qui sont unis à elle (cf. VI, 108-111), avec les Athéniens, derniers énumérés, mais à la première place à l'aile gauche.

40. Le nombre des hoplites doit être exact, tiré de documents précis ; le nombre des soldats de l'infanterie légère est faux, car s'il y en a un pour chaque hoplite en dehors des 5 000 Spartiates, le chiffre attendu est 33 700. Or, 34 500 est le chiffre nécessaire aux additions du paragraphe suivant : troupes légères, 69 500 (35 000 hilotes spartiates + 34 500) et total des Grecs, 108 200 (38 700 + 35 000 + 34 500). Les 800 hommes supplémentaires sont à trouver, pour certains, dans les archers accompagnant les Athéniens (IX, 22) ; mais l'équivalence indiquée, un fantassin léger pour un hoplite, n'est qu'approximative, et certains contingents en ont plus, tandis qu'il n'en est pas indiqué à côté des Athéniens.

Page 392.

41. Sept cents Thespiens sont tombés aux Thermopyles (cf. VII, 202-222).

Page 393.

42. Cf. VIII, 32.

43. Les sept peuples énumérés après les Thessaliens, en VII, 132.

44. Les deux chiffres sont conjecturaux et certainement exagérés ; le chiffre rond de 300 000, le 1/6ᵉ de l'armée de terre de Xerxès (avec ses cavaliers, chameliers et conducteurs de chars : cf. VII, 184), correspond à celui des troupes jetées sur la Sicile (VII, 165).

Page 394.

45. Cf. V, 44.

46. Cinq épreuves associées (cf. VI, 92).

Page 395.

47. Les trois filles du roi d'Argos, Proitos, frappées de folie pour avoir offensé Dionysos (ou Héra), se croient changées en vaches et errent dans la campagne, et leur mal se communique aux femmes d'Argos.

Page 396.

48. Après la victoire sur les Perses, l'éphémère unité du bloc grec disparaît et les hostilités entre cités reprennent ; Sparte lutte dans le Péloponnèse, à des dates discutées, pour y maintenir son hégémonie : contre Argos et Tégée (vers 472-471), contre les Arcadiens, à Dipéa au sud-ouest de Mantinée (vers 466 ?), contre les Messéniens (vers 464-460 ?) à Isthmos (localité inconnue, et texte peut-être corrompu) ; elle lutte avec Corinthe contre Athènes alliée aux Argiens à Tanagra en Béotie (en 457).

49. Telliades : devins d'Élis (cf. VIII, 27).

50. Les maisons particulières de Sparte, comme d'Athènes, ont des murs faits en général de briques crues, et si peu solides que les voleurs, au lieu de forcer une porte, font un trou dans la muraille.

Page 398.

51. Trois passes devaient permettre alors de franchir le massif du Cithéron : à l'est, la route d'Athènes à Thèbes emprunte la passe d'Érythres ; au centre, la route d'Athènes (et Mégare) à Platées ; plus à l'ouest, un chemin impraticable pour des convois militaires franchissait la montagne à l'est de son sommet le plus élevé ; les

« Têtes de chêne » ou « les Trois Têtes » (ainsi nommées en raison
d'un détail du paysage qu'il est impossible d'identifier sûrement
aujourd'hui) doivent correspondre à la passe du centre. Comme
Athènes, Mégare et Éleusis ont été ravagées par les Perses, seul le
Péloponnèse peut encore ravitailler l'armée ; mais les Grecs, en se
déplaçant vers l'ouest, ont perdu le contrôle de la passe de l'est, et
les raids de la cavalerie perse, tournant leur aile droite, coupent
dans leur dos la route de leur ravitaillement.

Page 400.

52. Cf. V, 61. L'oracle devait menacer les Illyriens au cas où ils
attaqueraient Delphes.

53. Bacis : cf. VIII, 20 ; Musée : cf. VII, 6.

54. Glisas : au nord-est de Thèbes ; le Thermodon (qui n'est pas
le Thermodon des Amazones en Asie Mineure) : cours d'eau
aboutissant au lac Hylikè.

Page 402.

55. L'intervention d'Alexandre est en accord avec son attitude
précédente (cf. VII, 173 ; VIII, 136) ; et, comme le contingent
macédonien est placé en face des Athéniens (IX, 31), à l'extrémité
des lignes perses, son chef peut librement sortir du camp et y rentrer
(contrôle, surveillance et discipline n'ont, dans les deux camps, que
de lointains rapports avec ce qui est jugé normal aujourd'hui en ce
domaine). Que le ravitaillement de Mardonios soit menacé à plus
ou moins brève échéance est également plausible, malgré les
réserves entassées dans Thèbes (IX, 41), puisque des Phocidiens
réfugiés sur le Parnasse (IX, 31) peuvent arrêter les convois qui
viennent de Thessalie.

56. Des Spartiates qui l'ont faite aux Thermopyles, aucun n'est
revenu, sauf Aristodèmos (cf. VII, 229-231) qui avait esquivé la
bataille.

Page 403.

57. Le mouvement à exécuter par 8 000 Athéniens et 5 000
Spartiates, au moment où les Perses vont attaquer, sur un front de
plus de 4 km, dut bien demander une heure ; et on le juge aussi peu
vraisemblable que dangereux, ce qui ne veut pas dire, évidemment,
qu'il n'ait pas eu lieu. La raison qu'en donnèrent plus tard les
Athéniens, ennemis désormais de Sparte, est également jugée

invraisemblable; il est possible que Pausanias ait voulu enfoncer rapidement l'aile droite des Perses pour prendre de flanc leurs meilleures troupes.

Page 404.

58. Défi, à la manière des héros d'Homère, mais aussi procédé économique pour terminer une rivalité.

Page 405.

59. L'Oéroé (le Livadostro) descend du Cithéron et coule vers l'ouest; l'île que ses deux bras enfermaient avait 535 m, mais Hérodote ne dit pas si c'est de long ou de large, et le terrain ne permet pas d'en reconnaître avec certitude l'emplacement; cette troisième position, que les Grecs n'occuperont d'ailleurs pas, devait accueillir la moitié de l'armée, protégée de la cavalerie perse par l'eau et la hauteur de la butte.

60. Avant minuit; la nuit est divisée en trois veilles à partir du coucher du soleil.

Page 406.

61. Vingt stades = environ 3,6 km, soit le double de la distance prévue pour leur repli. Platées, brûlée par les Perses (cf. VIII, 50), leur apparaît un plateau bordé de ravins, portant à son angle nord-ouest le temple d'Héra. Malgré le terme de « fuite » employé par Hérodote, le mouvement des alliés s'effectue à l'heure voulue, et ils s'installent en bon ordre sur leurs nouvelles positions.

62. Pitané : bourg de Laconie.

63. Cf. IX, II.

64. L'histoire est-elle une invention d'origine athénienne? Hérodote donnerait alors l'autre version de l'affaire (de même que pour les Corinthiens, en VIII, 94); mais un chef grec a, sans arrêt, à expliquer, discuter et convaincre ses soldats et ses alliés.

65. Accuser les Spartiates de duplicité est l'habitude à Athènes quand les deux villes se trouvent en lutte ouverte, et l'accusation est facilement reportée jusqu'à cette époque où la méfiance et la jalousie règnent entre les contingents alliés. Isolés à l'aile gauche, les Athéniens peuvent s'inquiéter de voir l'aile droite immobile et envisagent, sinon une trahison, du moins un changement dans les plans de Pausanias.

Page 407.

66. Les Grecs se servirent longtemps, pour voter, de cailloux blancs (pour accepter ou acquitter) et noirs (pour refuser ou condamner), et le bulletin de vote s'appelait toujours le « caillou ».

Page 408.

67. Le Moloéis : un affluent de l'Asopos ; le sanctuaire devait se trouver à l'ouest d'Hysies, au pied du Cithéron.

Page 409.

68. Cf. VII, 6, 130.

Page 410.

69. Cf. IX, 28. Les 5 000 hoplites spartiates sont accompagnés de 35 000 hilotes (soit 40 000 hommes) ; les 5 000 autres Lacédémoniens (des périèques) sont accompagnés d'autant de fantassins légers (soit 10 000 hommes), ainsi que les 1 500 hoplites de Tégée (soit 3 000 hommes).

Page 411.

70. Les « gerrhes », leurs hauts boucliers d'osier (cf. VII, 61), dont ils se font un rempart (de même en IX, 102).

Page 412.

71. Cf. VIII, 114.
72. Cf. VII, 204.
73. Stényclaros : au nord de la Messénie, la plaine et la ville (abandonnée) que les Héraclides y avaient fondée ; la bataille eut lieu au début de la troisième guerre de Messénie (vers 464-460).

Page 413.

74. En même temps qu'Athènes (cf. IX, 13).
75. Soixante mille, en VIII, 126. Les vingt mille manquants ont pu disparaître dans les sièges d'Olynthe et de Potidée, et dans le raz de marée (VIII, 127-129).

Page 416.

76. 257 000 morts d'un côté, et 159 de l'autre, les chiffres sont inacceptables, si brutal qu'ait été le massacre. Beaucoup de

Barbares durent s'enfuir au lieu de s'enfermer dans la forteresse ; du côté des Grecs, Hérodote ne compte pas les Mégariens et Phliasiens massacrés sans gloire (IX, 69), ni les morts frappés pendant les sacrifices de Pausanias (IX, 61) ; les 91 Spartiates tués appartiennent au seul corps des 5 000 citoyens, les périèques et les hilotes n'étant pas comptés ; et les morts athéniens sont ceux d'une seule tribu, la tribu Aiantide (selon Plutarque qui parle de 1 360 morts du côtés des Grecs).

77. Cf. VII, 229-231.

Page 417.

78. Thésée et son ami Pirithoüs enlèvent à Sparte Hélène, âgée de 7 ans, et Thésée la cache dans le bourg d'Aphidna, au nord-est d'Athènes, sous la garde de sa mère Aethra ; les frères d'Hélène, Castor et Pollux, se mettent à sa recherche, et deux chefs locaux, Décélos et Titacos, dépossédés de leurs pouvoirs sur leurs bourgades depuis que Thésée a réuni les habitants de l'Attique en une seule ville, viennent à leur aide.

79. Les Décéliens ont dans Sparte la *proédrie*, le droit à des places au premier rang pour assister aux Jeux, et sont exempts des taxes qui frappent les étrangers séjournant dans la ville. Pendant la guerre du Péloponnèse, qui éclate en 431, les Spartiates viennent périodiquement ravager l'Attique, et Hérodote (mort vers 425) a pu connaître cinq de ces invasions.

Page 418.

80. Cf. VI, 92.

81. Les Édones (cf. V, II). Les Athéniens, en 465, essaient de s'installer dans cette région riche en mines d'or, à l'est du mont Pangée, comme Aristagoras trente-deux ans plus tôt (cf. V, 124-126) ; ils s'y heurtent aux Édones ainsi qu'aux Thasiens, et dix mille colons grecs y sont massacrés à Drabescos.

82. Pour sauver tout au moins quelques biens du pillage, probablement.

Page 419.

83. Pausanias commande, mais n'est que tuteur du jeune roi (cf. IX, 10).

84. Deux éphores accompagnent et surveillent le roi en campagne.

85. L'exil frappe les généraux qui n'ont pas réussi dans leur mission ; mais les cités ou leurs chefs ont pu hésiter à choisir entre les alliés et les Perses, et expulser, après coup, les partisans des vaincus.

Page 420.

86. Cf. VII, 238.

Page 421.

87. Sur la vaisselle d'or et l'équipement somptueux des Perses, cf. VII, 83, 119 et 190. Un glaive d'or, dit de Mardonios, figurait dans le Trésor d'Athènes ; il pesait, d'après Démosthène, 300 dariques, soit 2,5 kg, avec son fourreau sans doute ; le glaive similaire trouvé en Perse pesait environ 900 g.

88. Athènes est en guerre avec Égine en 458 ; ici et plus loin (IX, 86), Hérodote recueille des insinuations et accusations de source athénienne.

89. Le célèbre ex-voto de Platées était un trépied d'or supportant un vase d'or posé sur une colonne de bronze faite de trois serpents enroulés et haute d'environ 6 m ; l'or en fut fondu par les Phocidiens occupant Delphes pendant la troisième guerre sacrée (356-346) ; la colonne fut emportée par l'empereur Constantin à Constantinople, devenue la capitale de l'empire romain (en 324 ap. J.-C.), où ses restes se trouvent toujours, portant, inscrits par les soins des Spartiates, les noms des trente et un peuples grecs qui avaient combattu les Perses.

90. Environ 4,45 m ; la base portait également une liste des peuples grecs vainqueurs, au nombre ici de 27.

91. Environ 3,10 m.

Page 422.

92. La tente de Mardonios était sans doute celle de Xerxès, ou passa pour telle chez les Grecs ; l'Odéon de Périclès (terminé en 443) aurait été bâti sur le modèle du pavillon royal à toit conique.

93. Cette boutade du Spartiate reprend l'avertissement qu'un Lydien avait donné à Crésus près d'attaquer les Perses (cf. I, 71) ; elle en est l'écho, et la conclusion de toute la série des événements nés de la démesure, l'*hybris*, de Crésus : car Crésus, en attaquant les Perses, a causé sa propre ruine, et les Perses, qui ont pris au vaincu son or et son luxe, ont à leur tour attaqué, malgré les sages conseils

d'Artabane (IV, 83 ; VII, 10), la Scythie, puis la Grèce, où leurs armées ont trouvé la défaite.

94. Les vertus spartiates de Pausanias ne résisteront cependant pas longtemps au pouvoir et au succès ; dès l'année suivante, son autorité tyrannique exaspère les alliés, puis il intrigue avec les Perses, adopte leurs allures (et leur table), et, condamné par les Spartiates, meurt bloqué dans un sanctuaire où il s'est réfugié.

Page 423.

95. *Irènes* : correction proposée du texte, qui donne *irées*, mot inconnu ailleurs. Les *irènes* sont, à Sparte, les jeunes gens qui arrivent aux dernières années de l'éphébie, qui s'achève à vingt ans. Il est possible qu'ils aient été nombreux dans les rangs des Spartiates, mais Amompharète, commandant d'un bataillon, n'en faisait certainement pas partie. Le contingent de Sparte comprenait trois catégories de combattants (Spartiates, périèques, hilotes), auxquelles logiquement devraient correspondre les trois tombes.

Page 424.

96. Sur l'accusation portée contre Égine, cf. IX, 80. Le proxène se charge, dans son propre pays, des intérêts de la cité qui lui a décerné ce titre.

97. Attaginos : cf. IX, 15. Timagénidas : cf. IX, 38.

Page 425.

98. Son acte est diversement interprété : exécution ordonnée par le conseil des alliés réunis à l'Isthme, après un jugement régulier ? ou décision de Pausanias seul, agissant déjà en autocrate ? ou crainte de sa part de voir l'argent des coupables corrompre trop facilement leurs juges ? ou même crainte qu'ils ne révèlent ses intrigues avec les Perses ?

Page 426.

99. Ainsi s'achève l'expédition des Perses, et la même formule a signalé (VIII, 119) la fin de l'aventure de Xerxès en Europe.

100. Cf. VIII, 132. Sur Leutychidès, cf. VI, 65-72.

101. Cf. VIII, 85.

Page 427.

102. Hégésistrate signifie le « guide de l'armée ».

103. Le golfe Ionien est la mer Adriatique; Apollonia (une des nombreuses villes anciennes de ce nom) se trouvait dans le sud de l'Illyrie.

Page 428.

104. Le Lacmon : un massif de la chaîne du Pinde; mais le fleuve, l'Aôos, se jette au nord du golfe où se trouvait Oricos.

105. Delphes a un « prophète » (cf. VIII, 37); à Dodone Hérodote n'a signalé que des prêtresses.

Page 430.

106. Sur la côte sud-est de l'île.

107. La flotte perse, qui s'est concentrée à Samos, au printemps (VIII, 130), se replie sur la côte asiatique.

108. Tigrane commandant du contingent des Mèdes (VII, 62); les troupes qu'il commande ont dû contrôler l'Ionie pendant l'expédition en Europe.

109. Les Déesses souveraines : Déméter et Coré. Le Gaison : un ruisseau, et Scolopoéis : un territoire au sud de Mycale.

110. Nélée, fils cadet de Codros, roi d'Athènes, fonde Milet avec des Ioniens venus d'Athènes et des Messéniens chassés du Péloponnèse par les Héraclides.

111. Texte douteux.

Page 431.

112. Dès qu'une trière a accroché un navire ennemi, les soldats y montent au moyen d'une échelle-passerelle, et le combat s'engage sur le pont.

113. Correction très vraisemblable au texte, qui porte : Hébé (déesse de la jeunesse) : Héra est, en effet, la grande divinité de Samos, et la flotte grecque s'est ancrée en face de son temple, sous sa protection; cette déesse grecque est la principale ennemie des Troyens et des Asiatiques déjà dans l'*Iliade*.

114. La tentative de Leutychidès reprend celle de Thémistocle à l'Artémision (VIII, 22), malgré le peu de succès de celle-ci (VIII, 85). Le commentaire qui la suit semble une interpolation maladroite.

Page 432.

115. Ceux qui ont échappé au sac de la ville et au transfert de la population (cf. VI, 19-20).

116. Le caducée est l'insigne d'Hermès dans son rôle de messager divin.

117. Rumeurs lancées par les chefs pour soutenir le moral des Grecs, ou nouvelle du succès des Grecs dans le premier accrochage en Béotie (IX, 20-25) ? Le synchronisme exact des deux batailles est aussi douteux que celui qui fut établi entre la bataille de Salamine et celle d'Himère (cf. VII, 166).

Page 433.

118. Cf. IX, 65.

119. Le récit de cette bataille reste très vague ; les Athéniens forment ici encore l'aile gauche, et les Perses les ont peut-être attaqués d'eux-mêmes avant que l'aile droite n'eût terminé son mouvement.

Page 435.

120. La première révolte a commencé avec les affaires de Naxos et Milet (V, 30 sq) et s'est terminée par l'écrasement des Ioniens, remis sous le joug (VI, 42). La bataille de Mycale, en assurant la supériorité de la flotte grecque dans la mer Égée, permet aux cités grecques d'Asie Mineure de rejeter, pour un temps, le contrôle de la Perse et d'entrer dans l'alliance dont Athènes prend la tête.

121. Le pancrace combine le pugilat et la lutte à poings nus.

122. Le cap Géreste : la pointe sud-ouest de l'Eubée ; Carystos, au sud de l'Eubée, est attaquée par Athènes vers 472, et contrainte d'adhérer à la ligue attico-délienne.

Page 436.

123. Ce projet de transférer les Ioniens en Grèce reprend, après tous les malheurs qu'ils ont subis, le conseil (excellent, selon Hérodote) que leur donnait Bias (cf. I, 170). De pareils transferts de population ont été signalés, soit volontaires, soit forcés, et les Athéniens envisagent de quitter Athènes pour s'installer en Italie (VIII, 72). En 1923, le Traité de Lausanne, en fixant une nouvelle frontière gréco-turque, imposait un échange des populations grecque et turque dans les régions intéressées.

124. Cf. VIII, 108, 117. Il est étonnant que les Grecs n'aient pas encore appris leur destin depuis dix mois déjà.

Page 438.

125. Sur Amestris, sultane et Barbare, cf. VII, 114.

Page 441.

126. Lecton : cap à l'extrémité sud-est de la Troade, en face de Lesbos.

127. Sestos commande l'Hellespont et la route du commerce avec la mer Noire.

128. Les conquêtes européennes de Darius, perdues par Xerxès, avaient été organisées en une satrapie supplémentaire, qui figure sur une inscription de Suse, la satrapie de Skudra, groupant Thrace et Macédoine, avec Sestos pour capitale et Artayctès pour satrape (cf. VII, 33, 78).

129. Le Thessalien Protésilas est, dans l'*Iliade*, le premier à débarquer à Troie, aussitôt tué par Hector.

Page 442.

130. Guerre et navigation s'arrêtent normalement au début de l'automne, pour reprendre au printemps.

Page 443.

131. Cf. VI, 34.

132. Aigos-Potamos : à peu de distance au nord-est de Sestos.

133. « Salure » est un terme employé en II, 86, pour désigner l'embaumement des morts.

Page 444.

134. Environ 600 000 et 1 200 000 fr-or.

135. Les câbles, avec les ornements de proue et de poupe des navires perses détruits à Mycale (IX, 106) furent consacrés à Delphes par Athènes, qui érigea pour les contenir le Portique des Athéniens.

Page 445.

136. Un écrit d'Hippocrate de Cos (vers 460-372) présente cette théorie de l'influence du sol et du climat d'un pays sur les corps et les mœurs des hommes qui l'habitent; mais elle était certainement connue et discutée depuis longtemps dans les milieux de la médecine ionienne.

137. Au moment où l'expédition barbare a définitivement
échoué, où Artayctès, le plus criminel des hommes de Xerxès, a
reçu son châtiment, Cyrus, qui au livre I, a fondé la puissance
perse, reparaît pour prédire et résumer à la fois en un conseil
l'histoire qui a été celle des Perses après lui : le peuple capable de
conquérir le monde a dégénéré, corrompu par la richesse ; et la
figure de Cyrus, roi sage, entouré de ses guerriers, est évoquée après
que son successeur Xerxès est apparu comme un roi débauché,
faible et violent, mené par les intrigues de son sérail.

POIDS ET MESURES
EMPLOYÉS DANS *L'ENQUÊTE*

MESURES DE LONGUEUR

doigt	0 m 0185
palme	0 m 074
empan (spithame)	0 m 222
pied	0 m 296
coudée ordinaire	0 m 444
coudée royale	0 m 525 à 0 m 532
coudée égyptienne et coudée de Samos	0 m 527
orgyie (brasse)	1 m 776

mesures itinéraires :

pas	0 m 740
plèthre	29 m 6
stade	177 m 6
parasange (mesure perse)	5 940 m
schène (arpent)	10 km 656

POIDS

drachme	4 g 32
mine	432 g

talent	25 *kg* 92
talent babylonien	30 *kg* 240

MESURES DE CAPACITÉ

pour les liquides :

cyathe	0 *l* 045
cotyle	0 *l* 27
conge	3 *l* 24
amphore	19 *l* 44
métrète	38 *l* 88

pour les solides :

cotyle	0 *l* 27
chénice	1 *l* 08
médimne	51 *l* 84
artabe (mesure perse)	55 *l* 08

MONNAIES

obole	0 *fr-or* 15
drachme	0 *fr-or* 93
statère d'or	8 *gr-or* 60
darique perse	8 *gr-or* 40

unités de compte :

mine (100 drachmes)	92 *fr-or* 68
talent (60 mines)	5 560 *fr-or* 90

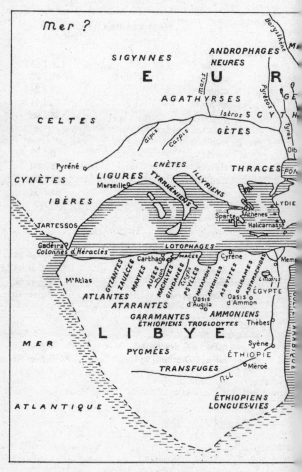

I. LE MONDE CONNU D'HÉRODOTE

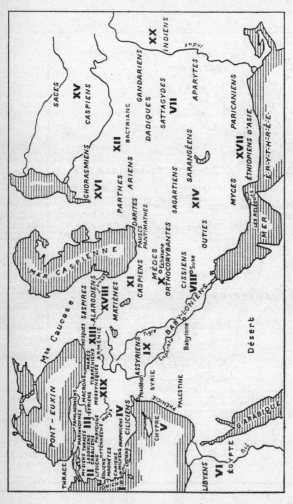

II. LES SATRAPIES DE DARIUS

III. L'ASIE MINEURE

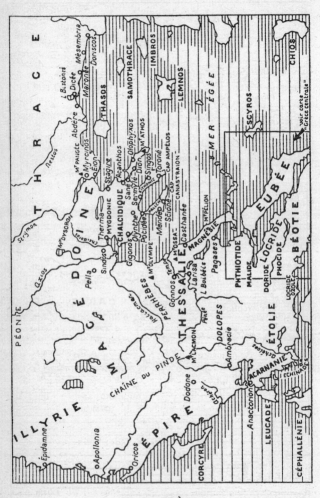

IV. LA GRÈCE 1

V. LA GRÈCE 2

VI. LA GRÈCE 3

VII. ITALIE MÉRIDIONALE ET SICILE

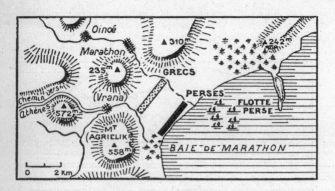

VIII. MARATHON

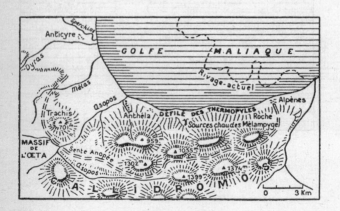

IX. LES THERMOPYLES

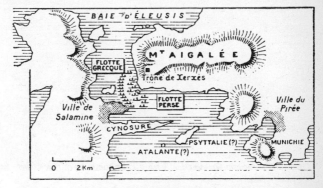

X. SALAMINE

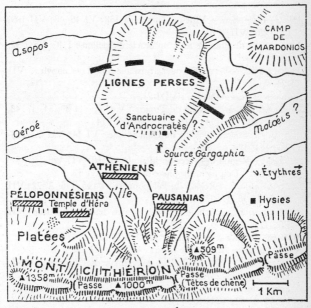

XI. PLATÉES

INDEX

Les chiffres romains renvoient aux livres de L'Enquête, *les chiffres arabes aux paragraphes.*

A

Aigilia. – Île proche de l'Eubée : VI 107.

Aigilies. – Localité du territoire d'Érétrie : VI 101.

Aigos-Potamos. – Point de la côte de Chersonèse, proche de Sestos : IX 119.

Ainéia. – Ville de Macédoine : VII 123.

AINÉSIDÈMOS. – Sicilien : VII 154, 165.

Ainos. – Ville de Thrace : IV 90 ; VII 58.

Ainyra. – Un point de l'île de Thasos : VI 47.

AISCHRÉOS. – Athénien : VIII 11.

AJAX. – Roi légendaire de Salamine : V 66 ; VI 35 ; VIII 64, 121.

Alabanda[1]. – Ville de Carie : VIII 195.

Alabanda[2]. – Ville de Phrygie : VIII 136.

Alarodiens. – Peuple d'Arménie : III 94 ; VII 79.

ALCAMÉNÈS. – Descendant d'Héraclès : VII 204.

ALCÉE. – Le poète : V 95.

ALCÉDÈS. – Spartiate : VI 61.

ALCÉTÈS. – Ancêtre d'Alexandre de Macédoine : VIII 139.

ALCIBIADE. – Athénien : VIII 17.

ALCIMACHOS. – Érétrien : VI 101.

ALCMÉON. – Athénien, enrichi par Crésus : I 59 ; VI 125, 127, 130.

Alcméonides. – Puissante famille d'Athènes : I 61, 64 ; V 62, 66, 70, 71, 90 ; VI 115, 121, 123, 125, 131.

ALCON. – Molosse : VI 127.

ALÉA. – Épithète d'Athéna : I 66 ; IX 70.

Aléion. – Plaine de Cilicie : VI 95.

Aleuades. – Puissante famille de Larissa en Thessalie : VII 6, 130, 172.

ALEUAS. – Roi de Thessalie : IX 58.

ALEXANDRE. – Roi de Macédoine : V 17, 22 ; VIII 121, 139 ; se débarrasse des envoyés perses : V 19-21 ; aide les Grecs : VII 173, 175 ; VIII 34 ; IX 44-46 ; messager de Mardonios auprès des Athéniens : VIII 135-137,140-144 ; IX 1, 4, 8.

Alopécé. – Dème attique : V 63.

Alos. – Ville de Phtiotide : VII, 173, 197.

Alpènes. – Localité proche des Thermopyles : VII 176, 216, 229.

ALPHÉOS. – Spartiate : VII 227.

ALYATTE. – Roi de Lydie : I 6, 16, 18-19, 21-22, 25, 26, 47, 73, 74, 92, 93 ; III 48 ; VIII 35.

Amathonte. – Ville de Chypre assiégée par Onésilos : V 104, 108, 114, 115.

566 *Index*

ANAXANDRIDE[2]. – Spartiate : VIII 131.

ANAXANDROS. – Spartiate : VII 204.

ANAXILAOS[1]. – Spartiate : VIII 131.

ANAXILAOS[2]. – Tyran de Rhégion : VI 23 ; VII 165,170.

ANCHIMOLIOS. – Spartiate, dirige une expédition contre les Pisistratides : V 63.

ANDRÉAS. – Sicyonien : VI 126.

ANDROBOULOS. – Delphien : VII 141.

ANDROCRATÈS. – Héros platéen : IX 25.

ANDRODAMAS. – Samien : VIII 85 ; IX 90.

ANDROMÈDE. – Mère de Persès : VII 61 ; 150.

Andros (Andriens). – Île de l'Égée : IV 33 ; V 31 ; VIII 66, 108, 111, 112, 121.

ANÉRISTOS[1]. – Spartiate : VII 134.

ANÉRISTOS[2]. – Petit-fils d'Anéristos[1] : VII 137.

ANNON. – (Hannon) Carthaginois, père d'Amilcar : VII 165.

Anopée. – Montagne dominant les Thermopyles et sentier la franchissant : VII 215-216.

ANTAGORAS. – De Cos : IX 76.

Antandros. – Ville de Troade : V 26, VII 42.

Anthéla. – Bourg proche des Thermopyles : VII 176, 200.

Anthémonte. – Ville de Macédoine : V 94.

ANTICHARÈS. – Béotien : V 43.

Anticyre. – Ville de Malide : VII 198, 213.

ANTIDOROS. – Lemnien : VIII 11.

ANTIOCHOS. – Éléen : IX 33.

ANTIPATROS. – Thasien : VII 118.

ANTIPHÈMOS. – Rhodien : VII 153.

ANYSOS. – Sidonien : VII 98.

Aphètes. – Point de la côte de Magnésie : VII 193, 196 ; VIII 4, 6-8, 11, 12, 14.

Aphidna. – Dème attique : IX 73.

Aphytis. – Ville de Chalcidique : VII 123.

Apidanos. – Rivière de Thessalie : VII 129.

APOLLON. – Divinité grecque et divinités étrangères assimilées : à Abes : VIII 33 ; à Corinthe : III 52 ; à Cyrène : IV 158 ; à Délion : VI 118 ; à Delphes : IV 155 ; VI (76) 80 ; en Égypte : II 83, 155, 156 ; en Lydie : I 87 ; à Métaponte : IV 15 ; à Milet : II 159 ; à Naucratis : II 178 ; en Phrygie : VII 26 ; à Sparte : I 69 ; VI 57, 61. — Appelé Isménios : I 52, 92 ; V 59 ; VIII 134 ;

Loxias : I 91 ; IV 163 ; Phébus : IV 155 ; Ptôios : VIII 135 ; du Triopion : I 144. — Assimilé à Horus : II 144, 156 ; à Oitosyros : IV 59.

Apollonia (Apolloniates). – Ville d'Illyrie : IX 92-94.

APOLLOPHANÈS. – Abydénien : VI 26.

Apsinthiens. – Peuple thrace : VI 34, 36, 37 ; IX 119.

Arabie. – La dernière terre habitée du côté du midi : II 11, 12, 15, 19, 30, 73, 75, 158 ; III 5 ; IV 39 ; ses moutons : III 113 ; ses parfums : III 107-112 ; ses serpents : II 75 ; III 107-109. — Coutumes : I 198 ; III 8 ; la déesse Alilat : I 131. — Histoire : II 141 ; alliée de Cambyse : III 4, 7, 9 ; des Perses : III 88, 91, 97 ; ses forces dans l'armée de Xerxès : VII 69, 86-87, 184.

Arados. – Île et ville de la côte phénicienne : VII 98.

Arcadie (Arcadiens). – Région de Péloponnèse ; pays et peuple : II 161, 171 ; VI 83 ; VII 90, 170 ; VIII 73. — En guerre avec Sparte : I 66-67 ; V 49 ; VI 74 ; IX 35 ; son rôle dans la lutte contre Xerxès : VII 202 ; VIII 26, 72 ; IX 27, 28. — Pélasges d'Arcadie : I 146.

Archélaens. – Tribu de Sicyone : V 68.

ARCHÉLAOS. – Spartiate, descendant d'Héraclès : VII 204.

ARCHESTRATIDÈS. – Samien : IX 90.

ARCHIDÈMOS [1]. – Spartiate, descendant d'Héraclès : VIII 131.

ARCHIDÈMOS [2]. – Descendant d'Archidèmos [1] : VI 71.

Ardéricca. – Localité de Cissie : VI 119.

Aréopage. – Colline d'Athènes : VIII 52.

ARÈS. – Divinité grecque, et divinités étrangères assimilées : en Égypte : II 59, 63, 83 ; en Grèce : VII 140 ; VIII 77 ; chez les Pisidiens : VII 76 ; en Scythie : IV 59, 62 ; en Thrace : V 7.

ARGADÈS. – Fils d'Ion : V 66.

ARGAIOS. – Ancêtre d'Alexandre de Macédoine : VIII 139.

ARGÉIA. – Femme du roi de Sparte Aristodèmos : VI 52.

Argilos. – Ville de Bisaltie : VII 115.

Argiopion. – Territoire de Béotie : IX 57.

Argolide. – La région d'Argos : I 82 ; VI 92.

ARGONAUTES. – L'expédition dirigée par Jason : IV 145 ; VII 193.

ARGOS [1]. – Héros éponyme d'Argos : VI 75, 78, 80, 82.

Argos [2] *(Argiens)*. – Ville du Péloponnèse : I 1, 2, 5, 31 ; III 131 ; V 67, 113 ; VI 127 ; VIII 73, 137, 138 ; IX 34 ; ses rapports avec Athènes : I 61 ; V 86-88 ; VI 92 ; IX 27 ; avec les Géphyréens : V 57, 61 ; avec Sicyone : V 67, 68 ; avec Sparte : I 82 ; V 49 ; VI 19,

Arménie (Arméniens). – Région d'Asie occidentale : I 72, 180, 194 ; III 93 ; V 49, 52 ; VII 73.

ARSAMÉNÈS. – Fils de Darius : VII 68.

ARSAMÈS[1]. – Ancêtre de Xerxès : I 209 ; VII 11, 224.

ARSAMÈS[2]. – Fils de Darius : VII 69.

ARTABANE. – Perse, frère de Darius et son conseiller : IV 83, 143 ; conseiller de Xerxès : VII 10-12, 15-18, 46, 47, 50-53, 66, 75, 82 ; VIII 26, 54.

ARTABATÈS. – Perse : VII 65.

ARTABAZE. – Perse, général de Xerxès : VII 66 ; VIII 126-129 ; IX 41, 42, 58, 66-70, 77, 89.

Artacé. – Port de Cyzique : IV 14 ; VI 33.

ARTACHAIÈS[1]. – Perse : VII 22, 117.

ARTACHAIÈS[2]. – Perse, père d'Artayntès : VIII 130.

ARTACHAIÈS[3]. – Perse, père d'Otaspès : VII 63.

ARTAIOS[1]. – Perse : VII 22.

ARTAIOS[2]. – Perse VII 65.

ARTANÈS. – Perse, frère de Darius : VII 224.

ARTAPHRÉNÈS[1]. – Perse, frère de Darius, gouverneur de Sardes : V 25, 30-33, 35, 73, 96, 100, 123 ; VI 1, 4, 30, 42.

ARTAPHRÉNÈS[2]. – Fils d'Artaphrénès[1], chef d'une expédition contre Athènes : VI 94, 119 ; VII 8, 10 ; chef dans l'armée de Xerxès : VII 74.

ARTAXERXÈS. – Roi de Perse, successeur de Xerxès : VI 98 ; VII 106, 151, 152.

ARTAYCTÈS. – Perse : VII 33, 78 ; IX 116, 118-120, 122.

ARTAYNTÉ. – Nièce, bru et maîtresse de Xerxès : IX 108-109.

ARTAYNTÈS[1]. – Perse, général de Xerxès, chef dans l'armée de Xerxès : VII 67.

ARTAYNTÈS[2]. – Perse, amiral de Xerxès : VIII 130 ; IX 102, 107.

Artéens. – Ancien nom des Perses : VII 61.

ARTEMBARÈS. – Perse : IX 122.

ARTÉMIS. – Divinité grecque : à l'Artémision : VII 176 ; à Athènes : VI 138 ; VIII 77 ; à Byzance : IV 87 ; à Éphèse : I 26 ; à Samos : III 48. – Divinités étrangères assimilées : en Égypte (la déesse Bubastis) : II 59, 83, 137, 155, 156 ; en Thrace : IV 33 ; V 7. – Appelée Orthosia : IV 87 ; Artémis Reine : IV 33.

ARTÉMISE. – Reine d'Halicarnasse ; son rôle dans la flotte de Xerxès : VII 99 ; VIII 68, 69, 87, 88, 93, 101, 103, 107.

Artémision. – Cap au nord de l'Eubée : VII 175-177, 183, 192, 194,

195; VIII 2, 4-6, 8, 11, 14, 16, 21-23, 40, 42, 43, 45, 46, 66, 76, 82; IX 98.

ARTOBAZANÈS. – Fils de Darius : VII 2, 3.

ARTOCHMÈS. – Perse, chef dans l'armée de Xerxès : VII 73.

ARTONTÈS. – Perse, fils de Mardonios : IX 84.

ARTOZOSTRA. – Fille de Darius : VI 43.

ARTYBIOS. – Chef perse, tué devant Salamis : V 108, 110-112.

ARTYPHIOS. – Perse, chef dans l'armée de Xerxès : VII 66, 67.

ARTYSTONÉ. – Femme de Darius : III 88; VII 69, 72.

Asie (Asiatiques.) – L'une des trois parties du monde, et l'empire perse opposé au monde grec : I 4, 15, 16, 79, 95, 102, 103, 104, 106, 107, 108, 130, 173, 192, 209; II 16, 17, 103; III 56, 67, 88, 96, 98, 115, 117, 137, 138, 143; IV 1, 4, 11, 12, 198; V 12, 15, 17, 30, 49, 50, 96, 97, 119; VI 24, 45, 70, 116, 118, 119; VII 1, 9, 11, 21, 23, 25, 33, 73, 107, 135, 137, 145, 146, 157, 174, 184, 185; VIII 109, 118, 119, 125, 130; IX 90 – Géographie : II 16-17; III 98, 115, 117; IV 36, 40-42, 44-45. – Régions : Asie Mineure : I 72, 177; VI 43; Haute-Asie : I 72, 95, 103, 130, 177; VII 20. – Peuples : Barbares d'Asie : VI 58; Doriens d'Asie : I 6; VII 93; Éoliens d'Asie : I 6; Éthiopiens d'Asie : III 94; VII 70; Grecs d'Asie : I 27; Ioniens d'Asie : I 6; Magnésiens d'Asie : III 90; Thraces d'Asie : VII 75.

Asiné. – Ville du Péloponnèse : VIII 73.

ASONIDÈS. – Éginète : VII 181.

ASOPODOROS. – Thébain : IX 69.

Asopos [1]. – Dieu-fleuve : V 80.

Asopos [2]. – Fleuve de Béotie : V 80; VI 108; IX 15, 19, 31, 36, 38, 40, 43, 49, 51, 59.

Asopos [3]. – Fleuve près des Thermopyles : VII 199, 200, 216, 217.

ASPATHINÈS. – Perse, l'un des Sept : III 70, 78; VII 97.

Assa. – Ville proche de l'Athos : VII 122.

Assyrie (Assyriens). – Région de Ninive et Babylone : I 185, 192, 194; II, 17, 150; III 92; IV 39; sa déesse Mylitta : I 131, 199. – Histoire : I 95, 102; II 141; soumise par les Mèdes : I 106; par Cyrus : I 178, 184, 185; par Darius : III 155; VII 9, 63. – Sont appelés Assyriens : Persée : VI 54; les Syriens de Palestine : II 30.

ASTACOS. – Thébain : V 67.

ASTER. – Spartiate : V 63.

ASTRABACOS. – Héros spartiate : VI 69.

Attique. – Le territoire d'Athènes : I 62 ; IV 99 ; V 63, 87, 88 ; VI 120, 139, 140 ; VIII 96, 110 ; envahi par les Amazones : IX 73 ; par les Béotiens : V 74 ; par les Doriens : V 76 ; par les Éginètes : V 81, 89 ; par les Péloponnésiens : V 76 ; par les Spartiates : V 64, 76 ; par les Tyndarides : IX 27. – Les Spartiates y conduisent des otages d'Égine : VI 73 ; les Athéniens y exécutent des Spartiates : VII 137. – Dans la lutte contre les Perses : la seconde expédition de Darius y débarque : VI 102, 120 ; Xerxès s'en empare : VIII 40, 50, 51, 53, 60, 65, 66, 99, 102, 106 ; IX 99 ; l'évacue : VIII 100, 113, 120 ; Mardonios y envoie Alexandre de Macédoine : IX 8 ; s'en empare : VIII 144 ; IX 3, 6, 7, 12, 17 ; l'évacue : IX 13.

ATYS. – Lydien, père de Pythios : VII 27.

AUTÉSION. – Descendant de Polynice : IV 147 ; VI 52.

AUTODICOS. – Platéen : IX 85.

AUTONOOS. – Héros delphien : VIII 39.

AUXÉSIA. – Divinité d'Épidaure : V 82, 83.

Axios. – Fleuve de Macédoine : VII 123, 124.

AZANÈS. – Perse, chef dans l'armée de Xerxès : VII 66.

Azanie. – Région d'Arcadie : VI 127.

B

Babylone (Babyloniens). – Ville d'Assyrie : I 77, 106 ; prise par Cyrus : I 153, 178-187, 189-192, 194, 196-201 ; satrapie perse : III 92 ; VII 62 ; prise par Darius : III 150-160 ; IV 1 ; par Xerxès : I 183. – Inventions des Babyloniens : II 109 ; talent babylonien : III 89, 95.

Bacchiades. – Descendants de Bacchis roi de Corinthe : V 92.

BACIS. – Auteur d'un recueil d'oracles : VIII 20, 77, 96 ; IX 43.

Bactres. – Ville de Bactriane : IX 113.

Bactriane (Bactriens). – Région d'Asie centrale : I 153 ; III 92 ; IV 204 ; VI 9 ; VII 64, 66, 86 ; VIII 113 ; IX 31, 113.

BADRÈS. – Perse, chef dans l'armée de Xerxès : VII 77.

BAGAIOS. – Perse, père de Mardontès : VII 80 ; VIII 130.

Barathre. – Carrière d'Athènes où l'on précipitait certains condamnés à mort : VII 133.

Barbares. – En face du monde grec, le reste du monde, et spécialement l'Asie et l'empire perse : I préface, 1, 4, 6, 14, 58,

Bottie (Bottiens). – Région de Macédoine : VII 123, 127, 185 ; VIII 127.

BOUBARÈS. – Perse, épouse la sœur d'Alexandre de Macédoine : V 21 ; VII 22 ; VIII 136.

BOULIS. – Spartiate, s'offre pour expier le meurtre des hérauts de Darius : VII 134, 137.

BOUTACIDÈS. – Crotoniate : V 47.

Branchides. – Famille de devins de Milet : I 46, 92, 157, 158, 159 ; II 159 ; V 36.

Brauron. – Localité de l'Attique : IV 145 ; VI 138.

Briantique. – Région de Thrace : VII 108.

Briges. – Ancien nom des Phrygiens : VII 73.

Bryges. – Peuple thrace : VI 45 ; VII 185.

Byzance (Byzantins). – Ville d'Europe sur le Bosphore : IV 87, 144 ; V 26, 103 ; VI 5, 26, 33 ; IX 89.

C

Cabales. – Peuple de Méonie : VII 77.

Cadméens. – Descendants de Cadmos, ou habitants de Thèbes : I 56, 146 ; IV 147 ; V 57, 61 ; IX 27. – Caractères cadméens : V 59. – Victoire à la Cadméenne : I 166.

CADMOS [1]. – Héros phénicien : II 49, 145 ; IV 147 ; V 57-59.

CADMOS [2]. – De Cos, fils de Scythès : VII 163-164.

CAÏNEUS. – Lapithe : V 92.

Caïque. – Fleuve d'Asie Mineure : VI 28 ; VII 42.

Calames. – Ville de Samos : IX 96.

Calasiries. – Classe de guerriers en Égypte : II 164, 166, 168 ; IX 32.

Calé Acté. — Localité de Sicile : VI 22-23.

CALCHAS. – Devin de l'expédition grecque contre Troie : VII 91.

Callatébos. – Ville de Lydie : VII 31.

CALLIADÈS. – Athénien : VIII 51.

CALLIAS [1]. – Athénien : VI 121-122.

CALLIAS [2]. – Petit-fils de Callias [1] : VII 151.

CALLIAS [3]. – Devin éléen : V 44-45.

CALLICRATÈS. – Spartiate : IX 72, 85.

CALLIMAQUE. – Athénien, polémarque : VI 109-111, 114.

Callipolis. – Ville de Sicile : VII 154.

Calydna. – Île sujette d'Artémise : VII 99.

Calynda. – Ville de Lycie : I 172 ; VIII 87.

Camarine. – Ville de Sicile : VII 154, 156.

CAMBYSE[1]. – Père de Cyrus : I 46, 73, 107, 111, 122, 124, 207 ; VII 11, 51.

CAMBYSE[2]. – Fils de Cyrus et son successeur : I 208 ; II 1 ; III 88, 89, 122 ; V 25 ; VII 8 ; soumet Cyrène et les Libyens : III 13 ; IV 165 ; l'Égypte : II 1, 181 ; III 1-4, 7, 9, 10, 13-17, 39, 44, 88, 139, 166 ; VII 1 ; échoue contre Carthage : III 17, 19 ; contre les Éthiopiens ; III 19-22, 25, 97 ; VII 18 ; contre les Ammoniens : III 26 ; sa folie et ses crimes : III 27-37, 74, 75, 80 ; se blesse et meurt en Syrie : III 61-67, 69, 73, 120, 126, 140.

Camicos. – Ville de Sicile : VII 169, 170.

Campsa. – Ville de la Crossée : VII 123.

Canastraion. – Cap à l'extrémité de la péninsule de Pallène : VII 123.

CANDAULE. – Carien : VII 98.

Cané. – Montagne de Mysie : VII 42.

Capharée. – Cap au sud de l'Eubée : VIII 7.

Cappadoce (Cappadociens). – Contrée d'Asie Mineure : I 71, 72, 73, 76 ; V 49, 52 ; VII 26, 72.

Cardamyle. – Ville de Laconie : VIII 73.

Cardia. – Ville de la Chersonèse de Thrace : VI 33, 36, 41 ; VII 58 ; IX 115.

Caréné. – Ville de Mysie : VII 42.

CARÉNOS. – Spartiate : VII 173.

Carie (Cariens). – Contrée d'Asie Mineure : I 28, 92, 142, 172, 173, 175 ; VI 20 ; VII 31, 195 ; soumise par Crésus : I 28 ; par Cyrus : I 171, 174 ; III 90 ; se révolte contre Darius : V 103, 111, 112, 117-122 ; VI 25 ; ses forces dans l'armée de Xerxès : VII 93, 98 ; VIII 19, 22. – Femmes cariennes épousées par des Ioniens d'Athènes : I 146 ; leur costume : V 88. – Inventions des Cariens : I 171 ; leur langue : I 171, 172 ; VIII 135. – Mercenaires cariens en Égypte : II 61, 152, 154, 163 ; III 11.

CARIEN. – Épithète de Zeus : I 171 ; V 66.

CARNÉIA. – Fêtes d'Apollon : VII 206 ; VIII 72.

Carthage. – Ville de Libye, fondée par les Phéniciens, menacée par Cambyse : III 17, 19 ; ses navigateurs et marchands : IV 43, 195-196 ; VI 17 ; lutte contre les Phocéens : I 166-167 ; contre Dorieus : V 43 ; contre les Grecs de Sicile : VII 158, 165-167.

l'armée de Xerxès : VII 79 ; origine égyptienne des Colchidiens : II 104-105.

Colias. – Cap de l'Attique : VIII 96.

Colonnes Blanches (les). – Lieu-dit en Carie : V 118.

Colonnes d'Héraclès (les). – Le détroit de Gibraltar : I 202 ; II 33 ; IV 8, 42, 43, 152, 181, 185, 196 ; VIII 132.

Colosses. – Ville de Phrygie : VII 30.

Combréia. – Ville de Chalcidique : VII 123.

Compsatos. – Fleuve de Thrace : VII 109.

Conion. – Ville de Phrygie : V 63.

Copaïs. – Lac de Béotie : VIII 135.

Corcyre (Corcyréens). – Île de la mer Ionienne ; ses rapports avec Samos : III 48, et Corinthe : III 49, 52-53 ; avec les Syracusains : VII 154 ; sollicitée par les Grecs contre Xerxès, se dérobe : VII 145, 168.

CORÉ. – Déesse, fille de Déméter : VIII 65.

Corèsos. – Plage près d'Éphèse : V 100.

Corinthe. – Ville du Péloponnèse : VII 195 ; VIII 45, 61 ; IX 88 ; reçoit Arion sauvé par un dauphin : I 23-24 ; respecte le travail manuel : II 167. – Ses chefs : les Bacchiades : V 92 ; tyrannie de Cypsélos : V 92 ; de Périandre : I 23-24 ; III 48-53 ; V 92 ; les Cypsélides : VI 128. – Ses rapports avec Corcyre : III 49-53 ; avec Samos : III 48 ; avec Athènes : V 75, 92, 93 ; VI 89, 108 ; avec les Syracusains : VII 154. – Ses forces aux Thermopyles : VII 202 ; à l'Artémision : VIII 1, 21 ; à Salamine : VIII 43 ; attitude du chef corinthien Adimante : VIII 5, 59-61, 79, 94 ; ses forces à l'Isthme : VIII 72 ; à Platées : IX 28, 31, 69 ; à Mycale : IX 95, 102, 105.

Femmes corinthiennes : souhaitées comme servantes par Atossa : III 134 ; leur costume : V 87. – Casque corinthien : IV 180. – Trésor des Corinthiens à Delphes : I 14, 50, 51 ; IV 162.

Coronéens. – Habitants de Coronée en Béotie : V 79.

Corycienne. – Grotte sur le mont Parnasse : VIII 36.

CORYDALLOS. – D'Anticyre, trahit peut-être les Grecs aux Thermopyles : VII 214.

Cos. – Île de l'Égée : I 144 ; VII 99, 163, 164 ; IX 76.

COUPHAGORAS. – Athénien : VI 117.

Courion. – Ville de l'île de Chypre : V 113.

Cranaens. – Ancien nom des Athéniens : VIII 44.

Crannon. – Ville de Thessalie : VI 127.

D

Égyptiens après sa mort : VII 7. – *Ses femmes :* Atossa : III 88,
133-134 ; VII 2, 3, 64, 82 ; les autres : III 88 ; VII 2, 69, 72, 78,
97, 224 ; ses filles : V 116 ; VI 43 ; VII 73 ; ses fils : Xerxès : VII
2-4, 8, 10, 11, 14, 186 ; les autres : III 12 ; VII 2, 64, 68, 69, 72,
78, 82, 97 ; IX 107, 111 ; ses frères : V 30 ; VII 10 ; ses neveux :
VII 82 ; ses sœurs : IV 43 ; VII 5.

DARIUS [2]. – Fils de Xerxès : IX 108.

Dascyléion. – Ville d'Asie Mineure, près de la côte sud de la mer de
Marmara : III 120, 126, 127 ; VI 33.

DATIS. – Mède, commandant la deuxième expédition de Darius
contre la Grèce : VI 94, 97, 98, 118 ; VII 8, 10, 74, 88.

Daton. – Port de Thrace : IX 75.

Daulis. – Ville de Phocide : VIII 35.

DAURISÈS. – Perse, soumet les Ioniens révoltés : V 116-118, 121,
122.

Décélie (Décéliens). – Dème attique : IX 15, 73.

DÉCÉLOS. – Héros éponyme de Décélie : IX 73.

DÉDALE. – L'architecte du roi Minos : VII 170.

DÉESSES (les). – Déméter et Perséphone : VI 75, 135.

DÉINOMÉNÈS. – Père de Gélon, tyran de Géla : VII 145.

DÉIPHONOS. – Devin d'Apollonie : IX 92, 95.

Délion. – Ville de Béotie : VI 118.

Délos (Déliens). – Île de l'Égée, consacrée à Apollon : I 64 ; II 70 ;
reçoit les offrandes des Hyperboréens : IV 33-35 ; épargnée par
les Perses : VI 97-99, 118 ; abrite la flotte grecque : VIII 132,
133 ; IX 90, 96.

Delphes (Delphiens). – Ville de Phocide, siège d'un oracle d'Apollon.
– *Lieux et monuments :* autel des gens de Chios : II 135 ; autel des
Vents : VII 178 ; enclos du héros Autonoos, fontaine de Castalie,
roche Hyampée, enclos du héros Phylacos : VIII 39 ; temple
d'Apollon, rebâti par les Alcméonides : II 180 ; V 62 ; temple
d'Athéna Pronaia : I 92 ; VIII 39 ; IX 42 ; enclos de Thyia : VII
178 ; Trésor des Clazoméniens : I 51 ; des Corinthiens : I 14, 50 ;
IV 162 ; des Siphniens : III 57. – *Histoire :* Ésope tué par les
Delphiens : II 134 ; Gélon y envoie Cadmos : VII 163-164 ;
attaques des Perses : VIII 35-39 ; IX 42. – *L'oracle :* fonctionne-
ment : VII 111 ; consultants officiels à Sparte : VI 57 ; consulté
par les Agylléens : I 167 ; les Alcméonides : V 63 ; les Apolloniates : IX 93 ; Arcésilas : IV 163 ; les Argiens : VI 19 ; VII 148 ;
les Athéniens : V 89 ; VII 139-141 ; Cléomène : V 76 ; Clisthène

Dion. – Ville de Chalcidique : VII 22.

DIONYSIOS. – Phocéen, essaie vainement d'exercer la flotte des Ioniens : VI 11-12, 17.

DYONYSOPHANÈS. – Éphésien qui aurait enseveli le corps de Mardonios : IX 84.

DIONYSOS. – Divinité grecque et divinités étrangères assimilées : I 150; II 29, 42, 47-49, 52, 123, 144-146, 156; III 8, 97, 111; IV 79, 87, 108; V 7, 67; VII 111.

DIOSCURES. – Castor et Pollux, fils de Zeus : II 43, 50; VI 127.

Dipéa. – Ville d'Arcadie : IX 35.

DITHYRAMBOS. – Thespien qui s'illustre aux Thermopyles : VII 227.

Dobères. – Peuple thrace : V 16; VII 113.

Dodone (Dodonéens). – Ville d'Épire, siège d'un oracle de Zeus : I 46; II 52-57; IV 33; IX 93; les prêtresses de Dodone : II 53-57.

Dolonces. – Peuple thrace qui prend Miltiade pour chef : VI 34-36, 40.

Dolopes. – Peuple d'Épire : VII 132, 185.

Doride (Doriens[1]). – Région de Grèce centrale : VIII 31, 32, 43, 66; région d'Asie Mineure : II 178.

Doriens[2]. – Fraction du peuple grec, qui prend son nom de Dôros : I 56, 139, 171. – Doriens d'Asie Mineure : I 6, 28, 144, 146; VII 9, 93, 95, 99. – Doriens de Dryopide ou Doride, en Grèce centrale : I 57; VIII 43, 66. – Doriens du Péloponnèse : II 171; VI 55; VII 102; VIII 31, 73, 141; de Corinthe : VIII 45; d'Épidaure : I 146; VII 99; VIII 46; de Sicyone : V 68; de Sparte : III 56; V 72, 76; VI 53; de Trézène : VII 99. – Colonie dorienne : VII 95; costume dorien : V 87, 88; lettre dorienne, « san » : I 139.

DORIEUS. – Spartiate, fils d'Anaxandride, tente de s'installer en Libye, puis en Sicile : V 41-48; VII 158, 205; IX 10.

Doriscos. – Ville de Thrace où Xerxès dénombre son armée : V 98; VII 25, 58, 59, 105, 106, 108, 121.

DORYSSOS. – Spartiate, descendant d'Héraclès : VII 204.

DOTOS. – Perse, chef d'un contingent de l'armée de Xerxès : VII 72.

DOUZE DIEUX (les). – Leur autel à Athènes : II 7; VI 108.

Drymos. – Ville de Phocide : VIII 33.

Dryopes. – Peuple de la Grèce centrale : I 146; VIII 43, 46, 73.

Dryopide. – Ancien nom de la Doride : I 56; VIII 31, 43.

Épidaure (Épidauriens). – Ville du Péloponnèse : I 146 ; III 50, 52 ; V 82-84 ; VIII 1, 43, 72 ; IX 28, 31.

ÉPISTROPHOS. – Épidamnien : VI 127.

ÉPIZÈLOS. – Athénien devenu brusquement aveugle à la bataille de Marathon : VI 117.

Érasinos. – Fleuve du Péloponnèse : VI 76.

ÉRECHTHÉE. – Roi légendaire d'Athènes : V 82 ; VII 189 ; VIII 44, 55.

Érétrie (Érétriens). – Ville d'Eubée : I 61, 62 ; V 57, 99, 102 ; prise par les Perses : VI 43, 94, 98, 99, 100-102, 106, 107, 115, 119, 127 ; VIII 1, 46 ; IX 28, 31.

Érinéos. – Ville de Doride-Dryopide : VIII 43.

Érochos. – Ville de Phocide : VIII 33.

ERXANDROS. – Mytilénien : IV 97 ; V 37.

Érythrée. – Mer (mer Rouge, golfe Persique et océan Indien) : I 1, 180, 189, 202 ; II 8, 11, 102, 158, 159 ; III 9, 30, 93 ; IV 37, 39-42 ; VI 20 ; VII 80, 89.

Érythres [1] *(Érythréens)*. – Ville de Béotie : IX 15, 19, 22, 25.

Érythres [2]. – Ville d'Ionie : I 18, 142 ; VI 8.

Éryx. – Ville de Sicile : V 43, 45.

ESCHINE. – Érétrien, informe les Athéniens des projets de ses concitoyens : VI 100.

ÉTÉOCLE. – Fils d'Œdipe, roi de Thèbes : V 61.

Éthiopie (Éthiopiens). – Pays au sud de l'Égypte : II 11, 12, 22, 28, 30, 42, 110, 139, 146, 161 ; III 20, 21, 26, 30, 114 ; VII 90 ; pierre d'Éthiopie : II 86, 127, 134, 176. – Éthiopiens d'Asie : III 94 ; VII 70. – Éthiopiens d'Éthiopie : II 29, 30, 100, 104, 137, 139, 140 ; III 19, 101 ; IV 197 ; VII 9, 18, 69 ; IX 32 ; reçoivent les espions de Cambyse : III 20-24 ; échec de l'expédition dirigée contre eux : III 25 ; appelés Longues-Vies : III 17, 97 ; VII 9, 18, 69 ; IX 32. – Éthiopiens Troglodytes en Libye : IV 183.

Étolie (Étoliens). – Région de Grèce continentale : VI 127 ; VIII 73.

[Étrusques]. – Cf. Tyrrhéniens.

Eubée (Eubéens). – Île de l'Égée sur la côte est de la Grèce : I 146 ; IV 33 ; VI 127 ; lutte contre Athènes : V 77 ; envahie par les Perses, dans l'expédition de Datis : VI 100 ; flotte de Xerxès et flotte des Grecs sur ses côtes : VII 176, 183, 189, 192 ; VIII 4-9, 13-14, 19-20, 68, 69, 86. – Eubéens de Sicile : habitants d'Eubée, colonie de Léontinoi : VII 156.

EUCLIDE. – Fils du tyran de Géla Hippocrate : VII 155.

EUELTHON. – Roi de Salamis : IV 162 ; V 104.

EUMÈNE. – Athénien, se distingue à Salamine : VIII 93.

EUNOMOS. – Spartiate, descendant d'Héraclès : VIII 131.

EUPHORBOS. – Érétrien, livre sa ville aux Perses : VI 101.

EUPHORION. – Arcadien qui reçut chez lui les Dioscures : VI 127.

Euphrate. – Fleuve d'Asie : I 180, 185, 186, 191, 193, 194 ; V 52.

Euripe. – Détroit entre l'Eubée et la Béotie : V 77 ; VII 173, 183 ; VIII 7, 15, 66.

Europe. – L'une des parties du monde : I 4, 103, 209 ; II 16, 26, 33, 103 ; III 96 ; IV 89, 143, 198 ; V 1, 12 ; VI 33, 43 ; VII 5, 8, 9, 10, 20, 33, 50, 54, 56, 73, 126, 148, 172, 174, 185 ; IX 14. – Géographie de l'Europe : III 115-116 ; IV 36, 42, 45, 49.

Europos. – Ville de Carie : VIII 133, 135.

EURYANAX. – Spartiate, adjoint de Pausanias à Platées : IX 10, 53, 55.

EURYBATÈS. – Argien, chef de volontaires argiens secourant Égine contre Athènes : VI 92 ; IX 75.

EURYBIADE. – Spartiate, chef de la flotte grecque : à l'Artémision, gagné par Thémistocle : VIII 2, 4-5 ; à Salamine, convaincu par lui : VIII 42, 57-64, 74, 79, 108, 124.

EURYCLIDÈS. – Spartiate : VIII 2, 42.

EURYCRATÈS. – Spartiate, descendant d'Héraclès : VII 204.

EURYCRATIDÈS. – Spartiate, descendant d'Héraclès : VII 204.

EURYDAMÉ. – Femme du roi de Sparte Leutychidès : VI 71.

EURYDÈMOS. – Malien : VII 213.

EURYLÉON. – Spartiate, associé à Dorieus dans son expédition en Sicile : V 46.

EURYMAQUE[1]. – Thébain : VII 205.

EURYMAQUE[2]. – Petit-fils d'Eurymaque[1], tué par les Platéens : VII 233.

EURYPHON. – Spartiate, descendant d'Héraclès : VIII 131.

EURYPYLE. – Thessalien, fils d'Aleuas : IX 58.

EURYSTHÉE. – Roi légendaire de Mycènes : IX 26, 27.

EURYSTHÉNÈS. – Spartiate, descendant d'Héraclès, l'aîné des fils jumeaux d'Aristodèmos : IV 147 ; V 39 ; VI 51, 52 ; VII 204.

EURYTOS. – Spartiate qui, bien que malade, vient combattre aux Thermopyles : VII 229.

EUTHÉNOS. – Athénien : IX 105.

EUTYCHIDÈS. – Athénien : IX 73.

179, 180, 197, 203; VII 103; la Lydie : I 6, 46, 53, 56, 69; la Phénicie : I 1, 2, 5; II 104; III 107; les Taures : IV 103; la Thrace : VII 126; Troie (Ilion) : I 3, 4; II 118, 120; V 94; VII 91. – *La lutte contre les Perses* : contre Darius : III 134-138; IV 33, 76-77, 143, 203; V 23, 32; VI 48, 49, 61, 94, 98, 106; VII 1. – Contre Xerxès : l'invasion de la Grèce : VII 5-172 (passim); bataille des Thermopyles : VII 175-236 (id.); VIII 21-27; de l'Artémision; VII 179-195 (passim); VIII 1-30 (id.); de Salamine : VIII 40-144 (id.); défense de l'Isthme : VIII 72, 74; batailles de Platées : IX 1-86 (passim); de Mycale : IX 90-106 (id.); prise de Sestos : IX 114-119 (id.). – Les Grecs à la cour du roi de Perse : I 153; III 140; VII 101, 103. – Les Grecs ralliés aux Perses : VII 130, 132, 139; VIII 11; IX 17, 31-32, 42, 46, 61, 67, 106. – Grecs d'Asie Mineure : I (6, 26) 27; III 1, 11, 25; de Carie : I 174; d'Égypte : II 28, 39, 41, 180; des Îles ou Insulaires : I 27; IV 161; VI 49; VII 95; VIII 46, 66, 111, 112; du Pont-Euxin : IV 8, 10, 12, 18, 24, 51, 103, 105; Gréco-Scythes : IV 17; Grecs de Sicile : VII 167, 168, 170; de Thrace : VII 185.

GYGÉE. – Fille du roi de Macédoine Amyntas : V 21; VIII 136.

GYGÈS. – Lydien : III 122; V 121.

GYMNOPÉDIES. – Fête spartiate : VI 67.

Gyndès. – Affluent du Tigre, éparpillé en 360 canaux par Cyrus : I 189-190, 201; V 52.

H

Haliacmon. – Fleuve de Macédoine : VII 127.

Halicarnasse. – Ville de Carie, patrie d'Hérodote : I préface, 144, 175; II 178; III 47; VII 99; VIII 104.

Haliées. – Port d'Argolide : VII 137.

Halys. – Fleuve d'Asie Mineure : I 6, 28, 72, 75, 103, 130; V 52, 102; VII 26.

HARMAMITHRÈS. – Perse, chef de la cavalerie de Xerxès : VII 88.

HARMATIDÈS. – Thespien : VII 227.

HARMOCYDE. – Phocidien, chef du contingent ralliant Mardonios : IX 17.

HARMODIOS. – Athénien, meurtrier d'Hipparque : V 55; VI 109, 123.

L

M

rapports avec les Bottiens : VIII 127 ; avec les Perses : disparition d'une mission perse en Macédoine : V 18-20 ; se soumet : VI
44 ; VII 185 ; IX 31 ; rapports avec les Grecs : VII 173 ; VIII 34 ;
avec Athènes : VIII 136, 142 ; IX 8, 44-45.

Macédonide. – Province de Macédoine : VII 127.

Maces. – Peuple de Libye : IV 175, 176 ; V 42.

Macrons. – Peuple de la côte sud-ouest de la mer Noire : II 104 ; III
94 ; VII 78.

Mactorion. – Ville de Sicile : VII 153.

Madytos. – Ville de Chersonèse : VII 33 ; IX 120.

Mages. – Tribu mède : I 101 ; et caste sacerdotale procédant aux
sacrifices : I 132, 140 ; interprétant les songes : d'Astyage : I 107-
108, 120, 128 ; de Xerxès : VII 19 ; les prodiges : VII 37 ; dans
l'expédition de Xerxès, sacrifiant à Ilion : VII 43 ; au Strymon :
VII 113 ; à Thétis : VII 191. – Révolte des Mages contre
Cambyse, usurpation, et massacre des Mages : III 61-63, 65-69,
71, 73-76, 79-80, 88, 118, 126.

Magnésie. – Presqu'île de Thessalie : VII 132, 176, 183, 185, 188,
193.

MAKISTIOS. – Forme donnée par les Grecs au nom perse Masistios : IX 20.

Malée. – Cap au sud du Péloponnèse : I 82 ; IV 179 ; VII 168.

Malène. – Un point du territoire d'Atarnée en Mysie : VI 29.

MALÈS. – Étolien : VI 127.

Malide (Maliens). – La région des Thermopyles : VII 132, 196, 198,
201, 213-216 ; VIII 31, 43, 66 ; IX 31.

Mantinée (Mantinéens). – Ville du Péloponnèse : IV 161, 162 ; VII
202 ; IX 35, 77.

Marathon. – Dème de l'Attique au nord-est d'Athènes ; les partisans
de Pisistrate s'y réunissent : I 62 ; les Perses y débarquent : VI
102, 103, 107, 108 ; VII 74 ; les Athéniens les y rejoignent : VI
111 ; les Spartiates y arrivent trop tard : VI 120 ; victoire des
Athéniens : VI 113, 116, 117, 132, 133, 136 ; VII 1 ; IX 27, 46.

MARDONIOS. – Perse, gendre de Darius, commande la première
expédition contre Érétrie : VI 43, 45, 94 ; VII 108 ; conseiller de
Xerxès, qu'il pousse contre la Grèce : VII 5, 9, 10 ; VIII 26, 67-
69, 97, 99 ; chef de son infanterie : VII 82, 121 ; des forces laissées
en Grèce après Salamine : VIII 100-102, 107, 113-115, 126, 129-
131 ; consulte les oracles : VIII 133, 136 ; ses offres à Athènes :
VIII 136, 140, 143 ; prend Athènes : IX 1-5 ; vaincu et tué à

Salamine : VIII 1, 45, 74 ; à Platées : IX 7, 21, 28, 31, 69, 85.

Mégaride. – Territoire de Mégare : IX 14.

Mégariens [2] de Sicile. – Les habitants de Mégare Hybléa : VII 156.

MÉGASIDRÈS. – Perse : VII 72.

MÉGISTIAS. – Devin acarnanien aux Thermopyles : VII 219, 221 ; son épitaphe : VII 228.

MÉLAMPOUS. – Devin instruit par les Égyptiens : II 49 ; VII 221 ; obtint le pouvoir royal sur Argos : IX 34.

Mélampyge. – Rocher proche des Thermopyles : VIII 216.

MÉLANIPPOS. – Héros thébain : V 67.

MÉLANTHIOS. – Athénien, chef des troupes envoyées en Ionie : V 97.

MÉLANTHOS. – Roi d'Athènes, père de Codros : I 147 ; V 65.

Mélas [1]. – Fleuve de Malide : VII 198, 199.

Mélas [2]. – Fleuve de Thrace : VII 58.

Mélas [3]. – Golfe au sud de la Thrace : VI 41 ; VII 58.

Mélibée. – Ville de Magnésie : VII 188.

MÉLISSA. – Femme de Périandre tyran de Corinthe, tuée par lui : III 50 ; son ombre évoquée : V 92.

Méliens. – Habitants de l'île de Mélos, une des Cyclades : VIII 46, 48.

MEMNON. – Roi d'Éthiopie : II 106. – « Cité de Memnon », et « Maison de Memnon » : Suse et le palais des rois de Perse : V 53-54 ; VII 151.

MÉNARÈS. – Spartiate, père de Leutychidès : VI 65, 71 ; VIII 131.

Mendé. – Ville de Chalcidique : VII 123.

MÉNÉLAS. – Roi de Sparte, retrouve Hélène en Égypte : II 113, 116, 118-119 ; V 94 ; VII 169, 171.

MÉNIOS. – Spartiate : VI 71.

Méoniens. – Ancien nom des Lydiens : I 7 ; VII 74. – Cabales Méoniens : VII 77.

MERBALOS. – Phénicien, chef dans la flotte de Xerxès : VII 98.

MÈRE. – La Mère : Déméter : VIII 65.

Mésambria [1]. – Ville de Thrace sur la mer Égée : VII 108.

Mésambria [2]. – Ville de Thrace sur la mer Noire : IV 93 ; VI 33.

Messapiens. – Iapyges-Messapiens, peuple d'Italie méridionale : VII 170.

Messène. – Ville de Sicile : VII 164.

Messéniens. – Habitants de la Messénie, région du Péloponnèse : III 47 ; V 49 ; VI 52 ; IX 35, 64.

MÉTIOCHOS. – Athénien, fils de Miltiade, capturé par les Perses :
VI 41.

MÉTRODOROS. – Tyran de Proconnèse : VI 138.

MICYTHOS. – Gouverneur de Rhégion : VII 170.

MIDAS. – Roi de Phrygie : I 35, 45 ; son trône consacré à Delphes :
I 14 ; ses jardins : VIII 138.

Milet (Milésiens). – Ville ionienne de Carie : I 142-143, 147 ; fondée
par Nélée : IX 97 ; « le joyau de l'Ionie » : V 28 ; son sanctuaire
des Branchides : I 46, 92, 157 ; II 159 ; son temple à Naucratis :
II 178 ; ses colonies du Pont-Euxin : II 33 ; IV 78 ; ses tyrans :
Thrasybule : I 20 ; V 92 ; Histiée : IV 137, 138 ; V 11, 24, 35,
106 ; VI 1, 5, 6, 7, 26 ; VII 10 ; ses gouverneurs : Aristagoras : V
30, 32, 35-38, 49, 97-99, 105, 124-126 ; VI 13 ; Pythagoras : V
126. – Ses rapports avec la Lydie : I 14, 15, 17-22, 25 ; avec
Cyrus : I 141, 169 ; avec Érétrie : V 99 ; avec Lesbos : III 39 ;
Paros : V 28-30 ; Sparte : VI 86 ; base de départ de l'expédition
perse contre Naxos : V 30, 32-33, 35 ; son rôle dans la révolte de
l'Ionie : V 35-38, 99, 105, 106 ; aide des Cariens : V 120 ; prise
par les Perses : VI 6-10, 18-22, 25, 26, 31, 77 ; ses forces dans
l'armée perse à Mycale : IX 99, 104. – « La Prise de Milet »,
tragédie de Phrynichos : VI 21.

MILTIADE [1]. – Athénien, fils de Cypsélos, appelé en Chersonèse par
les Dolonces : VI 34-38, 103.

MILTIADE [2]. – Neveu du précédent, fils de Cimon, tyran de
Chersonèse, dans l'expédition de Darius en Scythie : IV 137,
138 ; succède en Chersonèse à son oncle : VI 34, 39-41 ; stratège à
Athènes : VI 103, 104 ; son rôle à Marathon : VI 109-110 ; il
échoue à Paros : VI 132-136, quand il avait réussi à Lemnos : VI
137-140.

Milyade (Milyens). – (La Lycie) : I 173 ; III 90 ; VII 77.

Minoa. – Ville de Sicile : V 46.

MINOS. – Roi de Crète : I 171, 173 ; III 122 ; VII 169-171.

MNÉSIPHILE. – Athénien, conseille Thémistocle à Salamine : VIII
57, 58.

Moloéis. – Fleuve de Béotie : IX 57.

Molosses. – Peuple d'Épire : I 146 ; VI 127.

MOLPAGORAS. – Milésien : V 30.

Mosques. – Peuple du sud-est de la mer Noire : III 94 ; VII 78.

Mossynèques. – Peuple du sud-est de la mer Noire : III 94 ; VII 78.

N

Néséens. – Chevaux de la plaine de Néséon : III 106 ; VII 40 ; IX 20.

Néséon. – Plaine de Médie : VII 40.

NESTOR. – Fils de Nélée, roi légendaire de Pylos : V 65.

Nestos. – Fleuve de Thrace : VII 109, 126.

Neuf Bouches. – L'Ennéacrounos, fontaine d'Athènes : VI 137.

NICANDROS. – Spartiate, descendant d'Héraclès : VIII 131.

NICODROMOS. – Éginète, tente de livrer Égine aux Athéniens : VI 88-91.

NICOLAOS[1]. – Spartiate : VII, 134.

NICOLAOS[2]. – Son petit-fils, sur qui tombe la vengeance de Talthybios : VII 137.

Nisyros. – Île sujette d'Halicarnasse : VII 99.

Nonacris. – Ville du Péloponnèse : IV 148 ; VI 74.

NOTHON. – Érétrien : VI 100.

NOTOS. – Le vent du sud : II 25, 26 ; VII 36.

NYMPHODORE. – Abdéritain : VII 137.

O

OARIZOS. – Perse : VII 71.

OCYTOS. – Corinthien : VIII 5, 59.

Odomantes. – Peuple thrace : V 16 ; VII 112.

ŒDIPE. – Roi de Thèbes : IV 149 ; V 60.

Oéroé. – Rivière de Béotie, fille d'Asopos : IX 51.

Œta. – Montagne de Grèce centrale : VII 176, 217.

Oié. – Localité de l'île d'Égine : V 83.

OIBARÈS. – Perse, gouverneur de Dascyléion : VI 33.

Oinoé. – Dème de l'Attique : V 74.

Oinoné. – Ancien nom d'Égine : VIII 46.

OIOBAZE[1]. – Perse : VII 68.

OIOBAZE[2]. – Perse, réfugié dans Sestos : IX 115, 119.

OLIATOS. – Tyran de Mylasa : V 37.

OLOROS. – Roi de Thrace : VI 39, 41.

Olophyxos. – Ville de l'Athos : VII 22.

Olympe[1]. – Montagne de Mysie : I 36, 43 ; VII 74.

Olympe[2]. – Montagne de Thessalie : I 56 ; VII 128, 129, 172, 173.

Olympie. – Ville du Péloponnèse, célèbre par son sanctuaire de Zeus : VII 170 ; VIII 134 ; le dieu d'Olympie : IX 81 ; fêtes d'Olympie : I 59 ; VII 206 ; VIII 26.

PEITHAGORAS. – Tyran de Sélinonte : V 46.

Pélargicon. – L'antique enceinte d'Athènes : V 64.

Pélasges. – L'un des deux peuples anciens de la Grèce, ancêtres du groupe ionien : I 56-58 ; leurs dieux : II 50-52 ; rites reçus d'Égypte par leurs femmes : II 171 ; ils chassent de Lemnos les descendants des Argonautes : IV 145 ; habitent Lemnos et Imbros : V 26 ; chassés d'Athènes, installés à Lemnos, ils enlèvent des Athéniennes qu'ils tueront avec leurs enfants : VI 136-139 ; Miltiade conquiert leur île : VI 140. – Pélasges-Aigialéens : VII 94 ; Pélasges d'Arcadie : I 146 ; Pélasges Cranaens, ancien nom des Athéniens : VIII 44.

Pélasgique. – Enceinte pélasgique à Athènes : le Pélargicon : V 64.

PÉLÉE. – Roi légendaire de Phthie, époux de Thétis : VII 191.

Pélion. – Montagne de Thessalie : IV 179 ; VII 129, 188 ; VIII 8, 12.

Pella. – Ville de Macédoine : VII 123.

Péloponnèse. – Presqu'île du sud de la Grèce : I 61 ; III 56, 59 ; IV 179 ; V 42 ; VI 127 ; VII 147, 168, 207, 236 ; VIII 40, 65, 70 ; pays sûr : VI 86 ; ses habitants : I 56, 145 ; II 171 ; VII 93, 94 ; VIII 31, 73 ; IX 26-27 ; soumis à Sparte en majeure partie : III 148 ; V 74 ; VII 163 ; ils racontent à leur manière l'histoire d'Anacharsis : IV 77 ; forment une tribu de Cyrène : IV 161 ; montant des rançons chez eux : VI 79. – *Histoire* : en guerre avec les Héraclides : IX 26 ; avec Athènes : V 76 ; VII 137 ; IX 73 ; contre les Perses : projettent de se retirer à l'abri du mur de l'Isthme : VII 139, 207, 235 ; VIII 40, 49, 50, 57, 60, 68, 70-72, 74, 75, 79, 100 ; IX 8, 9 ; leurs forces aux Thermopyles : VII 202, 228 ; à Salamine : VIII 43, 44 ; à Platées : IX 19, 106 ; à Mycale : IX 106, 114.

PÉLOPS. – Héros éponyme du Péloponnèse : VII 8, 11, 159.

Pénée. – Fleuve de Thessalie : VII 20, 128-130, 173, 182.

PENTHYLOS. – Chef du contingent paphien : VII 195.

Péonie [1] *(Péoniens).* – Localité de l'Attique : V 62.

Péonie [2]. – Région de Thrace : IV 33, 49 ; V 13, 14, 98 ; VII 124 ; VIII 115 ; Péoniens soumis et déportés par les Perses : V 1, 2, 12-17, 23, 98 ; VII 113, 185 ; IX 32.

Péoples. – Peuple thrace : V 15 ; VII 113.

PERCALON. – Spartiate, femme de Démarate qui l'a enlevée à Leutychidès : VI 65.

Percote. – Ville de l'Hellespont : V 117.

PERDICCAS. – Premier roi de Macédoine : V 22 ; serviteur du roi de Lébaia, présages de sa grandeur future : VIII 137-139.

Pergame. – La citadelle de Troie : VII 43.

Pergamos. – Un fort des Pières : VII 112.

PÉRIALLA. – Pythie qui se laisse gagner par Cléomène : VI 66.

PÉRIANDRE. – Tyran de Corinthe, conseille Thrasybule de Milet : I 20, 23 ; Arion à sa cour : I 23-24 ; se heurte à son fils Lycophron : III 48-53 ; sa cruauté : V 92 ; évoque l'ombre de sa femme Mélissa : V 92 ; arbitre entre Athéniens et Mytiléniens : V 95.

PÉRICLÈS. – L'homme d'État Athénien, descendant de Clisthène de Sicyone : VI 131.

PÉRILAOS. – Chef des Sicyoniens à Mycale : IX 103.

Périnthe (Périnthiens). – Ville de Thrace : IV 90 ; VI 33 ; soumise par les Perses : V 1-2 ; VII 25.

Perrhèbes. – Peuple de Thessalie : VII 128, 131, 132, 173, 185.

Perse (Perses). – Région d'Asie, au nord-est du golfe Persique : I 91, 108, 122, 123, 125, 126; 153, 208, 209, 210 ; III 67, 97, 117 ; IV 39, 40 ; VII 29, 62, 106, 107, 139 ; pays : I 71 ; IX 122 ; coutumes : I 71, 131-140, 153 ; II 167 ; III 15, 16, 31, 34, 69 ; VI 59 ; VII 2, 238 ; crânes : III 12 ; langue : I 139, 148, 192 ; VI 119 ; VII 54, 61 ; VIII 20, 85, 98 ; IX 110 ; soldats perses dans les armées du roi : V 49, 97 ; VII 40, 41, 61, 83-85, 96, 103, 181, 184, 211 ; VIII 113, 130 ; IX 20-21, 61-63, 68, 70, 80, 96, 97, 102. – Devenue le centre de l'empire perse : III 30, 79, 81, 102, 156 ; V 32, 49 ; VI 24, 30, 42 ; VII 3, 8, 12, 29, 53 ; VIII 98, 100, 141 ; IX 20, 41, 107. – *Histoire :* soumise aux Mèdes : I 91, 102, 107, 120, 122 ; révolte de Cyrus : I 124-130 ; les Perses soumettent la Lydie : I 46, 53, 72, 75, 77, 80, 84, 85, 86, 88, 90, 141, 153, 156, 158, 159 ; sont maîtres de l'Asie : I 95 ; prennent Babylone : I 191 ; attaquent les Massagètes : I 206, 207, 211, 214 ; ont choisi de commander : IX 122. Sous Cambyse : sont maîtres de l'Égypte : II 30, 98, 99, 110, 158 ; III 1, 7, 11, 14, 15, 16, 91 ; échec contre Carthage et l'Éthiopie : III 10-22 ; folie de Cambyse : III 30, 31, 34-37 ; usurpation du Mage : III 61, 63, 65, 66, 68-75, 79, 83, 84, 87, 88. Sous Darius : l'empire perse : I 192 ; III 89, 91, 97, 98, 105, 117 ; affaires intérieures : III 118, 120, 126-128, 133 ; affaires extérieures, mission en Grèce : III 135-138 ; prise de Samos : III 144-147, 149 ; de Babylone : III 150-160 (passim) ; expédition de Scythie : IV 118-144 (passim) ; de Libye : IV 167, 200-204 ; conquêtes dans l'Hellespont : V 1, 10 ;

II 32; IV 197; en Béotie : II 44, 49; V 57, 58; à Carthage : III 19; VII 167; à Théra : IV 147; en Sicile : V 46; à Thasos : VI 47; faussement menacés d'être déportés : VI 3; ont emprunté une coutume égyptienne : II 104. – Leurs vaisseaux : III 37; leur commerce III 107, 111; leur rôle dans la flotte égyptienne : périple de l'Afrique : IV 42-44; dans la flotte perse : I 143; III 19; V 108, 109, 112; VI 6, 14, 25, 28, 33, 41, 104; VII 44, 89, 96; VIII 85, 90, 91, 100, 119; IX 96. Ils creusent le canal de l'Athos : VII 23; préparent les cordages des ponts de bateaux : VII 25, 34. – Un mot de leur langue : III 111; leur alphabet : V 58. – Caractères phéniciens : V 58.

Phénix. – Cours d'eau près d'Anthéla aux Thermopyles : VII 176, 200.

PHÉRENDATÈS. – Perse, chef dans l'armée de Xerxès : VII 67.

Phigalie. – Ville d'Arcadie : VI 83.

PHILAGROS. – Érétrien, livre sa ville aux Perses : VI 101.

PHILAON. – Cypriote fait prisonnier par les Grecs : VIII 11.

PHILÉOS. – Fils d'Ajax : VI 35.

PHILIPPE [1]. – Crotoniate d'une grande beauté : V 47.

PHILIPPE [2]. – Ancêtre d'Alexandre de Macédoine : VIII 139.

PHILIPPIDÈS. – Coureur athénien : VI 105-106.

PHILISTOS. – Fondateur d'un temple de Déméter à Mycale : IX 97.

PHILOCYON. – Spartiate tué à Platées : IX 71, 85.

PHILOCYPROS. – Tyran de Soles : V 113.

Phlégra. – Ancien nom de la péninsule de Pallène : VII 123.

Phlionte (Phliasiens.) — Ville du Péloponnèse : VII 202; VIII 72; IX 28, 31, 69, 85.

Phocée (Phocéens). – Ville d'Ionie : I 80, 142, 152; II 106, 178; prise par les Perses : exode des Phocéens en Corse, puis en Italie : I 163-167; son rôle dans la révolte de l'Ionie : VI 8, 11, 12, 17.

Phocide (Phocidiens). – Région de Grèce centrale : I 46; VI 34; IX 66; des Phocidiens passent en Ionie : I 146; lutte contre les Thessaliens : VII 176; VIII 27-33; ses forces aux Thermopyles : VII 203, 207, 212, 215, 217, 218; est ravagée par les Perses : VIII 31, 32, 35; un contingent de Phocidiens rejoint Mardonios à Platées : IX 17-18, 31, 89.

PHORMOS. – Athénien, commande un navire pris par les Perses : VII 182.

PHRATAGUNE. – Femme de Darius : VII 224.

PHRIXOS. – Fils d'Athamas : VII 197.

Phrygie (Phrygiens). – Région d'Asie Mineure : I 14, 35, 72 ; V 52 ;
VII 26, 30, 31 ; VIII 136 ; peuple : plus ancien que les
Égyptiens : II 2 ; venu d'Europe : VII 73 ; soumis par Crésus : I
28 ; fait partie de l'empire de Darius : III 90, 127 ; V 49 ; ses
forces dans l'armée de Xerxès : VII 73 ; IX 32.

PHRYNICHOS. – Athénien, poète tragique : VI 121.

PHRYNON. – Thébain : IX 15.

PHYLACOS [1]. – Samien récompensé par Xerxès à Salamine : VIII
85.

PHYLACOS [2]. – Héros delphien : VIII 38-39.

Phyllide. – Région du mont Pangée en Thrace : VII 113.

Piérie (Pières). – Région de Macédoine : IV 195 ; VII 131, 177, 185 ;
les Pières exploitent les mines du Pangée : VII 112.

PIGRÈS [1]. – Carien, chef dans la flotte de Xerxès : VII 98.

PIGRÈS [2]. – Péonien qui pousse Darius contre son pays : V 12.

Piloros. – Ville de Chalcidique : VII 122.

Pinde. – Montagne de Thessalie : VII 129.

Pindos. – Ville de Doride : I 56 ; VIII 43.

Pirée. – Le port d'Athènes : VIII 85.

Pirène. – Fontaine de Corinthe : V 92.

PISISTRATE [1]. – Fils de Nestor : V 65.

PISISTRATE [2]. – Tyran d'Athènes : I 59-64 ; V 65, 71 ; VI 121 ;
conquiert Sigéion : V 94 ; ses rapports avec Miltiade : VI 35,
103 ; ses fils : VI 103 ; père d'Hipparque : V 65 ; VII 6 ;
d'Hippias : V 91 ; VI 102, 107.

Pisistratides. – Les descendants du tyran Pisistrate, tyrans
d'Athènes : V 93 ; VI 39, 123 ; expulsés : V 62, 63, 65, 70, 76, 90 ;
se réfugient en Asie Mineure : V 91 ; excitent contre Athènes
Darius : VI 94, puis Xerxès : VII 6, qu'ils accompagnent : VIII
52.

Pistyros. – Ville de Thrace : VII 109.

Pitané. – Bourg de Sparte : III 55 ; IX 53.

PIXODAROS. – Carien, en lutte contre les Perses : V 118.

Platées (Platéens). – Ville de Béotie, alliée d'Athènes : VI 108 ; VII
111, 132 ; IX 7 ; brûlée par les Perses : VIII 50 ; bataille de
Platées : VII 231 ; VIII 126 ; IX 15, 16, 25, 30, 31, 35, 36, 38, 39,
41, 51, 52, 65, 72, 76, 78, 81, 85, 86, 89, 90, 100, 101. — Platéens :
alliés aux Athéniens VI 108 ; à Marathon : VI 111, 113 ; à
Salamine : VII 1, 44, 66 ; à Platées : IX 28, 31, 61, 83, 85 ; en
lutte contre les Thébains : VII 233.

Serrbéion. – Promontoire de la côte de Thrace : VII 59.

Sestos. – Ville de Chersonèse, point d'embarquement de Darius : IV 143 ; point d'aboutissement d'un des ponts de bateaux de Xerxès : VII 33 ; assiégée et prise par les Athéniens : VII 33, 78 ; IX 114-116, 119.

Sicanie. – Ancien nom de la Sicile : VII 170.

SICAS. – Lycien : VII 98.

Sicile (Siciliens). – Île de la Méditerranée : I 24 ; le Spartiate Dorieus tente de s'y installer : V 43, 46 ; VII 205 ; un Phocéen s'y établit pirate : VI 17 ; les Samiens y prennent Zancle : VI 22-24 ; Minos s'y réfugie : VII 170 ; les Grecs y demandent l'aide de Gélon : VII 145, 153, 155-157, 168 ; VIII 3, qui refuse : VII 163, 164 ; lutte contre Carthage : VII 165-167.

SICINNOS. – Serviteur de Thémistocle, son émissaire auprès des Perses : VIII 75, 110.

Sicyone (Sicyoniens). – Ville du Péloponnèse : I 145 ; VI 92 ; réformes de Clisthène : V 67-69 ; qui y marie sa fille : VI 126-128, 131 ; ses navires dans la flotte grecque : VIII 1, 43 ; ses forces à l'Isthme : VIII 72 ; à Platées : IX 28, 31 ; à Mycale : IX 102, 103, 105.

Sidon (Sidoniens). – Ville de Phénicie, nommée par Homère : II 116 ; attaquée par le roi d'Égypte Psammis : II 161 ; port du roi de Perse : III 136 ; ses marins : VII 44, 96, 98-100 ; VIII 67, 68.

Sigéion. – Cap et ville de Troade : IV 38 ; V 65, 91, 94, 95.

Sigynnes. – Peuple habitant au-delà de l'Istros : V 9.

SILÈNE. – Un Satyre, capturé par Midas : VIII 138. – Marsyas, écorché vif par Apollon : VII 26.

SIMONIDE. – De Céos, le poète : V 102 ; VII 228.

Sindos. – Ville de Macédoine : VII 123.

Singos. – Ville de Chalcidique : VII 122.

Siphnos (Siphniens). – Île de l'Égée, attaquée par les Samiens : III 57-58 ; ses forces dans la flotte grecque : VIII 46, 48.

Siriopéoniens. – Peuple de Péonie : V 15.

Siris [1]. – Ville d'Italie : VI 127 ; VIII 62.

Siris [2]. – Ville de Péonie : VIII 115.

SIROMOS [1]. – Cypriote : V 104.

SIROMOS [2]. – Tyrien : VII 98.

SISAMNÈS [1]. – Perse, Juge Royal exécuté et écorché sur l'ordre de Cambyse : V 25.

SISAMNÈS [2]. – Perse, chef dans l'armée de Cambyse : VII 66.

SISIMACÈS. – Perse, général de Darius : V 121.

d'une mission en Asie : VII 137. – Pendant les guerres Médiques : contre Darius, appelée par Athènes au moment de Marathon : VI 105-106, 120 ; meurtre des hérauts de Darius : VII 133-134, 136. – Contre Xerxès : VII 32, 133 ; demande l'aide d'Argos : VII 148, 149 ; de Gélon : VII 159-161 ; ses forces aux Thermopyles : VII 206, 209, 220, 224, 226, 228, 232, 234, 235 ; à l'Artémision : VIII 2, 42, 114, 124, 125 ; appelée par les Ioniens : VIII 132 ; contre Mardonios : sollicite Athènes : VIII 141, 142, 144 ; appelée par Athènes : IX 6, 9-12 ; ses forces à Platées : IX 19, 26, 28, 29, 33, 35, 36, 37, 46, 47, 48, 53, 54, 61, 62, 64, 71, 78, 79, 85. – Femmes de Sparte : VI 58, 61 ; Hélène : II 113, 117 ; VI 61 ; VII 169.

Sperchios. – Fleuve de Thessalie : VII 198, 228.

SPERTHIAS. – Spartiate, s'offre pour expier le meurtre des hérauts de Darius : VII 134-137.

Sphendalé. – Dème de l'Attique : IX 15.

Stagire. – Ville de Macédoine : VII 115.

Stentoris. – Lac de Thrace : VII 58.

Stényclaros. – Ville de Messénie : IX 64.

STÉSAGORAS[1]. – Athénien, père de Cimon : VI 34, 103.

STÉSAGORAS[2]. – Petit-fils de Stésagoras[1] : VI 38, 39.

STÉSÉNOR. – Tyran de Courion : V 113.

STÉSILAOS. – Athénien, stratège tué à Marathon : VI 114.

STRATTIS. – Tyran de Chios : IV 138 ; VIII 132.

Strymé. – Ville de Thrace : VII 108, 109.

Strymon. – Fleuve de Thrace : I 64 ; V 1, 13, 23, 98 ; VII 24, 25, 75, 107, 113, 115 ; VIII 115, 118, 120. – Le vent qui vient du Strymon : VIII 118.

Strymoniens. – Ancien nom des Bithyniens : VII 75.

Stymphale. – Lac d'Arcadie : VI 76.

Styra (Styréens). – Ville d'Eubée : VI 107, ses forces à l'Artémision : VIII 1 ; à Salamine : VIII 46 ; à Platées : IX 28, 31.

Styx. – Fleuve des Enfers, coulant en Arcadie : VI 74.

Suse. – Capitale des rois de Perse, en Cissie : I 188 ; III 90 ; route de la Méditerranée à Suse : V 49, 52, 54. – Capitale de Cambyse : III 30 ; tenue par l'usurpateur Mage : III 64, 65, 70. – Résidence de Darius : III 129 ; IV 83, 85 ; V 32 ; VI 20, 30, 119 ; et de ses hôtes : Démocédès : III 132 ; Syloson : III 140 ; Histiée : V 24, 25, 30, 35, 107 ; VI, 1 ; Démarate : VII 3, 239. – Xerxès y reçoit les Pisitratides : VII 6 ; les Spartiates expiant le meurtre des

TÉISPÈS[1]. – Fils d'Achéménès, ancêtre de Xerxès : VII 11.

TÉISPÈS[2]. – Fils de Cyrus, ancêtre de Xerxès : VII 11.

TÉLAMON. – Héros, père d'Ajax : VIII 64.

Téléboens. – Peuple d'Acarnanie : V 59.

TÉLÉCLOS. – Spartiate, descendant d'Héraclès : VII 204.

TÉLINÈS. – De Géla, met fin à une sédition : VIII 153, 154.

Telliades. – Famille de devins : IX 37.

TELLIAS. – Devin éléen : VIII 27.

Télos. – Île de la côte de Carie : VII 153.

TÉLYS. – Tyran de Sybaris : V 44, 47.

Téménides. – Descendants de Téménos : VIII 138.

TÉMÉNOS. – Descendant d'Héraclès, ancêtre des rois de Macédoine : VIII 137.

Tempé. – Défilé de Thessalie : VII 173.

Ténare. – Cap au sud du Péloponnèse : I 23, 24 ; VII 168.

Ténédos (Ténédiens). – Île de la côte de Troade : I 151 ; VI 31, 41.

Ténos (Téniens). – Île de l'Égée : IV 33 ; VI 97 ; ses forces à Salamine : VIII 66, 82, 83.

Téos (Téiens). – Ville ionienne d'Asie Mineure : I 142, 168, 170 ; VI 8.

TÉRÈS. – Roi thrace : IV 80 ; VII 137.

TÉRILLOS. – Tyran d'Himère, allié de Carthage : VII 165.

Terméra. – Ville de Carie : V 37.

Termiles. – Ancien nom des Lyciens : I 173 ; VII 92.

Têtes de Chêne. – Nom d'une passe du Cithéron : IX 39.

Tethronion. – Ville de Phocide : VIII 33.

TÉTRAMNESTOS. – Sidonien, chef dans la flotte de Xerxès : VII 98.

Teucriens. – Les Troyens, en guerre avec les Grecs : II 114, 118 ; s'installent en Péonie : V 13 ; leur expédition en Europe : VII 20, 75. – Teucriens-Gergithes : V 122 ; VII 43.

THAMASIOS. – Perse : VII 194.

THASOS[1]. – Phénicien, éponyme de l'île de Thasos : VI 47.

Thasos[2] (Thasiens). – Île sur la côte de Thrace : son temple d'Héraclès : II 44 ; ses mines : VI 46-47 ; ses possessions sur le continent : VII 108, 109 ; attaquée par Histiée : VI 28 ; prise par les Perses : VI 44, 46 ; reçoit Xerxès : VII 118.

THÉASIDÈS. – Spartiate, donne un conseil aux Éginètes : VI 85.

THÉBÉ[1]. – Fille du fleuve Asopos, éponyme de Thèbes : V 80.

Thébé[2]. – Plaine de Mysie : VII 42.

Thèbes (Thébains). – Ville de Béotie avec un temple d'Apollon

Isménien : I 52, 92 ; V 59 ; VIII 134 ; d'Amphiaraos : VIII 135 ; d'Apollon Ptôios : VIII 135 ; Délion lui appartient : VI 118. – Ses rapports avec Athènes : I 61 ; V 79-81 ; VI 87, 108 ; avec Clisthène de Sicyone : V 67 ; avec les Platéens : VI 108 ; VII 233 ; attaquée par Polynice : IX 27 ; aux Thermopyles, combat avec les Grecs : VII 202, 205, 222 ; passe du côté des Perses : VII 132, 233 ; VIII 50 ; avec Mardonios à Platées : IX 2, 13, 15, 16, 17, 31, 38, 40, 41, 58, 65, 66, 67, 69 ; assiégée par les Grecs : IX 86-89.

THÉMISTOCLE. – Athénien, organisateur de la victoire des Grecs à Salamine : son rôle à Athènes : VII 143, 144 ; en Thessalie : VII 173 ; à l'Artémision : VIII 4-5, 19, 22-23 ; IX 98 ; à Salamine : VIII 57-63, 75, 79-80, 83, 85, 92 ; après Salamine, ses projets et sa rapacité : VIII 108-112 ; honneurs qu'il obtient : VIII 123-125 ; se réfugie plus tard en Perse : VIII 109.

THÉOCYDÈS. – Athénien : VIII 65.

THÉOMESTOR. – Samien, établi par Xerxès tyran de Samos : VIII 85 ; IX 90.

THÉOPOMPOS. – Spartiate, descendant d'Héraclès : VIII 131.

Théra (Théréens). – Île de l'Égée, colonisée par les Phéniciens : IV 147 ; par Théras : IV 147-149 ; envoie une colonie en Libye, et fonde Cyrène : IV 150-156, 161, 164 ; V 42.

Thérambos. – Ville de Chalcidique : VII 123.

Thérapné. – Sanctuaire d'Hélène près de Sparte : VI 61.

Therma. – Port de Macédoine où s'arrêtent les forces de Xerxès : VII 121, 123, 124, 127, 128, 130, 179, 183.

Thermaïque (golfe). – Golfe de la côte de Macédoine : VII 121, 122, 123 ; VIII 127.

Thermodon [1]. – Fleuve de Béotie : IX 43.

Thermodon [2]. – Fleuve de Cappadoce : II 104 ; IV 86, 110 ; IX 27.

Thermopyles. – Défilé de Grèce centrale, entre la Thessalie et la Locride orientale : VII 175-177 ; les Grecs tentent d'y arrêter les Perses : VII 184, 186, 201, 205, 206, 207, 213, 219, 233, 234 ; VIII 15, 21, 27, 66, 71 ; IX 71, 78, 79 ; les Perses y cachent leurs morts : VIII 24.

THÉRON. – Tyran d'Agrigente, vainqueur des Carthaginois en Sicile : VII 165, 166.

THERSANDRE [1]. – Fils de Polynice : IV 147 ; VI 52.

THERSANDRE [2]. – Orchoménien qui reçoit les confidences d'un Perse avant Platées, informateur d'Hérodote : IX 16.

THRASYBULE. – Tyran de Milet, reçoit un conseil de Périandre : I 20-23 ; lui en donne un : V 92.

THRASYCLÈS. – Samien : IX 90.

THRASYDÉIOS. – De Larisa, Aleuade : IX 58.

THRASYLAOS. – Athénien : VI 114.

Thria. – La plaine d'Éleusis : VIII 65 ; IX 7.

THYIA[1]. – Fille du fleuve Céphise : VII 178.

Thyia[2]. – Emplacement du sanctuaire de Thyia à Delphes : VII 178.

Thyréa. – Région d'Argolide : I 82 ; VI 76.

Thyssos. – Ville de l'Athos : VII 22.

Tibaréniens. – Peuple habitant au sud-est du Pont-Euxin : III 94 ; VII 78.

TIGRANE. – Perse, chef dans l'armée de Xerxès, tué à Mycale : VII 62 ; IX 96, 102.

Tigre. – Fleuve d'Asie : I 189, 193 ; II 150 ; V 52 ; VI 20.

TIMAGÉNIDÈS. – Thébain, allié de Mardonios : IX 38, 86, 87.

TIMAGORAS. – Cypriote : VII 98.

TIMANDRE. – Thébain : IX 69.

TIMÉSITHÉOS. – Delphien, emprisonné par les Athéniens : V 72.

TIMÔ. – Parienne aidant Miltiade contre sa patrie : VI 134-135.

TIMODÈME. – Athénien, ennemi de Thémistocle : VIII 125.

TIMON. – Delphien, incite les Athéniens à consulter de nouveau l'oracle : VII 141.

TIMONAX. – Cypriote, chef dans la flotte de Xerxès : VII 98.

TIMOXÈNE. Scionéen, tente de livrer Potidée aux Perses : VIII 128-129.

Tirynthe (Tirynthiens). – Ville du Péloponnèse : VI 76, 77 ; en guerre contre Argos : VI 83 ; occupe Haliées : VII 137 ; ses forces à Platées : IX 28, 31.

TISAMÈNE[1]. – Éléen, devenu Spartiate, devin dans les forces grecques à Platées : IX 33-36.

TISAMÈNE[2]. – Thébain, descendant de Cadmos : IV 147 ; VI 52.

TISANDRE[1]. – Athénien, père d'Hippoclidès : VI 127, 129.

TISANDRE[2]. – Athénien, père d'Isagoras : V 66.

TISIAS. – Parien : VI 133.

TITACOS. – Athénien, livre Aphidna aux Tyndarides : IX 73.

TITHAIOS. – Perse, chef dans l'armée de Xerxès : VII 88.

Tithorée. – Cime du mont Parnasse : VIII 32.

V

VENTS. – Personnifiés, ont un autel à Delphes : VII 178 ; divinités
en Perse : I 131.

VICTOIRE. – Personnifiée : VIII 77.

Voie Sacrée. – Route des pèlerins de Delphes : VI 34.

X

XANTHIPPE. – Athénien, père de Périclès : VI 131 ; ennemi de
Miltiade : VI 136 ; chef du contingent naval athénien à Mycale :
VIII 131 ; assiège et prend Sestos : VII 33 ; IX 114, 120.

XÉNAGORAS. – Halicarnassien, sauve Masistès : IX 107.

XERXÈS. Roi de Perse, fils et successeur de Darius : VI 98 ; VII 2-
4 ; prend Babylone : I 183 ; envoie Sataspès faire le tour de
l'Afrique par l'ouest : IV 43 ; écrase la révolte de l'Égypte : VII
7. – *Xerxès contre la Grèce :* décide de l'attaquer : VII 5-8, 10-11,
239, sur l'ordre de songes : VII 12-19 ; prépare l'expédition : VII
20-22, 24-25 ; gagne Sardes : VII 26-32 ; décorant un platane au
passage : VII 30 ; gagne l'Hellespont : VII 33, 35, 37-41, 43, 45-
52, après avoir fait fouetter la mer : VII 35, tuer le fils de
Pythios : VII 38-39, sacrifier à Athéna d'Ilion : VII 43 ; pleure
en contemplant son armée et s'entretient avec Artabane : VII 45-
52 ; exhorte les Perses : VII 53 ; sacrifie : VII 54 ; et passe en
Europe : VII 55-58. – *En Europe :* accorde à Artayctès la
« maison » de Protésilas : IX 116 ; dénombre son armée : VII
59, 61, 82, 97, 99 ; la passe en revue : VII 100 ; s'entretient avec
Démarate : VII 101-105 ; gagne Therma : VII 105-110, 112,
114-122, 124, 127 ; ses soupers : VII 118-121 ; visite l'embouchure du Pénée : VII 128, 130 ; reçoit ses hérauts, envoyés aux
cités grecques : VII (32), 133 ; a refusé l'expiation offerte par
Sparte pour le meurtre des hérauts de Darius : VII 134, 136. –
La Grèce devant lui : VII 139, 145, 146 ; Argos : VII 150-152 ; le
messager de Gélon : VII 164 ; il laisse aller des espions et des
navires grecs : VII 146-147. – De Therma aux Thermopyles :
VII 173, 179, 193 ; nombre de ses soldats : VII 184, 186-187 ; sa
personne : VII 187 ; il prend position aux Thermopyles : VII
196-197, 201 ; s'entretient avec Démarate : VII 208-210 ; dirige

la bataille : VII 210, 212, 213, 215, 233 ; discute de tactique avec Démarate et Achéménès : VII 234-237 ; fait outrager le corps de Léonidas : VII 238, enterrer les morts des Perses et exposer ceux des Grecs : VIII 24, 25 ; sa flotte combat à l'Artémision : VIII 5, 10, 15, 16. – Des Thermopyles à Salamine : VIII 25, 30, 34, 35 ; il prend Athènes : VIII 50, 52, 54 ; IX 99 ; un prodige à Éleusis annonce le désastre de sa flotte : VIII 65 ; il tient un conseil de guerre : VIII 67-69 ; envoie sa flotte à Salamine : VIII 69, 81 ; assiste à la bataille : VIII 86-90 ; récompense ou punit les combattants : VIII 85, 90. – Après Salamine : VIII 96, 97 ; il fait annoncer à Suse sa défaite : VIII 98-100 ; adopte le projet de Mardonios, approuvé par Artémise : VIII 100-103, blâmé par Artabaze : IX 66 ; les Grecs poursuivent sa flotte : VIII 108 ; il se retire par terre : VIII 110, 113-117, 120, escorté par Thorax de Larisa : IX 1, laissant son bagage à Mardonios : IX 82 ; reçoit en Thessalie les hérauts de Sparte réclamant satisfaction pour la mort de Léonidas : VIII 114 ; il est faux qu'il se soit embarqué à Éion et ait échappé à une tempête : VIII 118-119 ; sa flotte gagne Cymé : VIII 130 ; il adresse un message aux Athéniens : VIII 140-141. – *En Asie :* s'éprend de la femme, puis de la fille de Masistès : IX 108-113.

XOUTHOS. – Père d'Ion : VII 94 ; VIII 44.

Z

Zabatos. – Deux fleuves d'Arménie : V 52.

Zacynthe. – Île de la mer Ionienne : III 59 ; VI 70 ; IX 37 ; son lac fournissait de la poix : IV 195.

Zancle (Zancléens). – Ville de Sicile, prise par des Samiens : VI 22-24, avec Cadmos de Cos : VII 164 ; prise par Hippocrate : VII 154.

ZÉPHYR. – Le vent d'ouest : VII 36.

Zéphyrion. – Promontoire au sud de l'Italie : VI 23.

ZEUS. – La plus grande divinité hellénique : I 65, 174 ; II 55, 116, 146, 178 ; III 124, 125 ; V 49 ; VI 67, 68 ; VII 56, 61, 141, 220 ; IX 81 ; père de Dionysos : II 146 ; d'Hélène : II 116 ; de Persée : VII 61 ; appelé Agoraios : V 46 ; Carien : V 66 ; Céleste : VI 56 ; Cronide : VIII 77 ; de l'enceinte : VI 68 ; des Hellènes : IX 7 ; Lacédémon : VI 56 ; Laphystios : VII 197 ; Libérateur : III 142 ;

L'ENQUÊTE
Livres V à IX

DOSSIER

638 *Table*

L'ANTIQUITÉ
DANS *FOLIO*

APULÉE. L'ÂNE D'OR ou LES MÉTAMORPHOSES. *Préface de Jean-Louis Bory. Traduction de Pierre Grimal.*

ARISTOPHANE. THÉÂTRE COMPLET (2 volumes). *Préface et traduction de Victor-Henry Debidour.*

Tome I : LES ACHARNIENS. LES CAVALIERS. LES NUÉES. LES GUÊPES. LA PAIX.

Tome II : LES OISEAUX. LYSISTRATA. LES THESMOPHORIES. LES GRENOUILLES. L'ASSEMBLÉE DES FEMMES. PLUTUS.

JULES CÉSAR. GUERRE DES GAULES. *Préface de Paul-Marie Duval. Traduction de L.-A. Constans.*

ESCHYLE. TRAGÉDIES : LES SUPPLIANTES. LES PERSES. LES SEPT CONTRE THÈBES. PROMÉTHÉE ENCHAÎNÉ. ORESTIE. *Préface de Pierre Vidal-Naquet. Traduction de Paul Mazon.*

EURIPIDE. TRAGÉDIES COMPLÈTES (2 volumes). *Préface et traduction de Marie Delcourt-Curvers.*

Tome I : LE CYCLOPE ALCESTE. MÉDÉE. HIPPOLYTE. LES HÉRACLIDES. ANDROMAQUE. HÉCUBE. LA FOLIE D'HÉRACLÈS. LES SUPPLIANTES. ION.

Tome II : LES TROYENNES. IPHIGÉNIE EN TAURIDE. ÉLECTRE. HÉLÈNE. LES PHÉNICIENNES. ORESTE. LES BACCHANTES. IPHIGÉNIE À AULIS. RHÉSOS.

HÉRODOTE. L'ENQUÊTE (2 volumes). *Préface et traduction d'Andrée Barguet.*

Tome I : Livres I à IV.

Tome II : Livres V à IX.

HOMÈRE. ODYSSÉE. *Préface de Paul Claudel. Traduction de Victor Bérard.*

HOMÈRE. ILIADE. *Préface de Pierre Vidal-Naquet. Traduction de Paul Mazon.*

LONGUS. DAPHNIS ET CHLOÉ, suivi d'HISTOIRE VÉRITABLE de LUCIEN. *Préface de Kostas Papaïoannou. Traduction de Pierre Grimal.*

OVIDE. L'ART D'AIMER, suivi des REMÈDES À L'AMOUR et des PRODUITS DE BEAUTÉ POUR LE VISAGE DE LA FEMME. *Préface d'Hubert Juin. Traduction d'Henri Bornecque.*

PÉTRONE. LE SATIRICON. *Préface d'Henry de Montherlant. Traduction de Pierre Grimal.*

SOPHOCLE. TRAGÉDIES : LES TRACHINIENNES. ANTIGONE. AJAX. ŒDIPE ROI. ÉLECTRE. PHILOCTÈTE. ŒDIPE À COLONE. *Préface de Pierre Vidal-Naquet. Traduction de Paul Mazon.*

SUÉTONE. VIES DES DOUZE CÉSARS. *Préface de Marcel Benabou. Traduction d'Henri Ailloud.*

TACITE. HISTOIRES. *Préface d'Emmanuel Berl. Postface de Pierre Grimal. Traduction d'Henri Goelzer.*

Impression Bussière à Saint-Amand (Cher),
le 12 janvier 1990.
Dépôt légal : janvier 1990.
Numéro d'imprimeur : 9664.

ISBN 2-07-038223-0. / Imprimé en France.

47488